Die Runenmeisterin

Torsten Fink, Jahrgang 1965, aufgewachsen an der Nordsee und im Nahetal, arbeitete lange als Texter, Journalist und literarischer Kabarettist. Er schreibt und lebt heute in Mainz, am liebsten mit Blick auf den Dom.

Mehr über unsere Bücher, Autoren und Illustratoren auf:
www.thienemann.de

Fink, Torsten:
Die Runenmeisterin
ISBN 978 3 522 20256 5

Umschlaggestaltung: Max Meinzold
Innentypografie: Kadja Gericke
Reproduktion: Digitalprint GmbH, Stuttgart
Druck und Bindung: GGP Media GmbH, Pößneck

© 2019 Thienemann in der Thienemann-Esslinger Verlag GmbH, Stuttgart
Printed in Germany. Alle Rechte vorbehalten.
2. Auflage 2019

TORSTEN FINK

DIE RUNENMEISTERIN

THIENEMANN

Der Gefangene streckte die Hand aus, er konnte der Versuchung nicht widerstehen. Die unsichtbare Wand war jedoch noch genau dort, wo sie seit über dreihundert Jahren war. Wie oft hatte er schon nach ihr getastet? Er wusste es nicht. Doch diese Wand sperrte nur seinen Körper ein, nicht seinen Geist. Mit ihm konnte er hinaus, konnte sie berühren, nicht die Welt, aber die allgegenwärtige, unsichtbare Kraft, die sie durchdrang. Diese Energie war so alt wie die Götter, vielleicht sogar älter, und nur wenige erfassten ihr Wesen so, wie es der Gefangene vermochte. Helia, so hatten die Weisen diese magische Urkraft getauft. Sie durchdrang die ganze Welt, und doch wussten nur wenige, dass sie existierte.

Selbst die meisten Hexen und Zauberer ahnten nicht, dass die schwarze und weiße Magie nur ein Echo der Helia waren, im besten Fall ein Mittel, winzige Stücke dieser Urkraft zu nutzen, die die Welt wie ein Netz umspannte.

Kein Mensch hatte diese Energie je so gut verstanden wie der Gefangene, der nun seine Hand gegen die unsichtbare Mauer streckte und die Augen schloss. Kurz badete er in der Erinnerung an seine Macht, an den Rausch, den er immer empfunden hatte, wenn er an den Fäden dieses Netzes gezogen hatte. Er trat von der Mauer zurück, wandte sich ab und versuchte, die aufkeimende Bitterkeit zu unterdrücken. Er hatte das Gefüge der Welt erschüttert, und dann war ihm, auf der Schwelle des Sieges, die Kontrolle entglitten. Die Helia hatte sich gegen ihn gewandt, hatte ihn verraten, hatte den nahen Triumph in eine vernichtende Niederlage verwandelt und ihn durch seinen eigenen Zauber eingesperrt.

Der Gefangene schüttelte den Kopf über seine damalige Torheit. Hätte er seinerzeit nur gewusst, was er heute wusste! Erst im Angesicht der Katastrophe hatte er begriffen, dass die Helia einen eigenen Willen besaß, dass sie selbst handelte, langsam und doch in zäher Zielstrebigkeit. Sie verfolgte Pläne, ließ Entscheidungen heranreifen, vor allem aber entzog sie sich ihm seit jenem schicksalhaften Tag und ließ ihn zurück mit der kümmerlichen Macht schwarzer Magie.

Vielleicht wäre er längst in seinem Kerker verrottet, wenn er nicht eines Tages entdeckt hätte, dass die Helia auch einen Schatten warf, noch flüchtiger und schemenhafter als sie selbst. Und diese Schemen konnte er berühren, ja, mit äußerster Vorsicht sogar beeinflussen und das wiederum hatte Wirkung auf die göttliche Kraft selbst. Er hatte einen Weg gefunden, die Helia zu hintergehen.

Der Gefangene seufzte, schloss die Augen und folgte den Schatten in die Ferne. Die magische Urkraft zog sich an einer bestimmten Stelle zusammen, schien etwas zu beobachten, vielleicht auch zu beeinflussen. Er zwang sich zur Ruhe, folgte der Bewegung mit angehaltenem Atem. Was war die Ursache dieser Veränderung? Wohin wiesen die Schattenfäden? Er erhaschte den flüchtigen Umriss eines Dorfes, unweit der Grauberge. Was ging dort vor? In dieser Gegend gab es weder Macht noch Weisheit, eigentlich gab es dort gar nichts von Bedeutung. Er hatte Diener ausgesandt, auch ins Horntal, doch die Ernte aus Leid und Schmerz, die sie für ihn einbrachten, war bisher kümmerlich. Wem oder was also schenkte die Helia so viel Beachtung?

Und, vor allem, wie konnte er diese Veränderung zu seinem Vorteil nutzen?

I. BUCH

DER
SCHATTEN
DER
BERGE

Halmat

Fünf Nägel lagen in der offenen Hand, einer krummer als der andere. Ayrin betrachtete sie mit gerunzelter Stirn. »Mehr hast du nicht bekommen?«, fragte sie ihren Bruder schließlich.

»Meister Ramold steckte mir außerdem noch zehn Heller zu, weil ich nicht nur seine Schmiede gefegt, sondern auch frisches Wasser am Brunnen geholt habe!« Baren wirkte beleidigt.

»Nicht viel, dafür, dass du drei Stunden fort warst. Du lässt dich ausnutzen. Ist das ein Hufnagel?«

»Er wird seinen Zweck erfüllen«, erwiderte er, sichtlich verstimmt. »Hilfst du mir jetzt aufs Dach, oder willst du nur herumstehen und meckern?«

Blecherne Schläge hallten über das Dorf. Der Priester rief die Bewohner von Halmat mit der Stabglocke zum Tempel, um die Riten abzuhalten. Ayrin seufzte. Sie und Baren waren schon lange nicht mehr im Tempel gewesen. Die Ritentage waren die einzigen, an denen sie Zeit für die alte Nurre hatten.

»Trödelt nicht, Kinder! Und du, mein Junge, pass nur auf, dass du nicht herunterfällst!«, schnarrte diese vom offenen Fenster der Hütte aus. »Das fehlte noch, dass du dir das Genick brichst, nur weil du das Dach einer alten Frau flickst, die es, das wissen die Götter, nicht mehr lange brauchen wird.«

»Wenn es hineinregnet, muss das Dach ausgebessert werden«, entgegnete Ayrin mit einem Lächeln, »oder willst du dir den Tod holen, Muhme?«

Die Alte schnaubte verächtlich. »Den brauche ich nicht zu holen. Er sitzt schon auf der Schwelle, Kind.«

»Aber wir wollen nicht dafür verantwortlich sein, dass er eintritt«, entgegnete Ayrin ernsthaft.

»Meinetwegen, aber jetzt hilf deinem Bruder. Und bitte die Götter, dass sie ihn beschirmen. Und du, Baren, achte darauf, wo du hintrittst, mit deinen ungeschickten Füßen! Nicht, dass du den Schaden noch vergrößerst. Und beeilt euch, es wird bald dunkel. Doch macht es ja ordentlich!«

»Ja, Muhme.« Baren schnitt eine Grimasse und schob ein altes Fass an die Hüttenwand. Mit skeptischer Miene prüfte er die Festigkeit des Deckels, schwang sich darauf und dann vorsichtig weiter aufs Dach. »Gib mir die Bretter.«

»Wo hast du die denn her?«, fragte Ayrin, als sie ihm die zugesägten Stücke nach oben reichte. »Das scheint mir gutes Holz zu sein.«

»Der Müller braucht sie nicht mehr.«

»Du hast ihn gefragt?«

»Nein, aber sie lagerten mit ein paar Dutzend anderen schon seit Monaten vor seinem Schuppen. Er wird gar nicht merken, dass sie fort sind.« Das Dach knarrte unter seinem Gewicht. »Den Hammer …«, kommandierte er.

Ayrin reichte ihn hinauf. »Vom Schmied?«

»Geliehen. Und ja, ich habe gefragt.« Baren prüfte das Werkzeug. Der Kopf wackelte. »Ich hätte ihn länger ins Wasser legen sollen. Der Schaft hätte noch quellen müssen. Aber für die paar Nägel wird es reichen.« Er kroch auf allen vieren über das Dach. »Sag der Muhme, sie soll mit dem Besenstiel dort gegen die Decke klopfen, wo es hineinregnet.«

Ayrin gab die Anweisung weiter und trat dann ein Stück zurück, um ihren Bruder auf dem Dach besser sehen zu können. Bald erklang zweifaches Hämmern. Nurre hörte nicht auf, innen zu klopfen, obwohl Baren schon dabei war, ein Brett über die schadhafte Schindel zu nageln. Die Sonne stand tief im Westen und der scharfe Wind ließ nadelfeinen Raureif von den Weiden regnen. Im Norden ragten die Grauberge in den Himmel. »Man sollte sie Weißberge nennen. Sie sind die einzigen, die noch reichlich Schnee tragen, in diesem komischen Winter. Ich glaube, diesen Sommer werde ich ein wenig in ihnen herumklettern«, rief Ayrin.

Ihr Bruder hielt mit der Arbeit inne. »Der Ohm wird es kaum erlauben.«

»Aber wenn wir uns erst freigekauft haben ...«

»Dann kannst du klettern, soviel du willst, Schwester. Doch wird das noch mindestens ein Jahr dauern – wenn alles gut geht. Und wann geht schon einmal alles gut?«

Ayrin seufzte. Ihr Bruder hatte recht. Der Ohm fand immer einen Grund, ihnen irgendetwas vom Lohn abzuziehen, als wäre der nicht schon karg genug.

Nurre steckte ihren Kopf aus dem Fenster. »Was ist, seid ihr bald fertig?«

»Gleich«, sagte Baren und machte sich wieder an die Arbeit.

»Erstaunlich, wie lange dein Bruder braucht, um ein paar Nägel in ein Brett zu hämmern«, murmelte die Alte. Dann kniff sie die Augen zusammen und fragte: »Was ist das? Werden da Ochsen ins Tal getrieben?«

Ayrin drehte sich um und stellte wieder einmal fest, dass die Muhme nicht mehr besonders gut sah. Tatsächlich waren es ein Dutzend berittene Soldaten, die von Burg Grünwart hinabkamen. Sie folgten der Straße, die ein gutes Stück von der Hütte entfernt ins Dorf führte, aber dann hielten die beiden Vordersten kurz an, besprachen sich und einer von ihnen lenkte sein Pferd hinüber zu der Hütte, während die anderen weiterzogen.

Der Reiter war ein junger Mann, blonde Locken zeigten sich unter seinem Helm, und sein leichter Lederpanzer war mit dem Wappen von Burg Grünwart verziert.

»Was mag der wollen?«, fragte Ayrin.

»Nichts Gutes«, brummte Nurre und beäugte den Reiter mit unverhohlenem Misstrauen.

Baren hörte auf zu hämmern und rutschte an die Dachkante heran.

»Ich grüße Euch, edle Damen, und auch Euch, Meister Dachdecker«, rief der Soldat mit einem gewinnenden Lächeln.

Ayrin nickte nur knapp zurück. Dieser Mann wollte etwas, und ihr Gefühl sagte ihr, dass ihr sein Anliegen nicht gefallen würde.

»Hat Euer Pferd den Weg verloren, Waffenknecht?«, fragte Nurre, die jetzt mit verschränkten Armen vor die Tür trat.

Der Reiter klopfte seinem Pferd freundschaftlich den Hals. »Oh, nein, wir beide kennen die Wege von Halmat recht gut, edle Dame. Ich dachte jedoch, es könnte sich lohnen, jenen Mann in Augenschein zu nehmen, der am Ritentag den Hammer schwingt.«

»Das ist nicht verboten«, verteidigte Ayrin ihren Bruder.

»Gewiss nicht, und wenn es das wäre, würde es wenigstens Euch nicht kümmern, Ayrin Rabentochter, nicht wahr? Ich erinnere mich noch gut daran, dass ich Euch und Euren Bruder, als Ihr noch jünger wart, mehr als einmal aus den Obstgärten der Grünburg verjagen musste.«

»Ah, Ihr seid dieser lahme Wächter? Ich sage nicht, dass wir je in diesen Gärten waren, nur, dass uns, falls doch, keiner je gefangen hätte.«

Der Reiter lachte, dann sagte er: »Es genügte mir, Euch zu verjagen, mein Fräulein, denn hätte ich Euch gefasst, was mir mehr als einmal leicht möglich gewesen wäre, hätte ich Euch über das Knie legen müssen. Und ich schlage nun mal keine Mädchen.«

»Aus Angst, sie könnten sich wehren und Euch besiegen?«, gab Ayrin bissig, aber mit honigsüßem Lächeln zurück.

Die Augen des jungen Mannes verengten sich kurz, dann schmunzelte er wieder. »Beruhigt Euch, ich bin nicht hier, um alten Frevel zu bestrafen, ganz im Gegenteil. Euer Bruder ist nicht nur ein gewitzter Apfeldieb, sondern auch ein geschickter Handwerker, wie mir scheint. Für so jemanden hätten wir Verwendung.«

»Er hat schon eine Anstellung, vielen Dank«, beschied ihn Ayrin.

»Was für eine Verwendung?«, fragte Baren.

»Ein fingerfertiger Handwerker hat alles, was es braucht, um ein guter Kämpfer zu werden. Wir sind in Halmat, um Soldaten anzuwerben, und Ihr, Baren Rabensohn, seht mehr als tauglich aus.«

»Gibt es etwa Krieg?«, fragte Nurre.

»Aber nein, edle Dame, keineswegs«, rief der Reiter, »doch wird man auch in diesem Dorf gehört haben, dass vom Norden her Unruhe ins Land gekommen ist. Räuber streifen durch das Horntal, stehlen Vieh und überfallen Reisende.«

»Ihr wollt also gegen bewaffnete Räuber kämpfen. Das scheint mir auf jeden Fall gefährlich«, sagte Ayrin.

»Ich möchte wetten, dass der Hexenfürst dahintersteckt«, zischte Nurre. »Er lenkt das Übel in der Welt. Und mein Ziehsohn wird gewiss nicht gegen den Obersten der schwarzen Zauberer fechten.«

»Der Hexenfürst wurde seit Jahrhunderten nicht gesehen, edle Dame. Und ganz gewiss werden wir ihm nicht im Horntal oder in den Graubergen begegnen. Nein, es geht nur darum, Waffen und Rüstung sehen zu lassen, damit dieses feige Räuberpack sich wieder dahin verzieht, wo es hergekommen ist. Ich glaube, dass wir nicht einmal kämpfen müssen. Sie werden fliehen, sobald sie unsere Schwerter sehen. Wir werden ganz leicht viel Ruhm und noch mehr Beute gewinnen.«

»Das würde ich auch sagen, wenn ich Soldaten für so ein gewagtes Unterfangen anwerben müsste. Mein Bruder wird auf Eure Märchen jedoch nicht hereinfallen, nicht wahr, Baren?«

Der schwieg.

»Es gibt auch ein stattliches Handgeld …«

»Handgeld?«, fragte Baren jetzt.

»Sechs Kronen für einen gewöhnlichen Krieger, aber da Ihr ein geschickter Handwerker zu sein scheint, kann ich den Hauptmann gewiss dazu überreden, sieben daraus zu machen.«

»Volle sieben Kronen?«

»Jede Beerdigung kostet mehr, Herr Soldat«, schnarrte Nurre. »Wir sind nicht interessiert. Und Baren ist auch noch nicht fertig mit meinem Dach. Ihr könnt ihn also nicht haben! Guten Tag und gehabt Euch wohl.«

»Ihr habt es gehört«, schloss sich Ayrin grinsend an. »Die Muhme hat gesprochen. Sucht Euch einen anderen Dummen.«

Der Reiter lächelte wieder. »Die Dummen und die Vorwitzigen können wir nicht gebrauchen, edles Fräulein, Euch, Baren Rabensohn, hingegen schon. Sieben Kronen Handgeld, freie Kost und jeden Ritentag eine Krone Sold, dazu einen Anteil an der Beute. Und Ihr stündet nicht mehr unter der Fuchtel gewisser scharfzüngiger Frauen. Überlegt es Euch. Wir bleiben allerdings nur eine Nacht im Dorf. Einen schönen Abend!« Er wendete sein Pferd und ritt davon, bevor Ayrin ihm eine gepfefferte Antwort geben konnte.

Später saßen sie in der kleinen Stube beim Essen. Der Ofen bullerte und Kerzen spendeten warmes Licht.

»Es ist ein Ritentag, und wieder kann ich euch keinen Braten anbieten«, meinte Nurre mit übertriebener Bitterkeit in der Stimme, als sie den schweren Topf vom Herd hob.

»Kein Braten ist so gut wie deine Suppe, Muhme«, entgegnete Ayrin bestimmt, woraufhin die Alte nur den Kopf schüttelte.

»Sieben Kronen«, murmelte Baren und löffelte Graupen. »Und eine weitere pro Woche.«

»Es klingt mehr, als es ist, Holzkopf. Und es ist sauer verdient. Denk nur an den einbeinigen Hum und an Balger Halbhand«, meinte Ayrin. »Die sind auch nur zu den Soldaten gegangen, um ein paar Wilderer zu jagen und kamen halb tot zurück. Sieh sie dir nun an, wie sie jetzt jeden Heller dreimal umdrehen, bevor sie es wagen, ihn auszugeben. Denn die Krone, von der du träumst, gibt es nur für jene, die noch alle Glieder haben. Aber davon wollte dieser aufgeblasene Reiter nichts sagen.«

»Aufgeblasen, ja, das war er, ein Wunder, dass er nicht aus dem Sattel schwebte«, stimmte die alte Nurre zu. »Auch wenn ich zugeben muss, dass er auf seinem Pferd eine recht stattliche Figur machte, meinst du nicht auch, Ayrin?«

»Das war das Verdienst des Pferdes, möcht ich meinen.«

»Wirklich? Und wer von beiden hatte dieses hübsche Lächeln, das dich bei der Begrüßung erröten ließ. Auch das Pferd?«

»Ich bin nicht errötet«, gab Ayrin knapp zurück.

»Soso, bist du nicht«, sagte die Muhme und grinste.

Ayrin schoss einen wütenden Blick auf sie ab. »Auf jeden Fall hatte er mehr Interesse an Baren als an mir.«

Nurre legte die Stirn in Sorgenfalten. »Und er brachte schlechte Nachrichten, übler, als er selbst wusste. Einfache Räuber? Dass ich nicht lache! Dieser Jüngling kann sagen, was er will, es ist der Hexenfürst, der hinter all dem steckt.« Sie schüttelte den Kopf und hustete dann mitleiderregend. »Dass ich das auf meine alten Tage noch erleben muss. Der Herr der schwarzen Magie kommt ins Horntal!«

»Ach, Muhme, der Hexenfürst ist doch schon lange tot.«

»Hast du denn die Geschichten vergessen, die ich früher erzählt habe? Er ist verflucht und kann gar nicht sterben!«

»Und warum hat man ihn dann seit Menschengedenken nicht mehr gesehen?«, fragte Baren und schöpfte noch Suppe aus dem Topf.

»Weil er an seine schreckliche Festung gebunden ist, Dummkopf!«

»Dann kann er also gar nicht ins Horntal kommen, Muhme«, stellte Ayrin lächelnd fest.

Nurre suchte einen Moment nach einer passenden Antwort, dann schüttelte sie mit düsterer Miene den Kopf und raunte: »Ihr werdet schon sehen. Die Zeichen sind da, man muss nur Augen und Ohren öffnen. Eine Amsel, die mitten in der Nacht singt, das tot geborene Kalb von Bauer Lam, die Krähen, die vor den Graubergen hin- und herziehen, so als würden sie auf etwas warten; die Seuche, die in andere Dörfer eingefallen ist, und dann dieser Winter ohne Schnee! Es sind Warnungen vor der Unbill, die zu uns kommen wird. Aber natürlich verschließen alle die Augen vor dem Unglück. Ach, was habe ich den Göttern nur getan, dass sie so düstere Schatten auf meine letzten Tage werfen?«

»Und wovor *genau* haben dich die Zeichen gewarnt?«, fragte Ayrin mit mildem Spott. Dabei fand sie diesen Winter selbst eigenartig. Gegen Ende des Herbstes hatte es reichlich geschneit, doch kurz nach der Sonnenwende war vom Süden ein Sturm gekommen und hatte Tauwetter gebracht. Zwar war es danach wieder kalt geworden, Schnee fiel aber nur selten und viel zu wenig. Und auch jetzt lagen die Felder braun und nackt im Frost. Ayrin weigerte sich jedoch, darin ein böses Vorzeichen zu sehen.

»Du wirst es schon noch erkennen, Ayrin Rabentochter! Schon bald wirst du an meinem Grab stehen und deinen Spott bereuen«, sagte die Muhme, drohte mit dem hölzernen Löffel und schickte ein Stoßgebet zu den Göttern. Ihr Blick blieb an einem feuchten Fleck an der Holzdecke hängen. »Und du meinst, das wird halten, mein Junge? Du warst ja nicht sehr lange auf dem Dach …«

Baren zuckte mit den Schultern. »Wird der nächste Regen zeigen. Deine Schindeln sind nur in zwei Reihen gelegt. Drei wären besser.«

»Wie sollte eine alte Magd sich so etwas leisten können? Doch darauf kommt es nun ja bald auch nicht mehr an«, sagte Nurre düster und hängte ein schwaches Husten an ihren letzten Satz.

»Was hat eigentlich der Heiler gesagt?«, fragte Ayrin unschuldig.

»Warum sollte ich mit ihm meine Zeit verschwenden? Ich brauche diesen Kräutermischer nicht, um zu wissen, dass es zu Ende geht, Kind.«

»So hast du ihn also nicht gefragt? Er war eine ganze Woche im Dorf.«

Nurre runzelte verärgert die Stirn, dann winkte sie ab und hustete wieder. »Ich werde mich wohl besser hinlegen. Das Kochen hat mich mehr angestrengt, als ich dachte.« Sie erhob sich und schleppte sich hinüber zu ihrer Schlafstatt.

»Leg dich nur hin, Muhme, wir kümmern uns um den Abwasch«, versicherte Baren.

Als der erledigt war, verließen die Geschwister die Hütte und gingen den sanften Hang hinunter zum Dorf. Wieder erklang die Stabglocke des Priesters. Das Signal, dass die Zeit der Riten vorüber war, und das Dorf zum Alltag zurückkehren würde.

»Wir sollten uns beeilen. Der Ohm kürzt uns sonst wieder den Lohn.«

»Du sollst sie nicht immer aufziehen«, meinte Baren.

»Die Muhme? Ach, ich glaube, sie will es nicht anders. Wie lange liegt sie jetzt schon im Sterben? Drei Jahre?«

»Mindestens«, gab ihr Bruder grinsend zurück. »Weißt du noch, wie sie im letzten Sommer auf das Hügelgrab stieg, um dort den Tod zu erwarten?«

»Und aus heiterem Himmel fing es an zu hageln«, fiel Ayrin in die Erzählung ein. Sie lachten beide, aber dann sagte Ayrin: »Allerdings mache ich mir schon Sorgen. Sie hat abgenommen, und sie sieht und hört immer schlechter.«

»Das ist dir also auch aufgefallen? Ich glaube, sie hat diese Soldaten wirklich für eine Herde Ochsen gehalten.«

»Damit lag sie vielleicht gar nicht so falsch«, meinte Ayrin grimmig.

»Ach? Gilt das auch für den Reiter, der zur Hütte kam?«

»Besonders für den.«

»Du wirst rot, wenn du an ihn denkst.«

»Das ist nur der Zorn. Ich hoffe, du bist nicht auf seine Lügen hereingefallen. Handgeld kannst du nicht mehr ausgeben, wenn du tot bist.«

»Schon klar«, brummte Baren, »aber ohne wird es noch lange dauern, bis wir uns aus der Knechtschaft freikaufen können. Und was dann? Wenn wir frei sind, müssen wir immer noch Geld verdienen, und ich will mein Leben nicht als Tagelöhner fristen. Meister Ramold ist zwar gewillt, mich als Lehrling in der Schmiede aufzunehmen, aber nicht ohne das Lehrgeld von hundert Kronen. Wie soll ich das Geld auftreiben, wenn ich nicht, wenigstens für eine Weile, zu den Soldaten gehe?«

»Das wird sich schon finden. Und was soll ich denn erst sagen? Ich will meine Freiheit nicht erlangen, um mich dann wieder als Magd verdingen zu müssen.«

»In Burg Grünwart werden die Mägde besser behandelt und bezahlt.« Baren gab seiner Schwester einen sanften Stoß in die Rippen. »Und wer weiß, vielleicht findet ja einer deiner Verehrer doch noch dein Gefallen.«

Ayrin schnaubte nur verächtlich, aber ihr Bruder ließ nicht locker. »Du weißt schon, dass viele der Knechte und Bauernsöhne nur ins Gasthaus kommen, weil sie auf ein Lächeln von dir hoffen, oder? Und unter den Soldaten mag sich jetzt auch der eine oder andere in diese Schar einreihen. Und wenn du als Magd auf der Burg arbeitest, und ich Waffenknecht bin …«

»Na, besten Dank, Baren. Ich weiß nicht viel, nur, dass weder du noch ich mit den Soldaten gehen werden. Ich will hinaus, etwas von der Welt sehen. Vielleicht Gramgath, die Hauptstadt, ganz gewiss aber das Meer, von dem Lell so gerne erzählt.«

»Du weißt schon, dass unser Koch das Meer nie selbst gesehen hat, oder? Er hat diese Geschichten von haushohen Wogen und tanzenden Schiffen alle nur von seinem Vetter gehört.«

»Und deshalb können sie nicht wahr sein?«, fuhr Ayrin ihren Bruder wütend an.

»Ich verstehe einfach nicht, wie du dich nach etwas sehnen kannst, das du nur vom Hörensagen kennst«, gab der zurück.

»Das merke ich.« Sie seufzte, und dann, nach einem Moment, in dem sie schweigend nebeneinanderher liefen, sagte sie leise: »Und ich will nach Mutter suchen.«

Baren blieb stehen. »Warum willst du nach einer Frau suchen, die ihre eigenen Kinder auf der Schwelle eines Gasthauses ablegt, ohne Gruß, ohne Hinweis, mit nicht mehr als den Namen auf einem Zettel? Es ist klar ersichtlich, dass sie mit uns damals nichts zu tun haben wollte und es auch heute nicht will, sonst hätte sie längst einmal nach uns gesehen.«

»Vermutlich wird sie irgendwie daran gehindert, und …«

»Lass es gut sein, Ayrin«, unterbrach Baren sie schroff, wie so oft, wenn sie diesen wunden Punkt berührte.

Sie schwieg, war aber, anders als ihr Bruder, nicht bereit, ihre Mutter aufzugeben. Sie musste für ihr Handeln einen guten Grund gehabt haben. Und wenigstens den wollte sie eines Tages herausfinden.

Die Hütten am Dorfrand rückten näher. Trübes Licht fiel aus den Fenstern, hinter denen die Tagelöhner und Knechte hausten. Ein Stück weiter stemmten sich die steinernen Mauern der großen Bauernhöfe, die den Kern von Halmat bildeten, gegen den ewigen Wind. Die Zwillinge erreichten den Marktplatz, und auf der anderen Seite erwartete sie groß und imposant das einzige Gasthaus des Ortes – der *Blaue Drache*.

Sie eilten zum Hintereingang und trafen auf dem Gang zur Küche auf Grit, die Schankmagd, beladen mit einem halben Dutzend Tellern. »Da seid Ihr ja endlich«, keuchte sie. »Schnell, nehmt die Schürzen. Die Gaststube ist voll, wegen der Soldaten, und alle haben sie Hunger und Durst.«

»Und der Ohm?«, frage Ayrin besorgt.

»Grener Staak ist nach den Riten mit Müller Ulcher gegangen, die haben wohl etwas zu besprechen.«

»So ein Glück«, entfuhr es Baren.

»Na, ich würde mich nicht zu früh freuen. Der Müller will bestimmt sein geliehenes Geld endlich zurück und ihr wisst ja, dass euer Ohm keines hat. Also wird er ihm wieder Anteile an Haus und Hof überschreiben müssen. Ich will Meister Staak nicht über den Weg laufen, wenn er wiederkehrt.«

Ayrin seufzte. Wenn der Ohm Geld brauchte, würde ihm auch wieder einfallen, dass die Geschwister sich freikaufen wollten. Vielleicht würde er sich etwas Neues ausdenken, um den Preis dafür in die Höhe zu treiben. Dann beschloss sie, sich darüber keine Gedanken zu machen und stürzte sich in die Arbeit.

Es war wirklich viel zu tun, denn beide Gaststuben waren voll besetzt. Der blonde Soldat, es stellte sich heraus, dass er ein Leutnant war, saß mit seinem Hauptmann in der hinteren Stube, die sonst den bessergestellten Bewohnern des Dorfes vorbehalten war, während die einfachen Soldaten bei den Knechten in der großen Stube saßen. Sie schienen besonders durstig zu sein, jedenfalls kamen Grit, Baren und Ayrin kaum hinterher mit dem Schleppen der schweren Bierkrüge. Je später es wurde, desto lauter und lustiger ging es zu, und bald fiel die eine oder andere anzügliche Bemerkung und es gab Hände, deren Besitzer vergaßen, was sich gehörte. Ayrin hatte Übung darin, Berührungen auszuweichen und zweideutige Bemerkungen zu überhören, und die stämmige Grit, unangefochtene Herrscherin des *Blauen Drachen*, sorgte mit Witz und Entschlossenheit dafür, dass keiner der Männer auf wirklich dumme Gedanken kam. Später setzte sich der Leutnant zu den Knechten und unterhielt sie mit Erzählungen von Heldentaten und reicher Beute. Ayrin hatte nicht die Zeit, seinen wilden Geschichten zu lauschen, sandte ihm nur hin und wieder einen missbilligenden Blick. Doch er schien dem, zu ihrem leichten Ärger, keinerlei Beachtung zu schenken.

Der Ohm kehrte erst spät in der Nacht zurück, lange nachdem die letzten Gäste gegangen waren. Ayrin wurde in ihrer Stube wach und hörte ihn hinunter in den Keller poltern. Noch ewig hörte sie ihn fluchen und jammern, und sie hatte keine Zweifel, dass er sich ausgiebig am Branntweinvorrat des Gasthauses bediente.

Die Fremde

Am nächsten Morgen war Ayrin früh auf den Beinen. Sie heizte den Kachelofen im Gasthaus vor und riss Fenster und Türen auf, um den Geruch von schalem Bier und fettigem Essen aus den Stuben zu vertreiben.

Sie freute sich auf die Gelegenheit, dem Leutnant noch einmal ihre Meinung zu sagen, doch erfuhr sie, zu ihrer Enttäuschung, von Grit, dass der Trupp bereits im Morgengrauen weitergezogen war. »Sie haben einen Knecht von Müller Ulcher überredet, sich ihnen anzuschließen, und den Gesellen von Schuster Solla auch. Zum Glück war dein Bruder zu schlau, um auf die schönen Märchen dieses Leutnants hereinzufallen. Du solltest ihn wecken, es ist viel zu tun.«

»Ich glaube, als Baren hörte, dass diese Soldaten vor Sonnenaufgang aufzustehen pflegen, war seine Begeisterung erloschen«, sagte Ayrin grinsend. »Du weiß nicht zufällig, wie dieser Leutnant hieß, Grit?«

»Na, das ist doch der Sohn vom alten Tegan, der drüben auf Burg Grünwart die Waffenkammer verwaltet. Botaric ist sein Name, er wird aber, glaube ich, nur Bo genannt. Jetzt hilf mir, den Boden zu schrubben, auch wenn es vergebene Liebesmühe scheint. Die alten Dielen wollen nicht mehr recht glänzen.«

»*Das* war Botaric Tegan? Ich höre die Mägde am Brunnen oft über ihn kichern. Sie reißen sich geradezu darum, Botengänge hinüber zur Burg zu machen, nur um *Ritter Bo* zu Gesicht zu bekommen.«

»Ja, wäre ich nur ein paar Jahrzehnte jünger, würde ich bei seinem

Lächeln auch ins Seufzen kommen. Ich wundere mich, dass du ihn nicht kennst. Er ist ja hin und wieder bei den Riten dabei.«

»Leider ist der Ritentag der einzige, an dem Baren und ich uns richtig um Nurre kümmern können.«

»Stimmt, verzeih, das hatte ich vergessen. Bei den Göttern, ich vermisse sie. Der *Blaue Drache* ist einfach nicht mehr derselbe, seit sie aufs Altenteil gezogen ist. Wie geht es ihr denn?«

»Unverändert, möchte ich sagen. Sie erklärt bei jeder Gelegenheit, dass sie mit einem Bein im Grabe stehe, wie seit Jahren schon. Doch sie ist wirklich nicht mehr gut zu Fuß. Und ihre Augen werden immer schlechter.«

Ein helles Räuspern unterbrach ihr Gespräch. Ayrin blickte auf, Grit ebenso. Sie verstummten beide.

Eine Fremde stand in der Eingangstür und sah sich in der Gaststube um. Ayrin fand sie viel zu vornehm und schön, um in einem Gasthaus wie dem *Blauen Drachen* zu erscheinen. Sie blinzelte, aber es war keine Erscheinung, die Fremde wartete wirklich im weit offenen Eingang der Schänke und wirkte etwas verloren.

»Was will die denn hier?«, fragte Grit, den Putzlumpen in den Händen.

»Das Beste wird sein, du fragst sie«, meinte Ayrin und wischte sich den Schweiß von der Stirn.

Grit erhob sich ächzend, trocknete sich umständlich die Hände an der Schürze ab und schlurfte in ihren Holzschuhen hinüber zur Theke. »Was kann ich für Euch tun, edle Dame?«, fragte sie.

»Ein Quartier für eine Woche«, lautete die Antwort.

»Bei uns?«, fragte Grit und wirkte erschrocken.

»Gibt es in diesem Dorf denn noch ein anderes Gasthaus?«, lautete die freundliche Gegenfrage.

»In Halmat? Du liebe Güte, natürlich nicht. Nur, dass hochgestellte Herrschaften für gewöhnlich um Unterkunft in Burg Grünwart ersuchen. Die liegt nur drei Meilen entfernt, auf halber Strecke nach ...«

Ayrin hielt es nicht mehr aus. Sie eilte hinüber und rief: »Aber selbstverständlich seid Ihr im *Blauen Drachen* willkommen, edle Dame.«

»Bin ich das?«, fragte die Fremde und zog den pelzbesetzten Umhang enger um die Schultern. Die Frau, sie mochte um die dreißig sein, wirkte leicht abwesend. Ayrin konnte nicht entscheiden, ob sie sie verspottete, oder ob die Frage ernst gemeint war. »Es ist uns eine Ehre«, stieß sie ihrerseits hervor.

»Dann für sieben Tage und Nächte ein Zimmer für mich und Platz im Stall für meine Pferde und meinen Diener.«

Der Genannte stand draußen vor der Tür und hielt die beiden Reittiere. Ein scharfer Wind trieb einzelne, einsame Schneeflocken über die Straße.

»Das wären am Tag drei Heller für Euch und drei für die Pferde und den Diener. Der Stall ist schräg gegenüber. Er gehört dem Schmied, doch stellen wir die Pferde unserer Gäste auch dort unter. Wir hätten noch Platz für Euren Diener in der großen Schlafstube, Herrin«, sagte Ayrin. »Es würde nur einen halben Heller mehr die Nacht kosten.«

Die Frau blickte gedankenverloren zur Decke. Unwillkürlich folgte Ayrin ihrem Blick. Eine Wolfsspinne kroch träge über einen der Balken.

»Tsifer trennt sich nicht gerne von den Pferden«, sagte die Fremde. »Er macht sich nichts aus Häusern oder Betten.« Sie zwinkerte Ayrin mit ihren dunklen Augen zu, beugte sich zu ihr hinüber und raunte: »Er ist ein bisschen verrückt, müsst Ihr wissen.«

»Sehr wohl«, erwiderte Ayrin unbeholfen.

»Der Punkt ist doch, dass wir gar keine Einzelzimmer haben, Ayrin«, meldete sich Grit zu Wort. »Und das Viererzimmer können wir ihr nicht geben, weil der Viehhändler Trax mit seinen Gehilfen schon darin wohnt. Er ist ein sehr alter und guter Kunde. Der Meister Staak wird nicht wollen, dass wir ihn ausquartieren.«

Die Fremde schien ihr nicht zuzuhören. Sie starrte in die Ecke, in die sich die Spinne inzwischen zurückgezogen hatte. Endlich zog sie aus einem Beutel an ihrem Gürtel sieben Münzen, die sie, ohne hinzusehen, nacheinander auf den Tresen legte. »Für sieben Tage Unterkunft, Verpflegung und Heu für die Pferde.«

»Meine Güte, Silberkronen!«, entfuhr es Grit.

»Wir können das Dachzimmer herrichten«, rief Ayrin.

»Das wird Meister Staak aber nicht recht sein, weil seine Stube darunter liegt, und er es nicht mag, wenn Gäste des Morgens dort umhertrampeln.«

Ayrin verdrehte die Augen. »Für sieben Silberkronen wird er eine Ausnahme machen. Am besten, du weckst ihn und sagst ihm, dass wir vornehmen Besuch haben.«

»Ich? Grener Staak wecken? Du weißt doch, wie unleidlich er ist, wenn man ihn vor dem Mittag weckt. Sein Abend gestern war wieder lang und unerfreulich, möchte ich wetten.«

»Dann gehe ich eben selbst. Der Ohm wird noch viel unleidlicher werden, wenn er erfährt, dass wir einen so vornehmen Gast weggeschickt haben. Ich schicke dir Baren, damit er der edlen Dame mit ihrem Gepäck hilft, und dann müssen wir die Stube heizen, und putzen müssen wir sie auch. Aber das dauert nur einen Augenblick, werte Dame. Ihr könnt Euch dort auf der Ofenbank wärmen.«

»Was für eine Aufregung!« Grit seufzte, aber endlich schien sie zu begreifen, dass hier gutes Geld zu verdienen war. Ayrin eilte die

Treppe zum ersten Stock hinauf und hörte die Schankmagd sagen: »Soll ich Fenster und Türen schließen? Wisst Ihr, wir lassen immer frische Luft herein, es hilft beim Putzen, vertreibt üble Gerüche und dunkle Gedanken. Wollt Ihr etwas zum Frühstück? Dann wecke ich den Koch …«

Aus vielen Gründen hätte Ayrin gerne darauf verzichtet, den Ohm zu wecken, doch sie nahm ihre Pflichten ernst. Sie klopfte an die Tür, erhielt erst keine Antwort, klopfte aber weiter, bis sie irgendwann auf der anderen Seite ein schlecht gelauntes Stöhnen und Knurren hörte.

»Wir haben einen Gast, Ohm, eine Fremde«, rief sie.

Ein schwerfälliges »Dann kümmert Euch gefälligst« drang durch die Tür.

»Es ist eine vornehme Dame, Ohm. Sie verlangt eine Einzelstube. Dürfen wir die Dachkammer herrichten? Sie zahlt mit gutem Silber, und sie fragt nicht nach dem Preis. Eine ganze Krone pro Tag will sie geben.«

»Silber?«, fragte es durch die Tür. Die Stimme des Ohms klang gleich viel wacher. Er hustete, stöhnte und spuckte geräuschvoll aus, dann polterte er: »Warum lungerst du dann noch vor meiner Tür herum, dumme Gans? Heizt die Gaststube, weckt den Koch, und bereitet ihr die verdammte Kammer!«

»Wir sind schon dabei, Ohm, doch wollten wir dich wecken, damit du den Gast persönlich begrüßen kannst.«

Auf der anderen Seite der Tür fiel polternd ein Stuhl um. Der Ohm fluchte, vermutlich hatte er sich irgendwo gestoßen. Dann rief er: »Ohne mich geht es natürlich wieder nicht. Ich komme. Und du, Ayrin Rabentochter, schlägst besser nicht Wurzeln vor meiner Tür. Mach dich endlich nützlich!«

Zwei Stunden später trat Ragne von Bial in den dämmrigen Stall auf der anderen Seite des Platzes. Meister Ramold, der ihn führte, war nebenan in seiner Schmiede und fertigte Hufnägel, und so klang lautes Hämmern hinüber in die Wärme des dunklen Holzbaus, in dem ein halbes Dutzend Pferde untergestellt war.

»Tsifer, wo steckst du?«

Eine Gestalt erhob sich aus dem Stroh. »Hier drüben, *Euer Gnaden*. In dem Quartier, das mir Eure Großzügigkeit zugewiesen hat.«

Ragne lächelte. »Hier wirst du besser schlafen als im Gasthaus. Die Rune muss irgendwo dort drüben versteckt sein. Ich kann sie fühlen. Du würdest es in dem Haus vermutlich gar nicht aushalten. Ich habe selbst schon unerträgliche Kopfschmerzen und die einfachsten Zauber fallen mir schwer.« Sie warf ihm einen Apfel zu. Einen zweiten verfütterte sie an ihr Pferd.

Tsifer fing den Apfel mit einer Hand und polierte ihn mit dem Ärmel. »Es war eine dumme Idee, in dieses Dorf zu gehen. Wir hätten uns weiter in den Wäldern verbergen sollen, solange die Rune wirkt, wie bisher auch.«

Ragne rümpfte die Nase. »Ich bin nicht wie du, Tsifer. Nicht einen Tag länger hätte ich es in diesen eisigen Wäldern ausgehalten. Dieses ewige Verstecken hat mich mürbe gemacht. Ich weiß gar nicht mehr, wie es sich anfühlt, mal eine Nacht nicht zu frieren. Und du hast gehört, wie unzufrieden der Fürst mit unseren Fortschritten ist. Wir können es uns einfach nicht mehr leisten, tagelang darauf zu lauern, dass uns irgendein Trottel in der Wildnis ins Netz geht, Tsifer.«

»Und doch war es ein Fehler, in dieses Dorf zu gehen. Es wird ein böses Ende nehmen. Du wirst sehen.«

»Wir werden hoffentlich nicht lange bleiben müssen. Hast du von deinen *Freunden* etwas erfahren können?«

»Ich habe sie gefragt, wie du es verlangt hast, aber, wie ich es voraussagte, wissen sie nichts von der Rune. Sie haben mir allerdings erzählt, dass die Speicher dieses Ortes gut gefüllt scheinen, vor allem jene, die dem Schmied gehören.«

Ragne sah ihn ungnädig an. »Ich habe dir schon einmal gesagt, dass du mich nicht duzen sollst, solange ich die vornehme Dame gebe. Man weiß nie, wer zuhört.«

»Hier sind nur wir, die Pferde und ein paar Mäuse. Die werden gewiss nichts verraten, *Eure Hoheit*«, sagte Tsifer und lachte meckernd, bevor er in den Apfel biss.

»Schön. Ich gehe zurück ins Gasthaus und werde versuchen, herauszufinden, wo dieses verfluchte Zeichen versteckt ist. Und wenn ich daran denke, werde ich dir später etwas zu essen schicken lassen.« Sie betonte den letzten Satz so, dass ihr Begleiter merkte, dass sie durchaus in Erwägung zog, es zu vergessen.

Er antwortete mit einem Achselzucken, biss noch einmal in den Apfel und legte sich dann mit aufreizend breitem Grinsen wieder ins warme Stroh.

»Hat sie eigentlich gesagt, was sie bei uns will?«, fragte Ayrin. Sie stand mit Grit an der Theke und spähte hinüber zu der Fremden, die schon eine ganze Weile in der Stube saß, erst am Kachelofen, jetzt, da sich die Gaststube langsam füllte, an einem kleinen Tisch in einer Nische. Merkwürdigerweise wollte sie nicht in der hinteren, der besseren Stube sitzen.

»Dem Meister hat sie gesagt, dass sie wegen Geschäften hier sei«, erwiderte Grit.

Ayrin füllte den nächsten Krug mit Bier. »In Halmat?«

Die Schankmagd grinste. »Das hat Grener Staak auch gesagt, und als er nachfragte, was für Geschäfte dies seien, hat sie erwidert, dass sie für irgendeinen Auftraggeber nach guten Gelegenheiten Ausschau halte.«

»In Halmat?« Ayrin stellte den letzten Bierkrug auf das Tablett.

Grit lachte, nahm es auf und schleppte es hinüber zu den Tischen. Die große Gaststube, und auch die hintere, waren viel besser gefüllt als sonst unter der Woche, was, da war sich Ayrin sicher, der Fremden zu verdanken war. Sie winkte ihren Bruder heran und stellte einen Krug Wein auf den Tresen. »Der ist für unseren besonderen Gast«, sagte sie, und stellte einen schön bemalten Steingutbecher dazu.

Baren nickte und hob das Tablett zögernd auf, sie aber hielt ihn am Arm fest. »Vergiss nicht, zu fragen, ob sie noch einen Wunsch hat.«

»Fragen?« Ihr Bruder blickte sie entsetzt an.

Ayrin nickte ernsthaft. »Je mehr sie bestellt, desto mehr Silber nehmen wir ein und desto besser wird der Ohm gelaunt sein. Und da sie sicher reich ist, fallen vielleicht auch ein paar Heller für uns ab.«

»Wenn der Ohm nur nicht wieder alles verspielt. Müller Ulcher hat seine Würfel mitgebracht.« Baren zog mit finsterer Miene ab.

»Du liebe Güte, was ist denn in deinen Bruder gefahren«, fragte Grit und wischte sich den Schweiß von der Stirn. »Er sieht aus, als müsse er zum Heiler, um sich einen Zahn ziehen zu lassen.«

»Ich habe ihm nur aufgetragen, die Fremde nach ihren Wünschen zu fragen.«

»Du bist manchmal ein Biest«, sagte Grit und lachte, während sie auf die nächsten Humpen wartete.

Ayrin lud ihr das Tablett voll. »Irgendwann muss er doch einmal lernen, mit Frauen zu sprechen«, sagte sie lächelnd, während sie das nächste Bier zapfte.

Ragne von Bial sah sich um. Sie hatte ihren Platz mit Bedacht gewählt, denn er verschaffte ihr einen guten Überblick über die voll besetzten Schankräume. Der Wirt saß in der hinteren Stube, an einer großen Tafel mit anderen, offenbar wichtigen Männern des Dorfes und widmete sich dem Branntwein und dem Würfelspiel. An den weniger vornehmen Tischen wurde gelacht und getrunken und es wurde viel über die Fremde geraunt. Ragne hatte längst begriffen, dass in dieser abgelegenen Gegend eine reisende Frau eine Rarität war, noch dazu, wenn sie nicht in der Kutsche, sondern zu Pferde und nur mit einem vorgeblichen Diener, aber ohne Ehemann unterwegs war.

Sie ignorierte die vielen neugierigen Blicke und folgte lieber den Abenteuern ihrer kleinen Spione, die sich auf Spinnenbeinen durch das Haus tasteten und nach einem verdächtigen Beutel Ausschau hielten. Dieser alte Kasten war groß und verwinkelt. Der Runenbeutel konnte überall sein. Er war auf jeden Fall nah und erschwerte ihr selbst diese kleine Zauberei. Dann wurde sie auch noch gestört und musste die Verbindung fahren lassen.

»Wie bitte?«, fragte sie freundlich, weil ein junger Mann sie angesprochen hatte.

Dieser wich ihrem Blick aus. »Ich soll fragen, ob Ihr noch einen Wunsch habt, Euer Gnaden.« Er hatte ihr den Wein gebracht, den sie verlangt hatte.

Sie lächelte und tippte mit ihrem Zeigefinger auf den Rand des Bechers. »Ist es in diesem Dorf nicht üblich, einem Gast einzuschenken, wenn man serviert?«

»Doch, doch, verzeiht«, sagte der junge Mann. Der Krug schlug hart auf den Rand des Bechers auf.

»Sagt, junger Freund, wie ist Euer Name?«, fragte Ragne freundlich. Sie legte ihre schlanke Hand auf seinen Unterarm, um ihm zu bedeuten, dass ihr der Krug voll genug war.

»Baren, Herrin«, kam es zurück.

»Baren ist ein hübscher Name. Und wie weiter?«

»Baren Rabensohn, Euer Gnaden. Entschuldigt mich.« Er rannte fast zurück zur Theke.

Ragne sah ihn mit dem Mädchen sprechen. Sie schätzte beide auf etwa siebzehn Jahre. Sie sahen sich auf den ersten Blick nicht ähnlich: Er war dunkelblond und breitschultrig, sie hingegen war schlank und schwarzhaarig. Und dennoch war unübersehbar, dass sie Geschwister waren, vermutlich sogar Zwillinge. Sie nippte an dem Wein, der ihr zu sauer war, und winkte hinüber zur Theke. Das Mädchen schickte ihren Bruder. Das war Ragne nur recht, denn sie begann, einen Plan zu entwickeln, in dem der junge Mann eine Rolle spielen sollte.

»Ihr … Ihr habt noch einen Wunsch, edle Dame?«

»Ist die junge Frau dort Eure Schwester?« Und nach einem Nicken des Jungen fuhr sie fort: »Rabensohn ist ein eigenartiger Name, vor allem für ein Mädchen.«

»Oh, sie wird natürlich Rabentochter genannt. Wir sind Findelkinder, Herrin. Und in Halmat sagt man, dass die von Raben gebracht werden.«

»Wirklich? Wie faszinierend! Was den Wein betrifft, so ist er ein wenig zu herb und vor allem zu dünn für meinen Geschmack. Vielleicht gibt es im Keller dieses Gasthauses noch einen etwas milderen und gehaltvolleren Tropfen?«

»Gewiss, Herrin.«

Er brachte kurz darauf einen neuen Krug. »Der hier ist aus Kandt, Euer Gnaden.«

»Ah, das ist ja beinahe meine Heimat«, sagte Ragne mit einem Lächeln. Sie nippte am Becher. »Ja, der schmeckt nach den sanften Hängen von Kandt und Bial. Damit habt Ihr mir eine Freude gemacht, Baren Rabensohn.« Sie legte eine Silbermünze auf den Tisch.

Er starrte wie gebannt auf das Geldstück.

»Ihr könnt die Krone ruhig an Euch nehmen.«

Verstohlen blickte er hinüber zur hinteren Stube, in der ein Müller namens Ulcher das Wort und die Würfel führte. »Es ist nur, dass wir dem Ohm alles Trinkgeld abgeben müssen, Herrin.«

»Nun, von mir wird er davon nichts erfahren«, flüsterte Ragne ihm verschwörerisch zu und schob die Münze über den Tisch. »Und ich glaube, Ihr könnt Euch noch mehr verdienen, junger Freund. Ihr seid angenehme Gesellschaft.«

Er wurde rot, nahm die Münze rasch an sich und verschwand zur Theke, wo er sie gleich seiner Schwester zeigte. Ragne lehnte sich zufrieden zurück. Es war also etwa so, wie sie es sich gedacht hatte. Der Herr des Hauses versetzte seine Bediensteten nicht nur in Angst und Schrecken, er hielt sie auch noch knapp. Der junge Mann konnte ohne Frage Geld gebrauchen. Vielleicht gab es hier irgendwo im Dorf ein Mädchen, das er mit einem Geschenk beeindrucken wollte. Da konnte sie ihm helfen.

Ragne nippte an dem Wein, der nicht viel besser war als der vorige und suchte wieder die Verbindung zu ihren achtbeinigen Lieblingen, die das Haus durchstöberten, aber bislang immer noch nicht fündig geworden waren. Nach einer Weile winkte sie den jungen Rabensohn erneut heran.

»Vielleicht könnt Ihr mir eine Frage beantworten, mein Freund. Ich bin auf meinem Weg an einigen Dörfern vorübergekommen, die hart von der Seuche getroffen worden waren. Viel Vieh war verendet und auch die Menschen waren erkrankt und ganz elend. In diesem Dorf scheinen hingegen zumindest die Bewohner wohlauf zu sein.«

»Wir haben wahrscheinlich Glück«, sagte der junge Mann und schien verlegen auf eine Bestellung zu warten.

»Nur Glück?«, fragte Ragne und legte noch eine Silberkrone auf den Tisch.

Er strich sie ein und raunte: »Und natürlich eine Rune.«

»Ah, eine Schutzrune! Wie weise! Ich nehme an, sie wird von jenem Priester in seinem Tempel verwahrt, oder? Der kleine Mann dort drüben, in der hinteren Stube, der mit dem langen Bart, das ist doch ein Priester, nicht wahr?«

»Das ist er, aber Aba Brohn ist viel unterwegs, weil er auch für andere Dörfer die Riten abhalten muss. Außerdem ist es besser, die Rune in der Mitte des Ortes zu verwahren, anstatt auf dem Hügel. Sie soll ja Vieh und Mensch beschützen, nicht einen Priester, der selten da ist.«

»Mir scheint, die Halmater sind kluge Leute. Aber ich vergaß beinahe, dass ich etwas zu essen bestellen wollte. Was kann mir Eure Küche anbieten?«

Der junge Mann zählte ein halbes Dutzend reichhaltige Mahlzeiten auf, aber sie bestellte nur etwas Brot, Butter und Honig, was er mit sichtbarer Verwunderung zur Kenntnis nahm.

Kaum war der Schankknecht fort, fiel ein Schatten auf Ragnes Tisch. Ein Mann in geschwärztem Kettenhemd hatte sich vor ihr aufgebaut und betrachtete sie mit unverhohlener Neugier. Sie hatte ihn eben noch in der hinteren Stube gesehen.

»Kann ich etwas für Euch tun?«, fragte sie freundlich.

»Das will ich meinen oder hoffen, wenn Ihr erlaubt. Es ist mir zu Ohren gekommen, dass Fremde in dieses Dorf eingefallen sind. Fremde, die nicht von hier sind, sodass es mir Aufgabe, Ehre und Pflicht ist, nachzufragen, was es mit Euch auf sich hat oder nicht hat. Hauptmann Hufting, zu Euren Diensten, Befehlshaber der Wache von Halmat.«

»Es gibt eine Wache in diesem Dorf?«

»Natürlich. Ich könnte nicht ihr Hauptmann sein, wenn es sie nicht gäbe, oder? Das heißt, im Grunde genommen bin ich derzeit nur mein eigener Hauptmann, denn seit der alte Grol gestorben ist, wache ich alleine über die guten Leute dieser Siedlung. Und wenn viele auch sagen, das sei überflüssig, weil es Jahre her ist, dass der letzte Räuber es wagte, hier sein ungewaschenes Gesicht zu zeigen, so halte ich jenen entgegen, dass dies wohl vor allem mein Verdienst ist, der ich hier wache, Nacht für Nacht! Wir brauchen diese aufgeblasenen Soldaten von Burg Grünwart nicht, die sich in der Summe nur höchst selten hier blicken lassen und dann doch nur im Wirtshaus auf ihrem gepanzerten Gesäß herumsitzen und zu viel trinken.«

»Ihr erfüllt ohne Frage eine noble Aufgabe«, sagte Ragne von Bial, die Schwierigkeiten hatte, den umständlichen Ausführungen des Mannes zu folgen.

»Wie wahr Ihr sprecht, edle Dame! So komme ich denn, wie der unfehlbar am Himmel kreisende Adler, zurück auf die eingangs dieser angenehmen Unterhaltung gestellte Frage, was es mit Euch und Eurem Besuch im schönen und bescheidenen Halmat auf sich hat.«

»Oh, ich erkunde geschäftliche Gelegenheiten in dieser Gegend, für einen befreundeten Auftraggeber.«

»Gelegenheiten? Hier? Was hat Euer befreundeter Geber von Aufträgen denn im Sinn, in einer Gegend, die nur in Langeweile unübertrefflich ist?«

»Das ist geheim, wie Ihr vielleicht versteht, aber ich will Euch ein

Stück ins Vertrauen ziehen und enthüllen, dass es mit Vieh zu tun hat.«

»Ein Züchter also? Nun, Weideland gibt es hier reichlich und in allen Größen und Lagen, ohne Frage. Und dieser Landstrich ist, wie ich vielleicht bereits angedeutet habe, auch dank meiner unermüdlichen Bemühungen, außerordentlich sicher.«

»Was ich lobend erwähnen werde«, versicherte Ragne.

»Daran tut Ihr nicht völlig unrecht, werte Dame, nicht völlig!«, sagte der Hauptmann, strich sich durch den Bart und zog sich mit einer steifen Verbeugung zurück.

Ragne konnte sich endlich wieder ihren Spinnen widmen. Doch immer noch hatten ihre achtbeinigen Helfer keinen Hinweis gefunden, wo der Runenbeutel versteckt sein mochte.

Der Abend wurde nach und nach lebhafter. Die Befangenheit, mit der die Halmater Ragne lange betrachtet hatten, schwand allmählich. In der hinteren Stube klackerten die Würfel und es wurde viel geflucht und gelacht. Ragne sandte eine ihrer Springspinnen hinüber und war bald sicher, dass der Müller einen gezinkten Würfel im Ärmel versteckte, den er hin und wieder gewinnbringend einsetzte.

An der Theke stritten die Geschwister miteinander, wenn sie Zeit dafür fanden. Es war nicht leicht, eine Laufspinne so nah an die beiden heranzubringen, dass sie etwas hören konnte. Schließlich erfuhr sie, wie Baren seiner Schwester vorrechnete, dass ihnen immer noch einhundertundfünfunddreißig Kronen und einige Heller fehlten, um sich freizukaufen. Eine Krone mehr oder weniger würde da keinen Unterschied machen. Die Schwester sah das anders. Sie drängte ihn, nur ja recht freundlich zu der Fremden zu sein, die vielleicht noch mehr Silber springen lassen würde. Und dann entdeckte Ayrin Rabentochter die Laufspinne an der Wand, nahm ihr Geschirrtuch und schlug sie tot.

Ragne von Bial zuckte zusammen, als der Schlag ihren kleinen Spion traf, es war, als sei sie selbst geschlagen worden. Sie hasste es wie die Pest, wenn so etwas geschah. Doch sie riss sich zusammen. Sie musste ihren Plan vorantreiben.

Bald kam ihr Essen und Ragne nutzte die Gelegenheit, ihre Falle weiter aufzuspannen. »Ich wundere mich, dass sich ein Dorf, wie das hiesige, eine Schutzrune leisten kann.«

»Der alte Maberic verlangt gar nicht so viel dafür, glaube ich.«

»Ah, den Namen hörte ich bereits. Ein wandernder Runenmeister, nicht wahr? Aber wer gibt das Gold, das man der Rune beifügen muss?«

»Gold?«

Ragne nickte ernsthaft. »In diesem Edelmetall steckt noch etwas von der weißen Magie, die im Drachenkrieg verloren ging. Ohne zwei oder drei Goldstücke kann die Rune nicht wirken.«

Der junge Mann schüttelte den Kopf. »Niemand in diesem Dorf hat je ein Goldstück gesehen, geschweige denn besessen, meine Dame.«

»Vielleicht halten sie es auch nur geheim, was kein Wunder ist, denn eines ist leicht hundert Silberkronen wert.«

»Hundert?«

»Ja, schwer vorstellbar, nicht wahr?«

Baren Rabensohn nickte.

»Und es ist eine Verschwendung.«

»Die Rune ist ja wichtig, Herrin.«

»Ohne Frage, aber die Magie in einer einzigen Goldkrone reicht für viele Jahre. Ich habe nie verstanden, warum sie immer mehrere davon in diese Runenbeutel legen.«

»Mehrere?«

»So halten sie es für gewöhnlich. Nun, lassen wir das. Was ist das für ein Honig? Stammt er aus diesem Dorf? Er ist köstlich!«

Der junge Mann gab ihr eine gestotterte Antwort und verschwand dann wieder. Den Rest des Abends war er sehr schweigsam. Seine Schwester fragte ihn offenkundig mehrmals, was mit ihm los sei, doch gab er ihr wohl keine zufriedenstellende Antwort. Ragne sah, dass ihre Saat schon austrieb.

Sie sprach mit ihm nicht mehr über Runen. Stattdessen ließ sie Bemerkungen fallen über Freiheit und Unabhängigkeit, und dann erzählte sie beiläufig von Argonos, einem legendären Helden aus Bial, den ein magischer Schatz aus der Knechtschaft befreite und zu großem Ruhm verhalf, und der am Ende vieler Abenteuer das Herz einer schönen Frau eroberte. Sie sah das Leuchten in Baren Rabensohns Augen und fragte sich, ob sie zu weit gegangen war. Es wäre so viel einfacher gewesen, wenn sie ihn hätte mit einem Zauber manipulieren können. Leider verhinderte das die verfluchte Rune, die ihr immer stärkere Kopfschmerzen bescherte. Sie rief sogar ihre Spinnen zurück, weil selbst dieses kleine harmlose Kunststück auf Dauer zur Marter wurde.

Die Zeit schritt fort und in der hinteren Stube wurde inzwischen mehr gestritten als gelacht. Ragne konnte sehen, dass der Wirt betrunken war. Er beschuldigte alle und jeden, ihn zu betrügen, aber die Männer lachten ihn nur aus. Der Priester hatte irgendwann genug und zog sich mit angewiderter Miene zurück. Der Lärmpegel schwoll an, und bald setzte die Schankmagd, die Grit gerufen wurde, recht resolut einige Zecher vor die Tür.

Ragne von Bial zog sich mit einem halben Krug Wein in ihre Kammer zurück. Sie massierte ihre schmerzenden Schläfen und wartete ungeduldig darauf, dass sich Baren Rabensohn in ihrem Netz verfangen würde. Irgendwann, unten war es ruhig geworden, nickte sie ein.

Später schreckte sie hoch und lauschte auf die Stille. Ein Lächeln huschte über ihr Gesicht: Die Kopfschmerzen waren fort! Sie erhob sich, schlich aus der Kammer und dann hinüber in den Stall. Es war an der Zeit, ans Werk zu gehen.

Jemand rüttelte Ayrin an der Schulter. Sie schlug die Augen auf. Eine Kerze spendete Licht. Es war ihr Bruder, der ihre Schultern gepackt hielt. »Bist du wach?«

»Jetzt ja, Holzkopf«, murmelte sie unwillig.

»Gut. Steh auf. Du musst mir helfen.«

»Wie spät ist es?«

»Kommst du jetzt?«

Ayrin reckte sich und gähnte. Sie fröstelte. Die Tür der winzigen Kammer, die sie mit Baren teilte, stand offen. »Was ist denn los?«

»Es gibt Schwierigkeiten.«

Ayrin öffnete den Mund, um Baren zu sagen, dass er sich zu den Nachtalben scheren möge, aber dann sah sie die Besorgnis in seiner Miene und schlüpfte aus dem Bett. »Was hast du angestellt?«

»Zieh dir was über, wir müssen in den Stall.«

»Baren! Jetzt sag doch, was los ist!«

»Besser, ich zeig es dir.«

In Nachthemd und Mantel schlich Ayrin hinter ihrem Bruder die knarrende Treppe hinab, durch die Hintertür hinüber zum schmalen Kuhstall des Gasthauses. Sterne blitzten von einem wolkenlosen Himmel und Frost lag in der Luft.

Baren öffnete das schwere Stalltor gerade so weit, dass sie hindurchschlüpfen konnten. Ayrin hörte den Atem der schlafenden Kühe. Das Stroh roch warm. Ihr Bruder packte sie am Ärmel, zog sie zur Leiter und kletterte hinauf. Ayrin runzelte die Stirn. Auf dem

Zwischenboden lagerten Heu und Stroh für das Vieh. Was konnte Baren dort oben wollen? An einem Eichenträger hielt er an. »Hier«, sagte er und hob die Kerze. Eine Wolfsspinne huschte über den Balken davon.

Im gelben Licht sah Ayrin den Runenbeutel. Sie hatte damals von unten zugesehen, wie der alte Meister Maberic ihn aufgehängt hatte. Ein furchtbarer Verdacht keimte in ihr auf. »Was hast du getan, Baren?«

»Hab nur nachgesehen, weil ich dachte, dass da ein paar Münzen drin sein müssten.«

»Münzen? In einem Runenbeutel? Wie kommst du denn auf die Idee?«

»Hab's in der Schankstube gehört.«

»Von wem?«

»Weiß nicht.«

»Nicht zufälligerweise von der Fremden, die dir die Silberkronen gegeben hat?«

»Möglich. Ist doch aber auch gleich. Es gibt keine Münzen, und …«

»Und?«

»Na ja, da war so ein Zettel drin.« Er stockte wieder in seiner einsilbigen Erzählung.

»Das Pergament mit der Rune?«

»Kann sein. Ich hab ihn rausgeholt, weil ich ja nachsehen musste, was im Beutel ist, aber da sind nur Huf- und Hornspäne drin und ein Stein und Stroh und so Sachen, und, und … dann ist der Zettel in Flammen aufgegangen.«

»Die Rune ist verbrannt?«

Baren nickte. Er war leichenblass. »Wenn der Ohm das herausfindet, schlägt er mich tot.«

»Ich werde ihm nichts sagen«, erwiderte Ayrin langsam.

»Ich auch nicht, aber wenn das Vieh krank wird ...«

»Wird es vielleicht gar nicht. Der Winter ist schon fast vorbei. Und in zwei, drei Monaten kommt Meister Maberic wieder, und wir können ihn bitten, den Schutz zu erneuern.«

»Aber in Hainim ist die Seuche über die Ziegen gekommen und über die Schafe auch. Und dann über die Menschen. Und in Ochsrain sind die Rinder wie die Fliegen gestorben, und dann auch einige Knechte und Bauern. Das ist nicht weit. Und das Ölchen sagt, Pest und Seuche streifen für den Hexenkönig winters durchs Land, und wehe der Herde, die keinen Schutz hat.«

Auch Ayrin hatte von den Unglücken gehört, die über andere Dörfer des Tals gekommen waren. »Ich glaube nicht, dass der Hexenfürst sich viel um unseren Stall kümmert«, sagte sie unsicher.

»Aber er zehrt von Not und Elend. Das weiß doch jeder. Frag das Ölchen.«

»Die ist halb verrückt und darf sich nur um die Lampen im Tempel kümmern, weil sich Aba Brohn dafür zu fein ist. Was sollte die von solchen Dingen verstehen?«, erwiderte Ayrin, ohne viel Überzeugung. »Was hattest du überhaupt vor? Wolltest du die Münzen etwa stehlen?«

»Nein, nein, natürlich nicht. Ich wollte nur sehen, ob sie wirklich da sind.«

»Dummkopf. Wenn da jemals Geld drin gewesen wäre, hätte es der Ohm doch längst verspielt.« Sie seufzte. Spätestens, wenn der Runenmeister wieder ins Dorf kam, würde herauskommen, dass etwas nicht stimmte. Und der Ohm war nicht der Mann, der so etwas mit Gleichmut hinnahm. »Wir müssen sie ersetzen.«

»Die Rune?«

»Was denn sonst? Wir machen einen neuen Zettel, schreiben eine

Rune darauf, und legen ihn zurück in den Beutel. Vielleicht merkt der alte Maberic gar nicht, dass etwas nicht stimmt.«

»Aber wie …«, begann Baren, doch Ayrin schnitt ihm das Wort ab.

»Du musst in die Stube schleichen, in der der Ohm die Abrechnung macht. Wir brauchen Pergament, Tinte und Federkiel.«

»Du kannst doch gar nicht schreiben.«

»Ich will ja auch keinen Brief verfassen, ich muss nur eine Rune ersetzen. Ich habe schon ein paar gesehen. Das kann ja nicht so schwer sein.«

»Aber nur ein Runenmeister …«

»Willst du weiter Einwände erheben oder etwas unternehmen, Baren Rabensohn? Mach dich auf den Weg. Wir müssen fertig sein, bevor der Hahn kräht, das Morgengrauen ist nicht mehr fern.«

Baren sah sie mit einem Blick an, in dem Ayrin Bewunderung aber auch Zweifel las, und verschwand dann endlich. Sie blieb allein im Dunkeln zurück. Was hatte sie da vor? Eine Rune fälschen? Das war bestimmt verboten, vielleicht sogar gefährlich, aber weniger gefährlich, als den Ohm merken zu lassen, was ihr Bruder angerichtet hatte. Sie rieb sich die klammen Finger und versuchte sich die Runen in Erinnerung zu rufen, die es im Tempel gab. Sie hatte das Ölchen einmal gefragt, was sie bedeuteten, aber die Alte hatte nur geraunt, dass allein die Priester das wissen durften. Aba Brohn konnte sie jetzt aber nicht fragen, dafür fehlte die Zeit. Er hätte ihr wohl ohnehin nicht geholfen, denn der Priester war zwar beseelt von den Göttern und den heiligen Riten, aber nicht sehr hilfsbereit. Außerdem konnte er nichts für sich behalten.

Baren kehrte bald darauf zurück. Er brachte Feder, Tinte und mehrere Pergamente. »Falls du es beim ersten Mal nicht hinbekommst«, sagte er.

»Dein erster guter Gedanke heute«, murmelte Ayrin. Sie suchte sich einen möglichst ebenen Querbalken und strich das Pergament glatt. Sie sah dem Ohm gelegentlich zu, wenn er die Bücher führte. Er ließ sie, denn er meinte, es sei sogar nützlich, wenn seine Schankmägde rechnen konnten. Mit dem Schreiben von Buchstaben tat Grener Staak sich schwer, und er vertrat die Meinung, dass es für das Gesinde vollends unnütz sei. Und da ging es nur um Buchstaben. Runen waren noch einmal etwas völlig anderes. Sie waren alt, geheimnisvoll, magisch. Vielleicht brachte es Unglück, wenn man sie verwendete, ohne ihren Sinn zu kennen.

»Was ist jetzt? Es dämmert schon«, drängte Baren.

Ayrin schloss die Augen. Sie rief sich die Tempelrunen noch einmal ins Gedächtnis. Es hieß, sie erflehten den Schutz der Götter, und das war genau, was sie jetzt brauchte. Die Runen von Fronar dem Vater und Umone der Mutter kannte sie, doch welches der anderen Zeichen stand für Flehen und, vor allem, welches stand für Schutz?

Sie öffnete die Augen wieder und gestand sich ein, dass sie es nicht wusste. Kurz entschlossen wählte sie die Rune, die für sie am meisten nach Behüten aussah, und begann sie nachzuziehen. Das Ergebnis war erbärmlich.

»Ich weiß nicht, was dieses Zeichen bedeuten soll«, sagte Baren, »aber für mich sieht es aus, als sei es jämmerlich verhungert.«

Ayrin warf ihm einen bösen Blick zu, holte tief Luft und wiederholte das Zeichen, dieses Mal jedoch mit weit schnellerem Strich. Das sah schon besser aus. Baren reichte ihr ein neues Blatt. »Das ist ungefähr so groß wie der Zettel, den ich aus dem Beutel nahm. Leider habe ich die Rune nicht gesehen, weil er ja einfach in Flammen aufging.«

»Schön«, murmelte Ayrin, legte das Pergament auf den Balken, und zeichnete dann mit angehaltenem Atem rasch die Rune, die sie für die richtige hielt. »Warte, bis die Tinte trocken ist«, mahnte sie ihren Bruder, der das Blatt rasch falten wollte. »Wedele es ein bisschen hin und her, wie es der Ohm immer macht«, riet sie ihm und öffnete den Beutel. Ihr Bruder folgte ihrem Rat, mit besorgtem Blick zu den Dachsparren, hinter denen sich das erste Grau des Tages abzuzeichnen begann. Schließlich faltete er den Zettel umständlich und stopfte ihn wieder in den Beutel, den seine Schwester ihm hinhielt.

»Danke«, murmelte er.

Sie nickte ihm knapp zu. Im Dorf krähte der erste Hahn. Ayrin schlich mit ihrem Bruder zurück ins Haus, verfolgt von dem Gefühl, dass diese Sache nicht gut ausgehen würde. Als sie wieder im Bett lag, nahm sie sich vor, der Fremden, die Baren auf diesen dummen Gedanken gebracht hatte, gründlich auf den Zahn zu fühlen.

Ragne von Bial schüttelte sich und löste die Verbindung zu der Wolfsspinne, die sie in den Stall geschickt hatte. Die Balken und Kühe verblassten, und sie fand sich im Mietstall des Schmiedes wieder, in dem sie ihre Pferde und ihren angeblichen Diener untergebracht hatte. Für einen unangenehm langen Augenblick plagte sie das Gefühl, zu wenig Arme und Beine zu haben. »Es ist geschehen«, stellte sie hochzufrieden fest. Sie fröstelte und hielt die Hände näher an die Laterne, die aber fast keine Wärme abgab.

»Das sagtest du bereits vor einer Stunde«, erwiderte der Alb mit zuckenden Augenbrauen. »Warum haben wir nicht längst zugeschlagen?«

»Ich war neugierig, was der Junge unternehmen würde.«

»Was sollte er schon tun? Dieser Dummkopf hat den Zauber zerstört, wie du vorhergesagt hast, und es gibt hier keinen Runenmeister, der ihn reparieren könnte. Warum musste ich warten? Jetzt ist es schon beinahe hell, zu spät für meine Freunde.«

»Nur die Ruhe, Tsifer. Morgen ist auch noch ein Tag, und vor allem, noch eine Nacht.«

»Du willst einen weiteren Tag in diesem Kaff bleiben?«

Ragne zuckte mit den Schultern. »Stört dich die Unterbringung? Dieser Stall ist besser als die Hecken, unter denen wir zuletzt schliefen, und besser als die Wälder, die auf uns warten, weil du immer meinst, wir müssten vorsichtig sein.«

»Eines Tages werde ich einmal den Herrn geben, und du spielst die Magd.« Tsifers dünne Schnurrbarthaare zitterten. Er wirkte beleidigt, wie meistens.

Ragne wandte sich ihm zu. »Wer würde dir das Herrschaftliche abnehmen? Es ist schon ein Wunder, dass sie nicht merken, dass Albenblut durch deine Adern fließt. Nein, du bist im Stall gut aufgehoben, mein Freund.« Sie versüßte die kleine Beleidigung mit einem Lächeln. »Außerdem können wir noch nicht fort. Das Mädchen, es interessiert mich. Die Sicherheit, mit der sie die Rune gefälscht hat, war bemerkenswert. Es ist vielleicht mehr an ihr und ihrem Bruder, als es den Anschein hat.«

»Dem Herrn wird das nicht gefallen, Ragne.«

Sie zuckte mit den Schultern. »Der Hexenfürst ist weit, Tsifer, und er ist unsterblich. Da wird es ihm auf einen Tag mehr oder weniger nicht ankommen.«

»Dennoch sind seine Aufträge stets eilig«, murmelte der Nachtalb.

Ragne verließ den Stall. Tief sog sie die kalte Luft ein. Ihre Kopfschmerzen waren fort, und keine Rune würde sie jetzt daran hindern, ihre Zauber zu weben. Sie wanderte durch das Dorf. Hie und da schüttelte sie winzige Winterspinnen aus ihrem Ärmel, hauchte ihnen einen finsteren Segen zu und beobachtete, wie sie davonkrochen und ganz Halmat mit einem feinen, beinahe unsichtbaren Netz überzogen.

Die Spinnen. Durch sie hatte sie herausgefunden, dass sie anders war als die anderen Mädchen ihrer kleinen Heimatstadt. Schon als Kind hatte sie bemerkt, dass sie diese feingliedrigen Wesen unter ihren Willen zwingen konnte. Sie hatte das für sich behalten, denn sie hatte mit eigenen Augen gesehen, was man in Bial Frauen und Mädchen antat, die über besondere Fähigkeiten verfügten.

Ragne schüttelte die Gedanken an ihre schmerzhafte Vergangenheit ab und kehrte zurück zum Stall, an dem sich all die Fäden ihres dunklen Netzes trafen. Sie sammelte sich, murmelte alte Zaubersprüche und beträufelte dabei die Fäden ihres Gewebes mit einem schwarzen Pulver. Erst danach kehrte sie, hochzufrieden, in den Gasthof zurück.

Der Fluch

Am nächsten Tag achtete Ayrin sehr darauf, Baren mit allerlei Aufträgen von der schönen Fremden fernzuhalten. Sie übernahm es selbst, ihr das Frühstück, das aus Brot, Butter und Honig sowie einem heißen Kräutersud bestand, an den Tisch zu bringen.

»Wo ist Euer Bruder?«

»Beschäftigt«, gab Ayrin knapp zurück.

»Schade. Er war sehr freundlich, viel freundlicher als andere, die hier in der Schänke arbeiten«, sagte die Fremde mit einem kühlen Lächeln.

Ayrin riss sich zusammen. Sie hätte dieser Frau gerne die Augen ausgekratzt, weil ohne Frage sie es gewesen war, die Baren auf diese dumme Idee gebracht hatte. »Zum Glück hat Baren eine Schwester, die darauf achtet, dass seine Freundlichkeit nicht ausgenutzt wird.«

»Was meint Ihr?«, fragte die Frau und legte eine Silberkrone auf den Tisch. Ayrin starrte die Münze einen Augenblick an, dann beschloss sie, sie zu übersehen. »Habt Ihr noch einen Wunsch, edle Dame?«, brachte sie frostig hervor.

»Noch etwas von diesem wirklich köstlichen Honig, bitte«, kam es mit zuckersüßem Lächeln zurück.

»Diese falsche Schlange«, zürnte Ayrin, als sie in der Küche Honig holte.

»Wer?«, fragte Lell, der Koch, der am Herd stand und ein Erbsengericht kochte.

»Niemand«, murmelte Ayrin.

»Ich nehme an, du meinst unseren vornehmen Gast, den du so schlecht gelaunt bedienst«, sagte Grit, die Vorräte sortierte. »Sie gibt gutes Trinkgeld, und die Götter wissen, dass wir es gebrauchen können. Was hat sie dir denn getan?«

Ayrin war drauf und dran, von der Rune zu erzählen, doch dann verkniff sie es sich. Niemand durfte wissen, was geschehen war. »Nichts«, murmelte sie schließlich.

»Sie scheint euch beide übrigens zu mögen«, sagte Grit, »jedenfalls hat sie sich vorhin nach euch erkundigt.«

»Nach Baren und mir? Was wollte sie denn wissen – und, vor allem, was hast du ihr erzählt?«

Grit zuckte mit den Schultern. »Nur, dass euch die Raben vor bald siebzehn Jahren auf die Schwelle des Gasthauses gelegt haben, und dass niemand weiß, wieso und warum, und vor allem wer. Und das ist ja auch alles, was ich weiß. Ihr beide wart süß und unschuldig, ein halbes Jahr alt vielleicht, das kann ich noch sagen. Ich hätte euch am liebsten selbst aufgezogen, aber da hatte Nurre schon beschlossen, sich um euch zu kümmern, und ich hatte damals viel zu viel Angst vor ihr, um ihr dieses Vorrecht streitig zu machen. Sie war wie besessen von euch und hätte euch um keinen Preis der Welt wieder hergegeben. Ach, damals war ich noch jung und hübsch und voller Hoffnung, eines Tages eigene Kinder zu haben.«

»Hübsch bist du doch heute noch«, brummte Lell, worüber Grit herzhaft lachte.

Als Ayrin mit der Bestellung an den Tisch zurückging, kam ihr eine von Nurres Redewendungen in den Sinn: *Fliegen fängt man mit Honig.* Genau das wollte sie versuchen. Also schluckte sie ihren Zorn hinunter und stellte das Verlangte mit einem besonders freundlichen

Lächeln auf den Tisch. »Ist denn sonst alles zu Eurer Zufriedenheit, werte Dame?«

»Wie? Ja, ja, natürlich. Sagt, wo ist der Besitzer dieses Gasthauses? Ich habe mit ihm zu reden.«

»Der Ohm ..., ich meine, Meister Staak hat gestern bis spät in die Nacht ... gearbeitet. Er schläft etwas länger. Soll ich ihn wecken?«

»Nein, das hat Zeit. Ich bin ja noch eine Weile hier.«

Irgendwie glaubte Ayrin, darin eine Drohung zu hören, jedenfalls gefiel ihr die Sache nicht. Dieses spindeldürre Weib hatte Baren zu einer Dummheit verführt. Wer konnte wissen, was sie noch vorhatte? Sie musste mehr über die Fremde in Erfahrung zu bringen. Sie schlich hinauf zur Dachkammer, um einen Blick auf die Habseligkeiten der Frau zu werfen, fand diese aber zu ihrem Verdruss abgeschlossen.

Eine weitere Gelegenheit ergab sich in der Mittagsstunde, als diese Ragne von Bial darauf bestand, das Essen für ihren Diener selbst hinüber in die Scheune zu bringen. Selbst Grit fand das ungewöhnlich, war aber trotzdem erleichtert, dass ihr der Weg erspart blieb. Sie überreichte der Fremden eine Schüssel mit Erbsen, Kraut und Würsten, ohne weitere Fragen zu stellen.

Ayrin band sich ihre Schürze ab und griff sich einen Eimer. »Ich gehe zum Brunnen, Wasser holen«, erklärte sie Grit im Vorüberlaufen.

»Wir haben doch noch jede Menge«, rief die Schankmagd ihr verdutzt hinterher.

Der Brunnen stand mitten auf dem Marktplatz, und war ein beliebter Treffpunkt, an dem Mägde, Knechte, aber auch Bauern und Handwerker Neuigkeiten und Tratsch austauschten. Jetzt lag er beinahe verlassen. Nur Wachtmeister Hufting drückte sich dort herum und tat, als müsse er ihn bewachen. Das war sein Vorwand dafür, den Mägden des Dorfes mit gestelzten Komplimenten nachzustellen. Ayrin wollte zwar gar nicht zum Brunnen, der Wachtmeister zwang sie jedoch dazu, sich auf einem Umweg zum Stall der Schmiede zu schleichen. Dann dachte sie, dass das gar nicht so schlecht sei, denn so gelangte sie auf die Rückseite des Gebäudes. Sie drückte sich an die Wand. Meister Ramold schien gerade Pause zu machen. Jedenfalls war es in der Schmiede still, und durch die offenen Fenster des Stalls konnte Ayrin eine gedämpfte Unterhaltung hören. Doch verstehen konnte sie nichts. Also schlich sie vorsichtig näher heran.

Tsifer hockte auf einem Querbalken und schien es zu genießen, dass er auf Ragne herabblicken konnte. Sie sagte nichts dazu, stellte aber die dampfende Schüssel sehr betont auf den Fußboden, und nicht etwa auf einen der Schemel, die es in der Scheune gab.

Tsifer ließ seine buschigen Augenbrauen zucken und sprang schließlich vom Balken hinab. »Du kommst spät«, knurrte er und atmete schnuppernd den Duft der Mahlzeit ein. »Kraut, Erbsen und gekochte Würste vom Schwein? Warum immer Schwein? Wann bringst du mir einmal Kalb- oder wenigstens Rindfleisch?«

»Ich kann es auch wieder mitnehmen, wenn du es nicht willst. Gibt es Neuigkeiten?«

Der Nachtalb schnaubte nur und schnappte sich die Schüssel mit einer schnellen Bewegung. Dann beschirmte er sie mit einer Hand, so als fürchtete er wirklich, Ragne könnte sie ihm wegnehmen. »Nichts Neues gibt es, aber ich habe auch nicht gefragt. Meine Freunde brauchen Kraft für ihre kommende Aufgabe, wie du wohl weißt. Hast du etwas in Erfahrung gebracht, über die Bälger, die dich so interessieren?«

»Nicht viel, doch hörte ich von einer alten Frau, die sich um sie kümmerte, als sie klein waren. Die gedenke ich aufzusuchen.«

»Soll ich das nicht lieber übernehmen? Niemand wird auf einen Diener achten, der durch dieses Dorf spaziert. Du fällst sofort auf.«

Ragne von Bial fragte sich, ob der Nachtalb wirklich nicht wusste, wie sehr er auffiel, mit seinem gebückten, schwankenden Gang, dem faltigen Gesicht mit den unwahrscheinlich buschigen Augenbrauen. Aber das sagte sie ihm nicht. Er war stolz auf diese Hülle, die er sich geschaffen hatte, und die seinen weißen Leib bedeckte, der manchmal, bei Vollmond, als leichtes Schimmern unter der falschen Haut zu erahnen war. »Du verstehst nicht genug von diesen Dingen, Tsifer«, sagte sie stattdessen, »außerdem verlierst du zu schnell die Geduld. Wir können uns nicht noch eine tote Frau leisten.«

Tsifer schob sich mit der Linken Würste in den Schlund, ohne sich groß mit Schlucken aufzuhalten. Plötzlich hob er die Rechte in einer warnenden Geste, und nickte zur Rückwand des Stalles. Ragne runzelte die Stirn. Sie spürte mit ihren feinen Sinnen in einer dunklen Ecke eine Spinne auf, unterwarf sie ihrem Willen und schickte sie hinaus, um nachzusehen. Sie war nur mäßig überrascht, als sie die Rabentochter erkannte. Laut sagte sie: »Jedenfalls ist hier alles sehr zu meiner Zufriedenheit. Ich denke, ich werde unseren Freunden schon bald berichten können, dass ihr Geld auf diesen Weiden gut angelegt ist.« Und dann hielt sie dem feixenden Tsifer einen Vortrag über die Qualität der Wiesen von Halmat, und wie freundlich die Bewohner seien. Sie redete, bis sie sah, dass das Mädchen draußen die Geduld verlor und sich davonstahl. Erst dann verstummte sie.

»Wer war es?«

»Das Mädchen, von dem ich dir erzählt habe.«

»Sie ist also auch neugierig. Zu neugierig, vielleicht? Gibt es Arbeit für meine Messer?«

»Untersteh dich, Tsifer! Sie ist nur ein dummes Mädchen und wird uns nicht aufhalten. Dieses Dorf verspricht reiche Ernte.«

Ayrin war enttäuscht. Sie hatte erst nicht viel verstanden, dann meinte sie, etwas von einer toten Frau gehört zu haben, doch plötzlich ging es nur darum, wie gut Halmat für gewisse Geschäfte mit Vieh geeignet war. War sie entdeckt worden? Hatte dieses Weib deshalb das Thema gewechselt? Und worüber hatte die Fremde vorher gesprochen? Sie kam ihr immer verdächtiger vor.

Ayrin war zum Marktplatz zurückgekehrt. Jetzt ging sie kurz entschlossen hinüber zum Brunnen. Wachtmeister Hufting war immer noch dort. Er wanderte im scharfen Wind auf und ab, fror offensichtlich unter seinem dünnen Umhang, wunderte sich wahrscheinlich darüber, dass niemand zum Brunnen kam, und war mit Sicherheit empfänglich für ein Lächeln und ein freundliches Wort. Jetzt entdeckte er Ayrin. »Ah, die Schankmaid aus dem *Blauen Drachen* gibt sich an diesem kalten Tag die Ehre. Ihr seid ein erwärmender Anblick für meine frierenden Augen.«

»Warum seid Ihr nicht in Eurem Wachturm, Hauptmann, wo es gewiss wärmer ist?«, fragte Ayrin, und es kostete sie ein wenig Überwindung, ihm mit dem Wörtchen *Hauptmann* zu schmeicheln. Früher war er einer von zwei Nachtwächtern gewesen, von denen keiner des anderen Vorgesetzter gewesen war.

»Pflicht ist Pflicht, wertes Fräulein. Habt Ihr denn ein wenig Zeit, mir mit einem Gespräch die verlauste Kälte aus den morschen Knochen zu treiben? Ich habe Euch lange nicht am Brunnen gesehen. Ist nicht Euer Bruder der, der sonst den Eimer trägt?«

Ayrin war die blumige Ausdrucksweise des Mannes gewohnt und schaffte es, ernst zu bleiben. Sie räusperte sich. »Nun, heute hole ich das Wasser selbst«, antwortete sie und löste die Schöpfkette, um den Brunneneimer in die Tiefe fallen zu lassen.

»Erstaunlich, dass er nie zufriert, nicht wahr? Vielleicht weil er die Wärme unserer Herzen spürt, meint Ihr nicht auch, Fräulein Ayrin?«

»Vermutlich habt Ihr recht, Hauptmann. Sagt, kann ich Euch etwas fragen?« Ayrin kurbelte den vollen Eimer wieder hinauf. Die Kette ging nur schwer und der Griff war vereist. Hufting kam aber nicht auf die Idee, ihr zu helfen.

»Nur zu, fragt. Ein bescheidener Hauptmann wird gerne versuchen, Euch mit Rede und Antwort, geschöpft aus der Weisheit langjähriger Erfahrung, beizustehen.«

»Diese Fremde, die in unserem Gasthof abgestiegen ist. Was wisst Ihr über sie?«

»Wieso? Hat sie nach mir gefragt?«

»Nein, das nicht. Ich meine nur, weil sie nicht von hier ist, und es ist doch Eure vornehmste Aufgabe, alle Fremden im Auge zu behalten.«

»Nun, sie wohnt unter Eurem, nicht unter meinem Dach, was ich, nebenbei bemerkt, bedaure. Ihren Namen habe ich gehört, aber er klang zu fremd für meine Ohren, um ihn sich zu merken. Irgendetwas aus dem Reich, nicht wahr? Und ich weiß, dass sie wegen gewisser Geschäfte hier ist. Allerdings habe ich versprochen, über Einzelheiten zu schweigen. Ah, da fällt mir ein, dass ich sie mit Trax, dem Viehhändler, bekannt machen wollte, denn er könnte für ihre Geschäfte, über die ich Euch nichts sagen werde, von Wert sein. Gut, dass Ihr mich daran erinnert.«

»Und ihr Diener? Was ist mit dem?«

Der Wachtmeister sah sie fragend an. »Ja, sie hat einen, nicht wahr?«

»Er haust im Stall, nicht unter unserem Dach und auch nicht unter Eurem. Erscheint Euch das nicht verdächtig?«

Hufting kratzte sich am Hinterkopf. »Nun, jedem das Dach, das er mag, nicht wahr. Warum fragt Ihr? Fürchtet Ihr um die Sicherheit der edlen Dame? Keine Angst, ich wache über sie mit Adleraugen!« Er legte die behandschuhte Hand auf den Schwertgriff, zog die Waffe sogar ein Stückchen aus der Scheide. Ayrin wusste, dass der Mann viel Zeit darauf verwendete, sein Schwert zu polieren. »Macht Euch keine Sorgen, Ayrin Rabentochter. Mit diesem Schwert werde ich jede Gefahr von Eurem Gast und auch von Euch fernhalten.«

Ayrin gab es auf. Was sollte sie dem Wachtmeister auch sagen? Über Barens Tat durfte sie nicht sprechen, und der selbst ernannte Hauptmann war offenbar nicht gewillt, in der Fremden eine Gefahr zu sehen. Nein, auf ihn konnte sie nicht zählen. Sie goss das Wasser aus dem Brunneneimer in den eigenen, wünschte dem Wachmann einen Guten Tag und ging hinüber zum *Blauen Drachen*. Auf dem Weg hatte sie das Gefühl, beobachtet zu werden. Sie blickte über die Schulter zurück. Aber da war nur Hufting, der ihr mit Leidensmiene hinterherstarrte.

⊕

»Was wollte sie von diesem Trottel?«, fragte Tsifer aus den Schatten.

Ragne von Bial, die durch das Stalltor spähte, zuckte mit den Schultern. »Ich konnte nichts hören, doch ich nehme an, der Mann würde es mir sagen, wenn ich ihn fragte.«

»Dann frag ihn!«, forderte der Nachtalb wütend.

Ragne bedachte ihn mit einem Lächeln. »Wozu? Sie wird ihm nichts erzählen, was ihren Bruder in Schwierigkeiten brächte, und der Mann weiß nichts, was er dem Mädchen oder sonst jemandem verraten könnte.«

»Die Sache gefällt mir nicht, Ragne.«

»Wann hätte dir je etwas gefallen, Tsifer? Nun iss brav deine Schüssel leer und dann bereite deine Freunde auf ihre Aufgabe vor.«

»So schlagen wir heute Nacht zu?«

»Vielleicht.« Ragne von Bial begab sich zur Hintertür.

»Wieso nur vielleicht? Und wo gehst du jetzt hin?«

»Wir sehen uns später«, antwortete sie mit einem weiteren Lächeln und verschwand. Sie wusste sich verfolgt von den wütenden Blicken ihres Begleiters, aber das machte nichts. Der Nachtalb war besser zu gebrauchen, wenn er schlecht gelaunt war.

Entgegen ihrer Ankündigung schlenderte sie doch am Brunnen vorbei, um mit dem Wachtmeister ein paar Worte zu wechseln.

»Ich grüße Euch, edle Dame, und bin erfreut, Euch in dieser kalten Brise zu sehen.«

Ragne ging einfach davon aus, dass der Mann sich wieder nur ungeschickt ausdrückte. Sie blieb stehen. »Es ist wirklich ein strenger Wind«, begann sie. »Es ist beeindruckend, dass er Euch nicht daran hindert, hier draußen Eure Pflicht zu tun.«

Der Wachmann blickte in gespielter Bescheidenheit zu Boden und stotterte ein paar Worte, in denen er das Lob zurückwies.

Ragne trat näher an ihn heran und stellte über den zarten Faden einer Winterspinne eine Verbindung zu ihm her. »Und ich bin nicht die Einzige, die von Euch beeindruckt ist, Hauptmann«, setzte sie mit verschwörerischer Miene hinzu.

Er runzelte die Stirn. »Nicht?«

»Die Schankmagd, die eben ihren Eimer hier füllte –, sagt nicht, Ihr habt ihre heimlichen Blicke nicht bemerkt.«

»Ayrin Rabentochter? Nun, sie war höflich, das ist wahr, und sie ist mir nicht aus dem Wege gegangen, wie die anderen Mägde heute, aber …«

Ragne legte ihm die Hand auf die gepanzerte Brust. »Nicht doch, Hauptmann, streitet es nicht ab. Sie hat ohne Frage erkannt, was für ein Mann Ihr seid. Noch dazu ein Mann von gewissem Ansehen, nicht wahr?«

»Das wiederum bin ich, der einzige Hauptmann von Halmat«, gab er mit einem Nicken zu.

Ragne zerrieb etwas Schwarzschwefel zwischen ihren Fingern. »Habt ein Auge auf sie, Hauptmann, dann werdet Ihr herausfinden, ob Euch aus ihrem Herzen nicht noch viel mehr als Bewunderung entgegenschlägt.«

Damit ließ sie ihn stehen. Sie war sehr zufrieden mit sich. Sie hatte die Aufmerksamkeit des Wachmannes auf die Schankmagd gelenkt, und diese Ayrin, bei der ihre Zauber nicht verfingen, würde bald damit beschäftigt sein, die erwachende Zuneigung dieses Narren abzuwehren. Es mochte eine Weile dauern, bis der Funke, den sie ihm eingepflanzt hatte, das vertrocknete Herz erreichte, dafür würde es umso heller und länger in Flammen stehen. Und man würde schon eine sehr spezielle Rune brauchen, um diesen Brand zu löschen.

Natürlich wäre dieser kleine Streich gar nicht nötig gewesen, schließlich würden sie das Dorf sehr bald verlassen und Hufting stand bereits unter ihrem Bann, wie alle Halmater. Aber Ragne fand, diesem neugierigen Mädchen könne eine kleine Lektion nicht schaden. Außerdem, so gestand sie sich ein, genoss sie es einfach, ein wenig Verwirrung zu stiften.

Sie ging weiter und folgte der lehmigen Straße hinaus zu den Hütten, die sich an den Hügeln gegen den Wind stemmten. Sie brauchte nicht lange, um die richtige zu finden und klopfte an.

Sie hörte jemanden auf der anderen Seite heranschlurfen. »Wer wagt es, eine Sterbende in ihrer Mittagsruhe zu belästigen?« Die Tür öffnete sich langsam und eine alte Frau mit trüben Augen starrte hinaus. »Habt Ihr Euch verirrt? Warum verlaufen sich in letzter Zeit alle, und warum kommen sie zu mir? Wenn Ihr ins Dorf wollt, dort entlang«, schloss die Alte und wies mit einer wedelnden Handbewegung den Hügel hinab.

»Ihr seid das berühmte Fräulein Nurre, nicht wahr?«

»Berühmt?«

»Ich hörte von Euch, und es gibt Dinge, über die ich mit Euch sprechen muss.«

»Was für Dinge? Ich bin viel beschäftigt und meine Zeit, die immer weniger wird, ist kostbar.«

Ragne von Bial zauberte eine Silbermünze aus ihrem Ärmel. »Es soll Euer Schaden nicht sein.«

»Habt Ihr nicht zugehört? Es geht mit mir zu Ende. Silber kann das nicht ändern.«

»Aber vielleicht haben Eure Ziehkinder Verwendung dafür, meint Ihr nicht?«

»Was wollt Ihr?«, fragte die Alte mit verschränkten Armen, rührte aber keinen Finger, um die Münze entgegenzunehmen.

»Das sollten wir besser drinnen besprechen. Es ist recht kalt hier draußen, wisst Ihr ….«

»Ich weiß«, gab Nurre knapp zurück, und machte erst einmal keine Anstalten, die Tür weiter zu öffnen.

Ragne blieb geduldig stehen.

Endlich trat die Alte einen Schritt zurück und bat sie mit einem Nicken herein.

»Gemütlich«, stellte Ragne von Bial fest.

Die Frau bot ihr knurrend einen Platz am Ofen, jedoch weder Essen noch Trinken an und setzte sich offenkundig nur widerwillig zu ihr. Ragne dankte Nurre trotzdem überschwänglich für die Einladung und berührte sie mit der Hand in einer freundschaftlichen Geste am Arm. Die Alte bemerkte den Spinnenfaden nicht, der von dieser Berührung zurückblieb und die beiden Frauen nun miteinander verband. »Ich bin hauptsächlich hier, um Euch zu gratulieren«, begann Ragne. »Eure Ziehkinder sind wirklich wohlgeraten, und da ich den Besitzer der Herberge kennengelernt habe, muss ich annehmen, dass dies vor allem Euer Verdienst ist.«

»Nun ja, mag sein«, gab die Alte zurück, konnte aber nicht verbergen, dass sie geschmeichelt war.

Ragne umgarnte sie mit weiteren Komplimenten für die beiden aufgeweckten Zöglinge, die sich trotz des Trunkenboldes, für den sie arbeiten mussten, prächtig gemacht hätten, und wickelte ihr Opfer so immer weiter ein, bis es nur noch wenig magischer Beeinflussung bedurfte, um der Pflegemutter die Zunge zu lösen.

»Grener Staak war nicht immer so, wisst Ihr? Er war einmal ein hoffnungsvoller junger Mann, Erbe eines stattlichen Gasthofes, der gleichwohl nicht viel einbrachte. Und das war die Wurzel seines Übels. Er liebte nämlich die Rina Ulcher, Tochter des Müllers. Das Mädchen war schön, aber auch viel zu folgsam. Denn obwohl sie ohne Frage ihr Herz an Grener verloren hatte, folgte sie dem Befehl ihres Vaters und heiratete den reichsten Bauernsohn von Hainim, einem Dorf, nicht weit von hier. Das brach Grener das Herz und er begann zu trinken und zu spielen. Dann, in einer dunklen Nacht, die seltsam verschwommen in meiner Erinnerung geblieben ist, schien sich das Schicksal noch einmal zu wenden. Jemand legte die Zwillinge auf der Schwelle des *Blauen Drachen* ab, und Grener nahm sich ihrer, ohne zu zögern, an.«

»Und Ihr wisst nichts über diejenigen, die sie dort ausgesetzt haben? Mir scheint, dass Fremde in diesem Ort auffallen.«

»Ja, das ist wahr, doch, wie gesagt, diese Nacht ist seltsam dunkel in meinem Gedächtnis. Und über das wenige, was ich weiß, habe ich geschworen zu schweigen.«

»Gleichwohl scheint es Euch zu bedrücken. Wollt Ihr Euer Herz nicht erleichtern, bei einer Fremden, die das Geheimnis mit sich nehmen wird, ohne ein Wort darüber zu verlieren?«

Die Alte starrte Ragne an. »Ich weiß nicht …«, begann sie zögernd, doch der Zauber, den Ragne von Bial unauffällig gewoben hatte, wirkte. »Ja, vielleicht ist es an der Zeit«, murmelte die Frau. »Die Kinder waren nicht das Einzige, was wir entgegennahmen. Ein versiegelter Brief lag bei ihnen, mit den Namen der Kinder darauf und weiteren Zeilen, dazu noch ein Batzen Geld. Ich kann nicht lesen und Grener hat mir nie verraten, was in dem Schreiben stand, doch bewahrt er es wohl immer noch auf. Und das Geld, nun, er versprach, es den Zwillingen eines Tages zu geben, aber vermutlich hat er es längst verspielt.«

»Und Ayrin und Baren wissen von all dem nichts?«

»Wie gesagt, ich habe bei Göttervater Fonar und Göttermutter Umone geschworen, Stillschweigen zu bewahren.«

»Weil der Wirt es so wollte?«

Die alte Frau runzelte die Stirn, dann schüttelte sie langsam den Kopf. »Nein, auch er musste es schwören, aber ich weiß nicht mehr, wem wir dieses Versprechen gaben. Wie ich sagte, eine Finsternis liegt über jener Nacht und hat meine Erinnerung verschlungen.«

»Ich verstehe, und ich gelobe, kein Wort hierüber zu verlieren«, sagte Ragne und löste die magische Verbindung, die sie durch den Spinnenfaden geknüpft hatte. Sie hatte längst begriffen, dass die Alte nicht mehr wusste, und ebenso deutlich hatte sie erkannt, dass hier Zauberei im Spiel gewesen war. Sie fand die Zwillinge immer interessanter.

Ragne von Bial verließ die Hütte und wanderte zurück ins Dorf. Es gab noch jemanden, der etwas über die Findelkinder wissen musste. Und falls die Erinnerungen des Wirtes ebenso verschüttet waren wie die der Alten, gab es da noch diesen mysteriösen Brief, den er hoffentlich noch aufbewahrte.

⊕

Ayrin hatte den ganzen Tag über viel zu tun und so blieb kaum Zeit, sich über die Fremde Gedanken zu machen. Und wenn sie doch einmal die Gelegenheit hatte, mit Grit oder Lell über sie zu sprechen, bekam sie nur Gutes zu hören:

»Sie gibt Trinkgeld, wie noch kein Gast vor ihr«, schwärmte Grit.

»Sogar mich bedachte sie mit zwei Silberkronen für ein Mahl, das nur eine halbe wert war. Und sonst denkt niemand je an den Koch«, bekräftigte Lell.

»Aber erscheint euch ihre Großzügigkeit nicht verdächtig?«

»Ach, Ayrin, liebes Kind, wenn das verdächtig ist, dann wünschte ich, sie würde sich noch verdächtiger machen.« Grit seufzte.

Selbst Baren schien der seltsamen Frau nicht böse zu sein. »Sie hat dich zu deiner Tat angestiftet«, rief Ayrin in wachsender Verzweiflung.

Ihr Bruder schüttelte langsam den Kopf. »Eigentlich nicht. Sie hat nur allgemein davon gesprochen, dass man anderswo Münzen in Runenbeutel legt. Es war dann mein eigener Entschluss nachzusehen.«

»Dein Entschluss? Du bist deswegen mitten in der Nacht aufgestanden, du, den ich sonst nur unter Androhung von Gewalt morgens aus dem Bett bekomme!«

Auch da zuckte Baren nur mit den Achseln.

»Sie hat sie verzaubert, ganz klar«, murmelte Ayrin zu sich selbst. »Sie ist, ja, sie ist … eine *Hexe*!«

Die Erkenntnis verschlug ihr die Sprache. Hexen waren etwas aus Geschichten, aus fernen Ländern und weit zurückliegenden Zeiten. Doch eine schwarze Zauberin hier, in Halmat? Ihr kamen Zweifel.

Was sollte eine Hexe in diesem armseligen Dorf wollen? Nein, vielleicht hatten die anderen recht. Sie merkte selbst, dass sie dabei war, sich in die Sache hineinzusteigern. Sie beschloss, sich zusammenzureißen, ohne Erfolg.

Später übernahm sie es wieder selbst, sich um den vornehmen Gast zu kümmern. Sie steckte sogar die üppigen Trinkgelder ein, die die freundliche Fremde ihr zuschob. Der Abend glich in etwa dem vorigen: Beide Schankstuben waren voll, da das Dorf über den ungewöhnlichen Besuch tratschen wollte. Beim Gesinde schien die Fremde kein Misstrauen zu erregen und selbst Balger Halbhand, der sich in seiner Verbitterung sonst über alles und jeden das Maul zerriss, hatte an der »schönen Fremden« nichts auszusetzen. *Hat sie das ganze Dorf verzaubert?*, fragte sich Ayrin und beäugte die Frau nur umso misstrauischer.

In der hinteren Stube waren die Dinge ebenfalls beinahe wie immer. Aba Brohn, der Priester, war am Morgen zur Burg hinübergewandert und wurde erst am nächsten Tag zurückerwartet. Vielleicht war das der Grund, dass die anderen die Schwäche des Ohms umso gnadenloser ausnutzten. Ohm Staak ließ sich erst zum Trinken, dann zum Spielen verführen. Und wieder war es Ulcher, der am meisten gewann, doch auch die anderen spielten mit Gewinn auf Kosten des Wirtes, und der klagte lauthals, dass ihn das Unglück förmlich in Stücke reiße. Er verspielte all seine Münzen und presste später sogar Grit und Ayrin ihre Trinkgelder ab, nur um weiter voller Inbrunst, betrunken und mit blutunterlaufenen Augen, Spiel um Spiel zu verlieren.

Ragne von Bial verfolgte diese Vorgänge durch die Augen ihrer Spinnen, aber mit nur mäßigem Interesse. Sie wog ab, ob es sich lohnte, noch einen weiteren Tag in Halmat zuzubringen, oder ob es besser war, zu tun, was getan werden musste, und weiterzuziehen. Ihre Zauber mochten bei den meisten Menschen des Dorfes wirken, doch das Mädchen hatte sich nicht in ihrem Netz verfangen. Wenn sie zu lange an dem feinen Gespinst aus Magie zerrte, würden vielleicht auch anderen die Augen aufgehen. Ragne seufzte. Ayrin Rabentochter und das Rätsel ihrer Herkunft faszinierte sie mehr und mehr. Vielleicht lag es auch nur daran, dass sie eine junge Frau war, die ihren eigenen Kopf hatte, und gewiss irgendwann nicht mehr tun würde, was man von ihr erwartete. Darin erinnerte sie Ragne an ihr jüngeres Selbst. Ragne seufzte. Nein, ihre Neugier war kein guter Grund, länger zu verweilen als nötig. Sie würde Tsifer sagen, dass er noch in dieser Nacht seine Freunde loslassen konnte. Wenn sie mehr über das Mädchen erfahren wollte, musste sie es vor dem Morgengrauen herausfinden.

Sie zog sich früh in ihre Kammer zurück, sandte eine Spinne hinüber in den Stall, um Tsifer das Zeichen zu geben, dass er mit den Vorbereitungen beginnen sollte. Dann wartete sie, bis sich die Gaststube unten geleert hatte und der *Blaue Drache* zur Ruhe kam. Das Zimmer des Wirtes lag genau unter dem ihren und ihre Spinnen mussten ihr gar nicht melden, dass Grener Staak ins Bett gefallen war, denn sie hörte ihn bald genug erst fluchen und dann schnarchen. Sie schlich hinunter und öffnete vorsichtig die knarrende Tür. Der Wirt lag halb angezogen bäuchlings auf dem Bett und sabberte in sein Kissen.

Ragne trat nahe an ihn heran, schüttelte ein paar winzige Spinnen aus dem Ärmel und befahl ihnen, dem Schlafenden die Augen zu verschließen. »Sicher ist sicher«, murmelte sie, bevor sie ihre Laterne entzündete. Da stand eine eisenbeschlagene Kiste in einer Ecke der Kammer. Zu ihrem leichten Ärger fand Ragne sie verschlossen. Sie sandte ihre Spinnen aus, den Schlüssel zu suchen, doch fanden diese nichts. Also setzte sie sich aufs Bett, beugte sich hinab und hauchte Grener Staak ins Ohr: »Diese schwere Kiste muss geöffnet werden. Du willst mir sagen, wo der Schlüssel ist.«

Erst bekam sie ein unverständliches Grunzen zur Antwort, aber dann wies der Wirt mit einer vagen Bewegung der Linken auf einen Schrank. Im hintersten Winkel der untersten Schublade fand Ragne schließlich das Gesuchte.

Sie öffnete die Kiste und runzelte die Stirn. Da lag ein Festtagsrock obenauf, außerdem ein paar feine Stiefel und ein ehemals weißes, inzwischen aber vergilbtes Hemd. Vielleicht die Kleidung für die Hochzeit, die niemals stattgefunden hat? Sie hob die Sachen vorsichtig heraus und suchte weiter. Sie stieß auf einen großen alten Lederbeutel für Münzen, aber er war offenbar leer. Daneben fand sich eine offene Schachtel mit einigen Silberkronen und vielen Hellern, vermutlich die Einnahmen des Tages. Ragne ließ sie, wo sie waren. Geld war für sie kein Problem. Dann endlich fand sie den Brief. Er war versiegelt und offensichtlich in Hast beschrieben: *Für Ayrin und Baren, zu übergeben und zu öffnen an ihrem sechzehnten Geburtstag,* und in Klammern dahinter: *Siebenter Tag des Siebtmondes, 334.* Ragne runzelte die Stirn. Das wäre vor eineinhalb Jahren gewesen. Der Wirt hatte ihn nicht übergeben? Fürchtete er den Inhalt?

Der Wirt drehte sich schnaufend auf den Rücken und brabbelte unverständliches Zeug. Ragne wollte den Brief schon einstecken, doch erst nahm sie schwarzes Pulver aus einer ihrer verborgenen Taschen, legte die Hand auf das Pergament, murmelte einen Spruch und hielt plötzlich zwei völlig identische Umschläge in den Fingern. Sie platzierte die Fälschung in der Truhe, packte Stiefel, Hemd und Rock wieder ordentlich hinein, legte den Schlüssel zurück an seinen Platz und stahl sich davon.

Sie schlich in ihre Stube, packte eilig zusammen, legte ein paar Münzen auf eine Kommode und hastete hinüber in den Stall. Tsifer wartete voller Ungeduld, doch wartete er nicht alleine. Auf jedem Balken, jedem Sparren im Stroh und überall auf dem Boden saßen Ratten und sahen Ragne unternehmenslustig an.

»Wie ich sehe, hast du deine Freunde bereits versammelt«, sagte sie zufrieden.

Tsifer hockte unruhig inmitten eines großen Runenkreises, den er in den Lehmboden geritzt hatte. »Wir warten nur auf dich, holde Ragne«, sagte er und leckte sich die Lippen.

»Schön, wir haben alles, was wir wollen.«

»Der Schwarzschwefel, gib mir vom Schwarzschwefel!«, forderte der Nachtalb und streckte die Hand aus. Ragne lächelte und streute ihm etwas von dem dunklen Pulver auf die Handfläche. Dann verschloss sie den Beutel wieder.

»Mehr, wir brauchen mehr!«

»Wir müssen sparsam damit umgehen, Tsifer. Die Vorräte, die der Meister uns mitgegeben hat, gehen bedenklich schnell zur Neige.«

»Weil du sie verschwendest, deine Spinnen zu füttern, deine Netze zu weben, die Menschen zu täuschen!«

»Wäre es dir lieber, sie jagten uns mit Feuer und Schwert aus dem Dorf?«, fragte Ragne mit hochgezogenen Augenbrauen.

»Aber das ist zu wenig. Wie soll der Fluch so in Mensch und Vieh fahren?«

»Für das Vieh wird es reichen und da die Krankheit ansteckend ist, wird sie früher oder später auch die Menschen von Halmat befallen.«

Unzufrieden schüttelte der Alb den großen Kopf. »Das ist kein gutes Handwerk, Flickschusterei, bestenfalls. Früher hätten wir sie alle in einer Nacht verschlungen.«

»Es ist mir lieber, es geht langsam. Das gibt uns Zeit, diesen Ort hinter uns zu lassen.«

»Ganz wie Euer Gnaden meinen«, höhnte Tsifer. »Nicht ich bin es, der erklären muss, warum der Fluch so schwach und langsam wirkt.«

»Ganz genau«, wies ihn Ragne zurecht, »und nun mach dich ans Werk. Es ist schon spät.«

Der Nachtalb brummte unzufrieden, dann wechselte er seine Haltung, erhob sich halb, breitete die Arme aus und murmelte Worte in fremder Sprache. Ragne sah seine eigentliche Haut weiß durch die Menschenhaut leuchten, in der er sich verbarg. Er begann sich langsam zu drehen, und wie von einem Strudel angezogen, krochen die Ratten in sich verengenden Kreisbahnen auf ihn zu. Die ersten überschritten die äußere Linie des Runenzirkels, dann die nächsten, bald drängten sie sich an ihren Meister, klammerten sich an Beine, kletterten seine Rockschöße empor, bis es so aussah, als sei Tsifer bis zu den Hüften in Ratten versunken. Endlich begann er mit den Fingern feine Schleier des Schwarzschwefels über die Kreaturen zu streuen. Seine Stimme war nur noch ein Wispern, das dennoch den ganzen Stall erfüllte. Selbst Ragne spürte, dass es in ihre Ohren kroch, an ihren Gedanken kratzte und Einlass begehrte. Endlich hielt der Alb inne. Für einen Augenblick herrschte vollkommene Stille. Dann klatschte er in die Hände und mit hundertstimmigem Pfeifen und Quieken stürzten die Ratten davon in die Nacht.

Ayrin hatte nicht schlafen können und bemerkt, dass sich der vornehme Gast in aller Heimlichkeit davonschleichen wollte. Also war sie, nur im Nachthemd, der rätselhaften Frau bis zum Stall gefolgt. Und nun sah sie etwas mit an, was sie nicht begreifen konnte: Der Diener, er vollführte diese merkwürdigen Bewegungen inmitten der

Scheune, sprach in einer fremden Sprache, und er schien irgendwie innerlich zu leuchten. Und da waren all diese Ratten, die auf einmal, wie auf Befehl, davonstoben. Ayrin erstarrte, als sie plötzlich auch um ihre nackten Füße heromsprangen und dann in der Dunkelheit verschwanden.

»Ihr holt Euch noch den Tod, Rabentochter«, sagte eine freundliche Stimme.

Ayrin fuhr herum. Da stand Ragne von Bial, scheinbar ganz gelassen, und doch war es ihr, als würde sie im schwachen Mondlicht großen Zorn in den dunklen Augen der Fremden sehen.

»Ich habe, ich meine, ich war nur, halt! *Ich* muss mich nicht rechtfertigen, Ihr solltet erklären ...«

»Pssst«, sagte die Fremde und legte eine Hand beruhigend auf Ayrins Arm. »Es gibt keinen Grund, sich Sorgen zu machen.« Glitzerten da auf ihrem Ärmel plötzlich Spinnweben im bleichen Licht?

»Aber ....«

»Kein *Aber*, es ist alles so, wie es sein sollte. Doch solltet Ihr Eure Ziehmutter aufsuchen und nach jener Nacht fragen, in der Ihr gefunden wurdet. Sie hat Euch einiges zu erzählen, scheint mir.«

Ayrin zog den Arm weg. Warum klebten Spinnweben am Handschuh der Fremden und nun auch auf ihrem Nachthemd? »Ich werde allen erzählen, was Ihr hier treibt«, brachte sie hervor.

»Ich bin sicher, dass Ihr das versucht, dennoch wird es Euch nicht gelingen«, sagte die Reisende. Ihre Stimme klang plötzlich sehr eindringlich. »Nein, Ihr werdet es lange Zeit nicht erzählen können. Und später, wenn es Euch dann gelingt, wird niemand Euch glauben. Nun geht wieder zu Bett. Es liegen anstrengende Tage vor Euch.« Die letzten Worte waren dahingehaucht.

Spinnenfäden setzten sich in Ayrins Haaren fest, auf ihrer Haut im Gesicht. Sie streifte sie angewidert ab, nickte, drehte sich um und kehrte, zitternd vor Kälte, in ihre Stube zurück. Sie schüttelte Baren, bis der sie verschlafen anstarrte. Sie wollte ihm erzählen, was sie gesehen hatte. Die Bilder waren da, in ihrem Kopf, klar, aber unwirklich, beinahe, wie in einem Traum. Es gelang ihr nicht, sie auch nur annähernd in Worte zu fassen, die Sätze waren da, doch brachte sie sie nicht hervor. »Ratten«, war das Einzige, was sie hervorstieß.

»Die sind morgen auch noch da«, murmelte Baren, drehte sich um, und schlief weiter.

Ayrin fand keine Ruhe. Sie musste etwas tun! Aber was? Und – warum eigentlich? Weil sie von der Fremden geträumt hatte? Es war nur ein Traum gewesen, oder?

Ragne hatte dem Mädchen nachgesehen, bis Tsifer mit den gesattelten Pferden neben ihr auftauchte. »Warum habe ich sie nicht töten dürfen? Sie kann uns verraten!«

»Sie wird es versuchen, doch dieses Mal habe ich meinen Zauber direkt auf sie gerichtet. Bis sie sich davon befreien kann, sind wir längst über alle Berge. Deine Freunde werden ihr Werk vollbracht haben. Das war gute Arbeit. Du bist wahrhaft ein Prinz der Ratten, mein Freund!«

»Und habe ihnen nichts zu geben als den Tod«, murmelte Tsifer düster.

Ragne strich über die schwarzen Schutzzeichen auf den Flanken der Pferde, als sie in den Sattel stieg. Sie würden sie vor dem Fluch, den Tsifer über das Dorf gebracht hatte, bewahren.

Sie lenkten die Tiere hinaus in die kalte Nacht, gaben ihnen die Sporen und schon bald lag das schlafende Halmat weit hinter ihnen.

Hexenpest

Am nächsten Morgen kam Ayrin nur schwer aus den Federn.

»Ich bin es ja gewohnt, dass ich deinen Bruder dreimal wecken muss, aber doch nicht dich«, schimpfte Grit. »Steh endlich auf! Die Böden müssen geputzt und die Stuben gelüftet werden, und diese Arbeit macht sich nicht von alleine. Was ist denn mit dir los, Ayrin Rabentochter? Bist du krank?«

»Nein, nein, es wird schon gehen.« Ayrin gähnte. Sie wurde einfach nicht richtig wach. Ein seltsamer Traum hing ihr schwer nach. Es ging um Ratten, um Spinnen und um dunkle Gestalten im Stall, aber als sie versuchte, die Bilder dieses Albdrucks zu fassen, verflüchtigten sie sich. »Die Fremde? Ist sie noch da?«, fragte sie.

»Nein, sie ist fort, mitten in der Nacht. Aber sie hat ein beträchtliches Sümmchen an Silber hiergelassen, und auch einige Zeilen, die ich gleichwohl nicht lesen kann. Wir müssen warten, bis der Ohm erwacht, um zu erfahren, was da geschrieben steht.«

Ayrin sprang aus dem Bett. »Das ist endlich einmal eine gute Nachricht!«

Grit rümpfte die Nase. »Ich frage mich, was dir diese Dame getan hat. Sie war der großzügigste Gast, den wir seit Menschengedenken hatten. Du wirst doch nicht etwa eifersüchtig sein?«

Ayrin setzte zu einer Erwiderung an, ließ es dann aber. Offensichtlich wollte niemand außer ihr erkennen, dass die Fremde gefährlich war, und außer ihr durfte niemand wissen, was sie mit Barens Hilfe angerichtet hatte. Was ihr blieb, war die Erleichterung, dass Ragne von Bial den *Blauen Drachen* und Halmat verlassen hatte. Und dann war da noch etwas, das Gefühl, dass sie unbedingt mit Nurre über diese Frau sprechen musste.

Die Gelegenheit dazu bekam sie gegen Mittag. Obwohl eigentlich Baren an der Reihe war, übernahm sie es, Nurre den Eintopf zu bringen, den Lell, der Koch, jeden Tag für sie abzweigte.

»Wo steckt denn dein Bruder?«, fragte die Alte mürrisch.

»Er hat viel zu tun heute«, behauptete Ayrin.

»Er wollte mir Holz machen, das wird er hoffentlich nicht vergessen haben? Setz dich an den Ofen und wärme dich, solange er noch brennt.«

»Aber, Muhme, ich kann auch ein bisschen Brennholz für dich hacken.«

»Gewiss, aber wir beide haben zu reden.« Nurre setzte den Topf auf den Herd und starrte lange in die nach Erbsen und Speck duftende Suppe.

»Worum geht es?«, fragte Ayrin, erhielt aber erst keine Antwort. Für eine Weile war das Blubbern des Eintopfes das einzige Geräusch in der Hütte. Ayrin räusperte sich. »Es ist merkwürdig, auch ich habe das Gefühl, dass wir über etwas sprechen müssen, doch weiß ich nicht, was das sein könnte.«

»Wie?« Nurre schreckte aus ihren Gedanken hoch. »Ah, es genügt, wenn ich es weiß. Ich habe einst geschworen, ein Geheimnis zu bewahren. Eide habe ich gesprochen, auf Fronar und Umone, aber gestern habe ich sie gebrochen.«

»Was denn für ein Geheimnis, Muhme?«

Nurre sah sie scharf an. »Dass ich einen heiligen Eid brach, scheint dich nicht zu bekümmern, oder? Jetzt ist ungewiss, ob ich jemals den Weg durch das Reich der Toten an die Tafel der Götter finden werde.« Dann wurde ihr Blick weich und traurig. »Es geht um dich und deinen Bruder, und um die Nacht, in der ihr auf unsere Schwelle gelegt wurdet.«

»Du hast immer gesagt, wir hätten einfach dort gelegen …«, erwiderte Ayrin langsam. Sie spürte ein warnendes Klopfen in der Brust. Ihr Herz, es schlug schneller. »Wenn es uns beide betrifft, sollte ich Baren dazuholen.«

»Nein, nein. Es ist schwer genug, es dir zu erzählen. Wenn mich dein Bruder mit seinen unschuldigen Augen ansähe, brächte ich wohl gar kein Wort mehr heraus. Zu sehr schäme ich mich, euch all die Jahre getäuscht zu haben.« Sie nahm einen Holzlöffel und rührte umständlich die Suppe um.

Ayrin starrte den Löffel an. Nurre war nie eine sehr herzliche Ziehmutter gewesen, dennoch war sie ihr als eine im Grunde ihres mürrischen Gemüts wohlmeinende und immer ehrliche Frau erschienen. Was redete sie da von Täuschung?

»Ich könnte es damit entschuldigen, dass meine Erinnerung an diese Nacht verschwommen ist. Ihr wurdet nicht einfach ausgesetzt. Es war jemand dort, hat dem Ohm und mir euch zwei kleine Schreihälse übergeben. Dazu gab es einen Batzen Geld und einen Brief. Der Ohm und ich mussten schwören, niemals über diese Nacht zu reden. Stattdessen haben wir, wie verlangt, stets behauptet, dass wir Euch auf der Schwelle gefunden hätten. Bei den Göttern, ich habe das so oft wiederholt, dass ich es am Ende selbst geglaubt habe. Erst gestern, nachdem diese seltsame Fremde hier gewesen ist, fiel mir wieder ein, dass da jemand war, eine Frau, die viel weinte und uns diese Eide abverlangte, doch an ihr Gesicht oder gar ihren Namen kann ich mich nicht erinnern.«

Ayrin starrte Nurre mit offenem Mund an. Sie begriff nicht, was die Alte da erzählte, und fragte stattdessen: »Ragne von Bial war hier?«

»Sie schien sich sehr für euch zu interessieren und irgendwie hat sie mich dazu gebracht, das alte Geheimnis auszuplaudern. Ein gebrochener Eid kann nicht geheilt werden, und da ich ihr schon alles gesagt habe, was ich weiß, ist es an der Zeit, dass ich es auch dir enthülle.«

»Du sagtest etwas über einen Batzen Geld – und einen Brief?«

»Ich hoffe, dass Grener Staak ihn noch aufbewahrt. Bei dem Geld hege ich diese Hoffnung nicht. Er wird es gewiss lange schon verspielt haben.«

»Aber der Brief!«

»Eure Namen standen darauf, Grener hat sie mir vorgelesen, und dann war ein Datum vermerkt, an dem wir euch dieses Schreiben übergeben sollten. Ich weiß noch, dass ich damals ausgerechnet habe, wie ungeheuer weit entfernt dieser Tag noch war. Da habe ich euch das erste Mal im Arm gehalten und ihr habt meinen Blick aus großen Augen erwidert. Und nun, da ich mir nicht länger einreden kann, dass ich das Datum vergessen habe, muss ich dir gestehen, dass dieser Tag im vergangenen Jahr lag, an eurem sechzehnten Geburtstag. Grener Staak war an jenem Tag hier. Er hat mir verboten, je mit euch darüber zu reden.« Nurre verstummte für einen Augenblick. Es roch verbrannt in der Hütte. Der Eintopf ... »Ich hoffe, du kannst mir verzeihen.«

Ayrin sah Angst im Blick der Alten. Sie saß da, öffnete den Mund, konnte aber nichts sagen. Zu viel war da gerade auf sie eingeprasselt. Sie waren nicht ausgesetzt, sondern übergeben worden, und es gab einen Brief, der ihr vermutlich all die Fragen über ihre Herkunft beantworten würde. Ihre Ziehmutter hatte ihr das verheimlicht. Aus Angst vor dem Ohm? Nein, vor dem hatte sie sich nie gefürchtet. Doch warum dann? Schließlich erhob sich Ayrin und verließ wortlos die Hütte. Nurre versuchte nicht, sie aufzuhalten.

Ayrin durchquerte das Dorf. Meister Ramold stand vor seiner Schmiede und rief ihr einen Gruß zu. Sie hörte es nicht. Sie ließ Halmat hinter sich und stieg auf das Hügelgrab. Eine windzerzauste Kiefer hatte dort Wurzeln geschlagen. Sie setzte sich, lehnte sich an den krummen Stamm und starrte hinüber zu den Graubergen, ohne sie zu sehen. Ihr Gedanken und Gefühle waren ein einziges Durcheinander. Sie spürte brennenden Zorn, aber da war noch etwas anderes, eine Kälte, die in ihrer Brust saß wie ein Stein und die sie daran hinderte, sich überhaupt zu bewegen. Selbst das Atmen fiel ihr schwer.

Der Ohm hatte Geld dafür bekommen, dass er sie aufnahm, und nun ließ er sie für einen Hungerlohn angebliche Schulden abarbeiten? Und was stand in dem Brief, den ihre Ziehmutter ihr verheimlicht hatte? Auch der Ohm hatte nichts gesagt, allerdings hatte er auch allen Grund. Er hatte sie bestohlen und belogen. Alles in ihr verlangte danach, zu ihm zu gehen, ihn zur Rede zu stellen und Brief und Geld zu verlangen. Doch sie blieb sitzen. Grener Staak war nicht der Mann, der so etwas einfach zugeben würde. Und wenn sie ihn jetzt, wütend wie sie war, zur Rede stellte, würde er nicht nur alles leugnen, nein, er würde vielleicht auch den Brief vernichten, weil er ein Beweis gegen ihn war. Oder hatte er das längst getan? Ayrin schlang die Arme um die angezogenen Knie. Was sollte sie nur ihrem Bruder erzählen? Lange saß sie im dürftigen Schutz der Kiefer und bemerkte gar nicht, dass sie fror.

»Was ist denn mit dir los?«, fragte eine vertraute Stimme. Baren stand hinter ihr und betrachtete sie mit verschränkten Armen. Der Nordwind trieb vereinzelte Schneeflocken über den immergrünen Hügel.

»Nichts«, sagte Ayrin.

»Na, dieses Nichts wird dir aber einen Haufen Ärger bescheren. Der Ohm hat schon dreimal nach dir gefragt, und das nicht, weil er besorgt um dich ist. Er wird dir für diesen Tag wohl keinen Lohn zahlen.«

»Er wird mir …?«, begann Ayrin und verstummte dann.

»Sag, Schwester, was ist mit dir? Du zitterst ja«, sagte Baren, nahm seinen Umhang ab und legte ihn ihr über die Schulter. »Ist etwas geschehen?«

Sie sah ihn an und schüttelte den Kopf. Baren war die Ruhe selbst, aber wenn er dann doch einmal in Zorn geriet, konnte es geschehen, dass er etwas Dummes tat. Sie entschloss sich, erst herauszufinden, was in diesem Brief stand.

»Heute gibt es keinen Heller für dich«, begrüßte sie Grener Staak, als sie in den *Blauen Drachen* zurückkehrte. Ayrin musste sich auf die Zunge beißen, um ihm nicht all ihre Wut entgegenzuschleudern. Sie wollte diesen Streit nicht in aller Öffentlichkeit ausfechten, nicht, bevor sie nicht mit ihrem Bruder über die Angelegenheit gesprochen hatte. Und sie hatte keine Ahnung, was sie ihm sagen sollte. Sie schluckte ihren Ärger herunter und machte sich wieder an die Arbeit, immer in der Hoffnung, dass ihr schon noch einfallen würde, was zu tun und zu sagen war.

Auch an diesem Tag war das Gasthaus gut besucht, und die Leute blieben lang. Die geheimnisvolle Fremde war fort, und nachdem der Ohm und der Schmied erzählt hatten, dass sie zwar bei Nacht und Nebel verschwunden war, aber mehr als nötig für die Kammer und die Unterbringung der Pferde gezahlt hatte, war die Neugierde der Menschen erst recht erwacht. Man erging sich in wilden Spekulationen, was sie gewollt haben könnte, und Wachtmeister Hufting, der sich seltsam oft selbst zu Ayrin begab, um seinen Humpen nachfüllen zu lassen, machte sich wichtig, indem er behauptete, eben das genau zu wissen, aber um keinen Preis verraten zu können. Nachdem ihm der Müller zwei weitere Krüge Bier spendiert hatte, rückte er damit heraus, dass sie wohl für einen großen Viehzüchter die Weiden begutachtet habe. »Und ich habe ihr gesagt, dass sie kein besseres Land finden könne, als die saftigen Wiesen von Halmat. Denkt also an mich, wenn es plötzlich Kronen auf unser Dorf regnet.«

Viehhändler Trax, der an diesem Abend auch in der hinteren Stube saß, äußerte vorsichtige Zweifel an Huftings Geschichte, schließlich habe die Dame nie das Dorf verlassen, um sich das Land anzusehen. Damit machte er sich den Wachtmeister, der lieber von kommenden Reichtümern schwärmte, wenigstens für diesen Abend, zum Feind.

Sonst gab es nur die üblichen schlechten Nachrichten: Die Pest wütete in Dörfern, die nicht weit entfernt lagen. Die fahrenden Händler schienen wohl deswegen einen Bogen um das Horntal zu machen, und das Ölchen, die Tempeldienerin, die zwar verrückt war, sich aber auf den Willen der Götter verstand, hatte wieder einmal dürre Weiden und überhaupt ein ganz schlechtes Jahr vorausgesagt. Sonst gab es nicht viel Neues zu berichten, außer, dass einer von Ulchers Knechten drei tote Ratten hinter dem Mühlrad gefunden habe, die aber nicht durch den Biss von Hund oder Katze gestorben seien. Dieses Rätsel erschien den Gästen aber weniger spannend als jene, die sich um die sagenhaft reiche Fremde und ihre hoffentlich baldige Rückkehr rankten.

Ayrin ließ den Ohm, der in der hinteren Stube saß und tat, als sei nichts geschehen, nicht aus den Augen. Was die Arbeit betraf, so war sie nicht bei der Sache. Sie vergaß Bestellungen oder brachte das Falsche an die Tische. Irgendwann schickte Grit sie an die Theke, wo sie weniger Schaden anrichten konnte. Allerdings zerbrach sie zwei Krüge, die sie nur ausspülen wollte. Endlich, es war schon spät, ergab sich die Gelegenheit, mit Grener Staak zu sprechen. Sie passte ihn ab, als er schon auf dem Weg in seine Schlafstube war.

»Ohm Grener, es gibt da etwas, über das ich mit Euch reden muss.«

»Reden, immer nur reden wollen die Weiber. Aber wenn es daran geht, nur ein Wort zu sagen, ein Ja zum Beispiel, dann werden sie stumm wie die Fische. Ja, wenn es ans Heiraten geht, wählen sie einen anderen!«, schleuderte er ihr mit schwerer Zunge entgegen.

Ayrin ließ sich nicht abschrecken. »Es geht um die Nacht, als mein Bruder und ich hier abgegeben wurden. Da gab es einen Brief, und einen Beutel mit Münzen, wie ich erfuhr.«

Der Wirt starrte sie mit glasigen Augen lange an, bevor er sagte: »Da war nichts. Nur zwei Bälger, die mir die Haare vom Kopf fressen und nicht einsehen wollen, dass sie für ein Bett, Kleidung und unzählige warme Mahlzeiten auch zu arbeiten haben. Und jetzt geh mir aus dem Weg.« Und damit wankte er in seine Kammer und warf die Tür hinter sich zu.

Am nächsten Morgen wurde Ayrin vom lauten Ruf einer Krähe geweckt. Sie öffnete ein Fenster und sah einen großen Schwarm dieser Vögel, die über Halmat kreisten. Sie fand das beunruhigend, und dann erzählte Lell, dass eine der Kühe zitternd und mit Schaum vor dem Maul im Stall stehe. Sie ging hinüber, um nachzusehen, und sah, dass auch eine der Ziegen zitterte und sich kaum auf den Beinen halten konnte.

Der Ohm schickte Baren los, den Heiler zu holen, doch der kam unverrichteter Dinge zurück. »Seine Frau sagte, er sei noch in Hainim, wegen der Seuche, und sie erwartet ihn nicht vor übermorgen zurück.«

»So lange können wir nicht warten«, sagte der Ohm düster und ging mit dem Schlachterbeil hinüber in die Scheune. »Und zu niemandem ein Wort darüber!«, schärfte er seinen Leuten ein, als er mit blutigem Werkzeug aus dem Stall wiederkehrte.

Schon am Mittag erzählte einer der Knechte von Bauer Lam mit gesenkter Stimme, dass auch in dessen Stall Kühe erkrankt seien, und er das eigentlich keinem sagen dürfe. Dann kam Schmied Ramold und berichtete, dass zwei seiner Pferde von einem seltsamen Fieber befallen seien.

Bald häuften sich die schlechten Nachrichten und am Nachmittag schien in jedem Stall von Halmat wenigstens ein Tier erkrankt zu sein und überall wurden tote Ratten gefunden.

»Aber was ist das für eine Seuche?«, fragte Meister Ramold, als sich die Männer am Abend in der Gaststube berieten. »Sie befällt Rinder und Schweine, Ziegen und Pferde gleichermaßen. Sogar Hunde sollen krank geworden sein. Ich kenne keine Tierseuche, die so etwas anrichtet.«

»In Haiming war es zu Beginn das Gleiche«, sagte Müller Ulcher düster.

»Und da befiel es am Ende auch die Menschen«, gab der Schmied zu bedenken.

»Bei den Göttern, Ihr meint doch nicht …«, rief Bauer Lam.

»Nun sorgt euch nicht unnötig!«, rief Grener Staak. »Es wird schon nicht so schlimm werden. Immerhin haben wir Schutz.« Dabei wies er mit dem Daumen in Richtung seiner Scheune, in der der Runenbeutel aufbewahrt wurde.

»Und doch hast du selbst heute geschlachtet, nicht wahr?«, höhnte der Müller scharf und fragte dann besorgt: »Sollte die Rune nicht mehr wirken?«

»Natürlich wirkt sie nicht!«, rief Aba Brohn, der Priester. »Der Schutz der Götter ist es, den ihr braucht. Dass dieser Meister Maberic ein Scharlatan ist, predige ich euch seit Jahr und Tag. Aber ihr werft ihm Jahr für Jahr Silber in den Rachen und bekommt dafür – nichts!«

»Man möchte fast meinen, dass Ihr Euch an unserer Not erfreut, Aba«, zürnte Ulcher.

»Nicht doch! Nur rate ich dazu, die Götter um Schutz und Hilfe anzuflehen. Ich werde jedenfalls die Riten für morgen vorbereiten.«

»Dummkopf«, zischte eine heisere Stimme von der Tür. Es war die alte Nurre, die zum ersten Mal seit Jahren das Gasthaus betrat. »Die Hexenpest ist es, die unser Vieh befallen hat. Da können die Götter nichts ausrichten.«

»Törichtes Weib«, rief der Priester, »sie sind die Einzigen, die uns retten können!«

»So hättet Ihr es vielleicht gern«, gab Nurre zurück. »Habt Ihr die Zeichen nicht erkannt? Das tot geborene Kalb, der schneelose Winter? Ich habe Euch gewarnt!«

Der Priester lachte hell auf. »Du hast uns schon oft gewarnt, alte Krähe, vor allen möglichen Übeln, und keines davon hat uns je ereilt.«

»Es ist die Hexenpest«, beharrte Nurre und starrte den Mann finster an.

»Unsinn. Das ist eine Krankheit aus den Legenden, ebenso lange verschwunden wie die Drachen und der Hexenfürst«, rief Aba Brohn. »Nein, es ist die Strafe der Götter, die spüren, dass euer Glaube schwach ist.«

»Jetzt sind es also die Götter, die über unser Vieh herfallen?«, zischte Nurre kopfschüttelnd.

»Die Fremde!«, rief Ayrin in den Augenblick der Stille hinein. Die Männer wandten sich ihr zu. »Ist es nicht merkwürdig, dass sie bei Nacht und Nebel verschwindet, und dann erkrankt unser Vieh?«

»Lächerlich«, brummte der Ohm.

»In der Tat, wo sie doch selbst am Vieh nicht so völlig uninteressiert war, wie sie vorgab zu sein«, rief Wachtmeister Hufting.

»Und sie gab stets gutes Geld«, meinte Lell, der hinter der Theke stand und zuhörte.

»Wer gutes Geld gibt, kann keine schlechten Absichten haben, wie es heißt«, pflichtete Hufting ihm bei und schien damit die Stimmung in der Gaststube zu treffen.

Ayrin verstand nicht, wie die Leute so blind sein konnten.

»Jedenfalls wirken die Runen nicht, die uns Meister Maberic für viel Geld verkauft hat«, zürnte Ulcher, »oder habt Ihr sie etwa abgenommen, Grener Staak?«

»Ich habe heute Mittag selbst nachgesehen. Der Beutel ist noch dort, wo er sein sollte«, grollte der Ohm.

Und dann fing der Priester wieder an, Riten und Opfer für die Götter zu fordern, um größeres Unheil abzuwenden. Ayrins Blick suchte ihren Bruder. Baren stand leichenblass in der Ecke. Er sah sie flehend an und sie erkannte, dass er kurz davor war, ein Geständnis abzulegen. Sie schüttelte stumm und warnend den Kopf. Die Männer waren voller Wut, obwohl die Seuche gerade erst begonnen hatte. Ihr Zorn konnte üble Folgen haben.

Baren sah ihre warnenden Blicke, dennoch trat er einen Schritt vor, holte Luft – und dann schnitt ihm Nurre das Wort ab. Sie trat an den Tisch der wichtigen Männer heran und sagte: »Ich bin nicht wegen der Seuche hier. Wir haben etwas zu bereden, Grener Staak, etwas, das nicht länger aufgeschoben werden kann.«

»Verrückte Alte, lass mich bloß in Ruhe!«, entgegnete der Ohm. Nurre blieb einfach da stehen, wo sie stand, und sah ihn herausfordernd an. Endlich erhob er sich und folgte der Alten, die sich nach oben, zu seiner Kammer begab.

Ayrin gab Baren ein Zeichen, sich anzuschließen. »Was ist denn los?«, fragte er, als sie hinter den beiden anderen die Treppen hinaufstiegen. »Große Neuigkeiten, Baren, große Neuigkeiten«, gab sie flüsternd zurück.

»Es wird Zeit, dass wir den beiden alles sagen, was wir wissen, Grener Staak«, begann die Alte.

»Wovon wissen?«

»Von jener Nacht, da wir sie in diesem Haus aufnahmen.«

»Sie lagen auf der Schwelle und ich war so dumm, sie hineinzutragen. Seither machen sie mich arm.«

»Das ist beides nicht wahr, und das wisst Ihr. Erzählt Ihnen vom Brief, und von dem schweren Beutel mit Münzen.«

»Brief? Ihr meint den Zettel mit ihren Namen. Mehr war da nicht.«

»Er war versiegelt!«, zischte Nurre.

»Aber das Siegel war gebrochen und der Umschlag leer, so wahr ich hier stehe«, grollte Staak. »Und in dem Beutel waren nur einige Heller, kaum genug für ein paar Mahlzeiten.«

»Ich meine, er enthielt schweres Silber«, entgegnete Nurre.

»Beschuldigst du mich der Lüge, Weib?«, rief der Wirt und baute sich drohend vor ihr auf.

»Sagen wir, mir scheint, dass Ihr ein paar Dinge vergessen habt, Staak.«

Er packte sie hart am Kragen. Baren fiel ihm in den Arm, aber der Ohm war stark wie ein Bär, er schleuderte Ayrins Bruder mit einer zornigen Bewegung quer durch die Stube, dass er mit der Schulter hart gegen die Wand prallte und stöhnend zu Boden ging. Immerhin ließ er die Alte los. »Es gibt keinen Brief, und es gab nie einen!«, brüllte er.

»Dann will ich den Umschlag sehen, Ohm«, brachte Ayrin hervor.

Er machte ein paar Schritte auf sie zu, nackten Zorn in seinem Gesicht. »Es gibt ihn nicht mehr. Fortgeworfen habe ich ihn, denn es stand nicht mehr darauf als die beiden Namen. Willst du etwas anderes behaupten, Rabentochter?« Ayrin konnte riechen, dass er zu viel getrunken hatte.

»Sie kann sich gewiss nicht daran erinnern, ich aber schon«, beharrte Nurre.

Grener Staak fuhr herum. »Altes, zänkisches Weib! So dankst du mir meine jahrelange Güte und Milde? Mit Verleumdung und übler Nachrede? Geh mir aus den Augen, sonst vergesse ich mich!«

Ayrin half Baren auf die Füße und hielt ihn gleichzeitig zurück, denn er war drauf und dran, sich auf den Ohm zu stürzen.

Da öffnete sich plötzlich die Tür und Wachtmeister Hufting stand in der Stube. »Gibt es hier Ärger, von dem ich erfahren sollte? Mir war, als hörte ich lauten Streit und Unbill durch die Wände dieses alten Gasthofes dringen. Jungfer Ayrin, ist alles in Ordnung?«, fragte er.

»Diese Sache geht Euch nichts an, Hufting!«, fuhr ihn der Ohm hart an.

Der Wachtmeister zuckte nicht zurück. »Sie betrifft mich, da ich Recht und Gesetz in diesem Dorf zu hüten habe. Dennoch bin ich ganz ursprünglich nicht deshalb die steilen Stufen hinaufgestiegen. Die Männer haben beschlossen, nachzusehen, ob der Runenbeutel noch an seinem Platz ist. Kommt Ihr mit, Staak?«

»Ich habe bereits gesagt, dass er dort ist. Ich habe ihn mit eigenen Augen gesehen!«

»Nicht ich bin es, der an Euren Augen zweifelt, und wahrscheinlich zweifeln auch die anderen nicht an Euch, weil sie denken, dass Ihr schlecht sehen würdet. Doch zweifeln tun sie, vielleicht sogar verzweifeln. Es ist ein kurzer Gang, der alle beruhigen würde, also lasst ihn uns gehen.«

Der Ohm nickte, bedachte die Geschwister, vor allem aber Nurre, noch einmal mit finsteren Blicken und polterte dann mit Hufting die Treppe hinab.

»Von was für einem Brief ist hier die Rede?«, fragte Baren und rieb sich die schmerzende Schulter.

Ayrin erklärte es ihm in kurzen Worten.

»Das heißt, es gibt einen Brief von unserer Mutter? Und Geld hat der Ohm auch genommen?«

Nurre seufzte schwer. »Ich würde sagen, er hat euch beide bestohlen, beweisen kann ich das leider nicht.«

»Und was sollen wir jetzt tun?«

»Wir müssen diesen Brief finden«, sagte Ayrin. »Er wird zeigen, dass wir dem Ohm nichts schuldig sind. Und dann sind wir frei und können gehen.«

»Er wird ihn in seiner Kiste in der Schlafstube verwahren, wenn er ihn nicht fortgeworfen hat«, sagte Nurre.

»Dieser Kasten ist immer abgeschlossen.« Baren seufzte.

»Dann werden wir den Schlüssel finden«, verkündete Ayrin.

»Wenn er uns dabei ertappt, schlägt er uns tot«, meinte ihr Bruder trocken.

»Dann lasst mich danach suchen. Ich stehe ohnehin schon mit einem Bein im Grab«, meinte Nurre.

Das wollten die beiden Geschwister auf keinen Fall zulassen.

Unten in der Wirtsstube schwoll der Lärm wieder an. Offenbar kamen die Männer aus der Scheune zurück, wo sie ohne Frage festgestellt hatten, dass der Runenbeutel noch dort war, wo er sein sollte.

»Hoffentlich öffnen sie ihn nicht«, sagte Baren tonlos.

»Wer sollte etwas derart Dummes tun?«, fragte Nurre. »Selbst dieser einfältige Priester weiß, dass man einen Runenbeutel nicht öffnen darf, wenn er einmal verschlossen wurde.«

Baren wollte etwas sagen, doch Ayrin schnitt ihm das Wort ab. »Es ist besser, du gehst nach Hause und ruhst dich aus, Muhme. Der Ohm ist voller Zorn und du weißt, wie unberechenbar er ist, wenn er getrunken hat. Es ist besser, er bekommt dich heute nicht mehr zu Gesicht.«

»Ich weiß es und fürchte, dass Ihr das Gewitter abbekommen werdet, das mir zugedacht ist. Gebt auf euch acht, Kinder, und tut nichts Unbedachtes.«

In der Nacht lagen die Geschwister lange wach und beratschlagten, was sie tun konnten. »Wenn wir erst den Brief haben, können wir den *Blauen Drachen* endlich hinter uns lassen«, meinte Ayrin.

»Und was ist mit Nurre?«

»Wir nehmen sie mit.«

»Mit? Wohin?«

»Der Brief wird es uns verraten.«

»Vielleicht auch nicht. Ich jedenfalls kann nicht lesen.«

»Ein paar Buchstaben kann ich. Ich habe dem Ohm oft über die Schulter geschaut, als er noch ordentliche Abrechnungen gemacht hat.«

»Da ging es doch mehr um Zahlen, oder?«

»Nicht nur«, sagte Ayrin unsicher, denn sie wusste, dass zum Lesen mehr gehörte, als ein paar Buchstaben zu kennen. Es gab so viele davon. »Wir zeigen ihn Aba Brohn. Er wird ihn uns vorlesen!«

Baren schien nicht zugehört zu haben. Er seufzte. »Auf jeden Fall werde ich Hufting morgen sagen, was ich getan habe. Ich kann kaum noch schlafen, seit ich die Rune zerstört habe. Und jetzt ist die Hexenpest ins Vieh gefahren.«

»Das ist noch gar nicht heraus, Baren. Vielleicht ist es etwas anderes. Morgen führt der Priester den großen Ritenzug durch das

Dorf. Er wird Agge, den Gott der Felder und Herden, und Fronar und Umone um ihre Hilfe bitten. Vielleicht kann das Unheil so abgewendet werden.«

»Ich bin sicher, dass sie das auch in Ochsrain und Hainim versucht haben. Und dort sind jetzt sogar die Menschen krank und sterben.«

»Der Ohm schlägt dich tot, wenn er von der Sache erfährt, und Hufting ist nicht der Mann, dich davor zu schützen. Und wer weiß, vielleicht wirken die Riten ja.«

Baren schüttelte den Kopf. »Wir müssen nach Meister Maberic schicken. Er ist der Einzige, der den Schaden beheben kann.«

»Wo sollte ein Bote ihn jetzt suchen? Niemand weiß, wo der Runenmeister gerade steckt. Er kommt mit seinem Wagen doch immer erst nach Beginn des Frühlings ins Horntal. Das sind noch viele Wochen. Warte die Riten ab, Baren. Und wenn wir den Brief haben, kann er dich vielleicht auch vor dem Zorn des Ohms schützen.«

»Mag sein«, sagte Baren, aber er klang verzagt.

Im Morgengrauen des nächsten Tages sammelte sich das Dorf am Tempel, nahe des Hügelgrabes. Ayrin staunte, als sie die vielen Menschen sah. Selbst Alte und kleine Kinder marschierten bei dieser feierlichen Prozession mit. Sogar Nurre, die aus ihrer Verachtung für den Priester sonst keinen Hehl machte, war dabei und stemmte sich gegen Frost und Wind. Der Aba ging vorneweg. Ihm folgten der Schmied und Müller Ulcher, die bronzene Räuchergefäße schwenkten. Sie zogen zu jedem Haus und jedem Stall. Der Aba erflehte in hellem Singsang den Segen der Götter und malte mit Rinderblut Segensrunen auf die Türen und Tore.

»Mir ist noch nie aufgefallen, dass es in diesem Dorf so viele Häuser und Hütten gibt«, sagte Ayrin, als sie durchfroren nach der Prozession zurück zum Gasthof eilten.

»Vielleicht ist jetzt eine Gelegenheit«, meinte Baren. »Der Ohm wird sicher noch eine Weile brauchen.«

»Dann bereite du die Schankstube vor, ich werde nach dem Schlüssel suchen«, sagte Ayrin.

Das Herz klopfte ihr in der Brust, als sie die Treppe zur Schlafstube des Ohms emporeilte. Sie betätigte die Klinke und – fand die Tür verschlossen. Sie probierte den Griff noch ein zweites und ein drittes Mal, doch das änderte nichts: Der Ohm hatte die Tür abgesperrt.

»Das hat er noch nie getan«, sagte ihr Bruder, als sie ihm davon berichtete.

»Er ahnt wohl, was wir vorhaben. Das heißt, er hat etwas zu verbergen, also muss der Brief noch da sein.«

»Warum hat er ihn nicht längst verbrannt?«

Ayrin runzelte die Stirn. Das fragte sie sich auch. Dann sagte sie, unsicher: »Vielleicht ein Zauber? Die Muhme behauptete ja, dass die Erinnerung an diese Nacht verschwommen sei. Jemand war dort, aber sie kann sich nicht erinnern, wer. Vielleicht hindert ein magischer Bann den Ohm daran, den Brief zu verbrennen, eine Rune oder so etwas. Oder er hat damals einen Eid geschworen, den er nicht brechen will«, setzte sie hinzu, weil sie nicht wusste, ob so eine Art von Magie überhaupt möglich war.

»Was nun? Jetzt ist nicht nur der Kasten mit einem Schlüssel verschlossen, den wir erst finden müssen, sondern auch die Tür zu der Kammer, in der jener Schlüssel versteckt sein wird.«

»Da fällt uns schon etwas ein«, sagte Ayrin. Sie hatte bereits eine Idee, doch die war gefährlich.

Anders als an anderen Ritentagen strömten die Menschen von Halmat an diesem Tag nicht in den *Blauen Drachen*, denn sie hatten zu

Hause genug zu tun. Die wenigen, die sich später in die Gaststube verirrten, brachten nichts als düstere Nachrichten. »Dem Ulcher sind schon die Hälfte seiner Kühe eingegangen, und er überlegt, sie auf die Weide zu treiben«, erzählte ein Tagelöhner. »Es ist ihm lieber, sie erfrieren und verhungern, als dass ihm weiter die Hexenpest im Stall sitzt. Die Riten haben wohl nicht geholfen.«

Ein anderer wusste von Ziegen, die es bei seinem Nachbarn dahingerafft hatte, ein dritter hatte von verendeten Pferden zu berichten. Und im Mühlteich trieben tote Ratten.

Die Stimmung blieb den ganzen Abend gedrückt und der Ohm saß ganz allein in der hinteren Stube und leerte schweigend Krug um Krug.

»Vielleicht sollten wir ihm nichts mehr bringen«, meinte Baren irgendwann, »oder den Branntwein wenigstens mit Wasser verdünnen, wie es Nurre früher immer gemacht hat, um die Vorräte zu schonen. Er wird den Unterschied schon nicht mehr schmecken.«

»Es ist besser, er ist tüchtig betrunken«, meinte Ayrin leise.

»Wenn er aber wieder zornig wird …«

»Halten wir es aus. Er muss tief und fest schlafen, wenn ich heute Nacht nach dem Schlüssel suchen will.«

»Du willst in seine Kammer, während er dort liegt?«, fragte Baren entsetzt.

»Dann wird die Tür nicht verschlossen sein.«

»Lass mich gehen. Es ist zu gefährlich.«

Nichts wäre Ayrin lieber gewesen, als diesen Gang zu vermeiden, doch sie schüttelte den Kopf. »Nein, wenn er dich ertappt, schlägt er dich tot. Mich hat er nie so schlimm verprügelt wie dich. Außerdem kann ich mich vielleicht irgendwie herausreden.«

»Es ist dennoch eine dumme Idee.«

»Ich weiß. Du kannst mir gerne sagen, wenn du eine bessere hast.«

Diese hatte ihr Bruder jedoch nicht, und so sahen sie mit gemischten Gefühlen zu, wie der Ohm sich langsam betrank. Es war spät, als er endlich ins Bett fiel. Ayrin, die ihm in sicherem Abstand folgte, hörte dann jedoch mit Entsetzen, dass er, obwohl er kaum noch stehen konnte, seine Tür umständlich von innen verriegelte.

Am nächsten Morgen putzte Ayrin widerwillig, aber gründlich, die Schankstube, als einer der Knechte von Müller Ulcher in die Stube platzte und düster verkündete, dass nun auch die jüngste Enkelin des Müllers von der Pest befallen war. Bald folgten weitere, schlechte Nachrichten. Kälber waren verendet, Pferde wurden geschlachtet, und dann hieß es, einer der Gesellen von Schuster Solla sei erkrankt. Wenig später erfuhr Ayrin, dass die Frau von Ramold, dem Schmied, am Fieber darniederlag und der greise Vater von Bauer Lam rang bereits mit dem Tode, wie es hieß. Sie konnte fühlen, wie sich lähmende Angst über Halmat senkte. Nur Wachtmeister Hufting stapfte grimmig die Straßen auf und ab und zog hin und wieder sein Schwert, als könne er damit die Seuche in die Flucht schlagen.

»Eine Krankheit ist es und ein Fluch, das wissen die Götter«, murmelte Grit düster. »Er hat Mensch und Tier gleichermaßen befallen. Nun wird wohl wahr, was die alte Nurre seit Jahren verkündet – der Hexenfürst ist nach Halmat gekommen.«

»Er selbst wohl kaum«, entgegnete Ayrin grimmig. »Aber seine Dienerin war vielleicht hier.«

Grit schüttelte den Kopf. »Was hat dir die edle Dame nur getan, dass du sie derart verdächtigst? Nie traf ich eine freundlichere Person, dabei war sie von Stand.«

Ayrin verzweifelte allmählich. Niemand außer ihr schien sehen zu wollen, wie seltsam sich diese Fremde benommen hatte.

»Ihr könnt aufhören, die Böden zu schrubben«, sagte der Ohm, der mit glasigen Augen gegen Mittag in der Schänke erschien. »Es werden keine Gäste kommen, solange die Hexenpest im Dorf wütet.«

»Bei den Göttern, ich hoffe doch, dass es nicht die Pest ist«, rief Grit.

»Dummes Weib, was sollte es sonst sein? Hat Lell dir nicht gesagt, dass uns nun die letzte Kuh gestorben ist, und es auch mit den Ziegen bald zu Ende geht? Geht und sichtet das Linnen. Wir werden bald Trauerkleider brauchen.« Dann ging er hinunter in den Keller.

»Lass uns weiterputzen. An die Linnen wollen wir einstweilen nicht denken«, raunte Grit.

Ayrin aber ließ Bürste und Lumpen fallen, und sprang hinauf zur Schlafstube des Ohms. Erneut fand sie sie verschlossen. Sie hastete zurück und war schon wieder bei der Arbeit, als Grener Staak mit zwei großen Branntweinkrügen im Arm zurückkehrte. Er ließ sich auf seinen Stuhl fallen, öffnete den ersten Krug und nahm einen tiefen Schluck. Dann setzte er den Krug ab und polterte: »Was habe ich euch Weibern über das Linnen gesagt?«

Grit gab Ayrin einen Wink und sie gingen in den Lagerraum, wo das gute Leinen verwahrt wurde.

»Wer keine Arbeit hat, sucht sich welche«, murmelte Grit. Sie sah die grauen Trauergewänder durch. »Sie sind einwandfrei und frisch, und weil die Riten für den alten Solla erst ein halbes Jahr zurückliegen, werden sie auch noch passen. Nur Barens vielleicht nicht, denn er hat einen mächtigen Schuss gemacht, und breite Schultern hat dein Bruder auch bekommen.« Wütend warf sie das Kleidungsstück auf den nächsten Schemel. »Wir versündigen uns, wenn wir das graue Gewand ausmessen, bevor jemand gestorben ist. Es bringt gewiss Unglück.«

»Nicht wir versündigen uns, Grit. Der Ohm ist es, der schlechte Nachrichten kaum erwarten kann.«

»Ja, es wird von Jahr zu Jahr schlimmer mit ihm, oder von Tag zu Tag. Was gab es da eigentlich zu bereden, neulich, mit Nurre?«

»Es ist besser, ich erzähle es dir nicht, Grit. Sonst wirst du noch Teil von einem Streit, der dich gar nicht betrifft.«

»So? Na, das ist auch eine Art zu sagen, dass ich meine Nase nicht in eure Angelegenheiten stecken soll«, murrte die Magd und begann das Trauergewand, das sie eben so achtlos auf den Schemel geworfen hatte, sorgsam zusammenzulegen.

»Sagt, sitzt ihr auf euren Ohren?« Das kam von Lell, der plötzlich in der Kammer aufgetaucht war. Ayrin sah ihn fragend an. »So habt ihr es wirklich nicht gehört?«

»Was denn?«, fuhr Grit ihn an.

»Na, der Kleinste von Schuster Solla hat sich auf das Hügelgrab gesetzt, vielleicht, um für seinen kranken Bruder zu beten. Da hat er wohl zufällig Richtung Hainim geschaut, und ihn gesehen. Er ist dann zum Tempel, was ja nicht weit ist, und hat es dem Priester erzählt. Na, ihr könnt euch ja denken, dass Aba Brohn es nicht glauben wollte, denn es passt ihm so gar nicht. Er stieg also selbst auf den Hügel, um zu sehen, ob es wirklich stimmt, und ...«

Grit unterbrach ihn: »Bei den Göttern, *was* denn? Was hat der Kleine gesehen?«

»Den Wagen von Meister Maberic! Der Runenmeister kommt nach Halmat!«

Der Meister

Ayrin rannte vor die Tür. Als sie auf die Straße trat, war der Marktplatz schon voller Menschen. »Die Götter haben unsere Gebete erhört«, rief Grit, die Ayrin gefolgt war und nun neben ihr in der Menge stand, die erwartungsvoll die Straße hinaufschaute.

Dann kam der Wagen in Sicht. Schon immer hatte sich Ayrin gefreut, wenn der Runenmeister ins Dorf kam, doch dieses Mal war die Freude noch weit größer. Baren tauchte neben ihr auf. Sie umarmte ihn. »Nun wird alles gut«, raunte sie ihm zu.

»Oder auch nicht«, erwiderte Baren mit gequältem Lächeln. »Der Meister wird sich gewiss fragen, warum seine Rune nicht mehr wirkt. Und wenn er nachschaut …«

Darauf verstummte Ayrin. Sie stellte fest, dass auch die Menge schwieg. Eine erwartungsvolle, andächtige Stille hatte sich über den Platz gelegt.

Dann erschien der Wagen am Ende der Tempelstraße. Ayrin sah zuerst die vier Kaltblute, die das große Gefährt zogen. Das Schnauben der Rösser und das Knarren der Räder waren laut zwischen den Häuserwänden zu hören. Das Gefährt schlug einen Bogen, um den Säulen vor dem Tempel auszuweichen, und so war der Wagen in all seiner Pracht zu sehen. Ayrin fragte sich, ob er noch größer und schwerer geworden war, seit dem letzten Besuch. Der untere Teil des Gefährtes war früher einmal ein stattliches Boot gewesen. Auf das Heck hatte der Erbauer ein Bierfass gesetzt, viel größer als alle, die sie im *Blauen Drachen* hatten. Grit hatte immer behauptet, dass tausend Männer aus diesem Fass ihren Durst hätten stillen können, und das fand Ayrin nur leicht übertrieben. Über den Dauben fand sich eine offene Plattform, mit einem Schaukelstuhl und einem Hühnerkäfig, an dem eine gelbe Laterne über das Heck hinausragte. Der vordere Teil des Gefährts war ein bunt verzierter Kasten, der aus zwei niedrigen Stockwerken bestand. Unten sah Ayrin zwei runde Fenster, oben drei schmale, und dazwischen gab es merkwürdige Haken und Vorrichtungen, deren Sinn sie nie verstanden hatte. Und als sie genauer hinsah, war ihr, als würden zwischen all den bunt zusammengewürfelten Teilen des Wagens noch weitere Teile sein, die sie nur gerade nicht gut erkennen konnte. Vor dem Verschlag gab es etwas, das aussah wie ein kleiner Balkon, der als Sitz für den Kutscher diente. Und dort saß, gehüllt in einen dunkelblauen Filzmantel, die zerzausten Haare halb unter einer formlosen Fellmütze verborgen, Meister Maberic, berühmter Lar der Runen.

Er lenkte den Wagen mit ruhiger Hand bis auf den Marktplatz. Die Menge wich ehrfürchtig zurück. Er zog die Zügel an, legte den großen Bremshebel um und brachte sein Gefährt so zum Stehen. Immer noch blieb die Menge stumm. Nichts war zu hören von dem ausgelassenen Jubel, den das Kommen des Runenmeisters sonst immer begleitete.

Meister Maberic kratzte sich an seinen Barstoppeln. »Wie schlimm ist es?«, fragte er vom Kutschbock herab.

»Vieh und Mensch sind von der Hexenpest geschlagen«, antwortete Wachtmeister Hufting. »Ich komme nicht umhin festzustellen, dass die Lage in Halmat sozusagen verzweifelt ist.«

»Eure Rune hat versagt, Scharlatan!«, rief Aba Brohn, der die Menge teilte. Er hatte sein Priestergewand angelegt, vermutlich, so dachte Ayrin, um seine Würde zu betonen. »Am besten wird sein, Ihr nehmt die Zügel wieder in die Hand und verschwindet.«

»Meint Ihr? Wäre es nicht besser, der Sache erst einmal auf den Grund zu gehen?«, fragte Lar Maberic freundlich. Er stand auf und streckte sich. »Ich kann fühlen, dass hier dunkle Mächte am Werk sind, was nicht sein dürfte, denn die Rune sollte diese Art Gefahr fernhalten.«

»Sie war teuer genug«, polterte der Ohm, vom Eingang des *Blauen Drachen* aus.

»Nicht du hast sie bezahlt«, rief Müller Ulcher aufgebracht. »Das Vieh verreckt, meine Enkelin liegt im Sterben, und der Vater von Bauer Lam ist gar schon tot – und Eure Rune hat es nicht verhindert, Maberic.«

Der Runenmeister kletterte an einer Leiter vom Bock hinab und sprang dann auf die Straße. Ayrin hatte vergessen, wie klein er war. Er reichte ihr gerade bis zur Stirn, ein freundlicher, rundlicher Mann mit angeblich gewaltigen Kräften, der jetzt sagte: »Ich will den Runenbeutel sehen.«

Eben noch war Ayrin voller Freude gewesen, nun sank ihr das Herz. Gleich würde offenbar werden, was hier geschehen war, gleich würden alle erfahren, dass Baren großes Unglück über das Dorf gebracht hatte.

Sie drängte sich rasch durch die Menge, die dem Lar folgen wollte, zurück zum Eingang. Irgendwie musste sie das Unglück von ihrem Bruder abwenden. Sie schaffte es gerade noch rechtzeitig in die Stube, denn Wachtmeister Hufting stellte sich hinter ihr in die Tür und rief laut: »Ihr guten Leute von Halmat, ihr könnt nicht alle mit hineinkommen. Wartet hier. Wir, vermutlich sogar ich selbst, werden Euch gleich, spätestens aber zu gegebener Zeit, sagen, was die peinlich genaue Untersuchung des genannten Beutels ergeben hat.« Und so waren es fast nur die Ersten des Dorfes, die dem Meister in den Stall folgten. Und Baren und Ayrin.

Meister Maberic kletterte die Leiter hinauf, nahm den Runenbeutel vom Nagel und betrachtete ihn.

»Nun, welche faule Ausrede habt Ihr für uns?«, rief der Priester.

Der Lar schwieg, roch an dem Beutel, murmelte ein paar leise Worte und endlich öffnete er ihn. Er zog das Pergament mit Ayrins Rune heraus, betrachtete es, legte es wieder in den Beutel, verschnürte ihn und stieg endlich die Leiter hinab.

»Es hat sicher mit der Fremden zu tun!«, rief Ayrin, die die Spannung nicht länger aushielt. »Diese Ragne von Irgendwo hat das ganze Dorf verhext.«

Der Ohm warf ihr einen finsteren Blick zu, wandte sich dann an den Runenmeister und sagte: »Achtet nicht auf das Gegacker der Hühner, Lar. Sagt, was ist mit dem Beutel?«

»Er ist wirkungslos«, erwiderte der Runemeister mit einem Achselzucken.

»Aha!«, rief Aba Brohn triumphierend.

»Und das ist er«, fuhr der Runenmeister ungerührt fort, »weil jemand meine Rune entfernt und durch eine andere ersetzt hat.«

Verblüfftes Schweigen füllte den Stall.

»In Hainim und Ochsrain war es ähnlich. Nur, dass dort niemand auf die Idee gekommen war, die fehlende Rune zu ersetzen.«

»Aber, wie, warum – und vor allem, wer?«, fragte Hufting.

»Diese Fragen sollten wir später beantworten. Nun ist es wichtiger, den Schutz zu erneuern, damit die Hexenpest nicht weiter um sich greift. Doch bevor ich das kann, muss ich die Quelle des Fluchs finden, der über dieses Dorf gekommen ist.«

»Der Stall von Meister Ramold! Dort hat der Diener der Hexe geschlafen«, rief Ayrin.

»Nur dass sie keine Hexe war. Ein Gast war sie, eine vornehme Dame, und gut gezahlt hat sie auch«, rief der Ohm.

»Oh, da bin ich sicher«, sagte Lar Maberic mit grimmigem Lächeln. Dann wandte er sich an den Priester. »Ihr, Aba Brohn, solltet Eure Räuchergefäße vorbereiten. Dieses Übel beginnt als Fluch, und wandelt sich rasch zur Krankheit. Ich werde Euch nachher Kräuter geben, die die Leiden lindern werden, mit etwas Glück sogar besiegen. Macht schnell.«

»Ich bin ein Diener der Götter und nicht der Handlanger eines Scharlatans.«

Der Müller legte ihm die Hand schwer auf die Schulter. »Ihr tut besser, was er sagt, Aba. Sonst werdet Ihr Euch einen neuen Tempel und ein anderes Dorf für Eure salbungsvollen Predigten suchen müssen.«

Der Priester schluckte, wurde leichenblass und nickte schließlich. »Ich gehe mit ihm«, verkündete Bauer Lam finster, »damit er seinen Auftrag nicht unterwegs vergisst.«

»Schickt die Menschen nach Hause«, fuhr der Runenmeister fort. »Sie sollen alle Fenster und Türen öffnen und die Herdfeuer löschen. Die Hexenpest, und diese wütet hier ohne Zweifel, mag die Kälte nicht.«

»Ich ... ich habe etwas zu sagen«, brachte Baren stotternd hervor.

Ayrin warf ihm entsetzt einen warnenden Blick zu. »Ich bin sicher, das hast du, junger Freund«, sagte der Lar und fasste Baren scharf ins Auge. Dann seufzte er. »Das muss jedoch warten. Aber du könntest mir helfen. Ich brauche jemanden, der meine Werkzeuge trägt und mir auch anderweitig zur Hand geht, und du siehst recht geeignet aus. Wo ist nun dieser Stall, den das vorlaute Mädchen erwähnte?«

Der Ohm erteilte den Befehl, Stall und Gasthaus zu lüften, aber Ayrin überließ es Grit und Lell, dem Folge zu leisten. Sie ging mit den Männern hinaus auf den Markt, der sich schnell leerte, als Hufting die Anweisungen des Runenmeisters laut und umständlich wiederholte. Der Lar verschwand in seinem Wagen und kam nach einiger Zeit mit einer ledernen Tasche zurück, die er Baren, der vor dem Wagen hatte warten müssen, in die Hand drückte. Dann strebte er auf seinen kurzen Beinen hinüber zum Stall.

»Sag ihm, dass er auf Zeichen im Boden achten soll«, raunte Ayrin ihrem Bruder zu.

»Was denn für Zeichen?«

»Sag es ihm einfach. Es kann nur gut für dich sein, wenn du dich nützlich machst.«

Baren nickte, er war immer noch blass und blickte gehetzt um sich. Ayrin sah ihm an, wie sehr ihm sein Gewissen zu schaffen machte.

Meister Maberic riss die Stalltore weit auf. »Bringen wir ein wenig Licht in diese Sache.«

»Ich verstehe nicht, wie mein Stall Ursprung irgendwelchen Übels sein soll. Er ist wohl geführt, sauber und ehrbar, möchte ich sagen«, murmelte der Schmied.

»Daran habe ich keine Zweifel, Meister Ramold«, sagte der Lar und hob, noch auf der Schwelle, eine tote Ratte vom Boden auf. Er warf sie Hufting zu, der sie erst angewidert fallen ließ, dann aber mit spitzen Fingern am Schwanz packte, betrachtete und wie eine Laterne vor sich hertrug.

Der Lar spazierte mit hinter dem Rücken verschränkten Händen in den Stall. Ein verendetes Pferd lag in einem der Verschläge, zugedeckt mit einer Wolldecke. Meister Maberic schenkte ihm keine Beachtung.

»Der Boden, Meister«, brachte Baren hervor. »Unter dem Stroh.«

Der Runenmeister wischte mit dem Fuß die Streu beiseite und rief: »Du hast ein scharfes Auge, junger Mann. Wir haben die Quelle gefunden.«

»Was sind das für Zeichen?«, fragte der Ohm.

»Ein Kreis schwarzer Runen, wie ich es erwartet habe, von böser Hand in den Lehm gekratzt. Gib mir Hammer und Meißel, mein Junge.«

Baren suchte die Werkzeuge aus der Tasche heraus und reichte sie dem Lar, der mit den Füßen den ganzen Kreis freilegte und nun begann, die Runen aus dem Boden zu meißeln. Der Schmied sah kreidebleich zu. Ayrin kannte ihn als einen äußerst auf Ordnung und Sauberkeit bedachten Mann. Für ihn musste es eine Qual sein, zuzusehen, wie sein gepflegter Lehmboden aufgebrochen wurde.

»Ihr scheint gewusst zu haben, wonach ihr mit Eurer Spürnase Ausschau halten müsst«, sagte Wachtmeister Hufting und klang misstrauisch.

»Ich fand diese Kreise schon in Hainim und Ochsrain, wo es seinen Anfang nahm. In Ochsrain waren sie am Ortsrand in den Ackerboden gescharrt worden. Dort wütete der Fluch schon länger, und als ich eintraf, waren bereits viele gestorben. In Hainim war es nur wenig besser und die Leute waren aufgebracht und verzweifelt. Denkt Euch, sie haben so einen armen Tropf, der den dunklen Mächten, ohne es zu wollen, geholfen hatte, glatt totgeschlagen. Und zwar, weil ihn eine Fremde verführt hatte, einen Runenbeutel zu öffnen.«

»So hatten die dunklen Mächte also Hilfe? Auch hier in Halmat? Von wem? Wer ist der Strolch, der sich so gegen seine Nachbarn versündigte?«, fragte Hufting streng und schwenkte anklagend die tote Ratte hin und her.

»Woher soll ich das wissen?«, gab Lar Maberic, ohne das Hämmern einzustellen, zurück.

»Aber er hätte dem Bösen ja nur geholfen, ohne es zu wissen, oder?«, fragte Ayrin.

»Vermutlich. Doch bewies er erstaunliches Geschick.«

»Was meint Ihr?«, wollte Ramold seufzend wissen.

»Seht Ihr, der Kern jedes Runenbeutels, seine Essenz, ist eine magische Rune. Keine Hexe und kein schwarzer Zauberer könnte in ihre Nähe gehen, oder sie gar berühren. Sie würden schlicht verbrennen. Bei einem gewöhnlichen Menschen ist es leider die Rune, die verbrennt, wenn ihre Magie, sagen wir, gestört wird. Deshalb brauchen die dunklen Mächte einen Helfer. So war es in den anderen Dörfern, so war es vermutlich auch hier.«

»Wer es auch war, er kann sich auf etwas gefasst machen«, grollte der Ohm.

»Der hiesige Unglücksrabe bewies jedenfalls ungewöhnliches Geschick«, fuhr der Meister fort und meißelte immer weiter. Von dem Kreis war schon fast nichts mehr übrig. »Er ersetzte die zerstörte Rune durch eine eigene. Natürlich war diese völlig wirkungslos, ja, es war nicht einmal die richtige Art Rune, aber sie war wohl gezeichnet. Wer immer sie auf das Pergament setzte, hat ein Händchen für diese Zeichen.«

»Wer aber kann das gewesen sein? Mit Ausnahme des Priesters kann kaum jemand in diesem Dorfe schreiben«, sagte Meister Ramold.

»Aba Brohn hat nie ein Geheimnis daraus gemacht, dass er von Runenzauber gewissermaßen nichts hält ...«, sagte Hufting langsam.

»Ja, euer Priester ist ein wenig beschränkt, aber er wäre nicht so dumm, eine Rune zu zerstören«, meinte Maberic freundlich.

»Dennoch werde ich ihn strengstens befragen!«

»Tut das, meinetwegen«, sagte Maberic und warf Baren Hammer und Meißel zu. »Der erste Teil der Arbeit ist getan.«

Ayrin konnte es spüren. Es war, als würde ein frischer Wind durch das Dorf streichen, düstere Nebel vertreiben und verworrene Gedanken ordnen.

»Die Fremde! Ihr Diener hat doch hier im Stall gehaust!«, rief der Schmied laut.

»Und sie ist bei Nacht und Nebel verschwunden«, sagte der Ohm.

»Und die Krankheit kam, kaum dass sie fort war«, meinte der Wachtmeister.

»Wie ich sehe, lockert sich der Bann, mit dem sie das Dorf geblendet hat, bereits. Auch ihre anderen Zauber werden nun nach und nach an Macht verlieren. Das mag auch Wirkungen zeigen, die nicht allen gefallen«, setzte er mit einem hintergründigen Lächeln hinzu, und Ayrin fragte sich, was er damit meinte. Der Lar erhob sich und klopfte sich Stroh aus dem Mantel. »Nun geht, und lasst mich meine Rune vorbereiten. Sie wird neuen Schutz bringen, und den Schaden, den die Hexe angerichtet hat, begrenzen.«

»Ihr kennt dieses Weib?«, fragte Hufting.

»Nur dem Namen und der Beschreibung nach. Sie bringt Unheil in dieses Tal, und noch weiß ich nicht, aus welchem Grund.«

»Womöglich weiß es der Priester, den ich schon lange befragt haben sollte.«

»Auch dem Aba sind die Ziegen eingegangen, Hufting«, gab der Schmied zu bedenken.

»Das will gar nichts heißen, oder vielleicht sind sie nur zur Tarnung gestorben. Ich werde es herausfinden!« Und damit marschierte der Wachtmeister davon.

»Sie hat bei Euch übernachtet, Meister Staak?«

»Das hat sie, und gut gezahlt hat sie auch«, sagte der Ohm düster.

»Das hat sie gewiss«, meinte der Runenmeister freundlich. »Und nun entschuldigt mich, der folgende Teil meiner Arbeit ist geheim, und soll es auch bleiben.«

Damit schob er die Zuschauer aus dem Stall.

Auch Ayrin fand sich draußen wieder.

»Nun wird alles wieder gut«, meinte der Schmied.

»Aber nicht für den, der diesem verfluchten Weib geholfen hat«, meinte der Ohm düster. »Wir haben viel Vieh verloren, und der Vater von Bauer Lam ist auch gestorben. Und viele andere ringen mit dem Tod. Der Schuldige muss dafür bezahlen! Und du, Ayrin Rabentochter, hast du nichts zu tun, dass du hier den Männern im Wege stehst? Und was ist mit dir, Baren Rabensohn? Wir müssen das verendete Vieh hinaus vor das Dorf fahren, um es zu verbrennen.«

»Ich werde den jungen Mann noch eine Weile benötigen, Meister Staak. Und glaubt mir, die Dienste, die er mir leisten wird, werden auch Euch sehr von Nutzen sein«, sagte der Lar, der dabei war, die Stalltür zu schließen.

»Das will ich hoffen. Aber Lohn bekommt er heute keinen von mir.«

Damit stapfte er mit finsterer Miene hinüber zum *Blauen Drachen*.

Ayrin folgte ihm widerwillig. Es gefiel ihr ganz und gar nicht, ihren Bruder mit dem Runenmeister alleine zurückzulassen.

Maberic vom Hagedorn sah dem Wirt nach, bis er verschwunden war. Grener Staak schien von Jahr zu Jahr verbohrter und ungeduldiger zu werden. »So ist es schon besser, nicht wahr, junger Freund?«, wandte er sich an Baren, als sie endlich allein waren.

»Ja, Meister.«

»Du hast wirklich ein gutes Auge, Baren Rabensohn. Das ist doch dein Name, nicht wahr?«

Der junge Mann antwortete mit einem Achselzucken.

»Du scheinst auch mit einer gesunden Neugier gesegnet zu sein. Sonst hättest du dich nicht verführen lassen, den Beutel zu öffnen.«

»Den Beutel?«

»Und du bist schlau genug, es nicht glatt abzustreiten. Du musst dich deswegen nicht schämen. Diese Hexe hat schon weit gestandenere Männer dazu gebracht, ihr aus der Hand zu fressen. Sie ist offenkundig eine Meisterin dieser Kunst. Dir wird aufgefallen sein, dass bis eben niemand in diesem Dorf ein böses Wort über sie verloren hätte.«

»Ayrin hat ihr nie getraut.«

»Dieses etwas vorwitzige Mädchen?«

»Sie ist meine Schwester, Meister.«

»Das dachte ich mir«, antwortete Maberic mit einem nachsichtigen Lächeln. »Es kommt vor, dass manche dem Zauber widerstehen, Frauen eher als Männer, dennoch will ich mehr über dich, als über sie sprechen, mein Junge.«

»Über mich?« Der junge Mann wirkte plötzlich misstrauisch.

»Wie du vermutlich gehört hast, wurden auch in den anderen Dörfern meine Runenbeutel durch Narrenhand zerstört. Was den Besitzern dieser Hände nicht gut bekam. Einer ist geflohen, als er merkte, was er angerichtet hatte, ein anderer hat seinen Nachbarn die Tat gestanden und wurde dafür totgeprügelt, wie ich vorhin schon erwähnte. Keine Sorge, junger Freund, ich werde dein Geheimnis nicht verraten – und auch du solltest darüber schweigen, wenn du am Leben hängst. Weißt du, ich bin schon seit vielen Jahren auf meinem Wagen unterwegs, nicht nur im Horntal, sondern in allen Sturmlanden.« Er machte eine Pause und kratzte sich am Bart. »Es kommt selten vor, dass ich überrascht werde, doch in diesem Dorf ist es geschehen.«

»Überrascht, Meister?«

Maberic wechselte das Thema. »Weißt du eigentlich, wie man meine Kunst erlernt?«

Baren Rabensohn schüttelte den Kopf.

»Es gab früher eine Schule, nordöstlich von Gramgath. Ich hoffe, du weißt, dass so die Hauptstadt der Sturmlande genannt wird.«

Der junge Mann nickte zögernd.

»Gramgath war einst eine blühende Schönheit, viel gerühmt, aber davon ist seit dem Drachenkrieg nicht mehr viel übrig, dennoch solltest du wenigstens von ihr gehört haben, mein Junge.«

»Oh, das habe ich, in Geschichten, von früher, Meister. Ich dachte nur nicht, dass es diesen Ort wirklich gibt.«

»Das ist auch nicht wichtig«, sagte Maberic. »Wichtiger ist, dass auch die Runenschmiede von Klaryt vor langer Zeit zerstört wurde. So wurde die Schule genannt, von der ich eben sprach«, fügte er hinzu, als er das verständnislose Gesicht des jungen Mannes sah.

»Ich verstehe, Meister.«

»Hoffentlich«, knurrte Maberic. »Seit damals werden dort keine Runenmeister mehr ausgebildet, und unsere Kunst wird von den fahrenden Meistern an begabte Schüler weitergegeben. Von Letzteren scheint es von Generation zu Generation weniger zu geben, weshalb es auch nur noch eine Handvoll von uns gibt. Ich hatte mich eigentlich schon damit abgefunden, dass wir aussterben, bis ich in dieses Dorf kam.«

»Halmat?«

»Ganz richtig, denn du, mein Junge, hast etwas vollbracht, was vor dir keiner gewagt hat, du hast die Rune, die zerfallen musste, als der Beutel geöffnet wurde, durch eine eigene ersetzt. Natürlich war das völlig sinnlos. Doch frage ich dich, wie konntest du so anmaßend sein?«

»Anmaßend?«

»Wie konntest du glauben, dass deine Rune wirken würde?«

»Das habe ich gar nicht, Herr. Ich hatte nur gehofft, dass so niemand merkt, dass sie fehlt. Ich wusste ja nicht, dass diese Krankheit über uns kommen würde.«

»Es war ein höchst kindisches Unterfangen, das weißt du hoffentlich?«, fragte Maberic streng.

»Ja, Meister«, seufzte der junge Mann.

»Einsichtig bist du also, und mit den Händen scheinst du geschickt zu sein. Du arbeitest im *Blauen Drachen*, nicht wahr?«

»Der Ohm hält mich und meine Schwester in Schuldknechtschaft. Er lässt uns abarbeiten, was wir ihn gekostet haben, seit er uns auf der Schwelle fand.«

»Das lässt er euch abarbeiten? Es steht schlimmer um Grener Staak, als ich dachte. Demnach arbeitest du also nicht gerne für ihn?«

»Nein, Herr. Aber in einem Jahr werden wird das Geld zusammenhaben, um uns freizukaufen. Und außerdem ...«

»Ja?«

»Wir hoffen, früher von ihm freizukommen.«

»Nun, vielleicht kann ich da etwa tun, wenigstens für dich, Baren Rabensohn, wenigstens für dich.« Der Lar sah sich um und kam zu dem Schluss: »Hier bleibt vorerst nichts mehr zu tun. Lass uns hinüber in den *Blauen Drachen* gehen. Er steht nun einmal in der Mitte des Ortes und ist damit der beste Platz für die Rune, die es zu fertigen gilt.«

Sie machten noch einmal halt am Wagen, und der Runenmeister belud Baren mit weiteren Taschen, bevor er erst in das Gasthaus und dann in dessen Stall ging. Er schickte Baren aus, einige Dinge zu besorgen: Fellhaare von einem lebenden Pferd, einem Esel, einer Kuh, einer Ziege, Borsten vom Schwein und Federn von einem Huhn, außerdem Hufspäne und Krallen von den gleichen Tieren sowie Haare eines gesunden Menschen.

Und während sein junger Helfer unterwegs war, kletterte der Runenmeister die Leiter hinauf und machte sich an den geheimen Teil seiner Arbeit.

Maberic vom Hagedorn entleerte den alten Beutel und bereitete einen neuen vor. Endlich kam sein Helfer zurück. »Ah, wie ich sehe, hast du alles bekommen, was wir brauchen, und du scheinst auch nichts vergessen zu haben. Sehr gut, junger Freund, sehr gut.«

»Die Rune ist schon fertig?«

»Das Zeichen ist geschrieben und das Blatt gefaltet. Spürst du die Magie, die sich mit dem Pergament verwoben hat? Sobald sie im Beutel ist, wird sie wirken.«

»Und wenn sie jemand versucht herauszuziehen, wird sie zerstört?«

»Ich sehe, du hast deine Lektion gelernt. Diese Rune ist fähig, viel Übel abzuwehren, und keine Hexe könnte den Beutel auch nur berühren. Gegen menschliche Dummheit ist sie allerdings machtlos«, fügte er mit einem Grinsen hinzu. »Und jetzt lass uns mit Grener Staak über dich reden.«

»Über mich?«

»Du stellst dich recht geschickt an, und die Rune, die du gezeichnet hast, war gut gewählt und wohl gezogen. Ich habe beschlossen, dich als meinen Schüler aufzunehmen.«

»Mich?«

»Ja. Es ist zu lange her, dass ich einen Schüler unterrichtete. Ich werde nicht jünger, und du hast viel zu lernen, bevor du dich selbst als Lar der Runen bezeichnen darfst.«

»Ich, ein Lar? Aber ...«

»Kein *Aber*, oder willst du auf Jahre hinaus hier weiter Krüge spülen?«

»Aber meine Schwester!«

»Nun, nach der Lehrzeit von nur fünf bis sieben Jahren wirst du in der Lage sein, ein wenig Geld mit unserer Kunst zu verdienen. Nicht viel, denn wir Lare verkaufen unsere Dienste nicht, um reich zu werden, ich denke, nach zwei, drei, weiteren Jahren kannst du auch deine Schwester aus der Schuldknechtschaft befreien, wenn sie bis dahin nicht längst mit einem der Knechte von hier ein paar Kinder in die Welt gesetzt hat.«

»Aber meine Schwester hat ….«

»Ich sagte doch, kein *Aber*. Oder soll ich es mir anders überlegen?« Meister Maberic wartete die Antwort nicht ab, sondern strebte hinüber in die Gaststube. Der Junge folgte ihm. Sie fanden Grener Staak mit finsterer Miene allein im hinteren Zimmer sitzend, denn, entgegen dessen Voraussage, war die Schänke fast leer. »Warte hier, mein Junge. Ich denke, ich werde hart verhandeln und ein paar Sachen über dich sagen müssen, die hoffentlich deinen Preis drücken, die du aber besser nicht zu Ohren bekommen solltest.«

»Du machst ein Gesicht, als hätte dir jemand etwas weggenommen«, sagte Ayrin besorgt, als ihr Bruder an die Theke trat.

»Das ist vielleicht wahr«, sagte er mit betretener Miene. »Der Meister hat vor, mich freizukaufen. Er glaubt, ich hätte die falsche Rune gezeichnet und hält mich für begabt.«

»Und hast du ihm nicht gesagt, dass ich …?«

Baren unterbrach seine Schwester. »Das habe ich versucht. Leider habe ich mich die ganze Zeit bemüht, deinen Namen aus dieser Geschichte herauszuhalten, damit der Zorn der Leute nicht auch dich trifft, aber nun will er uns trennen. Ich muss ihm die Wahrheit sagen, bevor er mit dem Ohm einig ist.«

Ayrin starrte hinüber zu den beiden Männern, die leise miteinander sprachen. Der Gedanke, von ihrem Zwillingsbruder getrennt zu sein, war … undenkbar. Sie war selbst drauf und dran, zum Tisch hinüberzugehen, aber dann flüsterte sie: »Nein, belasse es dabei, Baren. Der Lar wird gewiss nicht uns beide freikaufen und es wäre gut, dich aus dem Dorf zu haben, bevor die Leute doch noch herausfinden, was du getan hast.«

»Aber ich will mich nicht von dir trennen, Ayrin. Und nicht ich habe diese Begabung für Runen, die der Meister in mir sieht.«

»Er hält mich für begabt?«

»Anscheinend. Er wird mich bestimmt davonjagen, wenn er die Wahrheit herausfindet.«

»Bis dahin habe ich euch lange eingeholt.«

»Du willst fortlaufen?«

Ayrin nickte ernst. »Ich werde jedoch nicht ohne diesen Brief gehen, den der Ohm vor uns versteckt. Und wenn ich Wachtmeister Hufting holen muss.«

»Und – Nurre?«

Ayrin biss sich auf die Lippen. »Ich werde nachher mit ihr sprechen. Vielleicht kommt sie mit.«

»Nurre? Halmat verlassen? Sie zetert ja schon, wenn sie zum Weihefest zur Burg gehen muss.«

»Da wird uns schon etwas einfallen«, meinte Ayrin, aber sie klang unsicher.

Ayrin konnte ihren Blick nicht vom Tisch der hinteren Stube wenden. Die beiden Männer verhandelten lange über Barens Schicksal und manchmal sah es fast so aus, als würde einer der beiden die Unterredung abbrechen, doch am Ende reichten sie sich die Hand. Das Geschäft schien besiegelt. Der Lar kam zu den Geschwistern herübergeschlendert. »Dieser Mann verhandelt hart. Ich hoffe, dass ich den Batzen Silber, den ich in dich investiere, nicht bereuen werde.«

Ayrin erwartete ihn, die Hände in die Hüften gestemmt. »Ihr habt meinen Bruder also gekauft«, stellte sie fest, und es klang feindseliger, als sie es beabsichtigt hatte.

Der Meister betrachtete sie, offensichtlich irritiert. »Ich nehme ihn in meine Dienste auf. Bedauerlicherweise wollte der Wirt kein Lehrgeld dafür zahlen. Das ist wohl der Dank, wenn man eine Waise mit Schulden bei sich aufnimmt. Einhundert Silberkronen hast du mich gekostet, mein Junge. Gekauft habe ich dich nicht, jedoch erwarte ich, dass du mich nicht enttäuschst.«

»Das werde ich nicht, Meister Maberic.«

»Wir werden sehen. Früher oder später werde ich bereuen, dass ich dich aufgenommen habe, so ist es ja immer. Lass uns hoffen, dass es später ist.«

»Aber, meine Schwester …«

»Noch ein Findelkind kann ich mir nicht leisten, junger Freund. Aber es gibt keinen Grund zu verzagen. Wir sind vermutlich schon in einem Jahr wieder hier.«

»Ein ganzes Jahr?«, fragte Baren entsetzt.

»Das geht schnell vorüber, du wirst sehen. Und nun beginne, dich nützlich zu machen und trage meine Taschen zurück zum Wagen, mein Junge. Aber bringe mir nichts durcheinander. Das Beste wird sein, du stellst sie einfach in den Gang. Ich werde später alles ordentlich verstauen.« Und da Baren zögerte, setzte er hinzu: »Beeil dich. Diese Hexe ist uns vier Tage voraus, und vermutlich hat sie schon andernorts neues Unheil angerichtet.«

»Ihr … Ihr wollt schon wieder aufbrechen?«, fragte Ayrin und hielt Baren am Arm fest. »Eure Pferde werden müde sein.«

Der Lar kratzte sich an seinen Bartstoppeln. »Sie werden sich nicht in einen Stall stellen, in dem der Geruch von Kadavern hängt. Und, wie ich bereits sagte, müssen wir dieser Hexe das Handwerk legen.«

Ayrin ließ ihren Bruder nicht los. »Aber wenigstens eine Nacht könntet Ihr noch ….«

Der Runenmeister seufzte und legte beruhigend eine Hand auf

Ayrins Schulter. »Ich verstehe, dass Ihr Euch nicht von Eurem Bruder trennen mögt, doch gibt es in Halmat für uns nichts mehr zu tun. Das Übel ist gebannt, und für die Heilung der Kranken habe ich getan, was ich vermag. Ich muss nur noch die Kräuter zum Tempel schaffen, das heißt, ich habe ja jetzt jemanden, der das für mich übernehmen kann. Komm, mein Junge, gehen wir zum Wagen. Ich werde dir das Heilkraut geben, und du bringst es zu diesem einfältigen Priester, der sicher froh ist, wenn er sich einmal nützlich machen kann.« Er klopfte Baren auf die Schulter und schob ihn gleichzeitig durch die Stube zum Ausgang.

Baren blickte zurück, und Ayrin sah ihn plötzlich nur noch verschwommen.

»Weinst du etwa, Rabentochter?«, grollte der Wirt, der ihr plötzlich die Sicht verstellte. »Dazu hast du keinen Grund. Dein Bruder ist gut untergekommen, und ich bin sogar bereit, einen Teil Eurer Schulden zu streichen.«

Ayrin schluckte ihre dunklen Gefühle herunter, überschlug kurz im Kopf, was sie in den letzten Tagen verdient hatten, und sagte: »Da Meister Maberic Euch hundert Kronen für meinen Bruder gezahlt hat, fehlen nur noch einunddreißig.«

»Wie ich sehe, rechnest du fleißig mit, doch irrst du dich. Ich verliere mit Baren einen tüchtigen Knecht, der mir niemals Ärger machte. Du, eine Magd, bist nur die Hälfte wert, und deshalb schuldest du mir noch hundert Kronen.«

Ayrin baute sich vor dem breitschultrigen Mann auf und sagte, mühsam beherrscht: »Und was ist mit dem Brief? Und dem schweren Beutel?«

Die Miene ihres Gegenübers verfinsterte sich. »Das Schreiben gibt es nicht mehr, und der Beutel enthielt so wenige Heller, dass es nicht einmal für die Decken gereicht hätte, mit denen wir euch wärmten. Und nun geh mir aus den Augen, Ayrin Rabentochter, bevor ich auf den Gedanken komme, dich an die Soldaten zu verkaufen.« Er schob sie zur Seite und stieg die Stufen in den Keller hinunter.

Am liebsten hätte Ayrin ihn die steile Treppe hinabgestoßen. Sie ballte die Fäuste, dann holte sie tief Luft, band sich die Schürze ab und verließ den Gasthof.

Der Wagen von Meister Maberic stand immer noch auf dem Marktplatz. Es war kaum jemand auf den Gassen, und auch den Meister und Baren konnte sie nirgends entdecken. Waren sie vielleicht zum Tempel gegangen, wegen der Kräuter?

Sie wandte sich nach Süden und eilte zur Hütte ihrer Ziehmutter. Tür und Fenster standen weit offen, und Nurre saß schlotternd und in all ihre Decken gehüllt, in der Stube. »Wann kommt endlich dieser dumme Priester mit seinen Räuchergefäßen? Ich werde am Stuhl festgefroren sein, wenn er sich noch lange Zeit lässt.«

»Das kann eine Weile dauern. Er hat die nötigen Kräuter wohl gerade erst bekommen, und er wird bestimmt bei den Großbauern beginnen.«

»Natürlich wird er das. Aber du bist nicht hier, um mir beim Erfrieren zuzusehen, oder?«

Ayrin schüttelte den Kopf, holte das schwere Federbett und wickelte die Alte darin ein. Dann erzählte sie der Muhme von den Ereignissen des Tages. Sie ließ aber das eine oder andere aus. Nurre war im Grunde genommen verschwiegen, doch vergaß sie manchmal, den Mund zu halten. »Soso, Maberic hat also deinen Bruder abgeworben. Ich freue mich für den Jungen«, sagte sie schließlich.

»Er wird vielleicht erst in einem Jahr zurückkehren, Muhme.«

»Das ist bedauerlich, aber der Lauf der Dinge, mein Kind. Er muss hinaus in die Welt, wenn er fliegen will wie ein Falke. Oder wäre es dir lieber, er würde mit den Hühnern zu Hause bleiben?«

»Nein, doch auch ich habe nicht vor, noch lange hierzubleiben, ganz gleich, was der Ohm an Münzen verlangt. Und dann wärest du ganz alleine, Muhme.«

Die Alte zuckte mit den Achseln. »Und?«

»Aber, ich dachte, ich meine, ich wollte sagen, also, wer wird sich dann um dich kümmern?«

Jetzt lachte die Muhme. »Ach, das wird sich finden. Grit bleibt ja hier, und Lell hat auch immer einen Teller Suppe für mich übrig. Darum musst du dir keine Gedanken machen, mein Kind. Wenigstens habe ich dann Ruhe vor euren ewigen Streitereien. Vermutlich erhole ich mich sogar.«

Ayrin schaute ihre Ziehmutter mit gerunzelter Stirn an. »Du hast also keine Einwände?«

Die Alte kratzte sich am Rücken. »Gewiss nicht, aber vielleicht ein paar Ratschläge. Gehe nicht ohne den Brief! Ich habe viel nachgedacht und bin inzwischen sicher, dass er durch eine Art Zauber geschützt ist und immer noch in der Truhe liegt. Und wenn du gehst, komme nicht zurück. Der Ohm wird schwer gekränkt sein, und Grener Staak ist nicht der Mann, der vergibt.«

Ayrin schüttelte den Kopf. »Ich hatte irgendwie erwartet, du würdest mir das ausreden wollen, Muhme.«

»Würdest du auf mich hören?«, fragte die Alte und sah Ayrin scharf ins Gesicht.

»Nein.«

»Eben. Nur eines noch. Wenn du gehst, sage wenigstens Auf Wiedersehen.«

Das versprach Ayrin. Sie blieb bei der Alten, bis einer der Bauernknechte die Stube ausgeräuchert hatte und sie die Fenster wieder schließen durften. Sie hackte Brennholz und heizte den Ofen, bis er wohlige Wärme in der Stube verbreitete. Nurre sah ihr, in ihre Decken gehüllt, schweigend zu. Ayrin warf hin und wieder einen verstohlenen Blick in das faltige Gesicht ihrer Ziehmutter. Doch was immer die Alte gerade empfand, sie ließ es sich nicht anmerken.

Endlich eilte Ayrin ins Dorf zurück. Es wurde schon dunkel, aber Meister Maberic war nicht von seinem Entschluss abzubringen, das Dorf zu verlassen. Er ließ Baren die beiden gelben Laternen anzünden, die auf schwenkbaren Armen am Bug und am Heck des eigentümlichen Wagens befestigt waren, und kletterte hinaus auf den hohen Kutschbock. Dann forderte er Baren auf, es ihm gleichzutun. Baren umarmte seine Schwester innig, bis der Meister drohte, ohne ihn loszufahren. Endlich ließ er sie los und kletterte hinauf.

Es schnürte Ayrin die Kehle zu, aber sie versuchte, sich nichts anmerken zu lassen. Ihr Bruder setzte sich neben seinen neuen Meister, sah mit einem traurigen Lächeln zu Ayrin hinab. Der Runenmeister schnalzte mit der Zunge und die Pferde setzten sich in Bewegung. Ayrin folgte dem Wagen. Sein Weg führte sie an der Hütte der alten Nurre vorbei. Ayrin sah ihre Ziehmutter vor der offenen Tür stehen. Die Kutsche folgte der Straße. Baren würde doch nicht etwa, ohne sich richtig zu verabschieden ... Er war manchmal so schrecklich schwer von Begriff. Da hielt der Wagen plötzlich an. Meister Maberic fluchte und eine Gestalt sprang vom Kutschbock.

Baren rannte hinüber zur Hütte. Seine Schwester raffte ihren langen Rock und folgte ihm. Die Muhme sagte etwas, es klang mürrisch, wie eigentlich immer, doch als Ayrin sie erreichte, sah sie Tränen in ihren Augen glitzern.

»Du lässt deinen neuen Dienstherren gleich warten? Das fängt ja gut an«, schimpfte Nurre mit belegter Stimme.

Baren schüttelte stumm den Kopf und umarmte die Alte, die

sich darüber beschwerte, dass er ihr noch die Knochen breche. Ayrin drängte sich dazu. »Nun ist es aber gut«, schimpfte Nurre. »Du kommst mich doch besuchen, mein Junge. Und jetzt mach, dass du fortkommst. Hier draußen ist es kalt, ich werde noch erfrieren.« Sie löste sich aus der Umarmung, tätschelte Baren unbeholfen die Wange, drehte sich um und verschwand in der Hütte, nicht, ohne die Tür kräftig zuzuschlagen.

»Ach, Schwester ...«

Ayrin sah ihm an, wie aufgewühlt er war. Es war sonst seine Sache nicht, Gefühle zu zeigen. »Nun geh, Baren. Ich werde euch bald einholen.«

»Das sagte Bevaras, der Held vieler Legenden, auch, als er seine Gefährten fortschickte. Nurre hat uns das ja oft genug erzählt. Und dann sahen sie sich niemals wieder.«

»Weder du noch ich sind Helden, Baren. Und nun eile, Meister Maberic hat schon die Bremse gelöst. Er fährt noch ohne dich ab.«

Tatsächlich hörten sie das Knarren der schweren Räder – der Wagen setzte sich wieder in Bewegung!

»Dunholt, so heißt unser erstes Ziel«, sagte Baren stockend und strich ihr übers Haar. Das hatte er noch nie gemacht.

»Dachte ich mir. Ist ja das nächste Dorf in dieser Richtung. Nun aber schnell«, brachte Ayrin hervor.

Ihr Bruder drehte sich um und rannte los. Er holte den Wagen rasch ein, kletterte behände zum Kutschbock hinauf und verschmolz mit dem Umriss des hohen Gefährts. Dann machte der Weg eine Biegung, und Ayrin konnte ihren Zwillingsbruder nicht mehr sehen. Sie blieb dennoch lange stehen. Warum nur war ihr das Herz so schwer? Es sollte doch nur eine Trennung für wenige Tage sein.

Der Brief

Der Ohm erwartete sie in der Tür zum Gasthof. »Für den heutigen Tag bekommst du keinen Lohn.«

Ayrin würdigte ihn keines Blickes. Sie wäre am liebsten sofort in dessen Schlafstube gestürmt, aber erstens war die vermutlich abgeschlossen, zweitens erschien es ihr klüger, ein paar Tage zu warten. Sie wusste ja nicht, was in dem Brief stand, und würde ihn selbst nicht lesen können. Außer dem Ohm gab es nur einen Mann, von dem Ayrin sicher wusste, dass er diese Kunst ebenfalls beherrsche, und das war der Priester. Sie hielt es allerdings für fraglich, dass er ihr helfen würde. Zwar zerrissen sich die Leute im Dorf über den Wirt das Maul, dennoch war er ein wichtiger Mann und sie nur eine Schuldmagd. Die Leute von Halmat schätzten es nicht, wenn die Ordnung der Dinge erschüttert wurde, und der Priester war da nicht anders.

Ayrin überlegte, mit dem Brief, wenn sie ihn erst einmal hatte, hinüber zur Burg zu laufen, und das hatte nichts damit zu tun, dass sie dort vielleicht einen gewissen jungen Leutnant treffen könnte, nein, der war ja auf einem Feldzug gegen Räuber in den Bergen. Auf Burg Grünwart gab es aber ohne Frage Männer, die lesen konnten, wenigstens der Than, der Herr der Feste. Sie wusste, dass der über die Streitereien der Bauern, Handwerker und Knechte der Gegend zu Gericht saß, und ein Richter würde ja wohl lesen können, oder? Dann fiel ihr ein, dass es hieß, er sei bei seinen Urteilen stets der wohlhabenderen Seite zugeneigt. Würde er also einer Magd helfen, die ihrem Dienstherren davonlaufen wollte?

Nein, am besten schien es ihr, dem Wagen zu folgen. Meister Maberic konnte lesen. Und er war ehrlich. Er würde ihr helfen. Allerdings musste sie ihm einen Vorsprung lassen, denn auch der Ohm würde darauf kommen, dass sie ihrem Bruder folgen wollte. Also übte sie sich schweren Herzens in Geduld und lauerte auf eine günstige Gelegenheit.

Der Ohm verspottete sie in den folgenden Tagen mehr als sonst, nannte sie faul und vor allem dumm, weil sie geglaubt habe, ihr nichtsnutziger Bruder würde bei ihr bleiben. Sie ertrug das mit zusammengebissenen Zähnen in der Hoffnung, dass sie bald schon frei sein würde, und ging unverdrossen ihrer Arbeit nach.

»Was hat das arme Tier dir denn getan?«, fragte Grit, am vierten Tag nach Barens Abschied.

Ayrin blickte irritiert auf. Die beiden waren in der Küche damit beschäftigt, Hühner zu rupfen und offenbar war Ayrin dabei zu grob vorgegangen. »Ich war wohl in Gedanken«, murmelte sie.

»Nur zu, dem Huhn ist es jetzt gleich, und ich selbst habe gute Lust, deinem Ohm die Haare auf gleiche Weise auszureißen, so, wie er in den letzten Tagen mit dir umspringt, Kind.«

»Nicht nur mit Ayrin«, brummte Lell, der Koch. »Wir alle müssen die Arbeit miterledigen, die Baren zuvor geleistet hat – und denkt Staak daran, uns mehr zu zahlen oder uns eine neue Hilfe zu besorgen? Nein, natürlich nicht, dabei hat er einhundert Silberstücke für den Jungen eingesteckt. Einhundert! Dafür könnte er leicht zwei Knechte einstellen. Bei den Göttern, wenn das so weitergeht, werde ich selbst den Löffel zur Seite legen und dieses Gasthaus verlassen. Vielleicht mache ich es wie mein Vetter Lembal, und wandere durch die Sturmlande, bis ich eine bessere Stelle finde. Ein guter Koch findet immer etwas.«

»Und mich willst du alleine lassen?«, fragte Grit vorwurfsvoll.

»Oh, du kannst mich gerne begleiten.«

Da lachte Grit hell auf. »Ach, Lell, ich habe meine Wanderjahre lange hinter mir, und du, glaube ich, ebenso.«

»Das hat man über meinen Vetter auch gesagt, und der hat die Wolkenberge und das Meer mit eigenen Augen gesehen. Aber keine Angst, werte Grit, ich brächte es wohl kaum über das Herz, dich mit Grener Staak allein zu lassen.«

»Das beruhigt mich ungemein, werter Lell«, rief Grit, warf wieder eine Handvoll Federn in den Korb, und sagte dann: »Hundert Silberstücke! Ich kann es mir kaum vorstellen. Aber am Ende wird Müller Ulcher dieses Geld bekommen.«

»Das ist wahr. Der Müller hatte immer schon Glück beim Würfeln, aber noch nie so viel, wie seit der Seuche, die, den Göttern sei Dank, das Dorf wieder verlassen hat. Auch wenn sie den alten Lam und zwei andere noch das Leben gekostet hat.«

»Den Runen«, berichtigte Ayrin, die kaum zugehört hatte. »Den Runen sollten wir danken, nicht den Göttern.«

»Lass das nicht den Priester hören«, meinte Grit, legte das gerupfte Huhn auf den Tisch und nahm sich das nächste vor.

»Was genau, bitte, meint Ihr damit, dass wir den Runen, nicht den Göttern zu danken haben, Ayrin Rabentochter?«, fragte eine Stimme.

Sie blickte auf. Wachtmeister Hufting stand in der Küchentür. Wo war der so plötzlich hergekommen? »Genau das, was ich sagte. Es sind die Runen von Meister Maberic, die uns von der Plage befreit haben.«

»Gleichwohl haben sie uns zuvor im Stich gelassen, meint Ihr nicht?«, fragte der Wachtmeister sehr freundlich.

»Sie wurden zerstört, das hat der Meister ja erklärt.«

»Das sagte er, nicht wahr? Zerstört wurden sie, von frevelhafter Hand. Glaubt Ihr das, Jungfer Ayrin?«

Ayrin setzte zu einer Antwort an, hielt aber inne, denn sie witterte Gefahr. Sie ließ ein paar Federn in den Korb fallen und setzte ihre Arbeit fort. »Woher soll eine einfache Magd das wissen?«, wich sie aus.

»Eine einfache Magd, die eigentlich eine zweifache ist, durch ihren Bruder, ihren Zwilling, der das Dorf verlassen hat.«

»Worauf wollt Ihr denn da hinaus, Hufting?«, fragte Grit und wischte sich die Hände an der Schürze ab.

»Die Erleichterung über unsere Rettung ist so groß, wie die Not es zuvor war. Nun haben wir das verendete Vieh verbrannt, die Toten beerdigt, die Häuser gereinigt und den Göttern gedankt, sofern wir an ihre Hilfe in dieser Angelegenheit glauben und gottesfürchtig sind. In all dieser Erleichterung und Freude ist jedoch eine Frage untergegangen, geradezu versunken, nämlich, wer für die Not überhaupt erst verantwortlich war!«

»Das ist leicht«, rief Ayrin schnell. »Es war die Hexe, Ragne von Irgendwo, oder wie sie sich nannte. Habt Ihr Meister Maberic nicht zugehört?«

Hufting nickte. Immer noch stand er mit verschränkten Armen in der Tür. »Zweifelsfrei hat der Lar dies gesagt, denn meine eigenen Ohren vernahmen es, aber er sagte ebenfalls, dass sie Hilfe gehabt haben muss, nicht wahr?«

»Unfreiwillige Hilfe«, hielt Ayrin ihm entgegen. Sie legte ihr Huhn auf den Tisch, und merkte erst nach Grits tadelndem Blick, dass es nicht fertig gerupft war. Sie ließ es dennoch liegen, damit der Wachtmeister nicht merkte, wie beunruhigt sie war. »Auch das hat der Meister erklärt.«

»Ich glaube, das waren nicht seine genauen Worte. Er sprach mehr von Verführung, nicht wahr? Und nun stehe ich hier, inmitten fleißiger Hände und toter Hühner, und mit noch mehr unbeantworteten Fragen und möchte ergründen, welcher Tor so närrisch war, sich von der Fremden verführen zu lassen. Es muss jemand gewesen sein, der wusste, wo der Beutel seinen Platz hatte.«

»Na, das war ja kein Geheimnis«, meinte Lell. Er griff nach einem Tonkrug mit schlankem Hals, öffnete ihn und schenkte dem Wachtmeister einen Branntwein ein. »Hier, Hauptmann, trinkt. Es hilft gegen die Kälte und es mag Euch auch beim Denken helfen.«

Hufting runzelte die Stirn, dann lächelte er zufrieden und nahm sich den kleinen Becher. »Ich danke Euch, Lell. Ihr versteht offenkundig die Nöte, die mich umtreiben.«

»Nur zu gut, Hauptmann, nur zu gut«, versicherte Lell. »Ich wünsche Euch Glück und Erfolg bei Eurer Suche, kann Euch aber versichern, dass Ihr den Narren, den Ihr sucht, gewiss nicht in dieser Küche finden werdet.«

»Ja, vorerst finde ich ihn hier nicht, und doch sagt mir mein scharfer Verstand sehr laut und deutlich, dass der Mann – oder die Frau –, nach dem oder der ich Ausschau zu halten nun einmal nicht umhinkomme, im *Blauen Drachen* zu finden sein wird – oder zu finden war.« Er stellte seinen Becher ab, tippte an seinen verbeulten Helm, nickte Ayrin mit einem schiefen Lächeln zu und zog sich mit einer angedeuteten Verbeugung zurück.

»Hauptmann hast du ihn genannt«, sagte Grit mit einem Grinsen, als die Schritte des Wachtmeisters verklungen waren.

»Er nennt sich ja gerne selber so. Es kostet nichts, ihm ein wenig Honig ums Maul zu schmieren. Möge es ihm zu Kopf steigen und verhindern, dass er eins und eins zusammenzählt«, sagte der Koch kopfschüttelnd.

Ayrin nahm sich noch einmal das Huhn vor, das sie so voreilig auf den Tisch gelegt hatte.

Grit legte ihr beruhigend eine Hand auf den Arm und raunte:

»Keine Sorge. Wir werden sicher niemandem sagen, dass es dein Bruder war, der diese Torheit beging.«

Ayrin starrte die Frau an, die wieder seelenruhig ihr Huhn rupfte. Lell schob Holz in das Herdfeuer und grinste breit.

»Ihr, ihr wusstet das?«

»Es war nicht schwer zu erraten. Er hat diese Frau doch am ersten Abend bedient, übrigens auf besonderen Wunsch seiner Schwester, wenn ich mich recht entsinne, und die Hexe hat ihn gewiss noch leichter eingewickelt als den Rest von uns. Und als der Runenmeister ihn als Lehrling haben wollte, da wurde mir alles klar.«

»Gut, dass Baren fort ist«, meinte Lell. »Irgendwann wird vielleicht sogar dieser Trottel Hufting die Wahrheit erraten.«

»Besorgt bin ich allerdings deinetwegen, Ayrin«, sagte Grit mit ernster Miene. »Die Tat deines Bruders wird auf dich zurückfallen. Die Leute werden sich vielleicht sogar fragen, ob du ihm nicht geholfen hast.«

»Ich weiß.« Ayrin seufzte.

Federn flogen. »Ich an deiner Stelle würde darüber nachdenken, Baren zu folgen«, setzte Grit hinzu.

»Du würdest …?«

»Allerdings solltest du vorher unbedingt versuchen, den Brief und den Beutel mit Münzen in deine Hände zu bekommen, die Staak in seiner Kiste verwahrt.«

»Ihr wisst …?«

»Wir sind nicht taub, Mädchen«, antwortete Grit lächelnd und legte ein weiteres gerupftes Huhn auf den Tisch. »Dein Streit mit dem Ohm war laut genug.«

»Aber er schließt jetzt immer seine Schlafstube ab, wenn er sie verlässt, und nachts verriegelt er sie von innen.«

»Ja, und den Schlüssel verwahrt er in seiner Hosentasche. Den zu bekommen, ist fast unmöglich«, brummte Lell, der am Herd hantierte. »Der Riegel dieser Tür hingegen ist sehr schlicht gearbeitet, eine einfache Mahnung an die im Hause wohnenden Menschen, nicht ohne Aufforderung ins Schlafzimmer zu treten. Mit dem richtigen Werkzeug könnte eine geschickte Hand ihn wohl zurückschieben.«

»Werkzeug?«, fragte Ayrin.

»Mir ist, als hätte ich gerade heute Morgen in der Scheune einen Nagel gesehen, der für diese Aufgabe hervorragend geeignet wäre«, meinte der Koch und schürte das Feuer. »Wenn du willst, kann ich dir heute Nacht zeigen, wie man ihn verwendet.«

»Du willst …?«

»Mach den Mund zu, Ayrin, bevor du eine Feder verschluckst«, sagte Grit. »Und ich werde dir beim Packen helfen.«

»Aber, der Ohm, wenn er herausfindet, dass ihr mir …«

»Wir werden es ihm nicht auf die Nase binden, und du auch nicht, da du morgen früh schon weit weg sein wirst.« Der Koch legte den Schürhaken beiseite und sah sie sehr ernst an. »Der gefährlichste Teil bleibt allerdings dir überlassen. Du musst in seine Stube eindringen und den Schlüssel für den Kasten suchen, ohne dass er erwacht.«

»Na, ich werde ihm heute Abend reichlich von dem zweifach Gebrannten geben, das sollte ihn gut und vor allem tief schlafen lassen«, meinte Grit mit einem Grinsen. »Und was den Schlüssel betrifft, so glaube ich, dass er ihn in einer der Schubladen seines großen Schranks verwahrt. Dort habe ich ihn des Öfteren herumkramen sehen. Wollen wir hoffen, dass er ihn nicht etwa unter das Kopfkissen gelegt hat, seit er weiß, dass du ihn suchst.«

Der Abend rückte nur langsam näher. Ayrin hoffte auf eine gut gefüllte Gaststube, damit sie von ihrem Vorhaben abgelenkt wäre, doch das Dorf wollte ihr diesen letzten Gefallen nicht tun. »Es sind die

Nachwirkungen der Hexenpest, denke ich.« Grit seufzte. »Die Leute haben Vieh verloren und halten das Geld zusammen.«

Auch in der hinteren Stube war wenig los. Der Ohm war da, wie immer, und trank, doch leisteten ihm nur Müller Ulcher und Wachtmeister Hufting Gesellschaft. Und da Grener Staak an diesem Abend keine Lust hatte, zu würfeln, ging Ulcher früher als sonst, und der Hauptmann war schweigsam und wollte nicht trinken, obwohl der Ohm sich beschwerte, dass alleine zu trinken kein Vergnügen sei. Selbst das Angebot, Branntwein auf Kosten des Hauses zu genießen, schlug der Wachmann aus und blieb beim Bier. Grit versorgte den Ohm dennoch unverdrossen mit Branntwein. Erst mit dem üblichen, später, als er schon zu betrunken war, um es zu bemerken, mit dem doppelt gebrannten.

Bald darauf schien das immer einsilbiger werdende Gespräch den Wachtmeister zu langweilen. Das dachte jedenfalls Ayrin, als sich Hufting erhob und mit dem Bierkrug in der Hand zum Tresen geschlendert kam. Hufting stellte seinen Krug ab, musterte sie und sagte schließlich: »Ihr seid ohne Frage eine der fleißigsten Mägde des Dorfes, Jungfer Ayrin, wenn ich das in der Hoffnung sagen darf, dass Ihr dieses Kompliment, das doch eine Schmähung der anderen Mägde ist, nicht weitersagen werdet.«

Ayrin versuchte, den Sinn des Gesagten zu enträtseln. »Danke«, sagte sie schließlich. »Noch einen Krug?«

»Oh, nein, der meinige ist noch zur Hälfte voll, und ich beabsichtige nicht, zu enden wie Grener Staak, der von Tag zu Tag mehr in Trübsinn versinkt, wie in einem selbst bereiteten Sumpf.« Er holte Luft und spielte an den schadhaften Knöpfen seiner Jacke. »Wenn es Euch nicht zu viele Umstände macht, so hätte ich das eine oder andere Wort mit Euch zu reden, Ayrin Rabentochter.«

»Ich habe viel zu tun«, sagte Ayrin.

Der Wachtmeister ließ mit gerunzelter Stirn seinen Blick durch die fast leere Stube schweifen.

»Ich meine, ich muss eigentlich in der Küche helfen. Seit mein Bruder fort ist, hat Lell die doppelte Arbeit.«

»Ah, Euer Bruder! Er ist es, über den ich mit Euch zu reden habe.« Nun lag etwas Lauerndes im Gesicht des Wachtmeisters.

Ayrin stellte den Krug, den sie schon seit Ewigkeiten polierte, um beschäftigt zu wirken, endlich ab. »Mein Bruder?«, fragte sie nervös.

»Die Mägde des Dorfes schwärmen von ihm, wusstet Ihr das?«

»Ich hörte so etwas«, murmelte sie.

»Sie sagen, dass er einmal ein stattlicher Mann werden wird. Vermutlich haben sie damit recht, obwohl man sonst nichts auf ihr Geschwätz geben sollte. Außerdem erschienen sie mir bisher immer blind und einfältig, weil sie darauf warten, dass einer zum Manne wird, statt sich dem zuzuwenden, der lange schon ein Mann ist, nicht wahr?«

Ayrin konnte ihm wieder nicht folgen.

»Zumal dieser Mann nicht so dumm war, dem hübschen Gesicht einer Hexe auf den Leim zu gehen.« Plötzlich wurde Huftings Blick stechend. »Ganz anders, als gewisse Jungen, die noch zu Männern zu reifen hoffen müssen.«

Ayrin verfärbte sich. »Verzeiht, Hauptmann. Es fällt mir schwer, mit Euren klugen Ausführungen Schritt zu halten.«

»Das geht leider vielen so, weshalb mein Wert oft verkannt wird, Fräulein Ayrin. Doch wie ist es mit Euch? Kennt Ihr meinen Wert?«

Sie unterdrückte einen Seufzer. Dieser Wichtigtuer war auf Schmeicheleien aus? Die konnte er haben: »Gewiss. Jede Gefahr wird es sich zweimal überlegen, bevor sie ein von Euch bewachtes Dorf heimsucht, Hauptmann«, gab sie mit einem zuckersüßen Lächeln zurück.

Der Wachtmeister nickte ernst und antwortete: »Ich bin froh, dass Ihr meine Arbeit würdigt, Ayrin Rabentochter, obwohl ich mich des Eindrucks kaum erwehren kann, dass Ihr mich immer noch unterschätzt. Ich weiß, was Euer Bruder getan hat. Euch zuliebe werde ich jedoch schweigen, denn ich will nicht, dass Ihr die Früchte seiner Tat verdauen müsst.«

»Ich weiß nicht, was Ihr meint.«

»Ich meine, dass das Dorf nach überwundenem Schrecken einen Schuldigen suchen wird. Natürlich wird es früher oder später erraten, dass Baren der Unglücksrabe war. Und da er fort ist, wird der Zorn der guten Menschen von Halmat Euch treffen, wie ein Blitz, der nicht in eine verschwundene, sondern nur in eine noch stehende Eiche einschlagen kann.«

»Eine Eiche?«

»Ihr werdet einen Freund brauchen, Ayrin Rabentochter, oder sogar jemanden, der mehr ist.« Er sah ihr fest in die Augen, allerdings nur wenige Sekunden, dann wanderte sein Blick wieder davon. Seine Hände spielten erneut mit den Knöpfen der Jacke. Er wurde plötzlich rot, dann ganz blass, bevor er fortfuhr. »Ihr braucht einen Schild, festen Stahl, der Euch schützt!«

»Es erschiene mir unklug, sich bei einem Gewitter unter einem Stahlschild zu verbergen.«

»Wie? Ach, nicht vor dem Blitz will ich Euch schützen.« Er räusperte sich. »Ayrin Rabentochter, ich weiß, dass ich nicht mehr der Jüngste bin, doch habe ich ein festes Einkommen und neben der Wachstube noch ein eigenes Schlafgemach nebst Wohnstube, der allerdings die weibliche Hand fehlt, um ihr Gemütlichkeit zu verleihen. Und Ihr? Ihr seid eine Magd, Schwester eines Jünglings, den man bald einen Verbrecher nennen wird. Wäre es da nicht besser, sich fest an die Seite eines respektablen Mannes zu stellen? Eines Mannes, der ein Schwert besitzt und es zu Eurem Schutz zu führen wüsste. Ich weiß, dass wir noch keine Zeit hatten, tiefer im Wasserloch unserer Gefühle füreinander zu bohren, obwohl ich sagen muss, dass unser kleines Gespräch neulich am Brunnen mir ein Hoffnungsstrahl in diese Richtung gewesen zu sein scheint. Ich bin jedenfalls bereit, für die Zeit zu sorgen, die Ihr vielleicht braucht, um zu entdecken, wie zugeneigt Ihr mir eigentlich schon lange seid, bevor ich wegen Euch, nein, uns!, zum Priester gehe.«

Ayrin blieb der Mund offen stehen. War das ein Antrag oder eine Erpressung? »Ich weiß nicht, was ich sagen soll«, brachte sie endlich hervor, und das, so dachte sie, war die lautere Wahrheit.

»Ich kann verstehen, dass das ein großer Schritt ist, Jungfer Ayrin, dennoch solltet Ihr ihn schnell gehen, damit nicht die Schritte jener, die Euren Bruder bald verdächtigen werden, Euch noch auf dem Weg zu mir überholen.«

»Gewiss, gewiss«, stotterte Ayrin. Dann fasste sie sich wieder. »Ich kann nicht sagen, dass Euer Antrag nicht eine große Ehre wäre, Hauptmann, aber ich muss darüber nachdenken. Nicht im Traum hätte ich gedacht, dass Ihr in mir mehr seht als eine einfache Schankmagd.«

»Morgen?«, fragte der Hauptmann mit gerunzelter Stirn.

»Ihr wollt morgen schon eine Antwort?«

»Wenn Ihr nach dem nächsten Sonnenaufgang nicht sicher seid, dann werdet Ihr es nach dem nächsten Sonnenuntergang auch nicht sein. Übrigens in jeder Hinsicht«, fügte er hinzu. »Ich werde Euch schützen, solange ich kann, da ich nun aber weiß, dass mein Verdacht der richtige ist, werde ich meinen Mund nicht sehr lange daran hindern können, das auszusprechen, was meine Gedanken wissen.«

»Dann werdet Ihr morgen Eure Antwort bekommen, Hauptmann.«

»Ihr macht mich vermutlich zu einem glücklichen Mann, Jungfer Ayrin«, sagte der Wachtmeister, und doch standen Zweifel in sein Gesicht geschrieben. Er deutete eine Verbeugung an und zog sich an seinen Tisch zurück, kehrte um, nahm den vergessenen Krug an sich, drehte auf halbem Weg zum Tisch wieder um und stellte den Krug endgültig auf dem Tresen ab. »Es ist schal geworden«, sagte er knapp. »Bezahlen werde ich es gleichwohl.«

»Das geht heute aufs Haus, Hauptmann«, sagte Ayrin, die panische Angst befiel, dass sie beim Geldwechseln die Hand des Mannes berühren könnte.

»Ah, diese Freundlichkeit! Erneut erfüllt Ihr mein armes Herz mit Freude, Jungfer Ayrin«, sagte Hufting. Wieder verbeugte er sich. Dann ging er zum Tisch, nahm seinen Helm, den er dort abgelegt hatte, und verließ den *Blauen Drachen*.

»Was war denn das?«, fragte Grit, die sich ganz in der Nähe ausgiebig mit dem Wischen sauberer Tische beschäftigt hatte.

»Hufting hat mir einen Antrag gemacht, glaube ich.«

Grit sah sie mit offenem Mund an. »Er hat … was?«

»Er hat erraten, was Baren getan hat, und sagt, nur er könne mich vor dem Zorn der Halmater schützen.«

»Nun bin ich sicher, dass er seinen Verstand verloren hat. Was hast du gesagt?«

»Dass er seine Antwort morgen bekommen wird, denn länger wollte er nicht warten.«

Grit trat einen Schritt zurück, betrachte Ayrin von Kopf bis Fuß, trat nah an sie heran und raunte: »Dann ist also beschlossen, dass du heute Nacht verschwindest?«

»Wenn ich diesen Brief bekomme, ja. Wenn es mir nicht gelingt, kann ich vielleicht meinen Möchtegern-Verlobten dazu überreden, den Brief an sich zu bringen.«

»Na, mir erscheint es weit klüger, es darauf nicht ankommen zu lassen. Beten wir zu den Göttern, dass wir Erfolg haben.«

»Mit dem Schutz einer Rune wäre mir wohler.«

Es war spät, als der Ohm endlich ins Bett fiel, und obwohl Lell ihn stützen musste, damit er den Weg in seine Stube überhaupt schaffte, war er doch nicht so benebelt, dass er vergessen hätte, die Kammer von innen zu verriegeln.

Ayrin lief in ihr Zimmer, wo bald auch Grit erschien und ihr einen alten Rucksack brachte. »Einer unserer Gäste hat ihn vor langer Zeit vergessen. Der Ranzen kann dir gute Dienste leisten, denke ich.«

»Was nehme ich nur mit?«, fragte Ayrin.

»Nicht mehr, als du tragen kannst. Ein zweites Gewand, zum Wechseln. Stecke dir auch einen Kamm ein, ein Kopftuch und, ach, was man sonst eben so braucht, wenn man auf Reisen geht. Lell hat dir Proviant für drei Tage gepackt, in einem Beutel, unten in der Küche. Du brauchst auf jeden Fall einen wärmenden Umhang, denn der Wind beißt und der Frühling ist noch nicht da. Du hast einen? Gut. Bessere Schuhe hast du nicht? Da können wir wohl nichts machen. Aber ich habe noch einen Schal, den ich dir geben kann, und ein paar Fäustlinge, die ich nicht mehr brauche.«

»Ich weiß nicht, wie ich euch beiden danken soll.«

»Indem du dich nicht einfangen lässt, zum Beispiel. Was hast du an Geld?«

»Nur ein paar Heller und zwei Silberkronen von dieser Hexe, die ich verstecken konnte. Der Ohm nimmt uns ja immer alles ab, angeblich, weil wir es ihm schulden.« Sie stopfte mit fliegenden Händen Wäsche in den Sack. Viel war es nicht.

»Ich weiß, ich weiß. Hier, ich kann dir ein paar Kronen geben. Die Hälfte ist von Lell.«

»Das kann ich nicht annehmen.«

»Doch, kannst du. Es ist das Trinkgeld, das von der Hexe stammt. Ich will es nicht mehr. Und wer weiß, vielleicht bewirkt es so endlich etwas Gutes? Und nun geh zu Lell. Hörst du nicht, dass der Ohm schon schnarcht? Ich gehe mit deinem Rucksack in die Küche, und packe hinein, was Lell vorbereitet hat. Und vorher mache ich einen kleinen Umweg durch meine Kammer, um die Fäustlinge zu holen, die ich dir versprochen habe. Nun rasch, wir treffen uns unten.«

Ayrin umarmte sie innig. »Nun ist es aber gut«, schimpfte die Magd. »Erledige erst deine Aufgabe, dann können wir uns ein paar Tränen gönnen.«

Ayrin nickte und schlich hinunter zu Lell. Der stand vor der Stube des Ohms und hielt eine Öllaterne in der Hand. »Im Dunkeln wirst du nicht finden, was du suchst«, flüsterte er. Er drückte ihr das Licht in die Hand und machte sich an der Tür zu schaffen. Ayrin leuchtete ihm. Von drinnen drang unregelmäßiges Schnarchen hinaus. Ein leises metallisches Kratzen verriet, dass der Koch es geschafft hatte. Die Tür öffnete sich einen Spalt. Lell atmete tief durch und nickte ihr ermutigend zu. Ayrin drehte die Lampe weiter herunter, bis nur noch ein schwaches Glimmen übrig war, dann schlich sie auf Zehenspitzen in die Kammer.

Sie stellte die Laterne auf die Kiste, die sie so dringend öffnen musste. Der Ohm schnaufte im Schlaf. Ayrin schlug das Herz bis zum Hals. Leise öffnete sie die erste Schublade des großen Schranks. Sie tastete sich durch die Wäsche, fand aber keinen Schlüssel. Vorsichtig zog sie die zweite Lade heraus. Grener Staak wälzte sich auf die Seite und für einen Augenblick schien er nicht mehr zu atmen. Ayrin erstarrte, dann setzte das tiefe Schnarchen wieder ein.

Sie durchsuchte diese Schublade ebenfalls vergeblich. Auch in der dritten wurde sie nicht fündig. Sie durchwühlte die unterste Lade, und fand – nichts.

Verzweifelt blickte sie zur Tür, in der das Gesicht von Lell zu erahnen war. Sie schüttelte den Kopf und breitete in hilfloser Geste die Arme aus. »Das Kopfkissen«, raunte der Koch.

Hatte der Ohm das gehört? Sein Schnarchen endete, und er murmelte ein paar Worte, in denen er Ulchers ewiges Glück beim Würfeln verfluchte. Dann wurde sein Atem wieder tief und gleichmäßig. Ayrin ließ die Laterne auf der Kiste stehen. Sehen konnte sie so allerdings nicht viel. Sie schlich zum Bett, schickte ein Stoßgebet zum Himmel, als unter ihr eine der Dielen knarrte und stand nun an der Schlafstatt des Mannes, der ihr das Geheimnis ihrer Herkunft nicht enthüllen wollte. Er lag auf dem Rücken, den Kopf in der Mitte seines Kissens, aber es war so dunkel, dass sie seine Gesichtszüge nicht sehen konnte.

Langsam beugte sie sich hinab. Er schnarchte, sie fuhr mit der Hand unter das Kissen, tastete das Laken ab, doch sie fand nichts. Der Ohm seufzte und brabbelte im Schlaf. Ayrin starrte in die Finsternis. Ihr blieb nichts anderes übrig, als auf die andere Seite des Bettes zu gehen. Langsam tastete sie sich durch die schwach erhellte Stube. Am hinteren Bettpfosten hielt sie inne. Der Ohm hatte seine Jacke achtlos über den Pfosten geworfen. Sie folgte einer plötzlichen Eingebung und tastete das Kleidungsstück ab. Sie fühlte Schlüssel!

Es waren drei. Ayrin nahm sie an sich. Einer davon musste zur Kiste passen. Der erste knirschte nur im Schloss, ohne dass sich etwas rührte. Wieder wälzte sich der Ohm unruhig in den Kissen. Auch der zweite Schlüssel richtete nichts aus. Der dritte passte endlich! Sie nahm die Laterne vom Kistendeckel und öffnete ihn langsam. Die Scharniere knarrten und der Ohm stöhnte einen Fluch – doch wieder erwachte er nicht.

Vorsichtig drehte Ayrin die Flamme der Laterne höher. Sie räumte die Gewänder hinaus und dann, dann sah sie den Umschlag! Sie nahm ihn an sich. Ja, da stand ihr Name und der ihres Bruders auf dem Umschlag. So viel konnte sie lesen. Sie las sie dreimal, bis sie ein leises Räuspern von Lell hörte. Der Koch hatte recht. Das musste warten. Sie steckte den Brief ein und wollte sich schon erheben, als sie einen alten Münzbeutel in der Ecke der Kiste erspähte. Er war brüchig, groß, schien aber leer zu sein. Nurre hatte etwas von einem Batzen Geld gesagt. Einem unbestimmten Gefühl folgend, nahm sie den Beutel an sich. Auch wenn er leer war, stammte er vermutlich von ihrer Mutter.

Sie legte die Kleider zurück, schloss die Kiste ab und steckte die Schlüssel wieder in die Jackentasche. Dann schlich sie zur Tür.

»Die Laterne«, raunte ihr Lell zu und verdrehte die Augen. Die hätte sie beinahe vergessen. Ayrin nahm sie mit zitternden Händen an sich und schlich endlich hinaus. Lell schloss leise die Tür. Verriegeln konnte er sie nicht, aber das war vielleicht auch besser so. Der Ohm sollte ruhig annehmen, er habe den Riegel vergessen, wenn er es denn überhaupt bemerkte.

Die beiden hasteten auf Zehenspitzen hinab in die Küche, wo sie Grit nägelkauend erwartete. »Na, ihr habt euch ja Zeit gelassen«, flüsterte sie. »Hast du den Brief?«

Ayrin befühlte ihre Brust. Ja. Der Brief war noch da. Sie nickte. »Schade, dass wir ihn nicht lesen können.« Die Magd seufzte. Dann nahm sie den Rucksack und prüfte sein Gewicht. »Ich hoffe, er ist dir nicht zu schwer.«

Ayrin öffnete ihn, legte den leeren Lederbeutel hinein und verschnürte ihn wieder. Sie schlüpfte in den wärmenden Umhang und Lell half ihr mit den Riemen des Ranzens. »Leicht wie eine Feder«, behauptete sie.

»Na, dann«, meinte Grit. »Ich hoffe, du vergisst uns in der Fremde nicht.«

»Niemals!«

»Vielleicht kann dir der Runenmeister auch das Schreiben von Buchstaben beibringen. Dann kannst du uns ein paar Zeilen senden«, meinte Lell. »Der Priester könnte sie uns vorlesen.«

»Ich hoffe, ich finde Baren und den Meister überhaupt, und noch mehr hoffe ich, dass der Ohm mir nicht die Wache von der Burg hinterherhetzt.«

»Was das betrifft«, sagte Lell mit einem Räuspern, »so werde ich ihm erzählen, dass ich gehört habe, wie du dich mit deinem Bruder in Iggebur verabredet hast.«

»Wo?«

»Iggebur, weit im Südwesten. Die Stadt verfügt über den größten Hafen der Sturmlande, man könnte auch sagen, den einzigen. Deshalb ist es glaubhaft, dass ihr dorthin fliehen wollt.«

»Nach Iggebur?«, rief Grit mit weit geöffneten Augen. »Das mögen die Götter verhindern. Diese Stadt ist voller Frevel und Laster.«

»Sie gehen ja nicht wirklich dorthin, ich erfinde das nur, um den Ohm auf die falsche Fährte zu locken«, brummte Lell.

»Natürlich, ich dumme Gans. Es ist gut ausgedacht. Lell, mein Freund, du steckst voller Überraschungen«, rief Grit bewundernd.

»Wende dich als Erstes nach Dunholt, denn dorthin wollte der Runenmeister. Wenn er schon wieder fort sein sollte, wird man dort wohl wissen, wohin er gezogen ist. Und falls du den Wagen nicht finden solltest, was ich mir nicht vorstellen kann, aber falls doch, so gehst du am besten nach Holabreek, das liegt an der großen Straße nach Osten. Frage dort nach Lembal, dem Koch. Das ist der Vetter, von dem ich dir vielleicht schon einmal erzählt habe. Ich weiß nicht mehr, wie das Gasthaus heißt, in dem er arbeitet, aber in der Stadt wird man ihn kennen. Er wird dir helfen und ich werde Baren dort hinschicken, wenn er wieder einmal herkommen sollte.«

Ayrin nickte und verstand doch nur die Hälfte. »Ich kann euch gar nicht genug danken ...«

»Dann versuch es auch nicht«, meinte Lell mit einem Zwinkern. »Und nun geh. Nutze den Schutz der Nacht. Mögen die Götter, oder meinetwegen auch die Runen, dich behüten auf deinen Pfaden.«

Lell schob sie zur Tür. Ayrin umarmte die beiden kurz, aber innig, und dann machte sie sich auf den Weg.

Das Dorf schien zu schlafen. Nur der Wind zog kalt um die Häuser. Ayrin hielt noch einmal an der Hütte ihrer Ziehmutter. Sie klopfte an den Laden, doch dauerte es eine Ewigkeit, bis eine verschlafene Stimme krächzte: »Wer stört? Ist es der Tod?«

»Ich bin es, Ayrin. Ich verlasse dieses Dorf.«

»Wenn du nicht der Tod bist, kannst du wieder gehen!«, kam es halblaut zurück.

»Aber Muhme, ich bin es, deine Ziehtochter!«

Sie bekam keine Antwort, obwohl sie noch mehrmals klopfte. Sie seufzte, schüttelte den Kopf und machte sich auf den Weg nach Süden, dem Wagen des Runenmeisters hinterher.

Kurz vor Morgengrauen hatte sie Halmat und auch Burg Grünwart lange hinter sich gelassen, meinte aber, die Lichter der Festung in der Ferne auf dem Wartberg zu sehen.

Sie setzte sich auf einen Stein, mit dem Rücken zum eisigen Wind, aß einen Apfel und befühlte den Brief an ihrer Brust. Sie nahm ihn heraus und betrachtete ihn. Er war versiegelt, das Siegel war allerdings schmucklos, ohne Wappen oder Ähnliches. Das Licht war noch schwach, sie konnte kaum ihre Namen entziffern. Aus einer seltsamen Scheu heraus zögerte sie, den Umschlag zu öffnen. Lesen konnte sie ihn ohnehin nicht und sie war besorgt, dass sie, die sie mit Briefen nicht umzugehen wusste, ihn vielleicht beschädigen mochte. Der Brief fühlte sich merkwürdig an, beinahe ein wenig klebrig. Doch ihr Name stand immer noch dort und der von Baren auch, daneben noch eine Jahreszahl, die sie gut lesen konnte. Nurre hatte es gesagt: Vor über einem Jahr hätte der Ohm ihnen das Schreiben geben müssen. Aber er hatte es nicht getan.

Sie legte den Brief auf ihre Knie und kümmerte sich um den Beutel. Zu ihrer Überraschung schien er nicht völlig leer zu sein. Sie griff hinein und ihre Finger ertasteten einen Ring. Vorsichtig zog sie ihn heraus. Er war aus Gold, ohne Stein, und auf den ersten Blick ohne jede Gravur. Dann entdeckte Ayrin eine kleine, dreieckige Vertiefung, und in der war, haarfein, eine komplizierte Rune eingraviert. Sie sah anders aus als die, die sie aus dem Tempel kannte. Was hatte nun das wieder zu bedeuten? »Der Runenmeister wird es hoffentlich wissen«, murmelte sie.

Die klare Luft trug ihr Stimmen zu. Sie reckte sich. Da waren Reisende auf der Straße, noch ein gutes Stück entfernt. Hastig steckte sie Brief, Ring und Beutel wieder ein und brach auf. Sie hielt sich abseits der Straße, in der Hoffnung, nicht gesehen zu werden. Wie weit mochte es bis Dunholt sein? Würde sie Baren und den Runenmeister dort finden? Sie konnte es kaum erwarten, ihm den Brief zu zeigen, um endlich Licht in das Dunkel ihrer Herkunft zu bringen.

Ragne von Bial stand abseits des Feuers und fror. Sie sah ihren Spinnen bei der Arbeit zu. Zwei von ihnen hatte sie beauftragt, noch im Morgengrauen ein besonderes Netz zu weben. Raureif legte sich auf die dünnen Fäden, kaum dass sie vollendet waren.

Tsifer hockte am Feuer, hielt die Hände darüber und starrte missmutig zu ihr herüber. »Ich verstehe nicht, warum wir dieses Kaff ausgelassen haben«, murrte er.

»Wie oft soll ich es dir noch erklären? Der Runenmeister ist uns zu nahe gekommen und unser Vorrat an Schwarzschwefel geht zur Neige. Ich will ein paar Haken schlagen, um ihn und andere Verfolger auf Abstand zu halten.«

»Es ist nur ein Mann. Meine Ratten würden schnell mit ihm fertig werden.«

»Er ist ein Lar. Ich glaube nicht, dass deine Geschöpfe auch nur in seine Nähe kämen. Hast du nicht die Macht seiner Rune im Gasthaus gespürt? Es war kaum auszuhalten.«

»Der Fürst wäre sehr zufrieden mit uns, wenn wir diesen Stachel in seinem Fleisch beseitigen würden.«

»Wir haben unseren Auftrag, Tsifer, und an den sollten wir uns halten.« Ragne betrachtete das doppelt gewebte Netz. Sie zögerte, das Unvermeidliche anzugehen. Doch der Sonnenaufgang rückte näher, und das hier musste vorher erledigt werden. Seufzend rief sie ihre Spinnen zurück, ließ sie in ihre Tasche kriechen und streute dann etwas von dem schwarzen Pulver über das Netz. Sie murmelte die Beschwörungsformel. Winzige graue Schwaden lösten sich aus den Fäden, verschwammen und bildeten endlich eine graue Fläche. Wirbel entstanden, lösten sich auf, fanden sich neu und formten schließlich den Umriss eines von einer Kapuze verhüllten Gesichts.

»Ich grüße Euch, Meister Ortol.«

»Ah, Ragne, endlich! Seit Tagen warte ich auf Meldung. Die Ernte, Hexe, ist kümmerlich! Wie soll unser Fürst sich nähren, wie stärker werden, wenn nicht Krankheit, Leid und Tod über das Horntal herrschen?« Die Stimme klang fern und unwirklich. Ragne musste sich anstrengen, sie zu verstehen. »Es ist ein Runenmeister im Horntal, Meister. Er macht zunichte, was wir begonnen haben.«

»Ein Lar? So weit im Westen?«

»Alle Dörfer, in denen wir die schwarze Saat ausbrachten, waren durch seine Runen geschützt. Es war zeitraubend, sie zu zerstören. Und leider hat er offenbar schnell Wind von unserer Anwesenheit bekommen, Meister.« Sie versuchte, mehr von dem verhüllten Gesicht zu erkennen, doch blieb es im Dunkeln.

»Ich habe deine Ausreden satt, Ragne. Der Fürst erwartet mehr.«

»Wenn ich ihn vielleicht selbst sprechen könnte …«

»Er kann sich nicht um die kleinmütigen Klagen jeder unfähigen Hexe der Sturmlande kümmern. Und für dich ist es wohl auch besser, wenn du ihm nicht mit leeren Händen unter die Augen trittst. Oder hast du noch etwas, das du mir sagen willst, Ragne?«

»Nein, Meister«, sagte sie knapp.

»Unser Fürst erwartet eine reiche Ernte, Hexe, es ist ihm gleich, wie du die Saat ausbringst!«, rief Ortol ungehalten.

»Aber der Lar, er ist uns auf den Fersen, und …«

»Du kennst seine Befehle! Führe sie aus, oder willst du, dass die Quelle des schwarzen Schwefels für dich versiegt?«

»Nein, Meister.«

»Dann verschwende unsere Zeit nicht länger«, grollte die Stimme. Plötzlich lösten sich die Schwaden auf. Zurück blieb ein zerrissenes Spinnennetz.

»Er hat leicht reden«, sagte Tsifer, der gelauscht hatte, und spuckte aus. »Er ist weit weg von diesem verfluchten Lar und seinen Runen.«

»Dennoch werden wir versuchen, unsere Befehle auszuführen.«

»Natürlich, wir werden alles tun, was der Meister sagt, denn er hat uns mit dem Schwefel an der kurzen Leine. Und so muss ich, Tsifer von Ulmar, Prinz der Alben, einem Menschen gehorchen.«

»Vielleicht nicht für immer, Tsifer, nicht für immer.« Ragne streckte ihre Hände über das Feuer. Sie zitterte.

»Und doch schon viel zu lange«, meinte Tsifer, hockte sich missmutig neben sie und stocherte in der Glut herum. Nach einer Weile sagte er: »Du hast ihm nichts von dem Mädchen erzählt.«

»Was hätte ich ihm denn sagen sollen?«

Der Nachtalb sah sie mit schief gelegtem Kopf durchdringend an. »Du wüsstest mehr über sie, wenn du diesen Brief endlich öffnen würdest. Ich verstehe nicht, warum du zögerst.«

Jetzt lächelte Ragne. »Vielleicht, weil ich dem Meister nichts verheimlichen wollte. Und was ich nicht weiß, muss ich nicht vor ihm verbergen, Tsifer.«

Ihr Begleiter kratzte sich am Kopf. »Du bist klüger, als du aussiehst. Dann wirf den Umschlag ins Feuer. Er riecht nach Gefahr.«

»Das wäre ein wenig übertrieben, meinst du nicht? Mein Gefühl sagt mir, dass dieses Mädchen, das meiner Zauberkraft so lange widerstand, wichtig sein könnte. Und ich will den Ruhm ihrer Entdeckung keinesfalls Meister Ortol überlassen.«

»Öffnen willst du ihn nicht, und vernichten willst du ihn auch nicht. Was willst du denn?«, fragte Tsifer ungehalten und setzte ein gebrummtes »Weiber« hinzu.

Ragne zeigte wieder ein sehr feines Lächeln. »Ich habe nicht gesagt, dass ich ihn niemals öffnen werde, ich wollte ihn nur nicht öffnen, bevor ich Meister Ortol Bericht erstattet habe. Dieser Brief riecht nicht nach Gefahr, sondern nach Geheimnissen. Spürst du das nicht? Du weißt gar nicht, wie schwer es mir fiel, der Verlockung, die in diesem Umschlag liegt, bis jetzt zu widerstehen.« Mit diesen Worten zog sie den Brief hervor und hielt ihn gegen die aufgehende Sonne. Sie wendete ihn, schnupperte an ihm, und dann, als sie der Meinung war, sie habe ihren Begleiter lange genug auf die Folter gespannt, riss sie ihn mit einem ihrer langen Fingernägel auf.

»Was steht dort?«, fragte Tsifer, der näher gekommen war.

»So warte doch«, erwiderte Ragne und entfaltete das eine Blatt, das in dem Umschlag gesteckt hatte. Sie las:

Liebe Ayrin, lieber Baren, ihr meine über alles geliebten Kinder!

Ich hoffe, dass wir uns wiedersehen, bevor der Wirt euch diesen Brief geben muss. Falls nicht, so will ich euch kurz erklären, warum ich euch zurücklassen musste.

Ich bin nach Halmat gekommen, um die Sturmlande zu verlassen, denn ich muss mich an einen Ort begeben, an dem meine Verfolger mich nicht finden werden. Jener Ort ist leider zu gefährlich, um euch mitzunehmen. Deshalb ließ ich euch schweren Herzens bei den guten Leuten von Halmat. Es ist das Schwerste, was ich jemals getan habe, das müsst ihr mir glauben.
Sollte ich den Weg zurück nicht schaffen, so werdet ihr dieses Schreiben an eurem sechzehnten Geburtstag erhalten, vielleicht auch noch etwas von dem Silber, das ich dem Wirt des Gasthauses für die Kosten eurer Erziehung überlassen habe. Begebt euch nach Iggebur und sucht Meister Ligter auf. Zeigt ihm den Ring mit der Rune. Er wird sich erinnern und euch erklären, was geschehen ist. Doch seid auf der Hut, traut niemandem! Mit eurer Geburt habt ihr leider auch gefährliche Feinde geerbt. Meine größte Hoffnung ist, dass sie euch niemals finden und ich euch all das selbst erklären kann.

Bis dahin verbleibe ich eure euch liebende Mutter.

Halmat im Fünftmonat 319

Ragne ließ den Brief sinken. Er war nicht unterzeichnet. Diese Frau musste wirklich Angst davor gehabt haben, auch nur das kleinste bisschen ihrer Herkunft zu offenbaren. Sie seufzte und las dem Alb den Inhalt der Zeilen vor.

»Sie kam ins Horntal, um die Sturmlande zu verlassen? Das ergibt keinen Sinn«, meinte der Alb.

»Das habe ich auch gleich gedacht. Halmat liegt tief im Landesinneren. Wenn sie das Land verlassen wollte, hätte sie zur Küste gehen oder die Wolkenberge überqueren müssen.«

»Und der Ring? Was ist mit dem Ring, den diese Bälger in Iggebur vorzeigen sollen?«

»Er war nicht bei diesem Schreiben.«

»So müssen wir zurück nach Halmat, bevor wir in Iggebur das Rätsel lösen können?«

»Wir können nicht zurück, Tsifer. Sie würden uns mit Mistgabeln und Dreschflegeln davonjagen.«

»Dann haben wir also gar nichts?«

»Nur den Brief, und das Wissen, dass diese Kinder ein Geheimnis umgibt.«

»Gib mir den Umschlag!«, forderte Tsifer und streckte seine haarige Hand aus.

Widerwillig folgte Ragne seinem Wunsch. Er nahm ihn, schnupperte daran, hielt ihn gegen das Licht und roch erneut an ihm. Dann erklärte er grimmig. »Er riecht nach Magie. Aber sie ist nicht von unserer Art, nein, er stinkt nach Drachenknochen.«

Ragne sah ihn überrascht an, nahm ihm den Brief ab und spürte jetzt selbst einen winzigen Widerhall weißer Magie. Sie betrachtete ihn, nagte nachdenklich an ihrer Unterlippe und nickte schließlich. »Vielleicht ergibt doch alles einen Sinn«, verkündete sie.

»Und welchen?«, fragte Tsifer.

Ragne hatte keine Ahnung, wollte sich aber nichts anmerken lassen. Sie sah den Alb von oben herab an. »Je weniger du weißt, desto weniger können deine Ratten dem Fürsten verraten.«

Tsifer zischte wütend. »Sag es mir! Ich habe ein Recht, es zu erfahren, Hexe!«

»Das wirst du, zu gegebener Zeit. Jetzt komm. Lösche das Feuer und mach die Pferde bereit. Wir müssen die schwarze Saat ausbringen. Es wird ja wohl irgendwo in diesem Tal ein Dorf oder Gehöft geben, das nicht unter dem Schutz dieses Runenmeisters steht. Dieser Brief und seine Geheimnisse müssen noch ein wenig warten.«

II. BUCH

DIE SCHATTEN DES WEGES

Der Besucher stand auf dem Teppich und blickte unsicher zu Boden. Der Gefangene beachtete ihn nicht. Er schritt sein Reich ab, zum hundertsten, vielleicht auch zum tausendsten Male. Fünfzig Schritte waren es, von der Mitte der Halle bis zur unsichtbaren Grenze, nicht einer mehr, nicht einer weniger. Daran hatte sich in dreihundertsechsunddreißig Jahren nichts geändert. Die Steinplatten unter seinen Füßen waren abgelaufen. Nur zwei Schritte außerhalb der unsichtbaren Wand war der Boden an vielen Stellen kaum berührt, und da lag der abgewetzte Läufer, der von der äußeren Welt in die seine hineinragte. Seine Diener, seine Gefolgsleute, die wenigen, denen er es erlaubte, liefen alle über diesen verblassten Teppich, so als fürchteten sie den grauen Stein, mit dem die Halle ausgekleidet war. Auch Meister Ortol, der mit vielen nichtssagenden Meldungen aus der Welt zu ihm gekommen war und nun voller Unbehagen auf die Erlaubnis wartete, wieder gehen zu dürfen, verließ niemals den Läufer, so als hätte er Angst, der Bann, der doch nur den Gefangenen betraf, könne auch ihn an diese Halle fesseln.

Der Fürst der Hexen hatte Generationen von Dienern erlaubt, seinen Kerker zu betreten, hatte gesehen, wie sie bleich und zitternd das erste Mal eintraten, wie sie die Angst über die Jahre, Jahrzehnte allmählich bändigten, bis sie irgendwann nicht mehr wiederkehrten und von ihren Nachfolgern ersetzt wurden. Sie waren schwach, sterblich, ja, lächerlich, aber sie hatten ihm eines voraus: Sie konnten den Bannkreis, den er selbst geschaffen hatte, jederzeit wieder verlassen. Sie konnten die

Welt draußen mit eigenen Augen sehen, konnten in ihr wirken. Er hingegen war nur durch den Schatten des magischen Netzes mit der Außenwelt verbunden, und bei all seiner Macht vermochte er am Ende nicht mehr, als ein paar Fäden zu ziehen, einige wenige nebelhafte Spielfiguren vorsichtig in die richtige Richtung zu lenken.

Neben all den Unwichtigkeiten, mit denen Ortol seine Zeit verschwendete, hatte er auch etwas über das Horntal gesagt und Ragne, die Hexe, und ihren Begleiter, den Alb. Der Fürst hatte dem Tonfall des Hexenmeisters entnommen, dass der nicht einmal ahnte, wie mächtig jener Nachtalb war. Ortol begriff auch nicht, dass Ragne und sogar dem Runenmeister noch eine besondere Rolle in dieser Geschichte zukommen würde.

Der Gefangene dachte gar nicht daran, den Hexenmeister einzuweihen. Die Helia schien auf ihre träge Art ein Ziel zu verfolgen. Ihr Schatten war schwer zu deuten und zu lenken, und der Gefangene war entschlossen, alte Fehler nicht zu wiederholen. Er würde behutsam vorgehen, hie und da würde er bei den Figuren für eine nächtliche Eingebung sorgen, hin und wieder einen Hinweis streuen. Es erwies sich als hilfreich, dass Ragne von Bial ähnlich bedächtig vorging wie er selbst. Ein Glücksfall, aber nicht der einzige Grund, warum er ausgerechnet dieser Hexe den Alb zur Seite gestellt hatte.

Ein Risiko blieb es dennoch. Der Gefangene und Fürst aller Hexen wusste, dass ein falsches Wort, ein übereilter Zug all seine Pläne zunichtemachen konnte. Auch deshalb sagte er Ortol nichts über die Bedeutung der Ereignisse, von denen der Hexenmeister so gelangweilt berichtet hatte. Der wichtigste Grund aber war, dass er selbst noch nicht wusste, warum die Helia sich auf das Horntal konzentrierte. Sie verfolgte ein Ziel, nur das war offenkundig und sie war nicht bereit, ihm zu enthüllen, was sie bewegte.

So erkannte er durch das geisterhafte Netz ihres Schattens, nicht viel mehr als den Umriss eines Wagens und die Silhouette eines wandernden Mädchens. Sie mussten von großer Bedeutung sein. Und er würde sich im Schatten auf die Lauer legen und ergründen, was es mit ihnen auf sich hatte. Und wenn er das erst wusste, würde er sie ebenfalls zu Figuren seines großen Spieles machen.

Eisenstraße

Maberic vom Hagedorn warf einen Blick auf die Linien, die sein Schüler auf das Pergament gezogen hatte. Ihn fröstelte. Draußen standen die Atemwolken der Pferde lange in der Luft, während sie grasten. Maberic hatte beschlossen, einen Ruhetag einzulegen, auch, weil er die Spur der Hexe verloren hatte. Der Wagen stand hinter einem Hügel, einigermaßen geschützt vor dem kalten Wind, und eigentlich wäre es nun Zeit, einige Reparaturen durchzuführen. Doch stattdessen versuchte er, Baren Rabensohn das Wesen der Runen näherzubringen.

Er deutete mit dem kleinen Stöckchen, das er in der Hand hielt, auf eines der Zeichen. »Das hat tatsächlich entfernte Ähnlichkeit mit der *Vieh*-Rune, und das daneben könnte ein *Tag* sein. Ich verstehe es einfach nicht.«

»Was denn, Meister?«, fragte Baren Rabensohn.

»Wie du die Rune in Halmat mit so sicherer Hand zeichnen konntest und hier gelingt es dir mit knapper Not, die viel einfacheren Priesterrunen völlig entstellt hinzukritzeln.«

»Glück, Meister?«

»Unwahrscheinliches Glück, dann«, brummte Maberic, »aber vielleicht erwarte ich zu viel. Verlassen wir also die Runen und kehren zurück zu den Buchstaben, die dir ja auch schon genug Schwierigkeiten bereiten.« Er nahm seinem Schüler das Pergament weg und legte ihm ein anderes vor. Dann gab er ihm ein Buch. »Erklärt habe ich sie dir bereits. Hast du sie dir gemerkt?«

»Ich habe es versucht, Meister.«

»Bei den Göttern, ich fürchte, ich werde eine Kinderfibel für dich brauchen. Am besten, du schreibst einfach diese Reihe hier ab, sagen wir zehnmal, dann gewinnt deine Hand vielleicht etwas an Sicherheit.«

»Warum sind die Buchstaben so ganz anders als die Runen, Meister?«

»Das immerhin ist dir also aufgefallen. Nun, das kommt daher, dass diese Zeichen von Osten, aus dem Reich, zu uns kamen. Die Runen sind viel älter. Die Götter haben jene geschaffen, die die Priester verwenden, doch die Runen, die ich dich lehren will, stammen von den Drachen.«

»Ich dachte, die Drachen hätten nur Feuer gespuckt und Menschen gefressen«, sagte der junge Mann, der mit der Zunge im Mundwinkel versuchte, die Buchstabenreihe abzuschreiben.

Maberic hielt ihn für ziemlich intelligent, auch wenn er nicht so begabt war, wie er gehofft hatte. Leider aber war Baren Rabensohn schrecklich ungebildet. »Hat dir das dieser Priester erzählt?«, fragte Maberic, und als sein Schüler nickte, fuhr er fort: »Das wundert mich nicht. Seinesgleichen hat nie verwunden, dass die Drachen die Götter in vielen Punkten übertrafen. Du kennst ja sicher die Geschichte der Erschaffung der Welt, oder?«

Baren nickte ernsthaft. »Die Götter erschlugen den Eisdrachen Ys und aus ihm schufen sie die Welt. Seine Knochen sind die Berge, seine Schuppen wurden zu Wäldern und Feldern und sein Blut und sein Schweiß gerannen zu Meeren und Flüssen. Sein Flammenatem aber blieb in den Feuer speienden Gipfeln der Schwefelberge bewahrt.«

»So erzählen es die Priester, die Weisen wissen es besser. Es war Ys, der die erste Welt erschuf, für sich und seine Kinder. Doch die Drachen waren nie zufrieden mit dem, was sie geschaffen hatten, ständig zerstörten sie Ysdal, die Eiswelt, mit Feuer, und schufen sie neu, ohne Rücksicht auf Mensch und Tier, die sich in den Höhlen der jungen Welt vor dem ewigen Schrecken verbargen. Die Götter entschlossen sich, das Chaos zu beenden. Sie erschlugen Ys und vertrieben seine Kinder, die Drachen und ihre Verbündeten, die Riesen und Alben, nach Udragis, einem schwachen Abbild des schrecklich schönen Ysdal, und es heißt, jene Welt sei immer noch in ständigem Werden und Vergehen begriffen. Aus dem Leib des Eisdrachen aber formten die Götter Alldal, die vielfältige Welt, wie wir sie kennen. Die Götter erschufen auch einen Abgrund, der Alldal von Udragis trennt, um die Menschen vor den Gefahren der anderen Welt zu schützen, aber die Drachen waren findig. Sie gruben lange Gänge durch das allumspannende Nichts, weil sie die Menschenwelt weiter besuchen wollten.«

»Bis der König von Gramgath sie besiegte und vertrieb.«

»Der Drachenkrieg, den du meinst, mein Junge, fand viele Zeitalter später statt. Die alten Drachen unterwiesen also unsere Ahnen in vielen Künsten, doch die Alben, Geschöpfe der Nacht, von Neid auf die Welt der Menschen zerfressen, folgten den Drachen und verdarben ihre Arbeit. Wo die Drachen das Herdfeuer brachten, erfanden sie die Feuersbrunst, und als die Drachen den Menschen Pflugschar und Sichel gaben, lehrten die Alben sie, daraus Schwerter und Speere zu schmieden. Deshalb wandten sich die Drachen gegen ihre einstigen Verbündeten und vertrieben die Alben aus ihrem Reich.«

»Nach Grisdal, das Land der Toten, nicht wahr?«

»Du liebe Güte, nein! Warum sollten die Drachen unseren verehrten Toten das antun? Sie verbannten sie nach Malguris, einer unwirtlichen, dunklen Welt. Seither sind die Alben von noch größerem Hass erfüllt, aber zum Glück gelangen sie nur noch sehr selten nach Ydral, wie wir die Welt der Menschen innerhalb Alldals nennen. Ich hoffe, du hast wenigstens das gewusst.«

»Das ist ganz schön vertrackt«, sagte Baren nachdenklich.

»Nicht komplizierter als das Schreiben der Buchstaben, das du weiter üben solltest, während ich nach den Wagenrädern sehe.«

»Es sind die Naben, nicht wahr?«

»Bitte?«

»Die Naben sollten neu gefettet werden, damit die Räder besser laufen, besonders hinten links.«

»Links?«

»Ja, rechts knarrt es zwar lauter, aber links läuft es zäher. Ich glaube, die Fettkappe dort ist undicht.«

»Undicht, ja, das ist möglich«, murmelte der Runenmeister, der sich versuchte zu erinnern, was eine Fettkappe genau war.

»Soll ich das Fett aufbringen und nach der Kappe sehen? Ich kann auch die Achsen überprüfen. Der Weg gestern war schlecht, und vielleicht haben sie Schaden genommen.«

»Die Achsen?«

»Ich kann mich rasch unter den Wagen legen und nachsehen, Meister.« Und als Maberic ihn fragend ansah, setzte er hinzu: »Ich habe dem Schmied oft geholfen, vor allem, wenn es um die Fuhrwerke der Bauern ging. Und auch um den Wagen vom Ohm, von Meister Staak, meine ich, habe ich mich gekümmert.«

»Ah, wirklich? Nun, dann sieh nach, mein Junge«, sagte Maberic und hatte das erste Mal das Gefühl, dass der junge Mann vielleicht nicht völlig unnütz sein würde. Baren schien erleichtert, die Buchstaben sein lassen zu dürfen und kroch unter das hohe Gefährt. Meister Maberic sah ihm nachdenklich zu. Früher hatte er sich selbst mit Hingabe um seinen Wagen gekümmert. Wann war er damit so nachlässig geworden?

⊕

Gegen Mittag erreichte Ayrin Dunholt, das Dorf, von dem Baren gesagt hatte, dass der Meister es als Nächstes ansteuern würde. Das Dorf war kleiner als Halmat, es gab noch nicht einmal eine richtige Herberge, allerdings betrieb der Schmied eine kleine Gaststube, in der sie sich aufwärmte. Sie bestellte eine Brotsuppe und fragte nach dem Wagen von Meister Maberic.

Die Frau des Schmieds, die sie bediente, nickte. »Er war vor vier Tagen hier, mit seinem neuen Lehrling, einem strammen Burschen, der die Herzen der Mädchen hier im Dorf höher schlagen ließ. Sie blieben leider nicht lange. Der Meister sagte, er suche eine Hexe, die diese Gegend plage. Na, bei uns war sie jedenfalls nicht, und sie soll es nicht wagen, ihr Gesicht hier zu zeigen. Davonjagen würden wir sie, oder totschlagen, je nachdem, ob wir sie zu fassen kriegen oder nicht.«

Ayrin war enttäuscht. Sie hatte natürlich nicht damit rechnen dürfen, dass Baren noch hier war, doch ein kleines bisschen hatte sie es schon gehofft. »Und wohin wollte Meister Maberic?«

»Das hat er mir nicht verraten, aber ich denke, er will weiter nach Süden, zur alten Eisenstraße. Mit seinem wackligen Gefährt kann er richtige Straßen bestimmt gut gebrauchen.«

Ayren holte ihren Geldbeutel hervor. Er fühlte sich eigenartig leicht an. Sie öffnete ihn, griff hinein und fühlte etwas Weiches. Erschrocken zog sie die Hand zurück und sah verblüfft auf ein Knäuel von Spinnweben, das an ihren Fingern klebte. Sie stülpte den Beutel um. Noch mehr Spinnweben wehten davon, doch wo waren die Kronen, die Grit und Lell ihr gegeben hatten? Wo waren die, die sie selbst vor dem Ohm versteckt hatte? Nur einige Heller fielen heraus und Ayrin konnte froh sein, dass es genug waren, um die Suppe zu bezahlen.

»Diese Hexe«, murmelte sie fassungslos.

»Was ist mit ihr?«

»Nichts, gar nichts«, sagte Ayrin schnell, die nicht in den Ruf kommen wollte, irgendetwas mit Hexerei zu tun zu haben. Sie bezahlte, dankte für das Essen und verließ die Stube. Endlich begriff sie, warum Ragne von Bial so großzügig mit den Kronen umging. Sie waren nicht aus Silber, sondern aus Lug, Trug und Spinnweben geschaffen.

Ayrin ließ Dunholt hinter sich und zog weiter Richtung Süden. Der Weg bestand aus nicht mehr als ein paar Wagengeleisen und der Boden war gefroren, so konnte sie nicht erkennen, ob hier vor Kurzem ein Gespann vorübergekommen war. Sie verließ sich einfach darauf, dass der schwere Wagen dem Weg folgen musste. Ayrin hüllte sich in ihren Umhang, um dem eisigen Wind zu trotzen und stapfte weiter voran.

Am Nachmittag stieß sie auf die Eisenstraße. Sie hatte schon von ihr gehört. Früher waren hier viele Wagen zwischen den großen Mienen von Kalla, weit im Westen, und einem Hafen, weit im Süden, verkehrt. Lells Vetter soll sie einmal bis zu ihrem Ende gegangen sein. Allerdings gab es in Kalla schon lange kein Eisen mehr, das hätte transportiert werden müssen. Also wurde die Straße nur noch wenig genutzt, und das Pflaster aus großen Steinplatten war von Grün überwuchert. Viele der alten Platten waren gesprungen oder abgesackt und am Ende war die Eisenstraße für einen Wanderer auch nicht besser als der Weg, dem Ayrin bisher gefolgt war. Bei einer Kutsche mochte das anders aussehen, doch welche Richtung hat Meister Maberic eingeschlagen?

Ayrin kletterte auf einen der kleinen windumtosten Hügel, zwischen denen sich die Straße hinzog und hielt Ausschau. Den Wagen konnte sie nicht entdecken, allerdings bemerkte sie, gar nicht weit entfernt, einen dunklen Punkt unweit des Straßenrandes, der wie eine Feuerstelle aussah. Sie lief hin und fand durch verkohltes Holz und deutliche Radspuren ihre Vermutung bestätigt. Jemand hatte hier vor Kurzem erst mit einem Wagen gerastet. Sie nahm einfach an, dass es Meister Maberic und Baren gewesen waren, und folgte der Straße weiter Richtung Südwesten.

Am Abend stieß Ayrin auf einige offenbar schon lange verlassene Häuser. Sie sah sich in den verfallenen Gemäuern um. Sie erkannte Spuren einer Schmiede, Stallungen, auch etwas, das einmal ein Gasthaus gewesen sein mochte. Doch die Dächer waren eingestürzt, die Mauern bröckelten und in den gesprungenen Steintrögen war das Regenwasser gefroren. Ayrin spürte, dass hier schon lange niemand mehr Pferde oder Ochsen getränkt hatte.

Da es schon spät geworden war, suchte sie sich eine halbwegs geschützte Ecke in einem verfallenen Haus und entfachte ein Feuer. Sie wärmte sich und aß, schonte aber ihre Vorräte. Sie hatte nur noch wenige Heller in der Tasche und keine Ahnung, wann sie ihren Bruder einholen würde. Und was dann? Sie hatte einfach noch nicht weiter als bis dahin gedacht. Sie seufzte. »Es wird darauf ankommen, was in diesem Brief steht«, murmelte sie in die Flammen. Dann rollte sie sich zusammen und versuchte einzuschlafen.

»Da brennt ein Feuer«, stellte Tsifer fest. »Dort drüben, in den Ruinen an der Straße.«

»Sicher nur einige Wanderer«, meinte Ragne. Sie hatten selbst ein Feuer in einer Senke zwischen kantigen Felsen entzündet. Ragne war müde und enttäuscht, denn jedes Dorf und jedes Gehöft, das sie bisher aufgesucht hatten, war durch Runen geschützt.

»Leichte Beute also. Ich bin hungrig«, knurrte der Alb.

»Kaum lohnende Beute eher. Ich sagte dir bereits, dass der Schwarzschwefel zur Neige geht.«

»Lass mich wenigstens nachsehen.«

»Besser, wir tun nichts Unüberlegtes. Es dürfte sich allmählich herumgesprochen haben, dass wir in diesem Tal sind. Ich will nicht noch mehr Aufmerksamkeit erregen.« Sie hatten etliche Haken geschlagen, um mögliche Verfolger abzuschütteln, aber möglicherweise hatten sie es übertrieben. Ragne wurde das Gefühl nicht los, dass sie in die falsche Richtung zogen.

»Niemand würde ein paar Wanderer vermissen.«

»Und wenn sie die abgenagten Knochen finden?«

»Und wenn schon.«

»Schön. Dann geh nachsehen. Doch sei vorsichtig!«

»Ich werde unsichtbar sein, wie die Nacht selbst«, rief der Alb mit heiserem Lachen und schlich davon.

Ragne sah ihm nach, verlor ihn aber schnell aus den Augen. Im Grunde genommen fand sie es befreiend, eine Weile von diesem ewig schlecht gelaunten Wesen getrennt zu sein. Sie reisten schon seit Wochen gemeinsam, Freunde waren sie bisher allerdings nicht geworden. *Vielleicht,* so dachte sie, *kann man sich auch gar nicht mit diesem Nachtalb anfreunden.* Tsifer schien von Neid auf alles und jeden zerfressen. Er hasste die Menschen, selbst Hexen, aus tiefster Seele, und es war mühsam, ihn im Zaum zu halten. Vielleicht stellte es ihn für eine Weile zufrieden, wenn er seine Mordlust in dieser Nacht an ein paar Wanderern stillen konnte. Sie spähte hinüber zu dem schwachen Lichtschimmer über den Ruinen. Tsifer würde ihn bald erreichen.

Ayrin war schließlich eingeschlafen. Flackernde Traumbilder suchten sie heim und sie wälzte sich unruhig unter ihrem dünnen Umhang, den sie als Decke benutzte, von einer Seite auf die andere. Dann wurden die Bilder deutlicher: die Ruine. Ayrin sah sich selbst dort am

Feuer liegen. Das Bild der Mauern schwankte, für kurze Augenblicke war es, als seien die Häuser in alter Pracht auferstanden. Geisterhafte Schemen gingen um, saßen an Tischen, aßen und lachten, beschlugen Pferde, gossen Wasser in Tröge und verschwanden wieder. Zurück blieben die toten Steine einer verlassenen Siedlung und ein Mädchen, das sich in unruhigem Schlummer an der Glut eines Feuers hin- und herwälzte. Sie wusste, dass sie es selbst war, und runzelte besorgt die Stirn, da sie fürchtete, früher oder später in die Flammen zu rollen. Dann wurde der Körper ruhiger, dafür war da etwas anderes, am Rand des verfallenen Hauses, eine Gestalt, verhüllt, die über die Mauern huschte, eine Kreatur mit langen, bleichen Fingern und Augen, die nichts Menschliches hatten. Sie näherte sich der Schlafenden, hockte sich neben sie und legte ihr eine Hand auf die Brust.

Ayrin glaubte, die Berührung im Traum zu spüren, und zuckte zusammen. Plötzlich war da der Ohm und schrie sie an, sie und Baren, als sie noch Kinder waren. Da war die alte Nurre, die kopfschüttelnd zusah, wie sie mit Baren zusammen Fassreifen die Straße hinunterrollte. Und dann noch früher, sah sie, wie sie bei Grener Staak auf dem Knie saß. Er lachte und schaukelte sie. War das wirklich der Ohm? Wie freundlich er da gewesen war! Irgendetwas trieb Ayrin an, noch weiter zurückzublicken, doch war da ein dichter Nebel, den sie nicht durchdringen konnte.

Dann tauchte jemand hinter dem Ohm auf – diese verhüllte Gestalt mit den bleichen Händen. Das Wesen verströmte Kälte. Es rückte langsam näher, schob den Ohm zur Seite, der zur geisterhaften Figur wurde und sich dann zu Nebel verflüchtigte. Ayrin sah atemlos zu. Dünne Finger mit rasiermesserscharfen Nägeln strichen über das Gesicht der Schlafenden, die sie ja selbst war. Plötzlich tauchte ein Dolch in der Hand der Kreatur auf. Die Schneide schimmerte rot in der Glut des schwachen Feuers. Das Wesen hielt die Klinge an die ungeschützte Kehle der Schlafenden. Ayrin rief ihr eine Warnung zu. Der Dolch verharrte, das ganze, gespenstische Wesen schien zu erstarren. Worauf wartete es? Dann hörte Ayrin ein fernes, tiefes Donnern. Das Wesen merkte auf, reckte sich, schnupperte, wand sich unschlüssig hin und her und hastete dann mit einem bösen Zischen davon. Der Boden erzitterte.

Ayrin schreckte mit einem leisen Schrei hoch und fasste sich an den Hals. Sie lauschte, verwirrt durch den Traum. Sie glaubte, das Wesen noch auf der Mauer zu sehen, doch es war nur ein eigentümlich geformter Dachsparren. Und das Donnern? Das hörte sie immer noch, es war das Dröhnen vieler Hufe. Endlich verstand sie, dass sich Reiter den Ruinen näherten. Rasch erstickte sie die Glut ihres Feuers und schlich zur nächsten leeren Fensterhöhle. Ein Dutzend Soldaten kam die Straße hinab, und im Licht der Fackeln erkannte sie, dass auch Leutnant Bo Tegan zu ihnen gehörte. Sie drückte sich an die Mauer. Was war das für ein merkwürdiges Gefühl, das sie bei seinem Anblick verspürte? Sie starrte hinüber und war drauf und dran, ihr Versteck zu verlassen, dann erinnerte sie sich allerdings daran, dass sie aus der Schuldknechtschaft davongelaufen war. Was, wenn diese Reiter den Befehl hatten, nach ihr zu suchen? Aus ihrer Deckung sah sie zu, wie die Männer absaßen und Wasser aus dem alten Brunnen schöpften. Einer zerhackte das Eis in den Trögen. Die Reiter schlugen ihr Lager in einem der alten Ställe auf. Bald flackerte dort ein Feuer. Ayrin roch wenig später den Duft von gebratenem Fleisch und hörte die Männer lachen. Wieder war sie kurz davor, sich zu zeigen. Die Soldaten hatten vielleicht den Wagen von Meister Maberic gesehen und wussten am Ende gar nicht, dass sie davongelaufen war. *Und wenn doch?* Sie seufzte, denn sie sah ein, dass es klüger war, nicht länger hierzubleiben. Wenn es hell wurde, würden die Reiter sie womöglich entdecken und ihr Fragen stellen, die sie nicht beantworten wollte.

Sie schlich durch eines der rückwärtigen Fenster hinaus und verschwand in der Dunkelheit.

Ragne von Bial hatte das Feuer gelöscht, sobald sie die Soldaten unten auf der Straße entdeckt hatte, und wartete ungeduldig auf die Rückkehr ihres Gefährten. Er erschien, wie aus dem Nichts, zwischen den Felsen. »Du hättest mich warnen können«, zürnte er.

Ragne lächelte süßlich. »Ich habe darauf vertraut, dass du gewitzt genug bist, sie rechtzeitig zu bemerken. Weißt du, was diese Reiter hier wollen?«

»Hätte ich an ihr Feuer gehen und sie fragen sollen? Das würde dir wohl gefallen, wenn sie mir den Bauch aufschlitzten.« Der Alb kletterte auf einen Stein und kauerte sich missmutig zusammen. »Es war schade, denn ich war gerade dabei, das Geheimnis zu lüften, das du nicht lösen kannst.«

Ragne sah ihn fragend an. Er bemerkte es zweifelsohne, trotz der Finsternis, ließ sich aber mit seiner Antwort Zeit. Endlich sagte er: »Es war jenes Mädchen aus Halmat, dessen Brief du gestohlen hast. Sie lagerte dort allein am Feuer und schlief. Ich habe von ihren Träumen gekostet.«

»Was hast du erfahren?«

»Nicht viel, denn die Reiter kamen, bevor ich sie in die Nebel des Vergessenen hineinführen konnte. Ich sah sie, als sie kaum gehen konnte. Da saß sie auf dem Schoß dieses Wirtes und lachte. Was davor lag, bleibt jetzt im Dunkeln.«

Ragne hob überrascht eine Augenbraue. »Das könntest du? Du könntest Erinnerungen aus ihrer frühesten Kindheit hervorholen?«

Er verschränkt die Arme vor der Brust und blickte stolz auf sie herab. »Ich bin nicht nur ein Prinz der Ratten, Ragne, sondern auch ein Fürst der Träume, und in den Träumen der Menschen schlummert vieles, was ihr Verstand vergessen hat.«

»Na, bei diesem Mädchen hast du nicht viel herausgefunden, oder?«, fragte Ragne spöttisch.

Der Nachtalb schnaubte verächtlich. »Ich wurde eben unterbrochen, was bedauerlich ist, denn ihr Fleisch roch süß und ich hätte gerne von ihr gekostet.«

»Du wirst sie nicht töten, nicht, bevor wir nicht wissen, was es mit ihr auf sich hat! Es kann kein Zufall sein, dass sie erneut unseren Weg kreuzt. Wir werden uns auf ihre Spur setzen, wenn sie nicht mit diesen Soldaten reist, verstanden?«

»Verstanden habe ich es, doch kann ich nichts versprechen«, sagte der Prinz der Ratten und Träume und hüllte sich fester in seinen Umhang, zum Zeichen, dass er dieses Gespräch für beendet hielt.

Am Mittag des nächsten Tages war Ayrin weiter von Halmat entfernt, als je zuvor in ihrem Leben. Zu ihrer leichten Enttäuschung sah die Welt hier nicht anders aus als zu Hause. Die Landschaft war karg und das Weideland mit seinen Hügeln und verstreuten Findlingen schien wie erfroren. Wind beugte das stachelige Gras, das Buschwerk und die wenigen Ulmen standen winterkahl, und Eis lag in den Furchen der kümmerlichen Äcker, die sie zu Gesicht bekam. Die Grauberge ragten im Norden immer noch so hoch auf wie beim Blick von Nurres Hütte, und die Kette der Marschberge, im Süden, schien nur um eine Winzigkeit näher gerückt. Der einzige Unterschied war, dass das Land verlassen und leer wirkte. Seit der Ruine an der Eisenstraße war sie auf kein Dorf und kein Gehöft mehr gestoßen. Das bereitete ihr Kopfzerbrechen, denn wenn der Runenmeister unterwegs war, um zu helfen, dann würde er doch Siedlungen aufsuchen. Nur, wo waren die zu finden?

Ayrin hielt sich erst abseits der Straße, weil sie nicht noch einmal den Soldaten begegnen wollte. Dann sagte sie sich, dass die ja aus Richtung Südosten gekommen waren, und wohl kaum denselben Weg zurückreiten würden. Und da sie Angst hatte, sie könnte vielleicht eine Abzweigung zu einem Dorf verpassen, kehrte sie auf die gepflasterte Straße zurück. Tatsächlich stieß sie wenig später auf eine solche. Der Weg bestand zwar wieder aus nicht mehr als ein paar Wagengeleisen, aber er führte sie zu einem ansehnlichen Gehöft. Den Wagen des Runenmeisters konnte sie allerdings nicht sehen.

Sie traf vor dem Haupthaus auf eine Magd, die Holz nach drinnen schleppte, und grüßte freundlich.

»Den Göttern zum Gruße«, lautete die ebenso freundliche Antwort. »Ihr seid alleine unterwegs, Fräulein? In diesen Zeiten?«

»Ich bin vorsichtig, und es sind Soldaten auf der Straße, die für Sicherheit sorgen.«

»Na, ich weiß nicht, ob ich mich über eine Begegnung mit denen freuen würde. Diese Krieger jagen ja meist vergeblich durch Berg und Tal und sind viel zu lange von ihren Frauen fort, wenn Ihr versteht, was ich meine.«

»Die Männer von Burg Grünwart sind anständig«, nahm Ayrin die Soldaten in Schutz.

»Dennoch bleiben es Männer. Ihr seht durchgefroren und hungrig aus. Warum helft Ihr mir nicht ein wenig mit dem Holz für den Ofen, und dafür bekommt Ihr ein ordentliches Mahl?«

Ayrin hätte das Angebot gerne angenommen, aber ein unbestimmtes Gefühl riet ihr, den Hof schnell wieder zu verlassen. »Ich danke

Euch, allerdings bin ich auf der Suche nach dem Wagen von Meister Maberic und daher in Eile. Habt Ihr ihn gesehen?«

»Den Runenmeister? Der war lange nicht hier. Er kommt meist erst im Frühjahr ins Horntal.«

»Dieses Mal musste er früher kommen, denn es zieht eine Hexe durch unser Tal und stiftet Unheil.« Und dann erzählte sie rasch, was in Halmat und anderen Dörfern geschehen war.

»Bei den Göttern, so ein Unglück! Ich werde es gleich dem Bauern sagen, für den Fall, dass diese Hexe es wagen sollte, ihre spitze Nase hier zu zeigen. Nun haben wir so lange geschwätzt, dass Ihr auch Zeit für eine Suppe gehabt hättet. Kommt doch herein, die anderen werden begierig sein, aus Eurem Mund von den schrecklichen Ereignissen zu erfahren.«

Wieder lehnte Ayrin höflich ab, denn sie befürchtete, zu lange festgehalten zu werden, wenn sie erst einmal am Tisch Platz genommen hätte. Also verabschiedete sie sich und setzte ihre Reise fort.

Sie verließ den Hof und nahm eine Abkürzung über die winterkahlen Hügel. Sie war noch nicht weit von dem Gehöft entfernt, als sie zwei Reiter bemerkte, das heißt, eigentlich ritt nur die Frau, während ihr Begleiter sein Pferd am Zügel führte. Er schien den Boden abzusuchen, hielt ab und zu an, reckte die Nase in den Wind und ging dann weiter.

Ayrin versteckte sich hinter dem nächsten Felsen. Sie hatte die beiden gleich erkannt. Es waren die Hexe und ihr Diener. Was hatte die hier zu suchen, und warum hielt ihr Begleiter die Augen auf die Erde gerichtet? Dorthin, wo sie vor gar nicht allzu langer Zeit selbst gewandert war. Verfolgten die beiden sie etwa? Aber warum sollten sie das tun? Ayrin hielt sich nicht länger mit der Frage auf, sondern eilte geduckt davon. Sie rannte regelrecht bis zur Straße und dann hinüber. Sie traf auf einen halb gefrorenen Bach, der sich tief in das wellige Land eingegraben hatte. Das Ufer erschien ihr recht steil, vielleicht zu steil für Pferde. Also rutschte sie die Böschung hinab, überquerte das Gewässer mit einem Sprung und kletterte auf der anderen Seite wieder aus dem Bachbett hinaus.

Sie lief eine Weile, so schnell sie konnte, einfach geradeaus, aber dann hielt sie an. »So werde ich nie irgendwo ankommen«, murmelte sie. Sie hielt auf eine Anhöhe zu, höher als die anderen Hügel der Gegend, gar nicht weit entfernt. Ayrin stieg hinauf und blickte über das Land. Zwischen den Felsblöcken, die, wie Nurre gerne erzählt hatte, einst spielende Riesen über das Land gewürfelt hatten, bemerkte sie zu ihrem Schrecken zwei dunkle Punkte, die ihrer Spur zu folgen schienen.

Sie duckte sich hinter einen Felsen. Vorsichtshalber hob sie einen faustgroßen Stein auf. Sie war nicht ungeschickt, wenn es ums Werfen ging, und sie hatte nicht vor, die beiden näher als einen Steinwurf an sich heranzulassen. Sie wog ihre Waffe in der Hand, fühlte sich aber nicht besser. Was würde ein Feldstein gegen Hexerei ausrichten können?

Dann entdeckte sie im Norden ein paar Rauchsäulen hinter den Hügeln. Eine Siedlung! Dort würde sie Schutz finden, außerdem musste sie die Leute vor der Hexe warnen. Sie war schon auf dem Weg dorthin, als sie aus dem Augenwinkel eine einzelne Rauchsäule, weiter östlich bemerkte. Auch der Ursprung dieser zarten Säule war durch einen Hügel verborgen. Angestrengt starrte sie hinüber. War das ein weiteres Gehöft? Dann läge es nicht sehr weit vom Dorf entfernt. War es vielleicht eine Mühle? Auch das schien ihr unwahrscheinlich. Ihr fiel nur eine andere mögliche Erklärung für diesen Rauch ein: ein Lagerfeuer für ein paar Wanderer –, oder vielleicht sogar für einen Wagen? Ein sanfter Wind wehte von Nordost heran. Er schien ihr zuzuflüstern, dass dort am Feuer ihr Bruder auf sie wartete. Plötzlich war sie sich ihrer Sache sicher. Sie lief voller Vorfreude in diese Richtung und verbannte alle Warnungen, dass es sich auch um das Lager einer Räuberbande handeln konnte, aus ihren Gedanken.

Warum aber sollte Meister Maberic sein Lager ausgerechnet dort, im Nirgendwo aufschlagen, nicht weit von jenem unbekannten Dorf entfernt?, meldeten sich die Zweifel wieder. Waren es also doch Räuber? Ayrins Schritte wurden langsamer. Sie schlug eigens einen Bogen, um den Lagerplatz auszuspähen, aber war er gut gewählt. Immer war irgendeine Erhebung im Weg. Endlich kletterte sie eine weitere Anhöhe hinauf und blickte über die Kuppe. Da stand – der Wagen von Meister Maberic!

Der Runenmeister hatte eine Art Vordach ausgeklappt, saß auf einem Schemel und schien ein Buch zu studieren. Aber wo war ihr Bruder? Dann sah sie seine Beine. Er lag unter dem Wagen, und schien dort etwas in Ordnung zu bringen. Ayrin stöhnte erleichtert auf. Sie hatte Baren gefunden.

Sie lief die Anhöhe hinab, rief, winkte und lachte und war sicher, dass nun alles gut werden würde.

Der Wagen

Baren kam unter dem Wagen hervorgekrochen. Er stand noch nicht richtig, da fiel seine Schwester ihm schon um den Hals. »Baren, du bist es!«

»Ayrin! Meine Hände sind voller Wagenschmiere.«

Ayrin trat einen Schritt zurück und boxte ihm gegen den Oberarm. »Ist das eine Art, seine Schwester zu begrüßen? Weißt du, wie lange ich nach dir gesucht habe? Und du redest von Schmierfett?«

Jemand räusperte sich.

»Es ist doch nun einmal so, dass sie wirklich ganz schwarz sind, sieh doch«, sagte er, und hob die Hände.

»Und deine Zunge auch? Oder kannst du auch etwas mit Sinn und Verstand von dir geben.«

Wieder räusperte sich jemand.

»Ich bin eben einfach überrascht. Und richtig umarmen kann ich dich so nicht.«

»Ach, stell dich nicht so an!«, rief Ayrin und fiel ihm noch einmal um den Hals.

Jetzt war das Räuspern nicht mehr zu überhören. Es kam von Meister Maberic. »Und ich habe gar nicht mit Besuch gerechnet, schon gar nicht mit diesem, wenn ich das sagen darf. Ich erwarte eine Erklärung!«

Baren begann, doch Ayrin fiel ihm ins Wort. Schließlich sprachen beide abwechselnd und durcheinander, bis der Lar die Hände an die Ohren hob und rief: »Nur einer, bitte!«

»Das ist meine Schwester, Meister. Sie ist uns gefolgt.«
»Was du nicht sagst …«
»Und sie hat uns gefunden.«
»In der Tat.«
»Kann sie bei uns bleiben?«
»Wie bitte?«
»Die Rune, im Stall, die war von ihr.«

Meister Maberic hob abwehrend die Hand. »Augenblick, mein Junge. Das geht mir ein wenig zu schnell. Du behauptest, *sie* hätte die Rune …, aber, nein, halt, ich verstehe! Du willst, dass wir sie mitnehmen, deshalb erfindest du diesen Unsinn.«

»Aber es ist wahr, Herr«, warf Ayrin ein. »Mein Bruder hat die Rune zerstört, und ich habe versucht, sie zu ersetzen.«

»Du? Du bist doch diese vorlaute Schankmagd aus dem *Drachen*, nicht wahr?«

»So, wie mein Bruder dort Knecht war.«

»Und so wie er, kannst du vermutlich nicht schreiben, oder etwa doch?«

»Die Rune habe ich aus dem Gedächtnis gemalt, nach denen, die es in unserem Tempel gibt.«

»Soso. Erst war es also dein Bruder, und nun warst du es? Was sind das für Geschichten? Na, das lässt sich doch herausfinden.« Er packte Ayrin am Arm und zog sie hinüber zu dem Tisch, an dem er eben noch gesessen hatte. »Hier hast du Feder und Pergament. Sei so freundlich, und zeichne mir diese Rune erneut.«

»Hier?«

»Hier und jetzt. Oder gibst du lieber gleich zu, dass ihr beide das erfunden habt?«

Ayrin sah ihn wütend an. »Gar nichts habe ich erfunden, Herr.« Sie nahm die Feder zur Hand und beugte sich über das Blatt. War es der Hunger, war es die Kälte, oder war sie einfach zu aufgeregt? Ayrins Hand zitterte, und dann brachte sie die Runenbilder des Tempels durcheinander – kurz, ihr Versuch misslang kläglich.

Der Meister warf einen kurzen Blick auf die krakelige Zeichnung. »Ich denke, das beantwortet meine Frage.«

»Ich kann das besser, Meister Maberic«, versicherte Ayrin und ihr Bruder sprang ihr bei: »Es ist wahr. Sie hat versucht, mich zu retten. Ich wäre selbst nie auf die Idee gekommen, das zu wagen.«

Der Lar legte den Kopf schief. »Das allerdings glaube ich sofort. Das wirft die Frage auf, ob vielleicht mein erster Verdacht völlig falsch war, und ein ganz anderer den Runenbeutel geöffnet hat.«

Die Geschwister protestierten heftig, doch der Meister unterbrach sie mit energischen Gesten. »Nein, nein, ich habe genug gehört, um zu wissen, dass hier etwas faul ist. Ein Schüler, der völlig unbegabt ist, eine Magd, die behauptet, die Runen zu beherrschen. Das reicht mir für einen Tag. Ich weiß nur noch nicht, ob ich dich allein davonjagen soll oder deinen Bruder gleich mit. Und überhaupt, solltest du nicht in Halmat Krüge polieren oder so was? Wie bist du hierhergekommen? Warte – bist du etwa davongelaufen?«

»Ich habe den Brief!«, platzte Ayrin heraus.

Der Meister blinzelte. »Wovon redest du nun schon wieder? Was denn für ein Brief? Du kannst ja weder Buchstaben noch Runen schreiben.«

»Diesen hier«, rief sie und zog den Umschlag aus dem Gewand. Aber als sie ihn dem Runenmeister übergeben wollte, geschah etwas Eigenartiges: Der Brief zerfiel! Er löste sich in viele weiche Flocken auf, die wie falscher Schnee zu Boden rieselten. Dann kam ein Windstoß und trug sie davon.

Ayrin blieb der Mund offen stehen und auch Baren starrte mit großen Augen auf die nun leere Hand seiner Schwester.

Der Runenmeister blinzelte wieder, fing mit flinker Hand eine der davon wehenden Flocken und verrieb sie nachdenklich zwischen Daumen und Zeigefinger. »Das ist höchst interessant.«

»Der Brief«, brachte Ayrin entgeistert hervor. »Der Brief unserer Mutter!« Seit Tagen kreisten all ihre Gedanken um diesen Umschlag, und nun zerfielen all ihre Hoffnungen zu Staub?

Baren versuchte, sie zu trösten, der Meister schwieg und Ayrin versuchte vergeblich, die Fassung zu wahren. Sie hockte sich hin und barg das Gesicht in den Händen, um ihre Tränen zu verbergen. Baren schien diese böse Überraschung weniger zuzusetzen als seiner Schwester. Er erklärte dem Meister in kurzen Worten, was es mit dem Brief auf sich hatte.

»Euer Ohm hatte ihn also über Jahre verwahrt? Was ich hier sehe, ist gewiss nicht das Werk eines biederen Gastwirts.« Der Lar roch an den Überresten der zerriebenen Flocke. »Ganz ohne Zweifel hatte hier wieder die Hexe ihre Finger im Spiel. Da stellt sich doch die Frage, was dieses Weib so sehr an einem alten Brief interessiert, dass sie ihn durch Blendwerk ersetzt.«

»Blendwerk?«, fragte Baren.

»Nun, diese Flocken, die aus Spinngewebe bestehen. Also, ich fasse zusammen – eure Mutter, an deren Besuch sich scheinbar niemand erinnern kann, hat diesen Brief hinterlassen, als sie euch den Leuten von Halmat übergab. Sagt, ihr wisst nicht zufällig, wann genau das geschah?«

»Nurre, unsere Muhme, sagte, es sei kurz vor unserem ersten Geburtstag gewesen«, sagte Baren.

»Im Fünftmonat des Jahres 319, Herr«, fügte Ayrin hinzu, die nachgerechnet hatte. Sie hatte ihre Fassung wiedererlangt.

»Dreihundertneunzehn, sagst du? In Halmat? Wartet hier, ich muss etwas nachschlagen.« Und mit diesen Worten verschwand er im Inneren des Wagens, während die Geschwister ratlos draußen zurückblieben.

»Ich sollte ihm vielleicht sagen, dass ich die Hexe unterwegs gesehen habe«, sagte Ayrin.

»Diese Ragne, die Erzlügnerin? Wo?«

»Ich glaube sogar, dass sie mich verfolgt hat. Ich muss Meister Maberic warnen.« Sie war drauf und dran, dem Runenmeister zu folgen, als Baren sie aufhielt. »Wenn du ihn in seiner Arbeit störst, kann er sehr ungehalten werden. Ich an deiner Stelle hätte dann mehr Angst vor ihm als vor dieser Hexe.«

»Aber wenn sie mir doch folgt.«

»Das ist der Wagen eines Runenmeisters. Bestimmt wird er ein paar schützende Runen für sich selbst geschrieben haben«, meinte Baren, aber Ayrin fand, dass er dabei unsicher klang.

»Du hast ihre Spur verloren«, stellte Ragne von Bial fest, weil ihr Begleiter mit gebeugtem Haupt zwischen den Steinen stand und sich unruhig nach links und rechts und dann wieder nach links wandte.

Tsifer schnaubte ungehalten. »Sie ist schlau! Der Bach. Es war gerissen, ihn dort zu überqueren, wo die Pferde es nicht konnten. Jetzt ist ihre Spur kalt.«

»Wenn wir sie nicht mit deiner Nase finden, dann vielleicht mit meinem Verstand. Sie wird Schutz und eine Unterkunft für die Nacht brauchen. Also wird sie ein Dorf suchen. Und wenn ich mich nicht sehr täusche, steht da im Norden der Rauch einiger Herdfeuer in der Luft.«

Der Alb fletschte die Zähne. »Wenn sie dort ist, wird sie die Leute vor uns gewarnt haben, so, wie auf jenem Gehöft.«

Ragne dachte mit Schaudern daran zurück, wie die Bauern sie dort mit Verwünschungen, Mistgabeln und Steinwürfen empfangen hatten. »Vielleicht hat sie es nicht gleich dem ganzen Dorf erzählt, vielleicht ist sie auch gar nicht dort. Das werden wir nur auf eine Weise herausfinden.«

»Ich will meine Haut nicht schon wieder zu Markte tragen, Hexe.« Ragne reckte sich im Sattel. »Sei nicht so ein Feigling. Mit etwas Glück kann ich die Leute dort einwickeln, bevor sie begreifen, wie ihnen geschieht. Und dann können wir sogar wieder eine Saat für den Fürsten ausbringen.«

»Dann reitest du dieses Mal voraus. Soll dich doch der erste Stein treffen«, sagte der Nachtalb höhnisch und schwang sich wieder in den Sattel.

Sie erreichten das Dorf wenig später. Es lag in einer Talsenke und schien kleiner zu sein als Halmat. Die Häuser wirkten gedrungen und finster, selbst jetzt, wo die Sonne noch am Himmel stand. Ragne ließ sich vom ersten Eindruck nicht abschrecken. Sie hielt auf die nächste Hütte zu, stieg aber nicht vom Pferd, sondern rief nur einen lauten Gruß ins Unbestimmte.

Die Tür öffnete sich einen Spalt. Das Gesicht eines Mannes lugte hervor. »Was wollt Ihr?«

»Wir sind Reisende und auf der Suche nach einem Gasthaus, oder wenigstens einem warmen Stall, guter Mann.« Sie schüttelte unauffällig eine Spinne aus ihrem Ärmel und ließ sie einen Faden zu jenem Haus weben. Ragne spürte dabei jedoch magischen Widerstand. In diesem Dorf gab es eine Rune.

»Am Markt unten. Ihr könnt es nicht verfehlen. Guten Tag.« Der Mann schlug die Tür wieder zu.

»Kein sehr freundlicher Empfang«, murmelte Ragne. Sie sammelte sich und schickte Spinnen zu den nächsten Häusern. Ragne konnte die Rune fühlen, sie schien alt und schwach zu sein. Ihre achtbeinigen Diener gingen unverdrossen an ihre Arbeit, aber Ragne trieb die Anstrengung den Schweiß auf die Stirn.

»Das gefällt mir nicht«, sagte der Nachtalb.

»Er hat weder einen Stein geworfen noch seinen Dreschflegel hervorgeholt. Die Leute hier sind wohl einfach nur unhöflich. Weiter jetzt.«

Sie lenkten ihre Pferde die schmale Dorfstraße hinab zum Markt.

»Hast du das gesehen?«, fragte Tsifer zischend.

»Was?«

»Das Kind. Es rannte hinter den Hütten davon.«

»Nur ein Kind, Tsifer. Sei ganz ruhig«, flüsterte sie. »Meine Spinnen sind schon bei der Arbeit.«

»Und welchen Nutzen hat das, solange hier eine weiße Rune wirkt?«

»Sie hat nur noch wenig Kraft«, gab sie zuversichtlicher zurück, als sie sich fühlte.

Sie näherten sich langsam dem Marktplatz. Er lag verlassen in der Abendsonne, und das Gasthaus, das mit einem verblichenen Schild über dem Eingang Gäste anzulocken versuchte, wirkte auf Ragne plötzlich feindselig. Dann schlug eine blecherne Glocke schnell und ausdauernd Alarm: *Feuer, Gefahr, Feinde!*

Ragnes Pferd scheute. Im Gasthaus öffnete sich die Pforte und Menschen strömten hinaus. Und dann rannte ein Kind aus einer der Gassen über den Platz, hinüber zu den Dorfbewohnern, die aus der Schänke strömten.

»Da ist das verfluchte Balg!«, zischte der Alb. »Es hat den Priester gewarnt und jetzt …«

»Die Hexe!«, schrie das Kind. »Die Hexe!«

»Nichts wie weg!«, rief Ragne und riss ihr Pferd herum. Die ersten Steine flogen dicht an ihr vorbei. *Woher haben die Leute die nur immer so schnell?*, fragte sie sich. Ihr Pferd scheute und etwas streifte sie am Kopf. Tsifer stieß wüste Flüche aus, und gab seinem Tier die Sporen. Ragne hetzte hinterher, verfolgt von Steinwürfen und Verwünschungen. Sie verließen das Dorf im vollen Galopp und hielten erst an, als sie sicher waren, nicht verfolgt zu werden. Irgendjemand hatte die Leute in diesem Dorf also gewarnt. Doch wer? Der Runenmeister – oder das Mädchen?

Die Sonne ging unter und Meister Maberic war immer noch in seinem Wagen. Baren hatte sich endlich die Hände in einem kleinen Blechtrog gewaschen, der, wie Ayrin verwundert bemerkte, warmes Wasser enthielt, und machte sich jetzt daran, das Essen für den Abend aufzuwärmen. Ayrin staunte über einen kleinen, offensichtlich beweglichen eisernen Ofen am Wagen, den Baren mit Kohlen fütterte, doch vergaß sie über all dem anderen, was sie zu erzählen hatte, danach zu fragen. Sie berichtete ihrem Bruder von ihrer Flucht, und Baren erzählte von seinen Abenteuern. »Es ist erstaunlich, wie beliebt der Meister in den Dörfern ist, und noch befremdlicher, dass er sich dennoch immer nur kurz in ihnen aufhalten will. Und schlafen will er überhaupt nur in seinem Wagen.« Er rührte in dem Eintopf und Ayrin musterte ihn verstohlen. Ihr Bruder wirkte verändert, und das, obwohl sie ihn ja nur wenige Tage nicht gesehen hatte. Er fuhr fort: »Er hat schnell gemerkt, dass ich nicht so begabt für diese Runen bin, wie er dachte. Schon die Buchstaben fallen mir schwer. Ich glaube, es war bisher mein Glück, dass ich recht gut mit Werkzeug umgehen kann. Dieses Gefährt hat nämlich den einen oder anderen Schaden, den ich reparieren kann.«

»Deshalb also die Wagenschmiere?«

»Es ist seltsam. Dieser Wagen ist ein Wunderwerk, jeder Zoll wird so geschickt genutzt, dass ich manchmal denke, er muss innen größer als außen sein. Leider hat der Meister ihn in den letzten Jahren wohl vernachlässigt. Ich kam gerade rechtzeitig, um ihn vor ernstem Schaden zu bewahren. Sieh nur den Baldachin, unter dem wir sitzen. Er ist während der Fahrt unter einer Klappe verborgen, kann aber mit einem Griff hervorgeholt werden, nun, wo er nicht mehr klemmt. Und dieser Tisch ist unterwegs ein Teil der Außenwand. Auf der anderen Seite gibt es einen richtigen Amboss, den er aus dem Wagen herausziehen kann. Auch innen besteht jede Wand aus Fächern, Klappen und Laden, so sinnreich angeordnet, dass ich glaube, bis jetzt nur die Hälfte gesehen zu haben.«

Der Meister steckte seinen Kopf aus der Tür heraus. »Es war der Fünftmonat, in dem ihr übergeben wurdet, sagtet ihr? An den Tag erinnert ihr euch nicht zufällig?«

»Wir waren noch kein Jahr alt, Meister«, entgegnete Baren.

»Es stand nur ein Datum auf dem Umschlag, Herr, nämlich, wann er uns hätte übergeben werden sollen«, ergänzte Ayrin.

»Das heißt also, nein, ja?«

»Ja, Meister. Das Essen ist gleich fertig.«

»Wie? Schön. Hebt mir etwas auf. Ich muss erst ...«, und schon war er wieder im Inneren verschwunden.

»So aufgeregt habe ich ihn noch nicht erlebt«, meinte Baren.

»Und du bist die Ruhe selbst«, staunte Ayrin. »Willst du nicht auch wissen, was es mit diesem Brief auf sich hatte – und vor allem, warum scheinst du nicht so erschüttert wie ich, dass er sich aufgelöst hat?«

Ihr Bruder zuckte mit den Achseln. »Ich kann es nicht ändern, und außerdem bin ich gar nicht sicher, ob ich mehr über unsere Mutter in Erfahrung bringen möchte.« Und als Ayrin ihn entsetzt anstarrte, fügte er hinzu: »Alles, was ich von ihr weiß, ist, dass sie uns weggegeben hat. Welche Mutter tut so etwas? Da ist doch die alte Nurre mehr Mutter für uns gewesen, als diese Frau es je war.«

»Sie hat gewiss gute Gründe gehabt, Baren. Und die standen in dem Brief.«

Er zuckte mit den Achseln. »Das werden wir wohl nie erfahren.«

Ayrin war verstimmt, dass ihr Bruder diese Dinge so gleichmütig aufnahm. Während des Essens redeten sie nicht viel.

Auch Baren schien verstimmt zu sein. Während er die Teller abwusch, fragte ihn Ayrin, was los sei.

»Es ist wegen Nurre. Wenn ich dich richtig verstanden habe, hast du dich nicht einmal von ihr verabschiedet. Das hat sie nicht verdient.«

»Ich habe es doch versucht, aber sie dachte, ich sei der Tod und hat mich weggeschickt, was nur beweist, dass er ihr nicht so willkommen wäre, wie sie gerne behauptet, oder?«

Baren antwortete nicht. Er schien die Sache sehr ernst zu nehmen.

»Es tut mir ja auch leid, aber ich sehe es als Zeichen, dass ich sie bald wiedersehen werde«, versuchte sie, die Dinge ins Positive zu drehen.

»Das glaube ich kaum, Ayrin«, entgegnete Baren bitter. »Du bist dem Ohm davongelaufen und du hast keinen Beweis, dass du nicht seine Schuldmagd bist. Du kannst sehr lange nicht zurück nach Halmat.«

Ayrin schluckte. Sie hatte sich einfach darauf verlassen, dass der Brief alles erklären würde, und der war verschwunden. Sie begriff erst jetzt, was das bedeutete, und die Vorwürfe ihres Bruders machten es nicht leichter.

Noch lange saßen sie stumm am Ofen, jeder mit seinen Gedanken beschäftigt.

»Meinst du nicht, wir könnten hineingehen? Es wird kalt«, sagte Ayrin schließlich.

»Es ist besser, den Meister nicht zu stören, wenn er so in seine Arbeit vertieft ist. Er kann wirklich sehr ungehalten werden, wenn er deshalb einen Gedanken verliert, wie er es nennt. Aber ich denke, ich werde den Baldachin wegpacken. Er würde im Frost leiden.«

Ayrin sah ihm zu und war beeindruckt, weil es wirklich nur weniger Handgriffe bedurfte, um Tisch, Hocker und den schützenden Stoff zu verstauen. »Es ist nur, dass ich nicht weiß, ob ich bleiben darf, und wenn nicht, dann sollte ich mir eine Unterkunft für die Nacht suchen. Ich will nicht noch einmal im Freien schlafen.«

»Der Meister ist kein Unmensch, er wird nichts dagegen haben, dass du hier unterschlüpfst. Wir müssen ihn bloß fragen.«

Doch der Meister ließ sich nicht blicken, und irgendwann meinte Baren: »Es ist wohl Zeit. Wir können uns meine Schlafstatt teilen. Doch sei um Himmels willen leise. Er arbeitet noch.« Er wies auf das Licht, das aus einem schmalen Fenster im zweiten Stock des Wagens fiel.

Endlich durfte Ayrin das Gefährt, das schon so lange ihre Neugier reizte, betreten. Zunächst war da nur ein schmaler und niedriger Gang, sie erkannte allerdings schnell, dass jeder Winkel aus Schubladen und Klappen zu bestehen schien, ganz wie Baren gesagt hatte. Von der Decke baumelten allerlei Gegenstände, deren Zweck sie nicht einmal erraten konnte, und dann waren da noch mehr fremdartige Dinge in Netzen verstaut. Sie war beinahe beruhigt, als sie sich den Kopf an einer gewöhnlichen gusseisernen Pfanne stieß.

»Aua«, sagte sie trotzdem.

»Leise!«, mahnte ihr Bruder.

Baren führte sie in das Heck des Wagens, versenkte vorsichtig eine Lade mit allerlei Glastiegeln und -kolben in der Wand, schob einen Hocker zur Seite und öffnete eine breite Klappe im Boden. Darunter kam eine Matratze zum Vorschein. Aus einer weiteren Schublade zog Baren eine Decke hervor.

»Der Platz ist eigentlich nur für einen gedacht. Es wird wohl eng werden.«

»Es wird genügen«, meinte Ayrin. »Aber diese Decke müsste einmal gewaschen oder wenigstens gelüftet werden.«

»Es hat wohl vor mir sehr lange niemand mehr hier geschlafen. Aber es ist warm und trocken.«

»Es ist sogar überraschend warm in diesem Wagen, viel wärmer als in Nurres Hütte. Macht das auch eine Rune?«, fragte sie leise.

»Wie? Oh, nein, das hat mit dem kleinen Ofen draußen zu tun. Er wärmt Wasser auf, das hier in Rohren unter dem Wagenboden entlangläuft.« Baren grinste. »Das war übrigens beinahe das Erste, was ich den Meister selbst gefragt habe. Und er hat gebrummt, den Kopf über meine Unwissenheit geschüttelt, mit die Rohre gezeigt und gesagt: ›Wozu die Magie bemühen, wenn es auch der Verstand tut?‹«

Die Missstimmung zwischen ihnen war verflogen.

Ayrin streckte sich aus. Die Wärme tat ihr gut. *Zum Glück*, dachte sie, *ist mein Bruder nicht nachtragend.* »Wirklich erstaunlich«, murmelte sie, als sie sich zudeckte. Sie stieß sich mehr als einmal irgendwo Knie, Ellbogen und Kopf an, aber am Ende lagen die Geschwister glücklich nebeneinander. Ayrin starrte an die Decke des Wagens, von der noch mehr rätselhafte Gegenstände baumelten. Wie ihr Leben sich in den letzten Tagen verändert hatte! Sie hätte noch viele Fragen gehabt, aber sie war müde und schlief ein, bevor sie auch nur die erste stellen konnte.

»Das ist aufregend!«, rief eine helle Stimme.

Ayrin blinzelte. Da stand jemand in der winzigen Schlafkammer, wedelte mit einem Pergament in der Hand wild umher und schien eine Antwort zu erwarten. »Das ist sogar weit mehr als aufregend!«

»Guten Morgen, Meister Maberic«, sagte Ayrin.

»Kommt mit hinaus, wo das Licht besser ist. Ah, gib deinem Bruder einen Tritt, das ist der einzige Weg, ihn aus den Federn zu bekommen«, rief der Lar und war schon verschwunden.

Ayrin setzte sich auf. Das Fenster im Heck war klein, doch Spiegel in der Laibung verstärkten das Licht. Sie war hellwach, im Gegensatz zu ihrem Bruder. Sie schüttelte ihn. »Steh auf, er hat etwas herausgefunden.«

»Wer?«

»Meister Maberic, wer sonst.«

»Nur einen Augenblick«, murmelte Baren und drehte sich auf die Seite.

Ayrin sprang auf und nahm ihm die Decke ab. »Nun komm schon. Es gibt vielleicht Neues zum Geheimnis um unsere Geburt.«

Baren beschwerte sich, war aber wenigstens wach. Stöhnend erhob er sich, kleidete sich murrend an und war endlich bereit, Ayrin zu folgen. Die jedoch zögerte auf einmal hinauszugehen. Sie fürchtete sich vor dem, was der Meister erfahren haben mochte. Ihr Bruder schob sie hinaus.

Der Lar stand über seinen Tisch gebeugt und schien in einem Buch etwas nachzulesen, als Ayrin vor die Tür stolperte.

»Ah, endlich, endlich! Kommt her, ich muss euch etwas zeigen.« Er kam ihnen entgegen und zog Ayrin am Ärmel zum Tisch hinüber. Dann wies er auf das Pergament, das Zeichnungen und viele Worte enthielt. »Siehst du? Hier und hier!«

»Ich kann nicht lesen, Meister«, sagte Ayrin schlicht und starrte auf die Zeichnungen.

»Ach, ich vergaß. Das hier sind Sternenbilder. Und das hier sind Daten der Mondbahn. Wie ihr hier und hier seht, schneiden sie sich zu gewissen Zeiten.«

»Aha.«

»Deshalb ist es schwierig, im Voraus zu berechnen, wann und wo gewisse Konstellationen zu beobachten sind, versteht ihr?«

Ayrin nickte fasziniert. Ihr Bruder sah ihr über die Schulter. Er wirkte angespannt.

Der Meister wies auf eines der Sternbilder. »Das ist der Jäger; und das hier sind die Sterne seines Pfeiles. Wenn die sich mit dem Mond treffen, können dort, wo sie hinzielen, erstaunliche Dinge geschehen. Diese Liste hier hat ein Freund von mir angelegt.« Er zog mehrere gefaltete Blätter aus einem Buch heraus und strich sie umständlich glatt. »Ich habe sie lange nicht hervorgeholt, weil sie für meine Zwecke eigentlich nutzlos ist. Sie enthält nämlich nur Orte und Daten vergangener Ereignisse dieser Art, versteht ihr? Und im Fünftmonat des Jahres dreihundertneunzehn richtete der Jäger seinen Pfeil auf die Gegend um Halmat. Das ist doppelt erstaunlich, denn sonst passiert so etwas nur im Winter.«

»Ihr meint, das hat mit uns zu tun?« Ayrin runzelte die Stirn und schüttelte verärgert den Kopf. »Wollt Ihr behaupten, dass wir ausgesetzt wurden, weil der Mond schien?«

»Unsinn!«, rief der Meister. Er seufzte, schloss die Augen und setzte neu an: »Ich will versuchen, es euch zu erklären. Wie ihr hoffentlich wisst, verschwanden vor etwas über dreihundert Jahren die Drachen aus dieser Welt.«

»Sie wurden vom König besiegt«, meinte Baren.

»Das ist so nicht ganz zutreffend, doch will ich mich jetzt nicht in langen Erklärungen verlieren. Sie verschwanden also aus Ydral, der Welt der Menschen, weil die geheimen Wege nach Udragis, ihrer Welt, zusammenbrachen.«

»Geheime Wege?«, fragte Ayrin, die sich fragte, was das mit dem Brief zu tun haben sollte.

»Hast du denn nicht aufgepasst, als ich es dir neulich erklärte?«

»Das war ich, Meister«, murmelte Baren.

»Meinetwegen. Diese magischen Drachenpfade bestehen im Wesentlichen aus zwei Portalen. Eines befindet sich auf unserer Seite, eines in der Drachenwelt. Versteht ihr wenigstens das?«

Ayrin nickte ungeduldig und auch leicht ungehalten, weil der Meister mit ihnen redete, als wären sie Kinder.

»Nun waren die Portale in Ydral immer schon verborgen für die Augen der Menschen, doch vor dreihundert Jahren verschwanden sie ganz. Nur manchmal, wenn der Mond und der Jäger sich treffen, werden sie an bestimmten Orten offenbar.«

»Ihr meint, es gibt so ein Tor in der Nähe von Halmat?«, fragte Ayrin, die plötzlich begriff.

»Ganz recht. Und eure Mutter hat das vielleicht gewusst.«

Ayrin starrte den Meister entsetzt an. »Dann – ist sie in die Drachenwelt gegangen?«

»Ich würde sagen, ja, wenn das nicht unmöglich wäre. Die Tore nach Udragis sind verriegelt, und von dieser Seite können nicht einmal die Drachen sie öffnen.«

»Dann ergibt das, was Ihr sagt, keinen Sinn«, stellte Ayrin fest.

»Es ist ein Rätsel.« Der Meister seufzte. »Sagt, habt ihr keine andere Hinterlassenschaft eurer Mutter? Ein Anhänger, ein Kleidungsstück, irgendetwas?«

»Der Ring!«, rief Ayrin und holte das kleine Schmuckstück hervor.

Der Runenmeister riss es ihr aus der Hand und betrachtete es lange, während Ayrin ihrem Bruder knapp erklärte, wo sie den Ring gefunden hatte.

»Das hast du gestern ausgelassen«, sagte er und sah sie vorwurfsvoll an.

»Vielleicht, weil ich nicht einmal sicher bin, dass er uns gehört. Wenn er dem Ohm gehören sollte, hätte ich ihn gestohlen.«

»Ich bezweifle, dass Grener Staak viel mit diesem Ring anfangen könnte. Ich selbst kann es leider auch nicht. Es fehlt etwas, oder, genauer gesagt, hier haben wir nur eine Hälfte der Rune. Wenn mich nicht alles täuscht, ist es jene, die für Erinnerung steht.«

»Und was bedeutet das nun wieder?«, fragte Ayrin mit wachsender Ungeduld. Immer, wenn sie glaubte, endlich eine Antwort zu bekommen, gab es nur neue Fragen.

»Jemand hat die andere Hälfte. Vermutlich jemand, der mehr über eure Mutter weiß. Und da eure Mutter offensichtlich alles getan hat, um in Vergessenheit zu geraten, halte ich es für möglich, dass diesem Mann nicht einmal bewusst ist, dass er etwas über sie weiß. Es riecht nach Zauberei, starker Zauberei, möchte ich hinzufügen.«

»Dann … dann war unsere Mutter …« Ayrin brachte den Satz nicht zu Ende.

Der Meister sah sie mit zusammengekniffenen Augen an. »Eine Hexe? Das ist denkbar, aber nicht gesagt. Hexen verwenden diese Art Runen für gewöhnlich nicht, schon weil sie es eigentlich gar nicht können. Wenn sie es aber war, hat sie ihre Begabung vielleicht an dich weitergegeben. Das würde heißen, dass die Rune im Stall wirklich von dir ersetzt wurde.«

»Das habe ich doch gesagt!«

»Nun, wir werden sehen. Wartet hier einen Augenblick«, sagte der Meister und verschwand im Wagen.

»Was macht er nun schon wieder?«, fragte Ayrin halb verblüfft, halb verärgert, weil der Meister sie einfach stehen ließ.

»Ich nehme an, er wird dich prüfen.«

»Er will prüfen, ob ich eine Hexe bin? Und was dann? Will er mich verbrennen?«

»Das kann ich mir nicht vorstellen.«

»Ich bin keine Hexe!«

»Und falls doch, werde ich verhindern, dass dir etwas geschieht«, sagte Baren grinsend.

»*Falls* doch?«

»Du weißt, was ich meine«, sagte Baren, plötzlich wieder ernst und schob sich zwischen seine Schwester und die Tür, aus der der Meister gleich herauskommen musste. Sie hörten ihn drinnen rumoren.

Endlich kehrte der Lar mit einem dicken Folianten in den Händen zurück. »Das hier wird zeigen, ob meine Vermutung richtig ist.« Er legte das Buch auf den Tisch. »Schlag es auf!«

»Und dann?«

»Dann werde ich sehen, ob du siehst.«

Ayrin sah ihn mit verschränkten Armen an. Der Runenmeister wirkte so aufgeregt. »Was ist das?«, fragte sie misstrauisch, ohne sich zu rühren.

»Das Buch der Runen. Hier drin findest du alle Runen, die die Meister über die Jahrhunderte gefunden und aufgezeichnet haben.«

»Und wenn ich es aufschlage – werde ich dann verbrennen?«

»Wie kommst du denn darauf?«

»Ihr sagtet, dass eine Hexe, die den Runenbeutel von Halmat geöffnet hätte, verbrannt wäre.«

»Und?«

»Ihr habt doch den Verdacht, dass meine Mutter eine Hexe war, und ich demnach auch.«

Der Lar sah sie überrascht an. »Wie kommst du denn darauf? Eine Hexe wird man nicht durch Geburt, sondern durch das Ausüben der Schwarzen Kunst, die wiederum mit dunklen Pakten beschworen wird. Hast du irgendwelche Pakte geschlossen? Nein? Tote aufgeweckt? Auch nicht? Die Pest verbreitet? Wieder nein? Dann bist du vermutlich auch keine Hexe. Jetzt öffne dieses Buch, wenn du mehr über deine Mutter und dich selbst in Erfahrung bringen willst.«

Ayrin hatte zwar noch Zweifel, aber ihre Neugier war stärker. Sie trat an den Tisch heran und schlug das Buch auf. Zunächst war da eine Seite mit wenigen Worten, vermutlich verrieten sie jenen, die lesen konnten, den Titel dieses Buches. Sie schlug die nächste Seite auf und runzelte die Stirn. Die Doppelseite war mit wilden Linien vollgekritzelt. Ayrin schüttelte den Kopf, blätterte um, noch einmal und ein weiteres Mal – immer stieß sie nur auf Seiten voller verworrener Linien.

Der Lar legte eine Hand auf die aufgeschlagene Seite. »Setz dich, betrachte die Seite in Ruhe, und sage mir, was du siehst.«

»Na, da hat sich jemand einen Scherz erlaubt«, sagte sie langsam und nahm dennoch Platz. Sie starrte auf das Gewirr von Linien, die sich ohne Sinn und Verstand kreuzten und schnitten. Sie wollte gegen den Rat des Runenmeisters umblättern, doch dann geschah etwas Eigenartiges: Aus dem Durcheinander der schwarzen Linien schien sich, ganz am Rand der Seite, etwas zu lösen, hervorzutreten, ja, plötzlich stand dort sehr deutlich eine Rune, sie schien regelrecht über dem Pergament zu schweben. »Da!« Sie wies mit dem Finger auf die Stelle. Die Rune war viel komplizierter als die Runen, die sie aus dem Tempel kannte, zahlreiche Verästelungen zweigten aus der klaren Grundform heraus.

»Siehst du, was deine Schwester meint, mein Junge?«

Baren trat hinter Ayrin und sah ihr über die Schulter. »Nur ein wildes Durcheinander, wie ungekämmte Schafswolle.«

»Zeichne sie, Ayrin Rabentochter«, verlangte der Lar und schob ihr ein Tintenfass und ein Blatt hin.

Sie nickte, tauchte die Feder ein und malte die Rune auf das Blatt, was schwierig war, denn sobald sie den Blick von dem Buch löste, verschwand das schwebende Symbol, und sie brauchte eine Weile, um es wiederzufinden. Aber es gelang ihr am Ende.

»Nicht hübsch, und du hast ein paar Schlingen vergessen, was dieser Rune ihre Wirkung nähme, jedoch ist sie immerhin wiederzuerkennen«, meinte der Runenmeister, »und das soll für heute die Hauptsache sein. Du hast das Auge für unsere Kunst, so viel steht fest.«

»Also war unsere Mutter wirklich eine Hexe?«, fragte Baren. Er war blass geworden. »Aber warum ist sie ins Drachenreich verschwunden?«

»Hört ihr mir nicht zu? Ich habe weder behauptet, dass sie eine Hexe war, noch gesagt, dass sie nach Udragis gegangen ist. Wie sollte sie? Die Pforten sind verriegelt.« Der Meister starrte zu Boden, murmelte ein paar unverständliche Worte in seine Bartstoppeln und sagte dann: »Offenbar hatte sie Gründe, sich zu verstecken. Da gibt es keinen besseren Ort, als den Zugang zu einem Drachentor.«

»Dann müssen wir sie dort suchen!«, forderte Ayrin.

Der Meister schüttelte den Kopf. »Das ist nicht so ohne Weiteres möglich. Die Tore sind verborgen. Und wie ich schon, offenbar vergeblich, erklärte, werden sie nur sehr selten für Menschen überhaupt sichtbar. Und selten heißt in diesem Fall, dass sie für Jahre, nein, Jahrzehnte versteckt bleiben. Es ist auch möglich, dass die Stern- und Mondkonstellation dieses Portal erst in hundert Jahren wieder öffnet. Jetzt könnten wir davorstehen und würden es nicht einmal sehen.«

»Hundert Jahre? Aber da würde unsere Mutter ja verhungern.«

»Es sei denn, sie hat eine Möglichkeit gefunden, zu ruhen, wie …« Der Lar vollendete den Satz nicht.

»Wie wer?«, wollte Ayrin wissen.

»Nun, das ist nebensächlich. Wichtiger ist, dass wir herausfinden können, wann sich das Tor im Horntal, so es denn dort eines gibt, wieder öffnet.«

»Und wie?«

»Ich könnte einige langwierige und sehr komplizierte Messungen und Berechnungen durchführen, mit der Gefahr, dass ich mich verrechne, weil meine Instrumente dafür nicht so gut sind, wie sie sein sollten.« Er machte eine dramatische Pause, und fuhr dann mit verschmitztem Lächeln fort: »Oder wir fragen jemanden, der Tag und Nacht nichts anderes tut.« Er nickte, wie um sich selbst zu bestätigen, dass das ein guter Einfall sei, und murmelte: »Es ist ohnehin überfällig. Wäre nicht diese Hexe erschienen, wäre ich schon halb in Driwigg, denn meine Vorräte an …«, er brach den Satz ab, schüttelte den Kopf und rief dann: »Baren, mach den Wagen fahrbereit. Es wird Zeit, das Horntal zu verlassen.«

»Aber unsere Mutter …«

»Ist vermutlich noch sehr lange sehr sicher versteckt, Ayrin Rabentochter. Und wenn wir wissen wollen, wie lange das so bleibt, müssen wir nach Driwigg fahren.«

»Das ist eine Stadt, nicht wahr?«, fragte Ayrin.

»Sie ist nicht besonders groß, doch gibt es dort einen Berg, der hervorragende Sicht auf die Sterne bietet.«

»Und die Hexe, die durch das Horntal zieht?«, fragte Baren.

Der Meister zuckte mit den Achseln. »Sie wird ihr Unwesen nicht mehr lange treiben, denn inzwischen hat sich ihr böses Tun herumgesprochen. Sie wird entweder im nächsten Dorf erschlagen, oder zumindest davongejagt. Ja, ich glaube, wir können diese Gegend mit ruhigem Gewissen verlassen.«

Ragne von Bial stöhnte vor Kopfschmerzen. Sie befühlte den notdürftigen Verband, den sie sich um die Stirn gelegt hatte. Das Blut schien nach einer langen und unerfreulichen Nacht im Sattel getrocknet.

»Der Herr wird nicht zufrieden sein«, meinte Tsifer mit einem

Knurren. Er hing krumm auf dem Pferd. Ein großer Stein hatte ihn im Rücken getroffen.

»Ich kann es nicht ändern«, gab Ragne schmallippig zurück.

»Ich sage, wir nehmen uns diesen Bauernhof von gestern früh noch einmal vor. Heute Nacht. Wir überfallen sie im Schlaf und stechen sie ab.«

Ragne streichelte den Hals ihres Pferdes, denn auch das hatte ein oder zwei Steine abbekommen. »Um Unheil zu säen, müssten wir erst die Rune entfernen, die dieser unselige Runenmeister scheinbar an jeder Kate in dieser Gegend angebracht hat. Und du weißt, dass wir dazu Hilfe bräuchten.«

»Umbringen können wir sie auch ohne Zauberei.«

»Doch es wäre sinnlos, denn der Meister nährt sich von Schmerz und Krankheit, der schnelle Tod macht ihn nicht satt. Und es wäre gefährlich, denn wir würden das ganze Tal nur weiter gegen uns aufhetzen. Ich weiß nicht, wie ein Nachtalb die Angelegenheit betrachtet, aber ich würde mein Leben gerne noch ein wenig länger leben.«

»Dann wäre es klug, den Fürsten nicht zu enttäuschen. Er wird ungehalten sein, wenn wir keine weitere Saat ausbringen.«

»Wir können das Tal verlassen und unser Glück an anderen Orten versuchen, vielleicht im Marschland. Oder wir können unseren Trumpf ausspielen.« Und auf den fragenden Blick des Nachtalbs setzte sie hinzu: »Den Brief, die weiße Magie, die in ihm steckt!«

Der Alb richtete sich stöhnend im Sattel auf und sah sie durchdringend an. »Jetzt auf einmal willst du Ortol von ihm erzählen? Eine schlechte Idee. Er wird nach den Kindern fragen – und was wirst du dann sagen, Ragne? Du weißt nicht genug über sie, nur Ahnungen hast du. Das wird ihm nicht genügen.«

Sie musste zugeben, dass das ein berechtigter Einwand war. »Wir sollten uns erst einmal einen sicheren Lagerplatz suchen. Wir können Meister Ortol ohnehin erst beim nächsten Morgengrauen Bericht erstatten.«

Der Alb lachte meckernd und rief: »Das ist wohl das erste Mal, dass du auf meinen Rat hörst. Wirst du endlich klug, Hexe?«

»Vielleicht, weil er das erste Mal gut ist«, gab sie giftig zurück. Dann gab sie dem Pferd die Sporen, weil sie wusste, dass der Nachtalb ihr nur unter Schmerzen folgen konnte.

Sie erreichten bald darauf die Eisenstraße, und Ragne ließ ihren Begleiter wieder herankommen. Er hatte zwar, ihrer Meinung nach, einen Dämpfer verdient, aber sie wollte es auch nicht übertreiben. Sie würden vielleicht noch sehr lange miteinander auskommen müssen. Ragne entschied, dass sie sich besser etwas abseits der alten Straße hielten.

»Wir verlieren Zeit«, murrte der Nachtalb.

»Da wir nicht wissen, wohin wir uns wenden sollen, ist das nicht so wichtig. Es kann ja sein, dass der Fürst uns wieder tiefer ins Horntal hineinschickt.«

»Das möge der Vater der Nacht verhindern«, murmelte Tsifer und schien ein stummes Gebet zum Gott der Alben zu senden. Ragne betrachtete ihn interessiert. Es kam selten vor, dass Tsifer die verfemten Götter von Nacht und Finsternis auch nur erwähnte. Jetzt hielt er sein Pferd plötzlich an und hob die Hand. Ragne wollte ihn schon fragen, was denn los sei, da hörte sie es selbst. Ein Knarren klang durch die klare Winterluft. Und dann wurden ihre Kopfschmerzen stärker. »Der Wagen des Runenmeisters«, flüsterte sie.

Der Nachtalb nickte, glitt ächzend aus dem Sattel und schlich zur nächsten Hügelkuppe. Ragne folgte ihm. Bald lagen sie nebeneinander im gefrorenen Gras. Tatsächlich, in einiger Entfernung rumpelte der auffällige Wagen über einen besseren Trampelpfad Richtung Straße.

»Ah!«, sagte der Alb und wies hinüber. »Siehst du sie?«

Ja, Ragne sah sie: Der Junge, den sie verführt hatte, die Rune von Halmat zu zerstören, führte das schwere Gespann, und seine Schwester saß neben dem Meister auf dem Kutschbock. »Sieh an«, flüsterte sie lächelnd. »Es scheint, als könnten wir Meister Ortol doch etwas Wichtiges berichten.«

»Gute Nachrichten sind das gleichwohl nicht«, zischte der Nachtalb an ihrer Seite. »Sie stehen unter dem Schutz dieses verfluchten Lars und seiner Runen.«

»Das bestätigt nur meinen – unseren – Verdacht«, meinte Ragne, die sich die gute Stimmung nicht von dem ewig schlecht gelaunten Geschöpf an ihrer Seite zerstören lassen wollte. »Es ist Magie im Spiel, weiße Magie. Das muss es sein. Sie hat diese drei zusammengeführt, auch wenn sie das selbst vielleicht gar nicht wissen.«

Der Nachtalb spuckte verächtlich aus. »Wieder eine Hexe, die nichts vom Wesen der Helia weiß«, zischte er, schüttelte den Kopf und schlitterte den gefrorenen Hügel hinab zu den Pferden.

Ragne folgte ihm etwas bedächtiger. Sie hatte keine Ahnung, wovon er redete. Helia? War das etwas aus dem Albenreich? Sie tat es mit einem Achselzucken ab, denn sie hatte andere Sorgen. Aus irgendeinem Grund gefiel ihr der Gedanke nicht, Meister Ortol und damit dem Fürsten von dem Brief und den Geschwistern zu berichten, doch war ihr Auftrag im Horntal fehlgeschlagen, und sie hatte sonst wenig in der Hand, um den leicht entflammbaren Zorn des Hexenmeisters zu besänftigen.

Auf dem Weg

Ayrin saß hoch oben auf dem Kutschbock und ließ sich die Wintersonne ins Gesicht scheinen. Für gewöhnlich hätte sie um diese Zeit die Gaststube schrubben oder Krüge spülen müssen, nun lag das wohl für alle Zeiten hinter ihr. Der Meister hielt die Zügel nachlässig in den Händen. Baren ging vorneweg und führte das Gespann über die schadhafte Straße. Sie betrachtete ihn nachdenklich. Sie waren nur ein paar Tage getrennt gewesen, und doch wurde sie das Gefühl nicht los, dass sie ihn mehr vermisst hatte, als er sie.

Wieder rollte die hohe Kutsche durch ein Schlagloch und schwankte bedenklich. Der Meister schreckte hoch und rief: »Mach die Augen auf, Baren Rabensohn!«

»Er tut sein Bestes«, nahm Ayrin ihren Bruder in Schutz.

»Das befürchte ich auch.« Der Meister seufzte.

»Die Straße ist nun einmal sehr schlecht.«

Der Meister brummte nur zur Antwort.

»Da gibt es ohnehin etwas, das ich nicht verstehe, Meister.«

»Nur eines?«, fragte der Lar. Er schien schlechte Laune zu haben.

»Diese Straße … Wenn ich es richtig verstehe, liegt Kalla, die Eisenstadt, weit im Westen, eigentlich fast am Meer, nicht wahr?« Der Meister nickte. »Warum hat man das Erz nicht über die See transportiert? Warum hat man diese lange, schlechte Straße gebaut und den weiten Weg mit dem Ochsenkarren zurückgelegt?«

»Du warst noch nie an der Küste, oder?«

Ayrin schüttelte den Kopf.

»Und du weißt offensichtlich ohnehin nicht viel über die Welt außerhalb des Horntals. Nein, das muss dir nicht peinlich sein. Woher sollst du es auch wissen, wenn der klügste Mann des Dorfes ein beschränkter Priester ist, der nur von den Göttern redet?« Er hielt kurz inne, dann sagte er: »Du musst dir die Sturmlande vorstellen wie einen verbeulten, buckligen Schild, der mit einer Kante schräg im Schlamm steckt. Kannst du das? Gut. Denn Orkanis, wie unsere Heimat auch genannt wird, steigt von Süd nach Nord an und ist auf allen Seiten von Schlick umgeben. Ja, da ist das Meer, aber es ist flach, zieht sich bei Ebbe viele Meilen weit zurück und hinterlässt eine braune Ebene aus Schlamm, in dem ein Wanderer bis zu den Knien versinken kann, durchbrochen von kleinen und großen Sandinseln. Sogar im Norden, wo die Berge jäh zum Meer hin abfallen, siehst du bei ablaufendem Wasser nichts als braunen Schlick. Und Ebbe herrscht für die Hälfte der Zeit. Das Tückische ist nun, dass Sand und Schlamm wandern. Jede Sturmflut verschluckt einige Inseln und formt an anderer Stelle neue. Selbst die Küstenlinie ist da, wo es keine Berge gibt, ständiger Veränderung unterworfen. Deshalb gibt es in der Nähe der Eisenminen von Kalla keinen Hafen. Man hat natürlich versucht, einen anzulegen, aber bald wieder aufgegeben, weil die Fahrrinnen schneller verlandeten, als sie ausgehoben werden konnten. Und daher gibt es diese Straße mit den vielen Löchern, die dein Bruder leider nicht alle sieht.«

»Und wohin führt sie uns?«

»Zunächst nach Driwigg, wo sie auf andere Wege trifft. Aber am Ende aller Straßen wartet, weit im Süden, Iggebur, die einzige Hafenstadt der Sturmlande. Sie hat das Glück, an einer Flussmündung zu liegen, deren Strömung den Schlamm unentwegt davonspült. Es gibt dort eine Wasserstraße, die selbst bei Ebbe genug Wasser für große Schiffe führt.«

Eine Weile versuchte Ayrin, sich vorzustellen, was der Meister über die Sturmlande gesagt hatte. Auch Lell hatte vom Meer erzählt, aber er kannte es nur aus den Schilderungen seines Bruders und seine Berichte waren ungenau. Über Ebbe und Sturmfluten hatte er gar nichts gewusst. Eigentlich hatte Ayrin aber ein ganz anderes Anliegen. Sie räusperte sich und sagte endlich: »Ich kann also Runen erkennen.«

Der Meister warf ihr einen amüsiert wirkenden Seitenblick zu, offenkundig von diesem Themenwechsel überrascht. Dann nickte er.

»Und schreiben auch?«

Der Lar lächelte nachsichtig. »Das ist noch ein weiter Weg.«

»Aber Ihr werdet es mir beibringen?«

»Es wäre sinnlos, dich sonst mitzunehmen.«

»Wann?«

»Wann, was?«

»Wann werdet Ihr mich das Runenschreiben lehren?«

»Zunächst wirst du die Buchstaben erlernen und dich hoffentlich geschickter anstellen als dein Bruder.« Wieder schüttelte ein Schlagloch das Gefährt durch. Der Meister murmelte einen Fluch. »Vielleicht sollte ich dich die Pferde führen lassen. Ich frage mich ohnehin, warum ich euch beide mitnehme. Dein Bruder wird unsere Kunst niemals lernen.«

»Aber er ist sonst sehr geschickt in vielen Dingen.«

»Wir werden sehen.«

»Wirklich, das ist er. Hat er nicht den Wagen in Ordnung gebracht?«

»Und jetzt tut er alles, damit die Achsen wieder Schaden nehmen. Heda, Baren, mach die Augen auf! Selbst von hier kann ich das Loch in der Straße sehen!«, rief er dann laut.

Baren winkte nur zur Antwort und führte die Pferde ein wenig zur Seite, um dem schadhaften Stück Straße, das vor ihnen lag, auszuweichen.

»Und wie lange dauert es, Buchstaben und Runen zu erlernen?«, setzte Ayrin die Unterhaltung fort.

»Ersteres für gewöhnlich wenige Wochen, das andere, je nachdem. Der eine Schüler lernt es in wenigen Jahren, andere niemals.«

»Hattet Ihr denn schon viele Schüler, Meister Maberic?«

»Früher, den einen oder anderen. In letzter Zeit nicht mehr«, lautete die knappe Antwort.

»Warum nicht?«

»Du bist ausgesprochen neugierig.«

»Das ist keine Antwort.«

»Das ist wahr«, gab der Lar mit hintergründigem Lächeln zu.

»Und die Schlafstatt?«

»Was ist damit?«

»Ihr habt in diesem Wagen offenbar über viele Jahre einen Platz für einen Schüler vorgehalten.«

»Ich war zu faul, den Wagen umzubauen«, erwiderte der Meister mit einem Knurren. »Nach meinen letzten Enttäuschungen war ich eigentlich entschlossen, mich nie wieder auf dieses Abenteuer einzulassen. Auch jetzt habe ich das Gefühl, dass ich es noch bitter bereuen werde, euch beide aufgenommen zu haben.« Wieder wankte der hohe Wagen bedenklich. Der Meister fluchte und rief: »Baren Rabensohn. Ich sagte dir, du sollst mehr auf Nummer zwei achten! Sie zieht immer nach links. Führe sie fester!«

»Hat das arme Tier denn keinen Namen?«, fragte Ayrin, die es für klüger hielt, den Meister nicht länger über die Entscheidung, sie beide mitzunehmen, nachdenken zu lassen.

»Natürlich hat es einen Namen. Es heißt Nummer zwei. Ich war es irgendwann leid, mir immer neue Namen für diese Viecher einfallen zu lassen. Deshalb nummeriere ich sie durch. Eins bis vier. Das ist einfacher.«

»Es erscheint etwas lieblos, Meister.«

»Lieblos, wie?« Er warf ihr wieder einen belustigten Blick zu. »Wenn du den Pferden etwas Gutes tun willst, Ayrin Rabentochter, dann halte Ausschau nach einem geeigneten Rastplatz, vielleicht einem Flecken, wo die Sonne den Frost aus dem Gras getrieben hat. Das Heu geht langsam zur Neige. Und ein Gewässer wäre gut.«

»Ihr wollt jetzt schon rasten? Es wird noch einige Stunden hell sein, Meister.«

»Auf dem Kutschbock kann ich dir das Schreiben nicht beibringen.«

»Ihr wollt mich noch heute unterrichten? Und dafür wollt Ihr sogar anhalten?«

»Ich will anhalten, weil dieser Weg von Jahr zu Jahr schlechter wird und die Tiere müde sind. Und wenn wir schon halten müssen, dann wollen wir die Zeit nicht vertrödeln, nicht wahr?«

Ayrin erspähte bald darauf einen geeigneten Lagerplatz. Er war kaum zu übersehen. Offenkundig war er in der Zeit angelegt worden, als die Wagen von der Eisenmine noch hier durchfuhren. Es gab eine Mauer, die vor dem Wind schützte, Überreste eines steinernen Pferchs für die Zugtiere und einen Bach, dessen Wasser durch eine schadhafte Rinne in einen gemauerten Trog geleitet werden konnte. Es gab sogar noch eine Art Schleuse, einen großen Stein, den man nur aus der Rinne schieben musste. Leider war er festgefroren. Also tränkten sie ihre Tiere am Bachlauf.

Danach kümmerte sich Baren ums Abendessen, während Meister Maberic Ayrin in der Kunst des Schreibens unterrichtete. Er erklärte ihr die einzelnen Lettern und ließ sie sie üben. Nach einer Weile sagte er: »Das ist nicht das erste Mal, dass du Buchstaben siehst, oder?«

»Der Ohm hat mich zusehen lassen, als er noch regelmäßig Ausgaben und Einnahmen aufschrieb. Erklärt hat er nie etwas, aber er konnte nicht verhindern, dass ich ein paar Dinge gelernt habe.« Und dann schrieb sie das Wort »Krüge« auf das Pergament, und dann die Worte für Wein, Bier, Branntwein, Brot, Braten und Eintopf.

»Deine Handschrift ist, sagen wir, lesbar, und an deinem Wortschatz werden wir arbeiten«, brummte der Meister.

Auch ihr Bruder warf einen Blick auf das Blatt. »Ich kann das nicht lesen, aber irgendwie verspüre ich plötzlich große Lust auf einen saftigen Braten und ein gutes Glas von dem Wein, den der Ohm uns nie probieren lassen wollte.«

Ragne von Bial schaute neidvoll hinüber zum Lagerplatz des Runenmeisters. Ein helles Feuer flackerte vor dem Wagen und dort saßen sie zu dritt und schlugen sich den Bauch voll. Sie selbst konnten es nicht wagen, ein Feuer zu entfachen, denn auf keinen Fall sollten die dort drüben merken, dass sie beobachtet wurden.

»Du hast Meister Ortol immer noch nicht Bericht erstattet«, sagte Tsifer, der auf einem Stein saß und rohes Fleisch von einem Knochen nagte.

»Es erscheint mir verfrüht«, gab sie zurück. »Außerdem würde ich lieber dem Fürsten selbst Bericht erstatten. Doch Ortol lässt mich nicht. Immer will er verhindern, dass ein anderer die Gunst des Herrn erringt.«

Der Alb zerbrach den Kaninchenknochen und begann das Mark auszusaugen.

Ragne rieb ihre Arme, aber die Kälte wollte nicht weichen. »Ich würde gerne wissen, was der Runenmeister vorhat.«

»Er jagt Hexen und wohl auch Nachtalben«, erwiderte der Alb schmatzend.

»Dann fährt er in die falsche Richtung. Nein, er scheint dieses Tal verlassen zu wollen. Doch warum, und wo will er hin? Das sollten wir in Erfahrung bringen.« Sie wandte sich dem Alb zu und verzog das Gesicht, als sie ihm beim Essen zusah. Das Kaninchen, das er verzehrte, war verendet. Sie hatten es tot am Wegesrand gefunden. Nie hätte sie über sich gebracht, davon zu essen, aber dem Alb war das gleich.

Jetzt blickte er kurz auf und fletschte die Zähne. »Wenn du *wir* sagst, meinst du vermutlich mich. Ich kann nicht dort hinübergehen, schon wegen der Rune, und überhaupt, ich bezweifle, dass ich viel aus ihren Träumen erfahren würde.«

»Ich dachte eher an jene Begleiter, die du in deiner Satteltasche versteckst.«

»Meine Ratten? Die kannst du nicht haben!«

»Ich will sie dir nicht fortnehmen, aber ich finde, dass sie sich nützlich machen sollten.«

»Sie sollen für dich spionieren, dort drüben, beim Wagen, bei den Runen.«

»Für uns, Tsifer. Es wäre gut für uns beide, wenn wir mehr über diesen Lar erführen.«

Der Nachtalb schüttelte heftig den Kopf. »Das kannst du nicht verlangen! Sie würden es nicht überleben. Wenn ich mit ihnen in Verbindung stehe, wird die Rune sie töten.«

»Oh, aber du kannst dafür sorgen, dass sie eine Weile durchhalten, nicht wahr?«

»Dann schicke doch deine Spinnen!«

»Über diese Entfernung kann ich die Verbindung nicht mit ihnen halten, nicht hier draußen, nicht so nah an einer Rune.«

Tsifer deutete mit dem abgenagten Knochen auf sie. »Ich werde meine Freunde nicht für dich opfern, Hexe!«

»Dann tu es für den Fürsten. Hat er dir nicht versprochen, einen Heimweg für dich zu finden, wenn du ihm gute Dienste leistest? Ich werde deinen Beitrag entsprechend würdigen, wenn ich dem Herrn berichte.«

Der Alb starrte sie aus kalten Augen lange an, dann warf er das halb abgenagte Kaninchen zur Seite und ging hinüber zu den Satteltaschen. Er kehrte mit einer grauen Ratte in den Händen zurück, und Ragne schienen ihre Augen ebenso hasserfüllt zu sein, wie die des Albs.

»Sieh sie dir an, Hexe!«, forderte er. »Sie ist eine Getreue, die ich für uns opfere. Vergiss das nie!« Dann trug er sie ein Stück davon, zeichnete einen kleinen Runenkreis in den hart gefrorenen Boden. Er streichelte die Ratte, flüsterte lange mit ihr und schickte sie endlich davon.

Ragne hockte sich neben den Nachtalb, obwohl der sie nur wütend anzischte. »Hat sie es geschafft?«, fragte sie, als sie es nicht mehr aushielt.

Er hob die Hand, zum Zeichen, dass sie schweigen solle, dann legte er den Kopf schief, schloss die Augen und schien zu lauschen. Ragne biss sich auf die Lippen. Der Nachtalb begann leise zu summen. Sie öffnete den Mund für eine Frage, aber ohne die Augen zu öffnen, gab er ihr erneut Zeichen, zu schweigen. Sie sah Schmerz. Der Alb wand sich unter den Qualen, die seine Ratte erlitt. Dann sah sie einen Zug von Spannung in seinem Gesicht, die buschigen Augenbrauen hoben sich. Tsifer beugte sich vor, so als ob er dann besser hören könne, noch weiter, dann zischte er einen Fluch. »Verdammt, nun ist sie bei ihren Ahnen, oder wohin auch immer Ratten gehen, wenn sie diese stinkende Welt verlassen.«

»Was hast du erfahren?«

Der Nachtalb sah sie lauernd an. »Du erinnerst dich an dein Versprechen?«

Ragne erhob sich aus der Hocke, sah verärgert auf den Alb hinab. »Ich werde dem Fürsten, oder meinetwegen auch Meister Ortol erzählen, wie sehr du geholfen hast – wenn du denn etwas von Wert erfahren hast.«

»Oh, das habe ich! Sie haben den Ring, der dir entgangen ist. Aber sie wissen nicht, was er bedeutet, oder wer ihn gemacht hat.«

Ragne unterdrückte einen Fluch. »Was wollen sie deswegen unternehmen?«

»Vorerst nichts. Dieser Lar will einen Freund in einer Stadt namens Driwigg aufsuchen. Aus anderen, wichtigeren Gründen.« Er hielt inne und grinste breit.

»Bei den Göttern – so sag mir schon, was er dort will!«

»Ich konnte nicht alles verstehen, denke aber, dass er in Erfahrung bringen will, welchen Ort der Jäger mit seinem Pfeil anvisiert.« Und als ihn Ragne verständnislos anstarrte, fuhr er fort: »Sie glauben, dass sich dort eines der verfluchten Drachentore verbirgt.«

Ragne brauchte einen Augenblick, um zu verstehen. »Du meinst – sie können herausfinden, wann und wo sich ein Portal offenbaren wird? Wie wäre das möglich? Wer ist dieser Freund? Ein Zauberer?«

»Leider ist meine Ratte verendet, bevor die Sprache darauf kam.«

»Du versteckst doch noch eine, nicht wahr?«, fragte Ragne drängend.

»Die bekommst du nicht! Sie werden längst über etwas anderes reden. Wir hatten Glück, dass wir von ihrem Plan erfuhren. Diese Geschwister, sie sind ganz aufgeregt, dass sie nun in eine richtige Stadt reisen. Aber sie kennen Driwigg auch noch nicht. Warst du schon einmal dort?«

Ragne schüttelte den Kopf. »Auf meinem Weg zur schwarzen Festung habe ich gelernt, Dörfer und Städte zu meiden«, sagte sie, und ein Schatten böser Erinnerungen legte sich auf ihr Gemüt. Sie schüttelte ihn ab. »Lassen wir das. Ein offenbartes Drachentor … Das sind aufregende Neuigkeiten. Meister Ortol wird hocherfreut sein, wenn ich ihm davon erzähle, oder?« Sie sah den Alb prüfend an.

Der nickte mit hämischem Grinsen. »Viel erfreuter, als du auch nur ahnst, Hexe«, zischte er, wollte ihr allerdings nicht verraten, was er damit meinte.

In dieser Nacht schlief Ragne schlecht, und das nicht nur, weil die Kälte unter ihre Decken kroch. Sie wurde von dunklen Träumen geplagt und schreckte hoch, weil sie das Gefühl hatte, dass da jemand war, der sie aus mitleidlosen Augen beobachtete.

Sie richtete sich ächzend auf. Der Nachtalb hockte ein Stück entfernt auf der Erde und betrachtete sie mit offenkundigem Interesse. »Was ist?«, fuhr sie ihn schlecht gelaunt an.

»Du hattest Besuch, Hexe, oder? In deinem Traum.«

»Was? Hast du etwa …?«

Er hob abwehrend die Hände. »Ich hatte nichts damit zu tun. Aber er war hier, der Fürst. Er ist in deine Gedanken gekrochen. Ich habe seine Gegenwart gefühlt.«

»Der Hexenfürst?«, flüsterte Ragne. »Du hast auch von ihm geträumt?«

Der Alb schnaubte verächtlich. »Wir träumen nicht, Hexe! Aber gespürt habe ich ihn doch. Er hat ein Auge auf dich, und das ist schlecht, denn nun hat er auch ein Auge auf mich.«

»Aber, wie ist das möglich? Was ist das für ein Zauber?«

»Einer der in jenen Schatten wirkt, die die Helia wirft.«

»Helia? Was soll das sein?«

»Die alte Kraft, älter als die Götter, die Macht, mit der der Eisdrache die erste Welt schuf. Wenn dein kleiner Kopf sich das nicht vorstellen kann, so darfst du sie dir als höhere Form der Magie denken, Hexe.«

Ragne von Bial schüttelte energisch den Kopf. »Magie wirft keine Schatten.«

Der Alb lachte leise. »Wenn du meinst«, sagte er, und dann wandte er sich ab und betrachtete die Sterne.

Noch vor dem ersten Sonnenstrahl spannte Ragne ihr Netz in den eisigen Wind. Selbst die Winterspinnen bewegten sich langsam durch die Äste des schütteren Busches, den sie ausgesucht hatte, und Reif legte sich auf die frisch gewebten Fäden. Ragne beträufelte das Netz mit Schwarzschwefel und beschwor die Verbindung in die ferne Festung ihres Fürsten.

»Ah, Ragne. Ich hoffe, du hast bessere Ausreden als zuletzt«, sagte der ferne Meister Ortol. »Der Herr kann immer noch nicht fühlen, dass Not und Tod durch das Horntal ziehen.«

Ragne hatte sich gefragt, ob der Zauberer etwas von ihrem Traum wusste, doch schien das nicht der Fall zu sein. »Ich … wir haben Neuigkeiten, Meister. Tsifer ist es gelungen, jenen Runenmeister zu belauschen, der uns das Leben sauer macht. Wir fanden heraus, dass er in eine Stadt namens Driwigg will. Dort will er erfahren, wann und wo sich das nächste Drachenportal öffnet.«

Die Kapuze füllte auf einmal das ganze Spinnennetz aus. »Ein Portal? Er ist in der Lage, herauszufinden, wo sich die Tore zur Drachenwelt öffnen?« Jetzt klang die Stimme drängend.

»So scheint es zu sein, Meister Ortol.«

»So *scheint* es?«

»Verzeiht, so ist es, Meister. Sollte ich dem Herrn nicht besser selbst davon berichten? Vielleicht hat er Fragen, die ….«

Der Hexenmeister schnitt ihr das Wort ab. »Ein Portal, das ist eine gute Neuigkeit. Das könnte dem Herrn die Kraft geben, um … Lassen wir das. Er wird zufrieden sein, Ragne, das erste Mal, möchte ich hinzufügen. Ich will, dass du diesem Lar folgst, aber unauffällig. Er darf keinen Verdacht schöpfen. Und dann werdet ihr so schnell wie möglich in Erfahrung bringen, wo sich dieses Portal zeigen wird. Wir müssen es wissen!«

Die Sonne stieg über den Horizont, und ihr Licht begann, das empfindliche Gewebe aus Spinnenfäden und wirbelnden Schatten zu zerstören. Und bevor Ragne noch eine Frage stellen konnte, war das Bild des Meisters verschwunden.

»Du hast die Kinder wieder nicht erwähnt.«

Ragne sah den Alb von oben herab an. »Wozu auch? Meister Ortol ist zufrieden und wir haben einen Auftrag. Er wird schwer genug zu erfüllen sein, Tsifer, ich brauche keinen zweiten. Und die Zeit war ohnehin knapp.« In Wahrheit spürte sie einen unerklärlichen Widerwillen dagegen, der Rechten Hand ihres Fürsten von den Zwillingen zu erzählen.

Maberic vom Hagedorn war früh auf den Beinen, denn es gab Dinge, die ihm keine Ruhe ließen. Er nahm das Pergament, auf dem Ayrin gestern ihre ersten Worte geschrieben hatte, und begab sich hinaus auf die hölzerne Terrasse, hinter seiner Schlafkammer. Die Hühner begrüßten ihn mit leisem Gegacker. Er untersuchte ihre Nester und entnahm ihnen die frisch gelegten Eier für das Frühstück.

Er kratzte sich, streckte sich und begrüßte die aufgehende Sonne mit einem Gähnen, dann betrachtete er die Buchstaben. Es war ihnen anzusehen, dass sie einzeln gemalt und nicht in einem Fluss geschrieben worden waren, und dennoch … Er hielt das Blatt schräg gegen das Licht. Nein, es lag nicht am Pergament. Hatte er die Feder nicht gründlich gereinigt, oder dem Mädchen gar das falsche Tintenfass gegeben? Er kehrte zurück in seinen Verschlag, um beides zu holen. Zuerst hielt er das gläserne Gefäß vor die Sonne, schwenkte die dunkle Flüssigkeit darin, roch an ihr, dann an der Gänsefeder. Nein, das war es nicht. Sie hatte mit einer ganz gewöhnlichen Feder und ebenso gewöhnlicher Tinte auf einfaches Pergament gekritzelt.

Ihr Bruder hatte es ausgesprochen, leichthin; Baren hatte die Worte gar nicht lesen können, und doch hatte er Appetit und Durst bekommen. Der Runenmeister starrte auf die einfachen Wörter, die Ayrin geschrieben hatte. »Krüge, Wein, Bier, Branntwein, Brot, Braten und Eintopf.« Er setzte sich und ließ seinen Blick über die gefrorene Landschaft schweifen. Ja, es hatte keinen Zweck mehr, es zu leugnen, sie hatte die Gabe. Sie verlieh, ohne es zu wissen, ihren Buchstaben eine eigene Magie!

Er hatte gehört, dass es so etwas geben sollte, hatte es aber noch nie mit eigenen Augen gesehen. »Und ich habe es nicht einmal gleich erkannt«, brummte er nachdenklich. »Sei wachsam, Maberic, sei wachsam.« Die Hühner beäugten ihn mit gereckten Hälsen und gackerten leise.

Meister Maberic begann unruhig in seinem Stuhl zu schaukeln. War das nun gut oder schlecht? Auf jeden Fall war es gefährlich. Wenn Ayrin schon fähig war, Magie in einfache Buchstaben fließen zu lassen, was würde sie dann erst mit Runen erreichen? Der Meister nagte an seiner Unterlippe. »Woher stammt ihre außerordentliche Begabung?«, fragte er die Hühner, doch die wussten es nicht. Er erinnerte sich gut an jenes Jahr, in dem die Kinder in Halmat zu Findelkindern wurden, viel besser, als er den Zwillingen gegenüber zugegeben hatte. »Dreihundertneunzehn«, murmelte er. Er erhob sich und fütterte das Federvieh. Die Ablenkung half ihm beim Nachdenken. »Das war ein Jahr der Unruhe«, erklärte er ihnen. »Überall in den Sturmlanden waren Hexen und andere Diener des dunklen Fürsten gesehen worden. Das Eigentümliche war, dass sie damals kein Unheil gestiftet hatten. Nein, sie suchten etwas, stellten überall Fragen, und niemand konnte sich hinterher erinnern, wonach oder nach wem sie gefragt hatten.« Die Hühner pickten nach dem Futter. Seine Sorgen schienen sie nicht zu kümmern.

Der Runenmeister seufzte. Es war jetzt nicht mehr schwer, den Zusammenhang herzustellen. »Eine Hexe sucht ein Versteck, und der Meister aller Hexen lässt sie jagen«, murmelte er, »warum?« Nach allem, was er wusste, wurden Hexen nicht oft Mütter, es kam aber durchaus vor. Was war an dieser Mutter und ihren Kindern anders? War sie vielleicht gar keine Hexe gewesen? Nur was sonst? Es gab keine weiblichen Runenmeister, jedenfalls nicht in den Sturmlanden. Er lächelte in sich hinein. »Wenn mein alter Meister wüsste, dass ich die heilige Kunst an eine Frau weitergebe, würde er sich im Grabe umdrehen, meint ihr nicht auch?« Aber offensichtlich hatten die Hühner keine Meinung zu dieser Frage, und wenn doch, behielten sie sie für sich.

War die Mutter der Kinder also eine Lar gewesen, vielleicht aus dem Reich? Dort war man etwas offener in diesen Dingen. Runen waren Handwerk, magisch, gewiss, und dennoch etwas, was man lernen konnte, wie das Schmieden oder Schneidern. Konnte man die Begabung dafür überhaupt vererben?

»Es muss mehr dahinterstecken.« Er seufzte unzufrieden, dann stand er auf und blickte über die menschenleere Landschaft aus nackten Felsen und gefrorenem Gras. »Auf jeden Fall habe ich mir

Ärger eingehandelt«, murmelte er und ging hinunter, um die Geschwister zu wecken.

Es war ein Ritentag, doch der Meister sah darin keinen Grund, länger zu schlafen oder gar an diesem Ort zu verweilen. »Wir haben ein Ziel, und das werden wir nicht im Schlaf erreichen«, rief er, als er die beiden weckte. Für Ayrin war das kein Problem, aber Baren war den halben Morgen schlecht gelaunt und trottete offenkundig lustlos vor den Pferden her. »Ich könnte das für ihn übernehmen, Meister«, sagte Ayrin, kurz nachdem sie aufgebrochen waren.

»Nein, du wirst hier oben neben mir auf dem Bock sitzen und die Zeit nutzen. Ich habe ein Buch herausgesucht, das dir beim Lesenlernen helfen wird.«

Ayrin betrachtete das dicke Werk skeptisch. »Das alles soll ich lesen?«

»Noch viel mehr, das hier ist ein guter Beginn. Ich sitze neben dir. Wenn du etwas nicht verstehst, kannst du mich fragen.«

Sie hatte schon Schwierigkeiten mit dem Titel, der in so prachtvoll verzierten Lettern gehalten war, dass die eigentlichen Buchstaben kaum zu erkennen waren. »Geschichte der Drachenkriege«, brachte sie schließlich heraus. »Von Lar Kalde vom Hagedorn.« Sie hielt verblüfft inne. »Ist das ein Verwandter von Euch?«

»Kalde? Nicht dass ich wüsste. Er hat nur zufällig den gleichen Namen gewählt.« Und auf Ayrins verständnislosen Blick hin erklärte er: »Ein Lar wählt nach seiner Weihe einen neuen Namen. In der Regel einen, der auf seine Heimat verweist.«

»So wie die Fürsten es tun?«

»Ganz ähnlich. Meist ist es der Name der Stadt oder des Dorfes, aus dem er stammt. Da ich von einem namenlosen Bauernhof im

Fahlgan stamme, wählte ich diesen, nach den Hecken, die es dort so zahllos gibt. Ich wusste damals nicht, dass Kalde, hundert Jahre vor mir, die gleiche Idee gehabt hatte.«

»Fahlgan, wo liegt das?«

»Im Norden der Sturmlande. Ein weiter, karger Landstrich, in dem außer Dornenhecken und Räubern nicht viel gedeiht. Und jetzt versuche du dich im Lesen, und ich bemühe mich, diesen Wagen auf der Straße zu halten.«

Ayrin musste den Meister jedoch noch oft nach merkwürdigen Buchstabenverbindungen und langen Wörtern fragen und sie kam nicht über die Einleitung hinaus, in dem Kalde vom Hagedorn lange Dankesworte an einen gewissen Thingwalda richtete, der ihm ermöglicht habe, dieses Werk zu verfassen.

»Wer war das?«, fragte sie.

Lar Maberic kratzte sich am Hinterkopf. »Dein Bruder würde ihn König nennen, aber es gibt keine Könige mehr diesseits der Wolkenberge. Das ist so, seit Allskaer der Narr die Krone ablegte. Er war nämlich der Meinung, die Sturmlande hätten keinen König verdient. Er hat auch die altehrwürdige Runenschmiede von Klaryt geschlossen, nur weil einer von uns … aber lassen wir das. Seither ziehen wir Lare mit Wagen übers Land und müssen sehen, wie wir unser Wissen irgendwie durch die Zeiten retten. Jedenfalls, seit Allskaer wird der Herrscher der Sturmlande Thingwalda genannt. Das ist ein schöner alter Titel mit wenig Macht. Sein Thron steht immerhin noch in Gramgath, der alten Hauptstadt, weit im Osten.«

»Kommen wir dort hin?«

»Nicht auf dieser Reise. Und wenn dein Bruder weiter so langsam vorausgeht, kommen wir wohl nirgendwohin. Heda, Baren, mach die Augen auf und geh etwas schneller! Die Pferde schlafen mir sonst noch ein.« Baren hob die Hand, zum Zeichen, dass er verstanden hatte, und ging eine Winzigkeit schneller. Der Wagen rumpelte weiter voran.

Ayrin vertiefte sich wieder in das Buch. Sie las erstaunt, dass es zwei Drachenkriege gegeben hatte. Der erste lag jedoch so lange zurück, dass selbst Lar Kalde nicht viel darüber wusste. Die Drachen hatten damals gemeinsam mit den Menschen gegen die Alben gekämpft. Es gab eine verwirrend große Anzahl an Namen von Helden und Fürsten, bei denen selbst Meister Maberic der Meinung war, sie müsse sie sich nicht merken. »Es genügt zu wissen, dass dieser Krieg von der richtigen Seite gewonnen wurde. Danach sicherten die Drachen die Portale zwischen den Welten mit Toren, denn zuvor schlüpften auch die Alben immer wieder hindurch. Seit diesem Krieg kamen die Drachen ebenfalls immer seltener in das Reich der Menschen.«

»Warum?«

»Ich nehme an, sie kamen zu dem Schluss, dass es besser für die Menschen war, wenn sie fortan ohne die Hilfe der Drachen lebten, so wie Schüler eben irgendwann ohne ihre Lehrer auskommen müssen.«

»Ich habe die Drachen nie als Lehrer gesehen. In Halmat erzählte man sich viele Geschichten von fliegenden Ungeheuern, die das Land verwüsteten und von tapferen Recken zur Strecke gebracht wurden.«

»Nun, das geschah später. Die Menschen hatten schnell vergessen, was die Drachen einst für sie getan hatten. Wenn dann einer erschien, vielleicht nur, um zu sehen, wie die früheren Schüler sich entwickelten, sahen unsere Vorfahren nur die große schuppige Bestie, griffen zu den Waffen und bekämpften sie.«

»Aber die Drachen haben doch Bauernhöfe und ganze Dörfer niedergebrannt.«

»Ich nehme an, dass sie sich nicht einfach abschlachten lassen wollten. Leider sind sie wohl auch ziemlich stur und haben ihren Stolz.

Viel Unglück hätte vermieden werden können, wenn sie sich einfach zurückgezogen hätten.«

Ayrin sah ihn zweifelnd an. All die Heldengeschichten, die Nurre früher erzählt hatte, sagten etwas anderes. »Woher wollt Ihr das eigentlich so genau wissen? Ihr wart doch nicht dabei, und die Drachen werden es Euch nicht erzählt haben, oder?«

»Eine kluge Frage, Ayrin. Du wirst auch bei Kalde nicht viel darüber finden, und die verschiedenen Chroniken sind äußerst lückenhaft, fragen nicht viel nach dem Warum, und viele erklären die Drachen einfach zu mordlüsternen Bestien. Du musst zwischen den Zeilen lesen. In dem, was nicht aufgeschrieben wurde, findest du die Wahrheit.«

»Und wie finde ich heraus, was verschwiegen wurde?«

»Stell dir Fragen, und wenn die geschriebenen Worte nicht antworten, weißt du, dass du auf der richtigen Fährte bist.«

Sie waren bereits eine Weile unterwegs, als Ayrin über dem Knarren und Rumpeln des Wagens ein Geräusch hörte. Sie drehte sich um und sah mit Schrecken eine Schar Reiter die Straße entlangkommen. Sie stieß den Meister in die Seite. »Soldaten«, sagte sie.

Der Lar warf einen Blick über die Schulter. »Sie werden ja wohl einen Weg an uns vorbei finden«, brummte er.

»Das ist nicht, was mich besorgt, Meister. Ich bin doch davongelaufen. Und der Ohm wird behaupten, dass ich in seiner Schuldknechtschaft stehe. Was, wenn diese Männer mich suchen?«

Der Runenmeister hob die Brauen. »Na, ich gehe davon aus, dass sie Wichtigeres zu tun haben, als einer entlaufenen Magd nachzujagen. Und falls nicht, wird uns schon etwas einfallen, keine Sorge.«

»Soll ich mich nicht besser verstecken?« Der Hufschlag kam schnell näher.

»Dafür ist es zu spät, junge Dame.« Der Lar zog die Zügel an. »Ho, Nummer eins, halt, Nummer vier, und auch du kannst anhalten, Baren Rabensohn. Lass die tapferen Soldaten passieren.«

Zu Ayrins Unbehagen dachten die Männer gar nicht daran, einfach weiterzureiten. Sie schlossen rasch auf, überholten und dann kreisten sie die Kutsche ein. Ayrin sah auch den Leutnant, mit dem sie so leicht aneinandergeriet, und nahm sich vor, den Mund zu halten.

»Ich grüße Euch, Hauptmann Sarro«, rief Meister Maberic vom Kutschbock herab. »Was führt Euch so weit nach Osten?«

»Auch ich grüße Euch, Lar Maberic. Die Jagd nach dieser Hexe und ihrem Begleiter ist es, die uns herführt. Die beiden wurden nicht weit von hier gesichtet. Zum Glück waren die guten Leute vorgewarnt und haben dieses Weib und ihren Diener mit Steinwürfen verjagt, bevor sie neues Unheil anrichten konnten. Ihr habt dieses unheilige Pärchen nicht zufällig zu Gesicht bekommen?«

»Nein, Hauptmann, und Ihr könnt davon ausgehen, dass die beiden meinen Wagen, oder vielmehr, meine Runen, meiden werden.«

Der Hauptmann hatte seinen Helm abgenommen und wischte sich den Schweiß von der Stirn. Die Flanken seines Pferdes dampften in der kalten Luft. »Ich verstehe. Doch sagt, seit wann habt Ihr Gesellschaft auf Eurer Reise, Lar Maberic?«

»Ich habe mich entschlossen, Schüler aufzunehmen, Hauptmann. Die Kunst der Runen soll schließlich fortbestehen.«

Der Hauptmann ritt noch etwas näher heran. »Sagt, Fräulein, kenne ich Euch nicht?«

Ayrin, die versucht hatte, ihr Gesicht unter Kopftuch und Wollschal zu verbergen, schüttelte den Kopf. »Ich pflege keinen Umgang mit Soldaten«, sagte sie und merkte gleich, dass das ungeschickt ausgedrückt war.

Eine Zornesfalte zeigte sich kurz auf der Stirn des Hauptmanns, glättete sich wieder, und offenbar belustigt fragte er: »Sind die Männer von Burg Grünwart etwa nicht gut genug für Euch, edle Jungfer?«

»Nein, ich meinte, ich kenne gar keine Hauptleute oder Soldaten, Herr.«

»Ah, jetzt erkenne ich Euch! Erst neulich habt Ihr mir einen Krug Bier gebracht. Ihr seid die Magd aus dem *Blauen Drachen*, nicht wahr?«

»Nicht mehr«, sprang der Runenmeister Ayrin zur Seite. »Sie steht jetzt in meinem Dienst, und, was schwerer wiegt, im Dienst der Runen.«

Der Hauptmann wandte sich an seinen Leutnant. »Sagt, Bo Tegan, haben wir nicht von der Burg die Meldung erhalten, dass dem Wirt des *Drachens* eine Magd entlaufen sei? Lautet nicht unser Befehl, sie zurück in ihr Dorf zu schaffen?«

Ayrin sank das Herz.

»Das ist wahr, Hauptmann«, erwiderte der Leutnant langsam. »Allerdings lautete die Meldung, dass ihm *eine* Magd entlaufen sei. Es ist nicht gesagt, dass es *diese* war. Es erschiene mir auch nicht ratsam, unsere Jagd nach der Hexe abzubrechen, nur um am Ende die falsche Magd nach Halmat zurückzubringen.« Er zwinkerte Ayrin unauffällig zu. Sie errötete.

»Falsche Magd, wie?« Der Hauptmann sah erst seinen Leutnant, dann Ayrin lange an, schüttelte endlich grinsend den Kopf. »Mir scheint, unser Leutnant will sich von seiner besten Seite zeigen.«

Der Meister räusperte sich. »Übrigens hätte ich da etwas für Euch, Hauptmann, einen Runenbeutel. Er kann einen Mann vor den Verführungskünsten einer Hexe schützen. Ich habe ihn eigentlich für mich selbst gefertigt, doch überlasse ich ihn gerne Euch, denn ich kann mir ja einen neuen machen. Das geht recht schnell, vor allem, wenn meine Schülerin mir dabei hilft.«

Der Hauptmann runzelte die Stirn, dann nickte er. »Ich verstehe, Eure Schülerin ist also unentbehrlich. Aber so ein Beutel könnte in der Tat nützlich sein, und wir haben wirklich Wichtigeres zu tun, als entlaufene Mägde einzufangen.«

Meister Maberic kletterte vom Kutschbock und stieg in den Wagen, um den Beutel zu holen. Der Leutnant lenkte sein Pferd näher an die Kutsche heran. »Es sieht so aus, als müsste ich auf das Vergnügen Eurer Gesellschaft vorerst verzichten, Ayrin Rabentochter.«

»Oh, das Vergnügen wäre ganz auf Eurer Seite, Bo Tegan«, gab sie bissig zurück.

Sein Lächeln erlosch für einen Augenblick. Schließlich sagte er: »Ihr solltet einen Heiler aufsuchen, Jungfer Ayrin, mir scheint, es sind Euch ein paar Dornen auf der Zunge gewachsen.«

»Seltsamerweise bricht diese Krankheit nur aus, wenn Ihr in der Nähe seid, Ritter Bo.«

»Dann ist es ja gut, dass unsere Wege sich so schnell wieder trennen.«

»Da habt Ihr das erste Mal ein wahres Wort gesprochen«, gab sie zurück.

Der Leutnant schüttelte den Kopf und lenkte sein Pferd nach vorne, wo er ein paar Worte mit Baren wechselte. Ayrin spitzte die Ohren, konnte aber nichts verstehen.

Meister Maberic kam aus dem Wagen und warf dem Hauptmann einen Beutel zu. Der dankte knapp und schwang sich wieder in den Sattel. »Weiter, Männer, ich will diese Hexe brennen sehen!« Und schon stürmten die Soldaten im Galopp davon, was Ayrin ziemlich prahlerisch fand.

»Glaubt Ihr, dass die Soldaten die Hexe wirklich fangen können?«, fragte sie, nachdem der Meister wieder auf den Kutschbock geklettert war.

»Das würde mich freuen, aber auch wundern. Hexen sind listenreich. Es ist leichter, einen Nebelfetzen festzuhalten. Weiter jetzt, es ist noch ein gutes Stück bis nach Driwigg.«

Die Kutsche setzte sich schwerfällig in Bewegung. Ayrin nahm das Buch wieder zur Hand, war jedoch nicht recht bei der Sache. Sie ärgerte sich über den frechen Leutnant und bekam ihn einfach nicht aus dem Kopf.

Ragne und der Nachtalb folgten einem Seitenweg, abseits der Eisenstraße, obwohl sie nicht wussten, wo der sie hinführen würde. Ragne hoffte auf einen Bauernhof, der nicht von Runen geschützt war. Das würde ihr erlauben, sich endlich wieder gründlich aufzuwärmen, bevor sie Tod und Verderben über die Leute bringen würde. Die Kälte, die dem Alb nichts ausmachte, setzte ihr von Tag zu Tag mehr zu.

Tsifer hielt plötzlich sein Reittier an und hob warnend die Hand. Kurz darauf hörte auch Ragne den Hufschlag vieler Pferde und das Rasseln von Waffen und Kettenhemden. »Soldaten!«, zischte der Alb, riss sein Pferd herum und lenkte es zwischen die Hügel, um Deckung zu suchen.

Ragne folgte ihm und verfluchte den ewigen Wind, der aus der falschen Richtung kam und so verhindert hatte, dass sie die Reiter früher gehört hatten. Kaum in Deckung hielt sie ihr Pferd an, versuchte, es zu beruhigen, und lauschte. Ein lauter Ruf ertönte. Ausgerechnet auf dem Hügel, den sie gerade umrundet hatten, war ein Späher erschienen. Der Mann hatte sie gesehen! Tsifer fluchte in der Sprache der Alben und gab seinem Pferd die Sporen. Ragne hetzte ihm hinterher, blickte zurück, und sah ein Dutzend Soldaten auftauchen. Sie jagte in vollem Galopp zwischen den verstreuten Felsen hindurch, immer dem Nachtalb hinterher. Der schlug Haken, was Unsinn war, denn dadurch kamen die Reiter, die ja nur abkürzen mussten, immer näher. Ragne schloss zum Alb auf. »Hör auf mit den Finten, sie sind zu nah, um sie zu täuschen«, rief sie ihm zu.

Er schüttelte grimmig den Kopf, hetzte sein Tier jedoch von nun an nur noch geradeaus. Ragne überholte ihn, jagte haarscharf an Felsbrocken vorüber und durch zerzauste Dornenbüsche hindurch. Sie wagte wieder einen Blick über die Schulter. Diese Soldaten trugen Schwerter, und Harnische aus Leder oder Eisen; ihre Pferde hatten auf jeden Fall mehr zu tragen als ihr eigenes Tier, doch noch schienen sie nicht müde zu werden. Ihr Reittier hingegen keuchte bereits. Ragne trieb es weiter an. Dann erspähte sie eine dünne Rauchsäule, zwischen den Hügeln, die Quelle verdeckt hinter hausgroßen Felsblöcken. Sie hatte eine Eingebung. »Da hinüber«, rief sie.

»Was ist dort?«, fragte der Alb. Sein Pferd keuchte ebenfalls und hatte offensichtlich Schwierigkeiten, noch Schritt zu halten. Die Soldaten holten auf.

Ragne antwortete nicht, sondern gab ihrem Tier die Sporen. Die Felsen rückten näher. Man hätte sie fast für eine Art Festung halten können, so hoch und wehrhaft ragten sie in den Himmel. Ragne erspähte eine Lücke zwischen den Felsen und hetzte hindurch. Auf dem riesigen Findling saß jemand, ein Mann, eingehüllt in einen Pelzumhang. Der richtete sich nun, behäbig und viel zu spät, auf, und stieß einen Warnruf aus. Ragne erreichte da schon die andere Seite des mächtigen Blocks. Sie erkannte, dass sie richtig geraten hatte: Sie war auf einen Lagerplatz gestoßen. Sieben, acht abgerissene Gestalten glotzten sie an. Sie sah im Vorbeireiten Pferde, Ledertzelte, Kisten und Fässer. Ragne zügelte ihr Tier, suchte und fand eine weitere Lücke zwischen den Felsen und jagte ihr Pferd hindurch. Nun lag das Lager hinter ihr. Der Nachtalb schloss auf.

Hinter ihnen erklangen laute Flüche und Schreie. Ragne drehte sich im Sattel um. Die Männer, die sie am Feuer überrascht hatten, rannten in alle möglichen Himmelsrichtungen davon, verfolgt von Berittenen und von den Verwünschungen und Flüchen der Soldaten, die herausgefunden hatten, dass sie auf ein Lager von Räubern gestoßen waren.

Nach einer Weile sagte Tsifer, er sei sicher, dass sie nicht mehr verfolgt würden, und sie hielten die erschöpften Pferde an.

»Woher wusstest du, dass wir da ein Räuberlager finden würden?«, fragte er.

»Wer würde sonst abseits der Wege und so gut versteckt ein Lager aufschlagen?«

»Gut geraten, Ragne, gut geraten. Mir scheint, dass du doch nicht so blind bist für die Wege der Welt, wie ich dachte. Glaubst du, dass sich die Soldaten davon dauerhaft von unserer Spur abbringen lassen werden?«

Sie zuckte mit den Achseln und blickte zum Himmel. »Auf jeden Fall sind sie erst einmal mit dieser Räuberbande beschäftigt. Die Dämmerung naht, und ihr folgt die Nacht. Sie wird uns schützen. Allerdings wird es vorerst nichts mit einer warmen Unterkunft oder wenigstens einer Rast an einem Feuer.«

»Hätten diese Soldaten uns gefasst, wären wir dem Feuer wohl näher gekommen, als uns lieb ist«, entgegnete der Alb trocken.

Die nächsten Tage fand Ayrin enttäuschend ereignislos. Sie fuhren durch eine Landschaft, die sich nur wenig von der ihrer Heimat unterschied. Immer noch standen die Grauberge weit im Norden und es schien ihr fast, als würden sie sich weigern, kleiner zu werden. Auch das Land abseits der Straße blieb felsig und karg und sie sahen nur wenige Gehöfte oder gar Siedlungen. Deshalb verließen sie manchmal die Eisenstraße und suchten ein Dorf oder eine Ansammlung von Bauernhöfen auf, wo der Runenmeister für eine Handvoll Silber seine schützenden Runen anbot.

»Eigentlich kommt es mir falsch vor, dafür Geld zu verlangen«, sagte Ayrin eines Abends, als sie Rüben für das Abendessen schälten.

»So? Es kommt dir aber nicht falsch vor, die Speisen zu verzehren, die ich von diesem Geld kaufe. Und ich hoffe, du glaubst nicht, dass die Leute zu viel bezahlen. Meine Runen schützen sie und ihr Vieh vor Krankheit und Tod, viel zuverlässiger als die Gebete, die sie zu den Göttern sprechen. Dennoch hat selbst der einfältige Priester von Halmat ein gutes Auskommen, oder nicht?«

Ayrin wollte nicht zugeben, dass er recht hatte, und sagte: »Aber waren es nicht die Götter, die die Magie in die Welt brachten, also auch die Runen?«

»Wie kommst du denn darauf?«, fragte der Meister mit hochgezogenen Augenbrauen. »Die Helia, die magische Urkraft, die uns umgibt und doch für Menschen unerreichbar ist, die war schon vor den Göttern, ja, sogar vor allen Welten da. Allerdings, und da hast du recht, verstehen nur die Götter, sie zu nutzen. Jedoch behalten sie ihre Macht gerne für sich. Es waren die Drachen, die uns die weiße, die greifbare Magie und die Runen lehrten, wie so vieles andere.«

»Aber ich dachte, die Götter helfen und beschirmen uns, als Dank für unsere Gebete. Und sie schenkten uns die Runen, damit wir sie im Tempel verehren können«, warf Baren ein.

Der Meister schüttelte unwillig den Kopf. »Ich werde nie verstehen, warum die Leute die Götter um Regen anflehen, wenn sie mit einer Rune und den richtigen Zutaten viel zuverlässiger dafür sorgen könnten.«

»Es regnet recht oft im Horntal«, sagte Baren. »Ich glaube nicht, dass jemals jemand die Götter um mehr angefleht hat.«

»Das war nur ein Beispiel, Dummkopf«, schimpfte der Meister und warf eine Rübe in den Topf.

»Und wann lerne ich nun das Schreiben der Runen?«, fragte Ayrin.

»Du beherrschst ja mit knapper Not gerade erst die Buchstaben.«

Ayrin streifte Schale von der nächsten Rübe. »Darf ich dann wenigstens bald zusehen, wie Ihr sie schreibt?«

»Alles zu seiner Zeit, Mädchen«, brummte der Meister. »Lass uns erst einmal nach Driwigg kommen, dann sehen wir weiter.«

Der Sterndeuter

Am nächsten Morgen konnte Ayrin den Bärenberg gut sehen, an dessen Fuß die Stadt liegen sollte. Der Berg stand einsam über dem Dunst, der über die gefrorenen Felder kroch und die Stadt, die zu seinen Füßen lag, verbarg. Es waren noch andere Gipfel zu erahnen, aber die schienen viel weiter entfernt.

Der Meister hatte es plötzlich recht eilig. Er beorderte Baren zurück in den Wagen und ließ die Pferde schneller laufen. »Die Straße ist ab hier wesentlich besser«, sagte er. »Der Graf von Driwigg hat es sich zur Aufgabe gemacht, die Wege rund um seine Stadt in Schuss zu halten, auch die Eisenstraße, für den Fall, dass sie jemals wieder gebraucht würde. Na, die Bauern und Händler werden es ihm hoffentlich danken.«

Sie kamen gut voran und bald erkannte Ayrin, dass auf dem Gipfel des Bärenberges Türme und Mauern in die klare Winterluft ragten.

»Das ist die Festung, die früher über die Stadt wachte. Überhaupt ist die ganze Stadt durch eine Mauer geschützt, wie ihr bald sehen werdet«, erklärte der Meister.

Baren hatte hinter dem Kutschbock auf dem Dach Platz genommen und schien die Fahrt zu genießen. Die Pferde wurden immer schneller. »Sie merken, dass sie sich einem warmen Stall nähern«, rief Meister Maberic und ließ sie laufen. Die Straße durchquerte eine Senke, führte um einen Hügel herum, und dann, plötzlich, war die Stadt ganz nah.

»So viele Türme!«, rief Ayrin. »Sind alle Städte so groß?«

»Die meisten sind größer, und wenn du sie mit den riesigen Städten von Kandt oder Glemara, drüben im Reich, vergleichst, ist das hier nur ein schäbiges Dorf.«

»Aber es müssen hier über tausend Menschen wohnen!«

Der Meister lachte. »Es sind eher fünftausend, in den Mauern von Ossia, das ist die Hauptstadt des Ostreiches, leben über fünfhunderttausend Seelen.«

Ayrin sah ihn skeptisch an. So viele Menschen gab es doch gar nicht auf dieser Welt. War der Meister vielleicht ein Aufschneider? Sie schüttelte den Gedanken ab und richtete die Augen auf das immer näher rückende Driwigg.

Bald veränderte sich der erste Eindruck, den sie von der Stadt hatte. Die Mauern waren zwar hoch, aber krumm und rissig. Einige der aus der Ferne so imposanten Türme waren halb zusammengefallen. Es gab ein mächtiges Stadttor, über dem auch schon einige Zinnen in der Mauer fehlten. Eine kleine Schar Soldaten saß dort am Feuer und wachte über das weit offene Tor. Sie schienen dem Wagen nicht viel Aufmerksamkeit widmen zu wollen. Doch endlich, als er die Mauer fast erreicht hatte, erhoben sich zwei der Bewaffneten und stellten sich den Pferden in den Weg.

Meister Maberic hielt den Wagen an. »Ich grüße die tapferen Männer der Wache von Driwigg«, rief er freundlich.

Einer der Soldaten trat ein Stück näher an die Kutsche heran. »Und ich grüße den Runenmeister. Wer sind diese beiden jungen Menschen an Eurer Seite, Maberic?«

»Ich habe sie als Schüler aufgenommen.«

»Wirklich? Das nenne ich eine Überraschung. Was könnt Ihr Neues aus dem Westen berichten?«

»Eine Hexe trieb ihr Unwesen im Horntal«, erwiderte Meister Maberic, »aber es gelang mir, sie zu vertreiben.«

Ayrin öffnete den Mund, um diese recht grobe Darstellung der Ereignisse geradezurücken, doch Baren schüttelte unmerklich den Kopf, also schwieg sie.

»Dann gehen sie jetzt auch in Hama um? Wir hörten ähnliche Berichte aus Bog, Roge und selbst aus dem Fahlgan. Bis jetzt halten sich die Hexen mit ihren Plagen wenigstens noch von den Städten fern. Das ist natürlich kein Trost für all die Bauern, die das Unglück in jenen Landstrichen heimsucht. Es scheint, dass die Schwarzseher, die schon seit Jahren von der Rückkehr des Hexenfürsten faseln, in diesem Winter recht behalten könnten. Doch sagt, was führt Euch nach Driwigg?«

»Hexen wurden auch im Osten und Süden gesehen? Das sind schlechte Nachrichten«, erwiderte der Runenmeister. »Umso dringender muss ich mit Meister Tungal sprechen.«

»Ihr seid hoch willkommen, Lar. Es mag sein, dass der Graf Euch bitten wird, die Runen für unsere Stadt zu erneuern.«

»Ich werde sehen, was ich tun kann.«

Die Soldaten gaben den Weg frei und der Lar lenkte den Wagen in die Stadt hinein. Hinter dem Tor begann eine breite Straße, die ins Herz der Stadt zu führen schien. Die anderen Gassen waren viel schmaler.

»Das ist die Erzgasse«, erklärte der Meister, der Ayrins neugierige Blicke wohl bemerkt hatte. »Sie wurde so breit angelegt für die Wagen, die immer noch aus dem Norden die Kupferstraße hinabkommen. Sie wird uns zum Marktplatz bringen und zum großen Rasthof, wo die Pferde einen schönen warmen Stall vorfinden werden.«

»Und die Menschen?«, fragte Baren. »Was ist mit uns? Ich sehne mich nach einem warmen Bad und einer geheizten Stube und einer Schlafstatt, in der mich niemand die ganze Nacht tritt und boxt.«

»Nun, für gewöhnlich bleibe ich des Nachts im Wagen«, sagte der Lar und wirkte überrascht.

»Aber ein warmes Bad, Meister!«, sprang Ayrin ihrem Bruder bei. »Wenn ich es richtig verstehe, wird der Herr dieser Stadt nach Euren Diensten fragen. So könnt Ihr ihm nicht gegenübertreten.«

»Wieso nicht?«, fragte Meister Maberic und schien wirklich nicht zu wissen, was Ayrin meinte.

»Nun, Euer Haar müsste geschnitten werden, und jemand sollte Euch gründlich rasieren. Auch ein Bad könnte nach den vielen Tagen auf dem Kutschbock nicht schaden.«

»Der Graf von Driwigg interessiert sich nicht für meine Bartstoppeln, er will nur ein paar Runen kaufen.«

»Unsere Muhme hat immer gesagt, dass ein sauberer Händler einen höheren Preis erzielt«, meint Ayrin.

»Aber deshalb gleich ein Bad nehmen? Man kann es auch übertreiben«, brummte der Runenmeister.

Doch dann ließ er sich von den Geschwistern überzeugen, ein Zimmer im Gasthof zu mieten, und für ein Bad ließ er sich ebenfalls erwärmen.

Auch Ayrin und Baren genossen ein Bad, und so verging mehr Zeit, als dem Runenmeister lieb war. »Eigentlich ist es jetzt schon fast zu spät, es wird bereits dunkel. Dennoch werde ich den Weg wagen und den Mann besuchen, der mir hoffentlich weiterhelfen kann.«

»Was ist mit dem Essen? Ich will Eure und meine Kochkünste nicht schmälern, Meister, aber ich hatte mich schon sehr auf ein gutes Essen in der Gaststube gefreut«, meinte Baren. »Aus dieser Küche riecht es vielsprechend.«

»Es muss heute sein. Der Graf wird bald erfahren, dass ich in seiner Stadt bin, und er kann sehr ungehalten werden, wenn ich ihm nicht die Runen gebe, die er will.«

»Warum gebt Ihr sie ihm denn nicht?«, wollte Ayrin wissen.

»Weil es Verschwendung wäre. Die Runen, die die Mauern der Stadt schützen, sind noch frisch genug, ihren Zweck zu erfüllen. Alle wollen sie immer neue Runen, und niemand fragt, wie viel Mühe es macht, sie zu erschaffen. Aber ihr zwei müsst mich nicht begleiten. Macht euch einen schönen Abend, oder, besser noch, vertieft eure Kenntnisse der Buchstabenschrift«, sagte der Runenmeister mit Blick auf Ayrin.

»Ich werde Euch begleiten, Meister«, rief sie schnell.

»Das ist nicht nötig.«

»Ich weiß, aber ich habe viele Fragen, und ich brenne darauf, sie beantwortet zu bekommen.«

Der Runenmeister kratzte sich am Hinterkopf. »Meister Tungal ist nicht so umgänglich wie ich. Er kann sogar grob werden, wenn ihm Besuch nicht zusagt. Und Besuch, der viele Fragen stellt, gefällt ihm gewiss nicht.«

»Ich habe im *Blauen Drachen* gelernt, mit groben Gästen umzugehen«, sagte Ayrin mit einem freundlichen Lächeln.

»Ich kann dich wohl nicht davon abbringen, oder?«

Ayrin schüttelte den Kopf.

»Gut, dann kommt dein Bruder auch mit. Ich will nicht, dass du den Rückweg alleine antrittst. Es besteht nämlich die Aussicht, dass es spät wird, wenn zwei so alte, nun, ja, Freunde, sich nach langer Zeit wiedersehen.«

Eine aufgeregte Ayrin und ihr etwas mürrischer Bruder folgten dem Meister hinaus zum Wagen, wo er im Inneren eine Bodenluke öffnete, die selbst Baren noch nie gesehen hatte, und einen in Wachstuch eingewickelten Krug hervorzog. »Ich nutze ihn zu wenig, aber manchmal hat es Vorteile, einen eigenen Weinkeller zu haben, findet ihr nicht?«, fragte der Runenmeister vergnügt. Dann führte er sie eilig durch die Stadt.

Ayrin sah mit Staunen, dass hier, trotz der späten Stunde, noch viele Menschen unterwegs waren. »In Halmat sind die Leute nach Einbruch der Dunkelheit entweder zu Hause, oder sie sitzen im *Blauen Drachen*.«

»In dieser Stadt gibt es mehr als eine Schänke, Ayrin, und die Menschen hier fürchten die Dunkelheit nicht, denn sie haben nicht nur an jeder Ecke eine Laterne stehen, nein, sie werden auch noch durch eine feste Mauer geschützt. Also wandern sie von einem Ende der Stadt ganz gelassen zu einem Wirtshaus ihrer Wahl, halten unterwegs ein Schwätzchen, fädeln vielleicht ein Geschäft oder gar eine Hochzeit ein. Sie sind recht umtriebig, die Menschen von Driwigg.«

Sie wanderten durch mehrere Gassen und stiegen dann über eine Treppe die Stadtmauer hinauf. Überrascht erkannte Ayrin, dass vor ihnen eine hölzerne Zugbrücke aufragte. Ein Wächter kam aus dem nahen Turm. »Ah, Meister Maberic. Ihr wollt hinüber zum Berg?«

»So ist es«, gab der Runenmeister freundlich zurück.

»Um diese Zeit?«

»Dringende Angelegenheiten, mein Freund.«

»Na, meinetwegen«, sagte der Soldat, kehrte zurück in seinen Turm und dann hörte Ayrin das Knarren einer Winde und sah, wie die Zugbrücke sich plötzlich niederlegte. Der Wächter trat wieder vor den Turm. »Benutzt die Glocke, wenn ihr zurückwollt. Aber wundert euch nicht, wenn nicht gleich jemand kommt. Der Kamerad, der mich nachher ablöst, pflegt einen tiefen Schlaf.«

Der Runenmeister dankte und dann überquerten sie die Brücke, die zu einem weiteren Stück Mauer führte. Kaum waren sie hinüber, als der Soldat die Zugbrücke wieder hochkurbelte. Ayrin wagte einen Blick über den Rand der Mauer. Es ging hier viele Ellen tief hinab.

»Was ist das für ein merkwürdiges Bauwerk, Meister?«, fragte Baren, der ihre Laterne hielt.

»Die Zugbrücke, nun das ist eine recht einfache …«.

Baren unterbrach ihn. »Nein, ich meine die Mauer. Wieso gibt es hier eine hohe Mauer, die zum Berg führt, und die offenkundig nichts mit der Verteidigung der Stadt zu tun hat? Sie scheint mir sogar gefährlich, denn ein Angreifer könnte von hier aus viel Schaden in Driwigg anrichten.«

»Das dort oben war ursprünglich eine Festung, und dies war ein halbwegs sicherer Weg hinauf und hinunter. Wenn ich mich richtig erinnere, gibt es sogar irgendwo eine ausgeklügelte Vorrichtung, um diese Mauer im Notfall zu sprengen. Da aber schon lange keine Heere mehr durch die Sturmlande ziehen, die groß genug wären, eine Stadt zu belagern, wird das wohl nie geschehen. Und die Burg dort oben wurde schon vor langer Zeit von den Soldaten verlassen. Nun dient sie einem besseren Zweck, nämlich der Beobachtung der Sterne.«

Ayrin sah den Berg schnell näher rücken. Die Mauer, auf der sie liefen, stieg in vielen Stufen ein gutes Stück den steilen Hang hinauf, bis sie sich, jenseits einer lotrecht abfallenden Wand, endlich absenkte und zu einem Treppengang wurde, der in einer langen Windung um den Berg herumführte.

»Das ist sinnreich angelegt«, meinte Baren irgendwann.

»Was meinst du?«, fragte Ayrin.

»Wer immer die Festung dort oben angreifen wollte, musste diesem Weg folgen. Und er führt so um den Berg herum, dass der Schildarm immer auf der falschen Seite ist, wenn es darum geht, Pfeile oder Steine, die es von oben hagelt, abzuwehren.«

»Woher weißt du so etwas?«

»Na, das sieht man doch, oder?«

»Aber woher weißt du, wo Soldaten ihren Schildarm haben?«

»Na, links, eben. Hast du nie darauf geachtet?«

Das hatte Ayrin nicht und sie war besorgt darüber, dass das Soldatenleben ihren Bruder immer noch zu beschäftigen schien. Danach sprachen sie nicht mehr viel, denn die zahllosen Stufen nahmen ihnen nach und nach die Luft zum Atmen. »Jetzt weiß ich wieder«, keuchte der Meister nach einiger Zeit, »warum ich den alten Halunken so selten besuche. Na, zum Glück haben wir die Hälfte des Weges schon hinter uns.«

»Erst die Hälfte?«, stöhnten Ayrin und Baren wie aus einem Mund.

Der Meister antwortete mit einem zufriedenen Grinsen und setzte summend den Aufstieg fort.

Ragne von Bial blickte hinüber zu den Lichtern auf der Mauer und breitete die Arme aus. »Endlich, eine Stadt, eine richtige Stadt, vielleicht sogar so etwas wie Kultur.«

»Ein armseliges Nest, das sich in die dürre Erde krallt, damit es nicht vom ersten Wind davongeweht wird«, meinte Tsifer.

»Warum so schlechte Laune, mein Freund? Wir werden heute Nacht ein Dach über dem Kopf haben, das erste Mal seit Halmat. Wenn du dich benimmst, darfst du vielleicht sogar in einem richtigen Bett schlafen.«

»Und du meinst, ich würde es dort aushalten? Riechst du nicht die Runen in den Mauern und über dem Tor?«

Ragne seufzte. »Runen?«

Der Nachtalb nickte düster. »Sie sind ein wenig verblasst, aber sie wirken noch. Es wird schmerzhaft werden, sich innerhalb dieser Mauern aufzuhalten. Ich werde diese Stadt nicht betreten!«

»Und wie soll ich den Wachen am Tor erklären, dass ich alleine durch das Land reite?«

»Sag ihnen doch, was du willst.«

Ragne verschränkte die Arme. Sie konnte den Alb schlecht am Tor zurücklassen, und sie konnte sich auch nicht als alleinreisende Edelfrau ausgeben, denn das würde ihr niemand glauben. Sie seufzte. »Dann bleibst du mit den Pferden hier und kannst meinetwegen erfrieren. Ich werde zu Fuß dort hinübergehen und verborgen in der Hülle einer einfachen Bauernmagd um Einlass bitten.«

»Du wirst aber viel Schwarzschwefel dafür verbrauchen!«

»Ich kann es nicht ändern. Wir müssen herausfinden, wo sich dieses Drachentor zeigt.« Ragne lockte die Spinnen aus ihrem Ärmel und ihrer Tasche und murmelte ein paar beschwörende Worte. Ihre achtbeinigen Helfer machten sich sofort ans Werk, umwebten sie von Kopf bis Fuß mit einem weitmaschigen Netz aus Spinnenseide, bis Ragne sie zurückrief. Dann zerrieb sie etwas Schwefel über ihrem Kopf, rief sich die Kleidung einer Magd vor Augen und murmelte eine weitere Beschwörung. An Tsifers Gesicht konnte sie erkennen, dass die Verwandlung geglückt war.

»Zu hübsch«, knurrte er. »Du wirst viele Blicke auf dich ziehen, und das ist schlecht, wenn du unauffällig bleiben willst. Warum verwandelst du dich nicht einmal in eine hässliche alte Vettel?«

»Weil es viel mehr Magie verbrauchen würde, aus meinem hübschen Gesicht ein hässliches zu machen«, erwiderte sie lächelnd. »Außerdem lösen ansehnliche junge Mägde leichter die Zungen der Männer. Ich muss doch herausfinden, wohin dieser Runenmeister gegangen ist.«

»Beschwere dich ja nicht, wenn sie über dich herfallen«, zischte der Alb, »und rechne nicht mit meiner Hilfe.«

»Keine Sorge, das tue ich ohnehin nicht«, gab Ragne mit einem dünnen Lächeln zurück. Dann machte sie sich auf den Weg in die Stadt.

»Ihr seid spät unterwegs, Jungfer. Etwa allein?«, sagte der Wächter, kurze Zeit später am Tor, das jetzt, nach Einbruch der Dunkelheit, geschlossen war. Ragne spürte, dass irgendwo in diesem Gemäuer ein Runenbeutel versteckt sein musste. Er war noch wirksam genug, ihr Kopfschmerzen zu bereiten. »Meine Herrschaft folgt mit einem Wagen«, erzählte sie die Geschichte, die sie sich zurechtgelegt hatte. »Leider brach uns, zwei Stunden Wegs von hier, ein Rad. Die Männer können es in Ordnung bringen, und sie schickten mich voraus, eine Unterkunft für die Nacht zu besorgen.«

»Dennoch ist es leichtsinnig, eine Frau in der Dunkelheit allein übers Land zu schicken, in Zeiten wie diesen.« Der Soldat pochte an das Tor, das sich knarrend öffnete. »Der *Lachende Riese* am Marktplatz hat Platz für Wagen, Pferde und Menschen«, sagte er. »Und gebt auf Euch acht, Fräulein, nicht alle Männer in Driwigg sind so freundlich wie ich.«

Ragne schritt unter der Rune hindurch und die nagenden Kopfschmerzen wurden schlimmer. Sie hoffte darauf, dass der Schmerz nachließ, wenn sie das Tor hinter sich ließ, aber erst am Markt fand sie ihn halbwegs erträglich. Der Wagen des Runenmeisters stand vor dem Gasthaus, das der Soldat genannt hatte. Offenbar passte er nicht durch das Tor zum Innenhof der Herberge. Ragne spürte Lust, sich dieses Gefährt einmal näher anzusehen, aber die starken Runen, die es schützten, hielten sie wirksam davon ab. »Verflucht sei die Kunst der Lare«, murmelte sie, machte einen Bogen um den Wagen und betrat das Wirtshaus.

Die große Stube war voll, und Ragne hörte schnell heraus, dass die Anwesenheit des Runenmeisters die Leute beschäftigte. Sie fühlte auch, dass sie selbst neugierig gemustert wurde. Mit sittsam gesenktem Kopf ging sie zur Theke und sprach eine der Schankmägde an.

Sie gab sich einfältig und fragte erst nach einem Bett für sich und ihre Herrschaft, die gewiss bald eintreffen würde, und dann wollte sie wissen, wem der große Wagen vor der Herberge gehörte. Und als sie die Antwort erhielt, die sie erwartet hatte, fragte sie, ob es möglich sei, so einen berühmten Mann einmal zu sprechen. »Ich weiß nicht, ob er Zeit für eine Magd hat. Unser Graf hat auch nach ihm geschickt, da war er schon nicht mehr im Haus.«

»Wo ist der Meister denn hin, wenn er nicht in das Schloss des Grafen gegangen ist?«

»Schloss? Na, Ihr seid wohl nicht von hier, wenn ihr den alten Steinhaufen für ein Schloss haltet. Sei's drum, nach allem, was ich hörte, hat sich der Lar auf den Weg zum Berggipfel gemacht, um den Sternenkundigen aufzusuchen.«

»Ein Mann, der die Sterne erkundet?«

»Ihr seid wirklich nicht von hier. Meister Tungal lebt auf dem Bärenberg, oder, über den Wolken, wie wir sagen.« Dann setzte sie mit einem Zwinkern hinzu: »Und er ist ähnlich leicht zu erreichen.«

Ayrin wünschte sich von Stufe zu Stufe mehr, sie hätte einen zweiten Umhang mitgenommen, so eisig pfiff der Wind um den Gipfel des Bärenberges. Endlich, als sie sich bereits fragte, ob dieser Weg jemals enden würde, erblickte sie die Mauern der alten Burg. Sie lag jenseits einer Felsspalte. Auch hier oben gab es eine Zugbrücke, diese war aber heruntergelassen und die Kette auf einer Seite war gerissen. Auf Ayrin wirkte die ganze Burg baufällig, und sie fragte sich, wie sie über so viele Jahre Wind und Frost hatte standhalten können.

Sie überquerten die knarrende Brücke und hielten vor der mächtigen Pforte, in der es eine zweite, kleinere Tür gab. Ayrin entdeckte einen Türklopfer in Form eines Drachenkopfes, dem ein eiserner

Ring zwischen den Zähnen hing. Meister Maberic gab Baren keuchend ein Zeichen, und der betätigte ihn. Hohl klang das Klopfen in der Torwölbung. Nichts rührte sich. Baren klopfte noch einmal. Endlich, Ayrins Zähne klapperten schon, wurden schwere Riegel bewegt und dann öffnete sich die Pforte um eine Winzigkeit. Eine verhärmte Frau starrte sie an. »Der Meister empfängt keine Besucher. Schon gar nicht zu dieser Stunde. Und erst recht nicht, wenn sie sich nicht vorher anmelden.«

»Was ist denn das für eine Begrüßung? Ihr wisst sehr wohl, dass ich bisher zu jeder Tages- und Nachtzeit hier willkommen war, Dara. Bestellt also meinem alten Freund Heban, dass Maberic vom Hagedorn ihn sprechen muss und mit einem Krug vom besten Roten bewaffnet ist. Es ist besser, er lässt uns hinein, bevor der edle Tropfen hier draußen noch gefriert.«

»Maberic, du elender Halunke, bist du das?«, rief eine Stimme aus dem Inneren. »Und du hast Wein mitgebracht? Hoffentlich aus Kandt! Lass ihn endlich herein, dumme Gans!« Die Tür öffnete sich so weit, dass Ayrin wenigstens die Frau ganz sehen konnte. Aber sie stand immer noch im Weg. »Seine Begleiter auch, Herr?«, fragte sie mürrisch.

»Natürlich, sie erfrieren mir sonst«, rief Meister Tungal.

»Aber kochen werde ich für sie nicht. Das Essen ist schon abgeräumt, die Teller gespült.«

Ayrin spürte einen warmen Luftzug aus dem Inneren. Aber diese Frau stand scheinbar unerschütterlich zwischen ihr und einem prasselnden Kaminfeuer.

»Sture Kuh! Wir haben selten genug Gäste, also lass sie endlich herein, Dara.«

»Dass sie mir ja ordentlich die Schuhe abtreten«, murmelte sie und öffnete die Pforte endlich ganz. Zitternd trat Ayrin ein. Die Hauswirtschafterin zog, Beschwerden über ungebetenen Besuch brummend, davon.

Der Hausherr war groß, stämmig und sein Haupt war rasiert. Jetzt breitete er die Arme aus und rief mit dröhnender Stimme: »Willkommen in der Bärenburg, du elender Schuft! Willkommen in den Wolken.«

»Ja, ja, danke.« Meister Maberic war immer noch außer Atem. »Wolltest du nicht längst etwas ersonnen haben, um den Weg hier hinauf zu erleichtern, alter Freund?«

»Wozu? Damit jeden Tag irgendwelches Gesindel an meine Pforte klopft und nach der Gunst der Sterne fragt? Doch sag, wer sind deine Begleiter? Sollte der einsame Wolf etwa wieder Schüler aufgenommen haben?«

Der Runenmeister brummte ein »Kann sein«, und stellte Ayrin und Baren kurz vor.

»Ich hätte nicht gedacht, dass ich das noch einmal erlebe«, rief der Burgherr. »Und wo ist nun dieser Wein, der mir versprochen wurde?«

»Guter Roter, aus Kandt. Ich hoffe, er ist unterwegs nicht gefroren.« Umständlich kramte Meister Maberic den Krug hervor.

Ihr Gastgeber nahm ihm diese Last ab. »Wir sollten ihn an den Kamin stellen, und euch gleich dazu. Ihr hättet euch wärmer anziehen sollen. Bist du so alt und vergesslich, dass du nicht mehr weißt, wie kalt es hier oben im Winter wird, alter Narr?«

»Bin ich anscheinend.«

Meister Tungal führte sie in das, was er die gute Stube nannte, die sich aber beinahe als riesiger Saal entpuppte. Der Kamin war gewaltig, doch in ihm glomm nur ein schwaches Feuer. Der Hausherr rief nach Dara, aber die erschien nicht, also legte er selbst einige Scheite auf das Feuer und schürte die Glut.

»Ich frage mich jedes Mal, wie du all das Holz hier hinaufschaffst, das du für diesen Kamin brauchst, Heban.«

Meister Tungal zuckte mit den Schultern und säuberte den Weinkrug. »Eine Stunde am Feuer wird der Wein wenigstens brauchen. Es war gedankenlos von dir, ihn der Kälte auszusetzen, Mabi.« Er schlug dem Lar hart auf den Rücken. »Nun sag, was führt dich zu mir? Wie willst du mich dieses Mal über den Tisch ziehen, alter Gauner?«

Meister Maberic schien das ruppige Benehmen seines Freundes nicht aus der Ruhe zu bringen. »Gewisse Dinge von Bedeutung, über die wir vielleicht später sprechen sollten.«

»Unsere Mutter hat ein Drachenportal gefunden und versteckt sich dort«, platzte Ayrin heraus.

Für einen Moment war es bemerkenswert still in der großen Kammer. Dann sagte Meister Tungal, und es war das erste Mal, dass er bedächtig klang: »Ich denke, ein Krug wird nicht genügen, das zu besprechen.« Er rief seine Haushälterin, die nach dem dritten Ruf endlich herangeschlurft kam, und trug ihr auf, mehr Wein zu holen. Sie antwortete mit einem finsteren Blick, schlich aber wieder kopfschüttelnd davon. »Ist wahr, was diese junge Frau behauptet, alter Freund?«, fragte er dann.

»Vermutlich«, antwortete der Runenmeister und dann erzählte er von dem Ring mit der halben Rune und was die Geschwister über ihre Mutter wussten. Und auch die Hexe erwähnte er, die vermutlich den Brief, der mehr Licht in diese Angelegenheit gebracht hätte, gestohlen hatte.

»Das ist eine gute Geschichte«, meinte ihr Gastgeber am Ende, »sie steht allerdings auf schwachen Beinen. Ein verschwundenes Schreiben und zwei Kinder, die sich an nichts erinnern und alles nur vom Hörensagen kennen?«

»Und der Ring?«, fragte Maberic und legte das goldene Schmuckstück auf den Tisch.«

»Ja, das verleiht dem Ganzen ein gewisses Gewicht.« Der Sterndeuter nahm den Ring in die Hand und betrachtete ihn. Sein Blick bekam etwas Verträumtes. »Nehmen wir also an, dass diese Geschichte wahr ist. Was willst du nun von mir, alter Freund?«

»Ich habe anhand der Listen, die du mir überlassen hast, bereits herausfinden können, dass sich damals im Horntal der Zugang zu einem Portal geöffnet hat. Nun wollen wir wissen, wann das das nächste Mal geschieht.«

»Im Horntal?« Der Sterndeuter runzelte die Stirn. »Das kann Jahrzehnte oder gar Jahrhunderte dauern.«

Ayrin erbleichte, und der Runenmeister sagte schnell: »Jetzt übertreibst du, mein Freund. Wie viele Portale gibt es in den Sturmlanden? Ein Dutzend? Zwei? Und jeden Winter zeigt sich irgendwo wenigstens eines. Das kann doch nicht Jahrhunderte dauern.«

»Jahrzehnte aber schon, und es sind eher sechzig Portale, von denen wir wissen. Es erfordert hohe Kunst, herauszufinden, wann und wo sie sich öffnen, auch wenn du dir das nicht vorstellen kannst.«

»Eine Kunst, die keiner so beherrscht wie der berühmte Heban Tungal.«

Meister Tungal blickte lange in seinen Weinkrug. »Ich kann es vielleicht herausfinden, doch wird es eine Weile dauern. Außerdem gibt es drängendere Dinge zu besprechen. Der Jäger spannt bereits seinen Bogen.«

»Das ist gut«, sagte der Runenmeister und nickte bedächtig, »mein Vorrat an gewissen Zutaten geht nämlich zur Neige.«

»Ich verstehe.«

»Ich nicht«, rief Ayrin, die es nicht länger aushielt. »Was bedeutet das alles? Können wir nun unserer Mutter folgen, oder nicht?«

Der Sterndeuter sah sie mit gehobenen Augenbrauen an. »Folgen? Wohl kaum, wenn sie im Drachenreich sein sollte, was ich mir eigentlich nicht vorstellen kann. Ob Ihr aber das Portal finden könnt, vorlaute junge Frau, werde ich Euch bei Sonnenaufgang beantworten können. Seid solange meine Gäste.« Mit diesen Worten erhob sich Meister Tungal und verließ den Saal.

»Was hat er vor?«, fragte Ayrin verblüfft.

»Er beobachtet die Sterne, zieht seine Bücher und Tabellen zurate, kurz, er tut, was ein Sterndeuter eben tut.«

Ayrin starrte ins Feuer. Ihr Bruder gab ihr irgendwann einen freundschaftlichen Knuff in die Seite. »Lass den Kopf nicht hängen. Er sagt, er kann deine Fragen morgen beantworten.«

»Aber er hat auch gesagt, dass es Jahrzehnte dauern kann, bis sich das Portal im Horntal wieder zeigt. Jahrzehnte, Baren! Wie soll unsere Mutter das überleben?«

Er kratzte sich nachdenklich am Kopf, dann meinte er: »Wenn sie es schafft, ein Jahr in so einer Höhle zu überleben, dann gelingt ihr das auch für zehn oder hundert.«

»Da hat dein Bruder weise Worte gesprochen, Ayrin. Geht und fragt den Hausdrachen, ob sie nicht etwas zu essen für euch hat. Auch einen Platz für die Nacht soll sie euch weisen. Und lasst euch nicht von ihrer schlechten Laune abschrecken. Ich werde sehen, ob ich meinem alten Freund nicht bei seinen Berechnungen helfen kann.«

»Soll ich nicht mitkommen, ich …«

»Nein, Ayrin Rabentochter, das ist etwas, was wir alleine erledigen müssen. Ich habe das Gefühl, dass der gute Heban noch etwas weiß, was er uns eben nicht verraten wollte. Er war nämlich verdächtig ruhig, während ich erzählte. Alleine finde ich eher heraus, was er vor uns verbirgt.«

Meister Maberic stieg die Wendeltreppe zum höchsten Turm der Burg hinauf. In der obersten Kammer fand er den Sterndeuter, der jedoch nicht etwa in seine Bücher, sondern aus dem verglasten Fenster starrte. Verschiedene Gegenstände aus Stahl und Messing standen in einer Ecke. Der Runenmeister wusste, dass sein Freund sie für seine Sternenbeobachtungen brauchte, verstand aber weder, wie sie funktionierten, noch was die vielen Striche und Unterteilungen auf den fein gearbeiteten Stücken bedeuteten. Eine Leiter führte hinauf zur Beobachtungsplattform, von der aus Heban Tungal den Lauf der Sterne beobachtete und vermaß. Er räusperte sich, doch der Sterndeuter drehte sich nicht um. »Du hast eine eigenartige Art, Nachforschungen anzustellen, mein Freund«, begann Maberic schließlich.

Der Sterndeuter kehrte ihm weiter den Rücken zu. Er schien in Gedanken versunken. »Sind die Zwillinge noch unten?«, fragte er endlich.

»Ich habe sie in die Küche geschickt. Sie haben einen gesunden Hunger und das Essen mag sie eine Weile von ihren Fragen ablenken. Sie setzten große Hoffnungen in dich, Heban.«

Meister Tungal zuckte mit den Achseln. »Ich bin nicht sicher, was ich ihnen sagen soll. Sie wissen nichts über ihre Mutter, und ich, ich weiß nicht viel mehr.«

Der Wind rüttelte an den bleiverglasten Fenstern. Eines von ihnen schien nicht richtig zu schließen, denn ein eisiger Wind pfiff hindurch.

»Aber etwas weißt du, oder?«

Der Sterndeuter drehte sich endlich um, ging zu einem der überladenen Schreibtische und hob ein Buch auf. Dann legte er es gleich wieder kopfschüttelnd ab. »Das habe ich niemals aufgeschrieben. Es war im Winter vor siebzehn Jahren, als eine junge Mutter von Zwillingen hier erschien und mich um Hilfe bat.«

Maberic trat an seinen Freund heran und fasste ihn am Arm. »Sie war hier, bei dir?«

Der Sterndeuter nickte. »Ich habe ihr gesagt, wann und wo ungefähr sich dieses Portal im Horntal zeigen würde. Und ich habe ihr die nötigen Mittel gegeben, um es auch wirklich zu finden.«

»Du hast ihr Drachenstaub gegeben?«

»Und eine magische Nadel.«

»Verzeih, wenn ich das sage, mein Freund, aber diese Großzügigkeit sieht dir gar nicht ähnlich.«

»Ja, nicht wahr? Ich habe hinterher auch nicht begriffen, warum ich das getan habe. Und als ich es verstand, war es schon zu spät.« Der Sterndeuter ließ seinen Blick über die vielen Bücher in den Regalen schweifen. Er wirkte bekümmert, und auch ein wenig zornig. »Sie war eine Hexe! Geblendet hat sie mich mit ihren, ach, so hilflosen Kindern und wahrscheinlich mit irgendeinem Zauber. Und ich Dummkopf bin auf sie hereingefallen und habe ihr das gegeben, was ihresgleichen niemals in die Finger bekommen sollte.«

»Ich habe es bereits geahnt, und doch gehofft, ich könnte den beiden Besseres über ihre Mutter berichten. Sag, wie war ihr Name? Und wie wollte sie Staub und Nadel für sich nutzbar machen? Für gewöhnlich können Hexen diese Dinge ja nicht einmal berühren.«

Die Miene des Sterndeuters verfinsterte sich. »Ich kann dir keine deiner Fragen beantworten! Ich erinnere mich nicht an ihr Aussehen, nicht an ihren Namen und nicht an die Gründe, mit denen sie mich überzeugt hat. Deshalb habe ich lange das Schlimmste befürchtet, nämlich dass sie das Portal für den Fürsten der Hexen aufspüren wollte. Doch sie verschwand, das Tor wurde enthüllt und wieder verborgen – und nichts geschah.«

»Ich erinnere mich, dass ich dir damals einige besonders starke Runen gegen Täuschungen fertigen musste.«

»Dieses Hexenweib war der Grund. Weder die Runen an der Zugbrücke unten, noch die, die du früher hier hinterlassen hast, hatten sie daran gehindert, hier einzutreten. Ich habe mir lange Gedanken gemacht, was das bedeutet. Ich habe zwei mögliche Erklärungen gefunden, von denen mir die erste wesentlich mehr behagt. Vielleicht war sie so etwas wie eine weiße Hexe.«

»So etwas gibt es nicht, mein Freund.«

»Es gab einmal weiße Zauberer, wenn du dich erinnern willst. Warum also nicht weiße Hexen? Eine, die den dunklen Zaubern lang genug entsagt hat, um Drachenmagie wirken zu können. Dann würden die Schutzrunen nicht bei ihr wirken.«

Meister Maberic schüttelte energisch den Kopf. »Wer einmal den schwarzen Pakt geschlossen hat, kann ihn nicht mehr brechen. Das weiß doch jeder.«

»Allerdings«, seufzte der Sterndeuter. »Daher fürchte ich, dass meine zweite Vermutung zutrifft, nämlich dass sie einen Weg gefunden hat, der Wirkung der Runen zu widerstehen. Ich muss dir nicht sagen, wie verhängnisvoll es wäre, wenn noch mehr Hexen über dieses Wissen verfügten.«

»In der Tat«, murmelte der Lar. »Aber sie scheint dieses Wissen bis jetzt für sich behalten zu haben. Was weißt du noch von ihrem Besuch?«

»Da sind Erinnerungsfetzen, ein Flackern, Bruchstücke von Sätzen, mehr nicht. Ich erinnere mich an eine Aura von Angst, die sie umgab.«

Meister Maberic nickte bedächtig. »Nach allem, was wir bisher wissen, suchte sie ein Versteck. Und es gibt keines, das sicherer wäre als die Höhle eines Drachentores. Und wenn eine Hexe sich dort verkriecht, muss sie einen wirklich mächtigen Feind fürchten. Ich denke, dass es der Hexenfürst selbst ist, vor dem sie sich verstecken wollte.«

»Jetzt, wo du es sagst, erinnere ich mich, dass damals an vielen Orten Hexen und Schwarzmagier gesehen wurden, die etwas suchten, aber zu verhüllen verstanden, wer oder was das war. Die schiere Zahl würde dafür sprechen, dass der finstere Herrscher selbst sie aussandte. Aber warum war er hinter dieser einen Hexe her?«

»Das weiß ich nicht. Ich hoffe allerdings inständig, dass es nichts mit ihren beiden Kindern zu tun hatte. Sie schien aber auch in anderer Weise außergewöhnlich gewesen zu sein. Immerhin wusste sie Drachenmagie für sich zu nutzen, wenn stimmt, was du erzählst. Und wenn sie das geschafft hat, hat der Fürst der Hexen allen Grund, sie zu suchen.«

Tungal verschränkte die Arme vor der Brust und wirkte plötzlich sehr misstrauisch. »Die Kinder ..., seltsam, dass sie zu dir gefunden haben. Der junge Mann scheint mir offen und gerade, vielleicht sogar etwas einfältig zu sein. Jedenfalls sehe ich kein Talent zur Verschwörung in ihm. Aus seiner Schwester werde ich jedoch nicht recht schlau.«

»Sie ist begabt, viel begabter, als sie selbst weiß. Sie war die Einzige in ihrem Dorf, die nicht den Täuschungskünsten einer Hexe erlegen ist.«

»Und das wundert dich? Sie ist ja selbst die Tochter so einer dunklen Zauberin.«

Meister Maberic trat einen Schritt auf seinen Freund zu und erklärte entschieden: »Das bedeutet gar nichts! Ihr Zwillingsbruder war jener Dienerin der Finsternis sofort verfallen, und sie haben beide dieselbe Mutter.«

Der Sterndeuter grinste flüchtig. »Das soll bei Zwillingen schon mal vorkommen«, sagte er. Dann wurde er wieder ernst. »Vielleicht ist die Magie bei ihr nur in der weiblichen Linie zu Hause. Auch das soll es geben. Diese Ayrin …, es ist gefährlich, sie zu unterrichten. Was, wenn sie während des Studiums der Runen die Verlockungen der Dunkelheit kennenlernt? Was, wenn eine Hexe ihr die Macht der Finsternis schmackhaft macht?«

»Ich werde schon darauf achten, dass das nicht geschieht!« Der Runenmeister wandte sich ab und ging dann wütend gestikulierend auf und ab. »Es ist kein Schatten von Dunkelheit in ihr oder an ihr, Heban! Das hätte ich ja wohl bemerkt! Sie will wissen, lernen. Und sie hat das Zeug dazu!«

Der Sterndeuter sah ihm mit verschränkten Armen zu. Dann sagte er trocken: »Der dunkle Fürst war ein Meister der Runen und ein Zauberer, und er ist den Versuchungen der Macht erlegen. Was, wenn sie in seine Fußstapfen treten will?«

Meister Maberic blieb stehen. »Dafür sehe ich keine Anzeichen, ganz im Gegenteil. Ich glaube natürlich nicht an Zufall, aber ich denke, dass die Helia selbst diese junge Frau zu mir geführt hat!«

»Und wenn es nicht die magische Urkraft, sondern ihr Schatten war? Hast du daran schon gedacht? Es heißt, der Hexenfürst verstünde sich darauf, sich in diesen Schatten herumzutreiben und sie für seine Zwecke zu nutzen.«

»Gerüchte, nichts weiter.«

Der Sterndeuter zuckte mit den Schultern. »Mag sein, aber vielleicht wäre es klüger, sie nicht zu unterrichten. Ja, womöglich wäre es sogar das Beste, diese Gefahr endgültig zu bannen.«

Maberic trat nah an seinen Freund heran. Er war ein gutes Stück kleiner als der Sterndeuter, doch der trat einen halben Schritt zurück, als er den Zorn in den Augen des Lars funkeln sah. »Du wirst ihr kein Haar krümmen, Heban Tungal – hast du mich verstanden? Kein Haar!«

»Diese Wut, Maberic …, stehst du etwa schon unter ihrem Bann?«

»Das ist …« Der Lar atmete tief durch und seine Wut verrauchte. »Du weißt, dass das Unsinn ist, Heban. Dieses Mädchen ist vermutlich begabter, als es je ein Schüler von mir war. Wir können sie nicht sich selbst überlassen, denn *das* wäre wirklich gefährlich. Nein, ich werde sie die Kunst der Runen lehren und sie dabei auf den richtigen Pfad führen.«

»Du hast schon lange niemanden mehr unterrichtet, und wenn ich mich recht erinnere, hat dein letzter Schüler dich bitter enttäuscht.«

»Aus Fehlern lernt man. Aber wenn dich das Mädchen wirklich so beschäftigt, warum fragst du nicht die Sterne, welches Schicksal sie erwartet? Ich könnte dir sogar ihr Geburtsdatum nennen.«

Der Sterndeuter legte den Kopf schief, dann sagte er schnell: »Sie hatte es als Kind nicht immer leicht, ein gut aussehender Mann wird ihren Weg kreuzen und bald wird sie schwere Entscheidungen treffen müssen.« Meister Maberic starrte den Deuter verblüfft an, der aber lachte und rief: »Das ist in etwa das, was ich jedem Trottel sagen könnte, der an meine Tür klopft und sein Schicksal erfahren will. Ohne die genaue Stunde *und* den genauen Ort ist keine tiefgehendere Deutung möglich, und das ist vielleicht auch gut so.« Er streckte sich, seufzte und blickte zu der Leiter, die hinaus auf den Turm führte. »Die Nacht schreitet voran, alter Freund. Ich mache mich wohl besser an die Arbeit. Vielleicht beantworten mir ja die Sterne unsere Fragen.«

»Brauchst du auf dem Dach Gesellschaft?«

»Danke, aber es reicht, wenn sich einer von uns beiden den Bart abfriert, außerdem verstehe ich das Raunen der Gestirne besser, wenn niemand meine Gedanken stört.«

Ayrin stand am nächsten Morgen früh auf und half der Haushälterin in der Küche, die es mürrisch geschehen ließ. Auch Baren war überraschend früh auf den Beinen. »Ich hatte vergessen, wie kalt es in einer Stube werden kann, wenn sie nicht ordentlich geheizt wird«, sagte er fröstelnd und machte sich dann daran, draußen Holz für den Kamin und die verschiedenen Öfen des Hauses zu hacken. Sie frühstückten später zu zweit in der großen Halle, die am Morgen noch viel verlassener als am Abend wirkte. Jetzt bemerkte Ayrin auch die Risse im Mauerwerk und den Staub, der sich in manchen Ecken sammelte.

Meister Maberic erschien gegen Mittag und murmelte etwas davon, dass es spät geworden sei. Ayrin fand ihn ungewöhnlich einsilbig und es schien ihr, als sei er mit seinen Gedanken weit entfernt. »Habt Ihr etwas über unsere Mutter herausgefunden? Wann wird sich dieses Portal im Horntal wieder zeigen? Wisst Ihr es schon?«

Der Runenmeister schüttelte langsam den Kopf und wich Ayrins fragenden Blicken aus. »Das wird sich alles finden, hoffe ich. Meister Tungal war die ganze Nacht auf dem Dach, um die Sterne zu befragen. Jetzt ist er in seiner Kammer und stellt Berechnungen an. Danach wissen wir hoffentlich mehr.«

Ayrin wurde von Minute zu Minute ungeduldiger. Sie versuchte, sich abzulenken, indem sie der Haushälterin ihre Hilfe anbot, doch die scheuchte sie davon, weil sie, wie sie sagte, niemanden gebrauchen könne, der nur noch mehr Unordnung ins Haus bringe. Eine schier endlose Stunde später kam der Sterndeuter gähnend die Stufen herab. Er hielt einige Pergamentrollen in den Händen. »Ich habe Neuigkeiten«, verkündete er, als er mit wehendem Mantel in die Halle trat.

Ayrin brannte vor Neugier, scheute aber plötzlich davor zurück, zu fragen. Der Hausherr trat an den großen Tisch und wischte achtlos das Geschirr und die Speisen zur Seite, die die Haushälterin für ihn aufgetragen hatte. »Zunächst habe ich schlechte Nachrichten. Ich habe die Mond- und Sternbahnen für das kommende Jahr berechnet und muss leider sagen, dass der Jäger in dieser Zeit nicht auf das Horntal zielen wird.«

»Das Portal wird sich nicht zeigen?«, fragte Ayrin betroffen.

»Nicht in den kommenden zwölf Monaten. Ich werde weitere Berechnungen anstellen, doch das erfordert mehr Zeit. Wenn Ihr das nächste Mal hier heraufkommt, Ayrin Rabentochter, kann ich Euch mehr sagen. Nun zu den guten Nachrichten.« Er räusperte sich und deutete auf eine Zahlentabelle. »Sieh, alter Freund, schon bald wirst du deine Vorräte auffrischen können. Bereits in zwei Wochen schießt der Schütze seinen Pfeil ab.«

»Und wohin?«

»An die Küste, würde ich sagen. Grob südlich von hier, oder eher süd-südöstlich.«

»Das ist ja nicht sehr genau«, meinte Ayrin.

Der Sterndeuter zuckte mit den Schultern. »Solange meine Karten von den Sternen im Himmel präziser sind als jene von den Ländern zu unseren Füßen, kann ich es nicht genauer benennen. Ich kann Richtung und Entfernung von hier berechnen, doch wie wollte jemand das ausmessen? Das Genaueste, was ich sagen kann, ist, dass es entweder im Südermoor oder in den Hügeln um Iggebur herum geschieht. Aber vielleicht weiß unser schweigsamer Meister Maberic mehr? Es ist schließlich nicht das erste Portal, nach dem er Ausschau hält. Weißt du von einem Tor in dieser Gegend?«

Ayrin drehte sich zum Lar um. »Ihr habt schon Drachentore gesehen?«

»Nicht das im Horntal, wenn du deshalb fragst. Und auch in der Gegend von Iggebur war mir bisher keines bekannt.«

»Und wie sollen wir es dann finden?«, fragte Baren. Er war verschwitzt, denn er hatte nach dem Frühstück weiter Holz gehackt. Die Axt hielt er noch in den Händen.

Der Sterndeuter lächelte. »Da gibt es Mittel und Wege.«

»Und du wirst sie uns zur Verfügung stellen?«, fragte der Lar.

»Leihen, zum üblichen Preis, alter Freund.«

»Zehn vom Hundert?«, fragte der Lar und verschränkte die Arme vor der Brust.

»Ich dachte eher an fünfzehn.«

»Das wäre neu. Zwölf.«

»Fünfzehn klingt besser. Meine Vorräte haben ebenfalls gelitten.«

»Zwölf, dafür bringe ich dir deinen Teil unverzüglich nach der Ernte.«

»Du bist ein harter Brocken, Lar Maberic vom Hagedorn.«

»So sind wir uns einig?«

Der Sterndeuter brummte, dann reichte er dem Runenmeister die Hand und besiegelte das Geschäft. Ayrin war der Verhandlung etwas ratlos gefolgt. Sie wartete, bis Meister Tungal wieder in seinen Turm hinaufstieg. Er wollte einen Gegenstand holen, den sie offensichtlich brauchten, um das Drachentor zu finden. Leise fragte sie: »Meister, worüber habt Ihr eben verhandelt? Zwölf vom Hundert von *was*?«

Der Lar lächelte versonnen. »Das wirst du noch erfahren, Ayrin Rabentochter.« Und es schien ihn nicht im Geringsten zu kümmern, dass sie mit dieser Antwort unzufrieden war.

Ihr Gastgeber kehrte kurz darauf mit einem kleinen Kästlein zurück. »Ich würde an deiner Stelle bis Iggebur, wenigstens aber bis Longar fahren, bevor ich sie einsetze. Gib gut auf sie acht. Es gibt nur noch wenige davon und ich will sie zurück, vergiss das nicht!«

»Sie?«, fragte Ayrin. Sie merkte selbst, wie plump das war, doch konnte sie die Sache einfach nicht auf sich beruhen lassen. Natürlich erhielt sie wieder keine Antwort, ja, sie hatte das Gefühl, dass es dem Runenmeister Vergnügen bereitete, sie im Unklaren zu lassen, und so verließ sie wenig später die Burg auf dem Bärenberg mit vielen offenen Fragen und verstimmt über die Geheimniskrämerei von Meister Maberic.

Ragne von Bial rieb die Hände aneinander und stampfte mit den Füßen. Ihr wurde einfach nicht wärmer. Sie hatte außerdem die ganze Nacht kein Auge zugetan, weil sie fürchtete, der Zauber, den sie über ihre Erscheinung gewoben hatte, würde erlöschen, wenn sie einschlief. Nun stand sie am Rande des Marktplatzes und wartete darauf, dass der Runenmeister endlich vom Berg zurückkehrte. Sie hatte Erkundigungen eingezogen. Es gab offensichtlich nur einen Weg hinauf, und sie konnte ihn nicht gehen, solange Gefahr bestand, dass sie unterwegs dem Lar oder den Geschwistern begegnen könnte.

Das war auch der Grund, warum sie nicht in der Schänke wartete. Sie hatte sich für eine Weile im Stall versteckt, aber da war es so gemütlich warm, dass sie zweimal fast eingenickt wäre. Deshalb hatte sie sich die halbe Nacht in der Kälte um die Ohren schlagen müssen. Nun ging es bereits auf den Nachmittag zu, und immer noch ließ sich der Runenmeister nicht blicken.

»Sagt, ist Euch nicht kalt, wertes Fräulein?«, fragte eine Stimme. Sie gehörte einem Schuster, der gerade aus seiner Handwerksstube an die Winterluft getreten war. Seine Lederschürze roch nach Pech.

»Ich warte auf meine Herrschaft«, sagte Ragne. »Sie muss jeden Augenblick kommen.«

»Ihr standet schon hier, als ich heute Morgen den Laden aufsperrte. Nun habe ich schon drei paar Schuhe besohlt und eines genäht, und Ihr steht immer noch hier.«

»Wenn Ihr Sorge habt, dass dies Kunden verschreckt, werde ich mir ein anderes Plätzchen suchen.«

»Aber nein. Es tat mir nur leid, Euch durch mein Fenster in der

Kälte stehen zu sehen. Und Eure schlichten Stiefel scheinen mir nicht für so einen kalten Tag gemacht. Wollt Ihr nicht wenigstens einen Augenblick hineinkommen? Ich kann Euch Honigtee anbieten, frisch vom Ofen.«

Ragne betrachtete den Schuster und seine Werkstatt. Sie sah einladend aus, und der Mann wirkte, als würde er sich über Gesellschaft freuen. Sie beschloss, das auszunutzen, musste aber erst herausfinden, was sie dort drinnen erwartete. »Ich bin eine ehrbare Magd und will nicht in Verruf geraten, Meister Schuster. Was würde Eure Frau sagen?«

»Nun, ich bin Witwer, und es ist niemand außer mir in der warmen Stube.« Er lächelte einladend.

Sie deutete auf ein Fenster. »Liegt dort die Stube, von der Ihr mich beobachtet habt?«

Der Schuhmacher lächelte und nickte. »Sie hat eine schöne Aussicht auf den ganzen Markt.«

Das hätte er auch gleich sagen können, dachte Ragne und nahm die Einladung an. Sie trat in die warme Stube, die nach Wachs, Schusterpech und Leder roch, und ließ sich den Honigtee bringen. Sie dankte dem Schuster mit ihrem schönsten Lächeln, berührte dabei leicht seinen Arm, spann ihre Fäden und sorgte so dafür, dass er ihre Gesellschaft als angenehm empfinden würde. Es war ein schwacher Zauber und sie verbrauchte nur wenige Krümel Schwarzschwefel dafür. Sie war aber zuversichtlich, dass sie mehr nicht benötigte, um diesen Dummkopf in ihren Bann zu schlagen. Der Mann schien auch so schon dankbar für ihre Gesellschaft zu sein. Er bemühte sich so ungeschickt, mehr über sie zu erfahren, dass es meist genügte, mit einem Lächeln zu antworten. Spätestens, als sie die in langen Regalen stehenden Schuhe bewunderte und seine Handwerkskunst lobte, war er ihr verfallen. Sie setzte sich zwischen einem Stapel aus Lederresten und der Wanne für die eingeweichten Brandsohlen ans Fenster und achtete mehr auf das, was jenseits der grauen Butzenscheiben vorging, als auf das, was der Schuster plapperte.

Es schien ihm nichts auszumachen, den größten Teil der Unterhaltung zu bestreiten. Er schärfte seine Kneipmesser am Wetzstein und erzählte ihr von der Stadt, auch vom Sterndeuter, als sie nach ihm fragte. Über den wusste er jedoch nicht viel und verlor sich stattdessen in Klagen über die schlechten Zeiten, in denen weder Sterne noch Götter Rat böten. Ragne merkte erst wieder auf, als der Mann plötzlich still wurde. Offenbar erwartete er Antwort auf eine Frage, die sie überhört hatte.

»Verzeiht, ich war für einen Augenblick in Gedanken bei meinen Leuten. Was habt Ihr gesagt?«, sagte sie schnell und lächelte den Witwer so herzlich an, dass der errötend den Blick senkte. »Ein paar Stiefel. Ob ich Euch eines fertigen darf. Eure scheinen mir mehr für das Reiten als für das Laufen gemacht, und besonders warm sehen sie auch nicht aus, auch wenn sie gewiss einmal recht teuer gewesen sind.«

Ragne blickte auf ihr Schuhwerk. Sie war beim Verwandeln offensichtlich nachlässig gewesen. »Sie gehörten vorher einer Dame, die auf unserem Hof übernachten musste. Sie hat sie mir geschenkt, weil ich sie pflegte, denn sie war krank.«

»Das war großzügig von ihr«, sagte der Schuster mit Kennerblick. »Doch, wie gesagt, zum Laufen sind sie nicht gemacht. Ich kann Abhilfe schaffen, wenn Ihr wollt.«

»Wie sollte sich eine einfache Magd ein paar neue Stiefel von einem so kunstfertigen Schuster wie Euch leisten können?«

»Oh, da macht Euch keine Sorgen. Ich habe schon ein Paar angefangen, das für die Frau des Obersten bestimmt war, leider ist sie verstorben, bevor ihr Mann die Stiefel abgeholt, oder wenigstens angezahlt hätte. Sie müssten in etwa Eure Größe haben. Ich würde sie Euch gerne schenken, wenn Ihr erlaubt. Und Ihr müsst es erlauben, denn ich ertrüge es keine Sekunde länger, Euch auf derart ungeeignetem Schuhwerk durch die Gassen von Driwigg laufen zu sehen. Lasst mich nur schnell Maß für den richtigen Leisten nehmen.«

Er hatte schon das Maßband zur Hand, doch Ragne, der nun dämmerte, dass er sie berühren wollte und dabei vielleicht den Zauber zerstören könnte, unter dem sie sich verbarg, wehrte ab. »Ich bitte Euch, Meister, ich bin eine ehrbare Magd. Ich kann ein so wertvolles Geschenk unmöglich annehmen. Was würden die Leute sagen?«

Der Schuster hielt inne, er wirkte für einen Augenblick verärgert. Hatte er ihr seinen Namen genannt und sie hatte ihn überhört? »Denkt an meinen Ruf, bitte«, setzte sie mit sittsam gesenktem Blick hinzu.

»Nun, nichts läge mir ferner, als Eure Ehre zu schädigen, wertes Fräulein. Zu sehr achte ich Euch, zu sehr habt Ihr mir die trübe Stube mit Eurer Anwesenheit erhellt.« Ragne erspähte aus dem Augenwinkel eine Bewegung jenseits der Butzenscheiben. Für einen Augenblick glaubte sie, den Runenmeister und seine beiden Schüler zu sehen, aber dann waren es nur drei Soldaten, die über den Markt schlenderten.

Der Schuster redete derweil über die günstige Lage der Stadt, die vielen Reisenden, die hier durchkamen, und wie gut das für sein Geschäft und sein Einkommen sei. Ragne hörte nicht mehr zu. Der Marktplatz hatte sich inzwischen belebt, die Leute waren durch die Scheiben allerdings nur als Schemen zu erkennen. Ihre Sorge wuchs, dass sie den Runenmeister übersehen könnte. Dann, endlich, entdeckte sie ihn. Die formlose Filzmütze, der weite Mantel und vor allem seine beiden Begleiter beseitigten alle Zweifel. Sie sprang auf. Fast hätte sie den Tee umgeschüttet, mit dem ihr Gastgeber sie ohne Unterlass versorgt hatte.

»So kann ich hoffen, dass Ihr darüber nachdenkt?«, fragte er jetzt. Sie starrte ihn an. »Worüber?«

»Nun, mein Angebot.«

»Ich kann die Stiefel nicht annehmen, wie ich schon sagte«, erwiderte sie ungeduldig.

Er lachte. »Oh, Ihr versteht es, einen Spaß zu machen. Das kann einer Ehe nur guttun. Wie ich schon sagte, kümmert es mich nicht, dass Ihr nur eine Magd seid. Diese Werkstatt wirft genug ab für zwei, oder mehr, wenn Ihr wollt. Es genügt vollkommen, wenn Ihr den Haushalt besorgt und Euch um die Kinder kümmert, die wir ....«

»Kinder?«

»Die wir hoffentlich in großer Zahl haben werden. Ich habe eine Werkstatt, in der viele Hände arbeiten können, und Euer Becken sieht fruchtbar aus wie das Tal des Flusses Amar. Wenn unsere Kinder meinen Fleiß und Euren Liebreiz erben, ist für alles gesorgt.«

Erst jetzt begriff Ragne, wovon der Mann sprach. Sie weckte ihre Spinnen, um mit Magie dem Mann diesen Unsinn auszureden, dann dachte sie, dass das vielleicht nicht nötig sei. »Euer Angebot ehrt mich, Meister ...«, sie stockte, weil sie den Namen des Mannes immer noch nicht wusste, »jede Magd müsste sich glücklich schätzen, ein Mannsbild wie Euch an ihrer Seite zu wissen.« Seine Augen leuchteten. »Jedoch«, fuhr sie rasch fort, »habe ich erst einige dringende Angelegenheiten zu ordnen. Bitte entschuldigt mich, Ihr werdet schon bald Eure Antwort bekommen.« Dabei bedachte sie ihn wieder mit einem strahlenden Lächeln, das alles und nichts bedeuten konnte.

Die Augen des Schusters leuchteten und er stotterte, dass er ihre Antwort kaum erwarten könne, voller Freude sei ..., den Rest hörte sie nicht mehr, denn sie hastete hinaus. Der Plan war einfach und klar: Sie würde aus der Stadt schleichen und hinauf zum Sterndeuter klettern, ihn überrumpeln und in Erfahrung bringen, was sie wissen musste. Den Schuster musste sie hoffentlich nie wiedersehen.

Sie eilte durch die Stadt. Bald stellte sie fest, dass ihre Kopfschmerzen, die in der Schusterstube fast verschwunden waren, immer stärker wurden, je näher sie der Mauer kam. Sie lief die Treppe zur Mauerkrone hinauf und es trieb ihr Tränen in die Augen. Ganz in der Nähe musste ein starker Runenbeutel wirken.

Ein Wächter, der sich am Kohlenbecken die Hände wärmte, hielt sie auf.

»Ich muss hinauf zur Bärenburg, Herr Soldat«, rief sie. Sie versuchte ein gewinnendes Lächeln, doch wirkte es wohl sehr gequält.

»Zu welchem Zweck?«, fragt der Mann, der kaum von der wärmenden Glut aufschaute.

»Es geht um mein Schicksal.«

»Da werdet Ihr vermutlich keine Antwort bekommen. Meister Tungal wird unwirsch, wenn man ihm solche Fragen stellt und sie nicht mit einigen Stücken Silber betont. Habt Ihr Silber?«

»Ich habe ein Dutzend Silberkronen, Herr Soldat.«

Endlich schenkte er ihr seine Aufmerksamkeit. »Wirklich? So seht Ihr gar nicht aus. Eigentlich seht Ihr sogar eher leidend als wohlhabend aus, mein Fräulein.«

Das konnte sich Ragne gut vorstellen, denn der Schmerz, mit dem eine nahe Rune sie peinigte, war kaum auszuhalten. Sie hatte schnell die passende Lüge parat: »Deshalb muss ich hinauf auf den Berg. Ich will wissen, woher die Kopfschmerzen kommen, die mich schon seit einem Jahr plagen.«

»Da solltet Ihr besser zu einem Heiler gehen, würde ich meinen.«

Ragne stöhnte. »Das habe ich schon versucht.«

Der Soldat saß immer noch an seinem Kohlenbecken und wärmte

die Hände. »Ein Jahr habt Ihr sie schon? Nicht etwa seit eben gerade?« Er sah sie lauernd an.

»Ein Jahr und länger, das sagte ich doch.«

»Ich frage nur, weil es heißt, dass Hexen von starken Schmerzen befallen werden, wenn sie versuchen sollten, diesen Weg einzuschlagen.«

»Sehe ich aus wie eine Hexe?«

»Das nicht, aber ehrlich gesagt wüsste ich zu gerne, ob das wahr ist. Ich meine, woher soll ich wissen, ob die Runenbeutel, die hier und dann noch auf dem Weg versteckt sind, wirken, wenn nie eine Hexe erscheint und ich es sehe? Versteht ihr?«

»Nur zu gut«, stöhnte Ragne. Ihr standen rote Schleier vor den Augen.

»Nun, dann wollen wir die Zugbrücke herunterlassen. Es ist zwar angenehm, mit Euch zu plaudern, aber die Pflicht geht vor. Und Ihr seid ja nicht meinetwegen hier, nicht wahr?«

Er erhob sich, rückte sein Schwert zurecht und schlurfte zum Turm. Endlich hörte Ragne das Rasseln der Ketten. Sie machte einen Schritt auf die Zugbrücke zu, noch einen, dann stach der Schmerz in ihren Kopf wie ein besonders langer Dolch. Sie machte auf dem Absatz kehrt und eilte die Treppe hinab. Sie achtete nicht auf das, was der Soldat ihr hinterherrief. Keine Sekunde länger war sie dieser Pein gewachsen. Den Sterndeuter konnte sie nicht erreichen.

Sie musste sich etwas anderes einfallen lassen, um herauszufinden, wo sich das nächste Drachentor zeigen würde. Sie hastete durch die Straßen, besorgt, dass der Soldat Alarm schlagen könnte. Mit grimmiger Entschlossenheit strebte sie zum Markt. Sie musste wohl oder übel die Nähe des Runenmeisters suchen, und ihn irgendwie belauschen, auch wenn das bedeutete, dass sie damit seinem verfluchten Wagen nahe kam. Der Marktplatz lag vor ihr, sie blieb stehen. Der Schuster stand vor seiner Tür. Er schien Ausschau zu halten, und sie hatte so eine Ahnung, nach wem. Leise fluchend umging sie den Platz durch einige Seitengassen und schlich zum Stall des Gasthauses. Irgendwann würden der Meister oder seine Schüler die Pferde holen müssen, wenn sie die Stadt verlassen wollten. Dann würde sie dort sein.

⊕

»Wie lange können wir bleiben?«, fragte Ayrin, als sie unten in der Gaststube eine Mahlzeit genossen hatten, die selbst Barens Hunger zufriedenstellte. »Ich würde mir diese Stadt gerne ansehen.«

»Keinen Augenblick länger, als unbedingt notwendig«, meinte der Meister mit einem Knurren, »in zwei Wochen müssen wir in Iggebur sein.« Er stapfte die Stufen zu ihrer Schlafstube hinauf.

»Aber was ist mit dem Boten?«, fragte Baren. Der Wirt hatte ihnen umständlich und ausführlich berichtet, dass noch ein Bote des Grafen am Morgen in die Gaststube gekommen war, um ihn zu sprechen. Der sei über ihre Abwesenheit sehr enttäuscht gewesen und habe angekündigt, später wiederzukehren.

Der Lar blieb seufzend stehen. »Auch der treibt mich zur Eile. Der Graf von Driwigg ist ein fähiger Mann, nur etwas ängstlich. Ständig will er neue Runen, weil er glaubt, dass die alten nicht mehr wirkten. Aber sie sind stark genug, werden noch wenigstens ein Jahr alles Übel von dieser Stadt abwenden. Viel gewichtiger ist jedoch, dass ich ihm derzeit keine neuen Runen geben kann. Mir fehlen die Mittel. Und ich habe keine Lust, ihm das auseinanderzusetzen.«

»Was meint Ihr? Pergament und Tinte sind ja reichlich vorhanden«, sagte Ayrin.

»Es gehören noch mehr Dinge in einen Runenbeutel.«

»Das weiß ich, Meister, was genau fehlt denn? Wir können es vielleicht in der Stadt besorgen. Sind wir nicht eben am Laden eines

Alchemisten vorübergekommen? Und wenn wir schon über das Einkaufen reden – auch ein neues Kleid wäre nicht schlecht, denn das, das ich auf dem Leib trage, wird bald auseinanderfallen.«

Der Meister seufzte. »Du kannst es nicht wissen, aber für eine wirksame Rune braucht es Zutaten, die wir nicht in dieser Stadt, schon gar nicht bei einem Alchemisten finden werden.«

»Wo denn dann?«

»Das wirst du früh genug erfahren. Und jetzt kommt. Baren, schirre die Pferde an, Ayrin, hilf mir mit dem Gepäck.« Baren polterte die Treppe wieder hinab, Ayrin folgte dem Meister in die Stube. »Aber der Graf hat nach uns geschickt. Wollt Ihr ihm nicht wenigstens eine Antwort zukommen lassen?«

»Ich werde dem Wirt sagen, er soll den Boten und damit den edlen Grafen auf unsere baldige Rückkehr vertrösten.«

»Ah, wie ungünstig«, sagte jemand. Ein Schatten löste sich von der Wand. Ayrin wich erschrocken vor dem Fremden zurück, der jetzt eine Verneigung andeutete. »Seid gegrüßt, Lar Maberic vom Hagedorn, auch im Namen meines Herrn, des Grafen.«

»Bei den Göttern, Kämmerer, Ihr habt uns erschreckt«, rief der Runenmeister ungehalten.

»Dies war gewiss nicht meine Absicht«, sagte der Mann mit dünnem Lächeln. Ayrin hatte allerdings den Eindruck, dass er ihr Erschrecken genoss.

»Warum schleicht Ihr hier in unserer Stube umher, Mann?«

»Unser allergnädigster Herr, der Graf von Driwigg, schickt mich. Er wünscht, Euch zu sehen, um gewisse Dinge von Wichtigkeit zu erörtern. Er hat auch Boten geschickt, zwei, um genau zu sein, wartet aber immer noch auf Antwort.«

»Ich nehme an, der Graf hat sich etwas klarer ausgedrückt, was diese *Dinge* betrifft. Warum sagt Ihr nicht frei heraus, was er will?«

Der Mann trat einen weiteren Schritt in den Raum hinaus. Er war von Kopf bis Fuß in Grau gekleidet und sein Gesicht war von gleicher Farbe. Er war schlank, doch ein wenig krumm gewachsen. Jetzt legte er den Kopf noch schiefer und flüsterte: »Es geht um die Runen.«

»Na, dass es nicht um die Rinderzucht geht, habe ich schon erraten«, rief der Meister. »Und du, Ayrin? Habe ich dir nicht eben einen Auftrag gegeben? Packen sollst du!«

»Eure Gehilfin kann sich Zeit lassen. Mein Herr ist der Meinung, dass die Runen dringend einer Erneuerung bedürften«, sagte der Fremde mit leiser Stimme. »Sofort!«

»Dafür ist es zu früh, Kämmerer. Sie werden Euch wenigstens noch ein ganzes Jahr Schutz bieten. Sagt das dem Grafen.«

»Ist das so?« Der Graue richtete sich ein wenig auf. Ayrin hörte seine Knochen knacken. Dann senkte er seine Stimme zu einem Flüstern: »Wie kommt es dann, dass die Wachen eine schwarze Zauberin in der Stadt gesehen haben?«

Meister Maberic lüftete eine Augenbraue. »Eine Hexe? Wo?«

Der Kämmerer zuckte regelrecht zusammen. »Sprecht das Wort nicht aus! Wir wollen sie nicht herbeirufen!« Er schüttelte sich. »Sie wurde auf der Mauer gesehen, dort, wo es hinaufgeht zum Sterndeuter.«

Ayrin stopfte mit fliegenden Händen ihre Sachen in ihren Rucksack. Nun hielt sie inne und lauschte gebannt.

»Auf der Mauer, sagt Ihr? Aber sie hat den Pfad zum Bärenberg nicht beschritten, oder?«

»Nun, sie verschwand, als der Wächter die Brücke hinunterlassen wollte. Aber er ist sicher, dass es eines der verfluchten Zauberweiber war. Denn ganz blass sei sie geworden, als sie der Rune näher kam.«

»Damit ist dann bewiesen, dass meine Runen keiner Erneuerung bedürfen, Kämmerer. Sie konnte die Brücke nicht betreten.«

»Und wie gelangte sie in die Stadt, Meister Maberic? Habt Ihr darauf auch eine Antwort? Nein? Ich sage Euch eines, werter Lar, im Namen des Grafen –, solange Eure Runen nicht verhindern, dass so ein Weib in unsere Stadt hineingelangt, werdet Ihr nicht hinausgelangen!«

Der Meister starrte den grauen Mann ernst an. Er faltete die Hände vor dem Bauch und ließ seine Finger spielen. Seine Augen verengten sich und Ayrin sah ihm an, dass er etwas aushecke. »Vielleicht kann ich Euch tatsächlich helfen, Kämmerer. Begleitet mich für einen Augenblick in meinen Wagen. Ich habe da etwas für Euch.«

»Runen?«

»Noch besser!« Er nahm den Mann am Arm und zog ihn aus dem Zimmer. »Und du, Ayrin, solltest nicht herumstehen, wie in Stein gemeißelt. Diese Taschen packen sich nicht von selbst. Trag sie hinunter, aber stelle sie vor dem Wagen ab, denn ich will nicht gestört werden. Und dann hilf deinem Bruder mit den Pferden. Das hier wird nicht lange dauern.« Und damit schob der Lar den Kämmerer aus der Stube.

Ayrin gehorchte seufzend, schaffte die Taschen zum Wagen, lauschte vergeblich an der geschlossenen Tür und lief dann hinüber in den Stall, um Baren mit den Pferden zu helfen. Ihr Bruder schien es nicht besonders eilig zu haben. Er hatte noch nicht einmal allen Tieren das Geschirr angelegt. Sie trieb ihn an und erzählte ihm von dem Fremden. »Was hältst du davon?«, fragte sie, als sie Nummer eins hinausführte.

Baren zuckte mit den Achseln. »Der Meister wird wissen, was am besten ist.«

»Aber einen Grafen zu versetzen? Das erscheint mir nicht klug. Außerdem hätte ich gerne mehr von dieser Stadt gesehen.«

Ihr Bruder grinste. »Du meinst, du hättest gerne mehr von dem gesehen, was der Schneider vor seiner Tür ausgestellt hatte.«

»Und wenn es so wäre? Ich brauche wirklich ein neues Gewand. Und auch dir würde ein neues Hemd nicht schaden, Baren Rabensohn.«

»Wenn ich es richtig verstehe, führt unser Weg uns doch in eine weitere, sogar noch größere Stadt. Dort wird es auch ein oder zwei Schneider geben.«

»Hoffentlich«, brummte Ayrin und ging Nummer zwei holen. Sie entdeckte erst jetzt die Fremde, eine Magd, die recht nachlässig ein Pferd striegelte. Sie sah blass und sogar kränklich aus. »Ist alles in Ordnung mit Euch?«, fragte Ayrin besorgt.

Die Magd bedachte sie mit einem sehr eigenartigen Blick, den sie nicht deuten konnte. »Ja, mein Kopf schmerzt nur etwas.«

»Dann geht an die frische Luft«, riet Ayrin. Irgendetwas an der Fremden kam ihr bekannt vor.

»Das würde ich gerne, aber es gibt hier am Markt einen liebeskranken Schuster, der mir nachstellt. Deshalb bleibe ich lieber noch ein wenig im Stall.«

»Oh, das kenne ich«, sagte Ayrin und dachte an Wachtmeister Hufting. »Ich könnte meinen Meister fragen. Vielleicht hat er ein Mittel gegen Kopfschmerzen. Er ist ein Lar, wisst Ihr?«

»Macht Euch keine Mühe, es wird schon besser. Doch wie ich sehe, bereitet Ihr Euren Aufbruch vor. Darf ich fragen, wohin Ihr reist? Vielleicht könnte ich Euch ein Stück weit begleiten. Alleine zu reisen ist gefährlich für eine einfache Magd.«

»Das Ziel steht noch nicht fest«, sagte Ayrin, von plötzlichem Misstrauen gegen diese merkwürdige Frau erfasst.

»Wo bleibst du denn?«, fragte Baren, von der Stalltür.

»Bin schon da.« Ayrin seufzte und fasste Nummer drei am Halfter. »Es ist übrigens eigenartig«, sagte sie leise, als sie an ihrem Bruder vorüberging. »Lell, der Koch, hat es gewissermaßen vorausgesagt. Er wollte dem Ohm weismachen, dass ich nach Iggebur gehen würde, um die Sturmlande zu verlassen. Er hatte gehofft, ihn so auf eine falsche Fährte zu locken. Und Grit ist fast in Ohnmacht gefallen und hat gesagt, Iggebur sei ein Ort der Verderbtheit und der Laster.«

»Um den Ohm würde ich mir keine Sorgen machen«, sagte Baren. »Mich sorgt eher das Gerede von Hexen, und dass unser Meister uns gewisse Dinge über diese Drachentore nicht sagen will.«

»Alles zu seiner Zeit, Baren Rabensohn, alles zu seiner Zeit«, rief der Meister, der in den Stall trat. »Warum trödelt ihr? Eilt Euch. Es ist Zeit, diese Stadt zu verlassen.«

»Wo ist der Kämmerer?«

»Oh, gegangen. Es ist mir gelungen, ihn zu beruhigen. Er hat uns sogar einen Passierschein ausgestellt.« Er wedelte mit einem Stück Papier.

»Wie habt Ihr das geschafft? Mit einer Rune?«

Der Meister lächelte verschmitzt. »Nein, dafür wären sie mir zu schade. Aber ich kenne da einen Kräutersud, der einen Mann für eine Weile all seine Sorgen vergessen lässt.«

Ayrin sah ihn kritisch an. »Das scheint mir nicht recht zu sein, Meister.«

»So? Möchtest du die nächsten Tage, vielleicht Wochen in dieser Stadt verbringen, um Runenbeutel zu erneuern, die nicht erneuert werden müssen, und die wir auch gar nicht erneuern können, weil uns die Mittel fehlen? Das Drachentor wird nicht auf uns warten.«

»Aber wird dieser Graf uns nicht verfolgen lassen?«, fragte Baren.

Der Meister kratzte sich am Hinterkopf. »Wir werden sehen. Ich habe dem Kämmerer ein Schreiben mitgegeben, das ihm versichert, dass ich in wenigen Wochen wieder hier und mit Freuden bereit sein werde, alle gut bezahlten Aufträge seines Herrn auszuführen. Und jetzt kommt endlich.«

»Aber – die Hexe!« Unwillkürlich drehte sich Ayrin im Stalltor noch einmal um. Die Magd war verschwunden. Sie runzelte die Stirn. Rückblickend kam ihr die Geschichte, die diese Frau erzählt hatte, merkwürdig vor.

»Wer weiß, ob da wirklich eine Hexe auf der Mauer war, Ayrin. Der Kämmerer war sich gar nicht mehr so sicher, und in dieser Stadt halten sie derzeit jede Frau, die sie nicht kennen, für eine dunkle Zauberin. Jetzt kommt. Ich will diese Stadt verlassen, bevor die Wirkung meines Trankes nachlässt.«

Wenig später zogen die Rösser an und die Kutsche rollte über das bucklige Pflaster zum südlichen Tor der Stadt. Ayrin blickte sehnsuchtsvoll zu der Festung, deren Türme die Stadt überragten. Sie hätte zu gerne einmal ein Schloss von innen gesehen, auch wenn Meister Maberic behauptete, dass der Graf gar nicht in einem richtigen Schloss wohne.

Ragnes Kopfschmerzen ließen nach, was damit zusammenhing, dass die Kutsche des Lars mit ihren Runen nun fort war. Vielleicht lag es aber auch daran, dass sie eben erfahren hatte, was sie wissen musste. Nach Iggebur sollte es also gehen.

Zufrieden verließ sie den Stall, nachdem das Rollen der Räder verklungen war. Sie sah zu spät, dass der Schuster immer noch vor seinem Haus stand. Er unterhielt sich mit zwei Männern der Stadtwache. Sie hoffte, dass ihn das so weit ablenken würde, dass er sie vielleicht gar nicht bemerken würde. Doch er erblickte sie und rief: »Da ist das falsche Weib, das mir ein paar Stiefel abschwatzen wollte und mir dann die Ehe versprochen hat!«

Ragne von Bial war viel zu verblüfft, um gleich loszurennen, wie sie es hätte tun sollen. Gar nichts hatte sie dem Mann versprochen, nur ein bisschen flüchtige Zuneigung hatte sie ihm eingegeben. Offenbar war sie zu erfolgreich gewesen.

»Auf ein Wort, Fräulein!«, rief eine der beiden Wachen.

Das weckte sie aus ihrer Erstarrung. Sie rannte um die nächste Ecke.

»Halt! Stehen bleiben!«, rief die Wache.

Ragne fragte sich, ob wirklich jemals jemand so dumm war, dieser Aufforderung zu folgen. Sie bog um die nächste Ecke in eine schmale dunkle Gasse ein, prallte mit einer Waschfrau zusammen, raffte sich auf und rannte weiter. »Da, da ist sie lang!«, hörte sie das Waschweib rufen. Konnte die denn nichts für sich behalten? Ragne hörte die schweren Schritte ihrer Verfolger. Sie bog um noch eine Ecke, atmete tief durch – und löste den Zauber, der ihre wahre Gestalt verhüllte. Dann trat sie ruhig auf die Gasse hinaus. »Die Magd, habt Ihr eine Magd hier vorbeilaufen sehen?«, fragte der erste Wächter.

»Oh, sie ist dort entlang, denke ich«, gab sie freundlich zur Antwort und schritt mit einem stillen Lächeln davon. Noch eine Weile hörte sie das Stampfen der schweren Stiefel und das Fluchen der beiden Männer durch die verwinkelten Gassen hallen.

Sie strebte zum Tor, doch wurde ihr bald bewusst, dass sie vor einer neuen Schwierigkeit stand. Sie trug das – ramponierte – Gewand einer Frau von Stand. Sie hatte keine Erklärung für die Wachen, was sie, ohne Pferd und Begleitung, vor der Stadt wollte und, schlimmer noch, wann und wie sie hineingelangt war. Es war *möglich*, dass niemand sie aufhielt und danach fragte, aber zu gefährlich schien es ihr doch. Sie kehrte kurz entschlossen um und suchte den nächsten Aufgang zur Mauer. Die befanden sich aber zu ihrem Ärger alle innerhalb von Türmen mit verriegelten Pforten. Eine Treppe, wie drüben, am Weg zum Bärenberg, gab es hier nicht. Dafür entdeckte sie Soldaten oben auf der Mauer. Irgendjemand schien in dieser Stadt sehr auf Sicherheit bedacht zu sein.

Ragne zog sich von der Mauer zurück, um der Wirkung der Runen zu entgehen. Sie suchte sich eine ruhige Ecke und versteckte sich bis zum Anbruch der Dunkelheit. Dann schlich sie zum nächsten Turm. Seufzend weckte sie einen ihrer kleinen Lieblinge und hieß ihn, in das Schloss hineinzukriechen und es einzuweben. Die Kopfschmerzen meldeten sich zurück, doch sie überwand sie und knackte das Schloss mit geschickten Fingern. Hastig stieg sie die Treppe hinauf. Von ganz oben klangen die Stimmen der Wächter durch die kalte Abendluft. Sie litt fast so schlimm wie an der Zugbrücke. Ragne biss die Zähne zusammen, trat ein Stück auf die Mauer hinaus. Ein Wächter wanderte über die Mauer, kaum fünfzig Schritt entfernt. Sie konnte seinen Helm in den Wachfeuern schimmern sehen. Stöhnend beschwor sie ihre Spinnen und befahl ihnen, einen langen Faden zu weben. Der Wächter kam näher. Ragne hauchte etwas Schwarzschwefel über den Spinnenfaden, um ihm Kraft zu verleihen, und schwang sich über die Zinnen. Das hauchzarte Gespinst hielt. Sie ließ sich rasch hinab, stellte jedoch zu ihrem Leidwesen fest, dass sie ihren Spinnen nicht genug Zeit gelassen hatte. Der Faden endete ein gutes Stück über dem Boden. Sie ließ sich fallen, landete hart in dürrem Gestrüpp und stauchte sich den Knöchel. Dann zerriss auch noch der Saum ihres Kleides, als sie sich aus dem Busch befreite.

Oben rief jemand, ob da wer sei.

Ragne antwortete nicht, sondern schlich im Schutze der Finsternis davon.

Die Straße nach Süden

Es war Baren, der Ayrin drei Tage später darauf hinwies, wie sehr sich die Landschaft seit Driwigg verändert hatte. »Es gibt hier weder Findlinge noch Hügel. Wie ein Teppich liegt das Land da, und Muster hat es auch«, erklärte er. »Und das kommt von den Feldern, die hier überall angelegt sind, und die wir nur nicht richtig erkennen, weil sie noch winterkahl sind.«

Baren saß auf dem Dach, Ayrin auf dem Kutschbock, neben Meister Maberic, der den Wagen mit ruhiger Hand über die Straße nach Süden lenkte. Ayrin war die meiste Zeit so damit beschäftigt, das Lesen und Schreiben zu erlernen, dass sie wenig auf die Umgebung geachtet hatte. Nun sagte sie: »Und es ist auch wärmer, oder? Der Boden ist zwar noch gefroren, aber der schneidende Wind fehlt.«

»Es gibt Länder auf dieser Welt, da ist es jetzt schon fast wie im Sommer«, erklärte der Runenmeister.

»Vor allem aber ist die Straße viel besser, und es reist sich angenehmer, wenn man nicht mehr vorneweg laufen muss«, meinte Baren.

»Freu dich nicht zu früh, mein Junge. Bald erreichen wir die Weißfurten. Dort queren die Wasserläufe, die aus den Rahnbergen zu den Sümpfen von Myr streben, die Straße. Leider gibt es nicht halb so viele Brücken wie Gewässer in dieser Gegend. Du darfst raten, wer unsere Pferde durch die eisigen Bäche führen darf.« Der Meister drehte sich um und zwinkerte Baren zu. »Wenn du Glück hast, sind einige Furten aber noch gefroren.«

»Wie habt Ihr sie überquert, als Baren noch nicht da war?«, fragte Ayrin.

»Ich bin selbst vorneweg gelaufen, was sonst? Ich habe irgendwo ein paar wasserdichte Stiefel, die ich mir eigens dafür habe anfertigen lassen. Du könntest sie vorsichtshalber schon einmal suchen, mein Junge. Sie müssten in einer der Laden rechts im Gang sein. Und einfetten solltest du sie auch.«

Baren stieg hinab auf die Plattform mit dem Schaukelstuhl und verschwand dann im Wageninneren. Bald hörte ihn Ayrin drinnen fluchen. Die Angabe, wo der Meister die Stiefel verstaut zu haben glaubte, war wohl mehr als ungenau gewesen.

»Wie weit bist du mit dem Buch?«, fragte der Runenmeister unvermittelt.

Ayrin zeigte ihm, wie viele Seiten sie schon gelesen hatte. Sie trug Wollhandschuhe mit abgeschnittenen Fingern. Die waren ihr eigentlich zu groß, aber sie konnte wenigstens damit umblättern. »Ungefähr drei Viertel, würde ich sagen. Doch ich verstehe einiges nicht, Meister.«

»Und das wäre?«

»Lar Kalde beschreibt, was geschah, als die Drachen in großer Zahl über die Sturmlande herfielen, Gehöfte und Dörfer und sogar Städte niederbrannten. Hat Woralf Stahlhand wirklich sieben Drachen an einem Tag erschlagen?«

»So steht es in den Chroniken, was nicht heißt, dass es auch wahr ist«, erwiderte Meister Maberic zwinkernd.

»Und Sigold Sturmschild soll zwei Drachen auf einmal mit seiner Lanze durchbohrt haben.«

»Ja, er muss ein außergewöhnlicher Mann gewesen sein. Und sein Speer war wohl noch ungewöhnlicher, da die Schuppen eines Drachen härter sind als jeder von Menschenhand geschaffene Panzer.«

»Das schreibt Meister Kalde auch. Er scheint darin keinen Widerspruch zu sehen.«

»Es spricht für dich, dass dir das aufgefallen ist. Ist es das, was dich beschäftigt?«

»Nein, Meister. Ich meine, ja, auch, aber was ich nicht verstehe, ist der Grund für all das. Warum sind die Drachen plötzlich erschienen und haben die Menschen angegriffen? Sie ließen sich Jahrhunderte zuvor gar nicht blicken, oder nur sehr vereinzelt.«

»Ah, du bist auf den Kern der Geschichte gestoßen. Wenn ich mich recht erinnere, wird Kalde dieses Geheimnis später lüften. Wenn du willst, kann ich es dir aber gleich sagen.«

»Danke, es genügt mir, wenn ich weiß, dass ich darauf noch eine Antwort bekomme. Es erschiene mir nicht recht, sie zu erfahren, bevor der Lar sie enthüllen will.«

»Danach lies weiter, Ayrin. Es wäre gut, wenn du damit fertig wärest, bevor wir Iggebur erreichen. Dann würdest du vieles besser verstehen.«

»Und danach darf ich endlich Runen lesen und schreiben?«

»Noch lange nicht.«

»Aber ich habe sie doch in dem Buch mit den vielen Linien erkannt.«

»Alles zu seiner Zeit, Ayrin.« Der Meister drehte sich um und klopfte laut auf das hölzerne Dach der hohen Kutsche. Baren tauchte auf der Terrasse auf. »Ich hoffe, du hast die Stiefel gefunden, mein Junge, denn dort vorne wartet bereits die erste Furt.«

Baren stieg auf das Dach und deutete einen Tanz an. Er hatte die Stiefel nicht nur gefunden, sondern gleich angezogen. »Sie sind ein wenig eng, aber es geht, solange ich die Zehen einziehe.«

Die Furt erwies sich als nur halb zugefroren, und Baren musste ein Stück durch knietiefes Wasser waten, um die Pferde sicher hindurchzuführen. Dabei fand er auch heraus, dass die Stiefel nicht mehr wasserdicht waren, weshalb er später viel Zeit darauf verwendete, sie zu trocknen und dann die Nähte gründlich einzufetten.

Ihr Lager hatten sie an diesem Abend an einem anderen Gewässer aufgeschlagen, einem Bach, der unter einer dicken, tragfähigen Eisschicht murmelte und, zu Barens leichter Verärgerung, von einer breiten Brücke überspannt wurde.

Ayrin las im Kerzenschein von dem großen Kampf zwischen Menschen und Drachen, und wie jene die glänzende Hauptstadt der Sturmlande, Gramgath, überfielen und verwüsteten. Viele Menschen starben an jenem Tag, aber auch etliche Drachen wurden von den Rittern und Bogenschützen des Königs zur Strecke gebracht. Und der König selbst, ein stolzer Mann mit Namen Odro, erschlug eigenhändig zwei Drachenfürsten mit seinem magischen Schwert.

Ayrin runzelte die Stirn. Ein magisches Schwert? Es war das erste Mal, dass Lar Kalde so etwas beschrieb. Und er hatte zuvor nie erwähnt, dass es Fürsten unter den Drachen gab. War das eine der Unwahrheiten, die der Meister gemeint hatte? Sie fröstelte, blickte auf und stellte überrascht fest, dass ihre Begleiter längst im Wageninneren waren. Sie hatte die Zeit völlig vergessen. »Vielleicht hat dieses Buch sie gefressen«, murmelte sie, packte die Decke, in die sie sich gehüllt hatte, und stieg in den warmen Wagen. Sie hörte den Meister oben schnarchen und auch Baren atmete bereits im ruhigen Rhythmus des Schläfers.

Ayrin streckte die durchfrorenen Glieder. Eine Treppenleiter führte hinauf in das Obergeschoss, in dem der Lar seine Kammer hatte. Die Tür stand einen Spalt weit offen. Es wirkte ... einladend. Den ganzen Abend schon verfolgte Ayrin eine Idee, eine Eingebung, die ihr, wie sie nun dachte, vielleicht der Wind zugeflüstert hatte: In seinem

Schlafgemach bewahrte der Meister die meisten seiner Pergamente und Bücher auf, auch das Buch der Runen. Sie legte eine Hand an die Treppenleiter. Er würde es natürlich niemals gutheißen. Sie seufzte. Es war ja gar nicht gesagt, dass sie das Buch finden würde. Sie würde sich nur ein wenig umsehen.

Ayrin schlich die Treppe hinauf. Die Regale waren tief, die Bücher standen in zwei Reihen hintereinander. Meister Maberic hatte einmal gesagt, dass das Papier so auch die Kälte abhalten würde. Vorsichtig stieß Ayrin die Tür ein wenig weiter auf. Der Meister lag im Bett, das tagsüber im doppelten Boden verschwand, weil er so auch Platz für seine Schreibstube hatte. Ayrin hob ihre Kerze an. Die Schatten tanzten. Der Meister besaß viele Bücher, mehr, als sie sich vor Kurzem noch hätte vorstellen können. Und sie hatte bisher noch keinerlei Ordnung in der Art, wie er sie aufbewahrte, entdecken können.

Es war aussichtslos. Sie wollte schon kehrtmachen, aber dann sah sie ein Blinken im Augenwinkel. Das kam von einem Stück Metall, das als Gewicht an einer Schnur von der Decke hing. Mit der ließ sich ein Fach dort oben öffnen. Es gab viele Fächer und ebenso viele Fäden und Gewichte. Doch nur das eine, dicht vor den tiefen Regalen hatte lockend geblinkt. Ayrin hob die Kerze und sah in der hinteren Reihe einen Buchrücken hervorlugen, der vertraut wirkte. Der Meister schnaufte, wälzte sich auf die Seite und – schlief weiter. Sie schob die vordere Buchreihe zur Seite und tatsächlich, da stand das Buch der Runen. Mit klopfendem Herzen zog sie es hervor, presste es an sich und stieg die Treppenleiter wieder hinab.

Sie setzte sich in den schmalen Gang, nahe des Eingangs, stellte die Kerze auf eine halb herausgezogene Schublade voller bunter Steine und schlug das Buch auf. Ihr Blick wanderte über die erste Doppelseite. Erst sah sie gar nichts, aber dann trat eine Rune hervor. Wieder war es, als würde sie über der Seite schweben, und die feinen Verästelungen schienen nach und nach aus ihr herauszuwachsen. Da war noch eine zweite Rune, dann eine dritte. Sie sahen der ersten sehr ähnlich, unterschieden sich jedoch in den Verästelungen, wie Ayrin herausfand. Sie versuchte, sie zu berühren, doch da war nichts. Ihre Finger griffen ins Leere. Eine vierte Rune offenbarte sich, schließlich eine fünfte, und das alles auf einer einzigen Doppelseite. Ayrin fühlte das Gewicht des Buches, ihre Finger ertasteten viele Seiten. Es musste Hunderte der magischen Runen geben.

»Es ist besser, du bringst es zurück, bevor er noch etwas merkt«, flüsterte eine Stimme.

Die Runen verschwanden. Ayrin fuhr herum. »Baren! Du hast mich zu Tode erschreckt. Warum schläfst du nicht?«

»Wegen der Reiter, oder vielmehr, wegen ihrer schnaubenden Rösser. Sie schienen es eilig zu haben, dem Hufschlag nach, aber dann hielten sie an und schlugen einen Bogen um unseren Wagen. Hast du sie nicht gehört?«

Ayrin schüttelte den Kopf. »Was hat das zu bedeuten?«, fragte sie flüsternd.

»Nichts Gutes«, erwiderte Baren leise. »Und auch, dass du dir die Nacht mit diesem Buch um die Ohren schlägst, ist nicht gut. Was ist? Bringst du es zurück, oder willst du, dass der Meister dich davonjagt?«

Das wollte sie ganz gewiss nicht. Sie warf noch einen letzten Blick auf die Seiten, aber die Runen zeigten sich nicht mehr. Sehr, sehr vorsichtig trug sie das Buch zurück an seinen Platz. Ihr Bruder hatte recht. Es war unvernünftig, sich diese Zeichen ohne ihren Lehrer anzusehen, schon weil sie gar nicht wusste, was sie bedeuteten.

Am nächsten Morgen trafen sie auf einen Händler zu Pferde, der mit zwei Maultieren auf dem Weg von Iggebur nach Driwigg war.

»Ich verkaufe die besten Stoffe aus Kandt. Haben die Herren oder vielleicht die Dame Interesse an ausgesucht feinen Tüchern?«, rief er, kaum dass sie sich gegrüßt hatten.

»Tücher?«, fragte Ayrin und reckte den Kopf.

Der Händler war aus dem Sattel gesprungen und nahm die Plane ab, die die Ladung des vordersten Maultiers verdeckte.

»Nein, wir sind nicht interessiert an irgendwelchen Lappen oder Lumpen«, unterbrach Meister Maberic schroff, »doch sagt, kommt hier nicht bald die Abzweigung nach Irmholt? Ein recht großes Dorf.«

»Gewiss, keine halbe Stunde von hier. Ich war gerade dort. Zu meinem Glück war ich in der Nacht nicht auf der Straße, denn eine Schar Hexen und Zauberer soll, verborgen in einer schwarzen Wolke, eilig nach Süden gezogen sein. Habt Ihr sie nicht gesehen?«

Der Meister schüttelte den Kopf und klopfte dann zufrieden auf das Wagendach. »Dieses Gesindel schlägt in der Regel einen Bogen um meinen Wagen und seine Runen. Deshalb will ich auch nach Irmholt. Diese Siedlung steht seit Langem unter dem Schutz meiner Runenbeutel, und ich gedenke, ihn zu erneuern.«

»Ich dachte mir schon, dass Ihr ein Lar seid. Habt Ihr auch Runen für gute Geschäfte?«

Meister Maberics Miene verfinsterte sich. »Dafür wurden die Runen nicht geschaffen.«

Der Händler deckte seine Waren zu Ayrins Enttäuschung wieder zu. »Dennoch fertigt Ihr sie nicht umsonst, oder?«

»Zu einem Bruchteil Ihres Wertes«, rief Maberic und hob die Zügel auf.

»Wirklich? Die Menschen von Irmholt schienen da anderer Meinung zu sein. Es war gerade erst ein Lar bei ihnen und sie klagten, dass seine Runen recht kostspielig waren.«

»Ein Lar? Was für ein Lar? Wie war sein Name?«

»Einen Namen sagten sie nicht. Es kommt ja auch nicht oft vor, dass zwei Runenmeister in derselben Gegend unterwegs sind. Meist weiß jeder sofort, wen man meint, wenn man vom Lar spricht, oder?«

»In der Tat«, murmelte Meister Maberic düster und dann schnalzte er mit der Zunge und die Pferde zogen an.

»Wir hätten wirklich einmal nach den Stoffen schauen können!«

»Fahrende Händler sind teuer«, brummte der Meister. »Außerdem ist Kandt ein viel zu warmes Land, um gute Wolle und damit brauchbare Stoffe zu liefern, Ayrin.«

»Es gibt also noch mehr Lare in den Sturmlanden?«, fragte Baren, der wieder auf dem Wagendach saß.

»Vier, vielleicht fünf, wenn der alte Hondyr noch lebt. Und normalerweise achten wir die Arbeit unserer Brüder.«

»Also fahren wir jetzt nach Irmholt und erkundigen uns nach diesem Mann?«, fragte Ayrin.

»Das wäre ein Umweg, und da es dort nichts zu tun gibt, Zeitverschwendung. Es gibt andere Siedlungen entlang des Weges. Vielleicht erfahren wir da etwas über diesen angeblichen Lar und die Qualität seiner Arbeit. Wollen wir hoffen, dass er kein Betrüger ist. Und dass diese Hexen, von denen der Händler redete, dort keinen Schaden angerichtet haben. Es ist eigenartig, dass sie in größerer Zahl auftreten, denn dieses Volk kann einander kaum ausstehen. Aber vermutlich haben die Leute, von denen dieser Händler es gehört haben will, übertrieben.«

Ayrin und Baren tauschten verstohlene Blicke. Sie hatten die Ereignisse der vergangenen Nacht für sich behalten. Jetzt räusperte sich Baren. »Auch ich habe etwas gehört, Meister, heute Nacht. Eine Schar Reiter, die einen Bogen um unsere Kutsche machte.«

»Wirklich?« Meister Maberic sah ihn prüfend an. »Sie müssen beträchtlichen Lärm veranstaltet haben, wenn du davon aufgewacht bist. Und du, Ayrin? Hast du sie nicht gehört?«

Ayrin schüttelte schnell den Kopf und war froh, dass nicht weiter über diese Angelegenheit gesprochen wurde.

Am Nachmittag erreichten sie eine Siedlung, die in Sichtweite der Straße lag. Meister Maberic lenkte den Wagen von der Südstraße zur Seite. Das Dorf zählte kaum dreißig Häuser, aber, und das fiel Ayrin gleich auf, selbst die kleinste Hütte wirkte hier weniger armselig als noch die größten Bauernhäuser in Halmat. Auch die Menschen machten einen wohlgenährten, ja, zufriedenen Eindruck, und sie sah niemanden, der halb verhungert wirkte wie so mancher Knecht in der alten Heimat.

Die Leute starrten sie an, als sie in das Dorf hineinrollten, aber es gab keinen Auflauf, wie in Halmat üblich, und als der Meister den Wagen auf dem Dorfplatz zum Stehen brachte, wartete da nur ein alter Mann auf einer Bank, der sich langsam erhob und zum Kutschbock schlurfte. »Meister Maberic? Hätten wir gewusst, dass Ihr Euch blicken lasst, hätten wir auf den Schutz Eures Runenbruders verzichtet.«

»Also war er hier? Wann? Ich hoffe, es war kein Betrüger. Wie war sein Name?«

»Wann? Eine Woche, würde ich sagen. Aber sein Name?« Der Alte kratzte sich am Kopf. »Ein Lar war er, und sein Name begann mit einem T. Und dann war es, meine ich, irgendetwas mit Korn oder Roggen oder so ähnlich. Ich habe es nicht so mit Namen, wisst Ihr.«

»War es vielleicht *Walroge*? *Thimin von Walroge*? War das der Name?«

»Ja, genau, das war er! Er war recht teuer, wisst Ihr. Aber ich will mich nicht beschweren. Es soll dunkles Volk auf der Straße unterwegs sein. Da ist guter Schutz jeden Heller wert, nicht wahr?«

»Mag sein«, brummte der Meister grimmig, tippte sich an die Fellmütze und setzte den Wagen wieder in Bewegung.

»Wartet, wollen wir nicht hier übernachten, Meister?«, fragte Ayrin, die bei der plötzlichen Anfahrt fast vom Bock gefallen wäre.

»Wozu? Es gibt nichts zu verdienen und etwas auszugeben, können wir uns nicht leisten. Wir müssen sparen. Ich habe ja jetzt zwei Mäuler mehr zu stopfen, oder nicht?«, fuhr der Lar sie an und trieb die Pferde zur Eile. Er war so offensichtlich schlecht gelaunt, dass Ayrin lange Zeit nicht wagte, ihn anzusprechen. Der Meister lenkte den Wagen zurück zur Straße und weiter nach Süden. Erst bei der nächsten Furt hielt er an und starrte missmutig auf das breite Gewässer, das ihren Weg kreuzte.

»Soll ich vorangehen, Meister?«, fragte Baren vorsichtig.

Der Lar seufzte, blickte zum Himmel und sagte: »Nein, diese Furt ist breit, aber flach. Die Pferde finden ihren Weg auch ohne Führung hindurch. Auf der anderen Seite werden wir für diese Nacht lagern. Die Dämmerung ist nicht mehr fern.«

An diesem Abend übte sich Ayrin lange im Schreiben der Buchstaben, obwohl sie viel lieber Runen gelernt hätte. Irgendwann sagte ihr der Meister, dass sie endlich in den Wagen kommen solle, bevor sie noch erfröre. Sie antwortete mit einem »Ja, gleich«, hörte aber nicht auf, bis die Seite vollgeschrieben war. Müde und zufrieden, betrachtete sie ihr Werk. Der Meister hatte gesagt, dass ihre Buchstaben immer besser würden, und langsam glaubte sie das auch. Sie begann gerade aufzuräumen, als sie eine Spinne bemerkte, die langsam über den Tisch kroch. Es war eine Wolfsspinne, aber sie benahm sich eigenartig. Sie stakste sehr langsam über das Papier, zitterte, zog die Beine an und rührte sich nicht mehr. »Bist du erfroren?«, fragte Ayrin halblaut. Dann wischte sie das tote Tier kopfschüttelnd vom Blatt und räumte fertig auf. Gähnend betrat sie den warmen Wagen. Sie zog ihr Nachthemd an und war drauf und dran, ins Bett zu schlüpfen, als sie innehielt.

Das Runenbuch … Sie musste schon den ganzen Abend daran denken. Sie starrte auf ihren schlafenden Bruder. Baren hatte klargemacht, was er davon hielt. Er verstand allerdings auch nichts von Runen. »Nur ein kurzer Blick«, sagte sie sich, schlich in die Kammer des Meisters und entwendete das Buch. Sie setzte sich wieder in den Gang, achtete aber dieses Mal darauf, das Licht ihrer Laterne besser abzuschirmen. Dann schlug sie das Runenbuch auf und verlor sich fast sofort im Gewirr der Seiten. Sie blätterte rasch über die Teile, die sie schon kannte. Immer noch hatte sie keine Ahnung, was diese Runen bedeuteten, die sie bisher entdeckt hatte, war aber begierig darauf, neue zu finden. Sie schlug willkürlich eine Seite weit hinten auf und war verblüfft, weil sie hier keine Runen entdecken konnte. Sie versuchte eine andere. Ja, da waren zwei, die bald mit all ihren Verästelungen hervortraten. Dann stieß sie wieder auf eine Seite, an der die wilden Linien keine Rune zu verbergen schienen. Sie blätterte um und schnell wieder zurück, denn für einen Augenblick hatte es so gewirkt, als sei da doch etwas verborgen. Sie konnte es aber nicht wiederfinden. Auf den vorderen Seiten wurde sie schneller fündig und es gab viel zu entdecken. Der Morgen graute bereits, als sie das Buch leise zurück an seinen Platz brachte.

Ayrin wäre am nächsten Tag gerne im Wageninneren geblieben, um Schlaf nachzuholen, aber der Meister wollte sie unbedingt neben sich auf dem Kutschbock haben, und so nahm sie dort oben frierend und übermüdet Platz und ließ die Landschaft an sich vorüberziehen.

»Wie weit bist du mit dem Drachenbuch?«, fragte Meister Maberic nach einer Weile.

»Es ist immer noch Krieg«, gab sie mit unterdrücktem Gähnen zurück.

»Wer gewinnt?«, fragte er spöttisch.

Sie zuckte mit den Schultern. »So weit bin ich noch nicht.«

»Aber du hast doch schon von der großen Schlacht bei Gramgath gelesen. Und danach wendet sich das Schicksal. Lies weiter, damit du verstehst, was auf uns zukommt.«

»Ja, Meister.« Ayrin seufzte und schlug das Buch auf. Sie befürchtete, dass sie auf dem Bock einschlafen und herunterfallen könnte. Noch mehr Schlachten und Heldentaten schienen ihr auch nicht geeignet, das zu verhindern. Sie blätterte um und staunte: Der Herrscher der Drachen und der König der Menschen trafen sich, gegen den Rat ihrer Getreuen, nach der Schlacht, um zu verhandeln. Und da wurde ein doppelter Betrug offenbar: Der erste Ratgeber des Königs, ein mächtiger Runenmeister und Zauberer, war ins Drachenreich gegangen und hatte die Drachen mit Lügen zu ihrem Angriff angestachelt und gleichzeitig mächtige Zauber für die Waffen der Menschen erdacht, mit denen sie viele Drachen töten konnten. So hatte er geplant, beide Seiten zu schwächen und die Macht über die Sturmlande an sich zu reißen.

Ayrin ließ das Buch sinken. »Ein Runenmeister war an all dem schuld? Das ist fürchterlich. So viele Tote, durch Lug und Trug *eines* Mannes. Ich dachte, die Runen dienen dem Guten. Wie war das möglich? Und wie war sein Name? Der steht hier nirgends.«

»Sein Name wurde aus den Chroniken getilgt, Ayrin, eben weil sein Verrat so ruchlos war.«

»Aber was waren das für Lügen, mit denen er die Drachen täuschte, und welche Zauber wirkte er auf die Waffen? Warum hat Lar Kalde nicht wenigstens das aufgeschrieben?«

»Kalde hat lange nach diesen Ereignissen gelebt und geschrieben und vieles nicht gewusst. Auch heute noch können wir manches nur erraten. Es wird vermutet, dass der Verräter den Drachen weisgemacht hat, dass die Menschen einen Überfall auf ihr Reich planten, um ihnen ihre Geheimnisse zu entreißen. Die Waffenzauber, nun, vermutlich Runen, auch die sind uns ein Rätsel. Falls es diese Runen gab, so sind sie verloren, und fest steht auch, dass der Verräter nach Norden floh, in eine Festung voller Hexen.«

»Aber er wurde bestraft, oder?«

»Ja und nein. Er hatte seine Verteidigung gut vorbereitet, und ein mächtiger Bann schützte ihn vor allen Angriffen, jedoch unterlief ihm in seiner Überheblichkeit ein Fehler. Er verknüpfte den Bann mit sich selbst, um ihm all seine Macht zu geben. So kann nun kein Feind in diese Festung eindringen, allerdings kann er selbst sie auch nicht mehr verlassen. Und deshalb lebt er dort noch heute als sein eigener Gefangener.«

»Dann ist es also der Hexenfürst? Und er lebt immer noch? Wie ist das möglich? Dieser Krieg, der liegt ja dreihundert Jahre zurück!«

»Und doch ist es so. Der Fürst der Hexen haust noch heute in der schwarzen Festung und sucht nach Wegen, sich zu befreien. Von dort aus sendet er immer wieder seine Hexen über das Land, um Krankheit und Tod zu säen. Eine davon habt ihr in Halmat kennengelernt. Und andere scheinen geradewegs nach Süden zu eilen, wenn es stimmt, was die Menschen entlang der Straße uns berichteten.«

»Diese Ragne von Bial war seine Dienerin? Dann hatte die Muhme recht? Der Hexenfürst steckte hinter dem Übel, das über unser Dorf kam?«

»So ist es. Er nährt sich vom Leid und Elend der Menschen. Es ist die einzige Kraftquelle, die ihm noch zur Verfügung steht. Die magische Urkraft, die uns allgegenwärtig und gleichzeitig unerreichbar umgibt, ist ihm verschlossen. Und auch die Tore der Drachen sind verriegelt, und ihre Magie dringt nicht mehr von ihrer Welt in unsere.«

»Aber was ist mit den Runen, Meister? Die sind doch magisch«, widersprach Ayrin.

Der Lar lächelte verschmitzt. »Da ist natürlich wahr, Ayrin Rabentochter.«

Bald darauf erreichten sie eine Siedlung, die um eine große Herberge herumgebaut war. Es gab sogar eine Wache, vor der ein paar Soldaten am Wachfeuer saßen, und etwas entfernt einen Hügel, den höchsten, den Ayrin seit Langem gesehen hatte. Auf seiner Kuppe stand ein kahler Baum und Ayrin erkannte sogar aus dieser Entfernung, dass es ein Galgenbaum war.

Er erschien ihr als böses Omen und sie lenkte sich ab, indem sie die Schmiede, ein Warenlager und die Stallungen erkundete. Sie zählte fünf hoch beladene Ochsenkarren am Wegesrand und erfuhr von einem der Fuhrknechte, dass sie Kupfer aus einer Mine weit im Norden nach Iggebur brachten. »Und von dort geht es weiter aufs Meer und dann nach Glemara. Das ist ein Land, weit im Osten, mein Fräulein«, erklärte der Knecht.

»Ich habe den Namen schon einmal gehört«, erwiderte sie. »Doch sagt, soweit ich weiß, gibt es auch eine Verbindung über Land in das Reich. Warum wird das Kupfer also nicht über die Berge gebracht? So könnte man das Umladen sparen.«

Der Fuhrknecht schüttelte den Kopf. »Über die Eispässe der Wolkenberge? Und dann wochenlang durch die lebensfeindliche Meset? Wisst Ihr nicht, dass dieses Land eine wasserlose Einöde ist, und niemand von Verstand versucht, sie zu durchqueren?«

»Und warum gibt es dann überhaupt Pässe über die Wolkenberge?«

»Ein paar Verrückte siedeln auf der anderen Seite der Berge, an den

Gewässern, die aus den Bergen kommen und dann so schnell versickern. Es heißt, sie lebten vom Schmuggel, was wiederum bedeutet, dass sie ein gefährliches Leben führen. Und deshalb überquert kein ehrlicher Mann, der seine fünf Sinne beieinanderhat, diese Pässe.«

»Warum interessiert dich das so?«, fragte Baren, der zugehört hatte.

Ayrin zuckte mit den Schultern. »Ich weiß es nicht genau, aber seit Meister Maberic einmal die Wolkenberge erwähnte, gehen sie mir nicht mehr aus dem Kopf. Und die reichen Länder jenseits davon auch nicht.«

»Die Hexe, die in Halmat war, sagte, dass sie aus Bial stamme, und das liegt auch im Osten«, sagte ihr Bruder.

»Dann ist sie vielleicht über diese Berge hierhergekommen. Aus irgendeinem Grund kann ich mir nicht vorstellen, dass eine Hexe mit dem Schiff reist.«

Die Geschwister hätten gerne mehr Zeit an diesem Ort verbracht, aber Meister Maberic wollte dort nicht lagern. »Wir haben noch einige Stunden Licht, das sollten wir nutzen, um voranzukommen. Außerdem musste ich erfahren, dass dieser verfluchte andere Lar bereits hier gewesen ist. Er hat Runen an die Herberge und sogar an die Fuhrleute verkauft. Es gibt also keinen Grund zu bleiben.«

»Ihr scheint diesen Lar Thimin recht gut zu kennen«, merkte Ayrin vorsichtig an.

»Leider ja. Ein hässlicher Mensch mit hässlichem Charakter, ein Mann, der unsere Kunst erlernte, um damit Geld zu verdienen. Doch diese Niedertracht, in meinem Revier zu wildern, die ist neu.«

»Und woher kennt Ihr diesen Lar, Meister Maberic?«

Der Meister schnaubte ungehalten. Dann seufzte er tief. »Ach, was soll ich lange drum herumreden? Ich Narr habe ihn selbst ausgebildet! Ich habe ihn aufgenommen, ihm ein Dach über dem Kopf gegeben. Eure Schlafstatt, die war lange sein Zuhause. Und dann, nach nur fünf Jahren, hat er seine Ausbildung für beendet erklärt. Und seither reist er durch die Lande, lässt sich hofieren und knöpft den armen Trotteln ihr Silber ab.« Er kletterte auf den Kutschbock.

Ayrin folgte ihm. »So taugen seine Runen nichts?«

»Sie sind halbwegs brauchbar, er hat sie schließlich von mir gelernt. Allerdings hätte es mir eine Warnung sein sollen, dass er die Runen auch heimlich, hinter meinem Rücken studierte. Nein, seine Runen taugen zur Not, und das ist ja das Ärgernis. Wenn er wenigstens ein Scharlatan wäre, könnte ich dafür sorgen, dass man ihn in den Kerker wirft. So ruiniert er mit seiner Gier nur unseren Ruf. Doch weiter jetzt. Er war erst vor Kurzem hier. Vielleicht holen wir ihn ein, und dann werde ich den Halunken zur Rede stellen.«

Die Geschichte von Lar Thimin war Ayrin eine Warnung. An diesem Abend ging sie ins Bett, ohne nach dem Buch der Runen zu schauen. Allerdings schlief sie unruhig, erwachte oft und dachte an die rätselhaften Seiten voller wirrer Linien und verborgener Geheimnisse. Bereits in der nächsten Nacht konnte sie der Versuchung nicht widerstehen und nahm sich wieder heimlich das Buch.

Ragne von Bial blickte missmutig vom Galgenberg hinüber zu den Lichtern der Siedlung, die sich, keinen Steinwurf entfernt, an die Südstraße schmiegte. Es standen einige schwere Ochsenkarren vor der großen Herberge und der kalte Wind trug das Gelächter der Fuhrknechte herüber. Auch die Wirkung frischer Runenzauber war zu erahnen.

»Und Meister Ortol hat gesagt, dass wir hier die anderen treffen werden?«, fragte Tsifer, der unter dem Galgenbaum saß und zu den Sternen, vielleicht aber auch zu den baumelnden Seilen an den Ästen des einsamen Baumes hinaufschaute.

»Ein Galgenberg an der Straße nach Süden, unweit einer Herberge für die Fuhrleute. Wenn es nicht einen zweiten Ort gibt, der dieser Beschreibung entspricht, sind wir hier richtig, Tsifer«, gab Ragne frostig zurück. Ortol verlangte in letzter Zeit fast täglich Berichte, dabei hatte er die Festung verlassen, was die Sache erschwerte. Er war auf dem Weg nach Süden, und er reiste nicht alleine.

»Ich wundere mich nur, dass dieser dumme Hexenmeister den Ort kennt«, meinte der Alb.

»Er ist nicht an die Festung gefesselt, wie unser Herr. Wer weiß, vielleicht sollte er selbst einmal Bekanntschaft mit dem Strick machen?«

»Unwahrscheinlich«, brummte Tsifer. »Euresgleichen wird doch verbrannt, oder nicht?«

»Oder ertränkt«, gab Ragne mit plötzlichem Schauder zurück. Sie dachte daran, was man in ihrer Heimat mit Kindern machte, die man für Hexen hielt. Nur um Haaresbreite war sie dem Verhängnis entronnen, sie hatte allerdings die Knochen ihrer unglücklichen Schwestern im Hexenteich gesehen.

»Und Ortol hat nicht gesagt, wen oder wie viele wir zu erwarten haben?«, fragte der Nachtalb.

Ragne verdrehte die Augen. »Wie oft soll ich es dir noch erzählen? Er sagte, wir sollen hier auf Verbündete warten, die uns mit Schwarzschwefel versorgen werden. Dann werden sie uns nach Iggebur begleiten. Er sagte, der Fürst selbst habe es befohlen.« Sie dachte an das Gespräch mit dem Hexenmeister zurück. Ortol schien dieses eine Mal zufrieden mit dem zu sein, was sie gemeldet hatte. Ja, er wirkte hochzufrieden, und das war etwas, was Ragne beunruhigte. Er hatte ihr eingeschärft, dass sie unbedingt jenes Drachenportal zu finden hätten, das der Runenmeister aufspüren wollte. Und er wusste immer noch nichts von den Zwillingen. Sie waren dem Wagen in vorsichtigem Abstand gefolgt, und Ragne hatte einige ihrer Wolfsspinnen geopfert, um die Geschwister zu belauschen. Sie hatte aber nichts erfahren, außer dass das Mädchen dabei war, schreiben zu lernen.

»Mir gefällt das nicht«, sagte Tsifer jetzt. »Wir sind bisher gut zu zweit zurechtgekommen. Warum will der Herr nun all die Schwarzmagier und Hexen nach Iggebur senden?«

»Dieses Tor scheint von großer Bedeutung für den Fürsten zu sein«, erwiderte Ragne langsam.

»Nicht nur für ihn«, sagte der Nachtalb und seine Augen schienen im Dunkeln zu leuchten. »Wenn es nur offen stünde – dann könnte ich endlich einen Weg in die Heimat finden.«

»Du willst wirklich zurück nach Malguris, einem Reich ewiger Nacht? Ich dachte immer, die Alben können es kaum erwarten, diesem Land, in das die Drachen sie verbannt haben, zu entrinnen.«

Der Nachtalb sprang auf. »Davon verstehst du nichts, Hexe! Es mag die Verbannung sein, doch ist es auch Heimat. Und Ydral, mit seinem Gestank nach Menschen, ist mir schon lange zuwider. Wenn ich also einen Weg nach Udragis, in die Drachenwelt finde, so ist es von dort nicht weit in die Heimat, die ich seit über dreihundert Jahren nicht gesehen habe.«

»Aber die Tore sind verschlossen«, sagte Ragne mit einem halb nachsichtigen, halb grausamen Lächeln.

»Das sind sie. Vielleicht weiß aber der Herr einen Weg, sie zu öffnen.«

»Das wäre eine Erklärung für all die Aufregung, doch ist unser Fürst weit, und er kann die Hexenfestung nicht verlassen. Und wozu sollte er ein Drachenportal öffnen wollen?«

Der Nachtalb hob die Hand. »Da kommt ein Reiter«, zischte er.

Ragne hörte den Hufschlag jetzt auch. Sie fühlte rasch nach, ob der Dolch noch im Gürtel steckte, und die versteckte Klinge im Ärmel überprüfte sie auch. Sie wusste schließlich nicht, wer dort so langsam herangeritten kam.

Endlich wurde das Pferd angehalten. »Ich grüße Euch«, rief eine weibliche Stimme. »Ich hoffe, Ihr seid die Ragne, von der Meister Ortol sprach.«

»Die bin ich.«

»Und Tsifer von Almar ist ebenfalls hier«, brummte der Alb.

»Ah, die Hexe und der Alb, ein seltsames Paar.« Die Fremde trat näher heran. Der Halbmond spendete gerade genug Licht, um zu erkennen, dass die Frau hochgewachsen war und einen Hut mit breiter Krempe trug.

»Meister Ortol sagte, dass mehrere unserer Brüder und Schwestern hierher unterwegs seien«, sagte Ragne misstrauisch.

»Die meisten dürften uns zwei oder drei Tage voraus sein. Allerdings traf ich einen Schwarzmagier, zwei Dörfer von hier. Er war auf dem Weg zu diesem Treffpunkt, stürzte allerdings vom Pferd, als wir vor wütenden Dorfbewohnern fliehen mussten.«

»Und fiel er durch sein eigenes Pech, oder habt Ihr dabei geholfen?«, zischte Tsifer.

»Sein Pferd war müde vom langen Gewaltritt, und dass sich dann plötzlich ein starker Ast in seinen Weg legte, war, nun, nennen wir es Pech. Aber er hatte noch genug Zeit, mir den Schwarzschwefel, den er von der Festung mitbrachte, zu übergeben. Und das ist schließlich das Wichtigste, nicht wahr?«

»Ihr habt ihn? Gebt ihn mir!« Ragne streckte fordernd ihre Hand aus.

»Ich habe ihn versteckt, doch werde ich ihn gerne holen. Vorher verlange ich Euer Wort, dass Ihr mir keinen Schaden zufügen werdet, beschworen bei der schwarzen Rune!«, rief die Hexe und streckte nun ihre Hand Ragnes entgegen, ohne sie zu berühren. Ein matt schimmernder Gegenstand lag darin. Ragne beäugte ihn missmutig. Es war tatsächlich eine schwarze Rune, und ein darauf geleisteter Eid war bindend durch Magie, nicht durch Ehre.

»Wenn Ihr diesen Eid auch leistet, Schwester«, forderte Ragne.

»Ich schwöre bei der Macht dieser Rune; weder Waffe noch Magie werde ich gegen diese Schwester und ihren Begleiter richten«, sagte die Fremde gleichmütig.

Ragne schob den versteckten Dolch zurück in den Ärmel und auch den Dornfinger, eine Giftspinne, die sie für den Fall der Fälle aus ihrem Schlummer geweckt hatte, summte sie leise wieder in den Schlaf. Dann berührte sie widerwillig die Rune und leistete den Eid. Tsifer näherte sich, beschnüffelte missmutig den schwarzen Gegenstand, berührte ihn flüchtig und murmelte die Worte. Die Fremde bat ihn höflich, aber bestimmt, den Eid so zu wiederholen, dass sie ihn verstehen konnte. Tsifer schüttelte erst den Kopf, dann bellte er die Worte förmlich heraus.

»So sind wir uns einig. Ich hole den Schwefel.«

»Ein gerissenes Weib«, stellte Ragne fest, als der Hufschlag des Pferdes leiser wurde.

»Hilga von Leydh, das ist ihr Name. Ich erinnere mich, sie in der Festung gesehen zu haben.«

»Wirklich? Ja, diese Hilga ist mir dort auch über den Weg gelaufen, aber meine Augen sind bei Nacht nicht so gut wie deine. Erkannt habe ich sie im schwachen Mondlicht jedenfalls nicht.«

Es dauerte nicht lange, bis die andere Hexe zurückkehrte. Sie lenkte das Pferd dieses Mal bis unter den Baum, bevor sie aus dem Sattel glitt. Sie wedelte mit einem Beutel in ihrer Hand. »Eure Hälfte.«

»Hälfte? Es müssten zwei Drittel sein.«

»Der Meister machte klar, dass ich *dich* nicht übervorteilen darf, er sagte nichts über die Kreatur, die dich begleitet.«

Tsifer zischte wütend und duckte sich, wie zum Sprung. Seine buschigen Brauen zuckten wild. Die Fremde lachte leise und höhnte: »Habt Ihr es schon wieder vergessen? Euer Eid hindert Euch daran, mich mit Waffe oder Magie anzugreifen, Alb.«

Wieder zischte Tsifer, duckte sich noch ein wenig weiter, bis der ganze Körper zum Angriff gespannt war. »Und was sagt der Eid über meine Zähne, Hilga?«, fragte er heiser und sprang.

Die Hexe schrie erschrocken auf, wich zurück und ihre Hand fuhr zum Dolch in ihrem Gürtel. Doch Tsifer war schneller. Er packte sie, warf sie zu Boden, drückt sie nieder und dann schlug er seine Zähne in ihren Hals.

Ragne wandte sich angewidert ab und versuchte das Röcheln der Fremden und das Geräusch der durch Fleisch und Knochen schneidenden Zähne zu überhören. Irgendwann wurde es still. Plötzlich stand der Alb neben ihr, den Beutel in der Hand, dunkle Flecken im Gesicht. Er roch nach Blut. »Die Hälfte hiervon?«, fragte er.

»Die Hälfte«, sagte Ragne und nahm den Beutel an sich. »Und jetzt lass uns eilen, ich will vor dem verdammten Runenmeister in Iggebur sein.«

Vier Tage nachdem sie die Siedlung am Galgenberg hinter sich gelassen hatten, meldete Baren, dass ihnen ein Trupp Reiter folge. Ayrin, die auch in der davorliegenden Nacht heimlich die Runen studiert hatte, blickte gähnend über die Schulter. Tatsächlich sah sie einige Soldaten herannahen. Ihre Helme blinkten in der Wintersonne. Und dann rief Baren: »Das Banner von Burg Grünwart!«

Meister Maberic zügelte die Pferde und ließ die Reiter näher kommen.

Hauptmann Sarro hob die Hand und seine Soldaten hielten an.

Ayrin zählte elf Männer, und einer von ihnen war offensichtlich ein Gefangener. Auch Leutnant Bo Tegan gehörte zu dem kleinen Trupp.

»Seid gegrüßt, Hauptmann. Ihr seid weit vom Horntal entfernt«, rief Meister Maberic.

»Das Gleiche gilt für Euch, Lar.«

»Nur, dass jenes Tal nicht meine Heimat ist.«

»Ich bin nicht einmal sicher, ob Ihr eine habt, Runenmeister.«

Meister Maberic lachte und dann sagte er: »Es tut zwar gut, vertraute Gesichter in der Fremde zu sehen, aber ich frage mich schon, was Euch so weit nach Süden führt. Und, vor allem, wer ist dieser Gefangene?« Er reichte dem Hauptmann seinen Trinkbeutel hinab, der, so viel hatte Ayrin schon herausgefunden, mit verdünntem Wein gefüllt war.

Der Hauptmann nahm den Trunk gerne an. »Erinnert Ihr Euch an die Hexe, die wir jagten? Wir hatten sie fast, doch dann führte ihre Flucht sie mitten hinein in ein Räuberlager. Dieses Weib entkam, die Banditen nicht. Wir töteten drei von ihnen, und hängten drei weitere später, auf Burg Grünwart. Dieser jedoch«, er deutete auf den Gefangenen, »behauptet, er sei ein Bastardsohn des Großthans von Iggebur. Deshalb bringen wir ihn in die Stadt. Der Großthan wird wissen, ob das die Wahrheit ist. Und wenn das da wirklich sein Sohn sein sollte, hängt er ihn besser selber. Sonst gibt es am Ende noch böses Blut oder gar eine Fehde.«

Der Gefangene machte auf Ayrin einen abgerissenen, ja, leidenden Eindruck. Sie nahm ihren eigenen Trinkbeutel, kletterte vom Wagen und lief zu dem Unglücklichen hinüber. Ihr Weg führte sie dabei – rein zufällig – am Leutnant vorüber.

»Es tut gut, Euch zu sehen, Ayrin Rabentochter«, sagte Bo Tegan lächelnd. »Was habt Ihr da in Eurem Beutel? Ich hoffe, es ist nicht nur Wasser?«

»Das muss Euch nicht kümmern, Bo Tegan, denn der Trunk ist für den Gefangenen, nicht für Euch.« Ein paar der Männer lachten, und der, der das Pferd des Gefangenen führte, sah den Leutnant fragend an. Der überwand seine offenkundige Verblüffung, nickte und erlaubte so, dass Ayrin dem Mann den Beutel reichte.

»Ich danke Euch, edles Fräulein«, sagte der Gefangene mit heiserer Stimme und riss den Lederbeutel mit gefesselten Händen an sich.

»Seid Ihr wirklich ein Sohn des Großthans?«, fragte Ayrin neugierig.

Der Mann nickte zwischen zwei langen Schlucken, dann sagte er: »Einer von vielen. Helwart vom Wind werde ich genannt. Habt Dank für das Wasser.«

»Und seid Ihr auch ein Räuber?«

»Einer von vielen«, sagte der Mann wieder und lächelte. »Wir waren nördlich der Grauberge unterwegs, schließlich wurde dieses Land selbst für uns zu gefährlich, denn dort gehen Hexen und Schwarzmagier um und wo Pest und Tod regieren, gibt es für uns nichts mehr zu holen.« Er gab Ayrin den leeren Beutel zurück. »Ich würde gerne sagen, dass ich Euch Eure Güte eines Tages vergelten werde, glaube aber nicht, dass ich noch viele Tage vor mir habe.«

»Euer Vater wird doch seinen eigenen Sohn nicht hinrichten lassen!«

»Da kennt Ihr meinen Vater schlecht, mein Fräulein.«

Der Leutnant hatte sein Pferd näher herangelenkt. »Der Großthan wird für seine strenge Gerechtigkeit gerühmt, Ayrin. Und bevor Ihr weiter Euer Mitleid an diesen Räuber verschwendet, solltet Ihr ihn fragen, wie viele Bauernhöfe er überfallen und gebrandschatzt, wie viele Männer, Frauen und Kinder er auf dem Gewissen hat.«

»Das scheint mir leichter behauptet als bewiesen, Leutnant«, meinte Ayrin.

»Nein«, sagte der Gefangene, »der Leutnant hat recht. Ich war ein Schrecken der Berge, bevor mich ein noch größeres Grauen vertrieb, und mit dem Blut, das ich vergoss, könnte man viele solcher Trinkbeutel füllen.« Er wies auf den Lederbeutel in ihrer Hand. Ayrin betrachtete ihn mit plötzlichem Unbehagen. Der Gefangene lächelte zum Abschied. »Gehabt Euch wohl, edles Fräulein, aber seid in Zukunft vorsichtiger, mit wem Ihr Euer Wasser teilt.«

Vorne hatte Hauptmann Sarro das Signal zum Aufbruch gegeben, und der Zug setzte sich wieder in Bewegung. Nur der Leutnant blieb noch einen Augenblick zurück. »So seid Ihr also auch auf dem Weg nach Iggebur?«

»Was kümmert es Euch, Bo Tegan?«

»Ich möchte nur wissen, ob ich mich vorsehen muss. Ich will nicht wieder unvorbereitet vor Euer spitzes Mundwerk laufen.«

Und noch bevor Ayrin antworten konnte, gab der junge Mann seinem Pferd die Sporen und galoppierte davon.

»Na, der hat es dir aber gegeben«, rief Baren fröhlich von der Kutsche herab.

»Hat er nicht«, murmelte Ayrin und kletterte verstimmt zurück auf den Bock. Dieser Leutnant mit den blonden Locken und seinem ewigen Grinsen konnte ihr gestohlen bleiben. Auch sie sagte jetzt, dass sie hoffte, ihm in Iggebur nicht wieder zu begegnen, hätte aber, natürlich nur, um ihm aus dem Wege zu gehen, schon gerne gewusst, wo er Quartier nehmen würde. Und sie versicherte ihrem spottenden Bruder, dass es bestimmt nicht an diesem frechen Bo Tegan lag, dass sie es kaum noch erwarten konnte, endlich nach Iggebur zu gelangen.

Die Runen

Sie waren seit Driwigg neun Tage unterwegs, als Meister Maberic den Wagen schon früh am Nachmittag anhielt. »Morgen erreichen wir Longar, doch möchte ich die Stadt gerne umfahren. Der Allthan von Longar ist nämlich ein außerordentlich geschäftstüchtiger Mann. Er verlangt Wegegeld auf seinen Straßen, Brückengeld an den Flüssen, und Torgeld an den Pforten seiner Stadt, und das können wir uns nicht leisten. Da die Wege abseits Longars nicht so gut sind und es auch in die Hügel hineingeht, ist es besser, wir gönnen den Pferden ein bisschen mehr Ruhe.«

»Noch eine Stadt, in der wir nicht halten?«, fragte Ayrin halb enttäuscht, halb verärgert.

»Wir sind bald in Iggebur, und da bekommst du mehr Stadt, als du vielleicht vertragen kannst. Außerdem dachte ich, es wäre vielleicht an der Zeit, deine Ausbildung fortzusetzen.«

»Meine Aus-, Ihr meint, ich darf endlich Runen schreiben?«

Der Meister stieg vom Kutschbock. »Das Lesen und Verstehen kommt zuerst. Wir werden sehen, wie du dich auf diesen Feldern schlägst, bevor wir uns an die schwierige Kunst des Schreibens machen.«

Sie schirrten die Pferde ab, versorgten und striegelten sie und erst dann durfte Baren den Tisch am Wagen aufbauen und den Außenofen vorheizen.

Meister Maberic legte das Buch auf den Tisch und bedeutete Ayrin, es an einer beliebigen Stelle zu öffnen. Sie wählte blind und fand eine Seite, die sie bereits durch ihre heimlichen Studien kannte. So brauchte sie nicht lange, um vier versteckte Runen zu finden.

»Beachtlich«, sagte der Meister. »Nun sage mir, was sie bedeuten.«

Ayrin sah ihn verblüfft an. »Bedeuten? Woher soll ich das wissen?«

»Sieh sie dir an und lausche, vielleicht sprechen sie zu dir.«

Sie runzelte skeptisch die Stirn, starrte auf die scheinbar schwebenden Zeichen, lauschte und hörte nichts außer dem Bullern des Ofens und dem Wispern des Windes. Sie neigte den Kopf, legte ihn schräg, schloss die Augen und hörte – wieder nichts.

»Nun, das kommt hoffentlich mit der Zeit«, erklärte der Meister ruhig. »Das ist nichts, was man beim heimlichen Lesen im Gang lernen könnte.«

Ayrin wurde knallrot.

Meister Maberic lächelte nachsichtig. »Ich hatte vergessen, welche unwiderstehliche Anziehungskraft die Runen entfalten. Bisher ist jeder Schüler der Versuchung erlegen. Immerhin erkennst du die Zeichen jetzt schneller. Sage mir also, was du siehst!«, verlangte er und deute mit dem Finger auf eine der Runen.

»Ein senkrechter Strich, in der Mitte springt ein kräftiges Dreieck nach rechts. Links oben gehen vier feine Linien nach links, unten zwei wieder nach rechts. Sie werden von oben nach unten kürzer. Die obersten drei Linien werden durch eine weitere Linie ...«

Der Meister unterbrach sie. »Jaja, langweile mich nicht mit Einzelheiten, ich bin nicht blind. Was siehst du, woran denkst du, wenn du dieses Zeichen anblickst?«

Ayrin starrte die Rune an. Linien und Striche. Was sollte sie sonst sehen? Sie starrte und starrte, bis ihr die Augen tränten – nichts. Dann, gerade als sie aufgeben wollte, flackerte kurz ein Bild vor ihr auf. Sie hielt inne. Es war so flüchtig gewesen, dass sie sich nicht einmal sicher gewesen war, was sie gesehen hatte. »Da war etwas«, flüsterte sie. »Ich habe etwas gesehen, glaube ich. Einen Mann, groß, bärtig, mit einer Keule bewaffnet. Er hatte einen Fuß gehoben.«

»Um was zu tun?«

»Um zu … gehen?«, riet Ayrin, sah aber am Gesicht ihres Meisters, dass die Antwort falsch war. Warum hatte das Bild nicht ein wenig länger sichtbar bleiben können? Plötzlich war es wieder da. »Er hat etwas zertrampelt, ein Spielzeughaus!«, rief sie im Triumph.

»Fast«, sagte Meister Maberic. »Es war ein richtiges Haus. Du hast einen Riesen gesehen, Ayrin Rabentochter, denn das ist die Rune des Riesen. Sie wird verwendet, um Schaden von Haus und Herd durch diese großen Wesen abzuwenden.«

»Aber es gibt keine Riesen mehr!«

»Nun, offenbar stammt diese Rune aus einer Zeit, als es noch welche gab. Wer weiß, vielleicht kehren sie eines Tages zurück, dann wird sie reißenden Absatz finden. Und nun sei so gut und zeichne sie.« Er reichte ihr Pergament und Feder.

Die nächste Stunde war Ayrin damit beschäftigt, diese völlig nutzlose Rune zu Papier zu bringen, und doch war ihr Lehrer nie zufrieden. Mal waren ihm die Striche zu dünn, mal die Linien nicht fein genug. Am Ende sagte er: »Das liegt daran, dass du dieses Zeichen abmalst und nicht aus deinem Inneren heraus zeichnest.«

Ayrin seufzte, schloss die Augen und versuchte es noch einmal. Sie öffnete die Augen wieder und besah sich das gerade Geschriebene unglücklich. Es war ein ziemliches Durcheinander.

Der Meister musterte die unordentlichen Linien und sagte: »Schon etwas besser, Ayrin Rabentochter, schon etwas besser.«

»Ihr meint, damit könnte ich einen Riesen vertreiben?«

»Damit? Bei den Göttern, natürlich nicht«, sagte der Meister. »Das sind nur ein paar Linien auf einem Pergament. Wie sollte das einen Riesen in die Flucht schlagen?«

»Aber Ihr habt doch gesagt, dass …«

Der Meister hob die Hand und unterbrach sie. »Wir wollen an dieser Stelle genau sein, Ayrin. Selbst die richtige Rune kann Riesen nicht mit Angst erfüllen, sondern ihnen nur ein Unbehagen einpflanzen, das sie dazu bringt, sich abzuwenden und andernorts für Unheil zu sorgen. Doch, wie ich sagte, ist das bislang nur ein Stück Papier. Sag, Ayrin, als ihr den Runenbeutel von Halmat geöffnet habt, was habt ihr da gefunden?«

»Alles Mögliche. Wolle, Hornspäne, Stroh und Erde, glaube ich.«

»Ganz genau. Die Magie der Rune braucht eine Verbindung zu denen und zu dem, was sie schützen soll. In Halmat sollte sie das Vieh vor Krankheiten bewahren, aber auch Haus und Hof vor Leid und dunklen Mächten.«

»Was für eine Rune war das eigentlich?«

»Eine der Schwierigeren, Ayrin. Wenn du also einen Bauernhof oder Dorf vor einem Riesen schützen willst, brauchst du etwas von den Menschen, vom Vieh, von den Häusern und Ställen. Besonders stark wäre die Wirkung des Beutels, wenn du etwas von der Gefahr, vor der er schützen sollte, auftreiben könntest. In diesem Fall also ein Haar des Riesen, zum Beispiel.«

»Oder das Haar einer Hexe in Halmat?«

»Wenn ich seinerzeit mit dem Angriff einer dunklen Magierin gerechnet hätte, ja, da wäre ein Haar hilfreich gewesen. Ich sehe, du verstehst den Grundgedanken.«

»Also ein Riesenhaar und etwas Mörtel aus einer Hütte, gemeinsam mit meiner Rune, die würden für Schutz sorgen?«

»Aber nein!«, rief der Meister, zu Ayrins Verzweiflung. »Du hast noch etwas Wichtiges vergessen. Denke an den Runenbeutel von Halmat!«

Sie dachte angestrengt nach und dann rief sie: »Das Pergament, Baren hat gesagt, ich muss es falten.«

»Ah, endlich!«, rief der Lar mit dramatischer Geste.

»Warum, Meister?«

Der Runenmeister wischte mit der Hand über das Blatt. »Würde das Blatt offen liegen bleiben, würde die Magie schnell vergehen. Richtig gefaltet oder auch gerollt, strahlt die Rune ihre Wirkung gewissermaßen erst einmal auf sich selbst ab. Die Magie will hinaus, wird durch sich selbst daran gehindert. Irgendein kluger Mann hat vor vielen Jahrhunderten herausgefunden, dass das ihre Wirkung nicht etwa mindert, sondern verstärkt und auch länger bewahrt. Und ist der Beutel erst einmal auf die richtige Weise vorbereitet und verschlossen, entsteht in seinem Inneren eine dauerhafte Kraft, die lange auf die Umgebung wirken kann.«

»Und die würde eine Hexe töten?«

»Wenigstens schwer verbrennen, wenn sie so dumm wäre, den Beutel auch nur zu berühren. Öffnet ein gewöhnlicher Mensch den Runenbeutel, so wird die gebundene Kraft entfesselt. Leider verzehrt sie sich dabei selbst, und das Pergament, auf das sie gebannt war, gleich mit.«

Ayrin nickte nachdenklich. »Und wie mache ich das?«

»Was?«, fragte Meister Maberic gähnend.

»Wie bereite ich so einen Beutel vor und wie muss ich ihn verschnüren, damit die Magie nicht einfach entweicht?«

»Das ist eine gute Frage, Ayrin Rabentochter, die werde ich dir heute allerdings nicht mehr beantworten. Ich will ja nicht, dass dir der Kopf platzt, von all dem Wissen. Außerdem«, fügte er mit einem Zwinkern hinzu, »habe ich Hunger. Lass uns sehen, was dein Bruder gekocht hat.«

In dieser Nacht nahm der Meister das Runenbuch mit in sein Bett, das erzählte er Ayrin vor der Schlafenszeit. »Ich hoffe, das lässt dich besser Ruhe finden. Du musst hellwach sein, bei den gefährlichen Aufgaben, die vor uns liegen.« Natürlich wollte er nicht sagen, von welcher Art die sein würden.

»Geheimniskrämer«, murmelte Ayrin, als sie in die enge Schlafstatt kroch.

»So ist es besser für dich. Du siehst blass und übernächtigt aus, und ich wundere mich, dass ich nicht früher erkannt habe, woran das liegt, oder genauer gesagt«, meinte Baren mit plötzlichem Grinsen, »ich habe angenommen, die Gedanken an einen gewissen Leutnant würden dich wach halten.«

»Bo Tegan? Bei den Göttern. Ich verschwende meine Nächte gewiss nicht damit, ihm hinterherzuschmachten, wie eine von den Halmater Mägden, die sich dauernd wegen irgendwelcher Besorgungen nach Burg Grünwart schicken ließen.«

»Du warst noch vor kurzer Zeit selbst so eine Halmater Magd, Ayrin.«

»Aber keine von den schmachtenden, Baren Rabensohn!«

»Du hast recht, verzeih, in Wahrheit hast du dein Herz an Wachtmeister Hufting verloren«, stichelte Baren.

»An Hufting? Beim Vater der Götter! Das ist lächerlich!«

»Oh, nach allem, was du mir erzählt hast, schien sein Antrag dich sehr zu beschäftigen.«

»Baren! Hör auf mit dem Unsinn!« Sie knuffte in hart in die Seite. »Wenn jemand diese Märchen hört, werden sie am Ende noch geglaubt.«

»Aber hier ist doch niemand«, meinte Baren gut gelaunt.

»Ich bin also ein Niemand, ja?«, fragte die Stimme des Meisters aus seinem Schlafgemach. »Gebt endlich Ruhe, alle beide. Morgen wird ein langer Tag.«

Am nächsten Morgen verließen sie die gepflasterte Südstraße. Sie folgten den Wagengleisen zu einem Dorf, und zum Verdruss des Runenmeisters hörten sie auch hier, dass bereits jener andere Lar dort gewirkt hatte. Danach ging es weiter zwischen kahlen Äckern und Wiesen Richtung Süden.

»Sie sind nicht gefroren«, stellt Baren irgendwann fest.

»Wer?«, fragte Ayrin, die nur mit halbem Auge im Buch über die Drachenkriege las. Sie war an der Stelle, von der ihr der Runenmeister erzählt hatte, und so wusste sie schon von den Verhandlungen und der Belagerung des Verräters. Sie langweilte sich, war in Gedanken bei den Runen und für jede Ablenkung dankbar.

»Die Äcker. Es hat hier wohl länger keinen Nachtfrost gegeben.«

»Ihr werdet bald feststellen, dass das Klima an der Küste viel milder ist als im Horntal«, erklärte der Meister. »Ich wäre öfter hier, doch leider hält man in Iggebur und den umliegenden Dörfern nicht viel von Runen.«

Die Wagengleise führten sie an Bauernhöfen vorbei und schließlich über eine sanfte Anhöhe, die ihnen einen weiten Blick über das Land erlaubte. Die Sonne hatte sich durch den Morgendunst gekämpft und im Westen glitzerte das Land, so weit das Auge reichte. »Das ist das Südermoor, der östlichste Ausläufer der Sümpfe, die sich die ganze Flutküste entlangziehen. Ich hoffe, unsere Suche führt uns nicht dort hinein.«

»Wäre es dann nicht Zeit, dieses geheimnisvolle Ding zu benutzen, das Euch Meister Tungal auf dem Bärenberg gegeben hat?«, fragte Ayrin.

»Nein, dafür ist es noch zu früh«, lautete die Antwort und Ayrin verkniff sich die Frage, was genau dieser Gegenstand vermochte. »Seht, dort, fast genau im Osten, das ist die Stadt Longar. Wie ein zu gut genährter Otter, der sich im Sonnenschein zusammenrollt, so liegt sie da in der fruchtbaren Ebene.«

»Die Stadt ist größer als Driwigg«, meinte Baren.

Ayrin reckte sich auf dem Kutschbock, und konnte doch nicht viel erkennen. Reste von Frühnebel ließen die Mauern und Türme zu einem blassen Fleck verschwimmen. Aber dass diese Stadt wenigstens doppelt so groß wie Driwigg war, das erkannte sie. »Ist Iggebur ebenso groß, Meister?«

»Noch größer. Wenn Ihr nun nach Süden blickt, seht ihr, dass das Land hügeliger wird. Das sind die Jotuna, die Riesenhügel, und sie heißen nicht so, weil sie so groß wären, denn das sind sie nicht, sondern weil hier einst Riesen hausten.«

»Heute aber nicht mehr, oder?«, fragte Ayrin.

Der Runenmeister lächelte verschmitzt, lehnte sich zu ihr herüber und raunte: »Deine Riesenrune solltest du trotzdem nachher weiterüben, man weiß ja nie.«

»Und der Fluss?«, fragte Baren und deutete auf das blaue Band, das sich von Longar aus nach Süden schlängelte und zwischen den Hügeln verschwand.

»Das, mein Junge, ist der große Fluss Amar, der das Land Roge zum fruchtbarsten Teil der Sturmlande macht. Mit seinen vielen Seitenarmen wässert er stromaufwärts endlose Weizenfelder. Fast wirkt es, als könne er sich nicht entscheiden, welcher Weg für ihn der Beste ist. Erst kurz vor Longar scheint er sich zu sammeln und fließt in einem einzigen Bett an Iggebur vorbei. Und seine Kraft ist es, die das Aalgatt erschaffen hat, jene tiefe Fahrrinne, die die Stadt zum einzigen richtigen Hafen der Sturmlande macht. Es gibt allerdings auch Menschen, die behaupten, dass einst der Riese Mornyr die Rinne eigenhändig gegraben hätte. Denn er, so heißt es, habe die Menschen geliebt. Geholfen hat es ihm allerdings nicht, denn er wurde später von ihnen im Schlaf erschlagen.«

Der Runenmeister setzte den Wagen wieder in Bewegung. Sie ver-

ließen die Anhöhe und näherten sich dem Fluss. Ayrin erspähte, gar nicht weit entfernt, die große Südstraße wieder und eine Brücke, der Meister erklärte allerdings, dass auch dort Brückenzoll erhoben werde.
»Es gibt eine Fähre, unweit der Stadt. Die Leute da sind nicht ganz so unverschämt wie der Allthan von Longar.«

Also folgten sie weiter den Wagengleisen bis hinunter zum Fluss. Noch nie hatte Ayrin ein so breites Gewässer gesehen. »Oh, das ist noch gar nichts«, sagte der Runenmeister, »du solltest ihn nach der Schneeschmelze sehen.«

Ayrin sah den dicken Eispanzer, an beiden Ufern des Flusses, aber in der Mitte strömte er ruhig dahin. Gelegentlich tanzten Eisschollen auf seinen Wellen. Sie konnte sich irgendwie nicht vorstellen, dass dieser Fluss jemals ganz zufror. Sie fuhren weiter, da aber kurz darauf die Dämmerung einsetzte, schlugen sie bald ihr Lager auf.

Der Meister gab Ayrin wieder Gelegenheit, die Runen zu studieren. Dieses Mal bat er sie, weiter vorne anzufangen. »Wir wollen uns die schwirigen Runen besser für später aufheben«, sagte er.

»Dann war die Riesenrune also schwirig, Meister?«

»Du solltest nicht versuchen, aus allem, was ich sage, ein Lob herauszuquetschen, Ayrin Rabentochter.«

»Ja, Meister.« Sie schlug das Buch weit vorne auf. Gleich vier Runen sprangen ihr ins Auge. Sie wählte die unterste.

»Nun, was sagt sie dir?«

Ayrin dachte angestrengt nach. Sie sah nichts weiter als zwei nach unten weisende Striche, die durch einen kurzen, ebenfalls nach unten geknickten Balken verbunden waren. Und an jeder Ecke sprossen die feinen Linien, die so schwer zu erfassen waren. »Ich sehe zwei … Beine, Meister«, verkündete sie schließlich.

»Das ist nicht gesehen, sondern geraten«, lautete das strenge Urteil.

»Ist es denn richtig?«

»Was glaubst du?«, fragte der Meister.

»Also nicht.« Ayrin seufzte und starrte die Rune so lange an, bis sie vor ihren Augen verschwamm. »Ich dachte, die hier vorne wären einfacher, Meister.«

»Vielleicht hattest du gestern nur Glück.«

»Ich sehe da nur wilde Linien«, warf Baren ein, der mit einem Eimer voller Eis vom Fluss zurückkam. »Das Eis ist sauberer als das Wasser im Fluss«, erklärte er auf den fragenden Blick seiner Schwester.

Ayrin war dankbar für die kurze Ablenkung. Sie widmete sich wieder den Runen. Sollte sie eine andere versuchen? Würde der Meister das erlauben? Sie ließ ihren Blick mit einem Seufzer schweifen, und plötzlich war da wieder ein flackerndes Bild. »Pferd!«, flüsterte sie. »Ich sehe ein Pferd!«

»Endlich!«, rief der Meister.

»Ich verstehe nicht, warum ich jetzt, wo ich gerade aufgeben wollte, sehe, was ich vorher bei aller Anstrengung nicht gesehen habe.«

»Ich könnte es dir erklären, allerdings ist es mir lieber, du findest es selbst heraus, Ayrin«, sagte der Meister.

»Es wäre leichter zu erkennen gewesen, wenn diese Rune vier Beine statt zweien hätte«, beschwerte sie sich.

»Leichter zu erkennen, aber schwerer zu zeichnen. Diese Rune ist nicht sehr stark. Sie kann einem Reittier Ausdauer verleihen, und es gegen Krankheiten schützen.«

Ayrin griff zur Feder, um die Rune zu zeichnen, da legte der Meister ihr seine Hand auf den Arm. »Wir wollen erst eine zweite Rune lernen.«

Ayrin rieb sich die Augen und nahm dann die nächste Rune in den Blick. Sie war schlichter, ein langer Strich, von einem kurzen, dreieckigen Dach gekrönt, fast wie ein Pfeil, der von vielen feinen Linien umflort war. Betraf sie etwas Kriegerisches? Das erschien ihr fast zu einfach. Sie veränderte den Winkel, in dem sie dieses Zeichen betrachtete, wieder wollte kein Bild aufleuchten. Sie lehnte sich zurück. Was machte sie falsch? Wie hatte sie die Rune eben erkannt? Baren hatte sie abgelenkt, und bevor sie ihre Gedanken wieder auf die Pferderune gerichtet hatte, war ihr plötzlich klar gewesen, was sie bedeutete. War es das? Musste sie sich ablenken?

Ayrin lehnte sich zurück, schloss die Augen und atmete tief durch. Sie versuchte, an etwas anderes zu denken und rief Erinnerungen an Halmat in ihr Gedächtnis. Plötzlich sah sie in das grimmige Gesicht des Kriegsgottes, wie er von der hölzernen Götterstele im Tempel von Halmat auf die Sterblichen herabblickte. »Tysar!«, rief sie. »Das ist die Rune für den Gott der Schlachten. Augenblick, halt, soll diese Rune ihn etwa vertreiben, einen Gott?«

Meister Maberic lachte kopfschüttelnd, und erklärte ihr, dass nicht alle Runen zur Abwehr von Gefahren seien. »Diese hier erfleht den Schutz des Gottes für den Kampf. Wie hast du sie erkannt?«

»Ich darf nicht zu sehr darüber nachdenken, scheint mir«, sagte sie unsicher.

»Das ist nicht völlig falsch«, lobte der Runenmeister, bevor er erklärte: »Du musst ein tieferes Nachsinnen erreichen, eines, das unter dem Wirbel des Offensichtlichen und Bewussten strömt.«

»Das verstehe ich nicht, Meister.«

»Und doch hast du es eben getan. Jetzt aber solltest du diese beiden Runen üben.«

»Und wenn ich diese Runen richtig zeichne und das Pergament falte, habe ich dann den Kern eines Runenbeutels geschaffen?«, fragte sie. Plötzlich fühlte sie eine seltsame Aufregung wegen der Macht, die in ihren Händen lag.

Der Meister sah sie mit gerunzelten Brauen an, dann zuckte ein Lächeln um seine Mundwinkel. »Nein«, verkündete er endlich, ließ sie alleine und ging, um nachzusehen, wie weit Baren mit dem Wasser war. Das Eis war längst aufgetaut und der Zubereitung einer kräftigen Suppe stand nichts mehr im Wege. Der Lar schickte den Jungen in den Wagen, einige Gewürze zu holen.

Ayrin sah verdrossen zu. Was brauchte es denn noch alles, um so einen Runenbeutel herzustellen? War es nicht schwer genug, die Runen zu finden, zu erkennen und zu zeichnen? War es nicht genug Aufwand, die passenden Zutaten zu besorgen? Was hielt der Meister zurück?

Da sie darauf keine Antwort wusste, zeichnete sie die erste Pferderune. Sie fand, sie gelang ihr viel besser als die vom Vortag. Ob der Meister das auch so sah? Ihr Bruder trat aus dem Wagen und sah ihr über die Schulter, bis sie ihn wegscheuchte, denn das mochte sie nicht.

»Schon gut, Schwester, ich will dich nicht stören. Ich denke, ich werde die Pferde striegeln, bis der Meister das Essen fertig hat.«

Ayrin hörte kaum zu. Sie zeichnete eine Reihe Pferderunen, wieder mit halb geschlossenen Augen, freihändig, wie am Vortag. Sie wurden schief, aber nicht ganz so krumm wie die Riesenrune. Dann setzte sie darunter einige Male das Zeichen für Tysar. Sie blickte auf das Pergament. Irgendwie kam es ihr falsch vor, den Gott unter das Reittier zu setzen, daher malte sie die beiden Runen abwechselnd. Da das Blatt, das ihr der Meister gegeben hatte, recht klein war, ging ihr bald der Platz aus. »Darf ich mehr Pergament holen, Meister Maberic?«

Der Lar rührte im Suppentopf und schüttelte den Kopf. »Ich will erst sehen, was du zustande gebracht hast, bevor wir mehr Blätter verschwenden.« Doch blieb er noch am Topf und schien sich mehr für den Geschmack der Suppe als für ihre Fortschritte zu interessieren. Ayrin begann gelangweilt, zwischen den Runen zu malen. Sie verlängerte die Linien und schließlich waren der Kriegsgott und das Pferd miteinander verbunden.

»Was soll das werden?«, fragte der Meister streng. Er stand plötzlich hinter ihr.

»Oh, verzeiht, das ist nichts. Ich war ganz in Gedanken verloren.«

»Das scheint mir auch so. Es ist wohl besser, wir beenden das für heute. Das Essen ist auch fertig.«

Meister Maberic war den ganzen Abend über einsilbig. Ayrin hatte das Gefühl, dass er ihre Bemühungen nicht wertschätzte, vor allem aber, dass er sie hinhielt. Oder hatte sie wieder etwas falsch gemacht? Sie ging schlecht gelaunt ins Bett und Baren gab den Versuch, sie aufzuheitern, schnell auf.

Ayrin starrte an die hölzerne Decke, die gleichzeitig ein Fach für irgendwelche wichtigen vielleicht aber auch unwichtigen Gegenstände war. Was war das Geheimnis der Runen? Sie sann darüber nach, was der Meister gesagt und getan hatte, und kam immer wieder in Gedanken auf den Besuch auf der Bärenburg zurück. Endlich fiel es ihr wie Schuppen von den Augen.

Sie stand auf und kletterte hinauf zur Kammer des Meisters. Der lag zwar schon im Bett, schien aber im Kerzenlicht noch einige Pergamente durchzusehen. Das Runenbuch hatte er unter sein Kopfkissen gelegt.

»Ich weiß es, Meister«, flüsterte sie.

Er blickte sie mit gehobenen Augenbrauen an. »Was weißt du, Ayrin Rabentochter?«

»Das Geheimnis der Runen, das, was noch fehlt. Es hat mit den Drachen zu tun, nicht wahr?«

»Meinst du?«

»Es muss eine Zutat sein, die man nur bei den Drachentoren findet. Warum solltet Ihr sonst nach Ihnen suchen? Ihr beschafft sie dort, und gebt dem Sterndeuter davon seinen Anteil. Zwölf vom Hundert, nicht wahr?«

Der Meister setzte sich auf. »Du bist wirklich klug, Ayrin Rabentochter.«

»Aber was ist es? Was findet man nur bei den Portalen?«

»Ich würde ja sagen, dass du dir darüber noch nicht den Kopf zerbrechen sollst, doch würde das wohl wenig nutzen. Deshalb kann ich es dir auch verraten, wenn du versprichst, das Geheimnis für dich zu bewahren.«

Ayrin versprach es.

»Du darfst es nicht einmal deinem Bruder verraten.«

»Aber Baren ...«

»Versprich es.«

Ayrin versprach auch das.

»Wir nennen es *Drachenstaub* und du findest ihn nur bei den Toren, ganz wie du vermutet hast. Du musst ihn in die Tinte mischen, um wirklich starke Magie in den Runen zu binden. Und der Beutel muss innen ebenfalls leicht mit diesem Staub bepudert werden.«

»Drachenstaub? Was ist das? Eine Pflanze? Ein Stein?«

»Es ist Staub, wie der Name schon sagt, Ayrin.«

»Das heißt, *wenn* ich die richtige Rune mit Drachenstaubtinte sorgfältig zeichne, sie vorsichtig falte *oder* rolle *und* mit all den erforderlichen Zutaten im Beutel verstaue, den ich ebenfalls mit diesem Staub behandelt habe –, dann habe ich einen wirksamen Runenbeutel geschaffen?«, fragte sie zweifelnd.

Der Meister zögerte einen Augenblick, seufzte und sagte: »Dann, ja. Und jetzt geh schlafen, Ayrin.«

Widerwillig kehrte sie in ihr Bett zurück. Irgendwie hatte sie das Gefühl, dass da noch etwas fehlte. Jetzt, da sie endlich alle Zutaten kannte, schien es ihr enttäuschend naheliegend zu sein. Baren schlief ruhig. Er hatte von all dem nichts mitbekommen, dafür lag er quer im Schlafplatz. Sie schob ihn vorsichtig zur Seite und streckte sich aus. Drachenstaub. Das also war das Geheimnis. Sie mussten nur in diese Höhle gehen, von der der Sterndeuter gesprochen hatte, und den Staub aufsammeln. Irgendwie klang das zu einfach.

Maberic vom Hagedorn lauschte auf die Geräusche, die aus der anderen Schlafkammer kamen. Seine Schülerin hatte sich wieder einmal als außerordentlich klug erwiesen. Das war hilfreich für das, was vor ihr lag, jedoch auch gefährlich. Ayrin neigte dazu, Geheimnisse zu enträtseln, bevor sie für die Antworten bereit war. Er nahm noch einmal das Blatt zur Hand, das sie vollgeschrieben hatte, und studierte die Linien. Sie waren schief und krumm, aber in ihnen wohnte eine Kraft, die er nicht leugnen konnte. Und dann die Verbindung! Ayrin hatte zwei Runen miteinander verknüpft, einfach so, ohne darüber nachzudenken. Hätte er ihr sagen sollen, was für ein großer Schritt das war? Und sie hatte sie nicht einfach wild verbunden, nein, sie hatte die richtigen Linien gefunden und verlängert, und die Knoten, die sie gedankenlos gemalt hatte, waren nahezu perfekt.

Er hielt das Blatt gegen das Licht. Ayrin hatte, ohne es zu wissen, die Schutzrune für einen Reiter in der Schlacht gezeichnet. Wie war sie auf diesen Einfall gekommen? Sein letzter Schüler hatte Jahre gebraucht, um auch nur auf die Idee zu kommen, dass man Runen kombinieren konnte. Woher kam Ayrins außergewöhnliche schöpferische Begabung? Ihre Mutter war ganz offensichtlich eine sehr ungewöhnliche Hexe gewesen. Und der Vater?

»Ja«, murmelte der Runenmeister, »da liegt der Hund begraben. Wer war ihr Vater? Ein Lar?« Das wäre eine Erklärung, aber warum war dann Baren für das magische Handwerk so unbegabt?

Nein, Meister Maberic fühlte, dass das nicht die Antwort auf die Frage war.

Und wenn ein Schwarzmagier seine Hände im Spiel hatte?

Der Runenmeister ließ das Blatt sinken. Diese Möglichkeit durfte er nicht außer Acht lassen. Die Gegenseite war erfinderisch und suchte schon lange nach Mitteln gegen die Macht der weißen Runen. Die Mutter der Zwillinge hatte nicht nur Runen widerstanden, sie hatte auch Drachenstaub genutzt. War sie wegen dieser ungewöhnlichen Fähigkeit verfolgt worden? Maß ihr der Hexenfürst deshalb so offensichtlich große Bedeutung bei? Er hatte sie immerhin von allen Hexen der Sturmlande jagen lassen. Sie – oder ihre Kinder?

Maberic vom Hagedorn beschlich das ungute Gefühl, dass etwas Entscheidendes im Gange war, und er gar nicht wusste, wie groß das alles war. Die Hexen, die auf dem Weg nach Süden gesehen worden waren, jagten sie vielleicht hinter Ayrin und Baren her? Nein, das war es nicht, sonst wären sie dem Wagen gefolgt, oder hätten ihnen aufgelauert. Aber was trieb sie dann nach Süden? Eine Weile starrte er ins Leere, dann zuckte er mit den Schultern. »Es wird sich finden.« Er seufzte, legte das Blatt zur Seite und löschte die Kerze.

Ragne von Bial zügelte ihr Pferd, denn Tsifer hatte etwas entdeckt. »Dort drüben«, sagte er und wies ans andere Ufer des Stroms.

Ragne kniff die Augen zusammen. »Ist das der Wagen des Runenmeisters?«

Der Alb rutschte unruhig in seinem Sattel hin und her. »Was sollte es sonst sein? Leider sind wir durch einen dummen Fluss von ihm getrennt. Wie leicht könnte ich ihm jetzt die Kehle durchschneiden!«

»Das würde unser Fürst dir sehr übel nehmen, Tsifer. Außerdem bezweifle ich, dass du nah genug an ihn herankämest. Hast du vergessen, wie es deiner Ratte erging?«

Der Alb brummte unzufrieden. »Und jetzt?«

»Sie wollen offenkundig wirklich nach Iggebur, wie wir vermutet haben.«

»Das ist nicht gesagt. Wenn sie schon wissen, wo sich das Drachenportal zeigen wird, wollen sie die Stadt vielleicht auch meiden. Daran hast du wohl nicht gedacht, Hexe.«

Ragne fand den Einwand berechtigt, hätte das aber nie zugegeben. »Warum pfeifst du nicht ein paar Ratten herbei und befiehlst ihnen, den Wagen aus sicherer Entfernung zu beobachten? Dann finden wir heraus, wohin sie wollen. Sie können doch schwimmen, oder?«

»Ertrinken und erfrieren würden meine Kinder, aber das wäre dir gleich, oder?« Er sah sie lauernd an. »Du hast Meister Ortol immer noch nichts von den Zwillingen gesagt, oder? Und von dem Brief auch nicht.«

»Ich werde es ihm sagen, wenn ich mehr weiß, Tsifer. Der Brief nennt einen Meister Ligter, zu dem die Kinder gehen sollen. Ich gedenke, ihnen zuvorzukommen. Dieser Mann kann mir vielleicht die Antworten geben, ohne die ich dem Herrn nicht unter die Augen treten will.«

Der Alb lachte meckernd. »Und der Ring? Hast du auch den Ring, der im Brief verlangt wird?«

Nein, den hatte Ragne nicht, noch nicht, wie sie dachte. »Iggebur ist eine große Stadt, Tsifer, voller Verlockungen und Gefahren. Es sollte wohl möglich sein, die Zwillinge von diesem Wagen und seinen Schutzrunen fortzulocken. Und vielleicht findet sich dann auch eine diebische Hand, die sie so von diesem Schmuckstück befreit. Vielleicht brauchen wir am Ende den Ring aber gar nicht. Wir haben ja auch andere Möglichkeiten, Menschen wie Meister Ligter Geheimnisse zu entlocken, nicht wahr?«

»Sage nicht *wir*, wenn du mich meinst, Hexe«, zischte der Alb. »Es ist harte Arbeit, in den Träumen eines Mannes nach etwas zu suchen, wenn man nicht genau weiß, was es ist.«

»Aber ich meine nicht dich. Ich werde selbst meine Fäden ziehen und du wirst sehen, dieser Meister wird sich darin verfangen und mir verfallen, wie schon so viele Männer vor ihm.«

Der Nachtalb spuckte verächtlich aus. »Immer spinnst du Ränke, Ragne, immer täuschst und lockst du, nie zeigst du dein wahres Gesicht.«

»Nicht ich verstecke meine Herkunft unter der Haut eines anderen, Alb«, gab sie gelassen zurück. »Weiter jetzt. Der Morgen ist nicht mehr fern, und die Stadttore von Iggebur werden sich bald für uns öffnen.«

III. BUCH

DER SCHATTEN DER DRACHEN

Die Helia bewegte sich. Der Gefangene spürte, dass die magische Urkraft nach Süden floss, sich sammelte um das Tor, das sich bald offenbaren würde. Und auch die Schatten strömten nach Süden. Er lenkte sie, vorsichtig, obwohl alles in ihm verlangte, zuzupacken, die Figuren dieses Spieles dorthin zu zwingen, wo sie hingehörten.

Der Hexenfürst starrte auf die unsichtbare Wand, die ihn – noch – von der Welt fernhielt. Er hatte seine Untergebenen ausgesandt, ihn zu befreien. Sie waren auf einem guten Weg, doch immer bestand die Gefahr, dass sie sich gegenseitig aufhielten, behinderten, das Ziel aus den Augen verloren. Und sie verfügten noch nicht über alle Mittel, ihn zu befreien. Das Wichtigste fehlte, lag in der Hand des Runenmeisters.

Er behielt auch ihn im Blick, oder vielmehr den blinden Fleck, den seine Runen rund um ihn und die Seinen erzeugten. Der Fürst sah sie im Netz der Schatten, als bleiches Flackern. Berühren konnte er sie nicht, aber er ließ die Schatten und Träume zu ihnen raunen. Bald würden sie ihm den Zugang zu dem vergessenen Portal öffnen. Und dann ... Aber da war etwas, was er nicht verstand: Die Helia bewegte sich schnell, viel schneller als sonst, und das Flackern in den Schatten war heller, als er es vorhergesehen hatte.

Der Gefangene schloss die Augen und spannte seine anderen Sinne in die Dunkelheit. Er hatte Ortol und den Hexen alles gesagt, was sie wissen mussten, um ihren Auftrag zu erfüllen. Er hatte ihnen manches befohlen, anderes eingeflüstert, damit sie glaubten, aus eigenem Antrieb zu handeln.

Doch nun fragte er sich, ob sie ihm ebenfalls alles offenbart hatten, was er wissen musste, oder gab es wichtige Informationen, die ihm eine seiner Spielfiguren vorenthielt?

Lar Thimin

Ayrin war am Morgen schon vor dem Meister auf dem Kutschbock. »Heute fahren wir also wirklich in eine Stadt?«, fragte sie den Lar, der ihr gemütlich folgte, Platz nahm und endlich gähnend nickte.

»Und wir bleiben dort, und fahren nicht etwa nur hindurch? Wir können sie uns ansehen?«

»Ganz genau. Doch muss ich euch beiden zur Vorsicht raten. Iggebur ist anders als die anderen Städte der Sturmlande.«

»Wegen des Hafens und der vielen Fremden aus allen Ländern der Welt?«, fragte Baren, weil der Meister keine Anstalten machte, das weiter auszuführen.

»Das auch, aber vor allem, weil der Großthan von Iggebur eine gefährliche Einstellung zur Magie hat. Er duldet beide Arten in seinen Mauern, solange damit kein Schaden angerichtet wird.«

»Beide Arten?«, fragte Baren.

»Die Weiße und die Schwarze«, bestätigte der Runenmeister und hob die Zügel auf. »Es heißt, er habe ein Abkommen mit dem Fürsten der Hexen geschlossen. Er verfolgt die dunklen Magier und Hexen in seiner Stadt nicht, dafür verschonen sie die Stadt von ihren Übeln.«

»Und das lässt der König zu?«, fragte Baren stirnrunzelnd.

»Du meinst den Thingwalda, denn es gibt keinen König mehr in Gramgath. Und ja, er lässt es zu, weil ihm die Macht fehlt, etwas dagegen zu unternehmen.«

»Hat er denn keine Heere oder Zauberer, die für ihn kämpfen?«

Der Meister bedachte Baren mit einem mitleidigen Blick. »Er hat gewiss ein paar Soldaten, doch Zauberer? Ist dir nicht aufgefallen, Baren Rabensohn, dass die weiße Magie in den Sturmlanden rar geworden ist? Nur die Runenmeister üben sie noch aus, und wir sind zu wenige, um dem dunklen Treiben des Hexenfürsten Einhalt zu gebieten.«

»Es gibt keine Zauberer mehr?«, fragte Ayrin, ebenso überrascht, wie es offensichtlich ihr Bruder war. Sie war nie einem begegnet, allerdings hatte sie gedacht, das läge nur daran, dass das Horntal so weit ab von den interessanten Orten dieser Welt lag. »Aber es gibt viele Geschichten über Zauberer. Und auch in dem Buch über die Drachenkriege spielen sie eine wichtige Rolle. Was ist denn geschehen?«

»Als der Hexenfürst die Drachentore schloss, schnitt er damit den Strom der Magie ab, der von Udragis aus in unsere Welt strömte. Hast du das überlesen?«

Ayrin wurde rot und schwieg. Sie hatte das Buch nicht zu Ende gelesen, weil sie die Runen viel aufregender fand.

Der Meister seufzte. »Es war ein gewaltiger Zauber, den der Namenlose da wirkte. Ich glaube, er wusste selbst nicht, welchen Schaden er damit anrichtete. Es heißt, er wäre dabei fast gestorben, so viel Kraft musste er dafür aufwenden. Danach hat man viele Jahrzehnte nichts von ihm gehört, und sogar gehofft, dass er wirklich tot sei. Aber das war er leider nicht.«

»Wäre er dann nicht weit über dreihundert Jahre alt, Meister? Wie ist das möglich?«

»Nicht alle Geheimnisse des dunklen Fürsten sind gelüftet, mein Junge. Ich jedenfalls kenne weder einen weißen noch einen schwarzen Zauber, der einen Mann so lange leben ließe.«

Dann setzte er den Wagen in Bewegung und verfiel in Schweigen, und auch Ayrin hatte einiges, worüber sie nachdenken konnte.

Einige Zeit später rief Baren: »Dort, ist das die Fähre?«

»Sie ist es. Dann wollen wir hoffen, dass sie uns und unseren Wagen wie früher über den Fluss tragen kann.«

Die Anlegestelle war vom Eis befreit worden und die Fährmänner willigten für einen nicht geringen Preis ein, den großen Wagen auf die andere Seite zu schaffen. »Ihr braucht nicht einmal die Pferde abzuspannen. Achtet nur darauf, dass euch das Seil nicht von der Fähre wischt. Wir werden nämlich niemanden aus dem eisigen Wasser fischen.«

Das Tau, von dem der Mann sprach, überspannte den ganzen Fluss, doch Ayrin fand schnell heraus, dass das mit dem Seil nur ein Scherz gewesen war. Es wurde durch schmiedeeiserne Ösen auf einer Seite der Fähre geführt, und sie konnte sich nicht vorstellen, dass es sich daraus befreien könnte.

Weitere Taue waren an Bug und Heck der Fähre verankert und Baren war ganz fasziniert von den großen Winden, die das Gefährt über den Amar zogen. Maultiere erledigten den schweren Teil der Arbeit. Wie in einer Mühle gingen sie immer im Kreis unter der Winde hindurch.

»Noch nie habe ich eine so sinnreiche Erfindung gesehen«, meinte Baren, während der Überfahrt.

»Du hast ja auch noch nie einen so breiten Fluss gesehen«, sagte Ayrin. »Bei uns gibt es nur Furten und dann die Brücke nach Burg Grünwart hinüber.« Sie bekam plötzlich Heimweh und sie fragte sich, wie es der alten Nurre wohl ergehen mochte.

Baren erriet ihre Gedanken. »Lell und Grit werden schon dafür sorgen, dass die Muhme nicht verhungert oder erfriert.«

»Hoffentlich«, murmelte Ayrin.

Bald darauf rollte die Kutsche ans andere Ufer und zurück auf die gepflasterte Straße. Der Meister trieb die Pferde an. Er schien es jetzt selbst nicht mehr erwarten zu können, nach Iggebur zu gelangen.

Ayrins Ungeduld wuchs mit jeder Umdrehung der Räder. Wann würde sie endlich die große Stadt zu Gesicht bekommen? Dann nahm die Straße eine Biegung und löste sich vom Strom, der sich nach Süden wälzte.

Und Iggebur lag vor ihnen.

Meister Maberic hielt die Kutsche an. Ayrin erhob sich auf dem Bock und staunte. Sie hatte sich nicht vorstellen können, dass es so große Städte gab. Zunächst sah sie nur ein Gewirr von Mauern und Dächern, dann erkannte sie die vielen schmutzig weißen Türme, die wie eine Reihe Reißzähne die gelbliche Stadtmauer überragten. Dahinter entfaltete sich der Glanz von Iggebur mit den Mauern mächtiger Häuser, roten und schwarzen Dächern, weiteren Türmen und braun und blau schimmernde Kuppeln.

»Was sind das für riesige Gebäude, und warum stürzen ihre Dächer nicht ein?«, entfuhr es Baren.

»Tempel und Paläste«, erklärte der Runenmeister achselzuckend. »Sie schmücken sich gerne mit prachtvollen Bauten, die Herren von Iggebur. Vielleicht kannst du einen der Baumeister fragen, wie sie diese schwindelerregenden Höhen erreichen. Nun setzt euch wieder, wir fahren weiter.«

Wenig später sah Ayrin das mächtige Stadttor näher kommen. Es stand offen, und viele Karren, Wagen, Reiter und auch Fußgänger strömten hinein und hinaus, manche wurden von Soldaten angehalten, andere nicht. Hinter dem Tor war schon das wogende Leben auf den Straßen zu erahnen.

Ein Soldat versperrte der Kutsche mit erhobenem Arm und einem lauten Ruf den Weg. »Sieh an, noch ein Runenmeister«, sagte er. »Was ist Euer Begehr?«

Ayrin und Baren tauschten einen schnellen Blick. Der andere Lar war also auch hier?

»Nun, ich möchte in die Stadt, was sonst?«, gab Meister Maberic ungehalten zurück.

»Aber zu welchem Zweck?«

»Wie Ihr schon festgestellt habt, bin ich ein Lar der Runenkunst. Nun ratet, welche Ware ich in der Stadt feilbieten will.«

Der Soldat legte den Kopf schief und verhakte seine Daumen gemütlich unter dem Mantel, den er über seinen Schuppenpanzer geworfen hatte. »Die guten Leute von Iggebur haben wenig Bedarf an Euren Waren, Runenmacher. So wenig, dass ich bezweifle, dass sie gleich zwei von Eurer Bruderschaft brauchen.«

»Warum lasst Ihr mich nicht hinein? Dann finden wir es heraus.«

»Wer nichts verkauft, nimmt nichts ein. Und wer nichts einnimmt, gibt nichts aus. Bettler können wir in Iggebur nicht gebrauchen«, erklärte der Soldat.

Plötzlich trat einer seiner Kameraden an ihn heran und flüsterte ihm etwas zu. Der Soldat runzelte die Stirn, wirkte überrascht und verärgert, dann schüttete er den Kopf und trat langsam zur Seite. »Schön, Runenmacher, ich lasse Euch ein. Doch ich behalte Euch im Auge!«

»Meinetwegen«, brummte Meister Maberic und schnalzte mit der Zunge. Mit einem Ruck setzte sich der Wagen in Bewegung und rollte durch das Tor. Baren, der wieder auf dem Dach saß, musste den Kopf einziehen. Ein Schwarm Spatzen flatterte davon.

»Sind die immer so unfreundlich in dieser Stadt?«, fragte Ayrin leise.

»Ich weiß nicht, was seltsamer war«, meinte der Meister, »dass er uns erst nicht einlassen wollte, oder dass er es dann doch getan hat. Seid wachsam, Freunde.«

⊕

Ragne von Bial versuchte, ihre langen Finger warm zu halten. Sie mochte diesen Tempel nicht. Ihr gefiel weder der lückenhafte Säulenkreis aus riesigen Findlingen, noch die rußgeschwärzte Kuppel, die sie trugen. Sie fühlte sich klein und unbedeutend und das Gefühl, dass die Decke herunterkommen und sie erschlagen würde, war übermächtig. Beißender Rauch quoll aus dem einsamen Kohlebecken, an dem sie sich wärmte.

»Soll das der Gott des Todes sein?«, fragte Tsifer, der schon eine ganze Weile neben ihr in der kahlen Halle kauerte. Er meinte die aus Stein gehauene Säule in der Mitte, mit dem fratzenhaften Gesicht und den Augen, deren Blick ihnen überallhin zu folgen schien. Im bleichen Licht, das durch die Reihe der Findlinge eindrang, wirkte die Säule, als sei sie nicht von dieser Welt.

»Ja«, bestätigte Ragne, »das ist Forbas, der über die Totenwelt Grisdal herrscht.«

»Das ist nur ein Stein«, widersprach eine kräftige Stimme. Sie gehörte einem Mann, dessen Gestalt sich jetzt aus den ungewissen Schatten der Halle schälte und sich ihnen gemessenen Schrittes näherte.

»Ich grüße Euch, Meister Ortol«, sagte Ragne mit einer flüchtigen Verneigung. Sie fragte sich, wie es der Mann so schnell nach Iggebur geschafft hatte. Als sie Driwigg hinter sich gelassen hatten, war er noch hoch im Norden, in der Hexenfestung gewesen. Vielleicht war Ortol doch nicht nur der eitle Wichtigtuer, für den sie ihn immer gehalten hatte.

Der Alb an ihrer Seite brummte etwas, das ebenso gut ein Gruß wie ein Fluch sein mochte.

Der Schwarzmagier lächelte, was in dieser freudlosen Halle sehr fehl am Platz wirkte. »Nur ihr zwei, Ragne? Wo stecken Meister Dagal und Eure Hexenschwester Hilga?«

»Ich kenne keinen Meister dieses Namens, allerdings fanden wir am Treffpunkt die Leichen eines Zauberers und einer Hexe, die sich wohl gegenseitig umgebracht haben. Und eine davon war leider meine geschätzte Schwester Hilga«, berichtete Ragne. »Falls es Euch beruhigt, so kann ich Euch sagen, dass wir wenigstens einen Teil des Schwarzschwefels sichern konnten, den die beiden uns bringen sollten.«

Der Meister ließ seinen stechenden Blick von ihr zu Tsifer und wieder zurück schweifen, dann lachte er plötzlich. »Habt keine Angst, Ragne, ich werde Euch nichts von Eurem Vorrat nehmen, denn wir sind gut versorgt aus dem Norden angereist. Ihr könnt auch ruhig zugeben, dass Hilga durch Eure Hand starb. Dass sie es war, die Meister Dagal zu Tode brachte, nun, das pfeifen die Spatzen von den Dächern.« Sein kaltes Gesicht bewahrte für einen Moment ein Lächeln, bevor es sich wieder zu einer Maske der Strenge wandelte.

Ragne entschied, dass es besser war, nicht länger zu lügen, oder genauer, wenigstens einen Teil dessen, was der Obere ihres Ordens wohl schon wusste, zuzugeben: »Wir sind ihr nur zuvorgekommen, Meister.«

»Wie gesagt, es kümmert mich nicht, und es war leider zu erwarten, da so viel Schwarzschwefel im Spiel war. Ihr müsst mir gelegentlich erzählen, wie Ihr das geschafft habt. Vor allem aber müsst Ihr geloben, dass derlei von nun an unterbleibt. Das, was vor uns liegt, ist von viel zu großer Bedeutung, um unsere kleinlichen Streitereien auf die übliche Art zu lösen. Und jeder, der sich dem Plan unseres

Herrn in den Weg stellt, oder ihn auf andere Weise gefährdet, muss mit Strafen rechnen, die schlimmer sind als der Tod. Habt Ihr das verstanden, Ragne?«

Sie nickte. Diese Drohung war unmissverständlich und befremdlich. Für gewöhnlich mischte sich der Fürst der Hexen nicht in ihre ewigen Fehden und Streitereien ein. Sie hatte immer angenommen, dass es ihn schlicht nicht kümmerte, wenn sie einander an die Kehle gingen.

»Außerdem«, fuhr der Magier fort, »ist es Teil des Paktes, den unser Herr mit dem Fürsten dieser Stadt geschlossen hat, dass wir die Straßen von Iggebur nicht mit Leichen pflastern, gleich, ob es gewöhnliche Menschen oder Hexen sind. Habt Ihr auch das verstanden?«

Wieder nickte Ragne.

»Was für ein Plan?«, stellte Tsifer laut die Frage, die auch Ragne beschäftigte.

»Wir müssen das Drachentor finden«, sagte Meister Ortol, was keine Antwort war.

»Doch wozu?«, fragte Tsifer und gab sich dabei betont harmlos.

»Das werdet Ihr schon bald erfahren«, lautete die Antwort. Eine große Zahl Spatzen fiel vom Westen her in den Tempel ein. Der Schall ihres Flügelschlags hallte in der Kuppel unnatürlich laut wider. Die Vögel flatterten schnell durch die hohe Halle und ließen ein vielstimmiges Tschilpen hören. Sie umkreisten die beiden Menschen und den Alb im wirbelnden Flug, änderten plötzlich die Richtung und flatterten wieder hinaus.

»Ausgezeichnet«, erklärte der Schwarzmagier, »der Runenmeister ist in der Stadt eingetroffen. So ein Dummkopf von einem Soldaten hätte ihn fast nicht hineingelassen. Zum Glück haben wir unsere Leute auch unter den Wachen.«

Die Spatzen pfeifen es also wirklich von den Dächern, dachte Ragne. Es war ihr neu, dass Meister Ortol über diese Vögel gebieten konnte. Er hielt es sonst eher mit Raben und Krähen.

»Und was ist unser nächster Schritt?«, fragte der Nachtalb unverdrossen weiter.

Der Schwarzmagier runzelte die Stirn. »Wir werden den Lar beobachten und erfahren, wo das Tor ist, das wir finden müssen.«

»Dieser Meister Maberic verfügt über starke Runen, Meister. Ich weiß nicht, ob er sich von ein paar Sperlingen überwachen lässt.«

»Wir werden sehen, Ragne. Und nun geht. Ich muss mich auf ein Treffen mit dem Großthan dieser nach Fisch stinkenden Stadt vorbereiten. Euch habe ich ein Quartier besorgt. Wartet dort mit den anderen auf meine Befehle und macht mir keine Schwierigkeiten – ihr würdet es bereuen.«

Ayrin staunte mit offenem Mund über die Pracht der Stadt und die Vielfalt ihrer Bewohner. Irgendwann knuffte Baren sie von hinten. »Mach den Mund zu. Es muss ja nicht jeder gleich merken, dass wir vom Land sind.«

»Aber hast du so etwas schon einmal gesehen? Eine Gasse, in der es nicht nur einen, oder zwei, sondern gleich sieben Schneider gibt? Und dann all die Waren, die vor den Geschäften ausliegen! Töpfe, Teller, Kleider, Schuhe, und vieles von einer Art, wie ich es noch nie in meinem Leben gesehen habe. Und erst die Menschen? Wusstest du, dass Menschen so viele verschiedene Hautfarben haben können? Und ihre Gewänder? Die Farben und fremdartigen Schnitte!«

»Das ist doch kein Grund, die Leute anzugaffen wie eine Kuh, wenn's donnert«, spottete ihr Bruder.

Aber Ayrin war in ihrer Begeisterung nicht aufzuhalten. »Und dann die Häuser! Die bunten Fenster, und so viele davon. Und die Türme, mitten in der Stadt, und hast du diese Kuppel gesehen? Sie scheint aus Metall zu sein. Dieser bräunliche Glanz, obwohl die Sonne kaum durch den Dunst kommt. Und die Gerüche!«

»Du meinst den Gestank nach verfaultem Fisch?«, fragte Baren.

»Das ist das Meer«, warf Meister Maberic ein. »Wir sind nicht zur besten Stunde in die Stadt gekommen. Es ist Ebbe, und dieser Geruch weht vom Schlickmeer herüber. Wenn wir jetzt zum Hafen führen, würden wir weit und breit nichts als den Schlamm des Meeresgrundes und die wandernden Inseln sehen. Nur das Aalgatt führt jetzt noch Wasser.«

»Fahren wir denn nicht zum Hafen?«, fragte Ayrin, die das Meer gerne gesehen hätte.

»Wandernde Inseln?«, fragte Baren.

Zu Ayrins Enttäuschung beantwortete der Meister ausschließlich Barens Frage: »Eigentlich sind es nur Buckel aus Sand und Schilf. Manche sind so groß, dass sich Fischer darauf niederlassen, doch das ist gefährlich. Denn die Stürme fallen oft aus heiterem Himmel und mit riesigen Wellen über diese Eilande her und verschlingen sie, um sie an ganz anderer Stelle wieder auszuspucken. Dann aber ohne ihre Bewohner.«

»Und trotzdem wohnen dort Menschen?«, fragte Baren.

»Der Fang kann einträglich sein«, gab der Meister zur Antwort.

»Wenn wir nicht zum Hafen fahren, wohin denn dann?«, fragte Ayrin.

»An den einzigen Ort, an dem ein Runenmeister in Iggebur seinen Wagen abstellen darf«, brummte der Meister. »Sie nennen ihn den ›magischen Markt‹, aber das ist eher Spott als Anerkennung. Wir sind schon da.«

Ayrin wollte nachhaken, woran denn in diesem Namen der Spott liege, doch blieb ihr diese Frage im Halse stecken, denn der Wagen erreichte den Markt. Er war hineingezwängt zwischen graue Häuser, die ihre besten Tage wohl schon länger hinter sich hatten. Ayrin sah einen baufälligen Brunnen und ein schadhaftes Pflaster, das zum größten Teil im Schatten der hohen, aber schmalen Gebäude lag, die mit vorkragenden Obergeschossen den Himmel verdunkelten.

Auf der gegenüberliegenden Seite des Platzes lehnten sich vier schäbige Bretterbuden an die düsteren Fassaden der Häuser. Verblichene Schilder wiesen mit Bildern und Worten darauf hin, was hier angeboten wurde.

Ganz links gab es einen Handleser, daneben jemanden, der sich als Hellseher bezeichnete. Ein Auge in einem Strahlenkranz war sein Zeichen, und damit hätte Ayrin ebenso wenig anfangen können wie mit jener offenen Hand über dem ersten Zelt, die mit vielen Linien bemalt war. Aber inzwischen konnte sie ja auch die Worte lesen, die darunter gemalt waren. Daneben, leichter zu erraten, wartete ein Sterndeuter unter einem gelblichen Stern. Ein Wahrsager, der sein Schild mit dem Abbild einer Perle verziert hatte, bildete den Abschluss der kleinen Reihe.

Schräg gegenüber hielten zwei Pferde in einem Pferch die Köpfe in den Futtertrog gesenkt, und daneben stand ein prachtvoll geschmückter Wagen. Er war kleiner als der von Meister Maberic, sah aber viel neuer aus. Er war auch nicht aus einem Boot, einem Fass und einem Hühnerkäfig zusammengezimmert. Hellrot leuchteten seine hölzernen Aufbauten und goldene Runen schmückten seine Flanken. Ein Baldachin aus leuchtend gelbem Stoff spannte sich davor. Er beschirmte einen Tisch, den ein buntes Tuch bedeckte. Dahinter stand ein bequem aussehender Sessel, in dem jedoch im Augenblick niemand saß.

»Er ist also wirklich hier«, meinte Meister Maberic knurrend und lenkte den Wagen auf die letzte freie Ecke des Platzes, möglichst weit weg vom Gefährt des anderen Runenmeisters, von dem Ayrin so viel, aber noch nichts Gutes gehört hatte.

Ein paar Flüche brummend, stieg der Meister vom Kutschbock und bat Baren recht unfreundlich, ihm mit den Bremsen zu helfen. Ayrin sprang hinab und half beim Abschirren der Pferde, und dann baute sie, auf die geknurrte Bitte des Lars hin, den eigenen Schreibtisch auf und kurbelte den schützenden Baldachin aus der Wagenwand heraus.

Sie blickte über den Platz. Außer ihnen schien kein Mensch hier unterwegs zu sein. Sie konnte nicht erkennen, ob die Buden auf der anderen Seite überhaupt geöffnet waren, nahm sich aber vor, das bald herauszufinden.

Baren hatte inzwischen die Pferde in den Pferch gebracht und der Meister schickte ihn, Wasser aus dem Brunnen zu holen. Dann nestelte er an ihrem Schreibtisch herum und rückte ihn ein wenig mehr nach links, dann wieder nach rechts, dann ein Stück vor, kurz, er war nicht zufrieden damit, wie er stand, konnte aber keine bessere Position finden.

»Soll ich Pergament und Feder holen, Meister?«, fragte Ayrin vorsichtig.

Sie bekam nur ein Brummen zur Antwort, was sie als Ja deutete. Sie war noch nicht an der Tür des Wagens, als ein Geräusch sie innehalten ließ. Sie drehte sich um. An dem anderen Wagen hatte sich mit hellem Knarren die Tür geöffnet. Und nun trat der Besitzer des Gefährts auf den Platz hinaus.

Nach allem, was sie über Thimin von Walroge bis jetzt gehört hatte, hatte Ayrin eigentlich ein hässliches, von Neid, Hinterlist und Falschheit geformtes Männchen erwartete, der Lar war jedoch hochgewachsen. Sie schätzte ihn auf Anfang dreißig. Seine Haut war braun gebrannt, sein volles Haar war schwarz und ein kecker Bart zierte sein Gesicht. Er trug ein langes und offenbar kostbares Gewand, vom fast gleichen Rot wie sein gepflegter Wagen. Er hielt kurz inne, als er ihren Wagen sah, trat dann noch zwei Schritte auf den Platz hinaus, steckte die Hände lässig in den Gürtel und blickte hinüber zu Meister Maberic, der regelrecht erstarrt schien. Endlich rief der fremde Lar mit einem breiten Grinsen: »Onkel Mabi! Wie schön, dich zu sehen.«

»*Onkel?*«, fragten Ayrin und Baren wie aus einem Mund.

»Tim«, knurrte Meister Maberic, »die Freude ist ganz deinerseits.«

»Dieser Mann ... Euer ehemaliger Schüler ... er ist Euer *Neffe?*«, fragte Ayrin verblüfft.

»Bedauerlicherweise.«

»Aber ... wie?«

»Wie? Können Runenmeister nicht auch Familie haben, Ayrin? Dieser wandelnde Schandfleck dort ist der Sohn meiner jüngeren Schwester, die sich vermutlich jeden Tag die Augen seinetwegen aus dem Kopf weint.«

Lar Thimin war ein paar Schritte näher gekommen. »Woher willst du das wissen, Onkel? Du hast sie ja seit vielen Jahren nicht mehr besucht.«

»Weil mir ihr Kummer das Herz abdrückt!«

»Also nicht etwa, weil sie dich bei deinem letzten Besuch einen nachtragenden alten Esel genannt hat?«

Meister Maberic ging nun seinerseits seinem Neffen einige Schritte entgegen. Er ballte die Fäuste. Ayrin bemerkte aus dem Augenwinkel, dass dieser Streit Zuschauer angelockt hatte. Einige Stadtbewohner waren vor ihre Häuser getreten, und auch aus den schmalen Gassen kamen Leute. Und vor den Bretterbuden waren jetzt drei Männer und eine Frau erschienen, die den Disput mit großem Interesse verfolgten.

»So hat sie mich nur genannt, weil ein gewisser Thimin sie nach Strich und Faden belogen hat! Wann hätte ich dich je geschlagen? Wann hätte ich dir je gesagt, du seist ein nutzloser Tagedieb?«

»Nun, das Erste, ja, es ist möglich, dass ich hier leicht übertrieben habe, werter Onkel. Aber du hast mich oft noch weit schlimmer beschimpft.«

»Zu Recht! Und schlagen hätte ich dich sollen, denn bestohlen hast du mich!«

Lar Thimin verdrehte die Augen. Offenbar war dieser Vorwurf nicht neu. »Ich sage dir noch einmal, dass ich die Seiten nur herausgeschnitten hatte, um herauszufinden, ob sich die Runen auch dann noch zeigen. Das war gewissermaßen Dienst an unserem Wissen. Und gestohlen habe ich gar nichts.«

»Und wo sind sie dann, diese Seiten?«

»Irgendwo in den Untiefen deines Wagens verschollen, vermute ich. So wie gewisse Halbedelsteine, deren Diebstahls du mich auch bezichtigt hast. Und sind sie dann nicht wieder aufgetaucht, nur wenige Fächer von dem Platz, an dem du sie angeblich ganz sicher verstaut hattest? Ich wundere mich ohnehin, dass du dich noch nicht in dem Irrgarten dieses baufälligen Holzhaufens verlaufen hast.«

»Ein Dieb bist du trotzdem, denn du hast Runen an Orten verkauft, die von alters her unter meinem Schutz stehen, Thimin!«

»Wo warst du denn, als du gebraucht wurdest? Die Leute sagten, du seiest Wochen überfällig, und sie waren froh und dankbar, dass ich ihnen in diesen schweren Zeiten zu Hilfe eilte.«

»Du hast die Preise verdreifacht!«, zürnte Meister Maberic.

Sein Neffe zuckte mit den Schultern. »Ein Lar muss nicht Hunger leiden, nur weil es angeblich immer schon so war.« Er strich über den Saum seines eleganten Gewandes. »Ich habe die Preise lediglich der heutigen Zeit angepasst. Falls du aber knapp bei Kasse sein solltest, Onkel Mabi, kann ich dir vielleicht aushelfen.«

»Du kannst …? Du wagst es …?« Meister Maberic beendete den Satz nicht. Er war hochrot angelaufen, stand immer noch mit geballten Fäusten da und wusste offenkundig nicht, was er sagen sollte. Dann drehte er sich um und verschwand im Sturmschritt im Inneren des Wagens.

Zurück blieben ein grinsender Thimin von Walroge, sich verunsichert anschauende Zwillinge und eine Menge Zuschauer, die auf eine Fortsetzung hofften, eine Weile warteten und sich dann nach und nach wieder dahin zurückzogen, wo sie hergekommen waren.

»Was machen wir jetzt?«, fragte Ayrin und fühlte sich unbehaglich. Thimin von Walroge hatte sich unter seinen Baldachin gesetzt und sortierte Schreibfedern.

»Abendessen«, meinte Baren trocken.

Ayrin wollte ihrem Bruder helfen, doch der Meister trat wieder vor den Wagen. Er schien die Ruhe selbst zu sein. »Nein, Ayrin Rabentochter, es ist besser, du widmest dich wieder dem Studium der Runen.«

»Und was ist mit …?« Mit einem Kopfnicken deutete sie zum roten Wagen hinüber.

»Beachte ihn gar nicht, so wie ich. Vertiefe dich in die Runen und zeige mir, was du gelernt hast.«

Ayrin fiel es anfänglich schwer, sich auf die Zeichen zu konzentrieren. Immer wieder schielte sie zu dem Mann hinüber, der dort drüben saß und jetzt seelenruhig in Pergamenten blätterte.

Meister Maberic musste sie mehr als einmal ermahnen, sich zusammenzureißen. »Es mag dir eines Tages geschehen, dass du eine Rune schnell und unter Gefahr fertigen musst, dann darfst du dich nicht ablenken lassen. Oder, um bei unserer ersten Rune zu bleiben – du kannst nicht zu den Ochsen schielen, die du schützen willst, wenn ein Riese schon dabei ist, ihren Stall zu zertrampeln.«

»Ja, Meister.« Ayrin, die den Vergleich etwas seltsam fand, seufzte und versuchte es erneut.

Auf dem Platz wurde es auch den Rest des frühen Abends nicht lebhafter. Gelegentlich erschien ein Iggeburer und verschwand in der Bude des Hellsehers oder der Wahrsagerin, aber niemand kam, um eine Rune zu erwerben, weder bei Lar Maberic, noch bei seinem Konkurrenten.

»Vielleicht ist das inzwischen auch verboten«, murmelte der Runenmeister, der Ayrins Arbeit nur oberflächlich überwachte. Sie hatte eine neue Rune gelernt. Im Kern bestand sie aus einer Raute, die auf einem Winkel stand, doch wieder wurde sie von verwirrend vielen feinen Linien umspielt. »Sie steht für Land im Allgemeinen«, hatte ihr der Meister erklärt. »Es gibt sie noch in weiteren, nur leicht verschiedenen Ausführungen, falls du den Schutz genauer fassen willst. Es gibt sie für Acker, für Weide, oder für Grundstück und Besitz.« Er zeigte ihr auch diese Runen, wies sie auf die Unterschiede hin und erklärte, welche Linien sie weglassen musste, um eine bestimmte Bedeutung zu erreichen.

»Und wenn ich da etwas verwechsle?«

»Dann kann es sein, dass die Ernte verfault, weil du den Segen auf eine Weide, nicht einen Acker herabbeschworen hast. Es gilt, genau zu sein.«

Also übte Ayrin die verschiedenen Formen und schrieb den Namen darunter, damit der Meister sie überprüfen konnte, während er drinnen im Wagen irgendwelche Pergamente sortierte. Ein Schatten fiel auf ihr Blatt. »Gar nicht übel.«

Lar Thimin stand hinter ihr und sah ihr über die Schulter. Ayrin erstarrte.

»Lass meine Schülerin in Ruhe, Tim«, kam es von der Tür.

»Sie scheint nicht nur hübsch, sondern auch begabt zu sein.«

»Viel begabter als mein letzter Schüler jedenfalls«, erwiderte Meister Maberic bissig.

»Und doch ist aus ihm ein stattlicher Lar der Runen geworden«, gab Thimin mit einem frechen Grinsen zurück.

»Das wundert mich am meisten. Ich war immer davon ausgegangen, dass ich dich eines Tages aus dem Rinnstein würde auflesen müssen.«

»Und nun bist du enttäuscht, Onkel?«

»Was nicht ist, kann noch werden. Und du, Ayrin, sollst nicht lauschen, sondern zeichnen.«

Ayrin seufzte. Sie hatte eine Menge schlechte Dinge über Lar Thimin gehört, und noch vorhin, beim lauten Streit, hatte sie sich fest vorgenommen, ihn zu verabscheuen, aber jetzt, aus der Nähe, fand sie ihn … sympathisch. Er schien die Beleidigungen seines Onkels nicht besonders schwerzunehmen und schlug, zwischen all den spöttischen Spitzen, einen versöhnlichen Ton an. Der verfing jedoch nicht bei seinem Onkel, der ihn wieder der Untreue, des Diebstahls und der Hinterlist bezichtigte. Maberic vom Hagedorn wollte nichts davon wissen, die alten Geschichten zu begraben, wie es sein Neffe vorschlug.

Der fortwährende Streit der beiden Männer brachte Ayrins Runen durcheinander. Sie sah selbst, dass sie hier eine Linie vergessen, dort zwei an der falschen Stelle, und da eine zu viel gezeichnet hatte. Und einmal, inmitten einer langen Reihe, hatte sie eine Rune auf das Blatt gezogen, die nicht die entfernteste Ähnlichkeit mit der Landrune hatte. Sie seufzte und fuhr mit der Arbeit fort. Der Meister würde hoffentlich verstehen, warum ihr dieser Fehler unterlaufen war. Sie vertiefte sich in die Arbeit und hatte das Gefühl, dass es ihr endlich gelang, den Zwist, der da vor ihrer Nase stattfand, auszublenden. Erst eine Weile später bemerkte sie, dass sie ihn deshalb nicht mehr hörte, weil er schlicht verstummt war. Beide Männer starrten auf das Blatt.

»Was hast du da gezeichnet, Ayrin Rabentochter?«, fragte der Meister streng. Sein Finger wies auf die eine Rune, die dort nicht hingehörte.

Ayrin fragte sich, warum er sie nicht für all die anderen, halbwegs wohlgeratenen Runen loben konnte. »Ich weiß nicht«, brachte sie hervor. »Ich war für einen Augenblick nicht bei der Sache, durch Euren Streit, Meister.«

»Was habe ich darüber gesagt, sich nicht ablenken zu lassen, Ayrin?«

»Moment«, unterbrach ihn Lar Thimin. »Hast du dir die Rune näher angesehen, Onkel?«

»Sie hat eine gewisse Ähnlichkeit mit der Rune zur Behandlung von Geschwüren, wie du wüsstest, wenn du deine Studien ernster genommen hättest, Tim.«

»Augenblick, bitte«, sagte Thimin noch einmal und stürmte davon. Wenig später kehrte er mit drei Blättern aus seinem Wagen zurück. »Sieh, Onkel, sieh doch!«, rief er und wedelte mit den Seiten, die Ayrin gleich als Runenblätter erkannte, denn sie sahen auf den ersten Blick so aus, als hätte sie jemand ohne Sinn und Verstand mit Linien vollgekritzelt.

Meister Maberic erwartete ihn mit verschränkten Armen. »Sind das etwa die Seiten, die du angeblich nie gestohlen hast, Neffe?«

»Ach, du hast noch mehr als genug davon. Aber jetzt sieh!« Der junge Meister wies auf die Mitte eines Blattes. Leider konnte Ayrin von ihrem Platz aus nicht erkennen, was er meinte, denn der Winkel war ungünstig.

Meister Maberic brummte erst unwillig, dann aber nahm er die Stelle in Augenschein. »Wahrhaftig«, murmelte er. »Ich hatte diese Rune ganz vergessen.«

»Was ist denn los?«, fragte Baren, der sich ans Feuer zurückgezogen hatte.

»Diese junge Frau hat soeben eine Rune gezeichnet, die sie noch nie gesehen haben kann«, verkündete Thimin.

Ayrin schluckte. Meister Maberic zeigte ihr das Blatt. Seine Hand zitterte, deshalb konnte sie nichts erkennen. Endlich fasste sie sich ein Herz und hielt das Blatt fest. Ja, da war eine Rune, die genau so aussah, wie die, die sie, ohne nachzudenken, auf das Papier gebracht hatte. »Und was bedeutet sie?«, fragte Ayrin mit belegter Stimme.

»Zwietracht!«, rief Meister Thimin. Er wirkte regelrecht begeistert. »Ihr habt die Rune zu Papier gebracht, die Streitereien beenden soll.«

»Sie muss sie irgendwo schon einmal gesehen haben«, sagte Meister Maberic heiser.

»Nicht in deinen Büchern, Onkel, denn ich hatte mir diese Blätter ja geliehen.«

»Na, ich kenne dieses Zeichen jedenfalls nicht«, meinte Baren, der hinzugetreten war, »und wüsste nicht, wo Ayrin schon einmal Runen gesehen haben soll, außer im Tempel von Halmat, wo sie aber viel schlichter sind.« Er legte seiner Schwester die Hand auf die Schulter und Ayrin erkannte Stolz in seinen Augen.

»Was bedeutet das, Meister?«, fragte sie unsicher.

»Großes Talent, das bedeutet es!«, rief Thimin von Walroge. »Ach was, überragende Begabung!«

»Talent? Vielleicht. Ärger und Verdruss? Auf jeden Fall«, meinte hingegen Meister Maberic düster und ließ Ayrins Laune in den Keller sinken. »So eine Begabung fordert immer ihren Preis«, setzte er hinzu. Dann nahm er ihr das Pergament ab, scheuchte seinen Neffen davon und wollte nichts mehr von dieser Angelegenheit hören. Wäre ihr Bruder nicht gewesen, der ihr Gesellschaft leistete und sie aufmunterte, Ayrin wäre schier verzweifelt über die Unsicherheit, die diese Rune bei ihr ausgelöst hatte.

Erst später am Abend setzte sich der Meister noch einmal zu ihr. »Ich nehme an, du hast Fragen.«

Sie nickte. »Wie war es möglich, dass …?«

Er hob die Hand, um sie zu unterbrechen. »Magie, Ayrin, ist lebendig und allgegenwärtig. Die weiße, greifbare mag schwach geworden sein, seit den Tagen der Drachen, doch durchdringt die Helia, die magische Urkraft, immer noch die ganze Welt. Eine Rune zu zeichnen, ist nichts anderes, als etwas von dieser unsichtbaren Kraft aus seiner Allgegenwart herauszulösen und auf Pergament zu bannen. Verstehst du das?«

»So ungefähr.«

»Du hast einen Sinn für die Magie, wie ich ihn selten erlebt habe. Sie scheint dir zuzuflüstern, ja, ich denke, es war die Helia selbst, die dir eingegeben hat, welche Rune du zu zeichnen hattest, als Thimin und ich uns stritten. Ich kann dir gar nicht sagen, wie außergewöhnlich das ist. Wir müssen in Betracht ziehen, dass es sogar die Helia war, die uns überhaupt erst zusammengeführt hat.«

Ayrin schluckte. »Aber es war meine Idee, dass …«

Wieder unterbrach sie der Meister. »Natürlich war sie das. Die Helia trifft keine Entscheidungen für uns. Sie kann uns allerdings gewisse Möglichkeiten zeigen, uns behutsam in eine Richtung lenken. Ob wir ihren Hinweisen folgen, ist ganz uns überlassen.«

»Und warum sagtet Ihr vorhin, dass es Ärger und Verdruss bedeutet?«

»Wie ich eben sagte, vermute ich, dass die magische Urkraft uns in gewisse Richtungen lenken will. Es gibt jedoch noch eine andere Möglichkeit. Der Hexenfürst versteht es leider auch, Magie zu beugen und zu vergiften. Er kann vermutlich sogar die Helia selbst, über ihren Schatten, unter seinen Willen zwingen.«

»Augenblick, Ihr befürchtet, dass er seine Hand im Spiel hat?«

»Oh, das hat er gewiss, denn er hat seine Finger überall. Die Frage ist also, ob dir diese Rune vorhin von der Helia eingeflüstert wurde, oder ob du das leise Raunen des Hexenfürsten aus den Schatten gehört hast.«

Ayrin runzelte die Stirn. »Sie sollte einen Streit beenden. Das ist etwas Gutes.«

»Gewiss.«

»Na, dann ist die Frage ja geklärt«, verkündete sie entschieden.

Der Meister lächelte gequält. »Vermutlich hast du recht, Ayrin. Aber du musst wachsam sein. Der Hexenfürst ist ein Meister der Täuschung und Verführung. Er hat schon viele auf den Pfad des Verderbens geführt und wenn er von deiner Begabung weiß, wird er auch versuchen, dich zu verführen. Und er wird dir nicht dunkel und schrecklich erscheinen, sondern vielleicht in der Maske eines vertrauten, freundlichen Gesichts an dich herantreten. Und jetzt genug von den dunklen Gedanken eines alten Mannes. Das war ein langer Tag, und morgen, nach etwas Schlaf, sieht die Welt vermutlich wieder viel freundlicher aus.«

Meister Maberic schickte Ayrin und Baren früh ins Bett. Aber sie hörten ihn noch lange draußen, am Feuer, leise mit seinem Neffen reden, der ein weiteres Mal herübergekommen war.

»Mir scheint, deine Rune hat gewirkt, Schwester«, meinte Baren.

»Leider kann ich nicht hören, was sie da zu bereden haben.«

»Weil sie nicht mehr laut streiten. Und das ist doch gut, oder? Das war es ja, was deine Rune beenden sollte.«

»Ich habe sie nicht absichtlich gemalt und ohne gewisse Zutaten kann sie eigentlich gar nicht wirken. Aber ich bin froh, dass die beiden wieder miteinander reden. Streit in der Familie ist immer schlecht, oder?«

Baren stimmte ihr zu, und dann sprachen sie noch lange über die alte Nurre, Grit und Lell, die sie in Halmat zurückgelassen hatten und die für sie so etwas wie Familie waren und die sie beide schrecklich vermissten. Den Ohm erwähnten sie kein einziges Mal.

Der Goldschmied

Ragne von Bial starrte in die Flammen des Kamins. Die Stube war warm, und das war beinahe das einzig Gute, was sie über ihr Quartier zu sagen wusste. Meister Ortol hatte sie in eine finstere Herberge namens *Zum schwarzen Schwan* geschickt, in der noch mehr Hexen und Zauberer auf seine Befehle warteten.

»Will wissen, was er sich dabei gedacht hat, so viele von euch unter ein Dach zu sperren«, murrte Tsifer, der auf dem Boden saß.

»Vielleicht hofft er, dass wir uns gegenseitig umbringen, damit er den Ruhm später mit weniger Leuten teilen muss.«

»Den Ruhm für was, Hexe?«

»Gute Frage.« Ragne ließ einen ihrer kleinen Lieblinge über ihre Hand krabbeln und betrachtete ihn gedankenversunken.

»Wenigstens gibt es viele Ratten in dieser Stadt«, brummte Tsifer.

»Was für ein Glück«, erwiderte Ragne sarkastisch. Dann rief sie die Spinne mit einem zarten Hauchen zurück in den Ärmel und erhob sich. »Es wird Zeit, Tsifer.«

Der Alb beäugte sie skeptisch. Er tat ihr nicht den Gefallen, nachzufragen, wofür es Zeit sei.

Sie warf sich den schwarzen Umhang über. »Kommst du?«

»Wo soll es denn hingehen?«, fragte er endlich doch mit zuckenden Augenbrauen.

Ragne langte in ihre Tasche und zog den gestohlenen Brief hervor. »Ich denke, wir sollten mit dem Mann reden, der mehr über die Zwillinge weiß.«

Der Alb erhob sich langsam. »Und du glaubst, Meister Ortol wird es gutheißen, wenn wir auf eigene Faust etwas unternehmen, etwas, das nichts mit dem großen Plan zu tun hat? Was, wenn er uns plötzlich rufen lässt?«

»Dann soll er uns seine Sperlinge nachsenden.« Sie öffnete die Tür. »Erinnere mich daran, dass wir auf dem Weg Spatzenschwärmen ausweichen. Und wer sagt eigentlich, dass der Brief nichts mit dem geheimnisvollen Plan unseres Fürsten zu tun hat?«

Tsifer schlurfte ihr brummend hinterher.

Ragne erfragte beim nächstbesten Iggeburer den Weg in die Straße der Goldschmiede, denn sie ging davon aus, dass Meister Ligter diesen Beruf ausübte. Die Gasse lag unweit des Hafens im Herzen der Stadt. Dort angekommen, fand sie schnell heraus, dass sie richtig vermutet hatte. Meister Ligter hatte einen eigenen Laden, am Ende der schmalen Straße.

»Es ist spät«, meinte der Alb, »seine Werkstatt ist schon geschlossen.«

»Ich werde ihn überreden, uns zu öffnen. Das heißt, es ist wohl besser, wenn ich alleine mit ihm spreche.«

»Natürlich«, knurrte der Alb missvergnügt.

»Die Leute reden nun einmal lieber mit einer Frau ohne männlichen Begleiter.«

»Meinetwegen«, gab Tsifer zurück. »Doch beschwere dich nicht, wenn du ohne mich nichts herausfindest.«

»Geh und spiel mit deinen Ratten, mein Freund.«

Ragne klopfte an die Ladentür und der Nachtalb versteckte sich in den Schatten.

Es dauerte eine Weile, bis auf der anderen Seite der Pforte Schritte heranschlurften. »Wer stört so spät?«, fragte eine dünne Stimme.

»Bitte öffnet, Meister Ligter. Es ist ein Notfall.«

»Kommt Ihr, um zu betteln?«

»Ich komme, weil nur Ihr mir helfen könnt. Es geht um ein Schmuckstück, das Ihr gefertigt habt.« Endlich wurden Riegel bewegt und Schlösser aufgeschlossen. Ragne legte ihr freundlichstes Lächeln zurecht.

Die Tür öffnete sich einen Spalt. »Wer, zum Henker, seid Ihr?«

»Eine verzweifelte Seele, die von Euch Hilfe erhofft.« Sie hielt den Brief hoch.

Die Pforte öffnete sich. »Ein Brief? Den habe ich gewiss nicht geschrieben. Dies ist eine Goldschmiede.« Meister Ligter hob seine Laterne höher und leuchtete Ragne ins Gesicht. Sie sah ihn flehend an. Er war einen halben Kopf kleiner als sie und mit einem gestreiften Nachthemd bekleidet. »Kommt meinethalben herein, doch Geld habt Ihr keines zu erwarten.«

»Ich bin nicht wegen Geldes hier, Meister Ligter«, flötete Ragne und legte ihm ihre Hand in zarter Geste auf die Brust.

Er merkte nicht, dass sie ihre Fäden spann, um ihn einzuwickeln, und forderte sie brummend auf, ihr in die Werkstatt zu folgen. Hier entzündete er umständlich eine weitere Laterne. »Nun, was ist das für ein Brief, mit dem Ihr mir vor der Nase herumwedelt?«

Ragne seufzte. »Es ist am besten, Ihr lest ihn selbst.«

Der Mann nahm ihr das Blatt mit spitzen Fingern aus der Hand. Er las ihn und seine Stirn legte sich in immer tiefere Falten. »Ayrin und Baren? Aus den Sturmlanden verschwinden? Und ich soll diesen Kindern alle Fragen beantworten können? Wer hat das geschrieben? Und was habt Ihr damit zu schaffen?« Er ließ das Blatt sinken. *Wenn er lügt,* so dachte Ragne, *tut er es erstaunlich geschickt.* Sie lehnte sich ein kleines Stückchen vor und ließ ihre schlanken Finger mit zarter Geste die seinen berühren. »Die armen Kinder, guter Mann, sitzen im

Kerker. Sie werden beschuldigt, eine Schuldknechtschaft gebrochen zu haben.« Sie dachte, dass sie damit der Wahrheit ausreichend nahe kam. Hatte der Junge nicht davon gesprochen, dass er sich freikaufen wollte? Und je überzeugender die Geschichte klang, desto weniger Zauberkraft musste sie einsetzen, um die Zunge des Mannes zu lösen. »Leider reicht dem Richter von Burg Grünwart dieses Schreiben nicht, um die Umstände ihrer Geburt aufzuklären.« Ihre Hand strich über den Arm des Mannes. Er zuckte zurück. Der Brief in seinen Händen zitterte. »Der Ring«, brachte er hervor, »hier ist von einem Ring die Rede.«

»Der leider verschwunden ist«, seufzte Ragne. »Und deshalb bin ich hier, Meister Ligter. Ihr seid die letzte Hoffnung der beiden armen Waisen. Ihr müsst enthüllen, wer die Mutter der beiden ist.«

»Ich?«

»Dem Schreiben nach vermögt Ihr es.«

»Das lese ich auch, aber das ist Unsinn. Ich kenne weder eine Ayrin noch einen Baren. Ich weiß nicht einmal, wo dieses Halmat liegt.«

»Im Horntal, wenn das Eurem Gedächtnis hilft.«

Der Mann schüttelte den Kopf. »Tut es nicht! Und was kümmert Euch das? Wer seid Ihr überhaupt? Woher habt Ihr diesen Brief? Was habt Ihr mit all dem zu schaffen?«

Darauf hatte Ragne nur eine halbe Antwort vorbereitet. Sie seufzte bekümmert, um Zeit zu gewinnen, dann hauchte sie: »Ich bin seit Langem auf der Suche nach meiner Schwester, wisst Ihr? Und ich glaube, sie könnte die Mutter der Kinder sein.« Das war immerhin insoweit die Wahrheit, als sie einst eine ältere Schwester gehabt hatte, damals, in ihrem Heimatdorf in Bial. Die war eines Tages spurlos verschwunden. Die kleine Ragne hatte sich darauf lange keinen Reim machen können, bis eines Tages die Hellseherin des Dorfes in das Haus ihrer Eltern kam, um zu verkünden, dass auch die jüngere

Tochter als Hexe geboren sei. Es hatte einen feierlichen Umzug gegeben, an dem das ganze Dorf teilgenommen hatte. Er endete damit, dass man Ragne, kaum sieben Jahre alt, in einem Weiher zu ertränken versuchte. Nur durch ein plötzliches Gewitter, einen nahen Blitzeinschlag und unwahrscheinliches Glück war sie dem Verhängnis entronnen. Aber Ragne hatte die Knochen all ihrer Vorgängerinnen im Wasser gesehen und wusste daher, welches Schicksal ihre Schwester ereilt hatte. Sie spürte plötzlich ein schlechtes Gewissen, dass sie das Andenken an die Verstorbene für ihre Lügen benutzte.

»Das scheint Euch sehr zu bedrücken, wertes Fräulein«, sagte der Goldschmied mit unsicherer Stimme.

Ragne sah ihn verstört an. Ja, manchmal überfielen sie die alten Erinnerungen mit furchtbarer Wucht. Doch nicht deswegen war sie hier. »Seht, Meister Ligter, hier steht nun einmal Euer Name. Also bitte ich Euch, sagt mir wenigstens den Namen dieser Frau. Das würde so viele Fragen beantworten, mir, und diesen Kindern, deren Tante ich vielleicht bin.« Sie fasste den Mann an den Händen, und bedachte ihn mit einem Blick, mit dem sie Stein in Butter hätte verwandeln können.

»Ich … ich würde Euch wirklich gerne helfen, edles Fräulein, aber ich habe leider keine Ahnung, wie mein Name in diesen Brief geraten ist.«

Ragne wurde langsam ärgerlich. Dennoch zauberte sie ein Lächeln auf ihre Lippen, ein sehr trauriges, und umgarnte den Mann erneut mit gurrender Stimme und tiefen Blicken. »Ihr würdet es mir doch sagen, oder?« Ihre Rechte wanderte zu seiner Schulter, verharrte dort und zwischen den Fingerspitzen zerrieb sie etwas Schwarzschwefel. »Bitte«, hauchte sie.

Der Mann schluckte und sie sah, dass er den Tränen nahe war. »Es tut mir im Herzen weh, doch ich weiß einfach nichts von dieser Frau, den Kindern, einem Ring oder sonst irgendetwas von den Dingen, von denen hier die Rede ist.«

Ragnes Hand verharrte an seinem Kragen. Sie war kurz davor, hart zuzupacken und dieses dürre Männchen gegen die nächste Wand zu werfen. Mühsam beherrschte sie sich, tat, als müsse sie ein paar Tränen fortwischen und schluchzte ein »Ich verstehe«, bevor sie sich zum Gehen anschickte. Es war nicht leicht, der nun erwachten Fürsorge des Handwerkers zu entkommen. Er forderte sie mehrfach auf, zu bleiben und ihm mehr von ihrem Kummer zu erzählen. Gerade als sie dachte, sie müsse noch einen Zauber wirken, ließ er sie endlich entrinnen.

Sie stolperte aus seiner Werkstatt und fühlte sich befreit, als er die Tür wieder verschloss.

»Wie ist es gegangen?«, fragte eine Stimme aus den Schatten.

»Nicht sehr gut, Tsifer. Entweder er wusste nie etwas oder aber er hat alles vergessen.«

»Hexenwerk?«

»Wahrscheinlich.«

Der Alb schien auf etwas zu warten. Ragne spürte, auch ohne dass sie sein Gesicht sah, wie sehr er das genoss. »Schön«, sagte sie endlich, »ich bitte dich um deine Hilfe.«

»Ah, nun brauchst du den törichten Alb also doch, nicht wahr?«

»Ich nannte dich weder töricht, noch habe ich behauptet, dich nicht zu brauchen. Ich wollte es nur eben auf meine Art versuchen.«

»Und bist gescheitert«, hielt ihr der Nachtalb vor. Er kicherte leise.

»Es ist ja überhaupt nicht gesagt, dass du hier mehr Erfolg haben wirst, Tsifer.«

Er schnaubte verächtlich. »Du hast nichts erfahren, und das kann ich leicht überbieten.« Er trat ins Mondlicht und schickte sich an, die Hauswand hinaufzuklettern.

Ragne hielt ihn zurück. »Warte, bis er schläft.«
Der Nachtalb brummte unwillig, doch er fügte sich.

Sie zogen sich in eine dunkle Ecke zurück und lauerten auf ihre Gelegenheit. Endlich schien im Haus des Goldschmieds auch das letzte Licht erloschen zu sein, und der Nachtalb kletterte auf das Dach. Hätte Ragne nicht gewusst, dass er dort war, sie hätte ihn nicht gesehen. Lautlos schlich er über die Ziegel. Dann war er verschwunden.

Ragne spürte schnell eine wachsende Unruhe. Vielleicht war es ein Fehler gewesen, Tsifer alleine gehen zu lassen, denn er war unberechenbar. Sie seufzte, weckte einen ihrer Lieblinge und sandte die Wolfsspinne dem Nachtalb hinterher. Sie richtete ihre Gedanken auf ihren achtbeinigen Helfer aus und kroch bald mit ihm in der Dunkelheit. Die Spinne tastete sich die Wand hinauf und dann durch einen Spalt zwischen Ziegeln und Sparren hinein ins Haus. Behutsam lenkte Ragne das Tier weiter voran: auf einen Dachbalken, dann hinunter. Raue Dielen, ein dunkler Gang. Dort stand eine Tür offen. Ragne, nein, die Spinne hastete auf ihren acht Beinen voran. Ein leises Flüstern drang an ihr Ohr. Die Wolfsspinne kletterte über eine Schwelle, dann die Wand hinauf. Ja, das war das Schlafzimmer. Und da hockte Tsifer auf dem Bett, über dem Mann, der sich wimmernd hin und her wälzte, offenkundig von einem Albtraum geplagt.

Der Alb murmelte eine Beschwörung in seiner Sprache. Ragne verstand kein Wort. Die Spinne kroch, getrieben von Ragnes Geist, näher heran. Der Mann im Bett krümmte sich, litt, stammelte Wortfetzen. »Ring«, verstand Ragne und »Frau«. Doch sie brauchten einen Namen. Noch näher lenkte sie ihre achtbeinige Dienerin. Dann bemerkte sie, dass der Alb verstummt war. Sie richtete ihren Blick auf Tsifer, blickte auf sein Gesicht, mit den buschigen Brauen. Er hatte sie entdeckt! Ganz nahe kam er nun der Spinne, die sich an die Wand duckte. Der Nachtalb legte den Kopf schief, schien sie einen Augenblick lang zu betrachten – und dann zerschmetterte er die Wolfsspinne mit der flachen Hand.

Ragne zuckte mit einem Aufschrei zurück. Sie taumelte gegen die Hauswand und hielt sich den schmerzenden Leib.

Es dauerte noch eine ganz Weile, bis Ragne wieder eine Bewegung auf dem Dach wahrnahm. Der Nachtalb kehrte zurück. Lautlos ließ er sich auf die Straße fallen und gesellte sich endlich grinsend zu ihr.

»Was hast du erfahren?«, fragte Ragne ungeduldig.

Er kam dicht an sie heran. »Weißt du das nicht? Du warst ja dort, hast mir nachspioniert, Hexe.«

Sie schluckte ihren Ärger hinunter. »Ich würde nicht fragen, wenn ich viel gehört hätte, Tsifer.«

»Habe ich dir etwa wehgetan? Nun, das mag wieder geschehen, wenn du mir nachschnüffelst.«

»Du weißt genau …«, setzte sie an, dann schüttelte sie den Kopf. »Es war unangenehm, mehr nicht. Erzählst du mir nun, was du herausgefunden hast?«

Der Alb wandte sich halb ab, senkte den Kopf. »Ich habe etwas gesehen«, raunte er, »einen Schatten in seinen Träumen, wie eine Gruft. Tief vergraben ruht dieses Geheimnis. Allerdings hat er es nicht selbst versteckt. Jemand hat ihn vergessen lassen, eine von deinesgleichen.«

»Also war es wirklich eine Hexe. Sie hat ihm die Erinnerung genommen?«

»Nicht genommen, versteckt. Schwer zu finden, von Angst und Furcht gut bewacht.«

»Aber du hast sie gefunden.«

Der Alb wiegte den Kopf bedächtig hin und her. »Bruchstücke,

Reste, Fetzen. Sie war gründlich, deine Hexenschwester. Zwei Ringe sah ich. Die hat er geschmiedet, beinahe gleich. Einen hat der Goldschmied behalten, einen hat sie mitgenommen. Ihr Gesicht aber, das konnte ich nicht sehen, und einen Namen hat sie nicht genannt. Oder er liegt versteckt bei jenen Bruchstücken, die ich nicht finden konnte.«

»Dann haben wir gar nichts.«

Der Nachtalb sah sie lauernd an. »So ist es«, sagte er schließlich.

»Und wenn du es noch einmal versuchst, morgen vielleicht?«

Der Alb schüttelte den Kopf. »Ich habe mich tief in seine Gedanken gegraben. Es gibt nichts mehr, was ich dort hervorbringen könnte.«

»Aber, wer weiß, vielleicht …«

»Ich sagte, da ist nichts mehr, Hexe!«, fuhr sie der Alb an.

Ragne zuckte zurück, legte die Stirn in Falten und fragte: »Was hast du getan, Tsifer?«

»Das, was du von mir wolltest.«

»Hast du ihn … umgebracht?«

»Kein Haar habe ich ihm gekrümmt«, brummte der Alb. »Und nun lass uns verschwinden. Die Dämmerung rückt schon näher.«

Und damit hinkte er davon.

Ragne blickte unwillkürlich zum Himmel. Die Sichel des Mondes war gut zu erkennen, die Sterne leuchteten, der Tag war noch weit. Hier stimmte etwas nicht. Ragne folgte dem Alb und ihr Verdacht wurde immer stärker, dass er sie in wenigstens einem Punkt angelogen hatte.

Am Morgen trat Ayrin verschlafen vor den Wagen, nur um festzustellen, dass die beiden Männer immer noch dort am Feuer saßen.

»Ah, die berühmte Ayrin Rabentochter«, begrüßte sie Lar Thimin. »Wo ist Euer Bruder?«

»Ich bin nicht berühmt, und Baren schläft noch.«

Meister Maberic erhob sich. »Ist wohl besser, wenn du ihn weckst. Wir haben viel zu tun.«

Ayrin stellte sich also dem Kampf, ihren Bruder zu wecken, was ihr nach einiger Anstrengung auch gelang. Die beiden verließen den Wagen, nur um von Meister Maberic mit Arbeitsaufträgen vom Striegeln der Pferde über das Reinigen des Wagens – innen wie außen – bis zum Füttern der Hühner, eingedeckt zu werden.

»Warum müssen wir den Wagen reinigen, Meister?«, fragte Ayrin, die ganz andere Dinge im Kopf hatte. Es war so viel geschehen am Vortag, darüber hätte sie gerne gesprochen. Außerdem hätte sie gerne das Meer gesehen und die Stadt wollte sie sich auch anschauen.

»Weil wir ihn während unserer Fahrt vernachlässigt haben. Seht ihn euch an! Der Staub von vielen Meilen klebt auf seiner Haut. Und ich will ihn glänzen sehen, wenn ich zurückkehre.«

»Von wo?«, fragte Ayrin.

Er antwortete ausweichend: »Ich muss gewisse Erkundigungen einziehen.« Und als Ayrin den Mund schon öffnete, um nachzufragen, hob er die Hand und sagte: »Nein, mehr werde ich dir nicht verraten. Und nun mach dich an die Arbeit. Das hält dich hoffentlich von dummen Gedanken ab.«

Seufzend sah Ayrin dem Meister hinterher, wie er in seinem dicken Mantel davoneilte.

»Er ist immer noch ein echter Geheimniskrämer, nicht wahr?«, sagte Lar Thimin.

»Oh ja! Ihr wisst nicht zufällig, was er vorhat, Meister?«, fragte Ayrin und ging Wasser holen.

Der Lar schloss sich ihr ungefragt an. »Bah, nennt mich nicht so. Sonst fühle ich mich so alt wie mein Onkel. Nennt mich Thimin oder Tim, wenn Ihr wollt, Ayrin. Doch ja, ich weiß, wo es ihn hinzieht. Er will eigentlich nur auf den Markt, Vorräte einkaufen und sich dabei ein wenig umhören.« Und auf Ayrins fragenden Blick fuhr er fort: »Er will sich nach Goldschmieden und Juwelieren erkundigen, die geschickt genug wären, einen Ring mit einer halben Rune anzufertigen.«

»Er hat Euch von ihm erzählt?« Sie hatten den Brunnen erreicht und Ayrin ließ den Eimer hinab.

»Wir haben lange geredet, natürlich auch darüber. Sagt, Ihr tragt ihn nicht zufällig bei Euch?«

»Ich habe ihn im Wagen verstaut«, sagte Ayrin und kurbelte den vollen Eimer wieder hinauf und schleppte ihn zurück. Der Lar machte keinen Anstalten, ihr dabei zu helfen. Er blieb sogar auf halber Strecke stehen und schien ganz in seinen Gedanken zu versinken.

Ayrin ließ ihn. Sie hatten viel zu tun, und es war offensichtlich, dass von Lar Thimin keine Hilfe zu erwarten war. Sie begann, die Wände des Wagens zu schrubben. Der Runenmeister stand plötzlich neben ihr und sah ihr mit den Händen in der Manteltasche zu.

»Könntet Ihr ihn holen?«

»Den Ring? Jetzt?« Sie hielt nicht mit der Arbeit inne.

»Ja, jetzt. Ich glaube, ich habe eine Idee. Schnell, bevor ich sie wieder vergesse.«

Ayrin ließ seufzend die Bürste ins kalte Wasser fallen und ging hinein.

Der Lar riss ihr den Ring förmlich aus der Hand, kaum dass sie wieder aus der Tür trat, und hielt ihn gegen die Sonne. »Außergewöhnlich«, murmelte er. »Folgt mir!« Damit drehte er auf dem Absatz um und stürmte zu seinem Wagen.

»He, der Ring!«, rief Ayrin und lief ihm nach.

Ihr Bruder war bei den Pferden. Er blickte fragend hinüber.

»Ihr ebenfalls, Baren Rabensohn! Das geht auch Euch an!«

Baren kletterte über das Gatter. »Was ist denn jetzt wieder los?«

»Er hat unseren Ring!«, rief Ayrin.

»Nur geliehen, meine Freunde, nur für ein Experiment geliehen«, rief er und verschwand in seinem roten Wagen.

Ayrin folgte ihm. Der Wagen war kleiner als der von Meister Maberic, schien im Inneren allerdings geräumiger. Es gab auch hier viele Schubfächer, doch war der Gang breiter und die Decke höher. Der hintere Teil kam Ayrin ungewöhnlich hoch vor. Eine Treppe führte von dort ins Schlafgemach, das über dem vorderen Gang lag, wie in Meister Maberics Wagen auch. Im hinteren Teil aber führte eine Leiter zu einer Luke im Dach. Der Lar löste einen Riegel und ließ eine Seitenwand leicht und elegant zur Seite gleiten. Kalter Wind fuhr in den Wagen. »Ein bisschen mehr Licht wird uns guttun.«

»Das ist auch eine Möglichkeit«, murmelte Baren, der seine Schwester eingeholt hatte, und er besah sich interessiert den Mechanismus, der eine Wand in ein Fenster verwandeln konnte. Dabei stieß er auf eine offene Kiste, in der verschiedene metallene Gegenstände verwahrt wurden. »Was ist das?«, fragte er, und zog eine seltsame Kugel hervor.

»Eine Himmelskugel«, sagte der Lar mit einem Seitenblick. »Legt sie bitte wieder zurück. Sie ist empfindlich und Ersatz wäre schwer zu beschaffen.«

»Und das hier?«, fragte Baren, der die Kugel gegen einen langen Stab tauschte.

»Nur ein Schattenstab. Für Sonnenuhren«, gab Meister Thimin knapp zurück, während er verschiedene Schubladen hervorzog.

Baren betrachtete den Stab und seine kleinen Unterteilungen, stellte ihn zurück und nahm sich eine Scheibe, die einen Viertelkreis bildete. »Und das?«

»Dient der Sternbeobachtung.« Lar Thimin schob die Lade zu, schlug sich gegen den Kopf, offensichtlich, weil ihm wieder eingefallen war, wo er das, was er suchte, aufbewahrte. Er öffnete eine Truhe und zog einen fein gewebten Beutel hervor. Dann klappte er ein verstecktes Fach im Boden auf und brachte Pergament, Feder und Tinte zum Vorschein. »Nun werden wir es gleich wissen.«

»Was genau?«, fragte Ayrin misstrauisch.

»Ob die Nadel so wirkt, wie ich es mir vorstelle.« Er zog eine kurze Tischplatte aus der Wand, breitete das Pergament darauf aus und nahm auf einem Schemel Platz. Anschließend zog er einen weiteren Beutel aus der Tasche, griff hinein und brachte eine Beere zum Vorschein. »Ja, die wird genügen.«

»Wofür?«

Der Lar warf sich die Beere in den Mund und verzog das Gesicht, als er sie zerbiss. »Hexenbeere, sehr hilfreich.« Und auf die fragenden Blicke der Zwillinge sagte er: »Der Meister hat Euch bestimmt schon seinen Vortrag über das richtige Atmen gehalten, oder? Wie Ihr Euren Geist von der übermäßigen Konzentration auf die Aufgabe lösen müsst, um die Aufgabe zu lösen, nein?«

Ayrin schüttelte den Kopf.

»Dann wird er es bald tun. Wahr ist, dass Euer Geist eine gewisse Freiheit erreichen muss, um wirksame Runen fertigen zu können. Onkel Mabi sagt, dass das durch jahrelange Übung und Beherrschung des Odems möglich ist. Sehr mühsam. Es gibt jedoch auch die Hexenbeere. Schmeckt leicht säuerlich, ist aber bei unserer Arbeit äußerst nützlich.« Er stieß auf, hielt sich die Hand vor den Mund und holte tief Luft. »Jetzt Ruhe bitte.«

Er tauchte die Feder in die Tinte, setzte sie auf das kleine Stück Pergament und zog binnen Sekunden eine kräftige Linie und viele feine Striche auf das Blatt. Dann platzierte er eine zweite Rune mit schneller Hand daneben, schuf noch eine dritte und verband sie alle miteinander. Erst danach atmete er aus. Die Zwillinge, die mit ihm den Atem angehalten hatten, taten es ihm gleich.

»Was sind das für Runen?«, fragte Ayrin.

Der Lar kicherte, und sein Blick war seltsam verklärt. »Sie finden Verlorenes, oder genauer, helfen dem Sucher, es zu entdecken.« Er rollte das Pergament auf und schob es mit dem Ring zusammen in den fein gewebten Beutel, griff in eine Schatulle, zerrieb etwas hellgrauen Staub über der Öffnung des Beutels und verschnürte ihn dann.

»Drachenstaub?«, fragte Ayrin andächtig.

»Ihr wisst wirklich schon viel, dafür, dass Ihr erst, wie lange?, drei Wochen?, seine Schülerin seid.«

»Was ist Drachenstaub?«, fragte Baren leise.

»Wir brauchen ihn für die Magie«, erklärte Ayrin zunächst knapp. Da der Lar schon alle möglichen Geheimnisse ihrer Kunst ausplauderte, sah sie keinen Grund mehr, all das ihrem Bruder noch länger vorzuenthalten. »Man findet ihn nur bei den Drachentoren. Deshalb sind wir hierhergekommen. Wir gehen in die Höhle und holen uns den Staub.«

»Einfach so?«, fragte Baren stirnrunzelnd.

Der Lar stieß noch einmal auf. »Genau. Obwohl, ganz so einfach, wie es sich anhört, ist es meistens nicht. Es gibt oft noch den einen oder anderen winzigen Haken.« Ein drittes Mal musste er aufstoßen. »Doch deswegen sind wir hier nicht versammelt.« Er blinzelte. War er betrunken? Ayrin schien es, als spräche er mit schwerer Zunge.

Meister Thimin kramte eine weitere Schatulle aus einer Lade. Er öffnete sie und entnahm ihr einen bleichen, in Silber gefassten Gegenstand. Er war beinahe eine Handspanne lang, vorne nadelfein, hinten fingerdick und kantig. Ungefähr in der Mitte war eine Öse hineingebohrt worden. So konnte der Lar sie an einem Faden halten. Sie war perfekt ausbalanciert und drehte sich, bis sich die Verwindungen dieses Fadens gelöst hatten.

»Was ist das?«, fragte Baren und besah sich das Ding aus der Nähe.

»Das, mein Freund, ist eine Drachennadel, dafür geschaffen, die verborgenen Tore zu finden. Aber ich glaube, dass wir mithilfe der drei Runen, die ich eben gezeichnet habe, auch den Ursprung unseres Ringes aufspüren können.«

Baren sah ihn mit offensichtlichen Zweifeln an. »Diese Nadel kann nur die Richtung anzeigen. Der Ring kann überall gefertigt sein. Wer sagt uns, dass wir nicht tausend Meilen laufen müssen, um dort hinzugelangen?«

Der Lar seufzte und blickte verträumt zur Decke. »Das, wiederum, sagt uns der Verstand. Die halbe Rune, die im Ring eingraviert wurde, ist von der Art, wie sie nur in den Sturmlanden verwendet wird. Ein Schmied mit solcher Fertigkeit wird seinen Amboss kaum in irgendeinem Kuhdorf aufgestellt haben. Nein, er wird in einer großen Stadt beheimatet sein, wo es Leute gibt, die seine Kunst zu schätzen wissen, oder, genauer, bezahlen können. Ich behaupte daher, dass er entweder in unserer vielgerühmten Hauptstadt Gramgath oder in Iggebur wohnt. Wenn man weiter das Gerücht bedenkt, dass eure Mutter eine Anhängerin des dunklen Paktes war, bleibt eigentlich nur Iggebur übrig«, schloss er, mit selbstzufriedenem Grinsen.

»Und wenn unsere Mutter keine Hexe war? Wenn der Schmied also vielleicht doch in Gramgath lebt?«

Der Meister stieß ein weiteres Mal auf. »Dann, Freund Baren, werden wir wohl tausend Meilen laufen müssen.« Lar Thimin nahm den Runenbeutel und befestigte ihn mit einem weiteren Faden vorsichtig an der Öse der Drachennadel. Sie zitterte, drehte sich ein wenig in die eine, dann in die andere Richtung, und schließlich wies sie geradewegs nach Westen. »Nach Gramgath führt sie uns also nicht, Freunde«, stellte der Runenmeister zufrieden fest. »Folgt mir!«

»Aber ... wollen wir nicht auf Meister Maberic warten, ihm wenigstens Bescheid geben?«, fragte Ayrin unsicher.

»Ach, bevor er etwas merkt, sind wir wieder zurück. Ihr werdet sehen.« Der Lar schloss die Seitenwand des Wagens und scheuchte sie aus der Tür. Dann hob er die Nadel in die Höhe. Sie zeigte immer noch in die gleiche Richtung. »Das führt uns in die Gegend des Handwerkerviertels. Wohin auch sonst?« Er ging mit großen Schritten voraus.

Die Zwillinge tauschten besorgte Blicke, folgten ihm aber.

»Wenn das mal gut geht«, murmelte Ayrin.

Sie vergaß ihre Bedenken bald, denn die fremde Stadt nahm sie mit ihren neuen Gerüchen und hohen Häusern gefangen. Nach ein paar Gassen fragte sie: »Führt uns das auch zum Meer, Meister Thimin?«

»Zum Hafen, meint Ihr? Nein, eigentlich nicht.«

»Können wir dann vielleicht einen Umweg machen? Ich habe das Meer noch nie gesehen.«

Der Lar verlangsamte seine Schritte nicht. »Auf dem Rückweg – vielleicht«, vertröstete er sie.

Damit war sie erst einmal zufrieden.

»Wir gehen einen Umweg, Meister Thimin«, stellte Baren dann fest.

»Ihr sollt mich nicht Meister nennen, Freunde, und ja, es ist ein kleiner Umweg. Ich möchte den Marktplatz meiden, denn ich will meinem Onkel jetzt nicht begegnen. Er hat eine klare Meinung zu dieser Art Unternehmungslust.«

»Ist es denn noch weit?«, fragte Ayrin, deren ungutes Gefühl stärker wurde. Außerdem war sie es leid, dass sie ständig von Fremden angegafft wurde, weil sie hinter einem Mann in rotem Mantel herlief, der eine Nadel an einem Faden vor sich hertrug. Die Drachennadel begann sich nach Süden zu drehen. Lar Thimin bog in die nächste Straße ein. »Die Gasse der Goldschmiede, das hätte ich mir ja gleich denken können«, murmelte er. Seine Schritte wurden schneller, und die Zwillinge konnten ihm kaum folgen. Die Nadel schwenkte plötzlich scharf nach Osten. Der Meister blieb stehen. »Hier!«, rief er.

Ayrin hielt, ganz außer Atem, an.

Baren keuchte: »Seid Ihr sicher, Meister?«

Thimin zuckte mit den Schultern. »Die Runen scheinen es zu sein.« Er klopfte an die Pforte.

Ayrin las das Schild über der Tür: *Meister H. Ligter – Goldarbeiten – Ringe – Schmuck.* Darüber war ein Ring gemalt.

Der Lar klopfte wieder. Auf der anderen Seite blieb es still. »Merkwürdig. Die Tür verriegelt, die Läden geschlossen, dabei ist das doch die beste Zeit des Tages.«

Ayrin sah sich um. Die Häuser standen dicht aneinandergedrängt. Sie waren weniger hoch als in anderen Gassen, strahlten allerdings einen gewissen Wohlstand aus. Nur wenige Menschen waren unterwegs. Immer noch fühlte sie sich angestarrt. »Es scheint niemand da zu sein, Meister Thimin. Wir sollten umkehren.«

»Unsinn. Baren, mein Freund, tretet bitte ein wenig näher heran, nein, mit dem Rücken zur Tür, und sagt mir Bescheid, wenn jemand zu uns herübersieht.« Der Lar griff in seine Manteltasche und holte etwas hervor. Es sah beinahe aus wie ein Schlüssel. »Das habe ich von einem Mann aus Ossia. Es kann jedes Schloss öffnen.«

»Ihr wollt hier einbrechen?«, fragte Ayrin entsetzt.

»Eher nach dem Rechten sehen«, gab der Lar zurück. »Bitte senkt Eure Stimme. Es könnten sonst leicht noch andere Eurem Irrtum erliegen.« Er hantierte mit seinem Werkzeug, und, tatsächlich, kurze

Zeit später verriet ein lautes Klacken, dass das Schloss geöffnet war. »Jetzt noch die Riegel«, murmelte der Meister und zauberte ein weiteres Werkzeug aus der Tasche, ein breites Stück Metall, flacher noch als ein Messer. Er schob es in die Türspalte und nur wenig später hatte er zwei Riegel gefunden und geöffnet.

Ayrin sah sich besorgt um. Zwei Männer schlenderten vorüber, in ein Gespräch vertieft. Stockte die Unterhaltung nicht kurz? Nein, sie gingen weiter, und schienen die Vorgänge an der Pforte nicht zu bemerken.

Der Lar fasste den Knauf und drehte ihn. Die Tür schwang knarrend zurück. »Hereinspaziert«, sagte er grinsend. Er schob Baren über die Schwelle und trat dann selbst ein. »Was ist, Jungfer Ayrin? Kommt Ihr?«

Sie seufzte, dann trat sie ein und schloss die Pforte hastig wieder. »Ist jemand zu Hause? Meister Ligter?«, rief der Lar laut.

Ayrin lauschte mit angehaltenem Atem – es kam keine Antwort. In einer dunklen Ecke huschte etwas davon. Aber das war wohl nur eine Maus oder Ratte. »Er wird außer Haus sein. Lasst uns gehen«, bat sie.

»Unsinn«, brummte Lar Thimin. Er wies auf einen Nagel hinter der Ladentheke. Dort baumelte gut sichtbar ein Schlüsselbund. Der Runenmeister öffnete die rückwärtige Tür. Kalte Luft strömte ins Haus. »Im Hof oder in seiner Schmiede ist er nicht«, stellte Thimin nach kurzem Blick fest. Er öffnete eine andere Tür. Es war die Küche, auch dort war der Goldschmied nicht zu finden. »Vielleicht oben«, sagte der Meister und stieg schon die alte Treppe hinauf.

»Besser, wir gehen«, rief Ayrin leise.

»Ach, komm schon, du bist doch sonst nicht so ängstlich«, meinte Baren und folgte dem Lar.

Kopfschüttelnd ging sie hinterher. Das böse Gefühl drückte ihr schon aufs Gemüt. Der Lar trat in den dunklen Flur, öffnete eine Tür und erstarrte.

Baren drängte sich an ihm vorbei. »Bei den Göttern!«

Ayrin stellte sich auf die Zehenspitzen und sah dem Lar über die Schulter. Ein leiser Entsetzensschrei entrang sich ihrer Kehle. Da lag ein Mann auf dem Bett. Sein Hals war aufgeschlitzt und die Laken voller Blut.

»Ich wusste doch, dass hier etwas faul ist«, murmelte der Lar, trat an den Toten heran und untersuchte die Wunde.

»Was macht Ihr denn da?«, fragte Ayrin.

Meister Thimin antwortete nicht. »Das war eine Messerklinge. Und es geschah offenbar ohne Kampf. Der arme Mann wurde wohl im Schlaf getötet. Geraubt wurde auch nichts, sonst wären die Schlüssel nicht mehr da, wo sie jetzt sind. Das ist rätselhaft.«

»Wir müssen die Wachen rufen«, meinte Ayrin.

Der Lar schüttelte den Kopf. »Die Soldaten in dieser Stadt halten nicht viel von sorgfältiger Untersuchung. Lieber verhaften sie ein Dutzend Verdächtige, werfen sie in den Kerker und verhören sie unter der Folter. Bis jetzt haben sie so immer ein Geständnis erhalten, heißt es. Besser, wir halten die Wachen aus diesem Fall heraus. Baren, mein Freund, seht Euch doch einmal hier oben um und versucht herauszufinden, wie der Mörder ins Haus gelangt ist.« Der Runenmeister kramte in seiner anderen Tasche und zog ein winziges Tintenfass nebst Feder hervor. »Und Ihr, Ayrin, schaut, ob Ihr hier Pergament findet. Vielleicht bringen wir den Leichnam zum Reden.«

»*Folter?*«, fragte Ayrin entsetzt, die über dieses Wort nicht so schnell hinwegkam, wie offensichtlich der Lar.

»Beruhigt Euch. Ich werde später dafür sorgen, dass wir nicht verdächtigt werden. Und jetzt tut bitte, worum ich gebeten habe. Beeilt Euch, die Toten vergessen schnell!«

»Ich kann doch nicht die Wohnung dieses Unglücklichen …«

Der Lar unterbrach sie: »Wollt Ihr herausfinden, wer ihn ermordet hat? Gut, dann sucht!«

Ayrin machte sich beklommen an die Arbeit. Es schien ihr einfach nicht recht. Sie öffnete eine Kammer und hatte das Glück, die Schreibstube des Goldschmieds gefunden zu haben. Mit zitternden Fingern nahm sie einige leere Blätter an sich und brachte sie dem Lar.

»Sehr gut«, murmelte der und breitete eines der Pergamente auf der Brust des Toten aus. Ayrin konnte nicht hinsehen.

Baren kehrte zurück. »Ich glaube, der Übeltäter kam über den Speicher. Es gibt dort eine Klappe zum Dach, die nicht richtig verschlossen ist. Und es treiben sich einige Ratten dort oben herum.«

»Merkwürdig, dass sie den Toten in Ruhe gelassen haben«, murmelte Thimin. Er nahm die Feder zur Hand, aß noch eine von den Hexenbeeren und dann zog er mit schnellem Strich eine Rune auf das Pergament. »Kein Wort jetzt«, flüsterte er.

Ayrin fragte sich gerade, ob er das Blatt nicht falten wolle, als sie etwas sah. Es schien vom Bett aufzusteigen, feine, weiße Flocken, wie umgekehrter Schneefall. Sie schwebten langsam nach oben und formten dabei ein flüchtiges Bild: Da hockte jemand auf dem Bett, über der Leiche. Der leblose Körper wurde jetzt auch von diesen unwirklichen Flocken umweht, schien sich zu bewegen, während der Hockende ihn mit einer Hand auf der Brust niederdrückte, dann verwandelten sich die Flocken in weißen Rauch und verwehten.

Meister Thimin trat nahe ans Bett heran, blickte dem Toten in die leblosen Augen. Er wirkte mit einem Mal sehr besorgt. »Eigentlich ist es fast unmöglich, aber ich würde sagen, das war ein Alb.«

Baren starrte mit offenem Mund auf die letzten verwehenden Rauchfäden. »Ich verstehe zwar nicht, was hier gerade geschehen ist, aber hast du ihn nicht erkannt, Ayrin?«

»Erkannt? Wen?«

»Den Diener der Hexe, der mit ihr in Halmat war! Die buschigen Brauen, der krumme Rücken; er muss es sein!«

»Das Bild war sehr flüchtig«, erwiderte sie zögernd.

»Diese Hexe reiste in Begleitung eines Nachtalbs? Wieder sehr ungewöhnlich.«

»Ich dachte, Alben gäbe es nur in Geschichten«, sagte Baren.

»Nein, sie waren die Feinde der Drachen und stahlen sich durch ihre Portale in unsere Welt. Die meisten sind während des Drachenkriegs umgekommen oder verschwunden, doch noch eine Handvoll soll ihr Unwesen in unserer Welt treiben.«

»Für mich sah der Diener aus wie ein Mensch, ein hässlicher Mann, der sich seltsam benahm, aber ein Mensch. Er hatte nichts von den bleichen Kinderräubern, mit denen die Muhme uns früher Angst gemacht hat.«

»Er war es«, beharrte Baren. »Ich habe ihn in Halmat zwar nur einmal gesehen, aber gleich wiedererkannt.«

»Es heißt, sie können sich in der Haut eines Menschen verstecken, die sie tragen, wie unsereins seinen Mantel trägt«, meinte der Lar, der immer noch auf den Toten starrte.

Ayrin fühlte sich in ihrem Kleid plötzlich sehr unwohl.

»Was machen wir jetzt, Meister Thimin? Gehen wir zur Wache und sagen, was wir hier gefunden haben?«

»Besser nicht. Wir haben weder den Mörder noch handfeste Beweise. Ja, ich fürchte, man würde uns eher selbst einsperren, als an die Anwesenheit eines Albs in dieser Stadt zu glauben.«

»Dann müssen wir ihn suchen und stellen«, forderte Ayrin, »auch, weil es uns selbst betrifft. Dieser Alb und seine Hexe, sie müssen den echten Brief unserer Mutter haben. Mir haben sie die Fälschung zurückgelassen, die zerfiel, als ich sie Meister Maberic zeigen wollte. Offenbar enthalten die Zeilen unserer Mutter etwas, das diesen Mord erklärt. Haben wir das Schreiben, können wir die beiden auch des Mordes überführen.«

»Das ist kühn gedacht«, sagte der Lar langsam und sah sie zweifelnd, aber auch anerkennend an.

»Und es leuchtet ein«, stimmte Baren zu. »Und wenn diese Hexe in der Stadt ist, nun, ich hätte da auch noch ein Hühnchen mit ihr zu rupfen.«

»Es ist vielleicht besser, sich hier nicht zu viel vorzunehmen, Freunde«, warnte der Runenmeister.

»Habt Ihr Angst, Lar Thimin?«, fragte Ayrin und trat nah an ihn heran.

Er wich ein Stück zur Seite. »Angst? Nicht doch. Allerdings versteht Ihr nicht die Gefahren, vor denen wir hier stehen. In dieser Stadt sind Hexen nicht geächtet, wie im Rest der Sturmlande. Und ein Alb ist ein wirklich sehr gefährlicher, nahezu unbezwingbarer Gegner.«

»Ihr habt also doch Angst«, stellte Ayrin fest.

»Ein wenig, vielleicht, und das aus gutem Grund. Ich schlage vor, dass wir uns erst mit Onkel Mabi beraten. Und es sollte Euch deutlich machen, wie ernst die Lage ist, wenn ausgerechnet ich vorschlage, das mit ihm zu besprechen. Außerdem …« Er brach den Satz ab, hob die Hand, und sie verstummten.

Die Stimmen waren schon eine Weile da, aber erst jetzt begriff Ayrin, dass da Männer vor der Pforte des Goldschmieds standen und laut miteinander sprachen. Sie lauschte und konnte sie jetzt verstehen: »Und Ihr seid Euch sicher? Die Fensterläden sind geschlossen. Vielleicht ist er einfach nicht zu Hause«, sagte eine der gedämpften Stimmen. »Nein, es waren zwei Männer und eine junge Frau, und sie machten sich an dem Schloss hier zu schaffen«, antwortete eine zweite. Und dann: »Bei den Göttern, die Tür ist offen!«

Ayrin erstarrte. Dann gab ihr Baren einen Stoß. »Schnell, auf den Speicher!«, zischte er.

»Leise«, mahnte Lar Thimin, der ganz blass geworden war, ihnen aber vorauseilte. Sie schlichen zur Treppe und dann hinauf. Ein paar Ratten beäugten sie neugierig. Baren öffnete die Klappe, die auf das Dach hinausführte. Unten im Haus wurde nach dem Goldschmied gerufen. Stiefel polterten die Treppe hinauf.

Baren half Ayrin auf das Dach und folgte ihr. Es war heller Tag, das fand sie verwirrend, nachdem sie so lange im Dämmerlicht des Hauses gewesen war. Der Lar stemmte sich keuchend hinaus.

Da waren viele Stimmen vor dem Haus. Es schien sich eine regelrechte Menschenmenge angesammelt zu haben, doch zum Glück war die Gasse schmal und das Haus gerade hoch genug, dass die Menschen sie nicht sehen konnten. Thimin schien unschlüssig, was zu tun war, aber Baren wies mit einem Nicken zum Nachbardach. Geduckt tasteten sie sich hinüber. Drinnen im Haus ertönten Rufe des Schreckens. »Mord!«, rief jemand laut. »Sie haben Meister Ligter ermordet!«

Die drei hatten das Nachbardach erreicht. Es war etwas höher. Baren half Ayrin hinauf. In diesem Augenblick löste sich unter ihrem Fuß eine Dachpfanne. Ayrin versuchte noch, sie zu greifen, aber sie glitt davon, rutschte über die Traufe und verschwand in der Tiefe.

»Auf dem Dach!«, rief es von unten. »Die Mörder fliehen über das Dach!«

Die Flucht

Die Stimmen in der Straße wurden lauter. Ayrin blickte im Rennen über die Schulter. Auf dem Dach der Goldschmiede tauchten zwei Soldaten auf.

»Da hinüber«, rief Baren, der die Führung übernommen hatte. Sie hetzten über mehrere Dächer, bis sie von einer Querstraße aufgehalten wurden. Hinter ihnen ertönte ein lautes Knirschen und Stöhnen. Noch einmal blickte Ayrin zurück. Einer ihrer Verfolger war durch die Ziegel gebrochen. Bis zur Brust des schweren Schuppenpanzers steckte er im Dach, während sein Kamerad versuchte, ihn wieder herauszuziehen, oder vielleicht auch nur verhindern wollte, dass er ganz durchbrach. »Da hinüber«, rief Baren erneut.

Ayrin blieb stehen. Die Gasse war schmal, kaum vier Schritte war das gegenüberliegende Dach entfernt. Doch dazwischen ging es viele Ellen hinunter. »Komm schon, Ayrin. Das ist nicht breiter als der Zufluss des Mühlenteichs.«

»Aber tiefer.«

Meister Thimin sprang hinüber. Das Dach knirschte unter der Wucht seiner Landung. »Ich fange Euch«, rief er.

Ayrin biss die Zähne zusammen und lief ein paar Schritte zurück, um Anlauf zu nehmen. Sie sah, dass die beiden Soldaten die Jagd wieder aufgenommen hatten. Ihre Helme tauchten schon hinter dem nächsten Giebel auf. Auch in der Gasse waren ihnen weitere Jäger, vielleicht auch nur Schaulustige, gefolgt. Sie drehte sich um, rannte, sprang, landete auf dem anderen Dach, taumelte, ruderte wild mit den Armen, weil sie zu fallen drohte. Im letzten Augenblick packte sie der Lar am Arm.

Ihr Bruder folgte ihr. »Dort entlang«, rief Meister Thimin. »Da schütteln wir sie ab.«

Ayrin verstand zunächst nicht, was er meinte, dann sah sie, dass diese Häuser einen lang gezogenen Block bildeten. Die Leute unten würden einen weiten Umweg in Kauf nehmen müssen, um ihnen zu folgen. Sie hasteten weiter. Die Soldaten hatten nun auch die Querstraße erreicht, aber sie wagten den Sprung offenbar nicht, sondern suchten unter lauten Verwünschungen einen Weg hinunter. Ayrin stolperte hinter ihren Gefährten her. Nicht allzu weit entfernt ragten die Masten vieler Schiffe in den Himmel. Es konnten nur noch drei oder vier Querstraßen bis zum Hafen sein. Das Meer sah sie nicht, doch schon die Masten zogen sie magisch an.

Sie folgte den beiden anderen über weitere Dächer, bis sie auf ein langes Haus mit großem Innenhof trafen. »Das sieht aus wie ein Gasthaus«, rief der Lar und wies auf das Schild an der Hauswand, das einen schwarzen Schwan zeigte. »Schnell, durch die Luke dort. Bei den vielen Gästen fallen wir hoffentlich nicht auf.«

Sie fanden sich in einer Dachkammer voller Gerümpel wieder, und waren auch ohne Worte einig, dass sie erst einmal wieder zu Atem kommen mussten. Ayrin war erleichtert, als sie endlich wieder so etwas wie ebenen Boden unter den Füßen hatte. Ihr war bewusst, dass das nicht das Ende ihrer Flucht war. »Und jetzt?«, fragte sie, immer noch ganz außer Atem und mit den Händen auf den Knien. Unten im Gasthaus war der Streit zweier keifender Frauen zu hören. Das hatte wohl nichts mit ihnen zu tun.

»Erst einmal hinaus«, keuchte der Runenmeister und tupfte sich den Schweiß mit einem großen Tuch von der Stirn. »Dann auf Umwegen zurück zu den Wagen.«

»Ihr solltet den Mantel hierlassen. Dieses leuchtende Rot ist viel zu auffällig«, riet Ayrin.

»Hierlassen?« Der Lar schüttelte den Kopf. Gleichwohl zog er den Mantel aus. Er wendete ihn allerdings nur und schlüpfte wieder hinein. Nun war der Mantel schwarz mit roten Aufschlägen, und Ayrin staunte, denn er war offensichtlich eigens so geschnitten, dass er beidseitig getragen werden konnte.

»Ein Schneider in Gramgath hat den für mich gemacht«, sagte der Lar und strich zufrieden über den dunklen Stoff. »Es gibt Gelegenheiten, da kleidet man sich besser unauffällig.«

»Ihr seid wohl öfter auf der Flucht«, keuchte Baren.

Der Lar lächelte versonnen. »Bisher nur ein- oder zweimal vor wütenden Ehemännern. So etwas wie heute ist mir noch nie widerfahren.« Er straffte sich. »Ich schlage vor, dass wir gemeinsam dieses Haus verlassen, aber auf der Straße Abstand voneinander halten. Sie suchen nach einer Gruppe von dreien, einzeln werden wir kaum auffallen. Los jetzt.«

Ragne von Bial lag auf dem Bett und starrte an die Decke. Sie hasste die Herberge von Stunde zu Stunde mehr. Ihre Hexenschwestern und Magierbrüder, ebenso zur Untätigkeit verdammt wie sie selbst, stritten ohne Unterlass in den benachbarten Kammern, und der Lärm hinderte sie daran, zu schlafen. Und dann waren da noch die Manen, halbwilde Männer der Berge, die sich der Dunkelheit angedient hatten, weil sie Ruhm und Beute erwerben wollten. Ortol hatte zwei Dutzend als Helfer mit nach Iggebur gebracht. Im Augenblick sorgten sie allerdings nur für Schlägereien und Ärger.

All das verstärkte die Unrast, die Ragne ohnehin schon fühlte. Der Besuch beim Goldschmied war ein Schlag ins Wasser gewesen.

Nichts hatten sie erfahren und Meister Ortol, der Obere ihrer Gemeinschaft, kümmerte sich selbst um die Überwachung des Runenmeisters, sodass sie nichts zu tun hatten.

Jetzt trat Tsifer in ihre Kammer. Eine Ratte saß auf seiner Schulter. »Wo bist du gewesen?«, herrschte sie ihn an. »Hast du in den Abwasserkanälen neue Freundschaften geschlossen?«

»Freunde sind etwas Gutes, Ragne, solltest du auch einmal versuchen«, gab der Alb zurück. »Ich habe Neuigkeiten, aufregende Neuigkeiten sogar.«

Ragne setzte sich auf.

»Der Goldschmied hatte Besuch«, raunte Tsifer. »Du errätst nicht, von wem.«

»Die Zwillinge?«

»Mit einem Dritten, einem Meister der Runen, jedoch war es ein anderer als der, den sie Maberic nennen. Jünger ist er, saftiger.« Er leckte sich die Lippen.

»Deine Freunde haben das Haus überwacht? Warum bin ich nicht selbst darauf gekommen?«

»Weil du eine Hexe bist, ein Menschenweib, leicht zu entmutigen und wenig vorausschauend.«

»Was haben sie gewollt? Hatten sie den Ring?«

Der Alb antwortete zögernd: »Es ist schwer, das zu beantworten. Die Ratten verstehen nichts von solchen Dingen.«

Ragne erhob sich. »Was erzählst du mir da? Diese dummen Tiere müssen es nicht verstehen. Es reicht ja, wenn du, ihr Meister, die Worte empfängst. Was verheimlichst du mir, Tsifer?«

Der Alb starrte zu Boden, dann meinte er zähneknirschend: »Es ist etwas geschehen. In der Nacht. Er erwachte, der, dessen Träume ich belauschte, denn er litt wohl Schmerzen, als ich so tief grub. Sein Hals machte Bekanntschaft mit meinem Messer.«

Die Hexe trat wütend auf den Nachtalb zu. Sie war drauf und dran, ihm an die Gurgel zu gehen und hielt erst im letzten Augenblick inne. »Du hast ihn umgebracht?«

»Sollte ich ihn um Hilfe schreien lassen?«

»Und du hast ihn nicht etwa getötet, weil dir das Vergnügen bereitet?«

Er hob in entschuldigender Geste die Arme. »Ein bisschen von beidem, vielleicht.«

»Dummkopf!«, zischte sie. »Jetzt erfahren wir nie, was der Mann über die Zwillinge und ihre Mutter wusste.«

»Womöglich doch«, sagte der Alb und seine Augenbrauen zuckten. »Sie wurden gestellt. Die drei wurden gesehen, wie sie in die Werkstatt einbrachen. Und nun fliehen sie durch die Stadt, gesucht wegen Mordes.«

»Aber das ist noch schlimmer. Wenn man sie fängt, landen sie auf dem Richtblock!«

Der Blick des Albs verdüsterte sich, und langsam sagte er: »Dann wären alle Fragen und Rätsel mit einem Schlag gelöst, oder nicht? Ganz gleich, was die Götter oder die Helia mit den beiden vorhätten – ihr Schicksal wäre vollendet.«

Jetzt packte Ragne den Alb doch am Kragen. »Es sei denn, ich erzähle Meister Ortol und dem Than dieser Stadt, wer den Goldschmied wirklich ermordet hat.«

»Das wagst du nicht!«, zischte der Alb. »Du würdest deinen Hals damit ebenfalls dem Henker übergeben.«

»Oh, ich verstehe es, mich aus solchen Situationen herauszuwinden, mein Freund. Aber ein Alb, seiner falschen Menschenhaut beraubt, unter dem Beil des Scharfrichters? Das würde die ganze Stadt sehen wollen.«

»Verfluchte Hexe!«, zischte der Alb wieder und riss sich los.

Ragne drängte ihn in die Enge. »Wo sind sie? Sind sie schon verhaftet? Die Zwillinge dürfen nicht sterben! Glaubst du denn, der Runenmeister würde noch nach dem Drachentor suchen, wenn seinen Schützlingen der Tod droht? Sag mir, wo sie sind, Tsifer, oder beim schwarzen Gott der Unterwelt, ich werde dich Meister Ortol zum Fraß vorwerfen!«

Der Nachtalb duckte sich weg, sah sie von unten hasserfüllt an und rief dann: »Sie flohen über die Dächer, in unsere Richtung. Dabei verloren sie meine Ratten aus den Augen, denn Flügel haben sie nicht.«

»Sie sind in der Nähe? Dann, schnell!« Sie warf ihren Mantel über. »Wir müssen diese Menschen vor dem Henker bewahren, oder«, und jetzt huschte ein Lächeln über ihre Lippen, »noch besser, sie selbst in unsere Finger bekommen.«

Auf dem Dachboden hatte Thimins Plan, einzeln zu gehen, sich gar nicht schlecht angehört, aber jetzt, auf einer Straße voller Menschen, am helllichten Tag, fand Ayrin ihn lange nicht mehr so gut. Sie verlor Baren und den Runenmeister immer wieder aus den Augen, auch, weil der Lar viele Haken schlug. Er hatte etwas von Umwegen gesagt, doch das, was er da tat, schien ihr viel zu umständlich und auffällig. Meister Thimin ging zu schnell, sah sich zu oft um und bog zu oft in winzige Gassen ab. Das konnte auf Dauer nicht gut gehen.

Kaum hatte sie das gedacht, als plötzlich ein Trupp von vier Soldaten aus einer Nebenstraße auftauchte.

Der Lar wechselte die Straßenseite und bog schnell ab. Baren folgte ihm, bedeutend unauffälliger, aber die vier Soldaten schienen ebenfalls in diese Gasse zu wollen und gerieten so zwischen Ayrin und ihre Gefährten. Sie ging langsamer. Ihr Herz schlug bis zum Hals, aber sie zwang sich zur Ruhe. Sie erreichte die Ecke. Die Soldaten hatten es offenbar nicht eilig. Sie schlenderten eher, als zu marschieren, und dann blieben sie stehen, um eine Magd aufzuhalten, die wohl mit irgendwelchen Besorgungen unterwegs war. Sie machten ein paar anzügliche Bemerkungen und brachten das arme Mädchen damit arg in Verlegenheit.

Ayrin machte einen Schritt in die Gasse hinein. Einer der Soldaten erspähte sie und grinste. Eigentlich hätte sie den Männern gerne die Meinung zu ihrem Betragen gesagt, natürlich war das jetzt nicht möglich. Sie blieb stehen. Baren wartete weit hinter den Soldaten, am anderen Ende der Gasse.

Der Soldat runzelte die Stirn. Er rief seinen Kameraden etwas zu und plötzlich hefteten sich vier Augenpaare auf Ayrin, die auf dem Absatz kehrtmachte und mit gezwungener Ruhe wieder um die Ecke bog. Sie ging schneller. Hinter ihr rief einer der Soldaten, sie möge stehen bleiben, doch den Gefallen wollte sie ihm nicht tun. Sie raffte ihr langes Kleid und rannte.

Für einen winzigen Augenblick hoffte sie, die Soldaten würden ihr nicht nachsetzen, aber dann hörte sie das Stampfen der Stiefel und Klirren der Schuppenpanzer. Die Männer jagten ihr nach! Sie bog in die nächste Gasse ein, dann wieder um eine Ecke. Die Schritte kamen näher. Die Straßen waren belebt und viele Leute gafften sie an, aber Ayrin fiel auf, dass sie stumm blieben. Niemand sagte den Wachen, wohin sie lief. Daraus schöpfte sie Hoffnung. Die Männer in ihren schweren Rüstungen würden ihr nicht lange folgen können.

Sie schlug ein paar Haken und versteckte sich dann in einem unbeobachteten Augenblick hinter einigen Fässern. Die Soldaten tauchten auf, fragten im Rennen, ob jemand ein Mädchen gesehen habe, erhielten jedoch keine Antwort und hasteten fluchend weiter. Bald waren ihre Schritte verklungen.

Ayrin lauschte, bis sie sich halbwegs sicher fühlte. Erst dann verließ sie ihr Versteck. Sie hatte nicht die leiseste Ahnung, wohin es sie verschlagen hatte. Fest entschlossen, sich davon nicht entmutigen zu lassen, machte sie sich wieder auf den Weg. Sie hielt nach dem hohen Turm Ausschau, den ihr der Lar als Wegmarke für den Fall der Fälle genannt hatte, konnte ihn aber von der engen Gasse aus nicht erspähen. Sie bog in eine Querstraße ab und glaubte, diese wiederzuerkennen. War das nicht die Gasse vor der Herberge, in der sie sich versteckt hatten? Ja, da war das Schild mit dem schwarzen Schwan.

Gerade, als sie sich dessen sicher war, erstarrte sie. Vor ihr hasteten zwei Gestalten über das Pflaster, die sie nur allzu gut kannte: Ragne von Bial und ihr unheimlicher Diener. Der blieb jetzt stehen und hob die Nase, als wolle er Witterung aufnehmen.

Ayrin wartete nicht ab, ob er sie gerochen hatte. Sie drehte erneut um und bog mit gesenktem Kopf in eine weitere der unzähligen Gassen von Iggebur ein. Sie ging schnell und es kümmerte sie nicht mehr, ob sie auffiel. Die Gasse führte sie auf einen kleinen Markt, auf dem alle Sorten von Fisch feilgeboten wurden. Hatte der Alb sie bemerkt? Sie drehte sich um, ging langsam rückwärts, ohne die Gasse aus den Augen zu lassen. Da kamen zwei Schatten die Gasse hinunter – aber es waren nur zwei harmlose Iggeburer.

Ayrin atmete erleichtert auf.

Plötzlich packte sie eine Hand am Kragen und zog sie unsanft ein Stück zurück. »Nun, wenn das nicht unsere diebische Elster ist! Was meint Ihr, Grener Staak?«

Ayrin fuhr herum und starrte mit offenem Mund in das finstere Gesicht von Wachtmeister Hufting und die vom Alkohol verquollenen Züge des Ohms.

»Oh, das ist sie, die Diebin und Hexe, die mein schönes Silber durch Spinnenweben ersetzt hat! Ich muss Euch gratulieren, Ihr habt sie wahrhaftig aufgespürt, Hauptmann.«

Vollkommen verblüfft starrte Ayrin von einem zum anderen. Träumte sie? Wachte sie? War sie eben den Häschern des Großthans, einer Hexe und einem Nachtalb entronnen, nur um zwei Dummköpfen aus Halmat in die Arme zu laufen? Das konnte nicht wahr sein.

»Was macht Ihr denn hier?«, platzte sie endlich heraus.

»Ah! Sie fragt, was wir hier tun, Meister Staak! Nun, was meine Person betrifft, so möchte ich sagen, dass ich viele Meilen geritten bin, um in höchst amtlichem Auftrag einer Diebin das Handwerk zu legen.«

»Ich bin keine Diebin! Was, bei den Göttern, soll ich denn gestohlen haben?«

»Das Silber dieses ehrenwerten Gastwirtes, außerdem mein Herz und gewissermaßen zu guter Letzt auch Euch selbst, Fräulein Ayrin. Ihr wart in Schuldknechtschaft verpflichtet, und die Summe ist noch lange nicht abgetragen.«

»Das ist doch alles nicht wahr! Der Ohm hat viel Silber bekommen, als er uns aufnahm. Fragt ihn, was er damit gemacht hat!«

»Lügen«, knurrte Grener Staak.

»Das ist aber erst Punkt drei der Anklage. Punkt zwei ist eine persönliche Angelegenheit und kann später besprochen werden, Punkt eins kommt jedoch zuvorderst und ist bezogen auf das Silber, welches Ihr, vermutlich mittels Hexerei, durch wertloses Gewebe flüchtiger Art ersetzt und entwendet habt.«

»Aber das war die Hexe, Ragne von Bial! Sie ist auch hier. Und wenn Ihr mich nicht sofort loslasst, Wachtmeister, wird sie mich finden und umbringen.«

»Ah, nun werden Eure vorgebrachten Argumente durch hochgradige Lächerlichkeit bloßgestellt. Wie sollte die Hexe, die im Horntal gesucht wird, nach Iggebur gelangen?«

»Na, wie Ihr und ich, Dummkopf«, rief Ayrin verzweifelt. Sie versuchte, sich loszureißen, aber der Wachtmeister verfügte über erstaunlich viel Kraft in seinen Händen.

»Was geht denn hier vor?«, rief eine laute Stimme.

Sie gehörte einem von zwei Soldaten, die sich nun ihren Weg durch den kleinen Auflauf bahnten, der sich rund um Ayrin und die beiden Halmater gebildet hatte.

Der Wachtmeister salutierte. »Ah, welch willkommene Unterstützung! Ich habe die Ehre, Hauptmann Hufting, von der Wache in Halmat zu sein, und bin hier, um diese Diebin festzunehmen, die von ebendort stammt.«

»Eine Diebin, sagt Ihr?«

»Das ist alles nicht wahr, Ihr Herren!«, rief Ayrin flehentlich. »Der Wachtmeister ist nur gekränkt, weil ich sein albernes Werben nicht erhört habe, und dieser Mann dort hat das Geld unterschlagen, das bei mir gefunden wurde, als ich auf seiner Schwelle ausgesetzt worden bin.«

»Ich verstehe zwar nur die Hälfte, allerdings klingt mir das höchst verdächtig«, erwiderte der Soldat. »Wir werden Euch am besten auf die Wache bringen, um diese Geschichte zu ergründen. Oder habt Ihr Einwände, *Hauptmann*?« Der Soldat betonte das Wort derart spöttisch, dass ein paar der Umstehenden lachten. Ayrin war überhaupt nicht zum Lachen zumute. Sie hatte nicht vergessen, was Lar Thimin über die Gesetzeshüter der Stadt gesagt hatte, und wusste, dass sie in ernsten Schwierigkeiten steckte.

Die Soldaten nahmen sie in die Mitte, packten sie hart am Arm und führten sie durch Gassen, die Ayrin inzwischen bekannt vorkamen. Dann bogen sie in eine breite Straße ein, an deren Ende ein mächtiges Gebäude wartete. »Ist das das Schloss von Iggebur?«, fragte sie, und vergaß für einen Augenblick die Notlage, in der sie sich befand.

»Schloss, Festung und Kerker«, erwiderte einer der Soldaten. »Ratet, welchen Teil davon Ihr kennenlernen werdet.«

Ayrin sank der Mut. Das Gebäude, auf das sie zuhielten, erschien ihr immer seltsamer, je näher sie ihm kamen. In der Mitte des wuchtigen Bauwerks trugen hohe Säulen ein breites Dach, aus dem eine hohe Kuppel herausstach. Sie fand, das sah aus, wie der Eingang zu einem Tempel oder Palast aussehen musste. Doch rechts und links davon ragten schmucklose und gedrungene Türme in die Abenddämmerung. Sie wirkten abweisend und finster und überragten die Stadtmauer, die direkt hinter dem Schloss lag. Vor dem Palast breitete sich ein weiter Platz aus, der sie an den Übungsplatz von Burg Grünwart erinnerte. Auf einer Seite lagen klobige Baracken, und davor waren grobe Tische und Bänke aufgereiht. Soldaten lungerten dort herum, tranken und schienen sich die Zeit mit Würfelspielen zu vertreiben.

Die beiden Wachen führten Ayrin zu ihrem Leidwesen nicht zu den prachtvollen Säulen, sondern hielten sich halb links. Ein schwarzes Tor in einem der düsteren Türme verhieß nichts Gutes. Der Weg führte sie auch an den gelangweilten Soldaten vorüber.

Erste Pfiffe und Rufe ertönten. Einer rief etwas von einem guten, wenn auch etwas mageren Fang. Ayrin senkte beschämt den Blick. Plötzlich verstellte jemand dem kleinen Zug den Weg. »Wohin des Weges, Kameraden?«, fragte eine Stimme, die sie nur zu gut kannte. Sie blickte auf und wäre nun endgültig am liebsten im Boden versunken. Es war Leutnant Bo Tegan.

»Wüsste nicht, was Euch das angeht«, sagte einer der Soldaten.

»Eine Diebin ist sie, eine entsprungene Schuldmagd, und ich habe sie aufgespürt!«

»Hufting? Staak? Was wollt Ihr so weit von Halmat entfernt?«

»Diese Undankbare ihrer gerechten Strafe zuführen, Leutnant, das ist es, was wir wollen«, meinte der Ohm knurrend. »Und das ist, was Ihr nicht geschafft habt.«

»Ich fürchte, das kann ich nicht zulassen.« Der Leutnant wandte sich an die beiden Soldaten. »Hört, Freunde, ich kenne dieses Mädchen und weiß, dass sie keine Diebin ist.«

»Vielleicht kennt Ihr sie, aber ich kenne Euch nicht. Das alles soll der Oberst klären, oder der Richter, falls sie das Verhör überlebt.«

Bo Tegan legte seine Hand auf den Schwertknauf und reckte sich. »Ich bin Leutnant und befehle Euch, diese junge Frau freizulassen.«

»Leutnant mögt Ihr vielleicht sein, Mann, allerdings nicht in der Stadtwache von Iggebur. Also habt Ihr uns gar nichts zu befehlen. Und jetzt geht zur Seite, wenn Ihr nicht auch bald in Ketten liegen wollt!«

Tegans Hand krampfte sich um den Schwertgriff, aber Ayrin warf ihm einen warnenden Blick zu.

»Geht endlich aus dem Weg, Tegan«, zischte der Ohm und trat drohend auf ihn zu.

»Ich werde es dem Than von Grünwart melden, wenn Ihr Euch nicht zurückzieht!«, rief Hufting.

»Nun macht ihnen schon Platz, Leutnant«, bat Ayrin. »Bringt Euch meinetwegen nicht in Schwierigkeiten.«

»Aber ich muss doch etwas für Euch tun können. Ihr seid vieles, doch sicher keine Diebin, Ayrin Rabentochter.«

»Sagt es Meister Maberic. Ihr findet ihn auf dem Platz der Magier. Vielleicht kann er hier noch etwas unternehmen«, antwortete sie leise.

Der Leutnant trat langsam einen halben Schritt zur Seite. »Behandelt sie nur gut, rat ich Euch. Bleibt tapfer, Ayrin, ich werde vor Gericht für Euch bürgen.«

Die beiden Soldaten stießen Ayrin grob voran. Andere Soldaten kamen vom schwarzen Tor dazu. Sie hinderten Tegan daran, ihr weiter zu folgen, während der Ohm und der Wachtmeister als Ankläger mit in das Gefängnis hineindurften.

Die dunkle Pforte öffnete sich geräuschlos. Dahinter offenbarte sich Ayrin ein finsteres Loch. Sie wollte um keinen Preis der Welt auch nur einen Schritt weiter gehen, doch die Wachen schoben sie vorwärts, durch einen kahlen Gang, der nur von rußigen Fackeln erhellt wurde. Einer der Soldaten führte Ayrin durch eine Tür in einen grauen Raum, wo sie ein Hauptmann in Empfang nahm. Er saß an einem zu großen Schreibtisch und kratzte mit der Feder über ein Pergament. Er hob die Hand, zum Zeichen, dass er nicht gestört werden dürfe. Er schrieb noch einige Zeilen nieder, dann, endlich, legte er das Schreibwerkzeug zur Seite, lehnte sich in seinem Stuhl zurück und fragte: »Was haben wir denn da für ein Vögelchen gefangen?«

»Eine entflohene Schuldmagd und Diebin, Herr«, rief der Ohm.

»Und ich habe sie verhaftet!«, meldete Hufting stolz.

Einer der Soldaten trat an den Tisch und erstattete dem Hauptmann flüsternd Bericht. Der schickte ihn mit einem ebenfalls geflüsterten Befehl wieder hinaus und sah Ayrin nachdenklich an. »Sagt, wart Ihr heute zufällig in der Straße der Goldschmiede?«

»Ich bin fremd hier, Herr«, sagte Ayrin. »Ich kenne die Straßen dieser Stadt nicht.«

»Fremd also? Reist Ihr zufällig in Begleitung eines jungen Mannes in einem roten Mantel?«

Ayrin schüttelte den Kopf. »Ich reise mit Lar Maberic, dem Runenmeister. Zwar weiß ich nicht genau, wie viele Lenze er zählt, aber er ist gewiss nicht jung. Und einen roten Mantel besitzt er auch nicht. Ihr könnt meine Ankläger fragen, Herr.«

Auf den fragenden Blick des Hauptmanns räusperte sich Wachtmeister Hufting und erwiderte: »Jung ist er allerdings nicht mehr, der Meister. Und ich kenne ihn nur in einem Mantel, der vielleicht grün, vielleicht braun, auf jeden Fall aber alt und nahezu farblos ist.«

Der Hauptmann wirkte enttäuscht.

»Deswegen sind wir nicht hier, Hufting, Ihr Schwachkopf!«, rief der Ohm. »Eine Diebin, Hexe und ungetreue Schuldmagd ist sie, Herr! Bestohlen hat sie mich.«

»Wirklich? Das sind ernste Anschuldigungen.«

»Und sie sind nicht wahr!«, rief Ayrin. Dann erzählte sie von dem schweren Beutel, der übergeben wurde, als ihre Mutter sie dem Wirt anvertraut hatte, und von der Hexe Ragne, die mit falschem Silber bezahlt hatte.

»Kein Wort davon stimmt!«, rief der Ohm. »Eine Erzlügnerin ist sie nämlich auch, Herr. Sie hat diesem ehrbaren Kämpen an meiner Seite das Herz mit falschen Versprechungen gebrochen. Nun frage ich Euch, was macht man in Iggebur mit einer Schuldmagd, die ihrer Herrschaft davongelaufen ist?«

»Ich war nie eine solche Magd, Herr, auch wenn dieser Mann mich das hat viele Jahre glauben lassen. Fragt Leutnant Tegan, der vor diesem schrecklichen Gebäude auf meine Freilassung wartet.«

»Sie hat ihm den Kopf verdreht. Der dumme Junge würde alles für sie sagen. Dabei kennt er sie kaum«, rief der Ohm.

Der Hauptmann nickte nachdenklich. »Ihr habt ein ehrliches Gesicht, Ayrin Rabentochter, und ich würde Euch gerne glauben, allerdings muss ich Euch leider sagen, dass es an Euch ist, Eure Unschuld zu beweisen. Ich muss weiter feststellen, dass es bei der Zahl Eurer Zeugen bislang zwei zu eins gegen Euch steht, wenn es besagten Leutnant überhaupt gibt.«

»Meister Maberic wird für mich bürgen. Und mein Bruder, der mit ihm reist, gewiss auch. Sie werden bestätigen, was ich sage.«

»Ah, dann stünde es drei zu zwei für Euch, Jungfer Ayrin.«

»Halt!«, rief Hufting. »Sagt, Rabentochter, wurde Euer Bruder nicht von Meister Maberic freigekauft?«

»Ja, aber nur …«

»Da habt Ihr es. Das ist der schlagende Beweis. Wäre die Knechtschaft nicht gewesen, hätte der Meister auch nicht gezahlt!«

Ayrin musste zugeben, dass das Argument stichhaltig war. Seit wann hatte Hufting so kluge Einfälle? Sie hätte ihn erwürgen können.

Der Hauptmann nickte mit ernstem Blick. »Wenn dies vor dem Richter bestätigt wird, sehe ich schwarz für Euren Fall, und noch schwärzer für Euch, Ayrin Rabentochter. Eine entlaufene Magd wird in Iggebur meist mit dem Verlust einer Hand oder eines Fußes bestraft, oder wenn ihr Herr sie nicht zurücknehmen will, in eines der Hurenhäuser verkauft. Manchmal auch beides. Es kommt auf die Schwere des Verbrechens an.«

»Wo wurden diese Verbrechen denn begangen?«, fragte eine Stimme, die Ayrin bekannt vorkam. Sie drehte sich um. Da stand ein weiterer Soldat in der Tür, der Zier seiner Rüstung nach auch mindestens ein Hauptmann. Sie blinzelte. War das …? Nein, das konnte unmöglich sein.

Der Hauptmann war aufgestanden. »Über den Ort haben wir noch nicht gesprochen, Oberst.«

»Nun?« Der Oberst richtete die Frage an die beiden Ankläger.

»In Halmat war das, wo denn sonst. Wir kommen schließlich höchst selbstverständlich von dort«, erklärte Hufting und sah den Offizier unverhohlen misstrauisch an.

»Dieser Ort liegt im Horntal, nicht wahr?«

»Selbstverständlich, zumindest lag er noch da, als wir aufgebrochen sind, und ich nehme nicht an, dass es sich inzwischen auf Wanderschaft begeben hat«, sagte der Wachtmeister, gewohnt umständlich.

»Dann geht uns das nichts an, nicht wahr, Hauptmann? Das Gesetz von Halmat gilt in Iggebur nicht.«

»Aber sie ist eine Schuldmagd, und entflohen!«, rief Hufting.

»Das ist hier nicht von Belang, wie ich schon sagte«, erklärte der Oberst.

»Gibt es hier kein Gesetz?«, zischte der Ohm.

Der Oberst trat nah an ihn heran. »Das gibt es durchaus. Und wer einen Menschen ohne Grund verhaften lässt, der kann es kennenlernen.«

Der Ohm verfärbte sich, doch Hufting, der den Ernst der Lage noch nicht erfasst hatte, sagte störrisch: »Dann sind in Iggebur Diebstahl und Untreue erlaubt?«

Der Oberst wandte sich ihm zu und lächelte so freundlich, dass selbst Ayrin vor ihm Angst bekam. »Habt Ihr nicht gehört, was ich eben sagte?«

Der Wachtmeister schüttelte den Kopf und setzte zu einer erneuten Widerrede an, doch der Ohm packte ihn am Arm. »Nun kommt schon, Hufting. Hier kommen wir heute nicht zu unserem Recht. Das letzte Wort in dieser Sache ist noch nicht gesprochen, Ayrin!« Und damit zerrte er den begriffsstutzigen Wachtmeister aus der kahlen Stube.

Der Oberst gab dem Hauptmann einen Wink und der verließ die Kammer ebenfalls. Ayrin blieb mit ihrem Retter alleine zurück. »Ihr seid also nun Oberst«, begann sie. »Ihr seht ganz anders aus als der Gefangene, dem ich einen Schluck Wasser gab, Helwart vom Wind. Habt Ihr nicht gesagt, dass Euer Vater Euch hinrichten lassen würde, für all Eure Verbrechen?«

Der Oberst zuckte mit den Schultern. »Die Pest hat im Norden zwei meiner Brüder getötet. Und auch wenn ich nur ein Bastard bin, so hat mein Vater doch Angst, die Söhne könnten ihm ausgehen.« Seine Miene verdüsterte sich. »Ihr könnt Euch nicht vorstellen, wie sich das anfühlt, durch den Tod seiner Brüder gerettet zu werden.«

»Aber was ist mit den Verbrechen, die Ihr in den Graubergen begangen habt?«

»Wie ich es eben sagte –, sie werden in Iggebur nicht geahndet. Das ist, zugegeben, eine neue Auslegung des Rechtes, das ja sonst in allen Sturmlanden gilt. Mein Vater hat sich das ausgedacht, um meinen Kopf zu retten und dabei noch den Schein zu wahren. Dafür solltet Ihr ihm dankbar sein, denn das gab mir die Mittel an die Hand, auch Euch zu retten, Ayrin Rabentochter.«

Ein Soldat betrat die Kammer. Er flüsterte dem Oberst etwas zu. Der nickte, dann sagte er: »Und nun solltet Ihr mir sagen, was Ihr über den Mord in der Gasse der Goldschmiede wisst.«

Ayrin schluckte schwer. »Ich habe niemanden ermordet«, erwiderte sie vorsichtig.

»Das habe ich nicht gefragt. Eure ausweichende Antwort bestätigt mir aber, was ich ahnte. Ihr wart in jenem Haus. Leugnet es nicht, wir haben eine recht zutreffende Beschreibung der Verdächtigen.«

»Beschreibung?«

»Zwei Männer, eine junge Frau in ländlicher Kleidung, gerade gewachsen, hübsch ….«

Ayrin errötete wie ein kleines Mädchen und ärgerte sich gleich darüber. Der Oberst lächelte und fuhr fort: »Ich kann mir nicht vorstellen, dass Ihr eines Mordes fähig seid, Rabentochter, aber bei einer so ernsten Angelegenheit kann ich mich nicht auf mein Gefühl berufen, wenn es bei einem Richter zum Schwur kommt. Ihr wisst etwas, das sehe ich Euch an. Wen schützt Ihr? Lar Thimin vom Markt der Magier? Euren Bruder?«

Ayrin sah überrascht auf. Der Oberst war erstaunlich gut unterrichtet. »Auch diese beiden haben niemanden ermordet, Herr.«

Der Oberst seufzte und legte ihr eine Hand auf die Schulter. Er sah ihr in die Augen. »Nur heraus damit, Ihr könnt mir vertrauen. Oder wollt Ihr die beiden nicht entlasten?«

Ayrin hatte nicht vergessen, dass dieser Mann vor Kurzem noch ein Räuber gewesen war, und sie dachte an das, was Meister Maberic über diese Stadt und ihren Fürsten gesagt hatte. »Es ist nur«, begann sie zögernd, »dass es heißt, Euer Vater sei einen Pakt mit dem Herrn der Hexen eingegangen, Herr.«

Er runzelte die Stirn. »Eine Hexe hat das getan?«

Sie schüttelte den Kopf. »Der Begleiter einer Hexe namens Ragne von Bial. Er war mit ihr in Halmat. Meister Thimin sagt, er sei ein Nachtalb. Der Lar hat eine Rune gezeichnet, und die hat es enthüllt.«

Der Oberst richtete sich auf. »Ein Alb? In dieser Stadt? Seid Ihr sicher?« Er begann auf und ab zu gehen. »Das könnte alles ändern«, murmelte er. Dann wandte er sich wieder Ayrin zu. »Es ist wahr, dass mein Vater einen Vertrag mit der dunklen Macht des Nordens geschlossen hat. Obwohl er zwei Söhne an die Hexenpest verloren hat, hofft er immer noch, unsere Stadt durch diesen Vertrag vor weiterem Übel zu schützen. Der Pakt besagt allerdings nur, dass die Diener des Hexenfürsten in Iggebur wie andere Menschen auch behandelt werden. Wenn sie Verbrechen begehen, müssen sie dafür zahlen. So sollte es wenigstens sein. Sagt, wisst Ihr auch, warum dieser Alb den Goldschmied ermordet haben soll?«

Ayrin traute dem Oberst jedoch nicht weit genug, um ihm die ganze Geschichte zu erzählen. Also sagte sie, dass sie keine Ahnung habe.

»Und warum wart Ihr dort?« Jetzt ruhte der Blick des Offiziers schwer auf ihr.

Sie wich ihm aus. »Meine Mutter, die ich nie kennengelernt habe, hat mir einen Ring hinterlassen. Er soll von diesem Schmied stammen. Ich hatte Fragen.«

Der Oberst nickte nachdenklich. »Und immer noch verschweigt Ihr mir etwas, Ayrin Rabentochter. Dennoch will ich annehmen, dass es um Familienangelegenheiten geht, die mich derzeit nichts angehen. Das mag sich vielleicht ändern, wenn ich mehr über all das herausgefunden habe.«

»Werdet Ihr den Alb verhaften, Herr?«

Er seufzte. »Wir werden sehen, ob mein Vater das erlaubt. Euch benötige ich vorerst jedenfalls nicht mehr.« Er lächelte plötzlich. »Ihr solltet jetzt gehen, Rabentochter. Dies ist ein großes Gefängnis, und es gibt noch andere Gefangene, die meiner Aufmerksamkeit bedürfen.«

Er hatte den Satz noch nicht beendet, als es laut und fordernd an die Tür klopfte. Und bevor der Oberst »Herein« sagen konnte, flog die Pforte auf. Leutnant Tegan trat mit festem Schritt in die Kammer, eine Hand am Schwertgriff und verlangte: »Ihr müsst sie umgehend freilassen. Sie ist unschuldig und ich kann es beweisen. Wenn sie nämlich Schuldmagd gewesen wäre, wie es Grener Staak behauptet, müsste es doch eine Urkunde darüber geben. Aber ich wette, er hat nichts dergleichen vorlegen können!«

»Eine gefährliche Wette«, erwiderte der Oberst und wirkte amüsiert. »Doch sind wir gar nicht so weit gekommen, nach Dokumenten fragen zu müssen, denn der Fall hat sich auf andere Weise erledigt. Eure Freundin kann gehen.«

»Erledigt? Aber ...«, begann der Leutnant.

Ayrin packte ihn am Arm. »Nun kommt schon, bevor er es sich anders überlegt.« Dann rief sie dem Oberst ein »Ich danke Euch« zu und zog den Leutnant aus der Kammer.

»Was sollte das werden?«, fragte sie, während sie durch den Gang hasteten.

»Ich bin dabei, Euch hier herauszuholen.«

»Mit der Hand am Schwert? Wolltet Ihr dieses Gefängnis alleine stürmen?«

»Wie? Nein, natürlich nicht. Ihr habt es ja gehört. Ich hatte einen – wie nennt es der Than bei den Verhandlungen auf Burg Grünwart immer? –, Einwand –, ich hatte einen Einwand!«

»Und wenn das nicht gereicht hätte?«

»Hätte ich mir etwas anderes überlegt.«

»Ah, und dafür war das Schwert gedacht?«, spottete Ayrin. »Wie kann ein einzelner Mann nur so leichtsinnig und unüberlegt handeln?« Sie hatten den Ausgang erreicht. Ein Soldat ließ sie gähnend passieren.

Ayrin trat eilig hinaus, der Leutnant folgte ihr. »Ihr macht es einem nicht leicht, Ayrin Rabentochter.«

»Man hat mich ohne Euer Zutun freigelassen, Leutnant. Wie viel leichter wollt Ihr es denn haben?«

Er öffnete den Mund, fand aber offenbar keine passende Antwort.

Plötzlich versperrten zwei Männer Ayrin den Weg. »Da ist sie ja schon wieder«, zischte der Ohm.

Ayrin prallte einen Schritt zurück, der Leutnant schob sich zwischen sie und den zornbebenden Ohm. »Wie ich eben erfahren habe, wurde das Verfahren beendet. Ihr verschwindet also besser.« Wieder legte er die Hand an den Schwertgriff.

Grener Staak griff nach dem Messer in seinem Gürtel, aber Wachtmeister Hufting legte ihm die Hand auf den Arm. »Lasst nur, Meister Staak. Sie ist es nicht wert, für sie in den Kerker zu gehen.« Dann wandte er sich an Bo Tegan. »Ihr habt die Lage vermutlich nicht richtig erfasst, was mit Eurer Jugend vielleicht zu entschuldigen wäre, wenn dem nicht Euer Rang entgegenstünde. Erledigt ist dieser Fall nur, solange diese entflohene Magd in Iggebur weilt. Was, wie ich nebenbei ausführen muss, eine Auslegung unserer uralten Gesetze ist, die mir Tränen des Zorns in die Augen treibt. Und schon deshalb werde ich die Angelegenheit nicht auf sich beruhen lassen. Außerhalb der Mauern dieser ungastlichen Stadt sieht die Sache nämlich ganz anders aus, nicht wahr, Fräulein Ayrin? Und eines Tages wird sie die Stadt verlassen müssen.«

Der Leutnant ließ sich davon nicht beeindrucken. »Wir sind noch in Iggebur, wenn mich nicht alles täuscht. Geht uns also besser aus dem Weg, bevor mein Schwert Euch daran erinnert, wo Ihr seid.«

Der Ohm hatte immer noch die Hand an der Waffe, aber Hufting ließ seinen Arm nicht los. »Kommt, mein Freund, für heute ziehen wir uns zurück. Aber seid versichert, Ayrin Rabentochter, das war nicht das letzte Mal, dass wir uns in dieser Angelegenheit gesprochen haben!« Und damit zog er den widerstrebenden Ohm davon.

»Dieses Mal hättet Ihr Euer Schwert ruhig ziehen können«, meinte Ayrin seufzend. Das Hochgefühl, das sie nach ihrer unerwarteten Befreiung beflügelt hatte, war wie weggeblasen.

»Ich bin kein Mitglied der hiesigen Wache, da ist es besser, die Klinge stecken zu lassen. Ich will schließlich nicht im Kerker enden.«

»In dem, den Ihr eben noch stürmen wolltet?«

Er verdrehte die Augen. »Aber ich wollte ihn gar nicht …«

Sie legte ihm ihre Rechte auf den Arm. »Schon gut, Botaric. Ich muss Euch danken. Jetzt habt Ihr mich wirklich gerettet.«

»Fürs Erste«, brummte der Leutnant. »Was meinte er damit, dass die Sache nur in Iggebur entschieden sei?«

Ayrin erklärte es ihm kurz.

»Dieser Helwart ist ganz schön durchtrieben«, sagte Bo Tegan in anerkennendem Tonfall, »aber das ist bei einem Halsabschneider und Räuber wohl auch nicht anders zu erwarten. Jedenfalls scheint mir, dass Euer Problem damit nicht gelöst, sondern nur vertagt wurde. Die beiden hecken sicher irgendetwas aus.«

»Seid Ihr immer noch hier?«, fragte eine Stimme von den Stufen vor dem Gefängnis. Es war der Oberst.

»Wir wurden aufgehalten«, erwiderte Tegan verdrossen.

Helwart vom Wind lächelte. »Seid Ihr sehr enttäuscht, mich nicht hängen zu sehen, Leutnant?«

»Was der Frühling nicht schafft, mag der Sommer vollbringen, wie man im Horntal sagt.«

»Wollt Ihr so lange in Iggebur bleiben?«, fragte der Oberst spöttisch.

»Gewiss nicht. Wir warten nur auf die wichtigen Briefe, die Euer Vater uns für unseren Than mitgeben will. Er scheint sich mit dem Verfassen derselben jedoch Zeit zu lassen.«

»Ich werde ihn bitten, sich zu beeilen, und ich werde Euch nicht vermissen, Leutnant. Was aber Eure weitaus angenehmere Begleiterin angeht, so wäre es mir wohler, jemand geleitete sie zum Markt der Magier. Wir wollen schließlich nicht, dass Ihr auf dem Weg dorthin etwas zustößt.«

»Ich nehme von Euch keine Befehle entgegen«, sagte Bo Tegan scharf, dann, nach kurzem Seitenblick auf die empörte Ayrin, erklärte er: »Ich hatte allerdings ohnehin vor, ihr meinen Schutz anzubieten. Eine Stadt, in der es ein Galgenvogel zum Oberst bringen kann, scheint mir sehr gefährlich.«

»Vor allem für jene, die reden, ohne nachzudenken«, gab Helwart vom Wind zurück. Dann nickte er Ayrin zu, tippte sich als Abschiedsgruß an den Helm und kehrte ins Gefängnis zurück.

»Es ist schwer zu verdauen, dass dieser Mörder und Dieb für all seine Untaten noch belohnt wird«, zürnte der Leutnant, nachdem sich die Pforte hinter dem Oberst geschlossen hatte.

»Ich weiß nicht viel über seine Untaten, Leutnant, doch bin ich ihm Dank schuldig. Wäre er nicht gewesen, würde ich lange in diesem Gefängnis sitzen müssen – oder Schlimmeres.«

»Ein Grund mehr, diesen Ort schnellstmöglich hinter sich zu lassen. Es macht mich krank, wenn ich die Kerkermauern sehe und daran denke, wer hier den Befehl führt.« Er seufzte und dann fragte er: »Es ist Euch, so hoffe ich, recht, wenn ich Euch zu Meister Maberic geleite?«

»Sehr gerne, ich meine, ausnahmsweise. Aber bildet Euch nur nichts darauf ein.«

»Das würde ich niemals wagen«, gab der Leutnant mit einem Lächeln zurück.

Im Grunde ihres Herzens war Ayrin heilfroh, dass sie einen Begleiter hatte. Es war dunkel und die Stadt schien ihr feindselig und voller gefährlicher Schatten. Sie hatte auch nicht vergessen, dass sich die Hexe Ragne und ihr unheimlicher Begleiter in der Stadt herumtrieben. »Kennt Ihr denn den Weg zum Markt der Magier, Leutnant?«

»Das nicht, aber ich traue mir zu, ihn zu erfragen.« Tegan bot Ayrin seinen Arm an, aber sie behauptete, dass sie gut alleine gehen könne.

Zunächst war Meister Maberic besorgt gewesen, als er zum magischen Markt zurückkehrte und beide Wagen verlassen vorfand. Er hatte den Hellseher gefragt, der gerade gelangweilt vor seinem Verschlag gestanden hatte, ob er wisse, wo sein Neffe und die Zwillinge seien. Der hatte für die Auskunft allerdings einen Obolus verlangt, und dafür war Meister Maberic zu geizig. »Sie werden sich schon wieder finden«, hatte er gebrummt und sich um seine Bücher gekümmert.

Nach einer Weile hatte er es sogar recht angenehm gefunden, wieder einmal ungestört arbeiten zu können. Er hatte fast vergessen, dass er die Ruhe geliebt hatte, so sehr hatte er sich schon an die ständige Anwesenheit der Zwillinge gewöhnt. Dann aber war die Zeit vorangeschritten, ohne dass er von ihnen hörte, und bald hatte er sich ernsthaft Sorgen gemacht.

Nun war es schon Abend. Immer noch war es ruhig, zu ruhig, wie der Meister inzwischen dachte. Die Bücher, auf die er sich gefreut hatte, lagen unbeachtet auf dem Tisch und er saß vor dem Wagen am Feuer und fragte sich, was geschehen sein mochte.

Dann, endlich, hörte er eine vertraute Stimme rufen, und als er aufblickte, sah er Ayrin mit einem Begleiter. Er sprang auf und ging ihr entgegen. Ohne viel auf den Leutnant an ihrer Seite zu achten, rief er: »Wo, bei der Henkersrune, warst du? Und wo sind dein Bruder und mein Neffe? Hat Thimin euch in Schwierigkeiten gebracht? Die Götter mögen ihm gnädig sein, wenn dieser Narr ...«

Das Mädchen unterbrach ihn. »Sie sind noch nicht zurück?«

Erst jetzt fiel dem Meister auf, wie blass sie aussah. Und schon sprudelte die ganze Geschichte aus ihr heraus: die Sache mit dem Ring, dem Goldschmied, der Rune, dem Alb, dem Ohm und dem Gefängnis. Sie sprach schnell und in knappen Worten und er konnte ihr ansehen, wie besorgt sie um ihren Bruder und Thimin war.

Der Leutnant, Maberic hatte ihn gleich wiedererkannt, stand einfach da, und schien gelegentlich etwas einwerfen zu wollen, kam aber nicht zu Wort.

»Ein Alb hat also seine Finger im Spiel. Das ist besorgniserregend«, sagte Maberic, als Ayrin zum Schluss ihrer Geschichte gekommen war.

»Und Ihr habt nichts von meinem Bruder gehört? Auch nicht von Eurem Neffen?«

Er schüttelte den Kopf. »Mach dir keine Sorgen. Die beiden sind findig und verstehen es, auf sich aufzupassen.«

»Gibt es keine Rune, mit der wir sie finden können? Vielleicht mit jener Nadel, die Lar Thimin …«

Der Meister unterbrach sie. »Es ist zu früh, um auf Magie zurückzugreifen. Beruhige dich erst einmal, Ayrin. Du wirst sehen, sie stehen bald gesund und munter vor uns.«

»Woher wollt Ihr das wissen?«, fuhr sie ihn an.

Er hob die Augenbrauen. »Ich würde es spüren, wenn es anders wäre«, behauptete er. Dann wandte er sich an den Leutnant. »Ich möchte Euch danken, dass Ihr Ayrin hergeleitet habt, auch wenn ich nicht ganz verstehe, welche Rolle Ihr in dieser Geschichte spielt.«

»Oh, ich war nur zufällig vor Ort und wollte sie nicht ohne Schutz durch diese Stadt gehen lassen.«

»Zufällig, wie?«, sagte der Meister. Er betrachtete den jungen Mann und dann seine Schülerin. Sie war krank vor Sorge um ihren Bruder, doch wenn ihr Blick den Leutnant streifte, flackerte kurz etwas anderes auf.

Endlich begriff er, dass das Mädchen in den jungen Mann verliebt war, und, weitaus schlimmer, sie gestand es sich nicht ein. Meister Maberic kratzte sich am grauen Bart. Es war lange her, dass er sich mit dieser Art Gefühle auseinandergesetzt hatte. »Dafür gibt es keine Runen«, murmelte er.

»Wofür?«, fragte Ayrin.

»Ach, nichts. Sei so gut und suche in meiner Kammer ein Buch für mich heraus. Es mag uns in dieser Lage von Nutzen sein. Es heißt

Jotuna und handelt von den Riesen, die einst in den gleichnamigen Hügeln vor Iggebur gehaust haben.

»Jetzt?«

»Ja, jetzt. Oder willst du einfach nur herumstehen und Däumchen drehen, bis dein Bruder sich meldet?«

Sie warf ihm einen seltsamen Blick zu, aber dann verschwand sie im Inneren des Wagens. Damit, so hoffte der Meister, würde sie eine Weile beschäftigt sein.

»Sie hätte sich wenigstens verabschieden können«, brummte der Leutnant.

»Oh, sie geht wohl davon aus, dass Ihr uns noch eine Weile Gesellschaft leistet, Leutnant.«

»Gesellschaft?«

Der Meister seufzte. Ayrin war es vermutlich nicht gewohnt, sich dem Gefühl von Zuneigung zu stellen, deshalb war sie so kratzbürstig, wenn sie dem jungen Mann begegnete. Der Leutnant hingegen war wohl einfach nur ein Idiot, wie so viele Männer, und ein bisschen eingebildet war er auch. Lar Maberic konnte sich gut vorstellen, dass die Frauen bei seinem hübschen Lächeln und seinen blonden Locken schwach wurden, aber er war vielleicht nicht ganz so unwiderstehlich, wie er dachte. Maberic fragte sich, ob diese Sache ihn überhaupt etwas anging. Vermutlich war es klüger, sich da herauszuhalten. Andererseits ließ der Ruf der Runen, der Ayrin ereilt hatte, keinen Platz für Liebeleien, denn die brachten nur Ablenkung und Scherereien. Und falls es sich gar nicht verhindern ließ, dann hatte sie auf jeden Fall etwas Besseres verdient als diesen blonden Schönling. Maberic vom Hagedorn wusste, was er zu tun hatte. »Es ist Euch hoffentlich bewusst, dass Ihr sie nicht haben könnt.«

»Wen? Ayrin? Wie kommt Ihr darauf, dass ich sie haben wollte?«

»Ihr taucht ziemlich oft ziemlich zufällig in ihrer Nähe auf.«

»Lieber kämpfte ich gegen einen Drachen, als meine Klinge Tag für Tag mit ihrer spitzen Zunge zu kreuzen.«

»Oh, da bin ich erleichtert. Es würde ohnehin nur Kummer und Schmerz bedeuten.«

»Aber ich …, was meintet Ihr eben, als Ihr sagtet, dass ich sie nicht haben könne?«

»Sie folgt dem Weg der Runen. Das bedeutet Entsagungen, Leutnant, gerade in Herzensdingen. Es wäre besser, Ihr würdet das respektieren und nicht mit ihren Gefühlen spielen. Macht es Ihr nicht noch schwerer, als es schon für sie ist. Das heißt, nehmt Eure Locken und Euer gewinnendes Lächeln und brecht andernorts Herzen. Doch, was sage ich, wie ich ja eben hörte, war meine Sorge ohnehin unbegründet.«

»Entsagung?« Der Leutnant verschränkte die Arme vor der Brust. »Ist das ein Gesetz Eurer merkwürdigen Bruderschaft?«

»Nein, eigentlich nicht, eher etwas, was uns nach und nach widerfährt. Die Runen geben viel, aber sie verlangen auch viel. Bald wird Ayrin die Liebe zu ihnen über alles andere stellen.«

»Erstens sollte sie ja wohl selbst entscheiden, was sie wo hinstellt, zweitens kann ich Euch beruhigen. Sie zeigt nicht das leiseste Anzeichen von Zuneigung, und glaubt mir, ich habe schon so manches Zeichen gesehen.«

»Wirklich? Was Ayrin betrifft, scheint Ihr blind zu sein. Was glaubt Ihr denn, warum sie Euch so gerne Widerworte gibt? Sie will die aufkeimenden Gefühle in ihrem Herzen nicht zulassen.«

»Gefühle?«

»Mit denen Ihr wohl nur zu gerne herumspielen würdet. Aber sie ist keine dieser einfältigen Mägde, mit denen Ihr Euch sonst ins Heu zu legen pflegt.«

»Heu? Wie? Nein, ich meine, Ihr meint, sie empfindet etwas für mich? Etwas anderes als ... Verachtung?«

Der Meister sah den Leutnant überrascht an. Warum hatte er ihr geholfen, wenn er sie nicht verführen wollte? Hatte er den jungen Mann etwa falsch eingeschätzt? Nun, darauf kam es nicht an. Ayrin konnte Ablenkung jetzt nicht gebrauchen. Maberic räusperte sich. »Nein, Ihr habt ganz recht. Ihr versteht ohne Frage mehr von den Frauen als ich. Ich habe mich geirrt. Verachtung, das ist es, was sie für Euch empfindet. Besser, Ihr vergesst, was ich gesagt habe. Nun solltet Ihr zu Eurer Einheit zurückkehren, bevor Ihr Euch Ärger einhandelt.«

Der Leutnant schüttelte den Kopf. »Wenn ein Alb und eine Hexe Ayrin verfolgen, werde ich sie nicht alleine lassen.«

»Macht Euch keine Sorgen, der Wagen ist durch Runen geschützt. Kein Anhänger des Schwarzen Paktes könnte ihn betreten.«

»Und wenn sie einen gewöhnlichen Menschen dafür anheuern? Und was ist mit dem Wirt und Hufting? Nein, ich werde Ayrin nicht von der Seite weichen, ganz gleich, was Ihr sagt, Runenmeister.«

Der Lar blinzelte überrascht. Der junge Mann war hartnäckiger, als er gedacht hatte. »Werdet Ihr nicht? Schön, dann achtet darauf, dass dieses Feuer nicht ausgeht, während ich Ayrin drinnen suchen helfe.«

»Aber ...«

»Es wird nicht lange dauern, junger Mann. Und Ihr könnt die Zeit nutzen, sie Euch aus dem Kopf zu schlagen. Das ist ganz leicht, denkt einfach nicht an sie!« Er klopfte dem Leutnant väterlich auf die Schulter, nahm das Buch über die Jotuna aus seiner weiten Manteltasche und ging in den Wagen. Drinnen legte er es unauffällig unter die Treppenleiter zu seiner Kammer. »Hast du es gefunden, Ayrin?«, rief er hinauf.

»Nein, Meister. Welche Farbe hat es denn? Vielleicht finde ich es dann.«

»Der Einband ist rot, wenn ich mich nicht irre.« Und wenn er sich doch irrte? Ayrin empfand etwas für den Leutnant, das war nicht zu übersehen. Vielleicht fühlte sie sich aber wirklich abgestoßen, der Mann hatte schließlich versucht, ihren Bruder anzuwerben. Er hatte aus ihrer Erzählung von diesem kleinen Ereignis deutlich herausgehört, wie aufgebracht sie deswegen gewesen war. War sie es noch? Das wollte er herausfinden. Er steckte den Kopf in die Kammer. »Hast du dich eigentlich bei dem Leutnant bedankt?«, fragte er vorsichtig.

»Glaube schon«, murmelte sie geistesabwesend.

»Es war freundlich von ihm, dass er dich zurückbegleitet hat.«

»Mag sein.« Sie ließ ihren Blick über die Regale schweifen, nahm ein rot eingebundenes Buch heraus, aber es war nicht das, das sie suchen sollte.

»Es ist möglich, dass er sich damit Ärger einhandelt. Er hat gewiss andere Befehle.«

Endlich hielt sie inne. »Er sagte nichts von Befehlen oder Ärger, Meister.«

»Natürlich nicht. Ich nehme an, er hat Absichten, die ihm wichtiger sind.«

»Absichten?«

»Er ist ein Soldat, viel unterwegs, ungebunden. Und die haben ja einen gewissen Ruf, auch in Halmat, nehme ich an.«

Sie runzelte die Stirn. »Ich kenne sie aus dem *Blauen Drachen* und weiß, dass es ihnen nach zwei Krügen Bier schwerfällt, die Finger von unverheirateten Frauen zu lassen, und oft auch von jenen, die nicht ledig sind. Aber das Verwegenste, was Bo Tegan unterwegs gewagt hat, war, mir seinen Arm anzubieten.«

»Dann bin ich beruhigt. Und auch keine schönen Worte?« Meister Maberic musste tief in seinem Gedächtnis graben, um sich zu erinnern, wie er versucht hatte, die Herzen junger Frauen zu gewinnen. »Keine albernen Vergleiche mit sanften Hügeln und fruchtbaren Tälern? Nichts davon, dass er in Leidenschaft brennt, sein Herz in Flammen steht?«

Seine Schülerin starrte ihn mit offenkundiger Skepsis an. »Ich hätte ihm vermutlich einen Eimer Wasser angeboten, um diesen ungesunden Brand zu löschen, aber er hat nichts derart Albernes gesagt oder auch nur angedeutet.« Sie hielt immer noch das rote Buch in der Hand, das sie eigentlich längst ins Regal hätte zurückstellen können. »Hat er etwa Euch gegenüber …«

»Nein, nein«, unterbrach sie Meister Maberic, »nichts dergleichen! Ich habe da wohl nur seine Blicke falsch gedeutet.« Er war beruhigt. Offenbar hatte er die Spannung, die unübersehbar zwischen diesen beiden jungen Menschen herrschte, falsch gedeutet. Er seufzte. »Es ist auch besser so, denn als dein Lehrer könnte ich so etwas natürlich nicht gutheißen.«

Endlich stellte Ayrin das Buch zurück auf seinen Platz. »Was meint Ihr?«

»Dass du dich ablenken lässt. Die Runen sind zu wichtig, um sie für eine belanglose Liebelei zu vernachlässigen.«

Jetzt verengten sich ihre Augen. »Belanglos?«

»Denke an die Aufgaben, die vor uns liegen! Ich war besorgt, der Leutnant könnte dich auf dumme Gedanken bringen, und bin erleichtert, dass da gar nichts ist, weswegen ich mir Sorgen machen müsste.«

Jetzt begannen ihre Augen zu funkeln. »Ist es verboten?«

»Bitte?«

»Ist es Runenmeistern oder ihren Schülern verboten, sich zu verlieben?«

»Nun, nicht ausdrücklich, aber ….«

»Dann werde ich selbst entscheiden, wen oder was ich vernachlässige oder nicht vernachlässige, Meister Maberic!«

Er hob begütigend die Hand. »Ja, ja. Ich bin nur erleichtert, dass es nicht dieser Soldat ist.« Dann kratzte er sich am Kopf. Hatte er gerade das Gegenteil von dem gesagt, was er hatte sagen wollen?

»Der Leutnant ist ein ehrenwerter Mann. Er hat mich immerhin hierher geleitet, und das, obwohl ihn das in ernste Schwierigkeiten bringen kann.«

Meister Maberic erkannte jetzt, dass er besser den Mund gehalten hätte. Er musste dieses Gespräch beenden, bevor er weiteren Schaden anrichtete. »Oh, was sehe ich? Dort unten liegt ja das Buch, das wir so verzweifelt suchen. Es muss mir vorhin heruntergefallen sein.« Meister Maberic hob es auf und stand verlegen auf der Treppenleiter. Ayrin schob sich an ihm vorbei und sandte ihm dabei einen wütenden Blick. Sie ging nach draußen, um Holz auf das Feuer zu legen. Durch das Fenster konnte der Meister erkennen, dass sie sich kurz entschlossen dicht neben den Leutnant setzte. Sie nickten einander zu – und starrten dann schweigend in die Flammen.

»Das habe ich ja großartig hingekriegt.« Maberic vom Hagedorn seufzte noch einmal. Dann eilte er hinaus und setzte sich zwischen die beiden, um Schlimmeres zu verhindern.

Das Geheimnis

Der Tempel des Totengottes wirkte auch bei ihrem zweiten Besuch nicht einladender auf Ragne als beim ersten Mal. Der Wind zog durch den Kreis der Findlinge hinein und ließ sie frösteln, und die düstere Kuppel lastete auf ihrem Gemüt. Oder war es das, weswegen Meister Ortol sie herbefohlen hatte? Der Obere ihrer Gemeinschaft kniete an der verborgenen Treppe, die in das ihr verschlossene Untergeschoss des Tempels führte, und schien mit einem Ritual beschäftigt, dessen Sinn Ragne nicht verstand.

»Er spricht mit dem dunklen Fürsten«, meinte Tsifer, der neben ihr auf dem Boden hockte.

»Woher willst du das wissen? Und wie sollte das gehen? Fliegen seine Spatzen jetzt unter der Erde?«

»Weder durch Sperlinge noch Ratten, noch mit Spinnengewebe flüstert er. Aber dennoch ... Sieh, wie ehrerbietig seine Haltung ist. Er spricht mit ihm.«

»Meinetwegen«, murmelte Ragne und ging auf und ab, um die durchfrorenen Glieder zu wärmen. Der Wind führte vom Hafen den Geruch von Fisch heran, den Ragne inzwischen von Herzen verabscheute. Sie stellte sich schließlich an das Kohlebecken und wärmte die Hände an der Glut.

Meister Ortol stand plötzlich auf der anderen Seite des Beckens. Wie war er so schnell dort hingelangt? Er betrachtete sie schweigend, dann wanderte sein Blick hinüber zu Tsifer. Geringschätzung lag in seinen Zügen.

»Ich grüße Euch, Meister«, begann Ragne vorsichtig.

»Habe ich Euch nicht ermahnt, nicht aufzufallen? Und ist ein Mord nicht das Gegenteil von dem, was ich verlangte?«

»Niemand hat uns gesehen, Meister«, verteidigte sich Ragne.

»Wenn es nur so wäre!«, zischte der. »Die Wachen reden davon, dass ein Alb dem Goldschmied die Kehle durchgeschnitten haben soll. Und es ist Euer Glück, dass sie noch zwei andere Verdächtige in ihrem Kerker sitzen haben. Das wird sie hoffentlich eine Weile beschäftigen. Trotzdem denke ich ernsthaft darüber nach, Euch und Euren Diener auszuliefern, Ragne. Dann könntet ihr gemeinsam mit diesem Lar und seinem Schüler hängen. Aber wenn Ihr Euch fortan zusammenreißt, begnüge ich mich vielleicht damit, ihnen diese Abscheulichkeit zum Fraß vorzuwerfen.« Er vollführte eine abwertende Handbewegung in Richtung des Nachtalbs.

Bevor Ragne antworten konnte, geschah etwas Bemerkenswertes: Tsifer richtete sich auf. Immer hatte sie ihn nur halb kauernd, mit krummem Rücken und hängenden Schultern gesehen, doch nun streckte er sich und trat an Meister Ortol heran. Er schien gewachsen zu sein, überragte den Zauberer um einen halben Kopf und sah mit dunklen Augen auf ihn herab. »Vergiss nicht, mit wem du redest, Mensch! Ich bin Tsifer von Almar, Prinz der Ratten und Fürst der Träume. Seit tausend Jahren wandele ich nun schon durch diese Welten. Nur dem dunklen Fürsten gebe ich Rechenschaft, und er schuldet mir ewigen Dank. Er wird es nicht vergessen haben. Du kannst ihn fragen und er wird dir bestätigen, was ich jetzt sage, Zauberer –, du hast keine Macht über mich!«

Ragne starrte ihn mit offenem Munde an, der Meister fuhr zurück. Ein bleiches Leuchten schien vom Alb auszugehen.

»Ich, ich … das war nur ein Scherz«, stotterte Ortol.

Der Nachtalb schien auf einmal zu schrumpfen und war wieder

nur der mürrische, krumme Tsifer. »Das will ich hoffen, um deinetwillen, Mensch.«

Ragne war tief beeindruckt. Sie brauchte einen Moment, um sich zu sammeln, dann sagte sie: »Weder wir noch diese beiden Gefangenen sollten hängen, Meister. Sie müssen uns den Weg weisen.«

Meister Ortols Augen hingen immer noch schreckgeweitet an der Gestalt des Albs, der jetzt, scheinbar teilnahmslos, am Kohlebecken hockte und ins Nichts starrte. »Wie? Ja, die beiden, ich meine, nein, sie werden nicht gebraucht. Es ist ein anderer Lar, nicht jener, der für uns das Drachenportal finden soll.«

»Das ist mir bekannt, Herr, doch wird Meister Maberic die Stadt nicht verlassen, solange dieser Lar eingesperrt ist. Sie sind verwandt. Haben Euch das die Spatzen nicht erzählt? Und seine Schülerin wird ihren Bruder erst recht nicht im Stich lassen.«

»Sie brauchen den Drachenstaub, oder nicht?«, fragte Ortol.

»Gewiss, aber muss es Staub von diesem Tor sein? Sie sind in der Lage, andere Portale zu finden, Herr, im Gegensatz zu uns. Und sie opfern ihresgleichen nicht so leichthin, wie wir es tun.«

»Die beiden Männer sollten als Sündenböcke für Eure Dummheiten dienen. Wollt Ihr etwa, dass sie freigelassen werden? Wollt Ihr ihren Platz einnehmen?«

»Ich will sie befragen, Herr. Vielleicht gelingt es mir, herauszufinden, wie sie das Drachentor finden wollen. Falls nicht, lassen wir sie frei und verfolgen sie, so wie ursprünglich geplant. Am besten, Ihr geht gleich zum Großthan und erwirkt eine Erlaubnis für beide Fälle.«

»Der Großthan ist seit der Sache mit dem Goldschmied nicht gut auf uns zu sprechen. Jetzt derart große Gefallen einzufordern, könnte unser Bündnis überfordern. Er fürchtet die Alben und ihre finstere Macht und will sie nicht in seiner Stadt haben.«

Tsifer meldete sich wieder zu Wort. »Du wirst einen Weg finden, ihn zu überzeugen, Zauberer. Wenn er sich nicht fügen will, sage ihm, dass meine Ratten nur darauf warten, die Pest in seinen Palast zu schleppen.«

Der Meister sah aus, als wolle er Widerworte geben, doch dann murmelte er nur einen Fluch, drehte sich um und verschwand.

Ragne sah ihm nach, bis der Umriss jenseits des Findlingskreises in der Nacht verschwunden war. Dann wärmte sie die Hände wieder am Kohlenfeuer. »Das war beeindruckend, Tsifer.«

Der Alb gab keine Antwort.

»Seit Wochen mache ich dir das Leben schwer, aber nie hast du mich so angefahren, wie eben unseren Meister.«

»Er ist dein Meister, nicht meiner, Hexe.«

»Dennoch – warum hast du dir all meine Unverschämtheiten gefallen lassen, wo derart viel Macht in dir wohnt?«

»Ich habe meine Gründe. Einer ist, dass es mich nach all den Jahrhunderten nicht mehr kümmert, wenn sich ein kurzlebiges Menschlein an mir zu reiben versucht.«

»Was sind die anderen Gründe?«

Der Alb hockte auf dem Boden. Jetzt blickte er zu ihr auf. »Es ist wegen dem, was geschehen ist, sowie dem, was noch geschehen wird.«

»Was soll das bedeuten?«

»Dass es besser ist, wenn du es nicht weißt, Hexe.« Er legte den Kopf in den Nacken und lachte meckernd und so laut, dass es noch lange in der Kuppel nachhallte.

Es ging schon auf Mitternacht zu, als Ragne den Kerker der Stadt betrat. Ein offenkundig schlecht gelaunter Hauptmann begrüßte sie und führte sie hinab in die Katakomben. Der Weg endete in einem kurzen Gang mit vier schweren Gittertüren. »Wenn es nach mir ginge, würde ich Euch gleich dazusperren«, brummte er. »Ich weiß nämlich sehr wohl, was Ihr seid.«

Sie schenkte ihm ein Lächeln zur Antwort und bat ihn, alleine mit den Gefangenen sprechen zu dürfen.

»Diesen Wunsch werde ich Euch nicht erfüllen, Hexe.«

Sie trat nah an den Hauptmann heran, legte ihm die Hand auf die gepanzerte Brust und sagte mit langsamem Augenaufschlag: »Auch nicht, wenn ich Euch sage, dass Ihr mich damit zu tiefer Dankbarkeit verpflichtet?« Sie zerrieb mit den Fingerkuppen etwas Schwarzschwefel auf der Rüstung, um die Wirkung des Zaubers zu verstärken. Der Hauptmann stutzte, schüttelte erst den Kopf, nickte dann verwirrt, drehte um und verließ den kurzen Gang. Er bemerkte die kleine Springspinne nicht, die über seine Schulter kroch.

Ragne trat an die vergitterte Tür. Die beiden Insassen waren in der Dunkelheit kaum zu erahnen. »Ich hoffe, Ihr habt es nicht allzu unbequem?«

»Vorsicht, Meister Thimin, das ist die Hexe, von der ich erzählt habe.«

»Und Ihr seid der junge Mann, den ich in Halmat so großzügig mit Trinkgeld bedachte, nicht wahr?«

»Falschgeld, solltet Ihr sagen, Hexe. Belogen und betrogen habt Ihr mich!«

In den Schatten rührte sich etwas und ein Mann in langem Mantel trat näher an das Gitter heran. »Lasst nicht zu, dass sie Euch berührt, Meister«, warnte der junge Mann.

»Was wollt Ihr, Hexe? Noch einen Mord begehen, oder gar zwei?«, fragte der Lar schroff.

»Ich habe den Goldschmied nicht angerührt, wie Ihr vermutlich wisst. Nein, ich bin hier, um zu sehen, ob ich Euch nicht aus diesem Kerker hinaushelfen kann.«

Einen Moment lang blieb es still auf der anderen Seite. Dann sagte der Lar: »Was wollt Ihr dafür?«

»Nichts weiter, nur, dass Ihr Euer Wissen über einen gewissen Unglücksfall in einer bestimmten Goldschmiede nicht weiter ausplaudert.«

»Ich soll einen Mord decken?«

»Beweise habt Ihr ohnehin keine. Kommt doch um Himmels willen ein Stück näher, damit ich Euch sehen kann. Ich beiße nicht.«

Der Runenmeister trat näher an das Gitter heran, obwohl ihn sein Begleiter erneut eindringlich warnte. Endlich konnte Ragne sein Gesicht stehen. Sie fand es recht ansprechend.

»Es wäre wohl auch sinnlos, da Ihr offensichtlich unter dem Schutz des Großthans steht«, sagte er jetzt trocken. »Schön, wir werden schweigen. Wenn das also alles ist, was Ihr wollt, könnt Ihr den schlecht gelaunten Hauptmann rufen, damit er uns hinauslässt.«

Er war der Gittertür jetzt recht nahe und Ragnes Kopf begann zu schmerzen. War der Mann durch eine Rune geschützt? Wenn, dann musste er sie am Leib oder gar auf der Haut tragen, denn man würde ihn doch wohl durchsucht haben. Ja, ohne Zweifel, sie stieß hier auf die Macht einer Rune, nicht stark, aber vermutlich zu stark, um den Lar mit den üblichen Mitteln zu überzeugen. Das machte die Sache schwieriger, aber nicht unmöglich. »Ich hätte da zuvor noch die eine oder andere Frage«, sagte Ragne lächelnd. Sie weckte drei ihrer Spinnen, die behände aus ihrem Ärmel krochen und dann in die Dunkelheit der Zelle vorstießen.

»Was wollt Ihr wissen, Hexe?«

»Gar nicht viel. Sagt mir einfach, woher Ihr wisst, dass sich hier in der Nähe bald ein Drachentor offenbaren wird.«

Im schwachen Fackelschein sah Ragne, wie sehr ihn diese Frage verblüffte. »Glaubt Ihr wirklich, ich würde Euch darauf antworten? Dann seid Ihr einfältiger, als ich es für möglich gehalten habe, Hexe.«

»Es würde Euch im Handumdrehen aus dem Kerker befreien.«

»Ah, Ihr ändert die Bedingungen unserer Freilassung? Das überrascht mich eigentlich nicht. Verraten werde ich Euch allerdings gar nichts. Das Stroh ist recht bequem. Es macht uns nichts aus, hier eine Nacht zu verbringen, nicht wahr, Baren?«

»So ist es«, kam es aus der Dunkelheit zurück.

»Es könnte sein, dass Ihr erst hier herauskommt, wenn das Tor wieder verschwunden ist«, gab Ragne lächelnd zu bedenken.

»Dann ist es eben so«, gab der Lar ebenso lächelnd zurück. »Es gibt andere Portale und ich verstehe mich darauf, sie zu finden. Und nun entschuldigt mich bitte, verehrte Hexe. Ich habe viel zu tun.« Damit zog er sich wieder in das Zwielicht der Zelle zurück.

»Das werdet Ihr noch bereuen, Lar«, erwiderte Ragne, scheinbar wütend, und rauschte davon.

Der Hauptmann hatte vor der Tür zum Gang gewartet. Er schien hocherfreut, sie zu sehen und wollte sie am Arm hinausgeleiten. Ragne dachte jedoch gar nicht daran, zu gehen. Sie bat ihn, sie alleine zu lassen. Widerstrebend gab er ihrem Wunsch nach. Sie setzte sich auf einen alten Schemel und spitzte die Ohren, um zu hören, was ihre Spinnen zu berichten hatten.

Es dauerte nicht lange, da hörte sie die Stimme von Baren Rabensohn. »Das würde mich allerdings auch interessieren, Meister. Woher wisst Ihr von dem Tor und wo es sich zeigt?«

»Im Grunde daher, woher ihr es auch wisst, würde ich sagen. Ich habe die Sterne gefragt.«

»Ihr seid auch ein Sterndeuter?«

»Ach, so weit würde ich nicht gehen«, erwiderte der Lar in schlecht gespielter Bescheidenheit. »Ich dachte nur, es sei besser, selbst herauszufinden, wo sich das nächste Portal öffnet, als immer wieder einen der wenigen Sternkundigen dafür zu bezahlen, die es in den Sturmlanden noch gibt.«

»Dann können wir also wirklich in Ruhe abwarten, weil Ihr sofort das nächste Tor aufsuchen könntet?«

Der Runenmeister seufzte. »Das nun leider auch nicht. Um Drachenportale zu finden, brauche ich neben der Sichel des Mondes vor allem das Sternbild des Jägers. Und das zeigt sich nur im Winterhalbjahr. Wenn wir dieses Tor verpassen, müssen wir Monate warten, bevor wir das nächste finden können. Das wäre ernster, als ich eben zugeben wollte, denn auch mein Vorrat an Drachenstaub geht zu Ende.«

»Dann sollten wir also sehen, dass wir rechtzeitig hier herauskommen?«

»Ich hoffe, dass die Wachen bald einsehen, dass sie die Falschen verhaftet haben.«

»Sie wirkten auf mich nicht sehr einsichtig.«

Der Lar seufzte. »Wenn ich ehrlich bin, verlasse ich mich da auf meinen Onkel. Ihm wird schon etwas einfallen.«

Die beiden sprachen eine Weile über Lar Maberic und über Ayrin Rabentochter. Offensichtlich hatten sie schon erfahren, dass sie wieder freigelassen worden war.

»Ich verstehe nicht, warum sie uns noch festhalten«, murrte der Lar.

»Ich auch nicht, aber ich bin froh, dass meiner Schwester der Kerker erspart bleibt. Das Stroh riecht faulig und es gibt hier Ratten und anderes Ungeziefer.«

»Ja, dabei haben wir nicht einmal etwas zu essen bekommen.«

»Und die Drachennadel?«, fragte Baren Rabensohn unvermittelt.

Ragne spitzte die Ohren.

»Was ist mit ihr?«

»Was hat sie mit dem Tor zu tun? Ihr habt angedeutet, dass wir sie brauchen, um es zu finden.«

»Ja, dafür wurde sie gemacht, übrigens aus dem Schädelknochen eines Drachen, falls du das noch nicht wusstest. Diese Nadeln sind sehr selten und schwer zu beschaffen. Es dürfte nicht mehr als drei oder vier Männer in den Sturmlanden geben, die so ein kostbares Stück besitzen, und ich bin einer von ihnen.«

Ragne schüttelte den Kopf. Dieser Lar war ein kleiner Angeber, aber das war ihr jetzt nur recht. Diese Drachennadel – das schien der Schlüssel zu sein. Sie lauschte mit angehaltenem Atem.

»Onkel Mabi benutzt sie nur, um diese Tore zu finden. Ich glaube nicht, dass er auf den Einfall mit dem Runenbeutel gekommen wäre, der uns zum Goldschmied geführt hat.«

»Und in den Kerker«, merkte Baren Rabensohn trocken an. »Sagt, Meister, gibt es in jedem Gefängnis so aufdringliche Ratten?«

»Wie? In der Tat, diese hier verhält sich eigenartig. Das halb verschimmelte Brot, das uns die Wache gegeben hat, scheint sie gar nicht zu interessieren. Und der Geruch …«

»Nach faulem Stroh?«

»Nein, darunter, ganz fein, riechst du es nicht? Schwefel! Mir scheint, die Gegenseite hat hier ihre Hand im Spiel …« Der Lar verstummte, dann hörte Ragne ein schrilles Quieken und ein leises Poltern. »Ihr habt sie verfehlt, Meister. Jetzt ist sie weg.«

»Knapp. Doch lass uns nun besser schweigen. Ich fürchte, nicht nur die Ratten haben Ohren in diesem Kerker.«

Ragne fluchte. Tsifers Ratten hatten es verdorben. Hatte sie ihm nicht gesagt, dass er sich heraushalten soll? Sie rief nach dem Hauptmann.

»Ich nehme an, man hat den Gefangenen alles abgenommen, was sie mit sich führten? Ich will es sehen.«

Der Hauptmann brachte sie in eine Kammer, in der erstaunlich sorgsam in einigen Kisten die Besitztümer der Gefangenen aufbewahrt wurden. »Hat dieser Kerker so wenige Insassen?«, fragte sie verwundert.

Der Hauptmann schüttelte den Kopf. »Wir heben die Sachen nur auf bis zum Urteil. Danach verkaufen wir sie, oder wir geben sie zurück, im unwahrscheinlichen Fall, dass jemand freigesprochen wird.«

»Ich verstehe«, murmelte Ragne. Sie musste sich die Kiste mit den Besitztümern des Lars nicht zeigen lassen, denn die Kraft der Runen war deutlich spürbar. Der Hauptmann öffnete den Deckel und sofort bekam sie Kopfschmerzen. »Diese Nadel dort. Schneidet den Beutel ab, der an ihr hängt!«, verlangte sie. Der Hauptmann gehorchte zögernd. Ragne zog ihre Handschuhe an. Sie sammelte ihren Mut. »Gebt sie mir.«

Achselzuckend legte der Offizier ihr die Nadel in die Hand. Sie erwartete halb, dass ihre Hand in Flammen aufgehen würde, doch das geschah nicht. Sie spürte allerdings ein stärker werdendes Brennen, wie von Nesseln. »Habt Ihr ein sauberes Tuch, in das ich sie einwickeln könnte?«

Der Hauptmann gab ihr einen Winterschal, seinen eigenen, wie er beiläufig anmerkte. Sie dankte freundlich. Dann bat sie ihn, gegenüber dem Lar kein Wort über den Verbleib der Nadel zu verlieren, und verabschiedete sich endlich. Es war spät geworden, und sie hatte noch viel zu tun.

Einige Zeit später stand sie wieder im Tempel. Der Totengott Forbas starrte sie mit steinerner Miene an. Ragne ging ein paar Schritte nach links, dann nach rechts, doch sein Blick folgte ihr.

»Nun bleib endlich stehen, Weib«, brummte Tsifer.

»Ich weiß nicht, warum ich mich so beeilt habe, wenn ich hier wieder auf den großen Meister warten muss«, murmelte Ragne. Der Morgen graute bereits. Sie war müde und durchgefroren, aber auch so angespannt, dass sie beides kaum bemerkte.

Endlich tauchte die Gestalt des Meisters zwischen den Findlingen auf. Er schien schlecht gelaunt zu sein. »Ah, da sind ja die beiden Unruhestifter«, begann er. »Wisst Ihr, wie viel Mühe ich darauf verwenden musste, die Wogen zu glätten, die Ihr aufgewühlt habt, Ragne?«

Sie zuckte mit den Achseln.

Die Miene von Meister Ortol verfinsterte sich. »Hab Ihr bei den Gefangenen wenigstens etwas erreicht?«

»Es sind die Sterne, genauer, das Sternbild des Jägers in Verbindung mit der Sichel des Mondes, das den Runenmeistern den Weg zu den verborgenen Portalen weist.«

Der Hexenmeister starrte sie einen Augenblick an. »Das mag nützlich sein«, gab er zögernd zu, um dann hinzuzusetzen: »Wenn es uns allerdings gelingt, den Fürsten zu befreien, sind wir darauf nicht mehr angewiesen. So nützlich ist Euer neu erworbenes Wissen also nicht. Habt Ihr nicht mehr erfahren?«

Ragne tauschte einen schnellen Blick mit Tsifer. Darum ging es also? Sie hatte Gerüchte gehört, in der Herberge, doch es war das erste Mal, dass Ortol es so klar und deutlich aussprach: Sie wollten den Hexenfürsten befreien, ihn von dem Bann erlösen, der ihn an die Festung band.

»Erzähl ihm von der Nadel«, sagte der Alb.

Ragne sandte ihm einen giftigen Blick.

»Was für eine Nadel?«, fragte der Meister schnell.

Widerstrebend zog Ragne die Nadel hervor. »Sterne und Mond reichen anscheinend nicht, die genaue Lage des Ortes zu bestimmen. Deshalb verwenden die Runenmeister dieses Ding hier.« Sie zog das

Tuch mit der Drachennadel aus ihrer Manteltasche und entrollte es in ihren Händen.

»Was ist das?«, fragte der Meister, trat schnell heran und riss die Nadel an sich. Mit einem Schrei ließ er sie wieder los. »Verflucht, willst du mich töten, Weib?«

»Ich wollte Euch gerade erklären, dass unsereins sie besser nur mit Handschuhen berühren«, erklärte Ragne lächelnd. »Und selbst da wird es unangenehm. Ich nehme an, dass das an den Resten von Drachenstaub liegt, mit der diese Nadel bestäubt wurde, um den Weg zu weisen. Und seht ihr diesen Faden dort? Daran soll man sie halten, wenn man die Richtung erfahren will, in die man gehen muss.«

Der Meister rieb sich die schmerzende Hand. »Zeig es mir, Hexe!«

Ragne beugte sich seufzend herab, nahm den Faden auf und hob die Nadel hoch. Sie drehte sich langsam, ohne jedoch eine bestimmte Richtung anzuzeigen.«

»Es funktioniert nicht!«, zürnte Ortol.

»Noch nicht, Meister. Das bedeutet, dass das Tor sich noch nicht offenbart hat.«

»Erwarte kein Lob für diesen Fund, Hexe. Wir brauchen dieses Ding nicht, denn wir müssen nur den Laren folgen. Sie werden uns den Weg schon weisen.«

»Und wenn sie uns abschütteln, Meister?«, fragte Ragne.

Ortol lachte. »Wir gebieten über viele Helfer und dienstbare Geister, zu Lande, im Wasser und sogar in der Luft. Sie können uns nicht entkommen.«

»Aber es sind Lare, und sie verfügen über starke Runen, Herr. Was, wenn sie unsere Absichten erahnen und lieber auf den Drachenstaub verzichten, als uns dort hinzuführen? Was, wenn sie uns mit ihren Runen gar den Zugang verwehren? Ich habe selbst erlebt, wie mächtig die Zeichen von Meister Maberic wirken können. Mit dieser Nadel könnten wir jedoch vor ihnen am Portal sein und sie am Zugang hindern. Ich bin sicher, unser Fürst würde das zu schätzen wissen.«

Ortols überhebliches Lächeln schwand. Er wandte sich ab, schien nachzudenken, vielleicht flüsterte er auch dem Gott des Todes ein Gebet zu. Ragne glaubte, etwas in der Art zu hören. Er wiegte den Kopf hin und her und schien endlich eine Entscheidung getroffen zu haben. »Wenn dieses Ding dort uns den Weg weisen kann, ist es vielleicht wirklich besser, wenn wir uns dieser Männer entledigen, bevor sie Unheil anrichten. Ich werde einige der Manen dafür auswählen. Sie sollen den Laren vor der Stadt auflauern und sie und ihre Begleiter töten. Und nun geht und bereitet Euch vor. Ich spüre, dass die Entscheidung naht. Schon bald wird unser Herr frei sein – und dann gehören die Sturmlande wieder uns.«

»Das ist die dumme Idee eines dummen Mannes«, sagte der Alb, als er neben Ragne durch die Straßen hinkte. Die Morgendämmerung war fortgeschritten und die aufgehende Sonne färbte die Spitzen der höchsten Türme rot.

»Auch mir gefällt sie nicht, Tsifer. Ich habe immer noch das Gefühl, dass den Zwillingen eine besondere Bedeutung zukommt. Es erscheint mir einfach ... falsch, sie umzubringen, aber ich kann nicht sagen, warum das so ist.«

Der Alb schwieg eine Weile, endlich blieb er stehen und sagte: »Ich könnte es dir sagen, Ragne.«

Sie blieb ebenfalls stehen. Sie waren allein in einer namenlosen Gasse. »Was weißt du über die beiden, was ich nicht weiß, Tsifer? Willst du es mir endlich enthüllen?«

Der Alb ging in die Hocke. »Sag ich es ihr, oder sag ich es ihr nicht?«, murmelte er. »Dem Fürsten wird es nicht gefallen. Und wenn er unzufrieden ist, lässt er mich vielleicht nicht in die Heimat zurückkehren.«

Ragne beugte sich zu ihm herab und legte ihm freundschaftlich die Hand auf die Schulter. »Was immer du zu enthüllen hast, Tsifer, ich werde es für mich behalten.«

Er schüttelte ihre Hand wütend ab und sah sie scharf an. »Versuche deine Kunststückchen nicht bei mir, Hexe!«

»Ich hatte gar nicht vor ...«

Er unterbrach sie schroff. »Ja, so einfältig kannst selbst du nicht sein. Dabei hast du bewiesen, dass du es bist, oder blind, vielmehr.«

Sie erhob sich seufzend, sah auf den Nachtalb hinab, der mit sich selbst zu kämpfen schien. »Wenn du damit fertig bist, mich zu beleidigen, solltest du mir endlich sagen, was du mir verheimlichst.«

»Ich habe es geahnt, im Horntal schon. Von Meile zu Meile mehr«, begann er. »Dann, in den Träumen des Goldschmiedes habe ich es gesehen.«

»Bei den Göttern, was denn?«, fuhr sie ihn an, als er verstummte.

»Du weißt, wie der Herr Unsterblichkeit erlangt hat?«, fragte er unvermittelt.

Ragne verstand nicht, worauf er hinauswollte. »Durch Magie nehme ich an. Was hat –?«

Wieder unterbrach sie der Alb. »Magie der Alben ist es. Ich lehrte sie ihn, vor dreihundert Jahren, weil er mir versprach, mir den Weg in die Heimat zu öffnen. Bis heute hat er das Versprechen noch nicht eingelöst.«

»Was hat –?«

»*Hugrmahr*, nennen wir den Zauber. Wir beherrschen ihn schon lange. In alter Zeit erlaubte er uns, Besitz zu ergreifen vom Leib eines Menschen. So konnten wir ungesehen unter ihnen wandeln, ohne uns eine falsche Haut überzustreifen. Doch der Hugr, was in unserer Sprache Seele und Geist meint, kann nur für eine Nacht und einen Tag in fremder Hülle weilen, nicht länger, oder der eigene Körper stirbt.«

»Ich verstehe zwar nicht, was das –«

Der Alb fauchte sie regelrecht an: »Verdammt, Weib, schweige endlich und höre zu! Du kannst etwas lernen. Der dunkle Fürst hörte von diesem Zauber und bat mich, ihn zu unterweisen. Ich tat es. Und wie erfindungsreich ist unser aller Herr! Er lernte, nicht nur einige Stunden, sondern für Jahre und Jahrzehnte in fremden Körpern zu verweilen. Die alten Hüllen, die er sterbend zurückließ, kümmerten ihn nicht. Und auch die Seelen, die er dabei unterjochte und auslöschte, waren ihm gleichgültig.«

Der Alb verstummte und Ragne versuchte zu begreifen, was sie da eben gehört hatte. »Das heißt, sein Geist und seine Seele wandern seit dreihundert Jahren von Leib zu Leib? Dann ist nur sein Geist unsterblich, nicht sein Körper?«, fragte Ragne.

»Wenigstens das hast du verstanden. Sieben Mal schon hat sein Hugr den Körper gewechselt. Doch dieser Weg der Unsterblichkeit hat seinen Preis. Er wird schwächer, mit jeder Wanderung, und der neue Körper kann ihm nicht so dienen, wie er seinem alten Besitzer gedient hat. So ist es ihm unmöglich, Kinder zu zeugen, aber nach denen verlangt es ihn, denn es heißt, dass nur sein eigen Fleisch und Blut ihn aus seinem Kerker befreien kann.«

»Dann hat er die Freiheit für immer aufgegeben, als er diesen Pfad wählte?«

»Nicht ganz, Hexe, nicht ganz. Die Verschmelzung von Körper und Hugr dauert eine Weile, es ist ein Kampf, in dem alter und neuer Besitzer um den Leib streiten. Es sind nur Tage, doch in jenen ist noch etwas von der Manneskraft vorhanden, die es ihm ermöglichen soll, Nachwuchs zu zeugen. Sieben Mal hat er es versucht, sieben Mal ist er gescheitert – so dachten wir.«

Ragne bekam ein seltsames Gefühl in der Magengegend, das Gefühl, dass diese Geschichte sie selbst betraf. Noch verstand sie nicht, in welcher Weise.

Der Alb fuhr fort. »Jedes Mal, wenn er sich einen neuen Körper aneignete, lockte der Herr Anwärterinnen mit Versprechungen von Macht und Reichtum in sein Lager, und viele Hexen erlagen der Verlockung, obwohl sich der Preis für das Versagen schnell herumsprach. Sechs Mal löschte der Fürst das Leben jener Frauen aus, die seine Hoffnungen enttäuschten. Und sie enttäuschten ihn alle.

Ungefähr achtzehn Jahre ist es nun her, dass eine junge Hexe, schön wie der neue Morgen, aus der Fremde in das Schattental kam. Sie strebte nach Macht und verliebte sich in einen jungen Zauberer der dunklen Gemeinschaft. Zu ihrem Unglück fanden sie beide auf unterschiedliche Art Gefallen in den Augen unseres Fürsten. Er beanspruchte sie beide für sich, ohne erst zu fragen, raubte den Leib des Zauberers für seinen Hugr und nahm sich die junge Hexe, und dieses Mal nahm er nur die eine.«

Der Alb erzählte mit geschlossenen Augen weiter: »Diese Hexe unterwarf sich nicht. Sie entfloh der Schwarzen Festung und verschwand. Wir haben sie gesucht, obwohl wir da noch gar nicht wussten, dass sie schwanger war. Alle Sturmlande haben wir durchsucht, aber sie entkam. Allerdings verließ sie offenbar nicht das Land, wie alle dachten. Sie fand ein besseres Versteck.«

Ragne lief es heiß und kalt den Rücken hinab. »Der Brief! Dann sind die Zwillinge Kinder dieser Hexe – und unseres Herrn?«, flüsterte sie.

Der Alb nickte langsam. »Ich habe sie wiedergesehen, in den Träumen des Goldschmieds. Ich sah ihr Gesicht und dachte, ich müsse mich täuschen. Denn ich hielt sie für tot oder verschollen. Und ich erkannte die Züge des Jungen in ihr wieder, noch mehr als die des

Mädchens. Vor allem aber, Ragne, sah ich in ihrem Antlitz auch dein Gesicht. Sie ist deine Schwester, Ragne!«

Ragne verschlug es den Atem. »Das ist nicht möglich«, flüsterte sie heiser. »Meine Schwester, sie haben sie ertränkt, so wie sie auch mich ersäufen wollten.«

»Das hast du vermutet, aber nicht selbst gesehen, oder?«

»Nein, das kann nicht sein«, sagte Ragne langsam. Und dann, als der Funke der Hoffnung heller glomm, fragte sie: »Irune, meine Schwester, sie lebt? Sie ist die Mutter der Zwillinge?«

Der Alb schnaubte verächtlich, vielleicht aus Ungeduld. »Wenn es keine zweite Frau dieses Namens gibt, die unserem Herrn zugeführt wurde, ist sie die Mutter. Irune war der Name der Hexe, die der Herr in sein Bett zwang, das kann ich bezeugen. Ob sie noch lebt, nun, das ist eine andere Frage.«

Ragne hatte das Gefühl, dass der Boden unter ihren Füßen schwankte, dabei war sie es selbst. Sie musste sich an der Wand festhalten. »Seit wann weißt du das?«, fragte sie heiser.

Der Alb kratze sich verlegen und wandte sich ab. »Eine Weile schon.«

»Seit wann?«

»Dass du Irunes Schwester bist, weiß ich, seit du das erste Mal ins Schattental kamst. Der Dunkle Fürst hat es auch gleich gespürt. Warum glaubst du, hat er mich zu deinem Begleiter gemacht? Warum schickt er den mächtigen Prinzen der Nachtalben mit einer unbedeutenden, dummen Hexe auf Wanderschaft? Er hatte gehofft, dass du mich irgendwie zu deiner Schwester führst und herausfindest, ob sie ihm Kinder geboren hat oder nicht.«

»Aber ...«, begann Ragne, die tausend Fragen hatte, und dann wieder verstummte, weil sie nicht wusste, wo sie beginnen sollte.

»Es scheint, sein Plan hatte Erfolg«, sagte der Alb. »Doch braucht er die Kinder überhaupt, um seinem Kerker zu entgehen, oder hat er einen anderen Weg gefunden, sich zu befreien? Es scheint fast so. Also können wir ruhig zusehen, wie sie mit ihren Lehrmeistern ermordet werden – oder etwa nicht?«

Ragne setzte sich und barg das Gesicht in den Händen. Es war einfach zu viel, was da an Gefühlen auf sie einstürmte.

Nach einer Weile fasste sie sich. Sie senkte die Hände und sah dem Alb in die Augen. »Wie«, fragte sie, »wie hat Irune es geschafft, der Schwarzen Festung zu entkommen? Der Fürst hat sie gewiss nicht unbewacht gelassen.«

»Sie hatte Hilfe«, gab der Alb düster zurück.

Ragne begriff plötzlich. »Von dir?«

Tsifer nickte. »Betört hat sie mich und getäuscht. Hat geklagt, dass sie nicht schwanger sei, dass sie sterben müsse, wenn der Herr das erführe. Sie hat mir sogar ihr Mondblut gezeigt. Also half ich ihr, aus Mitleid; verhalf ihr zur Flucht auf geheimen, auf Alben-Wegen. Und dann verschwand sie, entsagte der dunklen Zauberei, wie ich ihr geraten hatte. So konnten wir sie nicht finden. Ich dachte lange, sie sei tot, zerbrechlich, wie die Menschen nun einmal sind. Erst in jenem Mädchen, deren Träume ich nachts an einem Feuer an der Eisenstraße belauschte, fand ich ihre Spur wieder. Und doch wollte ich es lange nicht wahrhaben.«

»Du hast meiner Schwester geholfen?«

»Zum Dank hat sie mich getäuscht, belogen und betrogen. Ich würde es nicht noch einmal tun, und schulde weder ihr noch ihren Kindern etwas. Und auch dir bin ich nichts schuldig!« Knurrend wandte der Alb sich ab.

In den Jotuna

Ayrin war krank vor Sorge, weil sie bis zum Morgen nichts von ihrem Bruder und Meister Thimin hörte. Die ganze Nacht hatte sie kein Auge zugetan, den Meister pausenlos gedrängt, etwas zu unternehmen, doch der hatte sie stets auf den Morgen vertröstet.

»Könnt Ihr nicht irgendeine Rune zeichnen, die sie befreit?«, hatte sie irgendwann gefragt, aber das hatte er verneint. Er hatte sie im Gegenzug nach den kleinsten Kleinigkeiten ihrer Abenteuer gefragt, hatte dabei aber nur gelegentlich ein »aufschlussreich«, oder »interessant« gemurmelt, während sie erzählte.

Leutnant Tegan war keine große Hilfe gewesen. Er hatte die meiste Zeit geschwiegen, sie nur hin und wieder seltsam angeschaut und war immer wieder eingenickt, um dann hochzuschrecken und nach seinem Schwert zu greifen.

Sie war dennoch dankbar, dass er mit ihnen Wache gehalten hatte. Nun saß er an der erloschenen Glut und war fest eingeschlafen. Ayrin fachte das Feuer neu an. Wenn er schlief und nichts Dummes sagte, wirkte Bo Tegan sogar recht sympathisch auf sie, und erfrieren sollte er nicht. Ein Schwarm Sperlinge hatte sich auf dem noch ruhig liegenden Platz niedergelassen und pickte nach Krümeln.

»Ich gehe zum Palast«, verkündete Meister Maberic. »Ich will mich erkundigen, ob man dort etwas über sie weiß.«

»Ich komme mit!«

»Du bleibst hier, falls sie selbst oder eine Nachricht von ihnen hier eintreffen. Kann ich dich mit dem Leutnant allein lassen?«

»Natürlich, warum denn nicht?«

»Ich will nicht, dass er etwas Dummes versucht.«

»Gestern hat er sich gut benommen.«

»Na, dann hoffe ich um seinetwillen, dass er das auch weiterhin tut. Und auch du solltest dich zusammenreißen. Du solltest ihm weder an die Gurgel gehen, noch dich ihm in die Arme werfen. Wir haben keine Zeit für derlei Albernheiten, verstehst du?«

Ayrin setzte zu einer gepfefferten Antwort an, in der es darum gehen sollte, dass es an ihr war zu entscheiden, was sie tat oder auch nicht tat, doch dann sah sie, dass die Augen des Runenmeisters aufleuchteten.

Ayrin drehte sich um und ihr Herz machte einen Sprung, Baren und Thimin eilten aus einer der Gassen heran! Sie lief ihnen entgegen und fiel ihrem Bruder um den Hals.

Nach einer langen und kräftigen Umarmung ließ sie Baren endlich los und boxte ihm gegen den Oberarm. »Wir haben uns Sorgen gemacht!«

»Zu Recht, Ayrin. Wir waren im Kerker. Eine unerfreuliche Erfahrung.« Dann erzählten er und Meister Thimin abwechselnd, wie sie von einem Trupp Soldaten aufgegriffen und ins Gefängnis geworfen worden waren. »Wir sind nun frei und alle Vorwürfe gegen uns wurden fallen gelassen, aber vielleicht ist das kein Grund zur Freude«, schloss Lar Thimin die Erzählung ab. Und dann erzählte Ayrin rasch von ihren Abenteuern.

»Es ist erstaunlich, dass sie sowohl Ayrin als auch euch beide so schnell wieder freigelassen haben«, schloss Meister Maberic. »So großzügig kenne ich die Wache sonst gar nicht. Wurde der wahre Täter denn gefasst?«

»Nicht, dass ich wüsste. Doch seine Begleiterin, die Hexe Ragne, die du wohl besser kennst als ich, Onkel, hat uns im Kerker aufgesucht. Sie hatte Fragen, die mir verraten, dass sie weiß, weshalb wir hier sind.«

»Du hast ihr aber nichts gesagt, oder?«

»Natürlich nicht, allerdings …«

»Ja?«

»Ich fürchte, sie hat uns belauscht, als wir über gewisse Dinge sprachen.«

Meister Maberic verdrehte die Augen. »Was hab ihr ausgeplaudert?«

»Ich weiß es nicht genau, Onkel.«

»Er hat mir erklärt, wie man Drachentore findet«, warf Baren ein.

»Darüber hast du gesprochen? Bist du von allen guten Geistern verlassen?«

Thimin seufzte. »Das ist noch nicht das Schlimmste. Heute Morgen, als wir unsere Habseligkeiten wiederbekamen, hat etwas gefehlt. Die Drachennadel.«

Meister Maberic warf verzweifelt die Hände in die Höhe. »Die Nadel? Sie ist in deren Händen? Das kommt davon, wenn man sie für andere Dinge einsetzt! Hast du denn gar nichts bei mir gelernt?«

»Ich habe gelernt, dass Hexen mit Drachenmagie nichts anzufangen wissen. Sie schadet ihnen sogar, wie unsere Runen beweisen.«

»Eine Rune ist etwas völlig anderes, Dummkopf!« Kopfschüttelnd betrachtete Lar Maberic seinen ehemaligen Schüler. »Du bist und bleibst eine Schande für unseren Stand, Tim.«

Thimin sprang auf. »Immerhin habe ich es gewagt, etwas zu unternehmen, Onkel, während du nur in alten Büchern geblättert hast!«

»Nur geblättert? Ich habe nach Runen gesucht, die uns helfen können, du Einfaltspinsel!«

Die beiden Männer standen fast Kopf an Kopf und für einen Augenblick fürchtete Ayrin, sie könnten sich an die Gurgel gehen.

Da schreckte plötzlich Leutnant Tegan hoch und riss sein Schwert heraus. »Wer da? Gebt Euch zu erkennen, sonst …« Er hielt inne. Dann schob er die Klinge langsam wieder in die Scheide zurück. »Bin wohl wieder eingeschlafen.«

»Und zur richtigen Zeit erwacht!«, rief Ayrin. »Anstatt uns zu streiten, sollten wir lieber überlegen, was wir jetzt tun.«

Meister Maberic zupfte seinen Mantel zurecht. »Wir tun genau das, was wir ohnehin tun wollten. Heute ist der erste von drei Tagen, an denen sich das Tor offenbaren sollte. Deshalb werden wir die Stadt verlassen.«

»Und wenn es sich in der Stadt zeigt?«, fragte Baren.

»Unwahrscheinlich«, meinte der alte Meister. »Iggebur ist alt, und ich glaube nicht, dass sie die Stadt auf einem Drachenportal errichtet haben.«

»Was ist ein Drachenportal?«, fragte der Leutnant.

»Ihr habt gestern nicht richtig zugehört, oder?«, fragte Ayrin.

»Ich habe es versucht, doch bei all dem Gerede von Hexen, Alben, Runen und Ringen irgendwie den Faden verloren, Ayrin.«

Sie seufzte. »Ich würde es Euch erklären, aber wir müssen aufbrechen, Leutnant.«

Er zuckte mit den Schultern. »Ich begleite Euch.«

»Ihr wisst nicht, worum es hier geht.«

»Ich weiß immerhin genug, um zu erkennen, dass es gefährlich wird. Ich biete Euch den Schutz meines Schwertarmes an.«

Meister Maberic klopfte ihm freundlich auf die Schulter. »Das ist ein ehrenvolles Angebot, junger Mann, aber wir werden Euch und Euer Messerchen kaum brauchen. Außerdem müsst Ihr ohnehin zurück zu Euren Kameraden, nicht wahr?«

»Die haben ja unseren Hauptmann. Sie werden mich also kaum vermissen«, gab der Leutnant achselzuckend zurück.

Der Meister seufzte. »Ihr habt es vielleicht nicht verstanden, aber hier geht es um Magie und Runen, nicht um irgendwelche Räuber, die gejagt werden müssten.«

»Oh, das macht keinen Unterschied. Es wird gefährlich, das ist gewiss, und da will Bo Tegan nicht abseitsstehen.«

»Lass ihn mitkommen, Onkel. Ich habe das Gefühl, dass wir jede Hilfe annehmen sollten, die uns angeboten wird. Und auf meinem Kutschbock wäre noch Platz.«

»Er kann außerdem mit einem Schwert umgehen, denke ich, und das ist doch immer nützlich«, meinte Baren.

»Und du, Ayrin, willst du auch noch etwas sagen?«, fragte der Meister seufzend.

»Vielleicht ist er nicht so völlig unfähig, wie ich zuerst dachte. Wenn er also verspricht, uns nicht im Wege zu stehen, darf er meinetwegen mitkommen«, sagte Ayrin.

»Ihr seid zu großzügig«, spottete Bo Tegan.

»Ich weiß«, gab Ayrin hoheitsvoll zurück.

Meister Maberic schüttelte den Kopf. »Ein weiser Mann sollte sich dem Ungestüm der Narren nicht in den Weg stellen, denn es wäre vergebens. Dann steht nicht länger nutzlos herum, und damit meine ich nicht nur diesen Soldaten! Löscht das Feuer, packt unsere Habseligkeiten ein und schirrt die Pferde an, wir brechen auf!«

Eine halbe Stunde später waren die Wagen beladen und bereit für die Fahrt. Es war dann aber schließlich Baren, der neben Meister Thimin auf dem Bock Platz nahm, während der Leutnant neben dem Wagen von Meister Maberic herging.

»Hattet Ihr nicht ein Pferd?«, fragte Ayrin vom Kutschbock herab.

»Wenn ich es holen wollte, müsste ich meinen Hauptmann um Erlaubnis für dieses kleine Abenteuer bitten. Ich glaube nicht, dass ich sie erhalten würde.«

»Ich will nicht, dass Ihr Euch meinetwegen Ärger einhandelt, Leutnant.«

»Euretwegen? Gewiss nicht, Ayrin Rabentochter, aber ich will zu gerne einmal ein solches Drachentor sehen, von dem hier die Rede ist.«

»Sehen werdet Ihr es vielleicht, Leutnant, bis dahin bitte ich Euch allerdings, davon zu schweigen«, brummte Meister Maberic. »Es muss ja nicht die ganze Stadt wissen, was wir vorhaben. Ich frage mich ohnehin, ob sie uns einfach so hinauslassen werden.«

Die Wagen rumpelten durch die engen Gassen und einige Kinder liefen ihnen hinterher. Die Erwachsenen begnügten sich damit, aus dem Weg zu gehen und die schweren Kutschen anzugaffen. Ayrin sah sich mehrmals um, aber sie konnte keine Spur von Ragne oder ihrem unheimlichen Begleiter entdecken. Sie blickte zum Himmel. Die Sichel des Mondes versteckte sich hinter schnell vorüberziehenden Wolken. Spatzen flatterten in einem dichten Schwarm über die Häuser, und hoch darüber kreisten Möwen mit wehklagenden Rufen.

Ayrin seufzte. Sie hatte das Meer immer noch nicht gesehen.

Der kurze Wagenzug erreichte das Stadttor. Die Soldaten dort musterten die beiden Gefährte neugierig und Ayrin bildete sich ein, auch das eine oder andere missbilligende Stirnrunzeln zu sehen. Doch niemand machte Anstalten, sie aufzuhalten. Sie rollten durch das dunkle Tor hinaus und ihr wurde leichter ums Herz. Sie blickte zurück. Bei ihrer Ankunft war ihr Iggebur groß und herrlich erschienen, jetzt wirkte das Gedränge der Mauern, Hausdächer, Türme und Kuppeln bedrückend auf sie.

»Ich bin froh, dass wir aus der Stadt heraus sind, Meister. Mir ist, als wären wir dem Maul eines Wolfes entronnen.«

»Wirklich? Du weißt schon, dass wir auf den Schlund eines Drachen zuhalten, oder?«

»Ihr versteht es, Eurem Schützling Mut zu machen, Meister Maberic«, sagte der Leutnant, der auf das Wagendach geklettert war. »Und wenn ich es richtig verstehe, suchen wir ein Tor, keine Drachen.«

»Natürlich. Sie sollte aber wissen, worauf sie sich einlässt.«

»Mag sein. Mehr Sorgen machen mir allerdings die Männer, die dort vor dem Tor lagern.«

Ayrin blickte zurück. Vor der Stadtmauer lagerte eine Gruppe von vielleicht zehn Kriegern, die sich eigentlich nicht für die beiden Wagen zu interessieren schienen. Sie kamen Ayrin trotzdem bedrohlich vor, denn sie waren mit langen Speeren und großen Äxten bewaffnet. »Was sind das für Leute?«

»Das sind Manen, aus dem hohen Norden. Es sind halbwilde Bergkrieger, und es heißt, sie seien Diener des dunklen Fürsten.«

»Ich glaube, sie brechen ihr Lager ab«, flüsterte Ayrin.

»Ich sehe es«, brummte Meister Maberic. »Dann sind sie womöglich hinter uns her. Gegen Hexen und Zauberer habe ich Runen, aber gegen gewöhnliche Krieger? Da müssen wir uns etwas einfallen lassen. Als wäre es nicht so schon gefährlich genug, ein Drachentor aufzusuchen.«

Ragne war erleichtert, als endlich das Signal zum Aufbruch kam. Sie verstand allerdings nicht, warum Meister Ortol darauf bestand, seine Leute vorher noch einmal unter der schwarzen Kuppel des Tempels zu versammeln. Nun standen sie hier, Hexen, Zauberer, Bergkrieger, zusammengerufen um eine Aufgabe zu erfüllen, doch sonst nur durch tiefe Abneigung miteinander verbunden. Selbst jetzt standen sie in kleinen Grüppchen um die Säule des Todesgottes verteilt und schienen auf Abstand bedacht.

Ortol zeigte sich auf der Treppe, die in die dunkeln Gänge unter dem Tempel führte. Ragne fragte sich wieder einmal, was dort unten zu finden war, aber im Grunde genommen war es ihr gleich. Der Meister stellte sich vor die Säule und hob die Arme in dramatischer Geste. »Heute, Brüder und Schwestern, werden wir die Welt verändern. Heute werden wir die Mittel in die Hand bekommen, die unseren Herrn, den Fürsten der Finsternis, aus seinem Kerker befreien. Wir werden ihm zu der Krone verhelfen, die ihm rechtmäßig zusteht, und dann werden die Sturmlande uns gehören!«

Der Meister hielt inne. Wahrscheinlich hatte er mit Jubel gerechnet, doch die Männer und Frauen schwiegen. Ragne studierte ihre Gesichter. Vielleicht war es die Ehrfurcht vor der großen Aufgabe, oder es war etwas anderes, vielleicht Angst? Der Dunkle Fürst war seit über dreihundert Jahren an die Schwarze Festung gebunden. Er war ein strenger, ja, ein grausamer Herr.

Ragne war noch nicht lange in den Sturmlanden und hatte sich auch nicht länger als nötig im Schattental aufgehalten. Es war ein düsterer, freudloser Ort, beherrscht von der Festung, die gleichzeitig ein Gefängnis für ihren Herrn war. Ja, es war der einzige Platz in dieser Welt, wo eine Hexe wirklich sicher vor der Verfolgung durch gewöhnliche Menschen war, leben wollte sie an diesem Ort allerdings trotzdem nicht. Würden sich die dort regierenden Schatten aus Missgunst, Furcht und Zwietracht über das ganze Land ausbreiten, wenn der Fürst erst befreit war?

Ortol fuhr fort: »Meine Sperlinge lassen die Runenmeister, die in diesem Augenblick hinaus in die Riesenhügel rollen, nicht aus den Augen, und ein Dutzend der tapfersten Manen folgt den Spuren ihrer Wagen. Sie können uns nicht entkommen. Und falls doch, so habe ich ihnen dieses Werkzeug abgenommen, das uns sicher ans Ziel geleiten wird.« Er hielt die Drachennadel in die Höhe. Ragne bemerkte, dass er jetzt einen dicken Handschuh trug. Sie fand es bezeichnend, dass er ihren Verdienst in dieser Sache nicht einmal erwähnte.

Aber etwas anderes beschäftigte sie noch mehr. »Und dann?«, fragte Ragne halblaut den Alb. »Was tun wir, wenn wir dieses Portal finden?« Tsifer, der auf dem Boden hockte und kaum interessiert an dem schien, was um ihn herum geschah, antwortete mit einem Achselzucken.

»Hat man es dir nicht gesagt, Hexe?«, fragte ein Zauberer, der sie gehört hatte, herablassend.

»Was gesagt?«

»Das wirst du schon noch herausfinden. Wer weiß, vielleicht darfst du sogar beim großen Ritual helfen.«

Meister Ortol gab das Zeichen zum Aufbruch, und die Mitglieder des dunklen Bundes verließen den Tempel. Ragne las jetzt Vorfreude aus ihren Mienen. Der Alb hielt sie zurück. Er wartete, bis sie ganz allein unter der Kuppel waren, dann sagte er: »Du hast Ortol nichts von den Zwillingen erzählt, oder?«

Ragne starrte ihn an. »Nein, ich finde, es geht ihn nichts an. Am Ende würde er ja wieder nur versuchen, den Ruhm für diese Entdeckung einzuheimsen, so, wie er die Nadel an sich gebracht hat.«

»Und das ist der einzige Grund? Es liegt nicht daran, dass sie dir vielleicht Neffe und Nichte sind? Hast du etwa vor, sie zu retten?«

Ragne wich seinem bohrenden Blick aus. »Es gibt viele Gründe dafür und dagegen, so viele, dass ich mich einfach noch nicht entscheiden kann, was ich tun werde. Ich hoffe, das Schicksal gibt mir einen Wink.«

Der Alb schnaubte verächtlich. »Ich würde diese Entscheidung nicht dem Schicksal überlassen, denn es neigt zu Grausamkeit. Willst du zusehen, wie es, in Gestalt von Meister Ortol, deinen Neffen und deine Nichte abschlachtet, weil er denkt, dass er sie nicht mehr braucht? Oder willst du diesem Narren sagen, dass er die Kinder seines Herrn verfolgt?«

»Wir werden sehen«, murmelte sie. »Das könnte womöglich noch gefährlicher für sie sein. Es heißt zwar, dass nur sein eigen Fleisch und Blut den Herrn befreien kann, aber es ist nicht die Rede davon, dass es dazu lebendig sein muss, dieses Fleisch und Blut. Also tötet Ortol sie vielleicht erst recht.«

Der Alb nickte. »Du hast den Gedanken angefangen, aber nicht zu Ende gedacht, scheint mir.« Und da Ragne nicht verstand, setzte er hinzu: »Glaubst du denn, dass das alles Zufall ist? Glaubst du, ein gleichgültiges Schicksal habe die Kinder, die Lare, Meister Ortol und uns an diesem Ort zusammengeführt? Dann bist du noch verblendeter, als ich angenommen habe. Nein, eine andere Macht hat dafür gesorgt, dass unsere Pfade hier zusammenlaufen. Wären es nur du und die Zwillinge, so würde ich annehmen, dass vielleicht die Helia, die magische Urkraft, an die du nicht glauben willst, hier die Fäden zieht, nur warum sollte sie all diese Hexen und Zauberer anlocken? Nein, Ragne, ich fürchte, der Dunkle Fürst selbst bindet hier die Fäden zu einem Strick, den er vielleicht uns, ganz sicher aber seinen Kindern um den Hals legen will.«

Ragne starrte ihn feindselig an. Es klang beunruhigend einleuchtend, was er da sagte. Dann schüttelte sie den Kopf. Nein, er musste sich irren. Sie weigerte sich zu glauben, dass sie alle der Unbarmherzigkeit ihres namenlosen Herrn ausgeliefert waren. Er wusste ja nicht einmal, dass die Zwillinge existierten, oder? »Komm, Tsifer, ich will diesen Haufen nicht aus den Augen verlieren.«

Eine Weile folgten die beiden Wagen der großen Straße, doch kaum war die Stadt hinter der Flussbiegung außer Sicht geraten, lenkte Meister Maberic sein Gefährt über einen Feldweg hinein in die Jotuna, die Riesenhügel. Lerchen sangen, die Wolken wurden weniger und die Sonne hatte bereits genug Kraft, um die Reisenden zu wärmen. Ayrin legte ihren Schal ab. »Wann genau soll das Portal erscheinen, Meister?«

»Die Sternenkundigen sind bei ihren Auskünften meist ziemlich vage. Meister Tungal und auch Tim waren jedoch der Meinung, dass es sich im Laufe des Tages, spätestens bis zum Abend offenbaren wird.«

»Und dann steht es einfach da, auf einem dieser Hügel?«

»Meist sind die Zugänge in einem Berg oder unter der Erde verborgen. Schon, als sie noch offen standen, hielten die Drachen sie lieber versteckt.«

»Und sind diese Tore dann gemauert, wie das Stadttor von Iggebur? Auch mit Wachen und Fahnen und all dem?«

Der Meister warf ihr einen amüsierten Blick zu. »Das nun gerade nicht. Warum lässt du dich nicht einfach überraschen? Bald wirst du es mit eigenen Augen sehen.«

»Weil ich ein schlechtes Gefühl habe, Meister. Etwas lastet auf mir, eine dunkle Vorahnung. So, als würde ich von einer finsteren Macht erwartet und vielleicht verschlungen.«

»Ich bin bei Euch und werde Euch beschützen, Ayrin Rabentochter«, warf Bo Tegan vom Wagendach aus ein.

Der Meister schüttelte den Kopf. »Es gibt Mächte in dieser Welt, Leutnant, gegen die kann Euer Schwert nichts ausrichten.«

»So? Na, bisher habe ich noch nichts und niemanden getroffen, der nicht gehörigen Respekt vor zwei Ellen scharfem Stahl gehabt hätte.«

»Dann«, sagte der Meister und klang erheitert, »seid Ihr noch nicht sehr weit herumgekommen.«

Der Runenmeister lenkte den Wagen einen sanft ansteigenden Hang hinauf und hielt auf der Hügelkuppe an. Ayrin erhob sich und sah sich um. Halb hoffte sie, das Meer sehen zu können, da waren aber nur die Wellen zahlloser anderer Hügel und dahinter weites Land, das sich im Dunst verlor. Im Süden konnte sie die Türme von Iggebur sehen, doch die See blieb ihr verborgen. Schließlich entdeckte sie auf einem Hügel, ein gutes Stück entfernt, zwei Punkte, Reiter vielleicht. Sie wies Meister Maberic darauf hin.

Der starrte hinüber, konnte aber nichts erkennen. »Du hast wohl die jüngeren Augen, deshalb will ich dir glauben. Die Manen können es nicht sein, es wäre die falsche Richtung. Vielleicht sind es einfach nur zwei Reiter, auf dem Weg in die Stadt.«

»Sie bewegten sich aber nicht Richtung Iggebur, Meister.«

Meister Thimin lenkte seinen Wagen neben den seines Onkels. »Hat die Nadel schon ausgeschlagen?«

Meister Maberic schüttelte den Kopf, dann sagte er: »Es gibt vielleicht noch mehr Verfolger. Ayrin hat Reiter gesehen, dort drüben.«

Thimin streckte sich. Er konnte ebenso wenig etwas erkennen wie Baren, versprach aber, Abhilfe zu schaffen. »Wartet einen Augenblick«, rief er und verschwand im Inneren seines Wagens. Bald darauf öffnete sich eine Klappe im hinteren Teil des Wagens und Lar Thimin trat auf das Dach hinaus, mit einem messingfarbenen Rohr in der Hand, das er auf die Hügel richtete.

»Was ist das?«, wollte Baren wissen.

»Ein Fernglas, und ich muss sagen, Ayrin hat scharfe Augen. Dort drüben sehe ich zwei Männer auf einem Hügel liegen. Falls sie Pferde haben, stehen die hinter der Kuppe, doch bin ich sicher, dass sie uns beobachten.« Er reichte das Rohr an Baren weiter, der es unsicher an sein Auge hielt und mit einem erstaunten Ruf wieder senkte. »Ist das Magie?«

»Eigentlich geht es um Lichtbrechung – darüber können wir ein anderes Mal sprechen. Richte das Rohr auf jenen Hügel dort hinten.«

Noch einmal ließ Baren einen Ruf des Erstaunens hören, dann setzte er das Rohr ab. »Das ist eine wirklich nützliche Erfindung. Dieser Hügel schien zum Greifen nahe. Was ich sah, ist allerdings nicht gut. Der Ohm und Wachtmeister Hufting sind es, die uns beobachten.«

»Also wollen sie ihre Drohung wahrmachen«, stöhnte Ayrin ungläubig.

»Ich und mein Schwert sind bei Euch, Ayrin. Sie können Euch nichts anhaben.«

»Aber im Wege stehen können sie uns schon«, brummte Meister Maberic. »Nun, auf diese beiden Narren können wir keine Rücksicht nehmen. Wir müssen den nächsten Schritt gehen.« Er zog einen Beutel aus seiner Manteltasche, holte die Nadel hervor, fasste den Faden am Ende und wartete, bis sie sich ausgependelt hatte. Erst dann beträufelte er sie mit feinem Staub.

Ayrin hielt den Atem an. Die Nadel zitterte, schwankte unentschlossen von Ost nach Nord, dann wieder nach Ost, nach Süd, erneut nach Ost und endlich hielt sie still. Sie wies nach Osten, weiter hinein in die Hügel.

»Es ist offenbart«, murmelte der Lar.

»Und – wie weit ist es bis dorthin?«, fragte Baren.

»Das werden wir herausfinden«, meinte der Runenmeister andächtig. Er reichte Ayrin die Nadel. »Halte sie am Faden, wir fahren weiter.«

Er schnalzte mit der Zunge und die Pferde spannten sich an und zogen den Wagen hinab in das nächste Tal.

»Aber das ist nicht die Richtung, die die Nadel anzeigt, Meister.«

»Natürlich nicht, Ayrin. Wir halten uns etwas südlich. Wenn die Nadel die Richtung ändert, wissen wir, dass wir dem Tor näher kommen. Das ist einfache Winkelberechnung. Außerdem wollen wir unsere Verfolger nicht auf geradem Weg zu ihrem Ziel führen, nicht wahr?«

Sie überquerten vier weitere Hügel, doch dann, in der folgenden Senke erwartete sie ein Hindernis. Der nächste Hang war zu steil, um ihn mit den Wagen zu bezwingen, und er zog sich weit in beide Richtungen.

»Was jetzt?«, fragte Bo Tegan.

Lar Maberic brauchte nicht lange, um zu überlegen. »Jetzt ist der ideale Zeitpunkt für eine Rast.«

Der Leutnant runzelte die Stirn. »Ich bin da nicht so sicher, Meister. Grener Staak und Wachtmeister Hufting folgen uns wie Schatten. Und ich glaube, dass ich, hin und wieder, immer einen Hügel zurück, andere Verfolger gesehen habe.«

»Ihr habt sie ebenfalls bemerkt?«

»Verfolger?«, rief Ayrin. »Dann folgen uns diese Bergkrieger wirklich?«

Der Meister kletterte vom Kutschbock. »Vermutlich. Und es ist Zeit, deswegen etwas zu unternehmen. Also rasten wir.«

»Rasten?«, fragte Ayrin, fassungslos über die Seelenruhe des Meisters.

»Nun, zunächst einmal sollten wir uns stärken, denn leerer Magen zaubert nicht gern.«

»Aber die Manen! Und der Ohm!«

»Um die kümmern wir uns schon«, gab der Meister mit einem Lächeln zurück.

Zu Ayrins wachsender Verzweiflung schien Meister Maberic die Ruhe selbst zu sein. Er besprach sich im Plauderton mit Thimin, der deutlich nervöser wirkte als sein Onkel, und bestand darauf, zunächst zu speisen und die Pferde zu versorgen.

Ayrin bekam keinen Bissen herunter, und so wie sie schielten auch Baren und Bo Tegan oft hinauf zum Hügelkamm, auf dem sie ihre

Verfolger vermuteten. Manchmal dachte sie, dass sie eine Bewegung gesehen hätte, doch dann war es meist nur ein dürrer Busch, der sich im Wind wiegte.

»Nur dass kaum ein Wind geht«, brummte der Leutnant, als sie ihm ihre Beobachtung mitteilte. Ab da war es mit Ayrins Ruhe ganz vorbei.

Plötzlich verschwand Meister Maberic in seinem Wagen und kehrte kurz darauf mit dem Buch der Runen sowie Tinte und Pergament zurück. »Zeit für deine Übungen!«, verkündete er fröhlich.

»Jetzt?«

»Ich kann mir keinen besseren Zeitpunkt denken.«

Er klappte den in der Außenwand verborgenen Schreibtisch aus und rückte ihr den Stuhl zurecht. »Nimm Platz.«

Etwas in seinem Ton sagte ihr, dass sie der Aufforderung besser Folge leisten sollte. Sie setzte sich und musste dennoch unaufhörlich zu ihren möglichen Verfolgern hinaufschielen. Der Leutnant sprach leise mit Lar Thimin. Der schien viel besorgter als sein Onkel, und war offenkundig trotzdem damit einverstanden, dass Ayrin sich jetzt mit den Runen beschäftigen sollte. »Muss ich wieder eine beliebige Rune zeichnen, Meister?«, fragte sie unruhig.

Der Meister lächelte. »Wie wäre es mit dieser hier?« Er hatte das Buch aufgeschlagen und wies ungefähr auf eine Stelle, an der Ayrin nur leider keine Rune erkennen konnte. »Tief durchatmen, Ayrin, und höre auf, nach unseren Feinden Ausschau zu halten. Wenn sie uns angreifen, wirst du es schon merken.«

Thimin griff in seine Tasche und zog einen Beutel hervor, den Ayrin schon einmal gesehen hatte. Er schüttete ein paar Beeren in seine Hand. »Hier, die könnten dir helfen.«

Meister Maberic schnappte nach Luft und schlug sie ihm aus der Hand. »Bist du von allen guten Geistern verlassen? Hexenbeeren?

Hast du es denn immer noch nicht begriffen? Die Magie verzeiht es nicht, wenn du sie betrügst!«

Sein Neffe schaute ihn mit umflorten Augen an. »Was ist dabei? Sie entspannen den Geist.«

»Sie machen ihn träge und faul. Und jetzt lass das Mädchen seine Arbeit tun!«

Lar Thimin legte ihr die Hand auf die Schulter und sagte: »Du machst das schon. Keine Angst.« Dann ging er mit leicht unsicherem Schritt davon.

Erst jetzt fiel Ayrin auf, dass der Lar sie seit einiger Zeit duzte. Sie seufzte und versuchte, sich ganz auf das aufgeschlagene Buch zu konzentrieren. Sie zwang sich, ruhig zu atmen und – plötzlich war sie da, die Rune, die in dem Linienwirrwarr versteckt war. Diese eine hatte Ayrin noch nie gesehen. Sie griff zur Feder, aber der Meister verbot es ihr. »Hast du denn alles vergessen? Erst musst du die Bedeutung der Rune erfassen.«

Ayrin lehnte sich zurück und ließ die Rune auf sich wirken. Sie war schlicht, ein gerade Strich, oben schloss sich, nach rechts steil abfallend, ein sehr kurzer Balken an. Dann acht dünne und unterschiedlich lange Linien, die die Rune kreuzten. Was die Sache schwieriger machte, war, dass Ayrin plötzlich auf der Doppelseite noch drei weitere Runen sah, die beinahe genauso aussahen, sich nur in Zahl und Verlauf der Linien unterschieden. Sie ignorierte die anderen Zeichen, atmete gleichmäßig ein und aus und versuchte, die Gefahr, in der sie schwebten, zu vergessen. Die Rune! An nichts anderes wollte sie denken. Doch die schwieg, enthüllte ihr Geheimnis nicht.

Ayrin atmete weiter tief und ruhig. Ihr Blick schweifte für einen Augenblick ab und erfasste den Leutnant, der, eine Hand auf dem Schwert, zum Hügelkamm hinaufspähte. Er war angespannt, und der Schalk, der ihm sonst im Nacken saß, schien verschwunden. Er wirkte auf einmal älter, erwachsener. Schlagartig wurde alles grau. Ayrin blinzelte. Die Rune – sie hatte sie entschlüsselt!

»Nebel«, flüsterte sie. »Dieses Zeichen steht für Nebel!«

»Na, das hat ja gedauert«, murmelte Meister Maberic. »Hast du den Beutel fertig, Thimin?«

»Fast«, ertönte es aus dem Inneren des roten Wagens. »Ich brauche nur noch Krähenfedern und Ackerkrume.«

»Ein Beutel?«, fragte Ayrin.

»Ganz recht. Mal sehen, ob deine Verbindung zur Magie wirklich so stark ist, wie wir annehmen. Du wirst nun die Nebelrune ziehen.« Er rückte ihr ein Tintenfass zurecht. Es war ein anderes, als das, das sie sonst verwendete.

»Ist das …?«

»Tinte mit Drachenstaub, ganz recht.«

»Aber ich muss diese Rune erst noch üben.«

»Kein Üben mehr, Ayrin. Dein Verständnis für die Runen ist tief, tiefer als bei einigen Laren. Nun musst du nur noch verstehen, was du hier tust. Du bannst ein Stück jener Urkraft, die uns alle umgibt, auf ein Pergament und veränderst dadurch die Welt um dich herum. Dabei hilft dir der Drachenstaub. Er ist die weiße Brücke, über die du die Helia erreichst.«

Ayrin schluckte. »Ich verändere die Welt?«

Der Meister lächelte. »Keine Sorge. Diese Rune ist nicht schwer, auch wenn sie selten gebraucht wird. Du wirst einen schönen dichten Herbstnebel in diese Senke und auf die benachbarten Hügel legen.«

Ayrin starrte die Feder in ihrer Hand an. »Im Winter? Was, wenn ich versage?«

»Warum solltest du? Stell es dir vor deinem inneren Auge vor. Versuche, den Nebel zu sehen, bevor du die Rune ziehst. Zögere nicht, banne die Magie auf dieses Blatt, verbirg uns vor unseren Feinden.«

Sie schluckte, tauchte die Feder in das Tintenfass und zog sie wieder hinaus. Ihre Hand verharrte in der Luft. Sie löste den Blick vom Tisch und sah in die erwartungsvollen Gesichter ihrer Gefährten. *Nebel.* Wie sollte sie sich den vorstellen? Dann dachte sie an Halmat im Herbst, wenn die Ernte eingebracht war und Scharen von Krähen auf kahlen Feldern nach Futter suchten; die feuchte Erde, der Dunst, der morgens schwer über dem Dorf hing, der Geruch von gefallenem Laub und nassem Stroh. Sie holte noch einmal tief Luft und zog mit halb geschlossenen Augen die Rune auf das kleine Blatt. Ehe sie sichs versah, war sie fertig. Ayrin legte die Feder zur Seite.

Der Meister nahm das Pergament brummend vom Tisch, hielt es gegen das Licht. »Die Linien sind nicht vollkommen. Hier und hier nur ein wenig länger, und dort ein Winkel nach unten und du hättest uns einen kräftigen Regen beschert.«

Sein Neffe nahm ihm das Blatt aus den Fingern. »Mit anderen Worten – sie ist perfekt, Ayrin Rabentochter. Du hast deine erste magische Rune vollendet!«

Ayrin wurde rot. »Und jetzt wird sie gefaltet?«, fragte sie.

»Nicht doch, wir wollen, dass ihre Wirkung sofort einsetzt!«, erklärte Lar Thimin. Er kicherte leise. Sein Blick wirkte immer noch umflort, was Ayrin auf die Wirkung der Hexenbeere schob. Der Lar rollte das Pergament nur leicht zusammen, um es in den Runenbeutel zu schieben. Dann streute er mit konzentrierter Miene weißen Staub darüber und schloss den Lederbeutel.

Ayrin bildete sich ein, ein leises Zischen zu hören. »Und jetzt?«, fragte sie mit angehaltenem Atem.

»Geben wir der Magie etwas Zeit. Dann werden wir im Nebel verschwinden«, sagte Meister Maberic. »Das Tor kann nicht mehr weit sein, die Nadel beginnt schon, nach Norden zu drehen.«

⊕

Ragne hielt sich mit dem Alb am Ende des Zuges auf, der Meister Ortol recht ungeordnet folgte. Sie gingen hinter dem Karren, der mit Messingschalen, Haken, Seilen und anderen rätselhaften Gerätschaften beladen war und von vier Bergkriegern gezogen wurde. Weiter vorne wurde gezankt. »Selbst beim Marschieren müssen sie sich streiten«, murmelte sie.

Der Nachtalb lachte heiser. »Es ist ein Wunder, dass so viele von ihnen an einem Ort versammelt sind und noch kein Blut geflossen ist.«

»Erinnere mich nicht daran, Tsifer. Ich muss bald eine Entscheidung fällen.«

»Sehr bald, Ragne, wenn es nicht zu spät sein soll.«

Sie nickte, und folgte dann schweigend weiter dem Zug, der auf sie wie ein Haufen grauer und schwarzer Krähen wirkte, jederzeit bereit, sich gegenseitig die Augen auszuhacken. Eine Wolke aus Spatzen kreiste über ihnen, schoss nach Osten davon, kehrte zurück. Ortol schien die Lare im Blick zu behalten. Ragne zermarterte weiter ihr Hirn, wie sie die Zwillinge retten konnte, ohne zu enthüllen, wessen Kinder sie waren.

»Bist du nun schlauer?«, fragte Tsifer leise. Ihre Gewissensnöte schienen ihm Spaß zu machen.

Sie schüttelte den Kopf. »In einem bin ich mir aber sicher. Ich will nicht, dass mein Neffe und meine Nichte geopfert oder ins Schattental verschleppt werden.«

Der Alb lachte. »Wenn es heute so geht, wie Meister Ortol will, dann sind die Schatten bald überall. Es ist dann gleich, wo sich die beiden verstecken.«

»Wenn, wenn«, murmelte Ragne. »Ich weiß immer noch nicht, was das für ein Ritual sein soll, das den dunklen Fürsten befreit.«

»Ortol ist gerissen. Er verrät uns nicht mehr, als er muss.«

»Von wegen, er hat einfach nur Angst, dass ein anderer ihm den Ruhm stiehlt«, gab sie ungehalten zurück.

Der Zug hielt an und als sich aus den Hexen und Dunkelmagiern ein unordentlicher Halbkreis gebildet hatte, verkündete Ortol: »Die Runenmeister rasten. Dies hat gewiss etwas zu bedeuten. Wir werden warten. Sie können nicht entkommen, unsere Bergkrieger lassen sie keine Sekunde aus den Augen.«

»Wie weit sind sie denn voraus?«, fragte eine Hexe.

»Nur wenige hundert Schritte. Wir warten hier, bis sie weiterziehen.«

»Und wenn wir dies Wunderding benutzen, das Ihr uns im Tempel gezeigt habt, Meister?«, fragte ein Zauberer.

Ortols Blick flackerte unsicher. »Dazu ist noch Zeit.«

»Aber wir könnten vor ihnen dort sein«, rief eine Hexe.

Ragne gab Tsifer einen Wink. Sie entfernten sich unauffällig ein Stück aus dem Halbkreis und schlichen hinter ein paar Ulmen den nächsten Hang hinauf. »Was hast du vor, Hexe?«, fragte der Alb.

»Ich habe mich entschieden. Die Zwillinge dürfen nicht durch die Hand dieser Manen sterben.«

»Aber dieser Dummkopf steht kurz davor, die Nadel zu verwenden. Ich würde gerne sehen, ob er es schafft.«

»Du kannst gerne bleiben, wenn du sehen willst, wie er versagt«, entgegnete Ragne und stieg weiter den Hügel hinauf. Dabei blickte sie selbst verstohlen zurück. Ortol ließ sich offenbar wirklich von den anderen dazu drängen, die Nadel zu verwenden. Er hielt sie hoch in die Luft, doch an den Reaktionen der Hexen und Zauberer konnte sie erkennen, dass es nicht funktionierte.

»Ihm fehlt der Drachenstaub«, sagte der Alb. »All diese elenden

Drachenzauber können nur mit diesem Staub gewirkt werden, von dem Hexen die Finger lassen sollten.«

Ragne kniff die Augen zusammen. »Er scheint aber mit irgendetwas zaubern zu wollen. Sieh, er hat einen Beutel hervorgeholt.« Dann schüttelte sie den Kopf. »Dieser Narr wird doch nicht etwa Schwarzschwefel verwenden wollen?«

»Das Wetter schlägt um«, sagte der Alb und blickte zum Himmel. Irritiert folgte Ragne seinem Blick. Da zogen immer noch weiße Wolken gemächlich über den blassen Himmel. Plötzlich flatterten Spatzen in großer Zahl rechts und links an ihnen vorüber.

»Nebel«, flüsterte der Alb, »sie machen Nebel!«

Ragne hörte einen lauten Schrei. Sie fuhr herum und sah Meister Ortol, dessen linke Hand in Flammen stand.

»Er ist noch dümmer, als ich dachte«, zischte der Alb vergnügt. »Schnell jetzt. Dieser Nebel verheißt nichts Gutes.«

Tatsächlich zogen nun dichte Schwaden übers Land. Sie kamen aus den Tälern, krochen über die Hügel und verschluckten bald alles, was weiter als zwanzig Schritt entfernt war. »Die Lare haben den Nebel gerufen?«, fragte Ragne verblüfft.

»Wer sonst? Die Götter waren es gewiss nicht«, brummte Tsifer und hinkte voraus.

Eine Weile stolperte Ragne hinter ihm durch die grauen Schleier. »Bist du sicher, dass wir auf dem richtigen Weg sind?«, fragte sie besorgt.

»Hörst du die Pferde nicht? Ihre Wagen können nicht mehr weit sein.«

Ein Hornsignal ertönte. Ragne war es unmöglich, die Richtung zu bestimmen, aus der es durch den Nebel drang.

»Schneller«, zischte der Alb. »Das kam von Ortol. Es ist das Signal an die Manen, anzugreifen!«

Sie rannten den Hügel hinauf, und dann wieder hinab, tiefer hinein in den immer dichter werdenden Nebel. Tsifer schien sich der Richtung gewiss zu sein. Jetzt hörte Ragne Pferde schnauben. Sie mussten ganz in der Nähe sein. Sie griff in ihre Tasche und nahm Schwarzschwefel heraus. Irgendwo nicht weit entfernt hörte sie Fluchen und Poltern.

»Die Manen, sie plündern«, wisperte der Alb und war plötzlich verschwunden.

Ragne tastete sich vorsichtig weiter voran. Da ragte ein grauer Umriss vor ihr auf. Einer der Wagen! »Im Namen des dunklen Fürsten, zeigt Euch«, rief sie unsicher.

Eine Bewegung teilte den Nebel. Plötzlich stand einer der Bergkrieger vor ihr, eine Kriegsaxt in den Händen. »Du bist eine der Hexen, oder?« Er schien enttäuscht.

»Das bin ich, mein Freund. Habt Ihr die Lare getötet?«

Er schüttelte den Kopf. »In Luft haben sie sich aufgelöst, im Nebel versteckt. Aber wir finden sie.«

»Nachdem ihr ausgiebig geplündert habt?«

»Der Meister hat uns reiche Beute versprochen. Wir sorgen dafür, dass er sein Wort hält. Hast du etwas dagegen, Hexe?« Er hielt ihr seine Axt an den Hals.

Sie legte ihm in beruhigender Geste eine Hand auf den Arm. »Nicht doch«, flötete sie. »Tapfere Krieger sollten belohnt werden.« Schon spannte sie einen Schleier über seine Sinne. Er senkte die Axt. »Belohnung, ja.« Sein Blick bekam etwas Lüsternes. Ragne erkannte, dass sie vielleicht zu weit gegangen war. Zu ihrem Glück tauchte ein anderer Mane im Nebel auf. Sie fasste ihr Opfer am Kinn und drehte seinen Kopf. »Siehst du es nicht?«, flüsterte sie ihm ins Ohr. »Der Feind ist da.«

»Feind«, echote der Krieger und hob die Axt.

Sein Stammesgenosse kam näher. »Bex, bist du das? In dieser verfluchten Suppe sieht man keine fünf Schritte weit.«

Mit einem Schrei stürzte sich Bex, wenn das sein Name war, auf den anderen. Ein Hieb, ein lautes Stöhnen, schon war es vorüber.

»Der Feind, der Feind ist hier«, rief Ragne und zog sich in den Nebel zurück. Wütende Rufe und stampfende Schritte waren zu hören. Ragne sammelte sich, warf einen mächtigen Schleier aus schwarzem Schwefel in die Luft.

»Wo sind diese verfluchten …«, rief eine Stimme, die plötzlich endete, weil Bex auch diesen Mann niedergestreckt hatte.

»Du Hund!«, brüllte einer. »Du hast meinen Bruder getötet!« Er stürzte sich mit Gebrüll auf den anderen. Weitere Männer kamen dazu. Klingen klirrten, Krieger fluchten und stöhnten. Aus dem Geschrei hörte Ragne heraus, dass es jetzt um Blutrache ging. Sie ließ ihre Spinnen hastig neue Fäden weben und schoss sie in den Nebel hinaus, um mit leisem Flüstern die Glut des Hasses zu schüren. Bald war nur noch das Keuchen miteinander kämpfender Männer zu hören.

Plötzlich stand der Alb neben ihr. »Lass diese Albernheiten und komm weiter, Ragne. Sie sind längst nicht mehr hier.«

»Du hast ihre Spur?«

Ein verächtliches Zischen war seine Antwort. Natürlich hatte er die Spur, vielleicht auch die Witterung, Ragne war sich da nie ganz sicher. Sie folgte ihm durch den Nebel, und das Stöhnen und Schreien der kämpfenden Bergkrieger wurde bald leiser.

Der Gefangene konnte es fühlen. Es war wie ein Beben, das durch das weitgespannte Netz der Helia und ihre Schatten lief: Das Tor hatte sich offenbart!

Er schritt noch einmal den Runenkreis ab, den er im Inneren seines Gefängnisses angelegt hatte. Jedes der Zeichen war sorgsam gesetzt, makellos. Der Kreis wartete nur darauf, dass er von anderer Stelle gerufen wurde. Ortol war dort, wo er sein musste, auch die restlichen Figuren des Spieles hatten sich so bewegt, wie er es vorausgesehen, nein, wie er es bestimmt hatte: Die Hexe Ragne, der Alb, jener Lar, der wie ein kleines weißes Licht seine Schatten störte, und dann auch jenes andere helle Flackern, das er nicht begriff. Ragne hatte in ihren Berichten an Ortol nichts gesagt, was diese Störung erklärte, und der Hexenmeister auch nicht. Die Krähen brachten Berichte von einem zweiten Lar, doch schien das dem Fürsten keine einleuchtende Erklärung zu sein. Ein Schüler vielleicht? Dann war er ungewöhnlich begabt.

Der Fürst schob den Gedanken zur Seite. Alle liefen sie auf das eine Ziel zu, alle waren sie bereit, die Aufgaben, die er ihnen zugedacht hatte, zu erfüllen. Die Lare würden seinen Leuten den Weg zum Portal weisen. Wenn sie alles so fanden, wie er es erwartete, dann würden diesem Narr Ortol endlich alle Mittel zu Gebote stehen, ihn aus seinem Kerker zu befreien. Es war höchste Zeit. Die Welt wartete auf ihn.

Das Tor

Die Gefährten zogen im schnellen Gänsemarsch durch die dichten Schwaden, immer der Drachennadel folgend, die Meister Maberic vor sich hertrug.

»Vielleicht war dein Zauber zu gut«, flüsterte Baren, der vor Ayrin ging. »In der Suppe könnten wir an diesem Tor vorbeilaufen, ohne es zu sehen.«

»Unsinn«, murmelte Lar Thimin. »Die Nadel wird uns verraten, wenn wir da sind.«

Sie marschierten weiter. Der Nebel verwandelte sich in Dunst und der Dunst wurde abgelöst von einer trüben Dämmerung. Ayrin fragte sich, ob sie im Kreis gelaufen waren, denn immer noch ragten auf allen Seiten Hügel auf, und einer sah aus wie der andere.

Plötzlich hielt Meister Maberic unvermittelt an. »Da! Sie schlägt neu aus!«

»Dort entlang!«, rief Thimin.

»Nein, hier herüber!«, antwortete sein Onkel.

Die Nadel drehte sich wild in alle Richtungen.

»Haben wir das Ziel verloren? Ist das Tor etwa wieder verschwunden?«, fragte Ayrin besorgt.

»Nicht doch. Ich würde eher sagen, wir sind da«, brummte Meister Maberic.

Tatsächlich standen sie zwar auf einem stattlichen Hügel, aber außer Gras und wenigen kahlen Ulmen war nichts zu sehen.

»Aber wo ist es?«, fragte Leutnant Tegan.

»Vermutlich genau unter uns!«, meinte Thimin. »Sucht die Flanken dieses Hügels ab. Irgendwo muss sich ein Zugang geöffnet haben!«

»Aber lasst Euch nicht einfallen, alleine hineinzugehen!«, mahnte sein Onkel.

Ayrin ging mit Baren. Der Leutnant schloss sich ihnen an. »Es geht schneller, wenn wir uns aufteilen«, rief sie ihm zu.

»Gewiss«, gab er zurück. »Doch es sind vermutlich immer noch Feinde in der Nähe, und ich will Euch nicht ohne Schutz lassen, Ayrin Rabentochter.«

Ayrin warf ihm einen verärgerten Blick zu. »Ich kann schon auf mich selbst achtgeben, Leutnant! Wenn ich Eure Hilfe …« Sie verstummte, denn Baren hatte sie am Arm gepackt und zurückgerissen.

Sie wollte ihn schon wütend anfahren, da sah sie den Grund. Zu ihren Füßen öffnete sich ein großes dunkles Loch in der Flanke des Hügels. Sie hatten den Eingang gefunden, und Ayrin wäre beinahe hineingestürzt.

Sie riefen nach den beiden Laren und Ayrin trat vorsichtig näher an das Loch heran. Kalte, muffige Luft drang aus dem Inneren des Hügels, dennoch fühlte sie sich magisch angezogen. Sie lauschte. Kam da nicht ein Flüstern aus der Dunkelheit? Rief da jemand nach ihr, mit klagender Stimme? Vielleicht sogar … Sie machte einen weiteren Schritt, und wieder war es Baren, der sie zurückhielt. »Ich höre das Flüstern auch, Ayrin, doch kann es nicht von unserer Mutter stammen.«

»Warum nicht? Vielleicht ist sie bei Halmat durch ein Tor hineingegangen und kommt nun durch ein anderes wieder heraus.«

Ihr Bruder schüttelte den Kopf. »Nach siebzehn Jahren? Und hast du nicht gehört, was die Meister sagten? Die Tore sind seit drei Jahrhunderten verschlossen. Niemand geht hinein oder hinaus.«

Ayrin wusste, dass er recht hatte, trotzdem …

Die Lare kamen keuchend herangelaufen. »Bei den Göttern, ihr habt es gefunden!«, rief Thimin.

»Was dachtest du denn?«, fragte sein Onkel. Es hätte würdevoller geklungen, wenn er nicht so außer Atem gewesen wäre.

»Und jetzt?«, fragte Bo Tegan.

»Die Fackeln!«, kommandierte Meister Maberic. »Es wird Zeit, dass wir uns holen, weshalb wir gekommen sind.«

»Und … die anderen?«, fragte der Leutnant. »Sie werden früher oder später unsere Spur finden.«

»Mehr aber auch nicht«, brummte der Meister. »Thimin, sobald wir drinnen sind, solltest du den Zugang gegen Hexen versiegeln.«

Sein Neffe nickte, schaute aber geistesabwesend auf das Tor. Endlich kniete er nieder und zog Feder und Pergament hervor. Er sammelte sich, dann zog er mit elegantem Strich eine Rune auf das Blatt. Grinsend schob er sie in einen Beutel. »Den habe ich, in weiser Voraussicht, schon vorhin vorbereitet«, erklärte er stolz, obwohl niemand gefragt hatte. Er ließ Drachenstaub in den Lederbeutel rieseln und verschnürte ihn sorgfältig. »Hoffentlich werden wir dort drinnen fündig«, murmelte er. »Viel habe ich nicht mehr.« Er versteckte den Beutel zwischen einigen Feldsteinen über dem Zugang.

»Was ist, können wir endlich hinein?«, fragte Ayrin ungeduldig.

»Gewiss, aber seid vorsichtig, und vor allem, seid leise. Wir wollen ja die Bewohner dieser Höhle nicht aufwecken, nicht wahr?«

»Bewohner?«

»Du wirst schon sehen, Ayrin, du wirst schon sehen.«

»Willst du sie wirklich mit hineinnehmen, Onkel?«, fragte Thimin.

Der seufzte. »Wollen? Nein. Aber hier können sie nicht bleiben. Außerdem wird wenigstens Ayrin früher oder später nicht darum herumkommen, sich dem zu stellen, was sie an diesen Toren erwartet.«

»Bei den Göttern! Was erwartet mich dort drinnen?«, rief Ayrin.

»Nichts, worüber du je ein Wort verlieren solltest. Ich werde es gewiss nicht tun«, beschied sie Meister Maberic, entzündete seine Fackel und stieg in das finstere Loch hinein. Bald war nur noch rötlicher Widerschein auf den Lehmwänden zu sehen.

»Nun, worauf warten wir?«, fragte der Leutnant, trotzdem schien er zu zögern.

Ayrin hätte ihn verspottet, wenn sie nicht plötzlich ebenfalls von einer unbestimmten Furcht befallen worden wäre. Dort, in der Dunkelheit, da wartete etwas auf sie. Etwas Mächtiges, vielleicht Böses, und die dunklen Vorahnungen, die sie beim Aufbruch in Iggebur gespürt hatte, kehrten zurück. Endlich überwand sie ihre Furcht und stieg seufzend in die Finsternis hinab. Eine zweite Fackel flammte auf. Baren leuchtete ihr den Weg.

Da war zunächst ein Gang, breit genug für fünf oder sechs Männer. Er durchschnitt lehmige Erde. Bald aber stießen sie auf Gestein. Ayrin stolperte über den unebenen Grund. Bo Tegan reichte ihr den Arm, aber sie lehnte mit einem Kopfschütteln ab.

Er nickte ihr aufmunternd zu und war doch selbst sehr blass geworden. Der Gang führte sie in langen Windungen steil nach unten, dann sprangen die Wände unvermittelt zurück und die kleine Gruppe blieb stehen. Meister Maberic erwartete sie am Rande einer riesigen Höhle. Ein spiegelglatter See bedeckte den Grund. Tropfsteine hingen von der Decke, andere standen im Wasser. Ayrin konnte nur Teile der Decke sehen und wo dieser See endete, war gar nicht zu erkennen.

»Mir scheint, dieser Hügel ist innen größer als außen«, murmelte Lar Thimin.

Meister Maberic räusperte sich. »Weiter jetzt«, wisperte er.

Sie suchten im Fackelschein nach einem Weg, fanden aber keinen. Schließlich wateten sie durch das Wasser. Der See war knöcheltief, eiskalt und kristallklar. Ayrin hielt nach Fischen Ausschau, entdeckte allerdings keine. »Fledermäuse gibt es hier auch nicht«, flüsterte Baren, der ihre Gedanken wohl erraten hatte.

Sie nickte ihm zu. Im Gänsemarsch tasteten sie sich langsam voran. Ihre beiden Fackeln reichten nicht, die ganze Höhle auszuleuchten. Die Wände und die Decke verschwanden in der Dunkelheit und sie wanderten durch einen scheinbar uferlosen See. Manchmal erreichten sie Felsensäulen, die sich hoch oben in der Finsternis verloren und die dennoch dieses ungeheure Gewölbe tragen mussten. Das Rauschen, verursacht durch ihre Schritte, klang unnatürlich laut. Der See wurde allmählich tiefer, bis an die Schenkel reichte das Wasser irgendwann, und Ayrin fragte sich, ob sie auch noch würden schwimmen müssen. Das Atmen fiel ihr schwer. Sie schob es auf die Anspannung, die auf ihr lastete.

»Ich wollte, ich könnte schweben«, murmelte Baren.

»Ruhe«, forderte Meister Maberic leise. Er ging mit der Drachennadel in der Linken immer noch voraus.

Der See wurde wieder flacher und die Tropfsteine, zwischenzeitlich ganz verschwunden, wurden wieder mehr. Der Grund unter ihren Füßen stieg an und dann erreichten sie das Ufer. Es war schmal und die Nadel wies auf eine Wand.

»Es muss hier noch eine zweite Kammer geben«, flüsterte der Meister.

Sein Neffe wies mit einem Nicken nach rechts. Tatsächlich schienen die Felsen dort weiter zurückzuspringen. Sie tasteten sich vorsichtig voran. Ja, da war ein weiterer Durchgang, hoch und breit. Ein dumpfes Pochen drang an Ayrins Ohr. Sie hob die Hand. »Hört ihr das?«, flüsterte sie.

Die anderen blieben stehen, lauschten, aber das Pochen kam nicht wieder. »Weiter«, wisperte Meister Maberic.

Sie folgten dem breiten Durchgang. Wieder hörte Ayrin das dumpfe Pochen. Es schien aus dem Boden zu kommen.

»Jetzt habe ich es auch gehört«, sagte der Leutnant. Er legte die Hand auf sein Schwert.

Meister Maberic und sein Neffe tauschten beredete Blicke. »Wenigstens zwei«, sagte Thimin dann leise. Sein Onkel nickte zustimmend. Dann hob er einen Finger an seine Lippen und ging sehr vorsichtig weiter.

Ayrin folgte den anderen auf Zehenspitzen. Plötzlich fand sie das allerdings widersinnig. Sie kamen mit Fackeln, was nützte es da, wenn sie leise waren? Die Anspannung wurde unerträglich. Sie bogen um eine Ecke und Meister Maberic hob die Hand. »Da!«, flüsterte er und wies voraus. Ayrin reckte sich. Dann sah sie, was der Meister meinte: In einer hohen Kammer, ganz am Rande des Lichtschimmers, den die Fackeln verbreiteten, lag etwas, was nicht aus Stein war. Es war groß, geradezu riesenhaft, schuppig, mit Klauen und mächtigen Kiefern. Sie starrte mit offenem Mund hinüber, blinzelte und dann, als der Meister noch ein paar Schritte weiter schlich, erkannte sie, dass dort nicht eines, sondern zwei dieser Wesen ruhten.

»Drachen?«, wisperte sie mit versagender Stimme.

»Zwei, genau, wie ich vermutet hatte«, sagte Lar Thimin und zwinkerte ihr zu.

Bo Tegan zog sein Schwert.

»Steckt Euren Zahnstocher weg, bevor Ihr Euch noch wehtut, Leutnant«, bat ihn Maberic leise und legte ihm eine Hand auf den Schwertarm.

Ayrin nahm Baren die Fackel aus der Hand und trat, wie gebannt, noch ein paar Schritte in die Höhle hinaus. Ja, es waren

Drachen. Sie lagen dort, eng aneinandergeschmiegt, wie für die Ewigkeit vereint.

»Aber, wie …?«

»Als der Fürst der Hexen seinen Bannzauber sprach, schlossen sich die Tore nach Udragis, wie ich dir bereits erzählt habe«, erklärte der Meister leise. »Viele Drachen schafften es nicht rechtzeitig, zurückzukehren. Und abgeschnitten von der Magie, die ihnen Kraft verleiht, blieben sie bei den Toren zurück.«

Jetzt, wo sie den ersten Schrecken überwunden hatte, erkannte Ayrin, wie anmutig diese Wesen waren. Sie lagen nebeneinander, die mächtigen Flügel gefaltet, die Leiber eng beieinander, so, wie es vielleicht Liebende tun würden.

Wieder klang ein dumpfes Pochen durch den Boden. »Und das?«

»Ist ihr Herzschlag, Ayrin. Sie sind nicht etwa tot, sondern schlafen nur. Tief und fest, zu unserem Glück. Und doch müssen wir leise sein, bei der Arbeit, die vor uns liegt.«

»Und das Tor?«, fragte sie und konnte den Blick nicht von diesen herrlichen Geschöpfen wenden.

Der Meister wies mit einer Bewegung des Kopfes auf die Wand hinter den Drachen. Zuerst sah Ayrin nur glatten Fels, schließlich erkannte sie, dass dort eine verwitterte Rune eingegraben war.

»Sie ist ihrer Wirkung beraubt. Deshalb wird sich das Tor wohl nie wieder öffnen.« Meister Maberic beugte sich hinab und suchte etwas in der Tasche, die er mitgenommen hatte. Endlich holte er Hammer und Meißel hervor. Lar Thimin hielt die gleichen Werkzeuge in den Händen. Er tänzelte nervös von einem Bein auf das andere.

»Was habt Ihr vor, Meister?«, fragte Ayrin leise.

»Nun, Drachenstaub liegt nicht einfach hier herum. Er muss gewonnen werden. Und zwar aus den Schuppen eines Drachen.«

»Ihr wollt …«

»Genau. Und seid leise. Wir glauben zwar, dass die Drachen nicht erwachen werden, solange die Tore geschlossen sind, doch wollen wir das Unglück nicht durch mangelnde Vorsicht heraufbeschwören.«

»Ich komme mit«, flüsterte Ayrin.

Meister Maberic schüttelte den Kopf. »Viel zu gefährlich. Und wir haben gar kein Werkzeug für dich.«

»Trotzdem.«

Lar Thimin kicherte. Dann sagte er: »Früher oder später muss sie es lernen. Zeigen wir ihr also am besten gleich, wie es geht.«

Sein Onkel schüttelte missbilligend den Kopf, gab aber seufzend nach. Er erteilte dem Leutnant und Baren die Anweisung, den Eingang der Höhle im Auge zu behalten, danach gab er das Zeichen, sich den Drachen zu nähern. Wieder rollte ein dumpfes Pochen durch den Felsen und darüber hörte Ayrin, sehr deutlich, den fliegenden Schlag ihres eigenen Herzens. Ein Teil von ihr schien am Eingang der Höhle stehen zu bleiben und kopfschüttelnd zuzusehen, wie sie, wie von einem Fieber erfasst, sich diesen riesigen Wesen näherte, blind und taub für alle Gefahren, die im wörtlichsten aller Sinne, vor ihr lagen.

Schritt für Schritt schlichen sie voran. Aus der Nähe betrachtet fand Ayrin die Drachen, wenn möglich, noch erhabener. Die Schuppen schienen nahtlos ineinandergefügt, die Hälse waren kraftvoll und schlank, die Köpfe drückten Würde aus und die Kiefer, ja, die fand Ayrin furchterregend. Sie hätte die Meister gerne gefragt, ob diese Wesen wirklich Feuer speien konnten, nun traute sie sich allerdings nicht, auch nur ein Wort zu sagen.

Lar Thimin wies auf eine Stelle an der Brust des vorderen Drachen. Jetzt erkannte Ayrin, dass dort eine Lücke im Schuppenpanzer klaffte. »Ein anderer Lar muss lange vor uns hier gewesen sein«, raunte ihr Thimin ins Ohr. Er kniete sich dort hin und setzte den Meißel an die benachbarte Schuppe und dann, nach einem besorgten Blick zu den geschlossenen Augen, begann er, behutsam zu hämmern.

Ayrin wäre fast in Ohnmacht gefallen. Sie hielt sich die Hand vor den Mund, um nicht aufzuschreien. Ein weiteres leises Hämmern ertönte am Bein des Drachen. Meister Maberic versuchte dort, eine Schuppe zu lösen. Und wieder war da das dunkle Pochen des schlafenden Drachenherzens. Schlug es jetzt schneller? Beide Meister hielten inne, tauschten besorgte Blicke und fuhren dann mit ihrer Arbeit fort. Sie brauchten Ewigkeiten, zumindest kam es Ayrin so vor. Vorsichtig, in winzigen Schritten, lösten sie die Drachenschuppen vom Leib des Geschöpfs. Das Pochen schien lauter zu werden, und plötzlich, mit einem Knirschen, hielt Meister Maberic eine Schuppe in den Händen. Sie bedeckte seine Handfläche. Wenige Schläge später hatte auch Lar Thimin sein Werk vollbracht. Die beiden Meister hielten inne und lauschten, wie auch Ayrin. Der Schlag des Drachenherzens schien sich wieder zu verlangsamen. Ayrin bemerkte, dass sie am ganzen Leib zitterte. Erst jetzt erlaubte sie sich, tief Luft zu holen. Sie hatten es geschafft!

»Nun der andere«, kommandierte Meister Maberic leise.

Sie traute ihren Ohren nicht. »Ihr wollt es noch einmal wagen?«

Thimin zuckte mit den Schultern. »Eine günstige Gelegenheit, die Vorräte aufzustocken«, flüsterte er. »Wer weiß schon, ob auch am nächsten Tor Drachen ruhen?« Er klopfte ihr beruhigend auf die Schultern und machte sich zu Ayrins Entsetzen daran, über den schlafenden Drachen hinweg zu dem anderen zu klettern.

Er hob bereits den Hammer, wurde aber durch Baren und den Leutnant aufgehalten. Sie kamen vom Durchgang herangelaufen, beladen mit den Taschen der Lare.

»Es kommt jemand«, rief der Leutnant leise. »Da sind viele Männer im Wasser, dem Lärm nach zu urteilen«, setzte er hinzu.

Für einen Augenblick schien alles zu erstarren. »Du hast den Eingang versiegelt, dachte ich«, zürnte Maberic.

»Habe ich«, gab der Neffe leise zurück. Er wirkte beleidigt. »Du hast es doch gesehen. Gegen Hexen und Zauberer!«

»Auch gegen Bergkrieger?«, fragte der Leutnant, das Schwert in der Hand.

»Nun ja ... das habe ich möglicherweise vergessen.«

»Du einfältiger Narr!«, rief sein Onkel. »Jetzt komm von dem Drachen herunter, wir brauchen ein Versteck.«

Baren wies auf eine Ansammlung von Tropfsteinen, unweit des verschlossenen Portals. Sie mochten Deckung bieten. Schon waren laute Stimmen im Durchgang zu hören. Sie löschten die Fackeln, hasteten zu den Felsen hinüber und versteckten sich.

Wieder trottete Ragne am Schluss des Zuges, der nun ungeordnet und lärmend diesen merkwürdigen See durchquerte. Sie hatte mit Tsifer lange vor den anderen den Eingang dieser Höhle erreicht, doch dann waren sie auf ein Hindernis gestoßen – einen Runenbeutel, machtvoll und versteckt, der sie daran hinderte, einzutreten.

Wären die Manen nicht gewesen, würden sie jetzt noch draußen stehen. Meister Ortol war mit seinem Gefolge wenig später an diesem Eingang angelangt, und seine Bergkrieger hatten das Hindernis beseitigt.

Spott und Verachtung ergoss sich über Ragne, weil sie versucht hatte, ihre Brüder und Schwestern zu übertrumpfen. Zu ihrem Glück schienen die Manen nicht begriffen zu haben, welchen Anteil sie an dem Zwischenfall im Nebel gehabt hatte. Ortol hätte sie trotzdem vor der Höhle zurückgelassen, aber dann hatte Tsifer sich kurz in voller Größe gezeigt, und er hatte auf Strafen – vorerst – verzichtet.

Jetzt ging Ortol vorneweg in dem breit aufgefächerten Zug, der nach dem Drachentor suchte, das irgendwo hier verborgen sein musste. Seine linke Hand war dick verbunden. Er musste sich ordentlich verbrannt haben, als er versuchte, die Drachennadel mit Schwarzschwefel zu aktivieren. Sie war zu Asche zerfallen und sie mussten auf ihre Sinne vertrauen, um das Portal in dieser riesigen Grotte zu finden.

»Nasse Füße«, brummte Tsifer, der an ihrer Seite marschierte.

»Und du weißt wirklich nicht, was Ortol vorhat?«, fragte sie leise zurück.

»Er soll seinen Herrn befreien. Ich weiß aber nicht, wie er dieses Wunder vollbringen will.«

»Du musst dich doch darauf freuen, Tsifer. Unser Fürst will dir schließlich den Weg in die Heimat weisen.«

Der Alb knurrte verächtlich. »Ortol ist ein armseliger Zauberer, verglichen mit dem Dunklen Fürsten. Wie sollte der Narr den alten Bann lösen können, den der Herr selbst gewirkt hat?«

»Und das ist der einzige Grund für deine Laune, die mir noch schlechter zu sein scheint als sonst?«

»Ich wittere Unheil, Ragne. Unheil für uns alle, denn ich spüre eine Art Magie, die mir schon lange nicht mehr untergekommen ist.«

»Und du meinst nicht die Runenmeister?«

»Weder sie noch die Zwillinge, obwohl die irgendwo hier stecken müssen. Nein, was ich meine, ist viel älter.«

Jemand rief, dass er einen Durchgang gefunden habe.

»Scheint, als kämen wir endlich aus diesem Gewässer heraus«, meinte Ragne.

Der Alb fasste sie am Arm, sodass sie stehen bleiben musste. »Und dennoch wäre es besser, wir blieben darin, statt den Narren weiter zu folgen.«

»Warum? Was erwartet uns dort vorne?«

»Spürst du es nicht, Hexe? Hörst du nicht das Pochen gewaltiger Herzen? Drachen! Ortol führt uns auf geradem Weg vor das Maul Feuer speiender Bestien!«

Ragne löste seinen Griff. Sie wusste nicht, ob sie glauben konnte, was der Nachtalb da erzählte. »Das muss ich sehen.« Sie eilte der Menge hinterher. Bald darauf stolperte sie in die kleinere Halle und blieb ebenso ehrfürchtig stehen wie ihre Hexenschwestern und Magierbrüder. Ja, es waren Drachen, zwei an der Zahl, sie schienen sie fest zu schlafen.

Ortol trat vor die Menge. »Es ist, wie es der Herr voraussagte. Diese Bestien haben es nicht geschafft, nach Udragis zu entkommen. Sie liegen hier, mehr tot als lebendig, und nun werden sie uns helfen, den Dunklen Fürsten zu befreien.«

Ragne stellte sich auf die Zehenspitzen, um besser zu sehen. Für sie sahen diese Drachen nicht so aus, als seien sie halb tot. Ihre Schuppen glänzten und die mächtigen Leiber strahlten eine Ruhe aus, die nichts mit Schwäche zu tun hatte.

»Was habt Ihr vor, Meister?«, fragte einer der Schwarzmagier mit gedämpfter Stimme.

»Wir brauchen das Blut, die Schuppen und die Knochen eines dieser Untiere.«

»Ihre Herzen schlagen noch«, wandte einer der Bergkrieger ein.

»Das werden wir natürlich ändern«, erklärte Ortol grimmig.

»Und wenn sie erwachen?«

»Sie werden nicht erwachen, solange das Tor geschlossen ist. Es schneidet sie von der Quelle ihrer Kraft ab. Folgt mir, ihr Feiglinge.« Er trat nahe an den vorderen Drachen heran. Einige Krieger folgten ihm zögerlich. Die Hexen und Zauberer blieben hingegen, wo sie waren.

Einer der Manen stupste den Drachen mit dem Stil seiner Axt und wich dabei zurück. Das mächtige Wesen rührte sich nicht.

»Den Kopf sollt ihr ihm abschlagen, Männer. Das ist möglich. Diese Bestien sind nicht unverwundbar. Im Drachenkrieg sind nicht nur Menschen gefallen!«

»Dann macht Platz«, sagte einer der Krieger. Er stellte sich breitbeinig hin, holte aus und mit einem mächtigen Hieb trieb er die Schneide seiner Axt tief in den Hals des Drachen. Blut spritzte, und der Drache schreckte hoch, brüllte, dass es Steine von der Decke regnete, schüttelte sich, stellte die mächtigen Flügel auf und wandte sich dem Angreifer zu. Der stand dort, wie gelähmt, die bluttriefende Axt noch in den Händen. Er ließ sie fallen. »Dort, eine Lücke in seinem Panzer«, schrie Ortol und wies auf eine dunkle Stelle an der Brust des Drachen. Das Ungetüm holte schnaufend Luft, taumelte, Blut spritzte aus der klaffenden Wunde. Schmerz mischte sich in sein zweites Brüllen. Einer der Manen sprang vor und rammte seinen Speer in die Brust des Wesens, genau in die Lücke des Schuppenpanzers. Der Drache zuckte zurück, dann schoss sein Kopf blitzschnell nach vorne. Die mächtigen Kiefer schnappten zu und zermalmten den Mann mit dem Speer, der keine Zeit hatte, zurückzuweichen. Der Drache reckte den verwundeten Hals, ließ den leblosen Körper mit einem klagenden Laut fallen, richtete sich schnaufend auf, stöhnte, schüttelte sich, taumelte ein paar Schritte zur Seite und brach dann zusammen. Blut strömte aus seinem Hals und aus seiner Brust. Der andere Drache lag neben ihm – und rührte sich nicht.

»Schnell!«, rief Ortol. »Die Messingschalen! Wir brauchen dieses Blut.« Die allgemeine Erstarrung löste sich. Eilfertig schafften Hexen die Schalen heran und machten sich daran, das Blut aufzufangen. Ortol schritt mit triumphierendem Blick zur Mitte der Höhle und erteilte weitere Befehle. »Der Ritualkreis. Zeichnet ihn hier, und macht ihn so groß wie möglich. Und ihr dort, ihr tapferen Manen, besorgt mir die Rippen des Untiers.« Dann zog er eine Phiole hervor, die er an einer Kette um den Hals trug, hielt sie gegen das Licht und betrachtete sie prüfend.

»Ebenfalls Blut!«, raunte Tsifer. »Von unserem Fürsten nehme ich an. Will er so die alte Weissagung erfüllen? Wie dumm.«

Ragne antwortete nicht. Sie hatte gebannt zugesehen, wie der Drache überrascht und scheinbar leicht besiegt worden war. Und sein Bruder, der neben ihm lag, zuckte nicht einmal. Oder schlug sein Herz schneller? Auf jeden Fall schlug es lauter. Das dumpfe Pochen war nicht mehr zu überhören. »Wir sollten uns in der Nähe des Durchgangs halten, Tsifer. Für den Fall, dass der zweite Drache doch noch die Augen aufschlägt und erkennt, was hier vorgeht.«

»Ortol hat recht. Er wird nicht erwachen, nicht, solange das Tor geschlossen bleibt. Und selbst wenn, du hast gesehen, wie schwach sein Bruder war.« Der Alb ging in die Hocke, wiegte den Kopf hin und her und wandte sich ab. »Sie sind hier«, flüsterte er Ragne leise zu. »Hast du den Schrei des Mädchens nicht gehört? Sie sieht zu.«

In der Aufregung hatte Ragne die Lare und die Zwillinge völlig vergessen. Auch sonst schien niemand sich zu fragen, wo die Runenmeister, die versucht hatten, das Tor zu versiegeln, geblieben waren. Sie biss sich auf die Lippen. Erfüllte sich die Prophezeiung so, wie sie immer verstanden worden war? Waren die Kinder des Hexenfürsten der Schlüssel zu seiner Befreiung? »Wo stecken sie?«, fragte sie leise.

»Ich weiß es nicht. Der Geruch von Blut überdeckt alles. Aber du musst dich nicht sorgen, Ragne. Sie können Ortol nicht aufhalten.«

»Das ist es nicht, was mir Sorgen bereitet, Tsifer. Ich habe Angst um die beiden. Ich will nicht, dass Ortol ihr Blut mit dem des Drachen vermischt.«

»Wessen Blut?«, fragte eine der Hexen misstrauisch, die mit schweren Eisenhaken beladen, an ihnen vorübereilte.

»Das des Bergkriegers, der von dem Drachen zermalmt wurde«, antwortete Ragne schnell.

Die Hexe lachte meckernd. »Das war ein Anblick, der einem das Blut in den Adern gefrieren lassen konnte. Nun ist die Bestie aber tot, und wir müssen uns eilen, sie zu zerlegen. Der Meister sagte, um Mitternacht sei das Ritual am wirkungsvollsten.« Sie warf Ragne einen erwartungsvollen Blick zu, bevor sie weiterging, Ragne dachte gar nicht daran, sich an dieser Arbeit zu beteiligen. Alle schienen darauf zu brennen, den Fürsten zu befreien. Nur sie selbst war der Meinung, dass er ruhig noch weitere dreihundert Jahre in seinem Kerker schmoren durfte, für das, was er ihrer Schwester angetan hatte. Nur was konnte sie tun, um ihn aufzuhalten?

Ayrin barg das Gesicht in den Händen und weinte lautlos. Diese Mörder hatten die wehrlose Kreatur abgeschlachtet, hatten dieses herrliche, wundervolle Wesen einfach erschlagen, weil sie irgendein Ritual durchführen wollten.

Irgendeines? Nein, der Anführer hatte etwas davon gesagt, dass sie den Fürsten der Dunkelheit befreien wollten. Und sie saß versteckt hinter ein paar Steinen, Tränen in den Augen und konnte nichts tun, um sie aufzuhalten.

Sie spähte zwischen den Tropfsteinen hindurch. Diese Unholde waren dabei, den Leib des Drachen aufzuhacken und die mächtigen Rippen aus dem Leib zu brechen. Fleisch und Knochen, die sie nicht brauchten, warfen sie achtlos zur Seite. Hexen zogen am Grunde der Höhle einen großen Kreis in den grauen Sand. Zauberer malten Runen mit dem Blut des Drachen innerhalb und außerhalb der Linie und raunten dabei Beschwörungen. Ayrin konnte nicht zusehen. Sie tauschte Blicke mit ihren Gefährten, die blass und schweigend mit ihr hinter den Steinen saßen. Meister Maberic machte dauernd Gesten der Beschwichtigung, sein Neffe stierte mit schreckgeweiteten Augen ins Nichts und Baren hatte den Kopf in den Händen verborgen und schien ebenso erschüttert zu sein, wie sie selbst. Nur der Leutnant wirkte, als wolle er etwas unternehmen. Er hielt sein Schwert immer noch – oder wieder – in der Faust und spähte mit grimmiger Miene hinab zu dem wachsenden Ritualkreis. Hatte er etwa vor, einzugreifen? Ayrin legte ihm eine Hand auf den Arm und schüttelte den Kopf. Er nickte ihr zu, wohl als Zeichen, dass er verstanden habe, behielt seine Klinge aber in der Hand.

Ayrin sah hinüber zu dem zweiten Drachen. Er lag regungslos neben seinem geschlachteten Gefährten, zuckte nicht einmal. Spürte er das Blut nicht, das ihm auf den Leib gespritzt war? Hörte er nicht, wie die Klingen in Knochen und Fleisch seines Bruders drangen? Wenn sie daran dachte, wie vorsichtig die Lare einzelne Schuppen aus dem Panzer dieses Wesen gelöst hatten, hätte sie fast angefangen zu lachen. Nein, diese wundervollen Geschöpfe erwachten nicht, konnten nicht erwachen, außer wenn es ihnen ans Leben ging. Der Anführer dieser Zauberer und Hexen hatte vermutlich recht: Solange das Tor nach Udragis geschlossen war, würde sich der Drache nicht rühren.

Und sie konnten gar nichts unternehmen? Gab es keine mächtige Rune, mit der sie diese finstere Schar vertreiben konnten? Sie warf fragende Blicke zu Meister Maberic hinüber, der hob nur hilflos die Schultern. Mussten sie also wirklich mit ansehen, wie der Hexenfürst befreit wurde? Würden die düsteren Vorahnungen der Muhme, über die sie vor Kurzem noch gelacht hatte, also wahr werden?

Ayrin spürte einen wachsenden Druck in der Brust. Sie konnte nichts gegen das Gefühl unternehmen, dass das alles ihre Schuld war, dass das alles nur geschah, weil sie an einem kalten Wintertag aus Halmat fortgelaufen war. Hatte sie nicht eine Kette von Ereignissen in Bewegung gesetzt, die nun hier endete? War es also ihr bestimmt, dem Hexenfürsten den Weg aus seinem Kerker zu zeigen? Der Gedanke schnürte ihr die Kehle zu. Aber das war es nicht allein. Irgendwie schien es ihr, als sei sie noch auf eine andere, unerklärliche Art mit den Vorgängen hier verbunden.

Sie spähte durch die Tropfsteine hindurch. Der Ritualkreis, er schien nach ihr zu rufen. Ein magisches, rotes Flackern leuchtete hin und wieder über den Blutrunen auf. Dann entdeckte sie die Hexe aus Halmat, Ragne, und gleich daneben, den unheimlichen Diener, von dem sie nun wusste, dass er ein Alb war. Sie starrte ihn an – und zuckte zurück. Er hatte sie angesehen, hatte sie ohne jeden Zweifel entdeckt!

Sie hielt die Luft an, wartete darauf, dass er Alarm schlagen und ihnen die Meute auf den Hals hetzen würde – doch nichts geschah. Noch einmal spähte sie hinüber. Der Alb hockte dort, neben der jungen Hexe und schien vollkommen desinteressiert zu sein, an dem, was da um ihn herum vorging. Hatte er sie vielleicht gar nicht gesehen? Aber falls doch, warum behielt er es dann für sich?

Der Ritualkreis war geschlossen, die Blutrunen gemalt. Ayrin sah den Zauberern zu, die nun begannen, mit behandschuhten Händen die Rippen des Drachen um den Kreis herum in die Erde zu rammen. Das schien harte Arbeit zu sein. Die Bergkrieger schlugen mit ihren Waffen Löcher in den Grund, um den Knochen Halt zu geben. Andere spannten Seile und verankerten sie im Untergrund, um die Rippen zu stabilisieren.

Als das geschafft war, befahl der Anführer, weitere Knochen aus dem Skelett des Drachen herauszubrechen, um einen zweiten Kreis um den inneren Zirkel zu schaffen. Ayrin konnte es nicht mit ansehen.

Endlich schien die blutige Arbeit getan. Der Anführer, Ayrin hatte mehrfach gehört, dass er Meister Ortol genannt wurde, entfernte die Bandagen von seiner linken Hand. Offenbar war sie verbrannt. Er trat in die Mitte des doppelten Kreises und forderte seine Gefolgsleute auf, einen Ring zu bilden.

Die Hexen und Magier gehorchten, während sich die Bergkrieger in einiger Entfernung sammelten und mit offenen Mündern zusahen. Und noch jemand schloss sich der Aufforderung nicht an: Ragne von Bial. Ayrin konnte sehen, wie sie sich mit ihrem Begleiter von den Übrigen entfernte und sich im Schatten eines Felsvorsprungs verbarg.

»Der alte Feind ist gefallen!«, rief der Anführer laut. »Sein Blut wurde vergossen und aufgefangen, seine Knochen zerschmettert und zum Kreis geformt. Er ist unterworfen, bereit, die Magie, die in ihm steckt, dem dunklen Herrn zu opfern.«

»Er ist bereit«, raunte die Menge.

Ayrin wandte sich ab, aber das Raunen sprach zu ihr, wühlte ihr Blut auf – oder war es etwas anderes? Da war etwas, nicht in den Stimmen der Hexen und Zauberer, nicht in den gestelzten Worten ihres Anführer, das zu ihr sprach. Sie spähte nun doch wieder hinüber. Meister Ortol stand mit ausgebreiteten Armen in der Mitte der Rune. Er hielt eine kleine Phiole in die Höhe, die mit einer roten Flüssigkeit gefüllt war. »Unser Fürst ist mächtig und unbezwingbar. Noch ist er gefangen, aber sein Blut wird das Blut seines Feindes unterwerfen und ihn befreien.«

»Er wird befreit«, echoten seine Gefolgsleute, während der Hexenmeister das Blut aus dem Fläschchen über die Blutrunen goss. Ein böses Zischen erklang.

Ayrin legte den Kopf schief. Da war *noch* eine Stimme, leise, drängend. Sie sprach nicht zu den Hexen, nicht zu den Zauberern oder Bergkriegern, sie richtete sich an sie, an Ayrin Rabentochter! Aber sie konnte sie nicht verstehen. Dieses Wispern, wo kam es nur her? Sie erhob sich vorsichtig. Von den Felsen, aus dem Boden, von den Tropfsteinen, von überall her schien das Flüstern an ihr Ohr zu dringen, doch was wollte es ihr sagen?

Unten stieg erneut rotes Flackern aus dem Drachenblut auf, verbreitete sich in Windeseile, bis der Beschwörungskreis mit einem Schlag in Flammen stand! Flammen, die nicht von dieser Welt waren. Die Rippen schimmerten rötlich, und dann wurden auch sie von diesem unwirklichen Feuer erfasst, brannten lichterloh. Dunkler Rauch stieg zur Höhlendecke auf.

»Wir rufen den Herrn der Schwarzen Festung. Gelöst seien alle Ketten, gebrochen sei der Bann. Sein Geist, sein Leib, sie mögen erscheinen, beschworen mit seinem Blut und dem Blut des Feindes, gerufen mit der Asche dieser Knochen!«

Brandgeruch zog durch die Höhle. Die unirdischen Flammen fraßen sich in die bleichen Rippen hinein. Und auch ihr Flackern, der Rauch, der aus den Drachenrippen stieg, schienen mit Ayrin sprechen zu wollen. Sie starrte hinüber, fühlte unendlichen Druck in ihrer Brust, so, als wolle sie etwas zerquetschen, etwas Machtvolles, das Forderungen an sie richtete, die sie nicht erfüllen konnte, weil sie sie einfach nicht verstand.

Ein Raunen lief durch den Beschwörerkreis. Da nahm etwas Form an, in der Mitte des Zirkels! Es war ein Umriss aus roten Flammen, ungewiss noch, aber allmählich fester werdend. Warum fühlte sich Ayrin dort hingezogen? Warum sagten die Stimmen nicht, was sie von ihr erwarteten? Und dann war sie da, schwebte über den Beschwörern, tanzte im roten Rauch: eine Rune!

Ayrin verschlug es den Atem. Sie stand dort klar und deutlich. Sie hatte keine Ahnung, was sie bedeuten mochte, aber dann, endlich, erkannte sie, wer oder was da zu ihr sprach, es war Helia, die magische Urkraft selbst. Und sie flüsterte nur ein Wort: »Blut!«

Und Ayrin verstand.

Ohne zu zögern, glitt sie zwischen den Tropfsteinen hindurch aus ihrem Versteck. Sie achtete nicht auf den erstickten Aufschrei ihres Bruders. Sie hielt sich in den Schatten und schlich hinunter, dahin, wo der Leib des erschlagenen Drachen lag. Sie stieg über den leblosen Hals des großen Wesens, hin zu der aufgebrochenen Brust und tauchte ihre Hände in das Blut, das sich dort gesammelt hatte. Dann, wie im Traum, ging sie weiter, wieder hinauf, dahin, wo das Drachentor auf sie wartete.

Hinter ihr wurde das Raunen lauter. Sie musste nicht hinsehen, um zu spüren, dass die Gestalt im Runenkreis immer deutlichere Formen annahm. Sie ging weiter, hinauf zum Felsen. Sie ignorierte die verzweifelten leisen Rufe ihrer Freunde. Erst, als sie das Tor erreicht hatte, drehte sie sich um. Die Rune, sie war noch da, fließend und zitternd, und unter ihr nahm der Leib eines Mannes Form und Gestalt an. Es schien, als würde er von seinem Innersten her neu entstehen. Sie sah Fleisch und Blut, noch ohne Haut, da waren Muskeln und auch Augen über einem lippenlosen Mund.

Dieser Mann blickte in ihre Richtung – er sah sie. Ayrin konnte den Blick nicht abwenden. Er schien sie stumm zu rufen, und plötzlich sah sie sich in einer prachtvollen Halle, in kostbaren Gewändern, Ringe mit Edelsteinen an den Fingern und eine endlose Schar von Dienern, die sich vor ihr verneigten.

Im Augenwinkel nahm sie eine Bewegung wahr. Jemand trat aus dem Versteck, eilte zu ihr. Sie sah nicht, wer es war, denn dazu hätte sie den Blick von diesem faszinierenden Bild lösen müssen, das der

Fremde ihr anbot. Da rief jemand ihren Namen. Der Traum verflog, Ayrin sah wieder klar, sah den werdenden Mann im Beschwörungskreis, der versuchte, sie zu locken. Sie schüttelte sich, richtete ihren Blick auf die Rune, und drehte sich zur Wand.

Unten ertönte ein markerschütternder Schrei.

Ayrin holte tief Luft. Die Rune tanzte vor ihrem Auge, wie eingebrannt, sie zeigte ihr ein kaltes Land aus Bergen und unzähligen Gewässern, und einen leuchtenden Pfad, der dort hinführte. Sie begriff, was die Rune bedeutete, und dann malte sie mit dem Blut an ihren Händen das Zeichen auf die Felswand. Hinter ihr schrien jetzt alle durcheinander und dann rief eine machtvolle Stimme: »Nicht den Kreis unterbrechen! Er ist beinahe befreit. Lasst nicht nach, Brüder und Schwestern! Ihr Männer der Berge – ergreift dieses Weib!«

Ein Knacken lief durch die Wand. Der Boden erzitterte. Staub rieselte von der Decke und plötzlich öffnete sich mit lautem Knirschen ein Riss in der Wand. Ayrin hörte Gebrüll, doch gebannt starrte sie weiter auf den Felsen, der sich zu öffnen schien, bis sie plötzlich eine Hand packte und zur Seite riss. Etwas Schweres sauste an ihrem Kopf vorbei, eine Streitaxt, die klirrend auf das Gestein traf. Ayrin sah den Mann, der zum zweiten Schlag ausholte, während ihr Retter sie weiter davonzuzerren versuchte. Der Bergkrieger setzte ihr nach, erstarrte jäh, mitten in der Bewegung und fiel zur Seite. Ayrin sah ihn verblüfft fallen.

Ein gleißender Lichtstrahl schoss aus der Wand.

Sie schloss geblendet die Augen. »Nun kommt schon!«, herrschte sie eine Stimme an. Sie gehörte Bo Tegan, der versuchte, sie von der Wand wegzuziehen. Aber Ayrins Füße gehorchten nicht der Vernunft, die ihr befahl, dem Leutnant zu folgen. Sie wollten bleiben, wo sie waren. Und auch sonst schien alles dort zu verharren, wo es gerade war. War die Zeit stehen geblieben?

Unten verharrten die Hexen und Magier und starrten hinauf, nicht zu ihr, sondern zu dem Licht, das aus der Wand brach. In ihrer Mitte stand der Beschwörer, die Arme inzwischen gesenkt. Er hatte sich umgedreht. Und hinter ihm wand sich die unfertige, hautlose Gestalt des Hexenfürsten, bebte, stieß unartikulierte Laute aus. Plötzlich fiel ein Schatten auf Ayrin. Ein weiteres Zittern lief durch die Höhle, gefolgt von einem wütenden Brüllen: Der zweite Drache hatte sich aus dem Schlaf erhoben!

Er spannte die mächtigen Schwingen, richtete sich auf. Mit hoch gerecktem Kopf stand er über dem geschändeten Leichnam seines Gefährten und brüllte, dass es Steine von der Decke hagelte.

»Tötet ihn!«, kreischte der Beschwörer. Und dann: »Tötet sie!«, und er zeigte er auf Ayrin.

Die Manen gehorchten. Während all die Hexen und Magier wie gebannt auf den Drachen starrten, griffen die Bergkrieger an. Sie brüllten, schwangen ihre Äxte und Speere und stürmten auf den Feind los.

Ein Feuerstoß beendete ihren Angriff. Männer standen in Flammen, andere warfen ihre Waffen fort und rannten um ihr Leben. Und auch die Zauberer und Hexen im Beschwörungszirkel wandten sich jetzt zur Flucht.

Der Drache schien entschlossen, sie nicht entkommen zu lassen. Er sprang, glitt auf seinen ledernen Schwingen hinüber zum Durchgang und zerquetschte eine Hexe unter seinem Leib, als er landete. Er sandte einen Feuerstoß jenen hinterher, die vor ihm diesen einzigen Ausweg erreicht hatten.

Ayrin hörte ihre Entsetzensschreie. Sie blickte hinüber zur Wand. Immer noch fiel gleißendes Licht aus einem Spalt in die Höhle.

»Was habt Ihr getan?«, fragte der Leutnant, der sie immer noch am Arm hielt.

»Das Tor, sie hat das Tor geöffnet!«, staunte Baren.

»Aber nicht ganz«, rief Meister Maberic.

Ayrin sah, dass er recht hatte. Das Tor stand nur einen Spaltbreit offen, gerade genug, um vielleicht eine Hand oder einen Arm hindurchzustecken, mehr nicht. Und vor diesem Riss stand der Nachtalb, befühlte ihn, jammerte und stieß dann laut Verwünschungen aus. Ayrin verstand das nicht, wie sie so vieles nicht begriff, was um sie herum vorging: Da waren ihre Gefährten, die versuchten, sie davonzuzerren. Da waren die Hexen und Zauberer, die wild durcheinander rannten. Da war der Drache, der sie jagte, sie mit den Kiefern oder den Klauen zermalmte, oder sie mit Feuer verbrannte.

Und da war immer noch der Runenkreis in der Mitte der Höhle. Der Anführer der Beschwörer war auf die Knie gesunken, flehte laut den Gott des Todes um Hilfe an. Und da stand auch noch die rote Gestalt, der unfertig beschworene Fürst der Dunkelheit, der sich offenbar nur mühsam auf den Beinen halten konnte. Er lallte unverständliche Worte, während der Drache um ihn herum Tod und Verderben über seine Gefolgsleute brachte.

Plötzlich hielt das riesige Geschöpf inne. Sein Auge fiel auf Ayrin. Ihre Blicke begegneten sich, kurz, und Ayrin zuckte zusammen, weil sie da auf etwas stieß, was so alt und voller magischer Kraft war, dass sie dem unmöglich standhalten konnte. Sie hob abwehrend die Hand. Der Drache schoss näher heran. Ayrin stand wie gelähmt. Er musste doch erkennen, dass sie es war, die ihn geweckt hatte! Der Drache hielt kurz inne, einen Wimpernschlag lang, dann öffnete er sein Maul und Ayrin sah die Glut seines Atems.

Irgendjemand riss sie zu Boden. Ein Feuersturm tobte über sie hinweg und verbrannte die Wand. Verblüfft blickte Ayrin in die Augen von Bo Tegan. Er packte sie und rollte mit ihr einen Felsabsatz hinab, hinter einige Steine.

Der Drache erspähte ein anderes Opfer und schoss davon.

Baren tauchte zwischen den Felsen auf. »Hier rüber!«, rief er. Die beiden Lare waren bei ihm. »Dort, die Wand entlang!«, kommandierte Meister Maberic. Ayrin stolperte hinter den Gefährten her. Sie fühlte sich plötzlich schwach und kraftlos. Der Leutnant musste sie stützen. »Alles in Ordnung mit Euch?«, fragte er.

»Es wird schon gehen«, murmelte sie und blickte zurück. Der Drache hatte einige seiner Feinde in die Ecke gedrängt, Hexen und Zauberer, die um ihr Leben bettelten. Plötzlich ließ er von ihnen ab. Er fuhr herum und schoss auf den Runenkreis zu. Der Beschwörer kniete auf dem Boden und war offenbar dabei, eine neue Rune in den Boden zu ziehen. Versprach er sich Schutz davon? Sein Herr und Meister stand hinter ihm, stützte sich auf seine Schulter, immer noch schwankend, immer noch unvollendet und schrie seine Schmerzen hinaus. Der Drache holte Luft – und dann fegte ein Feuerstoß über den Kreis hinweg, lang anhaltend und tödlich. Als er verging, sah Ayrin die verbrannten Überreste jenes Mannes, den die anderen Meister Ortol genannt hatten. Sein verkohlter Leib schien immer noch diese Rune vollenden zu wollen. Von der roten Gestalt war jedoch nichts mehr zu sehen, nicht einmal ein Häufchen Asche.

»Weiter!«, drängte der Leutnant und zerrte Ayrin hinter sich her. Baren huschte vorneweg. Er schien einen Ausweg gefunden zu haben. Tatsächlich tat sich vor ihnen eine Felsenspalte auf, die sie zuvor nicht bemerkt hatten. Und dahinter schimmerte das Wasser des Sees, erhellt von vereinzelten Fackeln fliehender Menschen.

Noch einmal brüllte der Drache und noch einmal hörte Ayrin das Fauchen seines Feueratems. Dann schlüpfte sie durch den Spalt.

»Nicht auf dem kürzesten Weg«, rief Meister Maberic und Baren wandte sich nach rechts. Sie folgten dem Ufer des Sees, solange es möglich war, dann wateten sie hinein. Langsam tasteten sie sich an den Wänden entlang. Sie gingen in völliger Dunkelheit, nur den Durchgang, erhellt vom Licht des Portals, den konnten sie erahnen. Und dann kam der Drache. Er zog über das Wasser und vertrieb die Nacht mit seinen Feuerstößen, mit denen er Hexen, Magier und Krieger jagte.

Irgendwann flog er mit klagenden Rufen wieder zurück zum Portal. Ayrin konnte den Durchgang kaum noch erahnen.

»Der Riss, er schließt sich wieder, oder?«, fragte Lar Thimin.

»Willst du zurück und nachsehen?«, meinte sein Onkel.

»Um keinen Preis dieser Welt«, wehrte der Neffe ab.

»Dann vorwärts. Wir sind nicht sicher, solange dort hinten auch nur ein Funke glimmt.«

Also tasteten sie sich weiter schweigend durch das kalte Wasser, begleitet von leiser werdenden Klagerufen des Drachen. Viel später, Ayrin kam es vor wie eine Ewigkeit, spürten sie einen frischen Wind.

»Der Ausgang ist nicht mehr fern«, flüsterte Meister Maberic.

»Warum sehen wir ihn dann nicht?«, fragte Baren.

»Weil es tiefe Nacht ist, Dummkopf«, brummte der Meister.

Der See wurde flacher, der Boden stieg an und dann endlich hatten sie den Ausgang gefunden. Sie hasteten den Gang hinauf, und Ayrin hatte nie etwas Süßeres gerochen als die frische Luft einer Spätwinternacht in den Hügeln bei Iggebur.

Am liebsten hätte sie sich ins Gras geworfen, doch Meister Maberic trieb sie weiter an. »Der Drache ist nicht die einzige Gefahr, die durch dieses Loch im Boden hervorkriechen könnte. Wir sollten machen, dass wir fortkommen.«

Widerwillig stimmten die Gefährten zu, und so wagten sie erst auf dem nächsten Hügel, eine Rast einzulegen.

»Ist das weit genug, um einen Drachen abzuschütteln?«, fragte Thimin.

»Er wird uns nicht folgen«, keuchte Meister Maberic. »Der Spalt wurde schon wieder kleiner. Ist er erst ganz zu, wird seinem Wächter die Kraft fehlen, uns nachzusetzen.«

»Das will ich hoffen, Onkel.«

»Ich muss Euch danken, Leutnant«, sagte Ayrin, die schnell wieder zu Atem gekommen war. »Ihr habt mir das Leben gerettet.«

Der Leutnant schüttelte den Kopf. »Ihr müsst mir nicht danken, Ayrin Rabentochter. Das war der aufregendste Kampf meines Lebens, ganz ohne Frage, aber seht Ihr das?« Er hielt Ihr das Schwert unter die Nase. Es glänzte schwach im Licht des Mondes und der Sterne.

»Sehen? Es ist dunkel«, antwortete sie irritiert.

»Kein Tropfen Blut! Nicht einmal eine Scharte vom Kreuzen mit anderen Klingen. Gar nichts! Ich hätte genauso gut mit einem Stock in diese Höhle gehen können.«

»Aber wer hat dann den Bergkrieger zu Fall gebracht, der mir mit seiner Axt ans Leben wollte?«

»Ich war es jedenfalls nicht«, sagte Bo Tegan aufgebracht. »Ich war nutzlos.«

»So weit würde ich nicht gehen«, meinte Meister Maberic milde. »Ihr habt Ayrin davongezogen, als sie wie erstarrt vor dem Spalt in der Wand stand.«

»Was ist da eigentlich geschehen?«, fragte Baren. »Woher hast du gewusst, wie du diese Wand öffnest?«

Ayrin schwieg, denn so genau konnte sie sich das selbst nicht erklären.

»Deine Schwester hat ein Ohr für die höchste Magie, würde ich sagen, obwohl man ihr Raunen wohl mit einem anderen Sinn vernimmt«, meinte Lar Thimin.

»Ja«, sagte Meister Maberic, »ich habe noch nie etwas Vergleichbares gesehen. Wusstest du, was du bewirken würdest?«

Ayrin schüttelte den Kopf. »Es war wie ein Zwang. Ich musste diese Rune einfach auf die Wand zeichnen. Ich hatte keine Ahnung, was geschehen würde.«

»Du hast ein Tor in die Drachenwelt geöffnet, Ayrin«, sagte Baren. »Vielleicht hat Mutter das auch gekonnt.«

»Ich habe es aber nur einen schmalen Spalt weit geöffnet«, sagte sie langsam. Ihr war der gleiche Gedanke gekommen. War es also denkbar, dass ihre Mutter doch in die Drachenwelt geflohen war?

Meister Maberic schlug ihr väterlich auf die Schulter. »Du hast es weit genug geöffnet, um den Drachen zu wecken. Damit hast du nicht nur uns, sondern auch die Sturmlande, ach was, die ganze Welt vor großem Unheil bewahrt. Nicht auszudenken, wenn diese Zauberer das Ritual vollendet und den Fürst der Hexen befreit hätten!«

Ayrin fühlte sich unangenehm berührt. »Wie ich schon sagte, ich wusste gar nicht, was ich da tat.«

»Dennoch war es genau das Richtige«, sagte Meister Maberic mit einem weiteren Schulterklopfer. »Aber jetzt genug der Lobeshymnen. Sind alle wieder zu Atem gekommen? Gut, dann lasst uns zurück zu den Wagen gehen. Ich will sehen, welchen Schaden unsere Feinde dort angerichtet haben.«

»Eines verstehe ich nicht«, sagte Ayrin, als sie aufbrachen. »Dieser Drache. Ich habe ihn geweckt und damit Schlimmes verhindert. Trotzdem hätte er mich um ein Haar zu Asche verbrannt. Warum hat er nicht erkannt, dass ich auf seiner Seite war?«

Baren knuffte sie in die Seite. »Das liegt vielleicht daran, dass du deine Arme bis zu den Ellbogen in das Blut seines Bruders getaucht hattest.«

»Oje! Jetzt brauche ich ganz dringend ein heißes Bad.«

»Und ich werde es dir bereiten, Schwester, denn du hast es dir mehr als verdient.«

Er hakte Ayrin unter, und dann liefen sie los, um die anderen, die ein Stück voraus waren, einzuholen.

»Siehst du?«, sagte der Nachtalb. »Ich habe dir ja gesagt, dass sie es schaffen.«

Er kauerte mit Ragne hinter einer umgestürzten Ulme. Von dort aus konnten sie den Eingang zur Höhle und die umliegenden Hügel gut im Blick behalten, zumindest, wenn man die Augen eines Nachtalbs hatte.

»Ich hätte zwischendurch nicht geglaubt, dass wir selbst lebend da herauskommen.« Ragne befühlte ihr Haar, es war ihr halb vom Kopf gesengt worden. »Ich muss dir danken, Tsifer«, setzte sie seufzend hinzu.

»Für deine Rettung? Das ist nicht nötig.«

»Dafür, dass du meine Nichte gerettet hast.«

»Ich weiß nicht, was du meinst.«

»Der Bergkrieger mit der Axt; ich habe sehr wohl gesehen, dass es dein Dolch war, der ihn aufhielt.«

»Warum geht er auch dorthin, wohin meine Klinge sticht?«, erwiderte der Alb mit kaltem Lachen.

»Aber ich nehme an, dass du es auch aus Eigennutz getan hast, nicht wahr? Sie hat ein Tor geöffnet.«

»Hat sie eben nicht!«, zischte der Alb. »Wenn sie es getan hätte, wäre ich schon weit fort von hier und von dir und deinen einfältigen Hexenschwestern.«

»Aber sie hat es einen Spaltbreit aufgesperrt.«

»Zu wenig für einen Alb, der sich nach der Heimat sehnt, gerade genug, um einen Drachen auf uns zu hetzen.« Er machte eine Pause. »Ich glaube, er hat sie gesehen. Der Herr, als er Gestalt annahm. Er hat das Mädchen erblickt.«

»Aber vielleicht nicht erkannt«, meinte Ragne unsicher.

»Das wäre besser. Für sie und für uns. Ich will nicht erleben, was er mit uns macht, wenn er herausfindet, was wir vor ihm verbergen.«

»In der Tat«, murmelte Ragne. »Weißt du, was aus ihm wurde?«

»In Rauch aufgelöst hat er sich, das habe ich gerade noch gesehen. Doch ist er nicht verbrannt, wie dieser Narr Ortol.«

»Ja, der Gestank verbrannter Leiber wird mich noch tagelang verfolgen. Was glaubst du, wo der Fürst nun ist?«

»Wieder in seinem Kerker? Im Nirgendwo? Vielleicht hat er es auch durch den Spalt in die Drachenwelt geschafft. Ein körperloser Geist mochte hindurchgelangen«, entgegnete der Alb und kauerte sich zusammen.

»Es hat nicht viel gefehlt, Tsifer.«

»Versuchst du, mich zu trösten, Weib? Unser Herr und Meister ist nicht befreit, und seine Tochter ist zu schwach, sein Versprechen zu erfüllen. Sie kann mir den Weg in die Heimat nicht öffnen.«

Ragne lächelte. »Heute vermochte sie es nicht. Aber sie ist noch jung. Ihre Kraft wird wachsen.«

»Vielleicht.«

»Wir sollten sie im Auge behalten.«

»Wäre wohl besser«, knurrte der Alb.

Ragne gab ihm Zeichen zu schweigen. Zwei weitere Gestalten kamen zitternd aus der Höhle gestolpert. Es waren jedoch weder Bergkrieger noch Hexen. »Ist das nicht der Wirt aus Halmat? Und der andere, ist das dieser Wachtmeister?«

»Er ist es«, bestätigte der Alb. »Sieh, wie sie zittern und beben. Leichte Beute«, setzte er hinzu.

»Wenn du ihr Blut willst, werde ich dich nicht aufhalten«, meinte Ragne.

»Und ich werde nicht in die Nähe dieser Höhle gehen. Was, wenn der Drache doch noch hinauskommt?«

Die Männer aus Halmat waren schon nicht mehr zu sehen, nur ihre Klagerufe konnte Ragne gut hören. »Dann sollten wir es den beiden Narren vielleicht gleichtun, und endlich von hier verschwinden«, schlug die Hexe vor.

Der Alb nickte knapp, rührte sich aber nicht. »Wirst du es den Zwillingen sagen?«, fragte er stattdessen. »Wirst du ihnen enthüllen, wer ihr Vater ist?«

Ragne zögerte mir ihrer Antwort. Dann sagte sie: »Nicht heute, und morgen auch nicht. Vielleicht niemals. Es ist besser, wenn sie es nicht wissen. Sie werden es auch so schon schwer genug haben. Doch will ich über sie wachen, sie sind schließlich so etwas wie Familie.«

Der Alb lachte heiser. »Eine schöne Familie hast du da. Sie würden dich umbringen, wenn sie dich zu Gesicht bekämen.«

»Dann unterscheiden sie sich kaum von jenen Verwandten, die ich in Bial hatte. Jetzt lass uns nach Iggebur gehen. Ich brauche neue Kleidung, eine, die nicht nach Drachenfeuer und Tod riecht.«

»Ja«, knurrte der Alb mit einem letzten Blick auf den finsteren Eingang der Höhle. Nach den beiden Männern aus Halmat war niemand mehr herausgekommen. »Hier gibt es für uns nichts mehr zu tun.«

Die weite See

Sie mussten die Pferde wieder einfangen, die die Manen verjagt hatten, und als das geschafft war, kehrten sie mit den arg in Mitleidenschaft gezogenen Wagen wieder zurück nach Iggebur. Ayrin, die sich zu ihrer eigenen Überraschung schnell von dem Schrecken erholte, hoffte, hier mehr Zeit mit dem Leutnant verbringen zu können. Sie hatte sich sogar schon ausgemalt, mit ihm lange Spaziergänge, zum Beispiel zum Meer, unternehmen zu können, aber daraus wurde nichts.

Hauptmann Sarro hatte Leute am Tor postiert, und die hatten dringende Befehle, den Leutnant sofort zu ihm zu bringen. »Werdet Ihr nun meinetwegen Schwierigkeiten bekommen?«, fragte Ayrin besorgt.

Der Leutnant antwortete mit einem schiefen Lächeln.

»Ich werde sehen, ob ich das nicht verhindern kann«, brummte Meister Maberic und begleitete Bo Tegan zu seinem Vorgesetzten.

Das hieß, dass Baren und Ayrin den großen Wagen zurück zum magischen Markt lenken mussten. Sie hatten etliche Schäden auszubessern, und der Markt war nun einmal der einzige Ort, an dem die Wagen abgestellt werden durften.

Ayrin hatte jedoch keinen Sinn für diese Arbeiten, denn sie war sehr besorgt um den Leutnant. Endlich erschien Meister Maberic auf dem Platz. »Es ist nicht so schlimm, wie du befürchtest«, versuchte er, sie zu beruhigen. »Der Hauptmann war zwar der Meinung, Tegan habe sich unerlaubt und sogar gegen seine ausdrücklichen Befehle von der Truppe entfernt, ich konnte ihn allerdings davon überzeugen, dass der Leutnant uns und den Sturmlanden einen großen Dienst erwiesen hat.«

»Aber Ihr habt gesagt, dass wir nicht darüber reden dürfen, was in jener Höhle geschah.«

»Und dabei bleibt es auch. Doch Hauptmann Sarro kennt mich, und mein Wort hat bei ihm Gewicht. Es ist mir gelungen, ihm klarzumachen, dass uns der Leutnant geholfen hat, eine große Gefahr abzuwenden.«

»Und wann sehe ich ihn wieder?«

»Das, fürchte ich, kann eine Weile dauern, denn der Hauptmann wird ihn so schnell nicht wieder fortlassen.«

»Dann muss ich zu ihm, es gibt so viel zu bereden!«

Meister Maberic kratzte sich am Hinterkopf. »Davon rate ich dir ab, Ayrin. Sonst glaubt der Hauptmann noch, dies sei keine Helden- sondern eine Frauengeschichte des Leutnants. Warte wenigstens ein paar Tage. Wir haben ohnehin viel zu tun, denn diese Manen haben unseren armen Wagen schwer zugesetzt.«

Tatsächlich bekam Ayrin viel zu tun, denn der Meister deckte sie mit immer neuen Aufträgen ein. Doch nach zwei Tagen riss ihr der Geduldsfaden und sie schlich heimlich davon, um nach Bo Tegan zu sehen. Zu ihrem Entsetzen musste sie erfahren, dass der Leutnant mit seinem Trupp bereits nach Norden aufgebrochen war.

»Nicht einmal verabschiedet hat er sich«, klagte sie, als sie wieder bei den Wagen war.

»Und er hat keine Nachricht hinterlassen?«, fragte Baren, der vergeblich versuchte, sie zu trösten.

Ayrin schüttelte stumm den Kopf. Von da an war es ihr ziemlich gleich, welche Aufträge ihr der Meister gab. Sie erledigte sie irgendwie und mit hängendem Kopf und wusste hinterher meist gar nicht, was sie gerade getan hatte.

Am folgenden Tag drängte Meister Maberic, der zuvor sehr auf Gründlichkeit geachtet hatte, plötzlich zur Eile.

»Warum der Sinneswandel, Onkel?«, fragte Lar Thimin.

»Hast du es noch nicht gehört? Es sind gewisse Gerüchte aufgekommen, von Drachen, die in den Jotuna erwacht seien.«

»Davon hörte ich. Es heißt, zwei Männer aus dem Horntal hätten ihn mit eigenen Augen gesehen«, erwiderte sein Neffe mit flüchtigem Grinsen. »Er soll einhundert Bergkrieger und danach noch einige Bauernhöfe verschlungen haben. Aber warum sorgt dich das alberne Gerede?«

Meister Maberic seufzte. »Erstens, weil ein paar Neugierige inzwischen die Leichen der Bergkrieger gefunden haben. Wir hätten sie begraben sollen. Zweitens und vor allem, weil es auch heißt, der Drache sei durch das dunkle Werk zweier Runenmeister zum Leben erwacht und lauere jetzt im Verborgenen darauf, über Iggebur herzufallen.«

Thimin wurde blass. »Ich verstehe«, murmelte er und trieb Baren, der ihm bei seinem Wagen half, nun auch zur Eile.

Noch am selben Nachmittag verließen sie Iggebur durch das Osttor. Meister Maberic wollte eigentlich nach Driwigg, seine Schulden begleichen, wie er es nannte, aber vorher wollte er Ayrin aufmuntern und ihr die See zeigen. Also hielten sie auf einem Hügel, der die Küste überragte, und endlich konnte sie das Meer sehen.

Ayrin blickte nach Süden, doch sah sie nichts außer einer braunen Wüstenei aus Schlick, unterbrochen nur von den hellen Flecken etlicher winziger Sandinseln. Der Sand hatte ungefähr die Farbe von Bo Tegans Haar.

»Das ist also das berühmte Meer.«

»Ich habe dich gewarnt, dass es bei Ebbe nicht sehr ansehnlich ist«, erklärte Meister Maberic leicht verlegen.

»Ach, es überrascht mich eigentlich nicht, eine weitere Enttäuschung fügt sich gut in das ein, was in den letzten Tagen geschehen ist. Wann kommt es denn zurück?«

»Das wird eine Weile dauern. Wir können so lange warten, wenn du willst.«

»Ich weiß nicht …«, sagte Ayrin unentschlossen.

»Aber ich«, rief ihr Bruder. »Wir haben da nämlich noch etwas zu besprechen, Ayrin«, sagte Baren, der auf dem Kutschbock von Lar Thimins Wagen saß. Er hatte in den letzten Tagen und vor allem Nächten viel Zeit mit dem jungen Runenmeister und seinem Fernrohr verbracht. Jetzt sprang er ins windgebeugte Gras und gab ihr einen Wink ihm zu folgen.

»Was gibt es, Baren?«, fragte sie, als sie ein gutes Stück von den Wagen entfernt waren, mit einem seltsamen Gefühl in der Magengegend.

»Die Sterne«, begann ihr Bruder und fuhr dann stockend fort: »Du weißt, dass ich nicht deine Begabung für die Runen habe.«

»Du bist nicht unbegabt. Der Meister hat deine Schrift gestern erst gelobt, als wir den Brief an unsere Muhme geschrieben haben.«

»Buchstaben sind keine Runen, Ayrin.« Er seufzte.

»Aber der Meister weiß, dass du auch sonst wertvolle …«

»Die Sterne, Ayrin«, unterbrach er sie. »Thimin hat mir die Sterne gezeigt und mir erklärt, wie man ihren Auf- und Untergang berechnet. Es ist gar nicht so schwer, wenn man die grundlegende Mechanik des Himmels erst einmal begriffen hat.«

»Mechanik?«

»Meister Thimin glaubt, dass ich das Zeug dazu habe, ein Sternkundiger zu werden.«

Ayrin brauchte einen Augenblick, um die Tragweite dieses Satzes zu begreifen. Es versetzte ihr einen Stich. »Du willst mich auch verlassen?«

»Ich muss, wenn ich mehr werden will als ein Pferdeknecht und Diener, Ayrin.«

Sie seufzte. »Ich habe es eigentlich schon befürchtet, weißt du? Es ist nur, dass wir nie lange getrennt waren. Und dann …«

»Ich weiß, Bo Tegan. Es setzt dir zu, wie?«

»Ich kann dir gar nicht sagen, wie sehr. Mehr, als ich es mir hätte vorstellen können.«

»Ich bin sicher, du wirst ihn wiedersehen, Ayrin. Und mich auch. Ich werde lernen, den Lauf der Gestirne zu berechnen und immer wissen, wo sich das nächste Drachentor enthüllt. Ich gehe einfach davon aus, dass ich dort dich und Meister Maberic treffen werde.«

»Aber die zeigen sich nur im Winter«, protestierte Ayrin.

»Ich habe vor, mehr als nur den Ort des nächsten Tors vorherzusagen. Die Lare scheinen nicht weiter vorauszudenken, aber nach dem wenigen, was ich bis jetzt von Meister Thimin gelernt habe, muss es möglich sein, viel weiter in die Zukunft zu blicken. Vielleicht finde ich sogar heraus, wann sich das Tor im Horntal das nächste Mal öffnen wird.«

Ayrin nickte anerkennend. Sie bewunderte die Entschiedenheit ihres Bruders. Es war sogar eigentlich das erste Mal, dass er von einer Sache so begeistert war. Sie war nicht so zuversichtlich wie er. »Ich glaube nicht, dass wir unsere Mutter dort finden werden, Baren. Wenn sie noch dort wäre, würde sie nicht mehr leben. Sie ist ja nicht wie die Drachen, die Jahrhunderte schlafen können. Ich fürchte, sie ist nach Udragis gegangen.«

»Vielleicht ist sie in der Drachenwelt, vielleicht auch nicht. Wer weiß schon, über welche Zauber sie gebietet«, sagte Baren.

»Wir werden es herausfinden, Bruder«, sagte Ayrin, »du auf deinen, ich auf meinen Wegen.« Und dann umarmte sie ihn lang und innig.

Hand in Hand kehrten sie zu den Wagen zurück.

»Sind nun alle Fragen geklärt?«, fragte Meister Maberic, der unruhig auf dem Kutschbock hin und her rutschte.

Ayrin blickte zum Meer. Es zeigte immer noch nur braunen Schlick und dazwischen die sandfarbenen Flecken der Inseln, die sie an einen gewissen Leutnant erinnerte.

Plötzlich ertönte ein heller Ruf. Er kam aus Richtung der Stadt, die sie hinter sich gelassen hatten. Ein Reiter preschte den Hügel hinauf. Ayrins Herzschlag setzte kurz aus. Der Soldat kam schnell heran, hielt sein Pferd hart an, und sprang aus dem Sattel.

»Bei den Göttern, ich hatte schon Angst, ich würde euch nicht finden«, rief Bo Tegan und blieb dann doch stehen.

»Sieh an, der Drachentöter«, grüßte ihn Meister Maberic.

Tegan warf ihm einen bösen Blick zu. »Nicht ich habe mir das ausgedacht.«

»Aber entkräftet habt Ihr dieses Gerücht auch nicht«, gab der Meister bissig zurück. Tatsächlich hatte auch Ayrin die Geschichte von dem fremden Helden aus dem Horntal gehört, der ganz allein einen Drachen erschlagen haben soll.

»Wie denn, wenn ich über diese ganze Angelegenheit kein Wort verlieren darf!«, rief Tegan wütend.

Ayrin stemmte die Hände in die Hüften. »Botaric Tegan! Seid Ihr etwa nur zurückgekehrt, um Euch mit Meister Maberic zu streiten?«

»Das nicht, aber ...«

»Der Brief!«, rief Baren. Ayrin warf ihm einen wütenden Blick zu, aber ihr Bruder war nicht aufzuhalten. »Wenn er schon einmal hier ist, dann kann der Leutnant ja unseren Brief an die Muhme mitnehmen. Das ist auf jeden Fall besser, als ihn einem Boten anzuvertrauen. Sie ist gewiss schon ganz krank vor Sorge.« Und schon verschwand er im Wagen, um das Schreiben zu holen.

»Brief an *wen*?«, fragte der Leutnant. Er stand immer noch zwei Schritte von Ayrin entfernt und wirkte seltsam gehemmt. Auch Ayrin rührte sich nicht, weil sie der Meinung war, dass es seine Sache war, diese Schritte zu tun. Sie hatte ihm viel zu sagen, aber jetzt brachte sie nur hervor: »Die alte Nurre, in Halmat. Die Frau, die uns aufgezogen hat. Sie lebt in der Hütte, an der Ihr versucht habt, meinen Bruder für die Soldaten zu werben, wenn Ihr Euch erinnern wollt.« Warum war er immer so begriffsstutzig?

»Und die kann lesen?«, fragte er.

Baren war inzwischen zurück, drückte dem verdutzten Leutnant das Schreiben in die Hand und erklärte: »Der Priester kann es ihr vorlesen. Sie wird ihn nicht gerne fragen, aber wenn sie von Euch hört, dass das Schreiben von mir und Baren ist, wird sie sich überwinden. Es sind nur Grüße und die Versicherung, dass es uns gut geht. Über das, was in Iggebur und vor allem was in der Höhle geschehen ist, haben wir natürlich kein Wort verloren.«

»Ich verstehe.«

»Ich wäre Euch dankbar, wenn Ihr es ebenso hieltet. Es würde sie fürchterlich aufregen«, sagte Ayrin, die verzweifelt bemerkte, dass diese Unterhaltung in die völlig falsche Richtung lief.

»Und Ihr wollt nicht, dass sie sich aufregt?«

»Genau das will ich, Botaric.«

Der Leutnant drehte den Brief unschlüssig in der Hand.

»Ist noch etwas?«, fragte Ayrin, hoffnungsvoll.

»Ich fürchte, wir werden uns lange nicht sehen«, sagte Bo Tegan langsam. »Ich muss zurück ins Horntal. Ich hatte Glück, dass der Hauptmann mich noch einmal fortgelassen hat.«

»Und wir haben auch Glück, denn so können wir Euch diesen Brief anvertrauen«, erklärte Baren, der offenbar nicht merkte, was hier vorging, oder eben nicht vorging, weil er im Wege war.

Ayrin konnte nicht fassen, dass der Leutnant einfach nur dastand, wie festgenagelt. Sie holte tief Luft. »Wollt Ihr mich denn überhaupt wiedersehen?«, brachte sie hervor.

Endlich löste er den Blick von dem Schreiben in seinen Händen. »Ich weiß nicht, ob *wollen*, das richtige Wort ist, Ayrin Rabentochter. Es ist eher, dass ich Euch sehen *muss*, denn ich bekomme Euch einfach nicht aus meinen Gedanken heraus. Ihr steckt dort fest, wie eine Zecke. Doch ich weiß nicht, wann ich Euch wiedersehen kann. Ich habe leider Pflichten im Horntal, wo Ihr, wenn ich an Euren Ohm denke, lange nicht hingehen könnt. Allerdings werde ich beim Than von Grünwart ein gutes Wort für Euch einlegen.«

Hatte er sie gerade mit einer Zecke verglichen? Ayrin wusste nicht, ob sie weinen oder lachen sollte. Botaric schien das Talent zu eigen, im richtigen Moment das Falsche zu sagen. Und ganz gegen seinen Ruf schien er nicht der Mann, der das Richtige tat, wenn es erforderlich war. »Macht das, und dann sucht mich, und berichtet mir, was er gesagt hat«, entgegnete Ayrin, halb wütend, halb verunsichert.

Der Leutnant lächelte. »Das werde ich gerne tun.«

Ayrin unternahm einen letzten Versuch: »Und bis dahin, ich meine, bis wir uns wiedersehen, solltet Ihr mir vielleicht ein Pfand dalassen«, brachte sie, ein wenig unwillig, hervor.

»Ein Pfand?«

»Einen Kuss, Dummkopf«, brummte Meister Maberic von seinem Wagen herunter.

Ayrins Wangen verfärbten sich nun dunkelrot, da beugte sich der Leutnant zu ihr hinüber und hauchte ihr einen flüchtigen Kuss auf die Lippen. Ihre Erstarrung löste sich. Sie packte ihn und küsste ihn lang und innig. Die Zeit schien stillzustehen, bis sie wieder voneinander abließen.

»Ich glaube, dieses Pfand werde ich schon bald einlösen«, sagte der Leutnant leise.

»Das will ich doch hoffen«, erwiderte Ayrin atemlos.

Bo Tegan trat einen Schritt zurück, atmete durch, lächelte, und dann sprang er in den Sattel, riss sein Pferd herum, winkte und jagte jubelnd davon.

»Angeber«, brummte Meister Maberic.

Ayrin antwortete nicht, sondern sah dem Leutnant nach, bis er hinter der nächsten Kuppe verschwunden war.

»Können wir nun endlich aufbrechen?«, fragte ihr Meister.

Ayrin nickte und kletterte hinauf auf den Kutschbock. Lar Maberic winkte seinem Neffen knapp zu, der erwiderte den Gruß und schnalzte mit der Zunge. Der rote Wagen setzte sich langsam in Bewegung.

Meister Maberic rief seinen Pferden ein »Hü, auf geht's!« zu. Sie zogen schnaufend an und sein großes Gefährt rollte los.

Eine Weile folgten die beiden Wagen noch der Küstenstraße, aber dann fuhr Lar Thimin weiter nach Osten und Meister Maberic schwenkte nach Norden. Ayrin winkte ihrem Bruder zu, der erwiderte den Abschiedsgruß mit einem schiefen Grinsen, schon bald verloren sie einander allerdings aus den Augen.

Ayrin wischte sich verstohlen eine Träne aus dem Augenwinkel. Der Meister lenkte den Wagen einen Hügel hinauf und wies mit dem Daumen zurück nach Süden. Ayrin drehte sich um. In der Ferne sah sie weiße Brandung, die sich der Küste näherte. Und dahinter schoben sich unablässig graugrüne Wellen unaufhaltsam über den dunklen Grund. »Das Meer«, sagte sie, tief beeindruckt.

»Oh, das ist nur eine erste Ahnung von dem, was noch kommen wird«, sagte Meister Maberic verschmitzt. Dann schnalzte er mit der Zunge und ließ die Pferde schneller laufen.